Zu diesem Buch

In New York explodiert eine Bombe. Die Mordkommission stößt bei ihren Ermittlungen auf einen Geheimbund, der die ganze Welt unterjochen will.

In einer visionären Vermischung von Erzähltechniken des Sciencefiction-Romans, des Polit-Thrillers und des modernen Märchens jagen die Autoren den staunenden, erschrockenen und lachenden Leser durch die jahrhundertelange Geschichte von Verschwörungen, Sekten, Schwarzen Messen, Sex und Drogen.

Der vorliegende Rock 'n' Roll-Thriller ist der erste Teil einer Trilogie (Bd. 2: Der goldene Apfel, rororo Nr. 4649, Bd. 3: Leviathan, rororo Nr. 4772). «‹Illuminatus!›, in den USA ein Insider-Bestseller, ist gewiß kein Buch für jedermann – aber ein Buch für jedermann, der einen intellektuellen Spaß erster Güte erleben will. Die beiden Romanautoren sind nämlich nicht die üblichen allwissenden Schriftsteller, die dem Leser eine einzig gültige Erklärung anbieten. Bei ‹Illuminatus!› ist der Leser aufgefordert, für sich zu denken, selbst die Erleuchtung zu suchen.» (Bayerischer Rundfunk)

Robert Shea, geboren am 14. Februar 1933 in New York als Sohn eines Arztes, gab schon als Schüler und Student Zeitschriften und Comics heraus. Er studierte Englisch und graduierte an der Universität seiner Heimatstadt. Das Studium der Literaturgeschichte erfolgte in New Jersey. Anschließend arbeitete er als freier Schriftsteller, schrieb Erzählungen und wurde vorübergehend Redakteur mehrerer Zeitschriften, unter anderem von «Playboy», wo er auch Robert Anton Wilson kennenlernte. Robert Shea lebt mit seiner Frau und seinem Sohn in einem Vorort von Chicago.

Robert Anton Wilson, geboren am 18. Januar 1932 in New York, studierte Mathematik, Elektrotechnik, Englisch, Pädagogik und graduierte schließlich in Psychologie. Nach diversen Jobs, unter anderem als Mitarbeiter von «Playboy», ist er heute Vizepräsident des Institute for the Study of Human Future in Berkeley.

Von Robert Anton Wilson erschienen als rororo-Taschenbücher außerdem: «Die Illuminati-Papiere» (Nr. 5191), «Schrödingers Katze. Das Universum nebenan» (Nr. 5287), «Schrödingers Katze. Der Zauberhut» (Nr. 5382), «Schrödingers Katze. Die Brieftauben» (Nr. 5476), «Cosmic Trigger» (Nr. 5649), «Masken der Illuminaten» (Nr. 5764), «Und die Erde wird beben. Die Illuminaten Chroniken Band 1» (Nr. 5994) und «Der Sohn der Witwe. Die Illuminaten Chroniken Band 2» (Nr. 12976).

Robert Shea
und Robert Anton Wilson

Erster Band

Das Auge in der
Pyramide

Rowohlt

Deutsch von Udo Breger

91.–93. Tausend September 1995

Veröffentlicht im Rowohlt Taschenbuch Verlag GmbH,
Reinbek bei Hamburg, Juli 1980
Copyright © 1977 by Sphinx Verlag, Basel,
für die deutsche Ausgabe
Lizenzausgabe mit freundlicher Genehmigung
Die Originalausgabe erschien 1975 unter dem Titel
«Illuminatus! The Eye in the Pyramid»
bei Dell Publishing Co., Inc., New York
«Illuminatus! The Eye in the Pyramid» Copyright © 1975
by Robert Shea und Robert Anton Wilson
Umschlaggestaltung Berndt Höppner
Satz Garamond (Linotron 404)
Gesamtherstellung Clausen & Bosse, Leck
Printed in Germany
1290-ISBN 3 499 14577 4

Für Gregory Hill
und Kerry Thornley

Erstes Buch

Verwirrung

Die Geschichte der Welt ist die Geschichte der Kriege zwischen Geheimbünden.

Ishmael Reed, *Mumbo-Jumbo*

Der erste Trip, oder Kether

*Von der Dealey Plaza
bis Watergate ...*

Der Purpurne Weise öffnete die Lippen, bewegte seine Zunge und sprach also zu ihnen und sagte:
  Die Erde bebt und der Himmel grollt; die wilden Tiere rotten sich schutzsuchend zusammen, und die Nationen der Menschen treiben auseinander; Vulkane speien Feuer, während anderswo Wasser zu Eis wird und wieder schmilzt; an anderen Tagen regnet es nur.
  Wahrlich, es werden noch wundersame Dinge geschehen.
  Lord Omar Khayaam Ravenhurst, K. S. C.,
  «The Book of Predications.»
  The Honest Book of Truth

Es war in jenem Jahr, in dem man schließlich das Eschaton immanentisieren wollte, was etwa soviel heißt wie den Weltuntergang heraufbeschwören. Am 1. April gerieten die Weltmächte näher an eine nukleare Auseinandersetzung als jemals zuvor, und alles wegen eines unbekannten Eilands, Fernando Poo. Als die internationale Politik sich wieder auf dem normalen Niveau des Kalten Krieges befand, erklärten ein paar Schlauberger das Geschehene zum geschmacklosesten Aprilscherz der ganzen Geschichte. Zufälligerweise kenne ich alle Einzelheiten dessen, was sich ereignete, doch will mir nicht einfallen, wie ich es anfangen soll, daß sich der normale Leser etwas zusammenreimen kann. Zum Beispiel bin ich mir nicht im klaren darüber, wer ich selbst eigentlich bin, und die Verlegenheit, in der ich mich allein auf Grund dieser Tatsache befinde, läßt mich zweifeln, ob er überhaupt irgend etwas von dem, was ich aufdecke, glauben wird. Schlimmer noch. Im Augenblick hat mich ein Eichhörnchen in seinen Bann geschlagen – im Central Park, New York City, gerade dort, wo die Achtundsechzigste Straße einmündet –, das von einem Baum zum anderen springt, und ich denke, es ist die Nacht des 23. April (oder ist es der Morgen des 24. April?), aber dieses Eichhörnchen mit Fernando Poo in Zusammenhang zu bringen, liegt in diesem Augenblick jenseits meiner Kräfte.

Ich bitte Sie also um ein wenig Geduld. Es gibt nichts, das ich tun könnte, um die Dinge für uns beide zu erleichtern, und so werden Sie es erst einmal hinnehmen müssen, von einer geisterhaften Stimme angesprochen zu werden, obwohl mir schmerzlich bewußt ist, daß ich zu einem unsichtbaren, vielleicht gar nicht existenten Publikum spreche. Geistreiche Köpfe haben die Erde als eine Tragödie, eine Farce, sogar als Zaubertrick eines Träumers angesehen; alle aber, wenn sie wirklich weise und nicht nur intellektuelle Schandtäter sind, erkennen, daß sie eine Art Schauspiel darstellt, in dem wir alle eine Rolle haben, die die meisten von uns, bevor der Vorhang sich hebt, nur schlecht einstudiert und nie geprobt haben. Ist es zuviel verlangt, wenn ich, vorsichtig tastend, vorschlage, daß wir uns darauf einigen sollten, sie als einen Zirkus zu betrachten, als einen Karneval auf Rädern, der in einer Rekordspielzeit von vier Billionen Jahren um die Sonne wandert, dabei ständig aufs neue Gräßliches und Häßliches, Schimpf und Schande, Wunder und Plunder hervorbringend, sein Publikum nie fesselnd genug unterhält, es einem nach dem anderen vom Verlassen des Saales abhalten zu können und sich nach Hause, in einen langwährenden und langweiligen Winterschlaf unter der Erde zu begeben? Sagen wir ferner, wenigstens für eine kurze Zeit, daß ich die Identität des Zirkusdirektors angenommen habe; aber diese Krone sitzt mir unbequem auf dem Kopf (wenn ich überhaupt einen habe) und ich muß Sie warnen, daß die Zirkustruppe für ein Universum dieser Größenordnung nicht ausreichend besetzt ist und daß viele von uns zwei oder drei Rollen übernehmen müssen, und so werden Sie auch mich in mehreren Verkleidungen wiedersehen. Wahrlich, es werden noch wundersame Dinge geschehen.

Zum Beispiel bin ich in diesem Augenblick nicht zu Scherzen aufgelegt. Ich bin einfach sauer. Ich bin hier in Nairobi, Kenia, und mein Name ist Nkrumah Fubar. Meine Haut ist schwarz (stört Sie das? Mich nicht ...), und ich befinde mich, wie die meisten von Ihnen, auf halbem Wege zwischen dem Leben im Kral und moderner Technologie; genauer gesagt bin ich ein Kikuyu-Medizinmann, der sich gerade an das Stadtleben gewöhnt und nach wie vor an Hexerei glaubt – ich bin nicht, jedenfalls noch nicht, der Torheit verfallen, das, was meine Sinne wahrnehmen, zu bestreiten. Es ist der 3. April und Fernando Poo hat mir nächtelang den Schlaf geraubt. Ich hoffe deshalb auf Vergebung, wenn ich eingestehe, daß meine augenblickliche Beschäftigung weit davon entfernt ist, erbaulich zu sein und aus nichts Geringerem besteht, als Puppen von den Machthabern der USA, Rußlands und Chinas herzustellen. Sie haben richtig geraten: Einen Monat lang werde ich jeden Tag Nadeln in ihre Köpfe stechen; wenn die mich nicht schlafen lassen, lasse ich sie auch nicht schlafen. In gewissem Sinne ist das nichts weiter als Gerechtigkeit.

Tatsache ist, daß der Präsident der Vereinigten Staaten in den Wochen darauf des öfteren über heftige Kopfschmerzen klagte; die atheistischen Machthaber von Moskau und Peking hingegen waren weniger empfänglich für Magie. Kein Wort über schmerzhafte Stiche wurde laut. Aber, warten Sie mal, es gibt da noch einen Darsteller in unserem Zirkus, und er ist einer der intelligentesten und unaufdringlichsten im ganzen Haufen – sein Name ist unaussprechlich, aber Sie können ihn getrost Howard nennen. Zufälligerweise kam er als Delphin zur Welt. Er schwimmt gerade durch die Ruinen von Atlantis, und es ist bereits der 10. April – ja, die Zeit vergeht ... Ich bin nicht sicher, was Howard dort unten sieht, aber irgend etwas macht ihn unruhig, und er beschließt, Hagbard Celine alles zu berichten. Nicht, daß ich zu diesem Zeitpunkt wüßte, wer Hagbard Celine ist. Machen Sie sich nichts draus; sehen Sie den Wellen zu, wie sie dahinrollen, und seien Sie froh, daß es hier draußen bis jetzt kaum Umweltverschmutzung gibt. Sehen Sie, wie die goldene Sonne auf jeder Welle einen Glanz entfacht, der, merkwürdig genug, silbern zurückschimmert; und da, sehen Sie, sehen Sie, wie die Wogen dahinrollen ... ist es da nicht einfach, in einer Sekunde fünf Stunden Zeit zu überbrücken? Schon finden wir uns inmitten von Wiesen und Bäumen wieder ... es gibt sogar ein paar fallende Blätter, um dem Bild einen Hauch von Poesie zu verleihen, bevor das Entsetzliche geschieht. Wo sind wir überhaupt? Stunden entfernt, ich sagte es Ihnen bereits – exakt fünf Stunden nach Westen, um noch genauer zu sein, im selben Augenblick, in dem Howard in Atlantis einen Purzelbaum schlägt, setzt Sasparilla Godzilla, Touristin aus Simcoe, Ontario (ihr widerfuhr das Mißgeschick, als Mensch zur Welt gekommen zu sein) zu steilem Sturzflug an und landet bewußtlos am Boden. Genau hier, auf dem Freigelände des Anthropologischen Museums im Chapultepec Park, Mexico, D. F., und die anderen Touristen sind über den Kollaps der bedauernswerten Lady ziemlich außer Fassung geraten. Später behauptete sie, es sei die Hitze gewesen. In wichtigen Dingen viel weniger anspruchsvoll als Nkrumah Fubar dachte sie überhaupt nicht daran, mit irgend jemand darüber zu sprechen oder sich selbst in Erinnerung zu rufen, was sie nun ausgeknockt hatte. Daheim in Simcoe sagten die Leute immer, Harry Godzilla habe da eine sensible Frau bekommen, als er Sasparilla heiratete, und in Kanada (oder in den Vereinigten Staaten) empfiehlt es sich, bestimmte Wahrheiten für sich zu behalten. Lassen Sie uns dabei bleiben, daß sie ein gewisses hämisches und grimassenhaftes Lächeln über das Antlitz der gigantischen Tlaloc-Statue, des Regengottes, hatte huschen sehen oder daß sie es sich eingebildet hatte, es zu sehen. Kein Mensch in Simcoe hatte jemals Vergleichbares gesehen; wahrlich, es werden noch wundersame Dinge geschehen.

Und wenn Sie wirklich meinen, die bedauernswerte Lady sei ein ungewöhnlicher Fall, dann sollten Sie, nur bis zum Ende des Monats, einmal die Akten der Psychiater, sowohl der vom Staat angestellten wie auch der privaten studieren. Berichte über ungewöhnliche Angst und religiöse Manie bei Schizophrenen in den Nervenanstalten schossen raketengleich gen Himmel; ganz gewöhnliche Männer und Frauen kamen von der Straße weg geradewegs herein, um über Augen, die sie beobachteten, vermummte Gestalten, die sich von einem verschlossenen Raum in den anderen bewegten, gekrönten Figuren, die unverständliche Befehle erteilten, über Stimmen, die Gottes oder des Teufels sein wollten, echtestes Hexengebräu also, zu klagen. Am gescheitesten wäre es, schriebe man alle Vorkommnisse den Nachwirkungen der Tragödie von Fernando Poo zu.

Das Telefon schellte um 2 Uhr 30 morgens. Am Morgen des 24. April. Benommen, beklommen, stumm fluchend, im Dunkeln suchend, bemerke und erkenne ich einen Körper, ein Selbst, eine Aufgabe. «Goodman», sage ich, auf einen Arm gestützt, in den Hörer, und noch immer komme ich wie von weit, weit her.

«Bombenanschlag und Mord», tönt eine elektrifizierte Eunuchenstimme aus dem Hörer. Ich pflege nackt zu schlafen *(sorry)* und ziehe mir jetzt mit der einen Hand Unterhosen und Hosen an, während ich mit der anderen eine Adresse notiere. Achtundsechzigste Straße Ost, nahe dem Sitz des *Council on Foreign Relations* (Amt für Auswärtige Angelegenheiten). «Schon unterwegs», sage ich, als ich den Hörer auflege.

«Was ist?» murmelt Rebecca vom Bett herüber. Auch sie ist nackt, und das weckt in mir ein paar heiße Erinnerungen an wenige Stunden vorher. Ich denke, manch einer von Ihnen wird schockiert sein zu erfahren, daß ich über sechzig bin und sie erst fünfundzwanzig. Daß wir verheiratet sind, macht nichts besser. Ich weiß ...

Dieser mein Körper ist noch ganz gut in Schuß für sein Alter, und wenn ich Rebecca so daliegen sehe, dann denke ich daran, wie schön es mit uns ist. In diesem Moment kann ich mich tatsächlich nicht einmal mehr daran erinnern, der Zirkusdirektor gewesen zu sein. Schlaf und Traum lassen jedenfalls nur ein undeutliches Echo nachklingen. Wie mechanisch küsse ich ihren Nacken, sie ist meine Frau, ich bin ihr Mann, und selbst als Inspektor bei der Mordkommission – M. K. Nord, um exakt zu sein – haben sich jegliche Anzeichen, ein Fremder in diesem Körper zu sein, mit meinen Träumen in Luft aufgelöst. In dünne Luft.

«Was?» wiederholt Rebecca, immer noch mehr schlafend als wach.

«Wieder mal so ein paar bekloppte Radikale», sage ich, als ich mir das Hemd anziehe, und ich weiß, daß in ihrem halbwachen Zustand eine Antwort so gut ist wie jede andere auch.

«Ach so», sagt sie zufrieden und sinkt wieder in tiefen Schlaf. Ein bißchen Wasser ins Gesicht, wobei mich ein müder alter Mann aus dem Spiegel ansieht, und kurz mit der Bürste durchs Haar. Gerade Zeit genug, daran zu denken, daß ich mich in nur wenigen Jahren zur Ruhe setzen werde, Zeit genug, mich an eine bestimmte Injektionsnadel zu erinnern, an jenen Tag in den Catskills mit Sandra, meiner ersten Frau, damals als es dort oben noch reine Luft gab ... Socken, Schuhe, Schlips und Schlapphut ... und ich werde nie aufhören zu trauern ... sosehr ich Rebecca auch liebte, hatte ich niemals aufgehört, um Sandra zu trauern. Bombenanschlag *und* Mord ... was für eine *meshugana* Welt ... Können Sie sich daran erinnern, als man wenigstens um drei Uhr morgens unbehelligt von Verkehrsstockungen durch New York fahren konnte? Die Zeiten sind vorbei. Die Lastwagen, die den Tag über verbannt waren, lieferten ihre Waren jetzt aus. Man setzte bei jedermann voraus, daß er so tun würde, als wäre die Luftverschmutzung vor Anbruch des Morgens schon nicht mehr existent. Daddy pflegte zu sagen: «Saul, Saul ... erst haben sie die Indianer fertiggemacht, und jetzt machen sie sich selbst fertig. Goyische Narren.» Er hatte Rußland verlassen, um dem Pogrom von 1905 zu entgehen, aber ich nehme an, er hat so allerhand gesehen, bevor er draußen war. Er kam mir damals wie ein zynischer alter Mann vor, und ich selbst komme den anderen heute wie ein zynischer alter Mann vor. Kann sich da irgendeiner einen Vers drauf machen?

Der Anschlag war auf eines jener alten Bürohäuser verübt worden, und die Zuckerbäckerdekoration der Vorhalle war in Stücke gegangen, über den ganzen Boden verstreut. Im trüben Morgenlicht wurde ich an die düstere Atmosphäre um Charlie Chan im Wachsfigurenkabinett erinnert. Und als ich eintrat, schlug mir ein unglaublicher Gestank entgegen.

Ein Streifenpolizist, der in der Halle rumhing, nahm blitzartig Haltung an, als er mich erkannte. «Es hat die siebzehnte und einen Teil der achtzehnten Etage erwischt», sagte er. «Und dazu eine Zoohandlung hier im Parterre. Wohl irgend so 'n dynamischer Freak. Sonst ist hier unten nichts weiter kaputtgegangen ... bis auf die ganzen Aquarien. Daher der unerträgliche Gestank.»

Aus dem Dunkel tauchte Barney Muldoon auf, ein alter Freund mit dem Blick und Gehabe eines Hollywood-Polypen. Ein harter Bursche, und überhaupt nicht so beschränkt wie er gern vorgab, deshalb war er auch Leiter der Abteilung Bombenattentate.

«Dein Baby, Barney?» fragte ich wie zufällig.

«Sieht ganz so aus. Keine Toten. Dich haben sie angerufen, weil im achtzehnten Stock eine Schneiderpuppe verbrannte, und die erste Streife, die hier ankam, dachte, es wäre eine menschliche Leiche.»

(Warten Sie: George Dorn schreit auf...)

Sauls Gesicht zeigte keine Reaktion auf die Antwort – aber die Pokerspieler im Bruderorden der Polizei hatten schon lange den Versuch aufgegeben, seine talmudische Miene zu ergründen. Ich wußte so gut wie Barney Muldoon, wie ich mich fühlen würde, hätte ich eine Chance, diesen Fall einer anderen Abteilung zuzuschieben und könnte zu einer so schönen Braut wie Rebecca Goodman nach Hause eilen. Ich lächelte zu Saul herab – bei seiner Größe würde ihn die Polizei heute gar nicht mehr einstellen, doch die Gesetze lauteten anders, als er jung war – und ich fügte schnell hinzu: «Trotzdem könnte da was für dich dabeisein.»

Sein Schlapphut senkte sich, als Saul seine Pfeife aus der Tasche zog und sie zu stopfen begann: «Hm?»

«Im Augenblick», fuhr ich fort, «verständigen wir gerade die Vermißtenabteilung, aber wenn das, was ich befürchte, wahr ist, wird die ganze Sache ohnehin auf deinem Schreibtisch landen.»

Er riß ein Streichholz an und begann zu paffen. «Einer, den man jetzt vermißt ... mag am Morgen wieder da sein ... unter den Lebenden ...», sagte er, während er an seiner Pfeife sog. Das Streichholz ging aus.

«In diesem Fall vielleicht aber auch nicht», sagte Muldoon. «Er ist schon seit drei Tagen verschwunden.»

«Ein Ire mit deinen Abmessungen kann kaum feinsinniger sein als ein Elefant», sagte Saul matt. «Hört auf, mich zu quälen. Was hast du bisher rausgekriegt?»

«Das Büro, das es getroffen hat», erklärte Muldoon, offensichtlich glücklich, die Misere mit jemandem teilen zu können, «war *Confrontation*. Ein Magazin, das ungefähr links von der Mitte liegt, und so war es wahrscheinlich ein Anschlag von rechts und nicht von links. Interessant an der Sache ist, daß wir den Herausgeber, Joe Malik, zu Hause nicht antreffen konnten, und als wir einen der Mitherausgeber besuchten, was meinst du, was der uns erzählte? Malik verschwand vor drei Tagen. Sein Vermieter bestätigt das. Er selbst hatte versucht, Malik zu erreichen, weil es im Haus so ein Verbot für Haustiere gibt und die anderen Mieter sich wegen seiner Hunde beschwert hatten. Also, wenn da jemand spurlos verschwindet und anschließend sein Büro in die Luft geht, könnte ich mir fast vorstellen, daß unter Umständen die Mordkommission auf die Sache aufmerksam wird. Meinst du nicht?»

Saul grunzte leise. «Könnte sein, könnte aber auch nicht sein», sagte er. «Ich geh jedenfalls nach Hause. Morgen früh setze ich mich dann mit der Vermißtenabteilung in Verbindung, um zu sehen, was die rausgekriegt haben.»

Der Streifenpolizist räusperte sich und sagte: «Wissen Sie, was mir bei dieser Angelegenheit am meisten stinkt? Die ägyptischen Maulbrüter.»

«Die was?» fragte Saul.

«Diese Zoohandlung», erklärte der Polizist und zeigte zum anderen Ende der Vorhalle. «Ich hab mir mal den Schaden besehen. Sie hatten wirklich die schönste Sammlung seltener tropischer Fische in New York City. Sogar ägyptische Maulbrüter.» Er sah den fragenden Ausdruck auf den Gesichtern der beiden Detektive und fügte fast resignierend hinzu: «Wenn Sie keine Fische sammeln, dann können Sie das gar nicht verstehen. Aber glauben Sie mir, einen ägyptischen Maulbrüter zu kriegen, ist heutzutage verdammt schwer, und die hier drin sind alle tot.»

«Maul-*brüter*?» fragte Muldoon ungläubig.

«Ja ... sehen Sie, ihre Jungen behalten sie nach der Geburt noch ein paar Tage im Maul, und es kommt niemals vor, daß sie sie verschlucken. Das ist ja das Aufregende beim Halten von Zierfischen: Man lernt die Wunder der Natur würdigen.»

Muldoon und Saul sahen sich an. «Es ist inspirierend», sagte Muldoon schließlich, «bei der Polizei soviele College-Absolventen zu haben.»

Der Aufzug öffnete sich und heraus trat Dan Pricefixer, ein rotschopfiger junger Mann, Detektiv aus Muldoons Stab, eine Metallschachtel in der Hand.

«Ich denke, das hier ist interessant, Barney», begann er unverzüglich, wobei er Saul kurz zunickte. «Verdammt interessant. Ich fand diese Schachtel in den Trümmern und an einer Ecke war sie etwas aufgegangen; so sah ich hinein.»

«Und?» fragte Muldoon rasch.

«Es ist das verrückteste Bündel von internen Mitteilungen, das mir jemals unter die Augen gekommen ist. So daneben wie ein Pfaffe mit Titten.»

Das wird eine lange Nacht, kam es Saul plötzlich in den Sinn, begleitet von einem Gefühl sinkender Stimmung. Eine lange Nacht und ein schwieriger Fall dazu.

«Mal reinschnuppern?» fragte Muldoon ihn mit hämischer Stimme.

«Suchen Sie sich besser einen Platz zum Hinsetzen», fügte Pricefixer hinzu. «Es wird einige Zeit kosten, da durchzukommen.»

«Gehen wir rüber zur Cafeteria», schlug Saul vor.

«Sie können sich gar nicht vorstellen», wiederholte der Polizist, «der Wert eines ägyptischen Maulbrüters...»

«Es ist für jede Nationalität hart, Mensch oder Fisch», sagte Muldoon und machte dabei einen seiner seltenen Versuche, Sauls Sprechweise zu imitieren. Er und Saul wandten sich der Cafeteria zu und ließen den Streifenpolizisten leicht verstört zurück.

Sein Name ist James Patrick Hennessy, und seit drei Jahren ist er bei der Polizei. In diesem Buch wird er nicht mehr auftauchen. Er hatte einen fünfjährigen, etwas zurückgebliebenen Sohn, den er abgöttisch liebte; ein Gesicht wie das seine kann man jeden Tag tausendfach auf der Straße sehen, und nie wird man dahinterkommen, wie tapfer solche Leute ihr Schicksal ertragen... und George Dorn, der ihn irgendwann mal umlegen wollte, schreit noch immer... Barney und Saul aber sind jetzt in der Cafeteria. Sehen Sie sich mal um: Der Übergang von der gotischen Vorhalle in die grelle Plastik-Cafeteria vollzog sich fast wie auf einem Trip. Auch sind wir jetzt noch näher an der Zoohandlung... aber machen Sie sich besser nichts aus dem Gestank.

Saul nahm seinen Hut ab und fuhr sich nachdenklich durchs graue Haar, während Muldoon die ersten zwei Memos rasch überflog. Als er sie gereicht bekam, setzte er seine Brille auf und las sie langsam auf die ihm eigene Weise methodisch und nachdenklich durch. Halten Sie Ihre Hüte fest. Und sehen Sie sich's mal selber an:

Illuminaten-Projekt: Memo 1 23. 7.

J. M.:
Der erste Hinweis, den ich fand, steht in *Violence* von Jacques Ellul (Seabury Press, New York, 1969). Er sagt (Seite 18–19), daß die Illuminaten im 11. Jahrhundert durch Joachim von Floris begründet wurden und ursprünglich eine Lehre der Armut und Gleichheit verbreiteten. Später aber, im 15. Jahrhundert, wurden sie unter der Führung des Fra Dolcino gewalttätig, plünderten die Reichen und verkündeten die bevorstehende Herrschaft des Geistes. «1507», so schließt er, «wurden sie von den ‹Ordenskräften› – von einer Armee, die der Bischof von Vercueil befehligte – geschlagen.» Er macht keinerlei Angaben über irgendeine Bewegung der Illuminaten, weder in den vorangegangenen Jahrhunderten noch in neuerer Zeit.

Später am Tag werde ich noch mehr wissen. Pat

P. S. In einer alten Ausgabe der *National Review* habe ich noch etwas über Joachim von Floris gefunden. William Buckley und Konsorten denken, Joachim sei verantwortlich für den modernen Liberalismus, Sozialismus und Kommunismus; sie verdammen ihn in gewählter, theologischer Sprache. Sie beschuldigen ihn der Ketzerei, «das christliche Eschaton verwirklichen zu wollen». Willst du, daß ich das mal in einer technischen Abhandlung über Thomismus nachschlage? Ich glaube, es bedeutet ungefähr sowas, wie den Weltuntergang voranzutreiben.

Illuminaten-Projekt: Memo 2 23. 7.

J. M.:
Meine zweite Quelle war etwas ergiebiger: Akron Daraul, *A History of Secret Societies* (Citadel Press, New York, 1961). Daraul verfolgt die Illuminaten ebenfalls bis ins 11. Jahrhundert zurück, nicht aber auf Joachim von Floris. Er sieht den Ursprung in der Ismailitischen Sekte des Islam, auch bekannt als Orden der Assassinen. Diese wurde im 13. Jahrhundert besiegt, hatte später jedoch ein Comeback, mit einer neuen, weniger zu Gewalttätigkeit neigenden Philosophie, und entwickelte sich schließlich zur heutigen, vom Aga Khan geleiteten Ismailitischen Sekte. Im 16. Jahrhundert aber eigneten sich die Illuminaten Afghanistans (die Roshinaya) die ursprünglichen Taktiken des Assassinenordens an. Sie wurden von mit den Persern vereinten Mongolen vertrieben (Seite 220–223). Aber: «Das beginnende siebzehnte Jahr-

hundert erlebte die Gründung der Illuminaten Spaniens – den Allumbrados, die durch ein Verdikt der Großen Inquisition von 1623 verdammt wurden. 1654 wurde die französische Öffentlichkeit auf die ‹erleuchteten› Guerinets aufmerksam.» Und schließlich – die Stelle, die dich am meisten interessieren wird – wurden die bayrischen Illuminaten am 1. Mai 1776 von Adam Weishaupt, einem ehemaligen Jesuiten, in Ingolstadt gegründet. «Noch heute vorhandene Dokumente weisen in verschiedenen Punkten Ähnlichkeiten zwischen den Illuminaten Deutschlands und Zentralasiens auf: Ähnlichkeiten, die man schwerlich bloßen Zufällen zuschreiben kann» (Seite 255). Weishaupts Illuminaten wurden 1785 von der bayrischen Regierung verboten; Daraul erwähnt auch die Illuminaten im Paris der achtziger Jahre des 19. Jahrhunderts, weist aber darauf hin, daß es nichts weiter als eine vorübergehende Modeerscheinung war. Den Hinweis auf auch heute noch existierende Illuminaten lehnt er ab.

Langsam fängt es an, interessant zu werden. Warum verschweigen wir George Einzelheiten?

Pat

Saul und Muldoon sahen sich an. «Laß uns mal das nächste Ding sehen», sagte Saul. Muldoon und er lasen zusammen:

Illuminaten-Projekt: Memo 3   24. 7.

J. M.:

The Encyclopedia Britannica weiß wenig zum Thema zu sagen (Ausgabe von 1966, Vol. II, «Helicar – Impala», Seite 1094):

Illuminaten, Mitglieder einer kurzlebigen Bewegung republikanischer Freidenker, von Adam Weishaupt am 1. Mai 1776 gegründet, einem Professor für kanonisches Recht in Ingolstadt und ehemaligem Jesuiten. Ab 1778 nahmen sie Kontakt zu verschiedenen Freimaurerlogen auf, innerhalb derer sie auf Betreiben A. Knigges (q. v.), einem ihrer Hauptkonvertiten, einflußreichste Positionen gewannen...

Das System selbst übte eine starke Anziehungskraft auf Literaten, wie Goethe und Herder, und sogar auf die regierenden Fürsten von Gotha und Weimar aus...

Die Bewegung hatte mit internen Meinungsverschiedenheiten zu kämpfen und wurde 1785 durch einen Erlaß der bayrischen Regierung endgültig verbannt.

Pat

Saul legte eine Pause ein. «Ich wette mit dir, Barney», sagte er ruhig, «dieser spurlos verschwundene Joe Malik ist der J. M., für den diese Notizen geschrieben wurden.»

«Sicher», entgegnete Muldoon spöttisch. «Diese Illuminaten gibt's immer noch, und sie haben ihn sich geschnappt. So wahr mir Gott helfe, Saul», fügte er hinzu, «ich schätze die Art, wie dein Verstand normalerweise den Tatsachen vorausgaloppiert. Doch kannst du einem Verdacht nicht allzuweit folgen, wenn du bei Null anfangen mußt.»

«Wir fangen nicht bei Null an», sagte Saul sanft. «Laß dir sagen, von wo wir ausgehen können. Erstens» – er hielt einen Finger in die Luft – «der Bombenanschlag auf dieses Gebäude» – der nächste Finger – «ein leitender Angestellter verschwand drei Tage vor dem Anschlag. Daraus ergeben sich bereits eine oder sogar zwei Folgerungen: Irgend etwas hat ihn erwischt, oder er wußte, daß etwas Drohendes auf ihn zukam und machte sich aus dem Staube. Werfen wir jetzt einen Blick auf die Notizen Punkt Nummer drei» – er hielt einen weiteren Finger hoch – «ein Standardnachschlagewerk, die *Encyclopedia Britannica*, scheint bei der Angabe, wann die Illuminaten ins Leben gerufen wurden, fehlzugehen. Sie geben für Deutschland das achtzehnte Jahrhundert an, aber die anderen Memos verfolgen sie zurück bis – laß mal sehen – Spanien im siebzehnten Jahrhundert, Frankreich im siebzehnten Jahrhundert, dann im elften Jahrhundert zurück bis nach Italien und halb um die Welt herum bis nach Afghanistan. So haben wir eine weitere Schlußfolgerung; wenn die *Britannica* unrichtige Angaben darüber macht, wann die ganze Sache ihren Anfang nahm, können sie sich auch dabei irren, wann sie aufhörte. Nun nimm diese drei Punkte und die beiden Schlußfolgerungen einmal zuammen...»

«Und die Illuminaten schnappten sich den Herausgeber und jagten sein Büro in die Luft. Quatsch. Ich glaube immer noch, du bist zu schnell.»

«Mag sein, daß ich nicht schnell genug bin», sagte Saul. «Eine Organisation, die *mindestens* ein paar Jahrhunderte existiert hat und die meiste Zeit über ihre Geheimnisse wohl zu hüten wußte, könnte inzwischen schon ganz schön mächtig sein.» Er verlor sich in Schweigen und schloß die Augen, um sich besser konzentrieren zu können. Einen Augenblick später sah er seinen jüngeren Kollegen fragend an.

Auch Muldoon hatte nachgedacht. «Ich habe Männer auf dem Mond landen sehen», sagte er. «Ich habe Studenten in Büros der Universität einbrechen und in den Papierkorb des Dekans scheißen sehen. Ich habe sogar Nonnen in Miniröcken gesehen. Aber diese internationale Verschwörung, die achthundert Jahre lang im Geheimen existierte ... das ist so, als würdest du in deinem eigenen Haus eine Tür öffnen und James Bond und den Präsidenten der Vereinigten Staaten dastehen und ihren Konflikt mit Fu Manchu und den fünf Marx Brothers mit 'nem Colt austragen sehen.»

«Das versuchst du dir selbst einzureden, Barney. Es liegt doch so klar auf der Hand, daß es ein Blinder ohne Krücken sehen kann. Es *gibt* einen Geheimbund, der der internationalen Politik ständig eins verpaßt. Intelligente Köpfe haben das zu allen Zeiten vermutet. Keiner will mehr Krieg, doch gibt es ständig weiterhin Krieg – warum? Sieh dir das mal genau an, Barney – das hier ist haargenau *der* schwere Fall, der uns in all unseren Alpträumen verfolgte. Gußeisern. Wär es 'ne Leiche, würden sich alle sechs Sargträger bei der Beerdigung 'nen doppelten Bruch heben. Nun?» schloß Saul.

«Nun ... entweder müssen wir etwas unternehmen oder runter vom Töpfchen, wie meine selige Großmutter zu sagen pflegte.»

Es war in jenem Jahr, in dem man schließlich das Eschaton immanentisieren wollte. Am 1. April gerieten die Weltmächte näher an eine nukleare Auseinandersetzung als jemals zuvor, und alles wegen eines unbekannten Eilands, Fernando Poo. Aber während die Blicke aller anderen sich mit Besorgnis und verzweifelter Hoffnung auf das UN-Gebäude richteten, lebte in Las Vegas eine außergewöhnliche Figur, bekannt als Carmel. Sein Haus lag in der Date Street und gewährte einen großartigen Ausblick auf die Wüste, den er sehr schätzte. Er liebte es, stundenlang damit zuzubringen, über das wilde, mit Kakteen bestandene Ödland zu starren, obgleich er selbst nicht wußte warum. Hätte man ihm erzählt, daß er der Menschheit symbolisch den Rücken zukehrte, würde er es nicht verstehen, noch würde er sich beleidigt fühlen; die Bemerkung wäre für ihn vollkommen irrelevant. Hätte man hinzugefügt, er sei selbst eine Kreatur der Wüste, wie etwa das Gilamonster oder die Klapperschlange, würde es ihn höchstens langweilen, und er würde einen als Narren bezeichnen. Für Carmel waren die meisten Menschen auf der Welt Narren, die ständig bedeutungslose Fragen stellten und sich bei Nebensächlichkeiten aufhielten; nur ein paar wenige, und er war einer von ihnen, hatten entdeckt, was wirklich wichtig war – Geld – und dem jagte er unbeirrt und skrupellos nach. Seine großen Augenblicke waren jene wie in dieser Nacht des 1. April, wenn er dasaß und seine Monatseinnahmen zusammenrechnete und dabei gelegentlich aus seinem Panoramafenster über die flache, sandige Landschaft schaute, die vom Licht der Stadt hinter ihm schwach erhellt wurde. In dieser physischen und emotionalen Wüste empfand er so etwas wie Glückseligkeit oder etwas so dicht an Glückseligkeit, wie er es empfinden konnte. Seine Mädchen hatten im März 46 000 Dollar verdient, davon nahm er 23 000 Dollar für sich; nachdem er zehn Prozent an die Bruderschaft abgeführt hatte, um unbelästigt von Banana Nose Maldonados Soldaten operieren zu können, blieben ihm noch runde 20 700 Dollar. Alles steuerfrei. Little Carmel, ein Meter fünfzig groß und mit dem Gesicht einer melancholischen Ratte, strahlte, als er mit seinen Berechnungen fertig war; sein Gefühlszustand war ebenso schwierig in Worte zu fassen wie der eines Nekrophilen, der gerade in die städtische Leichenhalle eingebrochen war. Er hatte mit seinen Mädchen alle möglichen sexuellen Kombinationen ausprobiert; keine verursachte ihm den Nervenkitzel, den er hatte, wenn er am Ende des Monats auf eine solche Summe blicken konnte.

Er wußte nicht, daß er, noch vor dem 1. Mai, weitere fünf Millionen Dollar haben und ganz nebenbei das wichtigste menschliche Wesen auf Erden werden würde. Hätte man ihm dieses zu erklären versucht, hätte er alles andere beiseite gefegt und nichts weiter gefragt als: «Die fünf Millionen – wie viele Kehlen muß ich durchschneiden, *um da mitzumischen?*»

Aber warten Sie mal: Kramen Sie den Atlas hervor, und schlagen Sie Afrika auf. Folgen Sie mit Ihren Augen der Westküste, hinunter bis Äquatorial-Guinea. Halten Sie an der Krümmung inne, wo ein Teil des Atlantischen Ozeans eine Biegung nach innen macht und die Bucht von Biafra bildet. Sie werden eine Kette kleiner Inseln finden und weiterhin entdecken, daß eine von ihnen Fernando Poo ist. Dort, in der Hauptstadt Santa Isobel, studierte Hauptmann Ernesto Tequila y Mota während der frühen siebziger Jahre aufmerksam Edward Luttwaks *Coup d'Etat: A Practical Handbook* und bereitete in aller Ruhe, Luttwaks Formel befolgend, einen perfekten Staatsstreich vor. Er erstellte einen Zeitplan, gewann seine ersten Anhänger im Offizierskorps, bildete eine Clique von Verschworenen und begann ganz allmählich, die Dinge so zu arrangieren, daß etwa die Offiziere, die Äquatorial-Guinea gegenüber loyal waren, mindestens achtundvierzig Stunden vor dem Staatsstreich in irgendeiner Mission fern der Hauptstadt weilten. Er verfaßte die erste Regierungserklärung; sie beinhaltete die besten Slogans der mächtigsten Rechts- und Linksgruppierungen der Insel und bettete sie fest in einen liberal-konservativen Zusammenhang. Sie entsprach voll und ganz Luttwaks Anweisungen und gab jedem Bewohner der Insel ein wenig Hoffnung, daß seine eigenen Interessen und Überzeugungen durch das neue Regime gefördert würden. Und so, nach drei Jahren sorgfältigster Planung, schlug er zu: Die Schlüsselfiguren des alten Regimes wurden blitzschnell und unblutig unter Hausarrest gestellt; Einheiten unter dem Befehl jener Offiziere, die in die Intrige verstrickt waren, besetzten Schlüsselstellungen der Energieversorgung und des Pressewesens; die harmlos faschistisch-konservativ-liberal-kommunistische Proklamation der neuen Volksrepublik Fernando Poo ging über die Radiostation von Santo Isobel in die ganze Welt hinaus. Ernesto Tequilla y Motas Wunsch hatte sich erfüllt – Beförderung vom Hauptmann zum Generalissimo in einem Zuge. Jetzt begann er sich allmählich zu fragen, wie man das Regieren eines Landes bewerkstelligte. Wahrscheinlich mußte er noch ein Buch lesen. Ein Buch wie das von Luttwak, das in unkomplizierter Form leicht begreifliche Anweisungen geben konnte. Das war am 14. März.

Am 15. März war der Name Fernando Poo noch völlig unbekannt. Kein Mitglied des Repräsentantenhauses, kein Senator, kein Beamter des Kabinetts und kein Generalstabschef, bis auf einen, kannten ihn. Als der CIA-Bericht an diesem Nachmittag auf seinem Schreibtisch landete, bestand die erste Reaktion des Präsidenten tatsächlich darin, seinen Sekretär zu fragen: «Wo, um Himmels willen, liegt Fernando Poo?»

Saul nahm die Brille ab und putzte sie mit seinem Taschentuch, sein Alter wurde ihm bewußt, und er fühlte sich plötzlich viel erschöpfter als jemals zuvor. «Barney», begann er, «ich stehe höher im Rang als du...»

Muldoon grinste. «Ich weiß, was jetzt kommt.»

Saul fuhr methodisch fort: «Wer, glaubst du, ist von euerm Stab Doppelagent für die CIA?»

«Bei Robinson bin ich sicher, bei Lehrman weiß ich's nicht so genau.»

«Am besten werden sie beide versetzt. Wir wollen nichts riskieren.»

«Gut. Morgen früh schicke ich sie zur Bereitschaftspolizei. Und wie sieht's bei euern Leuten aus?»

«Bei uns sind's drei, schätze ich. Und die werden ebenfalls gehen.»

«Die bei der Bereitschaft werden sich über den Zuwachs an Arbeitskräften freuen.»

Saul entzündete seine Pfeife aufs neue. «Noch eine Sache; könnte sein, daß der FBI sich für diese Geschichte hier interessiert.»

«Könnte schon sein.»

«Aber die werden auch nichts rauskriegen.»

«Hör mal zu, Saul, du läßt da allerlei an mir aus...»

«Manchmal muß man sich auf seinen Instinkt verlassen. Das hier ist ein verdammt schwieriger Fall, stimmt's?»

«Ein verdammt schwieriger Fall ...» nickte Muldoon zustimmend.

«Dann laß es uns mal so anfassen, wie ich's vorschlage, okay?»

«Nehmen wir uns mal das nächste Memo vor», sagte Muldoon mit tonloser Stimme. Und sie lasen weiter:

Illuminaten-Projekt: Memo 4   24. 7.

J. M.:

Hier ist ein Brief, der vor ein paar Jahren im *Playboy* erschien («The Playboy Advisor», *Playboy*, April 1969, Seite 62–64):

Kürzlich hörte ich einen politisch rechtsstehenden älteren Herrn – einen Freund meiner Großeltern – behaupten, daß die derzeitige Mordwelle das Werk von Illuminaten genannten Geheimbündlern sei. Er sagte, daß die Illuminaten durch die ganze Geschichte hindurch existierten, daß die Eigentümer der internationalen Bankkartelle alle Freimaurer im 32. Grad seien, daß sie Ian Fleming bekannt waren, der sie in seinen James-Bond-Büchern als *Spectre* porträtierte – weshalb ihn die Illuminaten beiseite schaffen. Zuerst kam mir das alles wie der Irrglauben eines Paranoikers vor. Dann las ich in *The New Yorker*, daß Allan Chapman, einer von Jim Garrisons Beamten bei der Ermittlung des Kennedy-Mordes, daran glaubt, daß die Illuminaten tatsächlich noch immer existieren ...

Playboy spielt die ganze Idee natürlich als lächerlich herunter und gibt die Standardstory der *Encyclopedia Britannica* wieder, daß die Illuminaten 1785 den Laden dicht machten.

Pat

Pricefixer steckte seinen Kopf durch die Tür; «... 'ne Minute Zeit?» fragte er.

«Was gibt's?» erwiderte Muldoon.

«Peter Jackson ist hier draußen. Er ist der Mitherausgeber, mit dem ich am Telefon sprach. Er hat mir gerade etwas über die letzte Zusammenkunft mit dem Herausgeber, Joseph Malik, erzählt, bevor dieser verschwand.»

«Bring ihn rein», sagte Muldoon.

Peter Jackson war ein Schwarzer – wirklich schwarz, nicht braun oder beige. Trotz des Frühlingswetters trug er eine Jacke. Polizisten gegenüber war er augenscheinlich sehr auf der Hut. Saul merkte das natürlich sofort und sann rasch darüber nach, wie man ihm das Mißtrauen am schnellsten nehmen könnte – im selben Moment gewahrte er, wie sich eine zunehmende Höflichkeit auf Muldoons Miene breitmachte. Ein Anzeichen dafür, daß dieser es ebenfalls bemerkt hatte und bereit war, diesen Jackson in die Zange zu nehmen.

«Nehmen Sie doch Platz», sagte Saul zuvorkommend, «und erzählen Sie uns, was Sie dem Beamten dort draußen gerade erzählt haben.» Bei diesen nervösen Typen ging man am besten so vor, die Rolle des Polizisten zunächst einmal abzulegen und zu versuchen, sich ganz unbeteiligt zu geben. Natürlich blieb man immerhin jemand, der viele, viele Fragen zu stellen hatte. Saul begann in die Haut seines eigenen Hausarztes zu schlüpfen, dessen Persönlichkeit er in solchen Augenblicken gern zu übernehmen pflegte. Er zwang sich, so zu *fühlen*, als hätte er ein Stethoskop um den Hals baumeln.

«Well», begann Jackson mit einem Harvardakzent, «wahrscheinlich ist das gar nicht so erheblich, was ich weiß. Es mag alles bloßer Zufall sein.»

«Wissen Sie, das meiste, was wir zu hören bekommen, sind *bloße Zufälle*», sagte Saul höflich. «Aber es ist nun einmal unser Job zuzuhören.»

«Außerhalb extremistischer Kreise hat sich in der Zwischenzeit niemand mehr damit befaßt», begann Jackson. «Es hat mich wirklich stutzig gemacht, als Joe mir erzählte, in was für Geschichten er das Magazin verwickelte.» Er hielt inne und studierte die gleichmütigen Gesichter der Detektive; viel zu finden gab's da nicht, also fuhr er fort: «Es war letzten Freitag. Joe erzählte mir, er hätte da einen Anhaltspunkt, der ihn interessierte, und er setzte einen der Redakteure darauf an. Er wollte die Ermittlungen zu den Morden an Martin Luther King und an den Kennedy-Brüdern wiederaufnehmen.»

Saul war sorgfältigst darauf bedacht, Muldoon nicht anzublicken, und ebenso sorgfältig bewegte er seinen Hut, um die auf dem Tisch ausgebreiteten Papiere nicht preiszugeben. «Entschuldigen Sie mich bitte für einen Augenblick», sagte er und verließ die Cafeteria.

Er fand eine Telefonzelle in der Halle und wählte seine eigene Nummer. Rebecca antwortete nach dem dritten Läuten; offensichtlich war sie nicht mehr richtig eingeschlafen, nachdem er fortgegangen war.

«Saul?» fragte sie, ahnend, wer um diese Zeit anrufen würde.

«Es wird eine lange Nacht werden», sagte Saul.

«Oh, verflucht ...»

«Ich weiß, Baby. Aber dieser Fall ist verdammt verzwickt!»

Rebecca seufzte. «Ahh ... was bin ich froh, daß wir vor ein paar Stunden schon mal eine gute Nummer geschoben haben, sonst wäre ich jetzt unheimlich sauer ...»

Saul überlegte sich, wie diese Unterhaltung sich für Außenstehende anhören mochte. Ein sechzigjähriger Mann und eine fünfundzwanzigjährige Frau. Und wenn diese dann noch erfahren würden, daß sie, als er sie das erste Mal traf, eine Hure und Heroinsüchtige gewesen war...

«Weißt du, was ich jetzt tun werde...?» Rebecca senkte die Stimme. «Ich werde mein Nachthemd ausziehen, das Bettzeug wegstoßen, nackt daliegen, an dich denken und warten...»

Saul grinste. «Nachdem, was ich dir heute abend geboten habe, sollte ein Mann meines Alters darauf gar nicht mehr reagieren können...»

«Aber ... du hast reagiert ... oder?» Ihre Stimme war selbstsicher und sinnlich.

«Und wie ... für die nächsten paar Minuten werde ich mich nicht aus der Telefonzelle wagen können...»

Sie lachte sanft und sagte: «Ich werde auf dich warten...»

«Ich liebe dich», sagte er, überrascht (wie immer) von der simplen Wahrheit dieser Worte ... für einen Mann seines Alters. Wenn das so weitergeht, sagte er sich, werde ich aus dieser Telefonzelle nie mehr rauskommen. «Hör zu», fügte er rasch hinzu, «laß uns das Thema wechseln, bevor ich auf die Laster meiner High School-Zeit zurückgreifen muß. Was weißt du über die Illuminaten?» Rebecca hatte im Hauptfach Anthropologie und im Nebenfach Psychologie studiert, bevor sie in die Drogenszene geraten und in jenen Abgrund geglitten war, aus dem er sie herausgeholt hatte; ihre Belesenheit setzte ihn auch heute noch oft genug in Erstaunen.

«Das ist 'ne Ente», sagte sie.

«Eine *was*?»

«Eine *Ente* ... 'ne Erfindung von ein paar Berkeley-Studenten.»

«Nein, das will ich gar nicht wissen. Die *ursprünglichen* Illuminaten in Italien und Spanien und Deutschland vom fünfzehnten bis ins achtzehnte Jahrhundert, weißt du?»

«Ja, das ist die Grundlage dieser Berkeley-Ente. Es gibt da ein paar rechte Historiker, die meinen, daß die Illuminaten noch immer existieren würden, weißt du, und so schlugen die Studenten in Berkeley ein Illuminatenkapitel auf und begannen, Presseverlautbarungen zu allen möglichen und unmöglichen Themen herauszugeben. Leute, die gern an Verschwörungen glauben, konnten somit auf etwas zurückgreifen, das sie schwarz auf weiß in der Hand hatten. Das ist schon ungefähr alles, was es dazu zu sagen gibt. Nichts als Studentenulk.»

Ich wollte, es verhielte sich so, dachte Saul. «Und was weißt du über die Sekte der Ismaeliten?»

«Sie ist in 23 Gruppen unterteilt, deren Oberhaupt der Aga Khan ist. Sie wurde etwa um – ah – 1090 n. Chr. gegründet, glaube ich, und war ursprünglich heftigen Verfolgungen ausgesetzt. Jetzt ist sie jedoch ein Teil der orthodoxen mohammedanischen Religion. Sie vertritt eine ganze Menge der merkwürdigsten Lehren. Der Gründer, Hassan i Sabbah, lehrte, daß nichts wahr und alles erlaubt sei. Und er lebte diese Idee aus – das Wort ‹Assassin› ist eine Verballhornung seines Namens.»

«Noch irgend etwas?»

«Ja. Wenn ich gerade so darüber nachdenke ...: Sabbah führte von Indien aus Marihuana in den Westen ein. Das Wort ‹Haschisch› leitet sich ebenfalls von seinem Namen ab.»

«Das ist ein schwieriger Fall», sagte Saul, «und jetzt, wo ich diese Telefonzelle verlassen kann, ohne den Streifenpolizisten in der Halle zu schockieren, werde ich mich wieder an die Arbeit machen. Sag jetzt bitte nichts mehr, was mich erneut erregen könnte ... bitte!»

«Natürlich nicht. Ich liege hier ja sowieso nur nackt herum und ...»

«Good-bye.»

«Good-bye», erwiderte sie lachend.

Stirnrunzelnd hing Saul den Hörer ein. Goodmans Intuition nannten es seine Kollegen. Aber das war keine Intuition; es war eine Art, jenseits und zwischen den Tatsachen zu denken, eine Art *Gesamtheiten* herauszuspüren; zu sehen, daß es zwischen Tatsache Nummer eins und Tatsache Nummer zwei eine Verbindung geben mußte; selbst wenn eine solche Verbindung noch nicht sichtbar war. Und er wußte: *einen* Illuminaten mußte es geben ... ob die Typen in Berkeley jemanden einen Bären aufbinden wollten oder nicht.

Saul kam von seiner Konzentration runter und wurde sich klar, wo er sich überhaupt befand. Erst jetzt entdeckte er den Sticker an der Tür:

DIESE TELEFONZELLE
RESERVIERT FÜR CLARK KENT

Er lächelte: ein Intellektuellenscherz. Wahrscheinlich einer von *Confrontation*.

Er ging hinüber zur Cafeteria und ließ sich dabei noch einmal alles durch den Kopf gehen. «Nichts ist wahr, alles ist erlaubt.» Mit einer

Lehre wie dieser waren Leute fähig zu ... Es schauderte ihn. Bilder von Buchenwald und Belsen ... Bilder von Juden, von denen er einer hätte sein können ...

Peter Jackson blickte auf, als er die Cafeteria betrat. Ein intelligentes, neugieriges schwarzes Gesicht. Muldoons Gesicht sah so unbewegt aus wie eines der Gesichter vom Mount Rushmore. «Mad Dog City, Texas, ist die Stadt, in der diese ... Assassinen ... ihr Hauptquartier aufgeschlagen hatten. Das war Maliks Auffassung, als er einen seiner Redakteure dorthin schickte», sagte er.

«Weißt du, wie der Redakteur hieß?» frage Saul.

«Ja, George Dorn», antwortete Muldoon. «Ein junger Bursche, der früher einmal beim SDS *(Students for a Democratic Society)* war. Irgendwann stand er auch mal den Weatherman ziemlich nahe.»

Hagbard Celines gigantischer Computer, FUCKUP – *First Universal Cybernetic-Kinetic-Ultramicro-Programmer* –, war im wesentlichen eine ziemlich hochgestochene Form der heutzutage gängigen Standard-Selbstprogrammier-Algorithmus-Maschine; ihr Name entsprang einer seiner Launen. FUCKUPs Anspruch auf Einzigartigkeit stützte sich auf ein zufallsabhängiges Programm, durch das er in die Lage versetzt wurde, *I Ging*-Hexagramme zu «werfen», indem er einen zufällig offenen Stromkreis als eine unterbrochene Linie *(yin)* und einen zufällig geschlossenen Stromkreis als eine ganze Linie *(yang)* las, bis sechs solcher «Linien» entstanden waren. Indem er dann sein Gedächtnis konsultierte, wo die gesamte Überlieferung der *I Ging*-Auslegungen gespeichert war, und dann die Gegenkontrolle mit dem laufend Abgetasteten der politischen, ökonomischen, meteorologischen, astrologischen, astronomischen und technologischen Exzentrizitäten dieses Tages machte, konnte er eine Deutung des Hexagramms vorlegen, die nach Hagbards Meinung die besten aller wissenschaftlichen und okkulten Methoden in sich vereinte, um heraufkommende Entwicklungen aufzuspüren. Am 13. März erbrachte die stochastische Struktur ganz spontan das Hexagramm 23, «Zersplitterung – Niedergang». Und FUCKUP interpretierte:

Dieses traditionsgemäß unglückliche Zeichen wurde von Priestern aus Atlantis kurz vor der Zerstörung ihres Kontinents geworfen und steht ganz allgemein für Tod durch Wasser. Andere Auslegungen bringen es mit Erdbeben, Wirbelstürmen und ähnlichen Katastrophen in Verbindung, wie zum Beispiel auch mit Krankheit, Zerfall und Morbidität.

Die erste Entsprechung liegt bei der Unausgeglichenheit zwischen technologischer Beschleunigung und politischer Rückentwicklung, die weltweit auf einer sich ständig zunehmenden Gefahrenstufe seit 1914 und ganz besonders seit 1964 fortschreitet. Im wesentlichen ist mit Niedergang das schizoide und schismatische Abweichen der Juristen-Politiker von bekanntem Terrain gemeint, die versuchen, eine weltweite Technologie zu handhaben, deren Mechanismus sie auf Grund mangelnder Ausbildung nicht begreifen und deren *Gestalttrend* sie behindern, indem sie eine Zersplitterung in altmodische Nationalstaaten wie zur Zeit der Renaissance zulassen.

Uns droht wahrscheinlich der dritte Weltkrieg, und zieht man die Fortschritte in der biochemischen Kriegsführung zusammen mit den Hinweisen auf Krankheiten in Erwägung, die im Hexagramm 23 mitschwingen, so ist der Ausbruch von Epidemien oder der Einsatz von Nervengas oder beides ebenso wahrscheinlich wie thermonuklearer Overkill.

Allgemeine Prognose: viele Millionen von Toten.

Es bleibt wenig Hoffnung, daß sich das abzeichnende Bild durch unverzügliche Maßnahmen rechter Natur umgehen läßt. Wahrscheinlichkeit der Vermeidung: $0,17 \pm 0,05$.

Keine Schuld

«Leck mich doch am Arsch ... keine Schuld ...» wütete Hagbard; und programmierte FUCKUP sofort neu, um sich von ihm die zusammengefaßten Psychobiographien der Schlüsselfiguren in Weltpolitik und biochemischer Kriegsforschung vorlesen zu lassen.

Am 2. Februar hatte Dr. Charles Mocenigo den ersten Traum – über einen Monat, bevor FUCKUP jene Schwingungen registrierte. Er war sich, wie immer, bewußt, daß er träumte, und die Vision einer gigantischen Pyramide, die dahinzuwanken schien, hatte keine besondere Bedeutung und verlor sich schnell wieder. Jetzt schien es ihm, als betrachte er eine Vergrößerung der DNS-Doppelspirale; sie war so detailliert dargestellt, daß er sie auf die verbindenden Unregelmäßigkeiten bei jedem 23. Angström zu untersuchen begann. Zu seiner Überraschung waren sie nicht vorhanden; statt dessen gab es andere Unregelmäßigkeiten bei jedem 17. Angström. «Was ... zum Teufel?» fragte er – und die Pyramide tauchte wieder auf. Sie schien zu sprechen und sagte: «Ja ... der Teufel ...» Er wachte schlagartig auf, mit einem neuen Konzept im Kopf, Anthrax-Leprosy-Mu, und machte sich ein paar Notizen auf dem Block, der neben seinem Bett lag.

«Was zum Teufel bedeutet dieses ‹Desert Door›-Projekt?» hatte der Präsident einmal gefragt und das Budget überprüft. «Krieg der Mikroben», hatte ein Assistent hilfsbereit erklärt. «Seinen Anfang hatte es mit etwas genommen, das sie Anthrax Delta nannten. Jetzt haben sie sich bis an Anthrax Mu herangearbeitet und ...» Seine Stimme wurde vom Rumpeln des Papierreißwolfs im Zimmer nebenan übertönt. Der Präsident erkannte die typischen Geräusche der «Kanalmarine» im Einsatz. «Schon gut!» sagte er. «Das macht mich alles viel zu nervös ...» Er kritzelte ein rasches «O. K.» neben diesen Tagesordnungspunkt und ging über zu «Verwahrloste Kinder». Seine Stimmung besserte sich sofort. «Na», sagte er, «da haben wir endlich mal was, was wir streichen können.»

Bis zur Fernando Poo-Krise vergaß er alles über Desert Door. «Angenommen, nur einmal angenommen», fragte er den versammelten Generalstab am 29. März, «ich verkünde über Radio und Fernsehen die Androhung der thermonuklearen *Hölle* und die andere Seite rührt sich nicht. Haben wir irgendwas, das ihnen noch mehr Angst einjagen könnte?» Die Generalstäbler tauschten Blicke aus. Vorsichtig tastend begann einer von ihnen zu sprechen: «Draußen in Las Vegas», sagte er, «haben wir dieses ‹Desert Door›-Projekt, das den Genossen der *b-b* und *b-c* weit voraus ist und ...»

«Das bedeutet biologisch-bakteriologisch und biologisch-chemisch», erläuterte der Präsident dem stirnrunzelnden Vizepräsidenten, wandte seine Aufmerksamkeit wieder den Militärs zu und fragte: «Was hätten wir noch auf Lager, das dem Iwan das Blut in den Adern erstarren ließe?» «Nun ... da gibt es Anthrax-Leprosy-Mu ... es ist schlimmer als jede bekannte Form von Anthrax. Tödlicher als Beulenpest, Anthrax und Lepra zusammen. Genaugenommen», der General, der gerade sprach, lächelte grimmig bei diesem Gedanken, «ergeben unsere Schätzungen, daß bei einem so plötzlichen Tod die psychologische Demoralisierung der Überlebenden – wenn es überhaupt Überlebende geben sollte – noch stärker sein wird als bei einem thermonuklearen Austausch mit maximalem ‹schmutzigem Fallout› ...»

«Mann ...!» sagte der Präsident. «*Mann!* Daß das bloß keiner nach außen dringen läßt! Meine Ansprache wird nur die Bombe treffen, aber bei den Knaben im Kreml werden wir durchsickern lassen, daß wir noch diesen Anthrax-Knüller auf Eis haben. Jesses! Warten Sie mal ab, wie die kneifen werden!» Er erhob sich, entschlossen, hart, genau das Bild, das er im Fernsehen immer projizierte. «Ich werde unverzüglich meinen *Ghostwriter* aufsuchen. In der Zwischenzeit sorgen Sie dafür, daß der Mann, der für dieses Anthrax-Pi verantwortlich ist, eine Aufbesserung seines Gehalts kriegt. Wie heißt er gleich?» fragte er über die Schulter, als er zur Tür hinausschritt.

«Mocenigo. Dr. Charles Mocenigo.»

«Eine Aufbesserung für Dr. Charles Mocenigo», rief der Präsident noch aus dem Gang.

«Mocenigo?» fragte der Vizepräsident nachdenklich. «Ist das 'n Itaker?»

«Sagen Sie nicht Itaker!» schrie der Präsident zurück. «Wie oft muß ich Ihnen das noch sagen? Benutzen Sie nie wieder Itaker oder Itzig oder *irgendeinen* dieser Ausdrücke.» Er sprach mit ziemlicher Schärfe, denn er lebte täglich in der Furcht, daß eines schönen Tages die geheimen Bänder, die er von allen Sitzungen im *Oval Room* aufbewahrte, an die Öffentlichkeit gelangen könnten. Schon vor langer Zeit hatte er gelobt, daß, wenn dies jemals eintreten würde, die Bänder nicht voller «(Kraftausdruck getilgt)» oder «(Kennzeichnung getilgt)» sein würden. Er war nervös, sprach aber immer noch mit Autorität. Er charakterisierte, richtig gesagt, das beste Beispiel eines dominierenden Mannes unserer Zeit. Er war fünfundfünfzig Jahre alt, hart, gewieft, unbelastet von den komplizierten ethischen Zweifeln, die den Intellektuellen zu schaffen machen, und war schon vor vielen Jahren zum Schluß gekommen, daß die Welt nichts als ein gemeines Hurenhaus war, in der nur die Verschlagensten und Erbarmungslosesten überleben konnten. Darüber hinaus war er so gütig wie jemand, der eine solche ultradarwinistische Philosophie aufrechterhält, es nur sein kann; und er liebte Kinder und Hunde von ganzem Herzen, es sei denn, sie hielten sich an einem Ort auf, der im Interesse der Nation vernichtet werden mußte. Noch immer bewahrte er sich den Sinn für Humor, trotz der Bürde seines fast frommen Amtes, und wenngleich er bei seiner Frau seit nunmehr fast zehn Jahren impotent war, so brachte er doch im Mund einer erfahrenen Prostituierten noch immer in ungefähr anderthalb Minuten einen Orgasmus zustande. Er schluckte Amphetaminpillen, um seinen zermürbenden Vierundzwanzig-Stunden-Tag durchzustehen, mit dem Resultat, daß sein Weltbild ganz schön in Richtung Paranoia abgeglitten war; er schluckte Tranquilizer, um seine Ängste und Sorgen in Schach zu halten, mit dem Resultat, daß sein gleichgültiges Gelöstsein manchmal an Schizophrenie grenzte; seine angeborene Schläue machte es ihm die meiste Zeit über dennoch möglich, die Realität fest im Griff zu haben. Kurz gesagt war er den Machthabern von Rußland und China sehr ähnlich.

Im Central Park wurde das Eichhörnchen einmal mehr durch einen vorbeifahrenden, laut hupenden Wagen geweckt. Ärgerlich knurrend sprang es auf den nächsten Baum und schlief sofort wieder ein. *Vor dem Tag und Nacht geöffneten Bickford-Restaurant an der Zweiundsiebzigsten Straße verließ ein junger Mann, August Personage, eine Telefonzelle, von der aus er einen obszönen Anruf auf eine Frau in Brooklyn losgelassen hatte, und hinterließ einen seiner* DIESE TELEFONZELLE RESERVIERT FÜR CLARK KENT-*Sticker.* In Chicago setzte, eine Stunde früher auf der Uhr, aber im gleichen Augenblick, als die Telefonzelle sich schloß, eine Rockgruppe, *Clark Kent and His Supermen*, zu einem Revival von «Rock Around the Clock» an: ihr Leadmusiker, ein großer Schwarzer, der seinen Magister in Anthropologie gemacht hatte, war, ein paar Jahre zuvor, während einer militanten Phase als El Haji Starkerlee Mohammed bekannt geworden; seine Geburtsurkunde wies ihn als Robert Pearson aus. Er beobachtete sein Publikum und sah, daß dieser bärtige, weiße Bursche, Simon, wie gewöhnlich zusammen mit einer Schwarzen da war – ein Fetischismus, den Pearson-Mohammed-Kent auf dem Weg über umgekehrte Psychologie verstand, denn er selbst bevorzugte weiße Mädchen. Simon für seinen Teil geriet über die Musik nicht in Verzückung; im Gegenteil, er war voll und ganz in die Unterhaltung mit dem Mädchen vertieft und zeichnete die Umrisse einer Pyramide vor sich auf den Tisch, um zu erklären, was er meinte. «Scheitelpunkt», vernahm Pearson über die Musik hinweg. *Und George Dorn hatte vor zehn Jahren beim Anhören von «Rock Around the Clock» beschlossen, sich das Haar wachsen zu lassen, Dope zu rauchen und Musiker zu werden. Zwei dieser Ziele hatte er auch erreicht.* Die Tlaloc-Statue im Anthropologischen Museum, Mexico, D. F., starrte mit unergründlicher Miene nach oben, hinauf zu den Sternen ... *und dieselben Sterne funkelten hoch über der Karibischen See, wo Howard, der Delphin, sich in den Wogen tummelte.*

Die Autokolonne passiert das «Texas School Book Depository» und bewegt sich langsam vorwärts in Richtung der dreiteiligen Unterführung. Aus einem Fenster im sechsten Stock blickt Lee Harvey Oswald aufmerksam durch das Zielfernrohr; sein Mund ist trocken, trocken wie die Wüste. Aber sein Herzschlag ist normal; und auf seiner Stirn steht kein Schweiß. Das ist jetzt der Augenblick, denkt er, der eine Augenblick, in dem Zeit und Gefahr, Erbanlagen und Umgebung, transzendieren; die letzte Prüfung sowie der Nachweis freien Willens und meines Rechts, mich selbst einen Mann nennen zu dürfen. In diesem Augenblick, jetzt, wo ich den Abzug spanne, stirbt der Tyrann, und mit ihm alle Lügen einer grausamen und trügerischen Epoche. Dieser Augenblick und dieses Wissen bedeuten höchste Erregung: und trotzdem ist sein Mund trocken, staubtrocken, trocken wie der Tod, als würden allein seine Speicheldrüsen gegen einen Mord rebellieren, den sein Verstand für notwendig und gerecht erachtete. *Jetzt:* er erinnert sich der militärischen Formel BASS: *Breathe, Aim, Slack, Squeeze* (einatmen, zielen, Druckpunkt nehmen, abdrücken). Er atmet ein, er zielt, er nimmt den Druckpunkt, als auf einmal ganz plötzlich ein Hund zu bellen beginnt...

Und sein Mund öffnet sich voller Erstaunen und wie von selbst, als drei Schüsse fallen, offenbar aus Richtung der grasbewachsenen Erhebung und weiter hinten von der dreiteiligen Unterführung.

«Hurensohn», sagte er still wie im Gebet. Und er begann zu grinsen: nicht als Ausdruck von Omnipotenz, so wie er es erwartet hatte, sondern wegen etwas anderem, besserem – Allwissenheit. Dieses Grinsen erschien die nächsten anderthalb Tage, bis zu seinem eigenen Tod, auf allen Fotos. Ein höhnisches Grinsen, das so klar ausdrückte, daß kaum jemand es zu lesen wagte: *Ich weiß etwas, das ihr nicht wißt.* Die Grimasse verging erst Sonntag früh, als Jack Ruby zwei Kugeln in Lees zerbrechlichen, fanatischen Körper pumpte, und sein Geheimnis wurde mit ihm begraben. Aber ein anderer Teil des Geheimnisses hatte Dallas mit dem Freitagnachmittag-TWA-Flüsterjet nach Los Angeles verlassen, hinter der Fassade eines seriösen Geschäftsmannes und mit dem leicht zynischen Blick eines kleinen alten Mannes, dessen Name auf der Passagierliste mit «Frank Sullivan» eingetragen war.

Hier heißt es aufgepaßt, dachte Peter Jackson: Joe Malik befand sich keinesfalls auf einem Paranoiatrip. Der nichtssagende Ausdruck auf den Gesichtern von Muldoon und Goodman täuschte ihn nicht im geringsten – es war schon lange her, daß er die schwarze Kunst, in einer weißen Welt zu überleben, erlernt hatte, eine Kunst, die darin besteht, nicht das, was auf einem Gesicht steht zu lesen, sondern das, was sich dahinter verbirgt. Die Bullen waren beunruhigt und erregt, wie jeder Jäger, der etwas Großem und Gefährlichem auf der Spur ist. Joe hatte recht mit dem Mordkomplott, und sein Verschwinden, wie auch der Bombenanschlag, waren ein Teil davon. Und das wiederum bedeutete, daß sich auch George Dorn in Gefahr befand, und Peter mochte George, auch wenn er hier und da rotznäsig gemein und wie die meisten jungen radikalen Weißen ein lästiger Arschlecker bei Rassenangelegenheiten sein konnte. Mad Dog, Texas, sinnierte Peter: hört sich an wie ein beschissener Ort, wenn man dort in Schwierigkeiten gerät.

(Fast fünfzig Jahre vorher näherte sich der Bankräuber Harry Pierpont einem jungen Gefangenen im Michigan City Prison und fragte ihn: «Glaubst du, daß es jemals eine wahre Religion geben könnte?»)

Aber weshalb schreit George Dorn so, während Saul Goodman die Memos liest? Machen Sie sich auf einen weiteren Sprung gefaßt; auf einen richtigen Schocker! Saul ist nicht länger Mensch; er ist ein Schwein. Alle Bullen sind Schweine. Alles, dem Sie jemals Glauben geschenkt haben, war wahrscheinlich gelogen. Die Welt ist ein dunkler, finstrer und gar furchteinflößender Ort. Schlucken Sie das? Dann identifizieren Sie sich noch einmal mit George Dorn, fünf Stunden vor der Explosion in der *Confrontation*-Redaktion (auf der Uhr vier Stunden früher), und ziehen Sie noch einmal am Joint, ziehen Sie lange, und halten Sie den Rauch in der Lunge. («One o'clock ... two o'clock ... three o'clock ... ROCK!») Sie liegen ausgebreitet auf einem miserablen Bett, in einem heruntergekommenen Hotel, und von draußen blinkt eine Neonreklame ein blau-rosa Muster in Ihr Zimmer. Atmen Sie langsam aus, fühlen Sie den Schlag, den Ihnen das Kraut verpaßt, und sehen Sie sich um, ob die Tapete wirklich farbiger leuchtet. Es ist heiß, Texas-trockene Hitze, und Sie streichen sich die langen Haare aus der Stirn und ziehen Ihren Notizkalender hervor, George Dorn, denn wenn Sie das, was Sie als letztes eingetragen haben, noch einmal lesen, mag es Ihnen manchmal helfen herauszufinden, wo Sie wirklich hineingeraten sind. Rosa und blaues Neonlicht läßt die Seite aufleuchten, während Sie lesen:

23. April

Woher sollen wir wissen, ob das Universum größer wird oder ob die Gegenstände darin kleiner werden? Wir können nicht sagen, daß das Universum im Verhältnis zu irgendwas außerhalb größer wird, weil es für das Universum kein Außerhalb gibt. Es gibt überhaupt kein Außerhalb. Aber wenn das Universum keine *Außen*seite hat, dann geht es ja bis in alle Ewigkeit weiter. Klar, aber seine *Innen*seite geht nicht in alle Ewigkeit weiter. Woher weiß ich, daß es das nicht tut, *Shithead?*

Nichts als Wortspielerei, Mann!

Nein, ich spiele nicht. Das Universum ist die Innenseite ohne Außenseite, das Geräusch, verursacht von einem

* * *

Es klopfte an die Tür.

Die große Angst überkam George. Wenn er high war, brachte die kleinste Sache, die nicht in seine Welt gehörte, jedesmal die große Angst über ihn, unaufhaltsam und unkontrollierbar. Er hielt den Atem an, nicht um den Rauch in den Lungen zu halten, sondern weil panischer Schrecken seine Brustmuskulatur gelähmt hatte. Er ließ das kleine Notizbuch, in das er täglich seine Gedanken notierte, aus der Hand fallen und griff nach seinem Pimmel, eine gewohnheitsmäßige Bewegung in Augenblicken der Panik. Die Hand, die den Jointstummel hielt, glitt automatisch über das ausgehöhlte Exemplar von Sinclair Lewis' *It Can't Happen Here*, das neben ihm auf dem Bett lag, und er ließ den Rest aus Papier und Marihuana auf das Plastiksäckchen voller grüner Samen fallen. Sofort schmorte ein groschengroßes Loch auf der Oberseite des Beutels, und das Gras um die Glut herum begann zu schwelen.

«Scheiße», sagte George, als er mit dem Daumen versuchte, die schwelende Glut auszudrücken, und er verzog sein Gesicht zu einer schmerzhaften Grimasse.

Ein kurzer, fetter Mann betrat das Zimmer, der Vertreter des Gesetzes war in jeden Zug seines gemeinen Gesichts eingraviert. George schreckte zurück und klappte *It Can't Happen Here* zu; wie ein Blitz bohrten sich drei gespreizte Finger in seinen Unterarm. Er schrie auf, das Buch flog aus seiner Hand, und das Gras lag über das ganze Bett verstreut.

«Hände weg!» sagte der Dicke. «Gleich wird ein Beamter zur Beweisaufnahme da sein. Dieser kleine Karategriff war noch harmlos. Sonst würdest du heute nacht einen komplizierten Bruch deines linken Arms im Mad Dog City Jail pflegen, und kein rechtschaffener Arzt würde sich berufen fühlen herunterzukommen, dich zu behandeln.»

«Haben Sie einen Haftbefehl?» George versuchte herausfordernd zu klingen.

«Oh, da denkt einer, er besäße Schneid ...» Der Atem des Dicken stank nach Bourbon und billigen Zigarren. «Hasenfuß! Ich habe dich zu Tode erschreckt, mein Junge, und das weißt du so gut wie ich. Trotzdem kommt es dir in den Sinn, von Haftbefehlen zu quatschen. Als nächstes wirst du wahrscheinlich noch nach jemandem von der Gewerkschaft Freie Bürger von Amerika verlangen.» Er schlug die Jacke seines abgetragenen, grauen Sommeranzugs, der neu gewesen sein mochte, als *Heartbreak Hotel* an der Spitze der Hitparade stand, zurück. Ein silberner, fünfzackiger Stern dekorierte seine rosarote

Hemdtasche und eine 45er Automatik steckte in seinem Hosenbund und drückte sich in seinen fetten Bauch. «Das ist das ganze Recht, das ich brauche, wenn ich mit Typen wie dir in Mad Dog City zu schaffen habe. Hüte dich, mein Sohn, oder du hast das nächste Mal nichts mehr, wonach du grabschen kannst, wenn einer von uns Bullen, wie ihr uns in euern niedlichen Artikeln zu titulieren pflegt, sich auf dich stürzt. Was für die nächsten vierzig Jahre, die du in unserem Gefängnis verrotten wirst, sowieso reichlich unwahrscheinlich ist.» Er schien über alle Maßen von seinem Redestil entzückt zu sein, wie eine von Faulkners Gestalten.

George dachte:

> Von jetzt an ist's verboten zu träumen;
> Wir verstümmeln unsere Wonnen oder verbergen sie;
> Pferde sind aus Chrom und Stahl gemacht
> Und kleine fette Männer reiten sie.

Und sagte: «Für bloßen Besitz können Sie mir keine vierzig Jahre aufbrummen. Und in den meisten anderen Staaten ist Gras schon legal. Ihr Gesetz ist archaisch und absurd.»

«Scheiß der Hund drauf, mein Junge, du hast zuviel von dem Killerkraut, als daß man es bloßen Besitz nennen könnte. Ich nenne es Besitz mit Verkaufsabsichten. Und die Gesetze dieses Staates sind streng, und sie sind gerecht, und sie sind *unsere* Gesetze. Wir wissen, was dieses Kraut anrichten kann. Wir erinnern uns nur zu gut daran, wie die Truppen von Alamo und Santa Anna, high auf Rosa Maria, wie sie das Zeug in jenen Tagen nannten, alle Furcht verloren. Komm auf die Füße. Und laß dir nicht einfallen, nach einem Rechtsanwalt zu verlangen.»

«Darf ich fragen, wer Sie überhaupt sind?»

«Ich bin Sheriff Jim Cartwright, Nemesis alles Bösen in Mad Dog City und Mad Dog County.»

«Und ich bin Tiny Tim», sagte George und ermahnte sich sofort selbst: Halt verdammt nochmal 's Maul, du bist viel zu stoned. Und fuhr im selben Moment fort und sagte: «Vielleicht wäre Ihre Seite siegreich gewesen, wären Davy Crockett und Jim Bowie auch stoned gewesen. Und wie kamen Sie überhaupt darauf, daß Sie Gras bei mir finden könnten? In der Regel wird ein Journalist der Untergrundpresse peinlich darauf bedacht sein, mit leeren Taschen in diesen gottverlassenen Winkel zu kommen. Es war bestimmt auch keine Telepathie, die Ihnen verraten hat, daß ich Gras bei mir habe.»

Sheriff Cartwright schlug sich auf den Oberschenkel. «O doch. Es *war* Telepathie. Wie kommst du drauf, es hätte etwas anderes als Telepathie sein können, das mich hierherführte?» Er lachte, packte George mit eisernem Griff am Arm und schob ihn zur Tür. George verspürte eine bodenlose Angst, als würden sich Höllenschlünde unter ihm öffnen, und Sheriff Jim Cartwright stieße ihn mit seiner Forke in den siedenden Schwefel. Und ich muß eingestehen, daß dieses mehr oder weniger der Fall war; es gibt Geschichtsepochen, in denen Visionen von Wahnsinnigen und Rauschgiftsüchtigen ein besseres Handbuch der Realität abgeben als die gewöhnliche Auslegung verfügbarer Daten des sogenannten gesunden Menschenverstandes. Und sollten Sie es noch nicht bemerkt haben ...: Wir befinden uns in einer solchen Epoche.

(*«Treib dich nur weiter mit diesen wilden Burschen herum, und du wirst eines Tages im Kittchen landen», sagte Georges Mutter. «Du wirst noch an meine Worte denken, George.» Und ein anderes Mal hatte Mark Rudd, nach einem lange dauernden Meeting in der Columbia Universität, ganz nüchtern festgestellt: «Eine ganze Menge von uns werden einige Zeit im Knast zubringen, bevor dieser Shit-Sturm vorüber ist»; und George und die anderen nickten, düster aber unerschrocken.*) Das Marihuana, das er vorhin geraucht hatte, war von einem Farmer namens Arturo Jesus Maria Ybarra y Mendez gezogen worden, der es einem jungen *Yanqui* namens Jim Riley, Sohn eines Polizeibeamten aus Dayton, Ohio, en gros verkauft hatte; dieser wiederum schmuggelte es durch Mad Dog, nachdem er ein angemessenes Schmiergeld an Sheriff Jim Cartwright gezahlt hatte. Anschließend war es an einen Dealer vom Times Square weiterverkauft worden, *Rosetta the Stoned* hieß der, und ein Fräulein Walsh von der *Confrontation*-Nachforschungsabteilung kaufte ihm zehn Unzen ab, von denen sie später fünf Unzen an George weiterverkaufte, der es schließlich nach Mad Dog zurückbrachte, ahnungslos, daß er tatsächlich einen Kreis geschlossen hatte. Die ursprünglichen Samen stammten von der Art ab, die General George Washington in seinem berühmten Brief an Sir John Sinclair empfahl. Im Brief hieß es: «Ich finde, daß für jeglichen Gebrauch der indische Hanf in jeder Hinsicht weitaus besser geeignet ist als die neuseeländische Sorte, die vorher hier kultiviert wurde.» *In New York läßt sich Rebecca Goodman, da es feststeht, daß Saul diese Nacht nicht mehr nach Hause kommen wird, aus dem Bett gleiten, zieht einen Morgenrock über und beginnt ihre Bibliothek durchzugehen. Schließlich entscheidet sie sich für ein Buch über babylonische Mythologie und fängt an zu lesen: «Vor allen Göttern gab es Mummu,* den Geist des Reinen Chaos ...» *In Chicago sitzen Simon und Mary Lou Servix nackt auf ihrem Bett, die Beine in der Yabyum Lotus-Position ineinander verschränkt. «Nein», sagt Simon. «Beweg dich nicht, Baby, warte bis ES dich bewegt.» Clark Kent and His Supermen* nehmen swingend das Thema wieder auf: We're gonna rock around the clock tonight ... We're gonna ROCK ROCK ROCK till broad daylight.»

Georges Zellengenosse im Mad Dog City Jail hatte ein Totenschädel-ähnliches Gesicht mit breiten, vorstehenden Zähnen. Er war ungefähr einen Meter neunzig groß und lag wie eine zusammengerollte Pythonschlange auf seiner Pritsche.

«Hast du schon um eine Behandlung gebeten?» fragte ihn George.

«Behandlung? Gegen was?»

«Nun, wenn du dir einbildest, ein Mörder zu sein ...»

«Ich bilde es mir gar nicht ein, Bruder. Ich habe vier Weiße und zwei Nigger umgebracht. Einen in Kalifornien, die anderen hier unten. Bin für jeden einzelnen bezahlt worden.»

«Deshalb sind Sie hier drin??» Mein Gott, aber die stecken doch nicht Mörder in dieselbe Zelle mit Potrauchern, fuhr es George durch den Kopf.

«Jetzt bin ich für Landstreicherei drin», sagte der Mann verächtlich. «An sich ist das aber nur so eine Art Sicherheitsverwahrung, bis sie mir meine Aufträge geben. Dann heißt es adieu für wen auch immer – Präsident, Bürgerrechtler, Feind des Volkes. Eines Tages werde ich berühmt sein. He ... du As ... eines Tages werde ich ein Buch über mich schreiben. Natürlich bin ich nicht gut im Schreiben. Hör mal, vielleicht können wir einen Deal machen. Ich werde dir von Sheriff Jim Schreibpapier bringen lassen, wenn du über mein Leben schreiben willst. Die werden dich für immer und ewig hier drin verrotten lassen, weißt du. Ich werde zwischen den Mordaufträgen kommen und dich besuchen, und du wirst das Buch schreiben, und Sheriff Jim wird es sicher aufbewahren, bis ich mich einmal zur Ruhe setzen werde. Dann läßt du das Buch veröffentlichen und wirst 'ne Menge Geld verdienen und es im Gefängnis richtig gemütlich haben. Vielleicht kannst du sogar einen Anwalt anheuern, der dich rausholt.»

«Wo werden Sie dann sein?» fragte George. Er hatte immer noch Angst, aber er fühlte sich auch schläfrig und er sagte sich, daß das doch alles Blödsinn wäre, was auf seine Nerven eine beruhigende Wirkung hatte. Aber er sollte sich lieber nicht schlafen legen, solange dieser Kerl noch wach war. Das Geschwätz von den Morden mochte er nicht so richtig glauben, aber es war sicher anzunehmen, daß jeder, den man im Gefängnis traf, homosexuell war.

Als könne er seine Gedanken lesen, sagte sein Zellengenosse: «Wie wär's, wenn dir's ein berühmter Mörder verpassen würde? Wie wär denn das, he! As!?»

«Bitte», sagte George. «Mit so was habe ich nichts zu schaffen, wissen Sie. Ich würde es niemals tun können.»

«Verdammte Scheiße, Pisse und Korruption...» sagte der Mörder. Er entrollte sich plötzlich und glitt von seiner Pritsche herab. «Habe genug Zeit mir dir vergeudet. Jetzt bück dich zum Henker noch mal, und laß die Hosen runter. Du kriegst es verpaßt und da geht kein Weg dran vorbei.» Er schritt auf George zu, die Fäuste drohend geballt.

«Wärter! Wärter!» schrie George aus Leibeskräften. Er ergriff mit beiden Händen die Zellentür und begann verzweifelt an ihr zu rütteln. Der Mann versetzte George einen Schlag ins Gesicht. Ein weiterer Haken schleuderte George an die Wand.

Ein Mann in blauer Uniform kam durch die Tür am Ende des Korridors. Er schien Meilen entfernt und völlig gleichgültig, wie ein Gott, den seine eigenen Kreaturen zu langweilen begannen.

«Also warum dieser ganze Aufstand hier?» fragte er, eine Hand auf seinem Revolver, seine Stimme immer noch Meilen entfernt. George öffnete den Mund, aber sein Zellengefährte kam ihm zuvor. «Dieser langhaarige kleine Kommunistenfreak will seine Hosen nicht ausziehen, wenn ich es ihm befehle. Sind Sie nicht dafür verantwortlich, daß ich hier drinnen glücklich bin?» Die Stimme ging in ein Winseln über. «Lassen Sie ihn tun, was ich sage.»

«Sie müssen *mich* schützen», sagte George. «Sie müssen mich aus dieser Zelle rausholen.»

Der Gott-Wärter lachte. «Schon gut. Also, man könnte sagen, wir haben es hier mit einem sehr fortschrittlichen Gefängnis zu tun. Du kommst da so von New York und denkst wahrscheinlich, wir seien ziemlich rückständig... Aber das sind wir nicht. Bei uns gibt es keine Brutalität bei der Polizei. Wenn ich mich also hier in deine und Harry Coins Angelegenheiten mische, müßte ich wahrscheinlich Gewalt anwenden, um ihn von deinem jungen Arsch abzuhalten. Ich weiß, daß deinesgleichen denkt, die Bullen sollten abgeschafft werden. Gut, in diesem Moment werde ich mich somit selbst abschaffen. Darüber hinaus weiß ich, daß ihr an sexuelle Freiheit glaubt... ich auch... also wird Harry Coin seine sexuelle Freiheit kriegen ohne irgendeine Einmischung oder Gewaltanwendung meinerseits.» Noch immer war sei-

ne Stimme weit entfernt und völlig uninteressiert, fast wie aus einem Traum herüberklingend.
«Nein!» sagte George.
Der Wärter zog seine Pistole. «Paß mal auf, Freundchen. Du läßt jetzt schön deine Hosen runter und beugst dich vornüber. Du kriegst es jetzt von Harry Coin in den Arsch verpaßt und da geht kein Weg drumrum. Und ich werde zusehen und drauf achten, daß du es ihn richtig machen läßt. Im andern Fall kriegst du nicht deine vierzig Jahre. Du wirst umgelegt. Gleich hier. Ich verpasse dir 'ne Kugel und sage, du hättest dich der Haft widersetzt. Und jetzt überleg dir schnell, was es sein soll. Ich bringe dich wirklich um, wenn du nicht tust, was er verlangt. Er ist ein sehr wichtiger Mann, und mein Job ist es, ihn glücklich zu erhalten.»
«Und ich werde dich so oder so ficken, tot oder lebendig», lachte der verrückte Coin wie ein böser Geist. «Da gibt es keinen Weg, dem zu entgehen, As!»
Die Tür am Korridorende schlug metallisch zu und Sheriff Jim Cartwright schlenderte, von zwei blau Uniformierten begleitet, zur Zelle herüber. «Was ist hier los?» fragte er.
«Ich kam gerade dazu, als dieser schwule Sack, George Dorn, versuchte, Harry zu vergewaltigen», sagte der Wärter. «Mußte meine Pistole ziehen, um ihn davon abzuhalten.»
George schüttelte den Kopf. «Euereins ist wirklich unglaublich. Wenn Sie dieses kleine Spiel zu meinem Vergnügen aufführen, so können Sie jetzt aufhören, weil Sie sich sicherlich gegenseitig nichts vormachen, und mir machen Sie auch nichts vor.»
«Dorn», sagte der Sheriff, «Sie haben in meinem Gefängnis versucht, einen widernatürlichen Akt zu begehen, einen Akt, der von der Bibel und den Gesetzen dieses Staates verboten wurde. Das mag ich nicht. Das mag ich wirklich nicht. Kommen Sie mal her. Ich möchte mich ein bißchen mit Ihnen unterhalten. Wir gehn mal in das Vernehmungszimmer, um ein wenig miteinander zu plaudern.»
Er schloß die Zellentür auf und bedeutete George, ihm zu folgen. Er wandte sich den beiden Polizisten zu, die ihn begleitet hatten. «Bleib zurück und kümmert euch um die *andere kleine Angelegenheit.*» Die letzten Worte sprach er merkwürdig betont aus.
George und der Sheriff durchschritten mehrere Korridore und verschlossene Türen, bis sie schließlich in einen Raum kamen, dessen Wände mit flaschengrün gestrichenen, dünnen Platten aus geprägtem Blech ausgeschlagen waren. Der Sheriff deutete auf einen Stuhl, wäh-

rend er sich rittlings auf dem Stuhl gegenüber niederließ.

«Sie üben auf meine Gefangenen einen schlechten Einfluß aus», sagte er. «Ich habe so ein Gefühl, daß Ihnen ein Unglück zustößt. Ich will nicht, daß Sie meine Gefangenen – meine oder die eines anderen – vierzig Jahre lang schlecht beeinflussen.»

«Sheriff», sagte George. «Was wollen Sie von mir? Sie haben mich wegen Pot drin. Was wollen Sie noch mehr? Warum haben Sie mich zusammen mit diesem Kerl in eine Zelle gesteckt? Was soll das alles, diese ganze Angstmacherei, diese Drohungen und dieses Verhör jetzt?»

«Ich möchte gern ein paar Dinge wissen», sagte der Sheriff. «Ich möchte alles erfahren, was Sie über gewisse Dinge wissen. So, und von jetzt an bereiten Sie sich darauf vor, mir nichts als die Wahrheit zu erzählen. Bleiben Sie bei der Wahrheit, so mag es für Sie nachher ein paar Erleichterungen bringen.»

«Ja, Sheriff», sagte George. Cartwright warf ihm einen argwöhnischen Blick zu. Der sieht wirklich wie ein Schwein aus, dachte George. Die meisten sehen so aus. Warum werden so viele von ihnen so fett und warum haben sie so kleine Augen?

«Also dann», sagte der Sheriff. «Was war Ihre Absicht, als Sie von New York hier runterkamen?»

«Ich bin im Auftrag von *Confrontation* hier, dem Magazin...»

«Ich kenn's. Es ist ein Schundblatt und kommunistisch dazu. Ich hab's gelesen.»

«Sie benutzen da ein paar geladene Ausdrücke. Es ist ein linksgerichtetes, für die Freiheit des einzelnen eintretendes Magazin, um genau zu sein.»

«Meine Pistole ist auch geladen, mein Junge. Also raus mit der Sprache. Okay? Erzähl mir jetzt, über was du schreiben wolltest, als du hier runterkamst.»

«Klar, eigentlich sollten Sie genau so interessiert sein wie ich, wenn Sie sich wirklich für Ruhe und Ordnung interessieren. Über zehn Jahre lang kreisten Gerüchte im ganzen Land, daß alle großen politischen Morde in Amerika – Malcolm X, die Kennedy-Brüder, Medgar Evers, King, Nixon, vielleicht sogar George Lincoln Rockwell – das Werk ein und derselben verschwörerischen, gewaltorientierten, rechten Organisation sei, und daß das Hauptquartier dieser Organisation sich genau hier, in Mad Dog, befinden soll. Ich bin hierhergekommen, um zu sehen, was ich über diese Organisation in Erfahrung bringen kann.»

«Das hab ich mir schon fast gedacht», sagte der Sheriff. «Du armseliger, kleiner Scheißer. Kommst hier runter mit deinen langen Haaren und erwartest, ein paar Zeilen über eine rechtsgerichtete Organisation zusammenzukratzen. Nur gut, daß du keinem von den wirklich rechten Brüdern übern Weg gelaufen bist, wie etwa einem der ‹God's Lightning›. Die hätten dich inzwischen schon zu Tode gequält, mein Junge. Du bist wirklich saudumm. Okay, ich werde keine wertvolle Zeit mehr mit dir vergeuden. Los, zurück in die Zelle mit dir. Du wirst dich schon dran gewöhnen, den Mond durch die Gitterstäbe anzugaffen.»

Sie gingen denselben Weg, den sie gekommen waren, zurück. Am Eingang zum Korridor, an dem sich Georges Zelle befand, öffnete der Sheriff die Tür und rief: «Komm, Charley, schnapp ihn dir!»

Georges Wärter, mit blassem Gesicht und einer Linie ohne Lippen als Mund, ergriff ihn am Arm. Die Korridortür schlug knallend hinter dem Sheriff zu. Charley brachte George zu seiner Zelle und schubste ihn ohne ein Wort hinein. Wenigstens war er inzwischen wieder dreidimensional und weniger ein Marihuanageist.

Harry Coin war nicht da. Die Zelle war leer. George nahm am Rande seines Blickfeldes einen Schatten wahr. Etwas in der benachbarten Zelle. Ein Mann hing von einem Rohr unter der Decke herab. George machte ein paar Schritte und sah durch die Gitterstäbe. Die Leiche schwankte leicht hin und her. Sie war mit einem Ledergürtel am Rohr befestigt, der um ihren Hals geschnallt war. Das Gesicht mit den starren Augen war das von Harry Coin. Georges Blick glitt den Körper hinab. Irgend etwas kam da aus Harrys Leib und baumelte zum Fußboden hinab. Das war kein Selbstmord. Sie hatten Harry Coin den Bauch aufgeschlitzt, und irgendwer hatte sorgsam einen Kübel unter ihn gestellt, der seine blutigen Eingeweide auffangen sollte.

George schrie auf. Aber es gab niemanden, der ihn hätte hören können. Der Wärter war verschwunden wie Hermes.

(Aber in Cherry Knolls Nervenklinik in Sunderland, England, wo es bereits elf Uhr am nächsten Morgen war, begann ein schizophrener Patient, der schon zehn Jahre keinen Ton von sich gegeben hatte, unvermittelt auf einen Krankenwärter einzureden: «Sie kommen alle zurück – Hitler, Göring, Streicher, die ganze Korona. Und hinter ihnen die Kräfte und Personen aus dem Milieu, das sie kontrolliert...» Aber Simon Moon in Chicago behält immer noch, ruhig und gelassen, die Lotusstellung bei und instruiert Mary Lou, die in seinem Schoß sitzt: «Halt ihn nur... halt ihn nur mit den Wänden deiner Vagina, wie du ihn mit deiner Hand halten würdest, ganz sachte, und fühle seine Wärme, aber denk nicht an den Orgasmus, denk nicht an die Zukunft, nicht mal für eine Sekunde, denke an das Jetzt, das Hier und Jetzt, das Jetzt allein, das einzige Jetzt, das wir jemals haben werden, nichts als mein Penis in deiner Vagina, und die einfache Freude dabei, nicht daran, ein noch größeres Vergnügen zu erreichen ...» «Mein Rücken tut weh», sagte Mary Lou.)

WE'RE GONNA ROCK ROCK ROCK AROUND THE CLOCK TONIGHT

Es gibt Schweden und Norweger, Dänen, Italiener und Franzosen, Griechen, sogar Amerikaner. George und Hagbard schieben sich durch die Menge und versuchen zu schätzen, wie groß sie sein mag – 200000? 300000? 500000? Friedenssymbole baumeln um jeden Hals; Nackte mit bemalten Körpern, Nackte mit unbemalten Körpern, langes wallendes Haar bei Jungen und Mädchen gleichermaßen, und über allem der hypnotische, nicht enden wollende Beat. «Woodstock Europa», bemerkt Hagbard trocken. «Die allerletzte Walpurgisnacht und Adam Weishaupts Erotion ist schließlich verwirklicht.»

WE'RE GONNA ROCK ROCK ROCK TILL BROAD DAYLIGHT

«Es ist ein Völkerbund», sagte George, «ein Völkerbund von jungen Leuten.» Hagbard hört gar nicht hin. «Dort oben im Nordwesten», zeigt er mit dem Finger, «fließt der Rhein, wo, wie die Legende sagt, die Lorelei gesessen und ihre todbringenden Lieder gesungen hat. An der Donau wird es heute Nacht noch tödlichere Musik geben.»

WE'RE GONNA ROCK AROUND THE CLOCK TONIGHT

(Aber das lag schon sieben Tage in der Zukunft, und George liegt in diesem Augenblick bewußtlos im Mad Dog City Jail. Und diese Phase der Operation – wie Hagbard es nannte – nahm ihren Anfang über dreißig Jahre vorher, als ein Schweizer Chemiker, Hoffmann mit Namen, auf sein Velo stieg und außerhalb von Basel auf einem Feldweg neuen Dimensionen entgegenfuhr.)

«Und sie werden alle zurückkommen?» fragte George.

«Alle», antwortete Hagbard knapp. «Wenn der Beat die richtige Intensität annimmt ... es sei denn, wir können es aufhalten.»

(«Jetzt komme ich», rief Mary Lou. «Es ist nicht das, was ich erwartet habe. Es ist anders als Sex, und besser.» Simon lächelte wohlwollend. «Es *ist* Sex, Baby», sagte er. «Was du vorher gehabt hast, war kein Sex. Jetzt können wir anfangen, uns zu bewegen ... aber langsam ... die sanfte Tour ... den Weg des Tao ...» *Sie werden alle zurück-*

kommen; sie sind niemals gestorben – phantasierte der Wahnsinnige vor dem bestürzten Krankenwärter – *warten Sie ab, Chef. Warten Sie nur ab. Sie werden schon sehen.*)

Plötzlich überschlugen sich die Verstärker. Zuviel Feedback, und der Ton stieg auf eine Höhe, die nicht mehr zu ertragen war. George zuckte zusammen und sah, wie andere sich die Ohren zuhielten.

ROCK ROCK ROCK AROUND THE CLOCK

Der Schlüssel verfehlte das Schloß, schnappte um und schnitt Muldoon in die Hand. «Die Nerven», sagte er zu Saul. «Ich fühle mich jedesmal wie ein Einbrecher, wenn ich so was tue.»

Saul brummte. «Vergiß ‹Einbrecher›», sagte er. «Bevor das hier vorüber ist, haben wir die Chance, wegen Verrats gehängt zu werden. Oder wir werden zu Helden der Nation.»

«Ein fan*fucking*tastischer Fall», grinste Muldoon. Und versuchte es mit einem anderen Schlüssel.

Sie befanden sich in einem alten, braunen Sandsteingebäude am Riverside Drive und versuchten, in Joe Maliks Apartment einzubrechen. Und sie suchten nicht etwa nur Beweismaterial, schweigend stimmten sie überein – sie versteckten sich vor dem FBI.

Der Anruf aus dem Hauptquartier war gekommen, gerade als sie das Verhör mit Mitherausgeber Peter Jackson beendeten. Muldoon war gegangen, um seinen Wagen zu holen, während Saul die letzten Einzelheiten einer ausführlichen äußeren Beschreibung beider, Maliks und George Dorns, erhielt. Jackson war gerade hinausgegangen, und Saul nahm das fünfte Memo zur Hand, als Muldoon zurückkam, mit einem Gesicht, als hätte sein Arzt ihm gerade offenbart, daß seine Wassermannsche Reaktion positiv verlaufen sei.

«Zwei Spezialagenten vom FBI sind auf dem Weg hierher, um uns zu helfen», sagte er ausdruckslos.

«Immer noch bereit, an eine Vorahnung zu glauben?» fragte Saul ruhig und schob die Memos zurück in die Metallschachtel.

Muldoon rief Pricefixer in die Cafeteria und sagte zu ihm: «In wenigen Minuten werden zwei FBI-Leute hier sein. Erzähl ihnen, wir wären zurück ins Hauptquartier gegangen. Antworte auf alle Fragen, aber erzähl ihnen nichts von dieser Schachtel.»

Pricefixer sah die beiden älteren Beamten vorsichtig an und sagte dann zu Muldoon: «Sie sind der Boss.»

Entweder ist er schrecklich dämlich und leichtgläubig, war es Saul durch den Kopf gegangen, oder er ist so gerissen, daß er eines Tages gefährlich werden kann.

«Also, was ist», fragte er Muldoon nervös, «ist das der letzte Schlüssel?»

«Nein, ich hab da noch fünf solcher Schönheiten, und eine von ihnen wird ... geschafft!» Die Tür ließ sich jetzt spielend öffnen.

Sauls Hand glitt zu seinem Revolver, als er in das Apartment eintrat und nach einem Lichtschalter tastete. Keine Seele offenbarte sich, als das Licht anging, und Saul entspannte sich. «Geh du und blick dich nach den Hunden um», sagte er. «Ich werd mich hier hinsetzen und die restlichen Notizen durchsehen.»

Das Zimmer war zum Arbeiten und zum Wohnen benutzt worden und sah unordentlich genug aus, keinen Zweifel daran aufkommen zu lassen, daß Malik Junggeselle gewesen war. Saul schob die Schreibmaschine auf dem Schreibtisch zurück, stellte die Blechschachtel hin und bemerkte dann etwas sehr Merkwürdiges. Die ganze Wand auf der einen Zimmerseite war über und über mit Bildern von George Washington bedeckt. Er erhob sich, um sie eingehender zu betrachten, und sah, daß jedes Bild ein Schildchen trug – auf der Hälfte der Schildchen stand «G. W.» und auf der anderen «A. W.» Merkwürdig ... Über diesen Fall lag eine derart rätselhafte Atmosphäre ... das roch bestialisch nach Fisch ... es stank wie jene toten ägyptischen Maulbrüter.

Saul setzte sich wieder und nahm ein weiteres Memo aus der Schachtel. Muldoon kam ins Wohnzimmer zurück und sagte: «Keine Hunde. Nicht ein gottverdammter Hund in der ganzen Wohnung.»

«Das ist interessant», bemerkte Saul nachdenklich. «Sagtest du nicht, der Vermieter hätte von mehreren Mitbewohnern Klagen wegen der Hunde gehabt?»

«Er sagte, die Leute im ganzen Haus hätten sich beklagt. Die Regel lautet, keine Haustiere, und er hat das auch selbst noch unterstützt. Die Leute wollten wissen, warum sie ihre Katzen weggeben mußten, während Malik ein ganzes Rudel Hunde hier oben haben durfte. Dem Lärm nach zu urteilen, mußten es zehn oder zwölf Stück gewesen sein.»

«Der muß ganz schön an diesen Tieren hängen, wenn er sie alle in sein Versteck mitnahm», sagte Saul grüblerisch. Der Stabhochspringer in seinem Unterbewußtsein setzte wieder einmal zum Sprung an. «Laß uns mal einen Blick in die Küche werfen», schlug er mit milder Stimme vor.

Barney folgte Saul, als dieser den Kühlschrank und die Küchenschränke systematisch durchwühlte und zum Schluß aufmerksam die Abfälle prüfte.

«Kein Hundefutter», sagte Saul schließlich.
«Hab ich schon gemerkt.»
«Auch keine Hundeschüsseln. Und keine leeren Hundefutterdosen im Abfall.»
«Welcher wilden Ahnung folgst du jetzt?»
«Ich weiß nicht», sagte Saul gedankenverloren. «Es kümmert ihn nicht, daß die Nachbarn die Hunde hören ... wahrscheinlich ist er einer von diesen linken Individualisten, dem nichts mehr Spaß macht, als mit dem Vermieter und den anderen Mitbewohnern über so eine Bestimmung wie diese Keine-Haustiere-Regel zu streiten. Er hat also nichts verborgen gehalten, bis er sich dann aus dem Staube machte. Und dann nahm er nicht nur die Hunde mit, sondern verwischte auch jede Spur von ihnen. Selbst wo er hätte wissen müssen, daß die Nachbarn alle über sie quatschen würden.»
«Vielleicht hat er sie mit Menschenfleisch gefüttert», gab Muldoon dämonenhaft zu bedenken.
«Gott, ich weiß es nicht. Sieh du dich weiter nach irgend etwas Interessantem um. Ich lese mal in diesen Illuminaten-Memos weiter.» Er kehrte ins Wohnzimmer zurück und begann:

Illuminaten-Projekt: Memo 5 26. 7.

J. M.:
Manchmal findet man Sachen in den unglaublichsten Winkeln. Das folgende stammt aus einem Magazin für junge Mädchen («Die Verschwörung» von Sandra Glass, *Teenset*, März 1969, Seite 34–40).

Simon fuhr fort, mir von den bayrischen Illuminaten zu erzählen. Diese beklemmende Geschichte nahm 1090 n. Chr. im Mittleren Osten ihren Anfang, als Hassan i Sabbah die Ismailitische Sekte oder *Hashishim*, so benannt wegen ihres Gebrauchs von Haschisch, einer tödlichen Droge, die aus jener Hanfpflanze gewonnen wird, die besser als das Killerkraut Marihuana bekannt ist, gründete ... Die Sekte terrorisierte die mohammedanische Welt, bis Dschingis Khan und seine Mongolen in diesem Gebiet für Ruhe und Ordnung sorgten. In ihrem Versteck in den Bergen in die Enge getrieben, erwiesen sich die süchtigen Hashishim nicht als ebenbürtige Gegner für die sauber lebenden mongolischen Krieger. Ihre Festung wurde zerstört, und ihre Tänzerinnen zur Resozialisierung in die Mongolei geschafft. Die Köpfe der Sekte setzten sich in Richtung Westen ab ...

«1776 kamen die Illuminaten in Bayern erstmals wieder an die Oberfläche», erzählte mir Simon ... «Adam Weishaupt, Studiosus des Okkulten, studierte die Lehren des Hassan i Sabbah und baute hinter seinem Haus Hanf an. Am 2. Februar 1776 erlangte Weishaupt die Erleuchtung. Weishaupt gründete, ganz offiziell, die Alten Erleuchteten Seher von Bayern, am 1. Mai 1776. Ihr Wahlspruch war ‹Ewige Blumenkraft› ... Sie zogen viele illustre Mitglieder an, wie etwa Goethe und Beethoven. Beethoven befestigte ein *Ewige Blumenkraft*-Poster an der Wand über dem Klavier, an dem er alle neun Symphonien komponierte.»

Der letzte Absatz des Artikels ist schließlich der interessanteste:

Kürzlich sah ich einen Dokumentarfilm über den Demokratischen Konvent 1968, und ich war betroffen von der Szene, wo Senator Abraham Ribicoff eine kritische Bemerkung machte, die den Zorn des Bürgermeisters von Chicago auslöste. Im anschließenden Tumult war es nicht möglich, die vom Bürgermeister geschrieene Entgegnung zu hören, und es wurde mancherlei Spekulation darüber angestellt, was er wirklich sagte. Mir schien es, als formten seine Lippen die Worte, die allmählich erschreckend geläufig werden: *«Ewige Blumenkraft!»*

Je tiefer ich grabe, desto verrückter wirkt das ganze Bild. Wann werden wir George davon erzählen?

Pat

Illuminaten-Projekt: Memo 6 26. 7.

J. M.:

Die *John Birch Society* hat sich mit diesem Gegenstand befaßt, und sie haben ihre eigene Theorie. Die erste Informationsquelle, die ich dazu fand, ist eine kleine Broschüre, «CFR: Conspiracy to Rule the World» («Verschwörung zur Weltregierung») von Gary Allen, dem Mitherausgeber des Bircher-Magazins, *American Opinion*.

Allens Behauptung zufolge gründete Cecil Rhodes 1888 einen Geheimbund, um die englische Vorherrschaft auf der Welt zu etablieren. Dieser Geheimbund wirkt von der Oxford Universität, der Rhodes-Stiftung, und – halt die Luft an – vom *Council on Foreign Relations* aus, einer gemeinnützigen Stiftung für das Studium internationaler Angelegenheiten, mit Sitz mitten in New York, gleich hier an der Achtundsechzigsten Straße. Allen hebt hervor, daß sich sieben der letzten neun Außenminister aus der CFR rekrutierten sowie Dutzende anderer, leitender Politiker – Richard Nixon eingeschlossen. Wenn auch nicht direkt ausgesprochen, so wird sinngemäß angedeutet, daß William Buckley jr. (ein alter Freund der Birchers) ebenfalls ein Werkzeug der CFR ist; und es wird vermutet, daß die Bankeninteressen der Morgans und Rothschilds die ganze Geschichte finanzieren.

Was hat das nun mit den Illuminaten zu tun? Mr. Allen macht da bloß Andeutungen, bringt Rhodes mit John Ruskin in Verbindung und Ruskin mit früheren Internationalisten und stellt schließlich fest, daß «der Urheber auf dem profanen Niveau dieser Art Geheimbund Adam Weishaupt» war, den er «das Monster, das den Illuminatenorden am 1. Mai 1776 gründete» nannte.   Pat

Illuminaten-Projekt: 7   27. 7.

J. M.

Das hier ist aus einer kleinen Zeitung in Chicago (*The Roger* SPARK, Chicago, Juli 1969, Vol. 2, Nr. 9: «Daley mit Illuminaten verknüpft», keine Autorenangabe):

Kein Historiker weiß, was mit Adam Weishaupt geschah, nachdem er 1785 aus Bayern ausgewiesen wurde, und Eintragungen im Tagebuch «Washingtons» nach diesem Datum drehen sich häufig um die Hanfernte am Mount Vernon.

Die Möglichkeit, daß Adam Weishaupt George Washington ermordete, seinen Platz einnahm und für zwei Amtsperioden unser erster Präsident war, ist nun bestätigt ... Die beiden Hauptfarben der amerikanischen Flagge, das bißchen blau in der linken oberen Ecke ausgenommen, sind rot und weiß: das sind auch die offiziellen Farben der Hashishim. Die Flagge, wie auch die Pyramide der Illuminaten, sind beide in dreizehn horizontale Sektionen unterteilt: dreizehn steht natürlich für den traditionellen Kode für Marihuana ... und in dieser Bedeutung, unter anderem bei den *Hell's Angels*, noch heute in Gebrauch.

«Washington» bildete die zentralistische Partei. Die zweitwichtigste Partei jener Tage, die Demokratischen Republikaner, wurde von Thomas Jefferson gegründet, [und] es gibt Gründe, den Aussagen von Reverend Jedediah Morse aus Charleston Glauben zu schenken, der Jefferson beschuldigte, ein Agent der Illuminaten zu sein. So waren beide Parteien schon zu Beginn unserer ersten Regierung Fronten der Illuminaten ...

Dieser Artikel berichtet, weiter unten, wie der *Teenset*-Bericht, daß

Bürgermeister Daley in seinem zusammenhanglosen Ausfall gegen
Abe Ribicoff den Ausspruch «*Ewige Blumenkraft*» benutzte.

Pat

Illuminaten-Projekt: Memo 8 27. 7.

J. M.:
Mehr zur Washington-Weishaupt-Theorie:
 Trotz der Tatsache, daß sein Antlitz auf Billionen von Briefmarken
 und Dollarnoten erscheint und sein Porträt in jedem öffentlichen
 Gebäude des Landes hängt, ist niemand so recht sicher, wie Washington wirklich aussah. In der Reihe «Projekt 20» wird heute
 abend auf Kanal 23 ein Filmbericht «Begegnung mit George Washington» gezeigt. Dieser Bericht führt zeitgenössische Porträts des
 ersten Präsidenten vor, manche von ihnen vermitteln den Eindruck,
 daß es sich nicht um dieselbe Person handelt.
 Das war eine Presseverlautbarung, die die NBC am 24. April 1969
 veröffentlichte. Einige der Porträts kann man in der *Encyclopedia Britannica* wiederfinden und die Ähnlichkeiten mit Porträts von Weishaupt ist nicht zu leugnen.
 Übrigens machte Barbara mich auf folgendes aufmerksam: der im
 Playboy veröffentlichte Brief über die Illuminaten war unterschrieben
 mit «R. S., Kansas City, Missouri.» Den Zeitungen von Kansas City
 zufolge wurde ein Robert Stanton aus eben dieser Stadt am 17. März
 1969 tot aufgefunden (ungefähr eine Woche nach Erscheinen der
 Aprilausgabe von *Playboy*). Seine Kehle war wie von Raubtierkrallen
 zerfetzt. Kein Zoo der Umgebung meldete das Fehlen irgendwelcher
 Tiere.

Pat

Saul besah sich noch einmal die Washingtonbilder an der Wand. Zum
erstenmal fiel ihm das seltsame Halblächeln auf dem bekanntesten aller
Bilder, dem von Gilbert Stuart, auf, das auf den Ein-Dollarnoten erscheint. *«Wie von Raubtierkrallen zerfetzt»*, *wiederholte er für sich
und dachte an Maliks verschwundene Hunde.*
 «Was zum Teufel gibt es da zu grinsen?» fragte er sauer.
 Plötzlich erinnerte er sich des Kongreßabgeordneten Koch, der vor
etlichen Jahren, als Marihuana noch überall illegal war, in einer Rede
über Washingtons Hanfernte gesprochen hatte. Was war es doch
gleich gewesen? Ja: es ging um die Tagebucheintragungen des Generals
– diese zeigten, daß er die weiblichen Hanfpflanzen vor der Befruch-

tung von den männlichen Pflanzen trennte. Vom Botanischen her war das nicht erforderlich, solange der Hanf zur Herstellung von Stricken angepflanzt wurde, Koch wies jedoch darauf hin, daß es für die Gewinnung von Marihuana eine herkömmliche Regel war.

Und «Illumination» (Erleuchtung) war eines der Worte, das die Hippies ständig benutzten, um jene Erfahrung zu beschreiben, die man beim höchsten *Grass-High* macht. Selbst die gebräuchlichere Wendung *«turning on»* hatte dieselbe Bedeutung wie «Erleuchtung». War das nicht genau das, was die Lichterkrone um den Kopf Jesu in Darstellungen katholischer Kunst bedeuten sollte? Und Goethe – wenn er wirklich etwas damit zu tun hatte – mag sich, als er im Sterben lag, mit seinen letzten Worten auf eine solche Erfahrung bezogen haben: «Mehr Licht!»

Ich hätte Rabbiner werden sollen, wie es mein Vater gern wollte, dachte Saul in Gedanken versunken. Der Polizeijob wächst mir langsam über den Kopf.

In wenigen Minuten werde ich noch anfangen, Thomas Edison zu verdächtigen.

ROCK ROCK ROCK TILL BROAD DAYLIGHT

Ganz langsam trieb Mary Lou Servix zurück zu vollem Bewußtsein, wie eine Schiffbrüchige, die ein Floß erreicht.

«Guter Gott», atmete sie sanft.

Simon küßte ihren Hals. «Jetzt kennst du es wirklich», flüsterte er.

«Guter *Gott*», wiederholte sie. «Wie oft bin ich gekommen?»

Simon lächelte. «Ich bin kein analer Zwangscharakter – ich hab nicht gezählt. Ich denke, so zehn- oder zwölfmal ...»

«Guter *Gott*. Und die Halluzinationen. Warst du das oder das Gras, die das meinem Nervensystem angetan haben?»

«Erzähl mir lieber, was du gesehen hast.»

«Also ... du hattest so eine Art Glorienschein um dich herum. Einen weiten, bläulichen Heiligenschein. Und dann sah ich, daß er auch um mich herum war und daß er unzählige kleine blaue Pünktchen in sich hatte, die sich so wie Spiralen bewegten. Und dann gab's nicht mal mehr das. Nur noch Licht. Reines weißes Licht.»

«Angenommen, ich erzählte dir, ich hätte einen Delphin zum Freund, der sich immerzu in solch unendlich weißem Licht bewegt ...»

«Fang jetzt nicht an, mich für dumm zu verkaufen. Du warst so lieb ... und ...»

«Ich verkaufe dich nicht für dumm. Sein Name ist Howard. Ich könnte es arrangieren, daß du ihn kennenlernst.»

«Einen Fisch?»

«Nein, Baby, Delphine sind Säugetiere. Genau wie du und ich.»

«Du bist entweder der größte Schlaumeier auf der Welt oder der ausgeflippteste Motherfucker ... Mr. Simon Moon! Und ich meine es so. Aber dieses Licht ... mein Gott, ich werde niemals dieses Licht vergessen.»

«Und was geschah mit deinem Körper?» fragte Simon so ganz nebenbei.

«Weißt du, ich wußte nicht mehr, wo er überhaupt war. Selbst mitten in meinen Orgasmen wußte ich nicht, wo mein Körper war. Alles war nichts als ... das Licht ...»

ROCK ROCK ROCK AROUND THE CLOCK TONIGHT
Und als der Mann, der den Namen «Frank Sullivan» benutzt, Dallas an diesem vieldiskutierten Nachmittag des 22. November verläßt, streift er McCord und Barker am Flughafen, aber seine Sinne werden noch von keiner Vorahnung von Watergate getrübt. (Drüben an der grasbewachsenen Erhebung schießt jemand ein Foto von Howard Hunt, das später in den Akten des Bezirksstaatsanwalts Jim «Der Lustige Grüne Riese» Garrison, nicht daß Garrison jemals um Lichtjahrweite der Wahrheit nähergekommen wäre ... auftaucht).

«Komm, kitty-kitty-kitty», ruft Hagbard.

Aber jetzt gehen wir noch einmal zurück, zum 2. April und nach Las Vegas; Sherri Brandi (geborene Sharon O'Farell) findet, als sie nach Hause kommt, Carmel in ihrem Wohnzimmer vor. Um vier Uhr morgens. Sie ist nicht weiter erstaunt; schon häufig machte er diese unerwarteten Besuche. *Er scheint es zu genießen, wie ein schleichender Virus in das Territorium anderer einzudringen.* «Darling», rief ich, indem ich auf ihn zustürzte und ihn küßte, so wie er es erwartete. *«Ich wünschte, dieser Schleimer würde tot umfallen»*, dachte ich, als unsere Lippen sich berührten.

«Ein Kunde für die ganze Nacht?» fragte er wie zufällig.

«Ja. Einer von jenen Wissenschaftlern, die draußen in der Wüste arbeiten, an dem Platz, den alle nicht zu kennen vorgeben sollen. Ein richtiger Freak.»

«Wollte er was Bestimmtes?» fragte Carmel rasch. «Hast du ihm was extra aufgeschlagen?» Manchmal glaubte ich wirklich, das $-Zeichen in seinen Augen zu sehen.

«Nein», sagte ich. «Er wollte 'ne ganz normale Nummer. Aber danach wollte er mich nicht gehen lassen. Quatschte und quatschte.» Ich gähnte und besah mir die schöne Einrichtung und die schönen Bilder;

es war mir gelungen, alles in Rosa und Lavendel zusammenzustellen, wirklich schön, hätte dieser Schleimscheißer bloß nicht auf der Couch rumgesessen und dabei ausgesehen wie eine hungrige alte Ratte. Ich hatte immer hübsche Sachen gemocht, und ich denke, ich hätte so was wie ein Künstler oder Designer werden können, hätte ich nicht immer solch ein Pech gehabt. *Jesus Christ*, wer in aller Welt hatte Carmel eingeredet, ein blauer Rollkragenpullover würde zu einem braunen Anzug passen? Ich glaube, wenn es keine Frauen gäbe, würden alle Männer so rumlaufen. Empfindungslos. Ein Haufen von Höhlenmenschen, Mäanderthaler oder wie die heißen. «Dieser Junge hatte ganz schön was auf dem Kasten», sagte ich, bevor der alte Zuckerschlecker mich wegen etwas anderem ins Kreuzverhör nehmen konnte. «Er ist gegen Fluor im Trinkwasser und gegen die katholische Kirche, gegen Schwule und denkt, die neue Antibabypille sei genau so schlecht wie die alte, und ich solle lieber einen Pessar benutzen. Er denkt, er weiß über alles unter der Sonne Bescheid, und ich mußte mir das alles anhören. Du kennst die Sorte...»

Carmel nickte. «Wissenschaftler sind alles Schrumpfköpfe», sagte er.

Ich zog mir das Kleid aus und hängte es in den Schrank (es war das hübsche grüne Kleid, das mit Pailletten besetzt war und nach der neuen Mode geschnitten, wissen Sie? Mit kleinen Löchern für die Brustwarzen. Was verdammt weh tat, weil sie sich immer wund scheuerten. Aber es heizt die Typen unheimlich an. Und, wie ich schon immer sagte: So muß du's machen, dir einen anzulachen; in dieser scheißverfluchten Stadt, wo das Pech dir alles verpatzt; und willst du das große Moos, auf die Straße, Girl! Und verkaufe deinen Schoß) und dann schnappte ich mir schnell meinen Morgenmantel, bevor der alte Sack sich entschließen konnte, es sei mal wieder an der Zeit, einen abgekaut zu kriegen. «Aber er hat immerhin ein sehr schönes Haus», sagte ich, um Carmel abzulenken. «Er braucht nicht dort draußen in der Station zu leben, er ist viel zu wichtig für Vorschriften. Es ist schön anzuschauen, finde ich; Mahagoni-getäfelte Wände und orangefarbenes Dekor, weißt du. Wirklich schön. Aber er haßt es. Benimmt sich, als würde Frankenstein oder sonstwas hinter ihm her sein. Springt auf, setzt sich, springt auf, rennt hin und her, als würde er ständig irgendwas suchen, das ihm mit einem Biß den Kopf abreißen würde, fände er es.» Den Morgenmantel ließ ich oben etwas offen. Carmel war entweder scharf, oder er wollte irgendwas anderes, und *irgendwas anderes* bedeutete bei ihm, daß er dich verdächtigt, du hättest ihm irgendwie doch Geld vorenthalten. Er und sein verdammter Gürtel. Klar, manchmal bin ich schon versessen auf diesen besonderen *Flash*, und ich schätze, das ist ungefähr so wie der Orgasmus beim Mann. Aber glaubt mir, für *die* Schmerzen lohnt es sich eigentlich nicht. Ich frage mich, ob es stimmt, daß manche Frauen so was beim normalen Beischlaf kriegen? So richtig? Ich glaub's nicht. In unserem Gewerbe habe ich noch keine getroffen, bei der ein Mann das fertigbringt; mit Ausnahme vielleicht von Rosy Palm und ihren fünf Schwestern. Und die auch nicht immer. Und wenn's bei *uns* keiner schafft, wie könnt's einer dann einem biederen Mäuschen aus gutem Hause so richtig kommen lassen...?

«Wanzen», sagte Carmel, und sah dabei schlau und gerissen aus, abgefahren auf seinem üblichen Trip, mit dem er zu beweisen suchte, daß *er* mehr «hip» war als sonst irgendwer auf Gottes schöner grüner Erde. Ich wußte nicht, wovon zum Teufel er da redete.

«Was meinst du? Wanzen?» fragte ich. Das war immerhin noch besser, als übers Geld zu sprechen.

«Dein Kerl da», sagte er mit einem allwissenden Grinsen. «Er ist wichtig, sagtest du. Also hat er Wanzen in seinem Haus. Wahrscheinlich baut er sie ständig aus, und der FBI kommt wieder zurück, um neue einzubauen. Ich wette, er war mucksmäuschenstill, als ihr's miteinander getrieben habt?» Ich erinnerte mich und nickte. «Siehst du. Er konnte den Gedanken nicht ertragen, daß der FBI am anderen Ende des Drahtes mitlauschte. Genau wie Mal –, wie einer aus dem Syndikat, den ich kenne. Er hat solchen Schiß vor Wanzen, daß er Geschäftsbesprechungen in Hotels nur im Badezimmer abhält. Flüsternd und bei voll aufgedrehten Wasserhähnen. Aus irgend'nem technischen Grund bringen's die Wanzen zwar noch bei lauter Musik, aber nicht bei laufendem Wasser.»

«Wanzen», schoß es mir plötzlich in den Sinn. «Genau!» Andere Wanzen. Ich konnte mich erinnern, wie Charley von Fluorisation gefaselt hatte: «Und wir werden alle als Geistesgestörte eingestuft, nur wegen ein paar Rechten, die vor fünfzehn oder zwanzig Jahren erzählten, Fluorisation sei ein Trick der Kommunisten. Und jetzt hält man jeden, der Fluorisation kritisiert, für genauso besessen wie die ‹God's Lightning›. Guter Gott, wenn es jemanden gäbe, der uns alle fertigmachen könnte, ohne auch nur einen Schuß abzugeben ... ich könnte es ...», und er fing sich wieder, wobei er etwas verbarg, das sich auf seinem Gesicht schon fast zu verraten begann, und schloß, als würde sich sein Verstand auf nur einem Bein davonmachen: «Ich könnte auf mindestens ein Dutzend Möglichkeiten in jedem landläufigen Chemiebuch hinweisen, die viel effektiver sind als Fluor.» Aber er dachte nicht an Chemikalien, er dachte an jene winzigen Wanzen, Mikroben nennt man sie, glaube ich, und genau damit arbeitet er. Ich konnte den *Flash* fühlen, den ich immer dann habe, wenn ich bei meinen Kunden so was spüre, wie zum Beispiel einer, der mehr Geld hat als er zeigen wollte, oder einer hat seine Frau mit dem Milchmann erwischt und wollte ihr jetzt mit mir eins auswischen. Oder es war so 'ne Schwuchtel, die sich beweisen mußte, daß sie keine *richtige* Schwuchtel war. «Mein Gott», sagte ich. «Carmel, ich habe im *Enquirer* über Mikroben gelesen. Wenn die da draußen einen Unfall bauen, geht die ganze Stadt baden. Der ganze Staat, und wer weiß, wie viele Staaten noch ... Jesus Christus! Kein Wunder, daß er sich ständig die Hände wäscht ...»

«Krieg der Mikroben?» fragte Carmel, und sein Gehirn arbeitete auf vollen Touren. «Mein Gott, ich wette, die ganze Stadt wimmelt nur so von russischen Spionen, die auf das scharf sind, was da draußen vor sich geht. Und ich könnte sie auf die Fährte setzen ... Aber, wie zum Teufel ... woran erkennt man einen russischen Spion, oder einen chinesischen? Man kann doch nicht einfach eine Anzeige aufgeben ... Mist! Aber vielleicht sollte ich mal zur Universität gehen und ein paar kommunistische Studenten anquatschen ...»

Ich war schockiert. «Carmel, du kannst doch nicht so einfach, mir nichts, dir nichts, dein Land verkaufen!»

«Was heißt hier, ich kann mein Land nicht verkaufen? Die Freiheitsstatue ist auch nichts weiter als ein Flittchen, und ich nehme, was ich für sie kriegen kann. Stell dich doch nicht so bescheuert an.» Er griff in seine Jackentasche und zog eine Tüte mit Karamelbonbons hervor, was er immer dann tat, wenn er erregt war. «Ich wette, es gibt einen in diesem Mob, der's wissen wird. Die wissen doch immer alles. Jesus Christus, es muß doch einen Weg geben, da Geld rauszuschlagen.

Die gerade laufende Fernsehansprache des Präsidenten wurde am 31. März abends um 10 Uhr 30 EST (östlicher Zeit) ausgestrahlt. Man gab Russen und Chinesen vierundzwanzig Stunden, um sich aus Fernando Poo zurückzuziehen, oder vom Himmel über Santa Isobel würde es nukleare Raketen regnen: «Es ist *verdammt* ernst», sagte der Regierungschef, «und Amerika wird sich nicht vor seiner Verantwortung für das friedliebende Volk von Fernando Poo drücken.» Die Ansprache war um elf Uhr abends (EST) vorüber, und innerhalb von zwei Minuten war das gesamte Telefonnetz des Landes heißgelaufen. Jeder versuchte, Plätze für Bus, Bahn oder Flugzeug nach Kanada zu buchen.

In Moskau, wo es zehn Uhr am nächsten Morgen war, berief der Premier eine Konferenz ein und sagte mit barscher Stimme: «Dieser Bursche in Washington ist ein armer Irrer, und er meint es ernst, wie's scheint. Rufen Sie sofort unsere Streitkräfte aus Fernando Poo zurück, und ermitteln Sie dann, wer unserer Leute sie überhaupt hingeschickt hat und versetzen Sie ihn in die Äußere Mongolei. Da gibt's bestimmt noch einen Posten als Verwalter eines Wasserkraftwerks.»

«Wir haben gar keine Truppen in Fernando Poo», sagte ein Kommissar mit düsterer Stimme. «Die Amerikaner spinnen tatsächlich mal wieder.»

«Wie, zum Teufel, können wir Truppen zurückziehen, wenn wir gar keine hingeschickt haben?» polterte der Premier.

«Ich weiß es nicht. Jedenfalls haben wir nur vierundzwanzig Stunden Zeit, um das herauszufinden, oder ...» der Kommissar zitierte ein altes russisches Sprichwort, das ungefähr besagt, daß, wenn ein Polarbär ins Getriebe exkrementiert, die Sicherungen durchknallen.

«Angenommen, wir geben bekannt, daß unsere Truppen im Rückzug begriffen sind», schlug ein anderer Kommissar vor. «Die können dann nicht behaupten, wir würden lügen, wenn keine Truppen dort sind.»

«Nein, das geht nicht. Die glauben uns nie, was wir *sagen*. Die woll'n was sehen», sagte der Premier nachdenklich. «Wir werden ein paar Abteilungen heimlich infiltrieren müssen und sie dann mit großem Rummel und viel Presse wieder abziehen. Das müßte hinhauen.»

«Ich fürchte, damit wäre das Problem auch nicht gelöst», sagte ein anderer Kommissar mit Grabesstimme. «Unser Geheimdienst teilt mit, daß Chinesen da sind. Und wenn Peking nicht nachgiebig ist, geraten wir gerade dann hinein, wenn es anfängt Bomben zu hageln und ...» er zitierte das Sprichwort von dem Mann, der an einer Kreuzung steht, an der zwei mit Dung beladene Lastwagen zusammenstoßen.

«Verdammt», sagte der Premier. «Was zum Henker wollen die Chinesen in Fernando Poo?»

Er war nervös, sprach aber immer noch mit Autorität. Er charakterisierte, richtig gesagt, das beste Beispiel eines dominierenden Mannes unserer Zeit. Er war fünfundfünfzig Jahre alt, hart, gewieft, unbelastet von den komplizierten ethischen Zweifeln, die den Intellektuellen zu schaffen machen, und war schon vor vielen Jahren zum Schluß gekommen, daß die Welt nichts als ein gemeines Hurenhaus war, in der nur die Verschlagensten und Erbarmungslosesten überleben konnten. Darüber hinaus war er so gütig wie jemand, der eine solche ultra-darwinistische Philosophie aufrechterhält, es nur sein kann; und er liebte Kinder und Hunde von ganzem Herzen, es sei denn, sie hielten sich an einem Ort auf, der im Interesse der Nation vernichtet werden mußte. Noch immer bewahrte er sich den Sinn für Humor, trotz der Bürde seines fast frommen Amtes, und, wenngleich er bei seiner Frau seit nunmehr fast zehn Jahren impotent war, so brachte er doch im Mund einer erfahrenen Prostituierten noch immer in ungefähr anderthalb Minuten einen Orgasmus zustande. Er schluckte Amphetaminpillen, um seinen zermürbenden Vierundzwanzig-Stunden-Tag durchzustehen, mit dem Resultat, daß sein Weltbild ganz schön in Richtung Paranoia abgeglitten war; er schluckte Tranquilizer, um seine Ängste und Sorgen in Schach zu halten, mit dem Resultat, daß sein gleichgültiges Gelöstsein manchmal an Schizophrenie grenzte; seine angeborene Schläue machte es ihm die meiste Zeit über dennoch möglich, die Realitäten fest im Griff zu haben. Kurz gesagt war er den Machthabern von Amerika und China sehr ähnlich.

Und indem er Thomas Edison und dessen Glühbirnen aus seinem Kopf verbannt, überfliegt Saul Goodman noch einmal die ersten acht Memos. Dabei benutzt er die konservative und logische Seite seiner Persönlichkeit und hält seine intuitiven Fähigkeiten kurz an der Leine. Das war für ihn eine alltägliche Übung, die er Expansion-und-Kontraktion nannte: im dunkeln herumspringen, um die Verbindung zwischen den Fakten Nummer eins und Nummer zwei zu suchen; dann langsam zurückzuschlendern und seine eigenen Schlüsse zu ziehen.

Die Namen und Schlagworte zogen noch einmal an ihm vorbei: Fra Dolcino – 1508 – Roshinaya – Hassan i Sabbah – 1090 – Weishaupt – Politmorde – John Kennedy, Bob Kennedy, Martin Luther King – Bürgermeister Daley – Cecil Rhodes – 1888 – George Washington ...

Möglichkeit Nr. 1: es ist alles wahr und verhält sich exakt so, wie die Memos es nahelegen; Nr. 2: es ist teilweise wahr und teilweise falsch; Nr. 3: es stimmt alles nicht, und es gibt keinen Geheimbund, der von 1090 A. D. bis in die Gegenwart bestanden hatte.

Alles kann also nicht stimmen. Bürgermeister Daley sagte niemals «*Ewige Blumenkraft*» zu Senator Ribicoff. Saul hatte in der *Washington Post* die Übersetzung eines Lippenlesers gelesen, der sagte, daß es in Daleys Ausfall gegen Ribicoff nichts Deutsches gab, obgleich es Obszönes und Antisemitisches enthielt. Auch hatte die Weishaupt-

Washington-Verkörperungsidee ein paar Schwächen – einer unbemerkten Übernahme der Identität einer bekannten Persönlichkeit war in jenen Tagen, vor Erfindung plastischer Chirurgie, schwer Glauben zu schenken, trotz der augenfälligen Beweise, die in den Memos angegeben waren – zwei starke Argumente gegen Möglichkeit Nr. 1. Nicht *alle* Memos entsprechen der Wahrheit.

Und Möglichkeit Nr. 3? Es könnte ja sein, daß die Illuminaten nicht durchgehend, vom ersten Rekruten, den der alte Hassan i Sabbah anwarb, bis zu jener Person, die den Anschlag auf *Confrontation* ausführte, existent waren – die Bewegung mochte gestorben sein und eine ganze Weile im Totenschlaf verbracht haben, wie der Ku Klux Klan zwischen 1872 und 1915; sie mag in acht Jahrhunderten mehr als einmal durch solche Auflösungen und Auferstehungen gegangen sein – und doch gab es gewisse Verkettungen, wenn auch manchmal nur sehr schwache, die vom elften Jahrhundert ins zwanzigste, vom Nahen Osten nach Europa und von Europa nach Amerika reichten. Sauls Unzufriedenheit über die offiziellen Erklärungen zu den jüngsten Politmorden, über die Unmöglichkeit, irgendeinen Sinn in der jetzigen Außenpolitik der Vereinigten Staaten zu sehen und die Tatsache, daß selbst jene Historiker, die mit aller Heftigkeit jeglicher «Verschwörungstheorie» widersprechen, die Schlüsselpositionen der Freimaurer in der Französischen Revolution anerkennen: All diese Punkte bestärkten ihn in seiner Ablehnung der Möglichkeit Nr. 3. Außerdem waren die Freimaurer die erste Gruppierung, die, mindestens zweien der Memos zufolge, von Weishaupt infiltriert wurde.

Möglichkeit Nr. 1 scheidet also endgültig aus und Möglichkeit Nr. 3 ist mit an Gewißheit grenzender Wahrscheinlichkeit ebenso ungültig; deshalb ist wahrscheinlich Möglichkeit Nr. 2 die richtige. Die in den Memos aufgestellte Theorie ist teilweise richtig und teilweise falsch. Was aber sagt die Theorie nun wirklich aus – und, welcher Teil ist falsch und welcher richtig?

Saul zündete seine Pfeife an, schloß die Augen und dachte nach. Die Theorie besagte im wesentlichen, daß die Illuminaten ihre Leute an verschiedenen «Fronten» rekrutierten, sie mit Marihuana (oder speziellen Marihuanaderivaten) zu irgendwelchen *illuminierenden* Erfahrungen brachten und sie so zu fanatischen Anhängern machten, die gewillt waren, alle zu Gebote stehenden Mittel anzuwenden, um die übrige Welt zu «illuminieren». Offensichtlich war die totale Verwandlung der Menschheit ihr Ziel, wie *2001* es suggeriert. Oder eine Verwandlung nach Nietzsches Konzept vom Übermenschen. Im Zuge ihrer verschwörerischen Aktivitäten beseitigten die Illuminaten – so Malik in seinen Andeutungen gegenüber Jackson – jede populäre politische Figur, die ihnen in die Quere kam.

Saul zündete seine Pfeife an, schloß die Augen und dachte nach. Die Theorie Mansons durch die Weatherman und Morituri, und an den Wahlspruch «mit allen zu Gebote stehenden Mitteln» der radikalen Jugend, sogar außerhalb der Weatherman. Und er dachte an Nietzsches Slogans: «Seid hart ... Alles was in Liebe getan wird, ist jenseits von Gut und Böse ... Über dem Affen steht der Mensch, und über dem Menschen steht der Übermensch ... Vergiß die Peitsche nicht ...» Trotz seiner eigenen logischen Einsicht, daß Maliks Theorie nur *teilweise* stimmte, verspürte Saul Goodman, der zeitlebens liberal gesinnt war, plötzlich eine heftig aufschießende Angst, die Angst vor rechtsradikalen Gewalttaten gegen die moderne Jugend.

Er erinnerte sich der scheinbaren Vermutung Maliks, die Verschwörung ginge hauptsächlich von Mad Dog City aus – und das hier war das Territorium der God's Lightning. Und die God's Lightning begeisterten sich wahrhaftig nicht für Marihuana, für die Jugend oder für die unüberhörbaren antichristlichen Parolen innerhalb der Illuminaten-Philosophie.

Außerdem konnte man Maliks Informationsquellen nur bedingt Vertrauen schenken.

Darüber hinaus gab es noch andere Möglichkeiten: Die «Shriner» beispielsweise, die der Freimaurerbewegung angehörten, verstanden sich mehr oder weniger als rechtsradikal. Sie hatten ihre eigenen versteckten Riten und Geheimnisse und bedienten sich eines arabisch gefärbten Drum und Dran, das seinen Ursprung sehr wohl bei Hassan i Sabbah oder den Roshinaya in Afghanistan haben mochte. Wer hätte sagen können, was für geheime Komplotte bei den Zusammenkünften der Shriner ausgeheckt wurden?

Halt! Da war jetzt wieder der intuitive Stabhochspringer auf der rechten Gehirnhälfte in Aktion; und dabei war Saul gerade um den sich abplackenden Logiker auf der linken Seite besorgt.

Den Schlüssel zum Geheimnis konnte er nur finden, indem er eine eindeutigere Definition der wahren Absichten der Illuminaten fand. Man mußte den Wechsel, den sie – beim Menschen und seiner Gesellschaft – zu vollziehen versuchten, so genau wie möglich bestimmen – erst dann konnte man annäherungsweise bestimmen, wer sie überhaupt waren.

Sie trachteten nach englischer Vorherrschaft in unserer Welt, und glaubte man den «Birchers», waren sie Schüler der Rhodes-Stiftung. Und *diese* Idee paßte, das lag auf der Hand, zu Sauls wunderlicher Vorstellung einer weltweiten Shriner-Verschwörung. Was aber dann? Die italienischen Illuminaten unter Fra Dolcino strebten eine Verteilung des Reichtums an – aber die internationalen Bankeninteressen gingen, so *Playboy*, dahin, ihre Reichtümer zu festigen. Die *Britannica* gab an, daß Weishaupt ein «Freidenker» war, wie auch Washington und Jefferson – Sabbah und Joachim von Florenz aber waren nachweislich ketzerische Mystiker beider, der islamischen und der katholischen Traditionen.

Saul nahm das neunte Memo zur Hand, in der Absicht, weitere Fakten (oder vorgegebene Fakten) zu finden, bevor er weitere Analysen anstellte, und da kam ihm schlagartig etwas zu Bewußtsein.

Wonach die Illuminaten auch immer trachteten, es war niemals vollendet worden ... Der Beweis: Hätten sie es jemals vollendet, würden sie längst nicht mehr im Geheimen konspirieren.

Da im Laufe der Menschheitsgeschichte schon fast alles ausprobiert worden ist, mußte man herausfinden, was noch nicht (jedenfalls noch nicht in größerem Rahmen) ausprobiert wurde – und genau das wird es sein, wo die Illuminaten den Rest der Menschheit hinzubekommen versuchen.

Man hatte den Kommunismus ausprobiert. Man hatte den Kapitalismus ausprobiert. Man hatte in Australien sogar Henry Georges Einheitssteuer ausprobiert. Man hatte Faschismus, Feudalismus und Mystizismus ausprobiert.

Anarchismus hatte man noch nie ausprobiert.

Anarchismus stand häufig in Verbindung mit politischen Morden. Er übte eine gewisse Anziehungskraft auf Freidenker aus, etwa auf Kropotkin und Bakunin, aber auch auf religiöse Idealisten wie Tolstoi oder Dorothy Day, Anhängerin der Katholischen Arbeiterbewegung. Die meisten Anarchisten setzten, wie Joachim, ihre Hoffnung in die Aufteilung von Reichtum; Rebecca hatte ihm jedoch einmal über einen Klassiker anarchistischer Literatur, Max Stirners *Der Einzige und sein Eigentum*, erzählt, den man einmal «die Billionärsbibel» genannt hatte, weil er die Vorteile, die der robuste Individualist in einer staatenlosen Gesellschaft daraus ziehen konnte, hervorgehoben hatte – und Cecil Rhodes etwa war ein Abenteurer, bevor er Bankier wurde. Die Illuminaten waren Anarchisten.

Alles fügte sich ineinander: Die einzelnen Teile des Puzzles ergaben wie von selbst ein Ganzes.

Saul war überzeugt.

Doch auch er ging fehl in seiner Annahme.

*«Wir werden unsere Truppen aus Fernando Poo einfach abziehen»,
sagte der Vorsitzende der Kommunistischen Partei Chinas am 1. April.
«Ein Land dieser Größenordnung lohnt keinen Weltkrieg.»*

«Aber wir haben gar keine Truppen dort», ließ ein Adjutant vernehmen, «es sind die Russen, die Truppen dort haben.»

«Was ...?» und der Vorsitzende zitierte eine Spruchweisheit mit dem inhalt, daß das Rosenwasser von Urin getrübt war. «Ich möchte mal wissen, was zum Teufel die Russen mit Fernando Poo vorhaben?» fügte er nachdenklich hinzu.

Er war nervös, sprach aber immer noch mit Autorität. Er charakterisierte, richtig gesagt, das beste Beispiel eines dominierenden Mannes unserer Zeit. Er war fünfundfünfzig Jahre alt, hart, gewieft, unbelastet von den komplizierten ethischen Zweifeln, die den Intellektuellen zu schaffen machen, und war schon vor vielen Jahren zum Schluß gekommen, daß die Welt nichts als ein gemeines Hurenhaus war, in der nur die Verschlagensten und Erbarmungslosesten überleben konnten. Darüber hinaus war er so gütig wie jemand, der eine solche ultra-darwinistische Philosophie aufrechterhält, es nur sein kann; und er liebte Kinder und Hunde von ganzem Herzen, es sei denn, sie hielten sich an einem Ort auf, der im Interesse der Nation vernichtet werden mußte. Noch immer bewahrte er sich den Sinn für Humor, trotz der Bürde seines fast frommen Amtes, und wenngleich er bei seiner Frau seit nunmehr fast zehn Jahren impotent war, so brachte er doch im Mund einer erfahrenen Prostituierten noch immer in ungefähr anderthalb Minuten einen Orgasmus zustande. Er schluckte Amphetaminpillen, um seinen zermürbenden Vierundzwanzig-Stunden-Tag durchzustehen, mit dem Resultat, daß sein Weltbild ganz schön in Richtung Paranoia abgeglitten war; er schluckte Tranquilizer, um seine Ängste und Sorgen in Schach zu halten, mit dem Resultat, daß sein gleichgültiges Gelöstsein manchmal an Schizophrenie grenzte; seine angeborene Schläue machte es ihm die meiste Zeit über dennoch möglich, die Realität fest im Griff zu haben. Kurz gesagt war er den Machthabern von Amerika und Rußland sehr ähnlich.

(«Und es ist nicht nur eine gotteslästerliche Sünde», brüllt Mr. Mocenigo, «sondern du kriegst auch noch Mikroben davon.» Wir haben 1950, es ist Frühling in der Mulberry Street, und der junge Charlie Mocenigo hebt schreckerfüllt die Augen. «Sieh dir das mal an, sieh dir das an!» fährt Mr. Mocenigo voller Zorn fort, «du brauchst nicht mal deinem eigenen Vater zu glauben. Schau selbst, was das Lexikon dazu sagt. Schau her, hier auf dieser Seite. Schau schon her! ‹Masturbation: Selbstverschmutzung.› Weißt du überhaupt, was Selbstverschmutzung heißt? Weißt du, wie lange diese Mikroben da leben?» Und in einem anderen Frühling, 1955, schreibt sich ein blasser, dünner, introvertierter Genius für sein erstes Semester am Massachusetts Institute of Technology ein. Und als er auf dem Formular zum Kästchen «Religion» kommt, schreibt er sorgfältig in Druckbuchstaben ATHEIST. Er hat Kinsey und Hirschfeld gelesen und mit der Zeit fast alle biologisch orientierten sexkundlichen Abhandlungen – Psychoanalytiker und andere solcher unwissenschaftlichen Typen dabei eifrigst auslassend –, und das einzige sichtbare Überbleibsel jenes entsetzlichen Augenblicks in seiner frühen Jugend ist die Gewohnheit, sich in Spannungssituationen häufig die Hände zu waschen, was ihm den Spitznamen «Seifie» einbringt.)

General Talbot blickt Mocenigo mitleidsvoll an und führt seine Pistole an den Kopf des Wissenschaftlers ...

Am 6. August 1902 brachte die Welt ihre gewohnte Ernte an neuen Menschen ein, alle programmiert, mehr oder weniger gleich zu handeln, alle bargen nur geringfügige Abweichungen desselben DNS-Bauplans in sich; von diesen waren etwa 51000 Frauen und 50000 waren Männer; und zwei dieser Männer, zur gleichen Sekunde geboren, sollten in unserer Geschichte einmal Hauptrollen spielen und eine ähnliche, aufsteigende Karriere beschreiben. Der eine, der über einem brüchigen Pferdestall in der Bronx, New York, geboren wurde, hieß Arthur Flegenheimer und sprach, am anderen Ende seines Lebens, mit bewegten Worten von seiner Mutter (wie auch von Bären und Bürgersteigen und französisch-kanadischer Bohnensuppe); der andere wurde in einem der vornehmsten alten Häuser auf dem Beacon Hill in Boston geboren, hieß Robert Putney Drake und sprach, am anderen Ende seines Lebens, mit ziemlich barschen Worten von seiner Mutter ... aber als sich, 1935, die Wege von Mr. Flegenheimer und Mr. Drake kreuzten, bildete diese Begegnung ein Glied in der Kette der Ereignisse, die zum Zwischenfall von Fernando Poo führten.

Und in der – mehr oder weniger – Jetztzeit wurde 00005 aufgefordert, W. im Hauptquartier einer bestimmten Abteilung des Britischen Geheimdienstes aufzusuchen. Es war der 17. März, aber da sie Engländer waren, verschwendeten weder 00005 noch W. irgendeinen Gedanken an den geheiligten St. Patricks-Tag; statt dessen sprachen sie über Fernando Poo.

«Die Yanks», sagte W. schroff, «beginnen Vermutungen anzustellen, daß die Russen oder die Chinesen, oder gar beide, hinter diesem Schwein Tequilla y Mota stehen. Selbst wenn es wahr wäre, würde die Regierung Ihrer Majestät sich einen Scheißdreck darum kümmern; was geht uns das schon an, ob sich so ein Fliegenschiß von einer Insel rot färbt? Aber wissen Sie, 00005, diese Yanks – die sind imstande, deswegen einen Krieg anzuzetteln, obgleich sie dies noch nicht offiziell verkündet haben.»

«Meine Mission», fragte 00005, der kaum sichtbare Zug von Brutalität, der um seine Lippen spielte, verwandelte sich in ein höchst gewinnendes Lächeln, «besteht darin, nach Fernando Poo herunterzujetten und die wirklichen Absichten dieses Tequilla y Mota rauszufinden und, wenn er rot sein sollte, ihn zu stürzen, bevor die Yanks den Globus in die Luft jagen?»

«Genau das ist Ihr Auftrag. Wir können uns keinen elendigen, nuklearen Krieg leisten, gerade jetzt, wo der internationale Zahlungsausgleich sich eingependelt hat und die Europäische Gemeinschaft endlich mal zu funktionieren beginnt. Machen Sie sich also sofort auf den Weg. Sollten Sie erwischt werden, wird die Regierung Ihrer Majestät selbstverständlich jegliches Wissen um Ihre Aktionen abstreiten müssen.»

«So scheint es immer ablaufen zu müssen», sagte 00005 ironisch. «Ich wünschte, Sie würden mir mal einen Auftrag erteilen, wo diese Scheißregierung Ihrer Majestät geschlossen hinter mir stünde.»

Aber 00005 gab sich natürlich nur ein bißchen geistreich; als loyaler Untertan würde er jegliche Befehle ausführen, selbst wenn der Tod jeder Seele in Fernando Poo und sein eigener Tod für notwendig erachtet würden. Er erhob sich auf die ihn charakterisierende, charmante Art und begab sich zu seinem Büro, wo er die Vorbereitungen für seine Fernando Poo-Mission traf. Der erste Schritt bestand darin, in seinem persönlichen, weltumspannenden Reisenotizbuch die Bar in Santa Isobel zu suchen, die am wahrscheinlichsten einen guten Martini mixen konnte, und das Restaurant, das am wahrscheinlichsten einen genießbaren Hummer-Newburger servieren konnte. Zu seinem Entsetzen gab es in Santa Isobel weder eine solche Bar noch ein solches Restaurant. Santa Isobel mangelte es einfach an geselligen Liebreizen.

«Ich sage», murmelte 00005 vor sich hin, «das wird eine *mulmige* Angelegenheit.» Aber seine Stimmung hob sich sofort, denn er wußte, daß Fernando Poo wenigstens mit einer ganzen Schar rothaariger oder kaffeebrauner Schönheiten ausgestattet war, und solche Weiber bedeuteten den Heiligen Gral für ihn. Darüber hinaus hatte er sich schon seine eigene Theorie über Fernando Poo zurechtgelegt: er war überzeugt, daß BUGGER – *Blowhard's Unreformed Gangsters, Goons, and Espionage Renegades*, eine internationale Verschwörung von Verbrechen und Doppelagenten, angeführt von dem bekannten und gefürchteten Eric «Der Rote» Blowhard – hinter allem steckte. Von den Illuminaten hatte 00005 noch nie gehört.

Eigentlich war 00005, trotz seiner dunklen, glatt nach hinten gekämmten Haare, seiner durchdringenden Augen, seines grausamen und ansehnlichen Gesichts, seines gestählten, athletischen Körpers wegen und seiner Fähigkeit, jegliche Anzahl von Frauen zufriedenzustellen und jede Anzahl von Männern im Laufe eines Arbeitstages aus dem Fenster zu werfen, nicht wirklich der ideale Geheimagent. Er hatte als Heranwachsender Ian Fleming gelesen und eines Tages, einundzwanzigjährig, vor dem Spiegel gestanden und beschlossen, daß er alles besaß, was einen Fleminghelden ausmachte, und eine Kampagne gestartet, die ihn in das Spiel der Spione lancierte. Nachdem er vierzehn Tage lang in der Bürokratie untergetaucht war, gelangte er schließlich in einen der Geheimdienste, aber es war eher eine jener erbärmlichen Organisationen, in denen schon Harry Palmer seine zynischen Tage abgerissen hatte, als daß es eine Lebensstellung bedeutet hätte. Nichtsdestotrotz hatte 00005 sein Bestes getan, die Szene ein wenig aufzupolieren und zu glamourisieren, und vielleicht weil Gott die Dummen unter seine Fittiche nimmt, war es ihm nicht gelungen, während seiner laufend bizarrer verlaufenden Missionen umgebracht zu werden. Diese Missionen waren alle sehr merkwürdiger Natur, erstens, weil kein Mensch sie ernst nahm – sie basierten ausnahmslos auf Gerüchten, denen nachgegangen werden mußte, ob sie überhaupt eine Spur von Wahrheit enthielten –, aber später fand man dann heraus, daß 00005s spezielle Schizophrenie bestens geeignet war, ihn auf ein paar echte Probleme anzusetzen. Wie selbst der schizoide unter den mehr introvertierten Typen eben immer noch für den Posten eines «Sleeper»-Agenten geeignet war, dem es relativ leichtfiel, das was man im konventionellen Sinne das «eigentliche Selbst» nannte, zu vergessen. Natürlich gab es niemanden, der BUGGER jemals ernst nahm, und 00005s Besessensein auf BUGGER war, hinter seinem Rücken, ein beliebter Gegenstand des Spotts.

«*So irrsinnig schön es war*», sagte Mary Lou, «*so furchteinflößend war es auch.*»

«*Warum?*» fragte Simon.

«Alle diese Halluzinationen ... manchmal dachte ich wirklich, ich würde den Verstand verlieren ...»

Simon zündete noch einen Joint an und reichte ihn ihr hinüber. «Wie kommst du darauf, sogar jetzt noch, daß es Halluzinationen waren?» fragte er.

ROCK ROCK ROCK TILL BROAD DAYLIGHT

«Wenn das Realität war», sagte Mary Lou mit fester Stimme, «dann ist alles andere in meinem Leben eine einzige Halluzination gewesen.»

Simon grinste. «Jetzt ...», sagte er ruhig, «... jetzt kommst du ja allmählich dahinter.»

Der zweite Trip,
oder Chokmah

Hopalong Horus reitet wieder

Bleiben Sie doch noch ein wenig in der Metaphysik. Das Aneristische Prinzip ist das Prinzip der ORDNUNG, das Eristische Prinzip ist das der UNORDNUNG. Das Universum scheint dem Unwissenden an der Oberfläche geordnet zu sein; das ist die ANERISTISCHE ILLUSION. Diese Ordnung, die «da» ist, wird dem Ur-Chaos eigentlich genauso aufgedrängt, wie der Name eines Menschen über sein eigentliches Selbst gehüllt wird. Beispielsweise besteht die Aufgabe eines Wissenschaftlers darin, dieses Prinzip zu erfüllen, und manche brillieren damit ganz schön. Bei näherer Betrachtung jedoch geht Ordnung in Unordnung über, welches dann die ERISTISCHE ILLUSION darstellt.

Malaclypse der Jüngere, K. S. C.
Principia Discordia

Und das Raumschiff Erde, dieser prächtige und mörderische Zirkus, setzte seine vier Billionen Jahre lange, spiralförmige Umlaufbahn um die Sonne fort; ich muß gestehen, seine Konstruktion ist so vollendet, daß seine Bewegung von keinem der Passagiere wahrgenommen wurde. Jene auf der dunklen Seite des Raumschiffs schliefen zumeist und unternahmen Reisen in Welten der Freiheit und der Phantasie; diejenigen auf der hellen Seite waren geschäftig in der Erfüllung der Aufgaben, die ihnen von ihren Herrschern auferlegt worden waren, oder sie saßen untätig umher und warteten auf den nächsten Befehl von oben. In Las Vegas erwachte Dr. Charles Mocenigo aus einem Alptraum und ging zur Toilette, um sich die Hände zu waschen. Er dachte an seine Verabredung mit Sherri Brandi für die kommende Nacht und hatte, glücklicherweise, noch keine Ahnung, daß das die letzte Begegnung mit einer Frau sein würde. Er suchte sich noch immer zu beruhigen und begab sich ans Fenster und betrachtete die Sterne – er war eben ein Spezialist, ohne irgendwelche Interessen außerhalb seines Arbeitsgebiets, und so stellte er sich vor, daß er zu ihnen aufsah und nicht zu ihnen hinaus. An Bord der TWA-Nachmittagsmaschine von New Delhi nach Hongkong, Honolulu und Los Angeles blickte R. Buckminster Fuller, einer der wenigen, denen bewußt war, in einem Raumschiff zu leben, auf seine drei Armbanduhren, von denen eine die Ortszeit (5 Uhr 30 nachmittags) angab, die andere die Zeit von Honolulu, seinem Bestimmungsort (2 Uhr 30 am nächsten Morgen), und die Zeit in seinem Heimatort Carbondale, Illinois (3 Uhr 30 am Morgen des vorangegangenen Tages). Im nachmittäglichen Paris drängten sich ganze Scharen von jungen Leuten durch die Menschenmassen und verteilten Flugblätter, die mit glühenden Worten der Welt größtes Rock-Festival und Kosmisches Fest der Liebe ankündigten, das Ende des Monats am Ufer des Totenkopfsees, in der Nähe von Ingolstadt, Bayern, stattfinden sollte. In Sunderland, England, erhob sich ein junger Psychiater vom Eßtisch und eilte in die geschlossene Abteilung, um dem seltsamen Gebrabbel eines Patienten zuzuhören, der bereits seit einem Jahrzehnt kein Wort von sich gegeben hatte. «In der *Walpurgisnacht* wird es geschehen ... dann wird Seine Macht am größten sein ... dann werdet Ihr Ihn sehen ... Punkt Mitternacht.» Irgendwo im Atlantik begegneten Howard der Delphin und ein paar seiner Freunde, die in der vormittäglichen Sonne dahineilten, einigen Haien und hatten einen gräßlichen Kampf durchzustehen. In New York City rieb sich Saul Goodman seine müden Augen, als der Morgen über den Fenstersims gekrochen kam, studierte ein Memo über Karl den Großen und den Hofstaat der Illuminierten; Rebecca Goodman las unterdessen, wie die eifersüchtigen Priester von Bel-Marduk Babylon an die einfallende Armee des Cyrus verrieten, weil ihr junger König, Belsazar, den Liebeskult der Göttin Ishtar angenommen hatte. In Chicago lauschte Simon Moon unterdessen den Vögeln und wartete auf die ersten, zimtfarbenen Strahlen des anbrechenden Tages; neben ihm schlief Mary Lou Servix; sein Gehirn arbeitete lebhaft, und er dachte über Pyramiden und Regengötter nach, über Yoga und Sex und fünfdimensionale Geometrie; am meisten beschäftigte ihn jedoch das Ingolstädter Rock-Festival, und er fragte sich, ob alles wirklich so eintreffen würde, wie Hagbard Celine es vorausgesetzt hatte.

(Zwei Blocks nördlich, und zeitlich über vierzig Jahre zurück, hörte Simons Mutter Pistolenschüsse, als sie die Wobbly Hall verließ – Simon war Anarchist in der zweiten Generation – und folgte der Menge, die sich vor dem Biograph Theater versammelte, wo ein Mann in einer schmalen Seitengasse lag und verblutete. Und am nächsten Morgen – am 23. Juli 1934 – erfuhr Billie Freschette von einer Aufseherin diese Nachricht in ihrer Zelle im Cook County Jail. In diesem Land des weißen Mannes bin ich die Niedrigste der Niedrigen, unterjocht, weil ich

nicht weiß bin, und noch einmal unterjocht, weil ich kein Mann bin. Ich bin die Verkörperung alles Ausgestoßenen und Verachteten – die Frau, die Farbige, der Stamm, die Erde – von alldem, was keinen Platz in der Welt der weißen Technologie hat. Ich bin der Baum, der abgeholzt wurde, um Raum für die Fabrik zu schaffen, die die Luft verpestet. Ich bin der Fluß voller schmutziger Abwässer. Ich bin der Körper, den die Seele verachtet. Ich bin die Niedrigste der Niedrigen, der Dreck unter ihren Füßen. Und dennoch erwählte John Dillinger mich zu seiner Braut. Er tauchte tief in mein Innerstes. Ich war seine Braut, nicht so wie Ihre weißen Männer und Kirchen und Regierungen die Ehe kennen, wir waren ehrlich verheiratet. Wie der Baum mit der Erde vermählt ist, der Berg mit dem Himmel, die Sonne mit dem Mond. Ich hielt seinen Kopf an meine Brust und verwuschelte seine Haare, als sei es süß wie frisches Gras, und ich nannte ihn «Johnnie». Er war mehr als nur ein Mann. Er war wahnsinnig, aber nicht wahnsinnig, nicht wie ein Mann wahnsinnig werden kann, der seinen Stamm verläßt und unter feindseligen Fremden lebt und grob behandelt und verachtet wird. Er war nicht so wahnsinnig wie alle anderen weißen Männer wahnsinnig sind, weil sie niemals das Leben in der Sippe kennengelernt haben. Er war wahnsinnig, wie ein Gott wahnsinnig sein kann. Und jetzt erzählt man mir, er sei tot. *«Nun», fragt die Aufseherin schließlich, «wollen Sie denn gar nichts dazu sagen? Seid Ihr Indianer denn überhaupt Menschen?» Sie hatte ein wirklich böses Glimmen im Blick; den Blick einer Klapperschlange.* Sie will mich weinen sehen. Sie steht da, wartet und starrt mich durch die Gitterstäbe an. *«Hast du überhaupt keine Gefühle? Bist du wirklich ein Tier?»* Ich sage nichts. Ich verziehe keine Miene. Kein Weißer wird jemals die Tränen einer Menominee sehen. *Am Biograph Theater wendet sich Molly Moon voller Abscheu ab, als Souvenirjäger ihre Taschentücher ins Blut tauchen.* Ich wende mich von der Aufseherin ab und blicke aus dem vergitterten Fenster hinauf zu den Sternen, und die Abstände zwischen ihnen scheinen größer als je zuvor. Größer und leerer. Tief in mir erlebe ich jetzt eine unendliche Leere, und sie wird nie wieder gefüllt werden können. Wenn ein Baum mit den Wurzeln herausgerissen wird, muß die Erde sich so fühlen wie ich mich jetzt. Die Erde muß lautlos schreien, wie ich lautlos schreie.) *Aber sie verstand die symbolische Bedeutung der blutgetränkten Taschentücher; wie auch Simon es versteht.*

Tatsächlich hatte Simon eine Erziehung genossen, die man nicht anders als *funky* bezeichnen kann. Mensch! Ich meine, wenn beide Elternteile Anarchisten sind, dann kann das Chicagoer Schulsystem in deinem Kopf eigentlich nur Unheil anrichten. Man stelle sich mich 1956 in einem Klassenzimmer vor, wo Eisenhowers Mobby Dick-Gesicht an der einen und Nixons Captain Ahab-Blick an der anderen Wand hängen, und zwischen beiden, vor dem unvermeidlichen amerikanischen Fetzen Stoff, steht Fräulein Doris Day, oder ihre ältere Schwester, und erzählt der Klasse, jeder solle ein Merkblatt mit nach Hause nehmen, das den Eltern weismachen soll, wie wichtig es für sie sei, an den Wahlen teilzunehmen.

«Meine Eltern wählen nicht», sage ich.

«Nun, dieses Merkblatt wird ihnen erklären, warum sie es tun sollten», sagt sie zu mir mit dem authentischen *Doris Day-Sunshine-Kansas-Cornball*-Lächeln. Das Schuljahr hat gerade erst begonnen, und von *mir* hat sie noch nichts gehört.

«Das glaube ich nicht», sage ich höflich. «Sie glauben nicht, daß es irgendeinen Unterschied macht, ob Eisenhower oder Stevenson im Weißen Haus wohnen. Sie sagen, die Befehle kommen trotzdem von der Wall Street.»

Das wirkt wie ein Donnerschlag. Der ganze schöne Sonnenschein verflüchtigt sich. Auf so etwas hat man sie in der Schule, in der man alle diese Doris Day-Replikas fabriziert, nicht vorbereitet. Das Wissen der Väter wird in Frage gestellt. Sie öffnet den Mund und schließt ihn wieder und öffnet ihn und schließt ihn, und am Ende nimmt sie solch einen tiefen Atemzug, daß jeder Knabe in der Klasse (wir befinden uns alle am Scheitelpunkt der Pubertät) beim Anblick ihres Busens, wie er sich hebt und senkt, 'nen Steifen kriegt. Ich meine, jeder betet in diesem Moment (außer mir natürlich, denn ich bin Atheist), daß er nicht aufgerufen wird; würde es nicht Aufsehen erregen, so würden sie ihren Ständer jetzt mit dem Geographiebuch runterknüppeln. «Das ist das Wunderbare in diesem Land», bringt sie schließlich heraus, «sogar Leute mit einer Meinung wie dieser können sagen, was sie wollen, ohne ins Gefängnis gehen zu müssen.» «Bei Ihnen stimmt's wohl nicht ganz im Kopf», sage ich. «Daddy ist schon so oft drin und wieder draußen gewesen, daß sie speziell für ihn 'ne Drehtür einbauen sollten. Mutter auch. *Sie* sollten sich in dieser Stadt mal mit subversiven Flugblättern auf die Straße trauen und sehen, was passiert.»

Nach der Schule prügelt mir natürlich so 'ne Bande von Patrioten, im Kräfteverhältnis sieben zu eins, die Seele aus dem Leib und zwingt mich, ihr blau-weiß-rotes Totem zu küssen. Zu Hause ist's dann auch nicht besser. Mutter ist eine Anarchopazifistin, Tolstoi und so weiter, und sie hätte am liebsten, wenn ich sagen würde, ich hätte nicht zurückgeschlagen. Daddy ist ein Wobbly und will sicher sein, daß ich wenigstens ein paar von ihnen so zusetzte, wie sie mir zusetzten. Anschließend schreien sie mich eine halbe Stunde lang an, sich selbst schreien sie dann noch zwei Stunden an. Bakunin sagte dies, Kropotkin sagte das, und Gandhi sagte wieder was anderes, und Martin Luther King ist der Erlöser Amerikas, und Martin Luther King ist ein gottverdammter Narr, der seinem Volk 'ne Opium-Utopie andreht und all diesen Scheiß. Geht mal runter zur Wobbly Hall oder zum Solidarität-Buchladen, und ihr werdet immer noch dieselben Debatten anhören müssen, immer wieder und wieder, ohne Ende.

Die natürliche Folge davon ist, daß ich mich schon bald in der Wall Street rumtreibe und Dope rauche, und im Handumdrehen bin ich das jüngste lebende Mitglied dessen, was sie *Beat Generation* nennen. Was mein Verhältnis zu den Schulautoritäten nicht unbedingt bessern hilft, aber wenigstens fühle ich mich nach diesem ganzen Patriotismus und Anarchismus doch erheblich erleichtert. Als ich siebzehn wurde und man Kennedy umlegte und das Land anfängt, aus den Nähten zu platzen, sind wir keine Beatniks mehr. Wir sind jetzt Hippies, und es ist *die* Sache, nach Mississippi zu gehen. Sind Sie jemals in Mississippi gewesen? Sie wissen, was Dr. Johnson über Schottland sagte: «Das Beste, was man über dieses Land sagen kann, ist, daß Gott sich etwas dabei gedacht haben muß, als er es schuf, aber das gleiche gilt auch für die Hölle.» Vergessen Sie Mississippi, es gehört sowieso nicht in diese Geschichte. Die nächste Station war Antioch im guten alten Yellow Springs, wo ich aus Gründen, die Sie schon sehr bald erkennen werden, Mathematik studierte. Das Gras wächst dort wild auf weiten Flächen, inmitten schönster Natur. Man kann da nachts rausgehen, sich seine Wochenration von den weiblichen Pflanzen der Hanfspezies pflücken und unter dem schönsten Sternenhimmel mit einer weiblichen Vertreterin seine eigenen Spezies schlafen, dann am nächsten Morgen mit Vögeln und Kaninchen und der ganzen verlorengegangenen Thomas Wolfe-*American Scene* aufwachen, ein Stein, ein Blatt, eine Alice-im-Wunderland-Tür und so weiter, dann ab ins Seminar mit so einem richtig guten Gefühl bereit für Bildung. Einmal wachte ich auf, als mir eine Spinne übers Gesicht lief, und ich dachte: «So, eine Spinne läuft mir übers Gesicht», und wischte sie mir vorsichtig herunter, «es ist auch ihre Welt.» In der Stadt hätte ich sie totgemacht. Was ich meine, ist, daß Antioch unheimlich *groovy* ist, aber das Leben dort bereitet einen nicht auf eine Rückkehr und den chemischen Krieg in Chicago vor. Nicht etwa, daß ich vor 1968 MACE kennengelernt hätte, aber ich wußte die Zeichen zu erkennen; laßt Euch von niemandem erzählen, es sei Umweltverschmutzung, Brüder und Schwestern. Es ist chemische Kriegsführung. Sie werden uns alle umbringen, wenn sie noch ein paar Dollar dabei rausschlagen können.

Eines Nachts ging ich völlig verladen nach Hause, um zu sehen, wie ich unter solchen Umständen mit Mom und Dad auskommen würde. Es war dasselbe und dennoch verschieden. Aus ihrem Mund kam Tolstoi, Bakunin aus seinem. Und plötzlich war alles wie irre und völlig geflippt, als würde Godard eine Kafka-Szene abdrehen: zwei tote Russen, die miteinander debattieren, lange nachdem sie gestorben und beerdigt waren, debattieren durch den Mund zweier irischer Radikaler in Chicago. Die jungen Vorderhirnanarchisten in der Stadt erlebten gerade ihr erstes surrealistisches Revival, und ich hatte einiges von ihnen gelesen und es hatte gefunkt.

«Ihr habt beide unrecht», sagte ich. «Freiheit wird nicht durch Liebe gewonnen werden und auch nicht durch Gewalt. Freiheit wird durch Phantasie gewonnen werden.» Ich «schrieb» alles mit Großbuchstaben, und ich war so stoned, daß sie durch den Kontakt mit mir ebenfalls stoned wurden und sie sie auch sehen konnten. Sie sperrten ihre Mäuler auf, und ich fühlte mich wie William Blake, der Tom Paine erklärte, was eigentlich gespielt wurde. Ein Ritter der Magie schwenkte meinen Zauberstab und vertrieb die Schatten der Maya.

Dad war der erste, der wieder zu sich kam. «Imagination und Phantasie», sagte er, sein breites, rotes Gesicht faltete sich in jenes Grinsen, das die Bullen jedesmal in Rage brachte, wenn sie ihn festnahmen. «Das kommt davon, wenn man die guten Söhne der Arbeiterklasse auf die Universitäten der Reichen schickt. Worte und Bücher geraten in ihren Köpfen völlig mit der Realität durcheinander. Als du in jenem Knast in Mississippi gehockt hast, bist du mit deiner Phantasie durch die Mauern gegangen, oder? Wievielmal pro Stunde hast du dich da durch die Mauern imaginiert? Ich kann's mir vorstellen. Als ich während des General Electric-Streiks anno dreiunddreißig das erste Mal eingelocht wurde, bin ich tausendmal durch jene Mauern gegangen. Aber jedesmal, wenn ich die Augen aufmachte, waren die Mauern und Gitter noch da. Was hat mich schließlich rausgekriegt? Was hat dich schließlich aus Biloxi rausgekriegt? *Organisation*. Wenn du bei Intellektuellen mit großen Worten um dich werfen willst, das ist ein wirklich großes Wort, Sohn, hat genauso viele Silben wie *Imagination*, birgt aber 'ne ganze Menge mehr Realität in sich.»

Dieser eine Vortrag, das war's, was ich am besten von ihm in Erinnerung habe, und das seltsame Blau in seinen Augen. Er starb in jenem Jahr, und ich fand heraus, daß Imagination mehr Bedeutung hatte als ich dachte, denn er starb überhaupt nicht. Er ist immer noch da, irgendwo hinten in meinem Kopf, und streitet mit mir. Und das ist die Wahrheit. Auch ist's Wahrheit, daß er tot ist. Richtig tot. Und ein Teil meiner selbst wurde mit ihm begraben. Heutzutage ist es nicht *cool*, seinen Vater zu lieben, und so wußte ich nicht einmal, daß ich ihn liebte, bis sie seinen Sarg verschlossen und ich mich schluchzen hörte, und dieselbe Leere kommt jedesmal zurück, wenn immer ich «Joe Hill» höre:

«Die Kupferbosse erledigten dich, Joe.»
«Ich bin nie gestorben», sagte er.

Die beiden Zeilen stimmen, und das Trauern hört niemals auf. Sie knallten Dad nicht einfach ab, so wie Joe Hill, aber sie zermürbten ihn, Jahr um Jahr; brannten sein Wob-Feuer aus (und er war ein Widder, ein richtiges Feuerzeichen), mit ihren Bullen, ihren Gerichtshöfen, ihren Gefängnissen und ihren Steuern, ihren Korporationen, ihren Käfigen für den Geist und ihren Friedhöfen für die Seele, ihrem Plastikliberalismus und ihrem mörderischen Marxismus, auch wenn ich sage, daß ich Lenin zu Dank verpflichtet bin, denn er gab mir die Worte, auszudrücken, was ich fühlte, als Dad gegangen war. «Revolutionäre», sagte er, «sind Tote auf Urlaub.» Der Demokratische Konvent von '68 stand bevor, und ich wußte, daß mein eigener Urlaub kürzer als Dads sein mochte, weil ich bereit war, auf der Straße gegen sie zu kämpfen. Den ganzen Frühling über war Mom im *Women for Peace*-Zentrum tätig, und ich konspirierte eifrig mit Surrealisten und Yippies. Dann lernte ich Mao Tsu-hsi kennen.

Wir hatten den 30. April, *Walpurgisnacht* (Pause für einen Donner auf dem Soundtrack), und ich redete mit den Leuten im *Friendly Stranger*. H. P. Lovecraft (die Rockgruppe, nicht der Schriftsteller) hielt in einem hinteren Raum ihre Liturgie ab, und sie hämmerten an der Tür zum Acid-Land, im mutigen Versuch, neu und verblüffend in jenem Jahr, ohne jeglichen chemischen Nachschlüssel auf Tonwellen einzubrechen, und ich bin nicht in der Lage, ihren Erfolg objektiv zu beurteilen, denn ich war, wie meistens, 99 und 44/100 Prozent verladen, schon bevor sie ihre Operation begannen. Immer wieder mußte ich dieses einzigartige, nachdenkliche orientalische Gesicht am Nebentisch betrachten, doch galt meine Aufmerksamkeit in der Hauptsache meinem eigenen Haufen, der seltsame Schwulen-Priester, dem wir den Beinamen Padre Pederastia gegeben hatten, eingeschlossen. Ich ließ allerlei auf sie los. Ich befand mich gerade in meiner Donatien-Alphonse-François-de-Sade-Phase.

«Die Head-Trip-Anarchisten leiden genauso unter Verstopfung wie die Marxisten», äußerte ich mich; inzwischen werden Sie meinen Stil erkannt haben. «Wer spricht für den Thalamus, die Drüsen, die Zellen des Organismus? Wer *sieht* überhaupt den Organismus? Wir bedecken ihn mit Klamotten, um die Ähnlichkeit mit dem Affen zu vertuschen. Wir werden uns von Knechtschaft und Sklaverei nicht eher befreit haben, bevor wir nicht im Frühling unsere Sachen in den Schrank werfen und sie nicht vor Einbruch des Winters wieder hervorkramen. Wir werden keine menschlichen Wesen sein, so wie Affen Affen *sind* und Hunde Hunde *sind*, bis wir ficken, wann und wo immer wir's wollen, wie jedes andere Säugetier auch. Auf der Straße ficken bedeutet nicht nur, sein Bewußtsein zu sprengen; es heißt, unseren eigenen Körper wiederzufinden. Nichts weniger, und noch sind wir nichts als Roboter, die das Wissen um eine gerade Linie besitzen, aber nicht das Verständnis für eine organische Kurve.» Und so weiter. Und so weiter. Ich glaube, ich brachte sogar ein paar gute Argumente für Vergewaltigung und Mord, als ich mal so richtig drauf war.

«Der nächste Schritt, der auf Anarchie folgt», sagte jemand zynisch, «... das *wahre* Chaos.»

«Wieso nicht?» fragte ich. «Wer von uns hat einen regelmäßigen Job?» Natürlich keiner von ihnen; ich selbst handle mit Dope. «Wollt ihr euch für etwas, das sich anarchistisches Syndikat nennt, einen regelmäßigen Job nehmen? Wollt ihr acht beschissene Stunden an der Drehbank stehen, weil das Syndikat euch weismacht, daß die Bevölkerung braucht, was ihr an der Drehbank produziert? Wenn ihr das wollt, wird *das Volk* der neue Tyrann.»

«Zur Hölle mit Maschinen», sagte Kevin McCool, der Poet, begeistert. «Zurück in die Höhlen!» Er war genauso stoned wie ich.

Das orientalische Gesicht beugte sich herüber: Sie trug ein seltsames Kopfband mit einem goldenen Apfel in einem Pentagon. Ihre schwarzen Augen erinnerten mich irgendwie an die blauen Augen meines Vaters. «Was du willst, ist eine Organisation der Imagination?» fragte sie höflich. Ich flippte. Das jetzt zu hören, war einfach zuviel.

«Ein Mann der Vedanta-Gesellschaft erzählte mir, daß John Dillinger, als er aus dem Crown Point Jail ausbrach, durch die Wände schritt», fuhr Miss Mao unverändert fort. «Glaubst du, daß das möglich ist?»

Sie wissen, wie dunkel es in Kaffeehäusern sein kann. Im *Friendly Stranger* war es düsterer als in allen anderen. Ich mußte da raus. Blake sprach jeden Morgen beim Frühstück mit dem Erzengel Gabriel, aber soweit war *ich* noch nicht.

«He, wo gehst du hin, Simon?» rief mir jemand nach. Miss Mao sagte nichts, und ich drehte mich nicht nach ihrem höflichen und nachdenklichen Gesicht um – es wäre um vieles leichter gewesen, hätte sie finster und unergründlich ausgesehen. Als ich aber von der Lincoln Street in Richtung Fullerton abbog, hörte ich Schritte hinter mir. Ich drehte mich um, und Padre Pederastia berührte leicht meinen Arm.

«Ich bat sie zu kommen und dir zuzuhören», sagte er. «Sie sollte dir ein Zeichen geben, wenn sie annahm, du seist bereit. Es scheint, als sei das Zeichen dramatischer gewesen, als ich erwartete. Eine Unterhaltung aus deiner Vergangenheit, die eine schwerwiegende, emotionale Bedeutung für dich hatte?»

«Ist sie ein Medium?» fragte ich benommen.

«Man kann es so nennen.» Ich sah ihn im Licht des Biograph Theater an und erinnerte mich an Moms Erzählung über die Leute, die ihre Taschentücher in Dillingers Blut tauchten, und in mir klang die alte Hymne SEID IHR GEWASCHEN seid ihr gewaschen SEID IHR GEWASCHEN im Blut des Lamms, und ich erinnerte mich, wie wir alle dachten, er würde mit uns Freaks umherziehen in der Hoffnung, uns alle in die Kirche zurückzuführen, heilig römisch-katholisch und päpstlich wie Dad sie nannte, wenn er betrunken und bitter war. Es stand fest, daß das, wofür auch immer der Padre Anhänger suchte, herzlich wenig mit dieser besonderen, theologischen Gewerkschaft zu tun hatte.

«Was soll das?» fragte ich. «Und wer ist diese Frau?»

«Sie ist die Tochter von Fu Manchu», sagte er. Plötzlich warf er den Kopf zurück und brach in ein Gelächter aus, das wie das Krähen eines alten Hahns erklang. Genauso plötzlich hielt er wieder inne und sah mich an. Sah mich einfach an.

«Für eine kleine Demonstration dessen, für das Sie beide eintreten, habe ich mich ja wohl schon qualifiziert», sagte ich langsam. «Für mehr qualifiziere ich mich aber erst, wenn ich den richtigen Schritt unternehme?» Er gab eine schwächstmögliche Andeutung eines Nickens und sah mich unverwandt an.

Nun, ich war jung und unwissend über alles, was sich außerhalb der zehn Millionen Bücher zutrug, die ich verschlungen hatte, und schuldbewußt-unsicher über meine imaginativen Flüge weg vom Realismus meines Vaters und natürlich stoned, aber schließlich verstand ich, warum er mich so anstarrte, es war (dieser Teil davon) reines Zen, es gab nichts, was ich bewußt oder durch Willensanstrengung tun konnte, das ihn zufriedenstellen würde, und ich hatte genau das zu tun, was ich *nicht* konnte, vor allem Simon zu sein. Was hier und jetzt dazu führte, ohne eine Minute Zeit, es zu überdenken oder zu rationalisieren, aus was Simon oder genauer noch Simon-Moonieren zum Teufel nochmal, bestand, und es schien zu bedeuten, in meinem Hirn von Raum zu Raum zu wandern und den Besitzer zu suchen, und da ich ihn nirgends finden konnte, brach mir der Schweiß auf der Stirn aus, es wurde langsam brenzlig, weil ich keine Räume mehr hatte, und der Padre betrachtete mich immer noch.

«Kein Mensch zu Hause», sagte ich schließlich und war mir sicher, daß die Antwort nicht gut genug war.

«Das ist seltsam», sagte er. «Wer führt denn die Suche an?»

Und ich durchschritt die letzte Mauer und geradewegs ins Feuer hinein.

Ein Schritt, der den Anfang des aufregenderen Teils meiner (Simons) Ausbildung markierte, und den wir, bis jetzt jedenfalls, noch nicht nachvollziehen können. Er schläft jetzt, mehr Lehrer denn Lernender, während Mary Lou Servix neben ihm erwacht und sich noch immer nicht entscheiden kann, ob es nur das Gras oder etwas unheimlich Spukhaftes war, das ihr letzte Nacht widerfuhr. Howard tummelt sich im Atlantik; Bucky Fuller befindet sich hoch über dem Pazifik, überfliegt gerade die internationale Datumsgrenze und schlüpft zurück in den 23. April; in Las Vegas ist es früher Morgen, und Mocenigo blickt, nachdem die Alpträume und Ängste der Nacht verflogen sind, zuversichtlich der erstmaligen Produktion lebender Anthrax-Leprosy-Pi-Kulturen entgegen, was den Tag in mehrfacher Weise, als er es erwartet hatte, denkwürdig machen wird; und irgendwie etwas außerhalb dieses Zeitsystems macht George Dorn Eintragungen in sein Tagebuch. Jedoch scheint jedes Wort auf magische Weise ganz von selbst aufzutauchen, als wäre, um es zu produzieren, keine Willensanstrengung seinerseits notwendig. Er las die Worte, die aus seinem Bleistift flossen, noch einmal durch, und sie schienen tatsächlich von einer anderen Intelligenz diktiert. Trotzdem fügten sie sich genau dort an, wo er sie in seinem Hotelzimmer unterbrochen hatte, und sie sprachen seine eigene Sprache.

... das Universum ist die Innenseite ohne Außenseite, das Geräusch eines Augenaufschlags. Ich weiß tatsächlich nicht einmal, ob es ein *Uni*versum gibt. Wahrscheinlicher ist, daß es viele *Multi*versen gibt, jedes mit seinen eigenen Dimensionen, Zeitsystemen, Raumeinteilungen, Gesetzen und Exzentrizitäten. Wir wandern zwischen diesen Multiversen einher und versuchen andere und uns zu überzeugen, daß wir alle gemeinsam in einem einzigen, öffentlichen Universum einherziehen, in das wir uns gemeinsam teilen können. Denn dieses Axiom zu leugnen, führt zu dem, was Schizophrenie genannt wird.

Yeah ...! Genau ...! – Jedermanns Haut ist sein eigenes, privates Multiversum, wie jedermanns Haus seine Burg sein sollte. Aber alle Multiversen versuchen, in ein einziges Universum zu verschmelzen, so wie wir es uns erst seit kurzer Zeit vorstellen können. Vielleicht wird es ein geistiges sein, so wie Zen oder Telepathie, vielleicht wird es ein physikalisches sein, wie eine große Massenrammelei, geschehen muß es in jedem Fall: die Schaffung *eines* Universums und das eine große Auge, das sich schließlich öffnet, um sich selbst anzusehen. Aum Shiva!

Mann, oh, Mann, du bist ja so verladen ... Was du da schreibst, ist absoluter Blödsinn.

Nein, zum erstenmal in meinem Leben schreibe ich mit absolut klarem Kopf.

So? Und was soll das da mit dem Universum eigentlich heißen, das dem Geräusch eines Augenaufschlags gleichen soll?

Vergessen Sie's. Wer zum Teufel sind Sie, und wie sind Sie überhaupt in meinen Kopf hineingekommen?

«Jetzt bist du dran, George.»
Sheriff Cartwright stand in der Tür und neben ihm ein Mönch in einem seltsamen rot-weißen Gewand, der eine Art Zauberstab in der Hand hielt.

«Nein ... nein ...» begann George zu stammeln. Aber er wußte, es gab kein Entrinnen.

«Natürlich wußtest du's», sagte der Sheriff freundlich – als täte ihm das Vorangegangene auf einmal leid. «Du wußtest es schon, bevor du aus New York hierherkamst.»

Sie standen am Fuße eines Galgens. «... jedes mit seinen eigenen Dimensionen, Zeitsystemen, Raumeinteilungen und Exzentrizitäten», dachte George. Ja: wenn das Universum ein großes Auge ist, das sich selbst ansieht, dann ist Telepathie wirklich kein Wunder, denn jeder,

der seine Augen ganz aufmacht, kann dann auch durch alle anderen Augen sehen. (Einen Augenblick lang blickt George durch John Ehrlichmans Augen, als Dick Nixon ihn lüstern anweist: «Du kannst sagen, ich kann mich nicht dran erinnern. Du kannst sagen, ich kann mich nicht darauf besinnen. Ich kann zu dem, auf das ich mich besinne, keine Frage beantworten.» *Ich kann zu dem, auf das ich mich besinne, keine Frage beantworten.* «Jeglich Fleisch wird es in einem kurzen Augenblick erkennen»: wer schrieb das?

«Werd' dich vermissen, mein Junge», sagte der Sheriff und bot George verlegen die Hand. Wie benommen ergriff George sie und hatte das Gefühl, die heiße Haut eines Reptils zu berühren.

Der Mönch stieg neben ihm die Stufen zum Galgen hinauf. Dreizehn, dachte George, jeder Galgen hat dreizehn Stufen ... Und es geht einem jedesmal einer ab, wenn das Genick bricht. Es hat irgendwie mit dem Druck auf die Wirbelsäule zu tun, der durch die Prostata abgeleitet wird. Der *Orgasm Death Gimmick*, wie Burroughs es nennt.

Auf der fünften Stufe sagte der Mönch plötzlich: «Heil Eris.»

George starrte den Mann völlig perplex an. Wer war Eris? Irgendwer in der griechischen Mythologie, aber jemand sehr Wichtiges ...

«Es hängt alles davon ab, ob der Narr genügend Weisheit besitzt, es zu wiederholen.»

«Still, Idiot ... er kann uns hören!»

Ich hab' mir da schlechtes Gras andrehen lassen, dachte George, und ich liege hier immer noch auf meinem Hotelbett und träume das alles. Aber er wiederholte, mit unsicherer Stimme: «Heil Eris.»

Schlagartig begannen sich, wie auf seinem ersten und einzigen Acidtrip, die Dimensionen zu verändern. Die Stufen wurden höher, steiler – sie zu erklimmen schien ebenso gefahrvoll zu sein wie die Besteigung des Mount Everest. Plötzlich war alles um sie herum wie von rötlichen Flammen erhellt – *Ganz bestimmt*, dachte George, *ein verflucht merkwürdiges, freakiges Gras ...*

Und dann blickte er, aus irgendeinem Grund, nach oben.

Jede Stufe war jetzt höher als ein normales Haus. Er befand sich am unteren Teil eines pyramidenförmigen Wolkenkratzers, der in dreizehn Ebenen unterteilt war. Und am oberen Ende ... Und am oberen Ende ...

Und am oberen Ende ein riesengroßes Auge – ein rubinroter, dämonischer Augapfel kalten Feuers, ohne Gnade oder Mitleid oder Verachtung –, das ihn anblickte und *in* ihn hinein und durch ihn hindurch.

Die Hand reicht hinab, dreht beide Hähne der Badewanne voll auf, reicht dann nach oben, um auch beide Hähne des Waschbeckens aufzudrehen. Banana Nose Maldonado beugt sich nach vorn und flüstert Carmel zu: «Jetzt können Sie sprechen.»

(Der alte Mann, der den Namen «Frank Sullivan» benutzte, wurde am 22. November am Los Angeles International Airport von Mao Tsu-hsi erwartet, die ihn zu seinem Bungalow an der Fountain Avenue fuhr. Er gab seinen Bericht in wenigen knappen, ungerührten Sätzen. «Mein Gott», sagte sie, als er geendet hatte, «wie kannst du dir das erklären?» Er dachte sorgsam nach und brummte: «Das bringt mich um den Verstand. Der Kerl an der dreiteiligen Unterführung war mit Sicherheit Harry Coin. Ich konnte ihn durchs Fernglas erkennen. Der andere, am Fenster des Book Depository, war wahrscheinlich dieser Blödmann Oswald, den sie festgenommen haben. Der Kerl an der grasbewachsenen Erhebung war Bernard Barker von der CIA-Schweinebucht-Gang. Aber den Knülch auf dem Gebäude der County Records konnte ich nicht so recht ausmachen. Eines steht fest: wir können das nicht alles für uns behalten. Wir müssen wenigstens die ELF benachrichtigen. Das mag ihre Pläne für OM ändern. Hast du von OM gehört?» Sie nickte und sagte: «Operation Mindfuck. Ihr großes Projekt für die nächsten zehn Jahre oder so.»)

«Rot-China?» flüstert Maldonado ungläubig. «Das haben Sie wohl im Reader's Digest gelesen ... Wir beziehen unser ganzes Heroin von freundlich gesinnten Regierungen, wie Laos zum Beispiel. Sonst hätte die CIA uns schon lange am Arsch.» Carmel bemüht sich, über dem Rauschen des Wassers gehört zu werden und fragt niedergeschlagen: «Dann wissen Sie also nicht, wie ich einen kommunistischen Spion kennenlernen könnte?»

Maldonado blickt ihn von oben herab an. «Der Kommunismus genießt zur Zeit kein gutes Ansehen», sagt er eisig; es ist der 3. April, zwei Tage nach dem Zwischenfall von Fernando Poo.

Bernard Barker, früherer Angestellter sowohl von Batista als auch von Castro, streift sich vor dem Watergate seine Handschuhe über; in einer kurzen Erinnerungsschleife sieht er die grasbewachsene Erhebung, Oswald, Harry Coin und, noch weiter zurück, Castro und Banana Nose Maldonado verhandeln.

(Aber in diesem Jahr, am 24. März, fand Generalissimo Tequilla y Mota schließlich das Buch, das er gesucht hatte. Ein Buch, genauso präzise und pragmatisch, über das Regieren eines Landes, wie Luttwaks *Coup d'Etat* über die Machtübernahme in einem Land. Es hieß *Der Prinz*, und der Autor war ein subtiler Italiener namens Machiavelli; es enthielt alles, was der Generalissimo zu wissen wünschte – außer, wie man mit amerikanischen Wasserstoffbomben umging; unglücklicherweise hatte Machiavelli zu früh gelebt, um das voraussehen zu können.)

«Es ist unsere Pflicht, unsere heilige Pflicht, Fernando Poo zu verteidigen», verkündete Atlanta Hope am selben Tag einer jubelnden Menge in Cincinatti. «Sollen wir etwa warten, bis diese gottlosen Roten hier in Cincinnati sind?» Die Menge gab in einem einzigen Aufschrei ihre Unwilligkeit kund, solange zu warten – sie hatten die gottlosen Roten schon seit ungefähr 1945 in Cincinnati erwartet und waren inzwischen überzeugt, daß diese dreckigen Feiglinge niemals kommen würden und daß man ihnen im eigenen Land zeigen müsse, wer das Sagen hatte –, aber eine Gruppe filziger, langmähniger Freaks vom Antioch College begann zu skandieren: «Wir wollen nicht für Fernando Poo sterben...» Die Menge wandte sich wutschnaubend um: endlich mal ein paar echte Rote, denen man's zeigen konnte... Sieben Ambulanzen und dreißig Streifenwagen waren im Handumdrehen zur Stelle...

(Aber nur fünf Jahre zuvor hatte Atlanta eine ganz andere Botschaft zu verkünden. Als die God's Lightning als Splitterpartei der Women's Liberation gegründet worden waren, hatten sie zum Wahlspruch «Nie mehr Sex», und ihre ursprünglichen Angriffe richteten sie gegen Buchläden nur für Erwachsene, Sexualerziehung, Herrenmagazine und ausländische Filme. Atlanta entdeckte erst nach dem Zusammentreffen mit «Smiling Jim» Trepomena von den Rittern der im Glauben Vereinten Christenheit (KCUF), daß sowohl die Vorherrschaft des Mannes als auch der Orgasmus Teil der internationalen kommunistischen Verschwörung waren. Genau an diesem Punkt trennten sich die God's Lightning und die orthodoxe Women's Lib, denn die orthodoxe Splitterpartei verbreitete damals gerade, daß die Vorherrschaft des Mannes und der Orgasmus Teil der internationalen kapitalistischen Verschwörung waren.)

«Fernando Poo», sagte der Präsident der Vereinigten Staaten zu Reportern, eben in dem Moment, als Atlanta den totalen Krieg forderte, «wird kein zweites Laos oder ein zweites Costa Rica werden.»

«Wann werden wir unsere Truppen aus Laos abziehen?» fragte ein Reporter der *New York Times* rasch, aber ein Reporter der *Washington Post* fragte ebenso schnell: «Und wann werden wir unsere Truppen aus Costa Rica abziehen?»

«Unsere Pläne für einen Abzug folgen einem ordentlichen Zeitplan», begann der Präsident; *aber in Santa Isobel selbst beendete*

00005, gerade als Tequilla y Mota einen Absatz in Machiavelli unterstrich, *einen Funkspruch an ein britisches Unterseebott, das 17 Meilen vor der Insel lag*: «Ich fürchte, die Yanks haben völlig durchgedreht. Seit neun Tagen bin ich hier und bin völlig überzeugt, daß es keinen einzigen russischen oder chinesischen Agenten gibt, der in irgendeiner Weise mit Generalissimo Tequilla y Mota in Verbindung steht, noch verbergen sich Truppen der einen oder anderen Regierung im Dschungel. Es ist jedoch erwiesen, daß BUGGER Heroinschmuggel betreibt, und ich bitte um die Genehmigung, dem nachgehen zu dürfen.» (Die Genehmigung mußte unbewilligt bleiben; der alte W. im Londoner Abwehrdienst wußte, daß 00005 selbst völlig durchgedreht war, was BUGGER anging, und war sicher, daß diese Organisation in jede Mission verstrickt war, mit der er befaßt war.)

Zur gleichen Zeit, aber in einem anderen Hotel, beendete Tobias Knight, speziell vom FBI an die CIA ausgeliehen, seinen allnächtlichen Funkspruch an ein amerikanisches Unterseeboot, 23 Meilen vor der Küste: «Die russischen Truppen sind, mit endgültiger Sicherheit, damit beschäftigt, eine Anlage zu bauen, die allein zum Abschuß von Raketen dienen kann, und die Schlitzaugen errichten etwas, das wie eine nukleare Einrichtung aussieht...»

Und Hagbard Celine, der mit der *Lief Erickson* 40 Meilen draußen in der Bucht von Biafra lag, hörte beide Funksprüche und lächelte zynisch. An P. in New York funkte er: AKTIVIERT MALIK UND PRÄPARIERT DORN.

(Während das obskurste, anscheinend trivialste Stück des Puzzles in einem Warenhaus in Houston, Texas, auftauchte. Es war ein Schild auf dem zu lesen war:

> Rauchen verboten. Nicht auf den Boden spuken
> Die Geschäftsleitung

Dieses Schild ersetzte ein früheres, das im großen Ausstellungsraum hing, und auf dem lediglich geschrieben stand:

> Rauchen verboten
> Die Geschäftsleitung

Obwohl nur eine geringfügige Änderung, so hatte es doch gewisse Folgen. Das Haus belieferte nur die sehr Wohlhabenden, und diese Kundschaft widersprach nicht, daß sie nicht rauchen durfte. Immerhin lag die Brandgefahr auf der Hand. Auf der anderen Seite hatte dieser Zusatz mit dem Spucken etwas Beleidigendes an sich; ganz gewiß gehörten sie nicht zu den Leuten, die anderen auf den Fußboden spucken würden – oder, sagen wir so, keiner von ihnen hatte so etwas irgendwann seit einem Monat oder höchstens nach einem Jahr, nachdem er wohlhabend geworden war, getan. Ja, das Schild zeugte absolut von schlechter Diplomatie. Die Verärgerung nahm zu. Der Umsatz ließ nach. Und die Mitgliederzahl bei der God's Lightning-Niederlassung in Houston stieg an. Wohlhabende, mächtige Mitglieder.

Das Merkwürdige war, daß die Geschäftsleitung nicht im geringsten für das Schild verantwortlich war.)

Schreiend wacht George Dorn auf.

Er lag auf dem Boden seiner Zelle im Mad Dog County Jail. Sein erster, verzweifelter und unfreiwilliger Blick zeigte ihm, daß Harry Coin aus der angrenzenden Zelle verschwunden war. Der Kübel stand wieder in der gewohnten Ecke, und er wußte, ohne es nachprüfen zu können, daß keine menschlichen Eingeweide darin sein würden.

Terror-Taktik, dachte er. Sie waren dabei, ihn fertigzumachen – ein Job, der einfach zu werden schien –, aber sie verwischten jeden Beweis, während sie damit fortfuhren.

Kein Licht fiel durchs Zellenfenster; deshalb mußte es noch Nacht sein. Er hatte nicht geschlafen, sondern nur das Bewußtsein verloren.

Wie ein Mädchen.

Wie eine langhaarige Kommunistensau.

Oh, Shit und Pflaumensaft, sagte er sauer zu sich selbst, laß es endlich. Du weißt seit Jahren, daß du kein Held bist. Fang jetzt nicht an, die alte Wunde bloßzulegen und sie mit Sandpapier zu bearbeiten. Du bist kein Held, aber ein gottverdammt eigensinniger, schweinsköpfiger und ausgemachter Feigling. Nur deshalb bist du bei früheren Aufträgen dieses Kalibers am Leben geblieben.

Zeig diesen Redneck-Motherfuckers nur, wie eigensinnig und schweinsköpfig du sein kannst.

George besann sich eines alten Tricks. Ein Stück vom Hemdzipfel abgerissen diente ihm als Schreibtafel. Die Spitze eines Schnürsenkels als Schreibfeder. Sein Speichel, auf die Schuhcreme seiner Schuhe gespuckt, als Tintenersatz. Mit viel Mühe hatte er nach einer halben Stunde folgende Botschaft geschrieben.

$ 50 FÜR DEN, DER JOE MALIK IN NEW YORK CITY ANRUFT:
GEORGE DORN OHNE RECHTSANWALT IM MAD DOG COUNTY JAIL FESTGEHALTEN.

Diese Botschaft sollte nicht allzu dicht am Gefängnis landen, und so begann er nach einem geeigneten Gegenstand zu suchen, mit der er sie beschweren konnte. Nach fünf Minuten entschied er sich für eine Sprungfeder aus der Matratze; es kostete ihn weitere siebzehn Minuten, sie da rauszukriegen.

Nachdem das Geschoß aus dem Fenster geschleudert war – George wußte, wahrscheinlich würde es von jemandem gefunden, der es unverzüglich an Sheriff Jim Cartwright weitergeben würde –, begann er über alternative Möglichkeiten nachzudenken.

Er fand jedoch, daß seine Gedanken, anstatt bei Plänen für seine Flucht oder Befreiung zu verharren, in eine gänzlich andere Richtung gingen. Das Gesicht des Mönchs in seinem Traum verfolgte ihn. Er hatte dieses Gesicht irgendwo schon mal gesehen; aber wo? Irgendwie war diese Frage wichtig. Er versuchte ernsthaft, sich das Gesicht genau in Erinnerung zu rufen und zu identifizieren – James Joyce, H. P. Lovecraft und ein Mönch aus einem Gemälde von Fra Angelico kamen ihm ins Gedächtnis, keines von ihnen war es, aber irgendwie hatte es mit jedem von ihnen ein wenig Ähnlichkeit.

Mit einem Mal müde und enttäuscht, ließ George sich auf die Pritsche fallen und ließ seine Hand, durch die Hose hindurch, leicht seinen Penis umfassen. Romanhelden holen sich keinen runter, wenn die Wogen der Handlung höher schlagen, besann er sich. Zum Teufel damit, erstens war er kein Held, zweitens war das hier keine Literatur. Nebenbei bemerkt hatte ich überhaupt nicht vor, mir einen runterzuholen (nach allem, was bis jetzt gelaufen war, mochten sie mich ja durch ein Guckloch beobachten, darauf aus, diese ganz natürliche Gefängnisschwäche auszunutzen, um mich noch mehr zu demütigen und mein Ego vollends zu brechen). Nein, runterholen würde ich mir ganz bestimmt keinen: nein, ich würde ihn nur ein wenig in die Hand nehmen, durch die Hosen hindurch, bis ich etwas Lebenskraft in meinen Körper zurückströmen und Angst, Erschöpfung und Verzweiflung ersetzen fühlen würde. Unterdessen dachte ich an Pat in New York. Sie trägt nichts weiter als ihren kleinen schwarzen Spitzen-BH und -höschen, und ihre Brustwarzen stehen hart und spitz hervor. Jetzt laß sie Sophia Loren sein und nimm ihr den BH ab, damit du die Brustwarzen richtig sehen kannst. Ah ... ja ... und jetzt versuch's mal andersherum: sie (Sophia, nein, laß es wieder Pat sein) trägt den BH, hat aber keine Höschen mehr an, und ich kann ihr Schamhaar sehen. Laß sie ein wenig darin spielen, laß sie einen Finger hineinschieben und die andere Hand die Brustwarzen streicheln, ah ... ja, und jetzt kniet sie (Pat

– nein, Sophia) nieder, um mir die Hose zu öffnen. Mein Penis wurde schnell noch steifer, und ihr Mund öffnete sich voller Erwartung. Ich reichte hinab und umfaßte mit einer Hand ihre Brust und spürte, wie die Brustwarze ebenfalls härter wurde. (Ob James Bond in Doktor No's Verließ auch solche Träume gehabt hatte?) Sophias Zunge (nicht meine Hand, *nicht* meine Hand) ist flink und heiß und läßt meinen ganzen Körper erschaudern. Da, nimm's jetzt, Spalte. Nimm's jetzt, o Gott, ein Gedankenblitz an den Passaic und den Revolver an meiner Stirn, und man kann heutzutage die Weiber gar nicht mehr alle zählen, ah, komm her, du, komm her und nimm's jetzt, und es ist Pat, es ist die Nacht in ihrer Wohnung, als wir beide völlig weg auf Haschisch waren und nie, niemals zuvor hat mir jemand so irre einen geblasen, weder vor- noch nachher, meine Hände in ihrem Haar ergriffen ihre Schultern, nimm's jetzt, kau ihn mir ab (geh mir aus dem Kopf, Mutter), und ihr Mund ist feucht und rhythmisch, und mein Schwanz ist genauso sensibel wie in jener Nacht, voll mit Shit, und ich betätigte den Abzug und die Explosion ereignete sich im selben Augenblick (man verzeihe meine Redeweise), und ich wälzte mich keuchend am Boden, Wasser stand mir in den Augen. Der zweite Schlag riß mich wieder hoch und schleuderte mich gegen die Wand.

Dann setzte das Maschinengewehrfeuer ein.

Jesus Christus auf Stelzen ... dachte ich, völlig außer mir vor Panik, was auch immer geschieht, sie werden mich mit vollgesauter Hose finden.

Und ich habe das Gefühl, alle Gräten sind mir gebrochen.

Das Maschinengewehr hörte plötzlich auf zu stottern, und mir war, als hörte ich eine Stimme rufen: «Earwicker, Bloom und Craft.» – Ich glaube, ich habe immer noch Joyce im Kopf, dachte ich. Dann folgte die dritte Explosion, und ich zog meinen Kopf ein, als Stücke vom Deckenputz herabfielen.

Plötzlich schlug ein Schlüssel gegen die Zellentür. Ich blickte auf und sah eine junge Frau in einen Trenchcoat gekleidet, eine Maschinenpistole im Arm, die wie verzweifelt einen Schlüssel nach dem anderen ausprobierte.

Von irgendwo im Gebäude hörte man eine vierte Explosion.

Die Frau lächelte grimmig. «Kommunistische Motherfuckers», preßte sie zwischen den Zähnen hervor und probierte noch immer mit den Schlüsseln herum.

«Wer zum Teufel sind Sie?» fragte ich heiser.

«Das sollte jetzt egal sein», sagte sie grob. «Wir sind gekommen, dich zu befreien ... ist das noch nicht genug?»
Bevor ich eine Antwort geben konnte, schlug die Tür auf.
«Rasch», sagte sie, «hier entlang.»
Ich humpelte hinter ihr den Gang entlang. Plötzlich blieb sie stehen, betrachtete die Wand und drückte auf einen Backstein. Die Wand glitt geräuschlos beiseite, und wir betraten einen Raum, der wie eine Kapelle aussah.
Guter heulender Christus und Bruder Jakob ... dachte ich, ich träume *immer noch*. Denn die Kapelle glich in keiner Weise dem, was ein geistig gesunder Mensch im Mad Dog County Jail erwarten würde zu finden. Alles in rot und weiß – den Farben von Hassan i Sabbah und den Assassinen von Alamout, stellte ich sprachlos fest – und mit seltsamen arabischen Symbolen und Wahlsprüchen in deutscher Sprache ausgeschmückt: «*Heute die Welt, morgen das Sonnensystem*», «*Ewige Blumenkraft und ewige Schlangenkraft!*», «*Gestern Hanf, heute Hanf, immer Hanf.*»
Und den Altar bildete eine dreizehnstufige Pyramide – mit einem rubinroten Auge in der Spitze.
Mit steigender Konfusion konnte ich mich erinnern, daß dieses Symbol das Große Siegel der Vereinigten Staaten war.
«Hier entlang», bedeutete mir die Frau mit der Maschinenpistole.
Wir passierten eine weitere Schiebewand und befanden uns in einer Gasse hinter dem Gefängnis.
Ein schwarzer Cadillac wartete auf uns. «Es sind alle draußen!» brüllte der Fahrer. Er war ein alter Mann, über sechzig, mit hartem und entschlossenem Gesicht.
«Gut», sagte die Frau, «das hier ist George.»
Ich wurde auf den Rücksitz geschoben – der schon mit grimmig dreinblickenden Männern und noch grimmiger aussehenden Waffen und Munition verschiedenster Art besetzt war – und schon ging's los.
«Und hier noch eine Zugabe», rief die Frau im Trenchcoat mit lauter Stimme und warf eine Plastikbombe aus dem fahrenden Wagen gegen das Gefängnis.
«Immer drauf», sagte der Fahrer, «das paßt gut ... es war die fünfte.»
«Das Gesetz der Fünf», lachte einer der anderen Passagiere bitter vor sich hin. «Geschieht den kommunistischen Säuen ganz recht. Sollen ihre eigene Medizin mal schmecken.»
«Was zum Teufel wird hier eigentlich gespielt?» fragte ich. «Wer

sind Sie überhaupt? Wie kommen Sie darauf, Sheriff Cartwright und seine Leute seien Kommunisten? Und wo bringen Sie mich hin?»

«Halt's Maul», sagte die Frau, die mich aus der Zelle geholt hatte und stieß mir nicht gerade zärtlich die Maschinenpistole in die Rippen. «Du wirst es schon erfahren, wenn es soweit ist. In der Zwischenzeit wisch dir mal die Wichsflecken von der Hose.»

Das Auto schoß mit zunehmender Geschwindigkeit in die Nacht davon.

(Federico «Banana Nose» Maldonado zog an einer Zigarre und entspannte sich. Er saß im Fond einer Bentley Limousine, und sein Fahrer chauffierte ihn zu Robert Putney Drakes Anwesen in Blue Point, Long Island. In seinem Hinterkopf, schon fast vergessen, hören ihm am 23. Oktober 1935 Charlie «The Bug» Workman, Mendy Weiss und Jimmy The Shrew nüchtern zu, als Banana Nose ihnen sagt: «Gebt dem Dutchman keine Chance. *Cowboyd* den Hurensohn nieder.» Die drei Revolverhelden nicken mit unbewegter Miene; jemanden zu *cowboyen*, richtet 'ne ziemliche Schweinerei an, aber es zahlt sich gut aus. Bei einem gewöhnlichen Auftrag kann man ganz präzise arbeiten, fast künstlerisch, weil schließlich das einzige, worauf es ankommt, das ist, daß die solchermaßen geehrte Person nachher ganz bestimmt tot sein muß. Das *Cowboyen*, wie es in der Fachsprache heißt, läßt einem keinen Raum für persönlichen Geschmack oder Feinheiten: das wichtigste ist, daß die Luft so bleigeladen wie möglich ist, und das Opfer sollte einen möglichst spektakulären, blutgetränkten Leichnam für die Sensationspresse abgeben, als bescheidene Mitteilung, daß die Bruderschaft leicht reizbar und kurz angebunden ist und jeder gut auf seinen Arsch aufpassen sollte. Obwohl es nicht bindend war, wurde es als ein Zeichen wahren Enthusiasmus' gewertet, wenn der Ehrengast bei einem Cowboyjob ein paar unschuldige Zuschauer auf seinen letzten Trip mitnahm, damit auch der allerletzte wirklich kapierte, *wie* gereizt die Bruderschaft sich fühlte. Der Dutchman nahm zwei von den Umstehenden mit. Und in einer veränderten Welt, die immer noch dieselbe ist, schlägt «The Teacher» Stern am 23. Juli 1934 seine Morgenzeitung auf und liest, FBI ERSCHIESST DILLINGER, und denkt wehmütig: *Wenn ich jemand so wichtigen umbringen könnte, würde mein Name niemals in Vergessenheit geraten.* Noch weiter zurück: Am 7. Februar 1932 blickt Vincent «Mad Dog» Coll aus der Tür einer Telefonzelle und sieht ein bekanntes Gesicht durch den Drugstore kommen und eine Maschinenpistole in der Hand des dazugehörigen Mannes. «Der gottverdammte, schweinsköpfige Dutchman», heulte er, aber er wurde von niemandem gehört, weil die Thompson die Telefonzelle bereits systematisch besprühte, von unten nach oben ... rechts nach links ... links nach rechts ..., und noch einmal von unten nach oben ... als kleine Zugabe sozusagen ... Aber drehen Sie dieses Bild einmal um und folgendes kommt dabei heraus: Am 10. November 1948 gibt der «Welt größte Zeitung» Thomas Deweys Wahl für das Amt des Präsidenten der Vereinigten Staaten von Amerika bekannt, einem Mann, der nicht nur nicht gewählt wurde, der nicht einmal mehr am Leben gewesen wäre, hätte Banana Nose Maldonado, was den Dutchman anbetraf, nicht so detaillierte Weisungen an Charlie the Bug, Mendy Weiss und Jimmy the Shrew gegeben.)

Wer hat auf Sie geschossen? fragte der Polizeistenograph. *Mutter ist der beste Tip, o Mama Mama Mama*, lautete die deliröse Antwort. *Wer hat auf Sie geschossen?* wird die Frage wiederholt. Der Dutchman wiederholt: *O Mama Mama Mama. Französisch-kanadische Bohnensuppe.*

Wir fuhren bis zum Morgengrauen. Der Wagen hielt auf einer Straße, die an einem weißen Sandstrand entlang führte. Hohe, dürre Palmen standen schwarz gegen einen türkisen Himmel. Das muß der Golf von Mexico sein, dachte ich. Jetzt könnten sie mich in Ketten wickeln und mich im Golf versenken, ein paar hundert Meilen von Mad Dog entfernt, ohne daß man Sheriff Jim etwas anlasten konnte. Nein, sie hatten immerhin Sheriff Jims Gefängnis überfallen. Oder war das eine Halluzination? Es war an der Zeit, daß ich die Realität ein bißchen besser ins Auge fassen mußte. Ein neuer Tag war angebrochen, und ich sollte klare, scharfumrissene Tatsachen erfahren und sie als solche behandeln.

Nach der durchfahrenen Nacht war ich müde und zerschlagen. Die ganze Nachtruhe hatte aus unruhigem Dahindämmern bestanden, in dem ich von zyklopenhaften rubinroten Augen geträumt hatte und immer wieder voller Schrecken aufgewacht war. Mavis, die Frau mit der Maschinenpistole, hatte einige Male ihre Arme um mich gelegt, wenn ich aufschrie. Sie sprach dann leise, tröstend auf mich ein, und einmal hatten ihre weichen, kühlen Lippen mein Ohr liebkost.

Am Strand angelangt, hatte Mavis mir bedeutet auszusteigen. Die Sonne brannte so heiß wie das Suspensorium eines Pfaffen, nachdem er seine Predigt über das Böse der Pornographie abgeschlossen hatte. Sie stieg ebenfalls aus und schlug die Tür hinter sich zu.

«Wir warten hier», sagte sie. «Die anderen fahren zurück.»

«Auf was warten wir?» fragte ich. Im gleichen Moment gab der Fahrer Vollgas. Der Wagen wendete in einer weiten Schleife, und schon eine Minute später war er in einer Kurve des Highways verschwunden. Wir standen allein in der stetig steigenden Sonne auf dem sandbestreuten Asphalt.

Mavis nickte mir zu, und wir gingen den Strand hinunter. Ein Stückchen weiter, weit zurück vom Wasser, stand eine kleine, weißgestrichene Holzhütte. Ein Specht landete völlig abgeschlafft auf dem Dach, als hätte er mehr Raumflüge als Yossarian hinter sich und keine Absichten mehr, jeweils wieder dort raufzufliegen.

«Was steckt dahinter, Mavis? Eine Privatexekution an einem verlassenen Strand in einem anderen Staat, so daß man Sheriff Jim nichts in die Schuhe schieben kann?»

«Stell dich doch nicht so blöd an, George. Haben wir nicht das Gefängnis dieses Kommunistenschweins in die Luft gejagt?»

«Warum nennst du Sheriff Cartwright fortwährend einen Kommunisten? Wenn jemals ein Mann KKK auf der Stirn stehen hatte, dann war es dieser reaktionäre *Redneck*-Schwanz.»

«Hast du deinen Trotzki vergessen? ‹Schlechter ist besser.› Kerle wie Cartwright versuchen Amerika zu diskreditieren, um es reif zu machen für eine Übernahme durch die Linken.»

«*Ich* bin ein Linker. Wenn du gegen Kommunisten bist, mußt du gegen mich sein.» Von meinen Freunden bei den Weatherman und Morituri erzählte ich erst gar nichts.

«Du bist nichts als ein liberaler Gimpel.»

«Ich bin kein Liberaler, ich bin ein militanter Radikaler.»

«Ein Radikaler ist nichts als ein Liberaler mit 'ner großen Klappe. Und ein militanter Radikaler ist nichts weiter als ein großmäuliger Liberaler mit einem Che-Kostüm. Quatsch. Wir sind die richtigen Radikalen, George. Wir machen was. Wie letzte Woche. Alles, was die militanten Radikalen, in deren Kreisen du dich bewegst – Weatherman und Morituri ausgenommen – tun, ist, daß sie die Anleitung zur Konstruktion von Molotow-Cocktails, die sie sorgfältig aus *The New Yorker Review of Books* herausgetrennt haben, an die Badezimmertür kleben und sich dann einen runterholen. Das soll keine Beleidigung sein.» Der Specht wandte den Kopf und beäugte uns mißtrauisch wie ein paranoider alter Mann.

«Und wie steht's mit deinen politischen Ansichten, wenn du so radikal bist?» fragte ich. «Ich glaube, daß die Regierung am besten regiert, die am wenigsten regiert. Vorzugsweise *überhaupt nicht*. Und ich glaube an das laissez-faire des kapitalistischen Wirtschaftssystems.»

«Dann mußt du meinen politischen Standpunkt geradezu hassen. Warum hast du mich befreit?»

«Man verlangt dich», sagte sie.

«Wer?»

«Hagbard Celine.»

«Und wer ist Hagbard Celine?» Wir hatten die Hütte erreicht, blieben neben ihr stehen und starrten einander an. Der Specht drehte seinen Kopf und sah uns mit dem anderen Auge an.

«Was ist John Guilt?» sagte Mavis. Ich hätte es vermuten können, dachte ich, ein Hoffnungssüchtiger. Sie fuhr fort: «Es brauchte ein ganzes Buch, das zu beantworten. Was Hagbard angeht, so wirst du's durch Sehen lernen. Für den Moment sollte es genügen zu wissen, daß er der Mann ist, der verlangte, dich zu retten.»

«Aber du kannst mich persönlich nicht leiden und wärst keinen Zentimeter von deinem Weg abgegangen, um mir zu helfen. Oder?»

«Ich weiß nichts davon, daß ich dich nicht leiden kann. Die Wichsflecken auf deiner Hose haben mich schon seit Mad Dog scharf gemacht. Wie auch die Spannung während des Überfalls. Ich habe ganz schön viel Spannung aufzubrennen. Ich würde es an sich vorziehen, mich einem Manne aufzuheben, der den Kriterien meines Wertsystems entspricht. Aber ich könnte zu heiß werden, wenn ich auf den warten soll. Also keine Schuldgefühle. Du bist schon ganz in Ordnung. Du wirst's auch bringen.»

«Wovon redest du da?»

«Ich rede davon, daß du mich ficken sollst, George.»

«Ich habe noch nie ein Mädchen – ich meine eine Frau – getroffen, die ans kapitalistische System glaubt und 'ne gute Nummer abgibt.»

«Was hat dein pathetischer Bekanntenkreis schon mit dem Goldpreis zu tun? Ich bezweifle, daß du jemals eine Frau kennengelernt hast, die an das wirkliche laissez-faire im kapitalistischen System geglaubt hat. So eine wird kaum in Begleitung deiner links-liberalen Kreise reisen.» Sie nahm mich bei der Hand und führte mich in die Hütte. Sie schlüpfte aus ihrem Trenchcoat und breitete ihn sorgfältig auf dem Boden aus. Sie trug einen schwarzen Pullover und Blue jeans. Beides eng anliegend. Sie zog den Pullover über den Kopf. Sie trug keinen BH, und ihre Brüste sahen wie apfelgroße, mit Kirschen besetzte Kegel aus. Zwischen ihnen war so etwas wie ein dunkelrotes Muttermal. «Deine Art von kapitalistischen Frauen war 1972 noch eine Nixonnette und glaubte an jene halbherzige, sozialistisch-faschistisch vereinigte Wirtschaft, mit der Frank Roosevelt unsere Vereinigten Staaten segnete.» Sie schnallte ihren breiten, schwarzen Gürtel auf und öffnete den Reißverschluß ihrer Jeans. Sie zerrte sie über ihre Hüften herab. Ich fühlte, wie mein Schwanz sich regte. «Frauen, die für die Freiheit des einzelnen eintreten, schieben heiße Nummern, weil sie genau wissen, was sie wollen, und was sie wollen, das wollen sie richtig.» Sie stieg aus ihren Jeans und enthüllte einen Slip, der aus seltsam metallisch glänzendem, synthetischem Material gefertigt war. Und die Farbe war golden.

Wie konnte ich klare und scharfumrissene Tatsachen im Sonnenlicht des neuen Tages erkennen und sie in einer Situation wie dieser als solche behandeln? «Du willst wirklich, daß ich dich am hellichten Tage, mitten auf einem öffentlichen Strand ficke?» Genau in diesem Moment begann der Specht über uns wie wild zu arbeiten, er donnerte los wie der Drummer einer Rockband und mir fiel der Vers aus meiner Highschool-Zeit ein:

Der Specht hämmerte hoch oben auf dem Dach;
Hämmerte und hämmerte und sein Hammer wurde schwach...

«George, du bist viel zu ernst. Weißt du überhaupt nicht, wie man spielt? Hast du jemals darüber nachgedacht, daß das Leben vielleicht ein Spiel sein könnte? Es gibt keinen Unterschied zwischen Leben und Spiel, weißt du? Wenn du zum Beispiel mit einem Spielzeug spielst, gibt's kein Gewinnen und kein Verlieren. Das Leben ist ein Spielzeug, George. Ich bin ein Spielzeug. Stell dir vor, ich sei eine Puppe. Anstatt Nadeln in mich zu stecken, kannst du dein Ding in mich stecken. Ich bin eine magische Puppe, wie eine Voodoo-Puppe. Eine Puppe ist ein Kunstwerk. Kunst ist Magie. Du schaffst ein Abbild dessen, was du besitzen oder mit dem du es aufnehmen willst. Du fertigst ein Modell, so hast du's unter Kontrolle. Kapiert? Hast du keine Lust, mich zu besitzen? Du kannst, aber nur für einen kurzen Augenblick.»

Ich schüttelte den Kopf. «Ich kann dir einfach nicht glauben. So wie du redest – es ist so unwirklich.»

«Ich rede immer so, wenn ich scharf bin. In solchen Momenten passiert's, daß ich für außerirdische Schwingungen empfänglicher bin. George, gibt es Einhörner *wirklich*? Wer erfand die Einhörner? Ist der Gedanke an Einhörner ein wirklicher Gedanke? Wo ist der Unterschied zu deiner geistigen Vorstellung von meiner Pussi – die du nie gesehen hast –, die du gerade in deinem Kopf hast? Bedeutet die Tatsache, daß du daran denken kannst, mich zu ficken und ich daran denken kann, mit dir zu ficken, daß wir *wirklich* ficken werden? Oder wird das Universum uns überraschen? Weisheit ermüdet, Torheit macht Spaß. Welche Bedeutung hat ein Pferd mit einem einzelnen, langen Horn, das aus seinem Kopf herauswächst, für dich?»

Mein Blick ging von ihrem Schamhaar, daß sich in ihrem Höschen wölbte, wo ich einfach hinsehen mußte, als sie «Pussi» sagte, hinauf zu dem Mal zwischen ihren Brüsten.

Es war kein Muttermal. Es war, als würde mir jemand einen Eimer voll Eiswasser auf die Eier schütten.

Ich zeigte drauf. «Welche Bedeutung hat ein rotes Auge in einem rot-weißen Dreieck für dich?»

Ihre flache Hand knallte mir ins Gesicht. «Motherfucker! Davon sprichst du nie wieder zu mir!»

Dann senkte sie den Kopf. «Es tut mir leid, George. Ich hatte kein Recht, so was zu tun. Schlag zurück, wenn du willst.»

«Ich will gar nicht. Aber ich fürchte, du hast mich sexuell runtergebracht.»

«Unsinn. Du bist ein gesunder Kerl. Aber jetzt möchte ich dir etwas geben, ohne etwas von dir zu nehmen.» Sie kniete mit gespreizten Knien vor mir auf dem Trenchcoat nieder, öffnete meinen Hosenlatz, reichte mit ihren flinken, kitzelnden Fingern hinein und zog meinen Penis hervor. Sie stülpte ihren Mund über ihn. Meine Gefängnisphantasie wurde Wirklichkeit.

«Was *tust* du da?»

Sie nahm ihre Lippen von meinem Schwanz, ich sah hinab auf die Eichel, die vom Speichel glänzte und in raschem Pochen zusehends anschwoll. Ihre Brüste – mein Blick vermied das Logenzeichen – waren irgendwie voller und die Brustwarzen standen hart ab.

Sie lächelte. «Pfeif nicht, während du pißt, George, und stell keine Fragen, wenn du einen geblasen kriegst. Sei still und sieh zu, daß er richtig steif wird. Das ist jetzt quid pro quo.»

Als es mir kam, fühlte ich nicht besonders viel Saft aus meinem Penis spritzen; ich hatte zuviel verbraucht, als ich mir im Gefängnis einen gerieben hatte. Mit Vergnügen stellte ich fest, daß sie das bißchen, das übrig war, nicht ausspuckte. Sie lächelte und schluckte es runter.

Die Sonne stand höher und brannte noch heißer vom Himmel, und der Specht feierte den Moment, indem er schneller und fester hämmerte. Die Bucht glitzerte wie die besten Brillanten der Madame Astor. Ich blinzelte hinaus übers Meer: weit hinten am Horizont, zwischen all den Brillanten gab es einen Fleck, der wie Gold blitzte.

Mavis streckte auf einmal ihre Beine aus und ließ sich auf den Rücken fallen. «George!» rief sie. «Ich kann nicht geben, ohne zu nehmen. Bitte, schnell, solange er noch hart ist, komm her und schieb ihn rein!»

Ich blickte hinab. Ihre Lippen zitterten. Sie zerrte das goldene Höschen runter und zeigte ihr schwarz-bebuschtes Dreieck. Mein Schwanz begann bereits den Kopf hängen zu lassen, und so stand ich da, sah sie an und grinste.

«Nein», sagte ich. «Ich mag keine *Mädchen*, die einem erst ins Gesicht schlagen und im nächsten Moment scharf auf einen sind. Sie entsprechen nicht den Kriterien *meines Wertsystems*. In meinen Augen haben die nicht alle beisammen.» Ganz gemächlich packte ich meinen Schwanz ein und machte ein paar Schritte weg von ihr.

«Alles in allem bist du doch nicht so ein Simpel, du Bastard», sagte sie zähneknirschend. Ihre Hand bewegte sich rasch zwischen ihren Beinen hin und her. Kurz darauf wölbte sie mit fest zusammengepreßten Augen ihren Rücken und stieß einen kleinen Schrei aus, wie eine kleine Möwe auf ihrem ersten Flug, einen merkwürdig jungfräulichen Schrei.

Einen Moment lang blieb sie völlig entspannt am Boden liegen, rappelte sich dann auf und begann sich anzuziehen. Sie blickte hinaus aufs Wasser, und ich folgte ihren Augen. Sie zeigte auf den Goldschimmer in der Ferne.

«Hagbard ist da.»

Ein surrendes Geräusch kam übers Wasser, und einen Augenblick später konnte ich ein kleines, schwarzes Motorboot ausmachen, das auf uns zusteuerte. Ohne ein Wort zu sagen, sahen wir zu, wie der Schiffsbug auf dem weißen Sand aufsetzte. Mavis gab mir ein Zeichen, und ich folgte ihr den Strand hinab zum Wasser. Im Heck saß ein Mann in schwarzem Rollkragenpullover. Mavis stieg ins Boot, drehte sich um und blickte mich fragend an. Der Specht ahnte nichts Gutes, erhob sich und flatterte mit einem Krächzen, das sich wie die Ankündigung des Jüngsten Gerichts anhörte, davon.

In was zum Teufel gerate ich da hinein, und wieso bin ich so beknackt, da überhaupt mitzugehen? Ich versuchte zu erkennen, was es war und wo das Motorboot herkam, aber die grelle Sonne auf dem golden schimmernden Metall blendete unheimlich, und ich konnte keine Umrisse ausmachen. Ich wendete meinen Blick wieder dem schwarzen Motorboot zu und sah, daß am Bug ein kreisförmiger, goldener Gegenstand aufgemalt war, und am Heck flatterte eine kleine schwarze Fahne mit demselben goldenen Gegenstand in der Mitte. Ich zeigte auf das Emblem am Bug.

«Was ist das?»

«Ein Apfel», sagte Mavis.

Leute, die einen goldenen Apfel als ihr Symbol gewählt hatten, konnten nicht so übel sein. Ich sprang ins Boot, und der Mann benutzte ein Ruder, um abzustoßen. Und schon schnurrten wir über die glatte See dem goldenen Etwas am Horizont entgegen. Das sich reflektierende Sonnenlicht blendete immer noch, aber ich konnte jetzt immerhin schon eine flache, längliche Silhouette mit einem kleinen Turm in der Mitte erkennen, wie eine Streichholzschachtel auf einem Besenstiel. Dann realisierte ich, daß die Entfernung, die ich schätzte, nicht stimmen konnte. Das Schiff, oder was immer es sein mochte, war viel weiter weg, als ich zuerst angenommen hatte.

Es war ein Unterseeboot – ein goldenes Unterseeboot –, und es schien so lang zu sein wie fünf Häuserblocks, so groß wie der größte Ozeanriese, von dem ich jemals gehört hatte. Als wir dicht an das Boot rankamen, sah ich einen Mann auf dem Turm stehen, der uns zuwinkte. Mavis winkte zurück. Halbherzig winkte ich auch, irgendwie nahm ich an, daß es das Richtige zu tun war. Noch immer mußte ich an die Freimaurertätowierung denken.

Eine Luke öffnete sich, und das kleine Motorboot fuhr geradewegs hinein. Die Luke schloß sich, das Wasser floß ab, und das Boot senkte sich auf eine Halterung. Mavis zeigte auf eine Tür, die wie der Eingang zu einem Aufzug aussah.

«Du gehst dort hinein», sagte sie. «Ich sehe dich später ... vielleicht.» Sie drückte auf einen Knopf, die Tür öffnete sich und gab eine goldene, mit Teppich ausgelegte Kabine frei. Ich trat ein und wurde im Nu drei Stockwerke hinaufgetragen. Die Tür öffnete sich, und ich trat hinaus in einen kleinen Raum, wo ein Mann auf mich wartete, der so würdevoll dastand, daß er mich an einen Hindu oder einen amerikanischen Indianer erinnerte. Ich mußte unvermittelt an Metternichs Bemerkung über Talleyrand denken: «Wenn ihn jemand ins Hinterteil trat, so bewegte er solange keinen Muskel im Gesicht, bis er sich entschied, was zu tun sei.»

Er hatte eine verblüffende Ähnlichkeit mit Anthony Quinn; buschige, schwarze Augenbrauen, olivfarbene Haut, eine stark ausgeprägte Nase und ein kräftiges Kinn. Er war groß und stabil gebaut, kräftige Muskeln wölbten sich unter seinem schwarz-grün gestreiften Seemannspullover. Er streckte mir seine Hand entgegen.

«Gut, George. Du hast es geschafft. Ich bin Hagbard Celine.» Wir schüttelten einander die Hände; er hatte einen Händedruck wie King

Kong. «Willkommen an Bord der *Lief Erickson*, so benannt nach dem ersten Europäer, der Amerika vom Atlantik her erreichte, mögen meine italienischen Vorfahren mir verzeihen. Glücklicherweise habe ich auch wikingische Vorväter. Meine Mutter ist Norwegerin. Blondes Haar, blaue Augen und helle Haut sind jedoch rezessiv. Mein sizilianischer Vater seifte die Gene meiner Mutter ein ...»

«Woher zum Teufel haben Sie dieses Schiff? Ich hätte niemals geglaubt, ein Unterseeboot wie dieses könnte existieren, ohne daß die ganze Welt davon weiß.»

«Das Boot ist meine eigene Schöpfung und wurde nach meinen Plänen in einem norwegischen Fjord gebaut. So etwas kann von einer befreiten Seele eben vollbracht werden. Ich bin der Leonardo des zwanzigsten Jahrhunderts, außer, daß ich nicht schwul bin. Natürlich habe ich's versucht, aber Frauen interessieren mich mehr. Die Welt hat noch nie von Hagbard Celine gehört. Deshalb ist die Welt so dumm, und Celine ist sehr schlau. Das U-Boot kann weder mit Radar noch Sonar geortet werden. Es ist jedem Boot, das die Amerikaner oder Russen noch nicht mal auf dem Reißbrett haben, überlegen. Es kann auf jede beliebige Tiefe in jedem beliebigen Ozean gehen. Wir haben den Atlantischen Graben, die Mindanao-Tiefe und ein paar Höhlen auf dem Meeresboden erkundet, von denen noch niemand gehört, denen noch niemand einen Namen gab. Die *Lief Erickson* ist in der Lage, es mit den größten, gefährlichsten und intelligentesten Ungeheuern der Tiefsee aufzunehmen, von denen wir, weiß Gott, einer Unzahl begegnet sind. Mit ihr würde ich sogar den Kampf mit Leviathan selbst aufnehmen, obwohl ich genauso froh bin, daß wir ihn bislang nur aus der Ferne gesehen haben.»

«Sie meinen Wale?»

«Mann, ich meine Leviathan. Den Fisch – wenn es überhaupt ein Fisch sein sollte –, der sich neben deinem Wal ausnimmt wie ein Wal neben einem kümmerlichen Goldfisch. Frage mich nicht, was Leviathan ist – ich bin nicht einmal nahe genug an ihn rangekommen, um zu sagen, welche Form er hat. Es gibt nur ein Exemplar, ein Er, Sie oder Es, in der ganzen Unterwasserwelt. Ich weiß nicht, wie er sich reproduziert – vielleicht muß er sich gar nicht reproduzieren –, vielleicht ist er unsterblich. Soweit ich weiß, muß er weder Tier noch Pflanze sein, aber er lebt und ist das größte Lebewesen, das es überhaupt gibt. Oh, George, wir haben schon Ungeheuer gesehen ... Wir haben, mit der *Lief Erickson*, die versunkenen Ruinen von Atlantis und Lemuria – oder Mu, wie es den Hütern des Heiligen Chao bekannt ist – gesehen.»

«Über was für 'n Scheiß sprechen Sie da überhaupt?» fragte ich und hätte gern gewußt, ob ich in irgendeinem verrückten, surrealistischen Film war, in dem ich gemäß einem Skript, das von zwei Acid-Köpfen und einem Humoristen vom Mars geschrieben war, von telepathischen Sheriffs an homosexuelle Totschläger, von nymphomanen Logenschwestern an psychopathische Piraten weitergereicht wurde.

«Ich spreche von Abenteuern, George. Ich spreche davon, Dinge zu sehen und Menschen zu begegnen, die deine Seele wirklich freimachen werden – nicht einfach Liberalismus durch Kommunismus zu ersetzen, um die Eltern zu schockieren. Ich spreche davon, diesen ganzen verwahrlosten Planeten, auf dem du lebst, zu verlassen und mit Hagbard auf einen Trip in ein transzendentales Universum zu gehen. Wußtest du, daß es im versunkenen Atlantis eine Pyramide gibt, die, von alten Priestern gebaut, mit einer keramikähnlichen Substanz überzogen dreißigtausend Jahre Begrabensein im Ozean widerstanden hat, so, daß sie noch immer klar wie poliertes Elfenbein schimmert – außer dem gigantischen roten Auge aus Mosaik an ihrer Spitze?»

«Es fällt mir schwer, zu glauben, daß Atlantis überhaupt jemals existierte», sagte ich. «Richtig gesagt» – ich schüttelte ärgerlich den Kopf – «wollen Sie mich prüfen, ob ich dafür geeignet bin, den Trip anzutreten. Tatsache ist, ich glaube einfach nicht, daß es Atlantis jemals gab. Das ist alles purer Blödsinn.»

«Atlantis ist unser nächstes Ziel, guter Freund. Vertraust du dem, was deine Sinne wahrnehmen? Ich will's hoffen, denn du wirst Atlantis und die Pyramide sehen, genau wie ich's beschrieben habe. Diese Schweine von Illuminaten versuchen Gold zu gewinnen, um ihre Verschwörungen weiterzutreiben, indem sie einen atlantischen Tempel plündern wollen. Und Hagbard wird ihre Pläne durchkreuzen, indem er ihn zuerst ausraubt. Weil ich jede Gelegenheit nütze, die Illuminaten zu bekämpfen. Und weil ich ein Amateur-Archäologe bin. Wirst du dich uns anschließen? Du bist frei, zu gehen, wenn du es wünschst. Ich kann dich am Ufer absetzen lassen und dich sogar mit Geld versorgen, damit du nach New York zurückgelangst.»

Ich schüttelte den Kopf. «Ich bin Schriftsteller. Ich schreibe Zeitschriftenartikel für meinen Lebensunterhalt. Und selbst wenn neunzig Prozent von dem, was Sie mir erzählen, *Bullshit*, Mondschein und die größte Heuchelei seit Richard Nixon sein sollte, ist das noch immer die irrste Story, der ich jemals begegnet bin. Ein Spinner mit einem gigantischen goldenen U-Boot, dessen Gefolge schönste Guerilla-Kämpferinnen einschließt, die Südstaaten-Gefängnisse knacken und die Gefangenen befreien. Nein, ich haue nicht ab. Sie sind mir ein zu großer Fisch, als daß man ihn wieder freisetzen sollte.»

Hagbard Celine schlug mir auf die Schulter. «Gut gesprochen. Du besitzt Mut und Initiative. Du traust nur dem, was du mit eigenen Augen sehen kannst und glaubst an das, was dir niemand erzählen kann. Ich habe mich in dir nicht getäuscht. Komm und begleite mich jetzt zu meiner Kabine.» Er betätigte einen Knopf, und wir betraten den goldenen Aufzug und glitten rasch hinab, bis wir an einen acht Fuß hohen, gewölbten Gang gelangten, der durch eine silberne Pforte abgeschlossen wurde. Celine drückte auf einen anderen Knopf, und die Fahrstuhltür sowie die Pforte glitten zurück. Wir betraten einen mit Teppich ausgelegten Raum, in dem eine wunderschöne schwarze Frau an einem Ende stand, unter einem kunstvoll gearbeiteten Emblem aus ineinander verschlungenen Ankern, Seemuscheln, Galionsfiguren, Löwen, Tauen, Kraken, gezackten Blitzen und, das Zentrum einnehmend, einem goldenen Apfel.

«Kallisti», sagte Celine, das Mädchen begrüßend.

«Heil Discordia», antwortete sie.

«Aum Shiva», fügte ich hinzu, indem ich versuchte, in das Spiel einzusteigen.

Celine geleitete mich einen langen Korridor entlang und sagte: «Du wirst merken, daß dieses U-Boot großzügigst ausgestattet ist. Ich habe es nicht nötig, in mönchsähnlicher Umgebung zu leben, wie jene Masochisten, die Marine-Offiziere werden. Keine spartanische Kargheit für mich. Dieses gleicht mehr einem Ozeandampfer oder einem Grand Hotel der Epoche König Edwards. Warte, bis du meine Suite sehen wirst. Auch wirst du deine eigene Kabine mögen. Zu meinem eigenen Gefallen baute ich dieses Ding in großem Stil. Keine pingeligen Marine-Architekten oder knauserigen Buchhalter, nicht bei mir. Ich glaube daran, daß du Geld ausgeben mußt, um Geld zu machen, und das Geld, das du machst, auszugeben, um es zu genießen. Und nebenbei gesagt, ich muß ja in diesem verdammten Kasten leben.»

«Und welcher Art sind eigentlich Ihre Geschäfte, Mister Celine?» fragte ich. «Oder soll ich Sie mit Kapitän Celine anreden?»

«Das solltest du ganz bestimmt nicht. Keine gottverfluchten Autoritätstitel für mich. Ich bin ein freier Mann, Hagbard Celine, aber das herkömmliche Mister ist gut genug. Ich zöge es vor, du würdest mich beim Vornamen rufen. Zum Teufel noch mal, rede mich an wie immer du willst. Wenn ich's nicht hören kann, werde ich dir eins auf die Nase geben. Gäbe es mehr blutige Nasen, dann gäbe es weniger Kriege.

Meistens bin ich mit Schmuggelei beschäftigt. Versetzt mit ein wenig Piraterei, um uns auf den Füßen zu halten. Aber das ist nur gegen die Illuminaten und ihre kommunistischen Marionetten gerichtet. Wir zielen darauf hin zu beweisen, daß kein Staat das Recht hat, die Wirtschaft und den Handel in irgendeiner Weise zu reglementieren; auch nicht den freien Menschen. Meine Besatzung besteht ausschließlich aus Freiwilligen. Unter ihnen befinden sich befreite Seeleute, die der Marine Amerikas, Rußlands und Chinas verpflichtet waren. Ausgezeichnete Burschen. Die Regierungen dieser Welt werden unserer niemals habhaft werden, weil freie Menschen immer schlauer sind als Sklaven, und jeder Mensch, der für eine Regierung arbeitet, ist ein Sklave.»

«Dann seid ihr im Grunde genommen nichts weiter als eine Bande von Objektivisten? Ich muß Sie warnen. Ich stamme aus einer langen Tradition von Arbeiter-Agitatoren und Roten. Ihr werdet mich niemals bekehren können.»

Celine machte einen Schritt zurück, als hätte ich eine Handvoll stinkender Eingeweide unter seine Nase gehalten. «Objektivisten?» Er sprach dieses Wort aus, als hätte ich ihm vorgeworfen, ein Kinderschänder zu sein. «Wir sind Anarchisten und Gesetzlose, verdammt noch mal. Hast du denn noch gar nichts verstanden? Wir haben nichts, aber auch gar nichts mit rechts oder links zu tun oder sonst einer flachärschigen, politischen Kategorie. Wenn du innerhalb des Systems arbeitest, gelangst du automatisch dahin, zwischen einer Entweder/Oder-Position wählen zu müssen, die von Anfang an dem System innewohnte. Du schwatzt daher wie ein mittelalterlicher Leibeigener, der den ersten besten Agnostiker fragt, ob er Gott oder den Teufel verehrt. Wir befinden uns außerhalb der systemimmanenten Kategorien. Du wirst unser Spiel nie begreifen, wenn du weiterhin deiner irdischen Imaginerie des Rechts und Links, Gut und Böse, Oben und Unten huldigst. Wenn du uns unbedingt ein Schildchen anhängen willst, dann nenne uns politische Nicht-Euklidianer. Aber selbst das stimmt nicht. Da kannst du dich auf den Kopf stellen, aber kein Mensch auf diesem Schiff stimmt mit irgendwem über irgendwas überein, außer vielleicht darüber, was der Kumpel mit den Hörnern dem alten Wicht in den Wolken einst sagte: *Non serviam.*»

«Ich kann kein Latein», sagte ich, überwältigt von seinem Ausbruch.

«Ich werde nicht dienen», übersetzte er mir. «Und hier ist dein Gemach.»

Ich glaube daran...

... daß du Geld ausgeben mußt, um Geld zu machen, sagte Hagbard Celine.

Uralte Weisheit. Da gab's einen Römer, Titus Maccius Plautus, der schrieb vor zweitausendzweihundert Jahren: Du mußt Geld ausgeben, wenn du Geld verdienen willst.

Derselbe Plautus schrieb aber auch: Weiber sind wertlose Ware.

Nicht alle Weisheiten halten sich über die Jahrtausende.

Pfandbrief und Kommunalobligation

Meistgekaufte deutsche Wertpapiere - hoher Zinsertrag - bei allen Banken und Sparkassen

Verbriefte Sicherheit

Er stieß eine Eichentür auf, und ich betrat ein Wohnzimmer, das in Teak und skandinavischem Rosenholz gehalten und mit soliden Polstermöbeln in leuchtenden Farben ausgestattet war. Was die Größenverhältnisse anging, so hatte er nicht übertrieben: man hätte mitten auf dem Teppich einen Greyhoundbus hinstellen können, und der Raum wäre nicht überladen gewesen. Über einer orange bezogenen Couch hing ein riesiges Ölgemälde in einem kunstvollen Goldrahmen, der ohne weiteres einen Fuß tief war. Das Gemälde stellte im wesentlichen eine Szene aus einem Comic dar. Es zeigte einen Mann in weitem Gewand mit langen, wehenden, weißen Haaren und einem Bart, der auf einem Berggipfel stand und verwundert auf eine Wand aus schwarzem Felsgestein starrte. Über seinem Kopf zeichnete eine feurige Hand mit dem Zeigefinger flammende Lettern auf die Felswand. Die Worte lauteten:

DENK FÜR DICH SELBST, NARR!

Als ich zu lachen begann, fühlte ich durch die Sohlen unter meinen Füßen das Stampfen einer ungeheuren Maschine.

Und in Mad Dog sprach Jim Cartwright in ein Telefon, das mit einer Verschlüsselungseinrichtung versehen war, um ein Abhören zu verhindern. «Wir ließen Celines Leute Dorn genau nach Plan entführen, und, ah, Harry Coin weilt, ah, nicht länger unter uns.»

«Gut», sagte Atlanta Hope. «Die vier sind unterwegs nach Ingolstadt. Alles läuft.» Sie legte auf und wählte sogleich eine andere Nummer und erhielt die Western Union. «Ich möchte ein Telegramm zur Pauschalgebühr, derselbe Text, an dreiundzwanzig verschiedene Adressen aufgeben», sagte sie in befehlendem Ton. «Der Text lautet: ‹Lassen Sie Anzeigen in morgigen Zeitungen erscheinen.› Gezeichnet: ‹Atlanta Hope.›» Dann las sie die dreiundzwanzig Adressen herunter, jede von ihnen ein Bezirkshauptquartier der God's Lightning. (Am folgenden Tag, am 25. April, erschien in jenen Städten eine geheimnisvolle Annonce in der Rubrik «Persönliches». Sie lautete: «Für erwiesene Dienste in Dankbarkeit St. Jude gewidmet. A. W.» Das Komplott verdichtete sich entsprechend.)

Und dann lehnte ich mich zurück und dachte an Harry Coin. Einmal stellte ich mir vor, daß ich's mit ihm getrieben haben könnte: aber ich empfand so etwas Abstoßendes, Grausames, so Wildes und Psychopathisches ... und natürlich hatte es nicht funktioniert. Dasselbe wie bei jedem anderen Menschen. Nichts. «Schlag mich», kreischte ich. «Beiß mich. Verletze mich. *Tu irgendwas.*» Er tat alles Erdenkliche, der angenehmste Sadist auf der Welt, aber es war genauso, als wäre er der freundlichste, poetischste Englischprofessor von Antioch gewesen. Nichts. Nichts, nichts, nichts ... Die bedrückendste der verpaßten Gelegenheiten war dieser seltsame Bankier, Drake, aus Boston. Was für eine Szene. Ich war in sein Büro an der Wall Street gelangt, um ihn für eine Spende an die God's Lightning zu ersuchen. Alter, weißhaariger Gauner, zwischen sechzig und siebzig: typisch für unsere wohlhabenden Mitglieder, dachte ich. Ich begann mit der üblichen Schmiere, Kommunismus, Sex, Zoten, und die ganze Zeit über war sein Blick klar und kalt wie der einer Schlange. Schließlich bemerkte ich, daß er mir kein einziges Wort glaubte, so kam ich zur Sache, und er zog sein Scheckheft hervor und schrieb und hielt es in die Höhe, so daß ich es sehen konnte. Zwanzigtausend Dollar. Ich wußte nicht, was ich sagen sollte, und fing irgendwas an, wie zum Beispiel, daß alle ehrlichen Amerikaner eine so großartige Geste schätzen würden und so weiter, und er erwiderte: «Blödsinn. Sie sind nicht reich, aber berühmt. Ich möchte Sie meiner Sammlung einverleiben. Abgemacht?» Die kälteste Sau, die mir jemals begegnete, sogar Harry Coin war menschlich im Vergleich, und dennoch hatte er solch klare blaue Augen. Ich wollte es einfach nicht glauben, daß diese Augen so furchteinflößend sein konnten. Er war ein richtig Wahnsinniger auf völlig normale Art und Weise, nicht mal ein Psychopath, aber irgendwas, für das es keinen Namen gibt. Und es klappte, die Demütigung der Hurerei und die räuberische Durchtriebenheit in seinem Gesicht plus die zwanzigtausend; ich nickte. Er führte mich in eine Privatsuite außerhalb seines Büros, und er berührte einen Knopf, das Licht wurde abgeblendet, ein weiterer Knopf, eine Filmleinwand entrollte sich, ein dritter Knopf, und ich sehe einen Pornostreifen. Er näherte sich mir nicht, starrte nur auf die Leinwand. Ich versuchte, in Erregung zu geraten, und fragte mich, ob die Schauspielerin es wirklich machte oder nur so tat, und dann begann ein zweiter Film, dieses Mal mit vier Akteuren in Permutationen und Kombinationen, er führte mich zu einer Couch, jedesmal wenn ich die Augen öffnete, konnte ich den Film über seinen Schultern sehen, und es blieb dasselbe, dasselbe, sobald er sein Ding in mich reinschob, nichts, nichts, nichts. Ich sah den Schauspielern zu und versuchte, irgend etwas zu empfinden, und dann, als er kam, flüsterte er mir ins Ohr: «*Heute die Welt, morgen das Sonnensystem!*» Das war das einzige Mal, daß ich's fast schaffte. Nackter Terror, daß dieser Maniak es *wußte* ...

Später versuchte ich dann mehr über ihn zu erfahren, doch wollte sich niemand äußern, der im Orden einen höheren Rang als ich einnahm, und jene unter mir wußten nichts. Aber schließlich fand ich heraus: er war einer der Großen im Syndikat, vielleicht sogar der Kopf. Und auf diese Weise kam ich dahinter, daß das alte Gerücht stimmte ... Auch das Syndikat wurde vom Orden kontrolliert, genau wie alles andere ...

Aber dieser kalte, düstere, alte Mann verlor niemals ein Wort darüber. Ich wartete die ganze Zeit darauf, während wir uns wieder anzogen, als er mir den Scheck reichte, als er mich zur Tür geleitete, und sogar sein Gesichtsausdruck schien zu leugnen, daß er es gesagt hatte oder daß er wußte, was es bedeutete. Als er mir die Tür aufmachte, legte er einen Arm um meine Schulter und sagte, so daß sein Sekretär es hören konnte: «Möge Ihre Arbeit den Tag näherbringen, an dem Amerika zur Reinheit zurückkehrt.» Nicht einmal seine Augen mokierten sich und seine Stimme klang vollkommen aufrichtig. Und trotzdem hatte er mein Innerstes gelesen und wußte, was ich ihm vormachte und hatte vermutet, daß allein panischer Schrecken meine Reflexe lösen würde: Vielleicht wußte er sogar, daß ich es schon mit physischem Sadismus versucht, es aber nicht geschafft hatte. Wieder draußen in der Wall Street erblickte ich in der Menge einen Mann mit einer Gasmaske – in jenem Jahr sah man das noch selten – und fühlte, daß die ganze Welt sich schneller bewegte, als ich begreifen konnte, und daß die Bruderschaft mir nicht annähernd soviel verriet, wie ich eigentlich wissen sollte.

Bruder Beghard, der unter seinem «richtigen» Namen eigentlich Politiker in Chicago ist, erklärte mir an Hand des Gesetzes über das Kräftefeld einer Pyramide das Fünfer-Gesetz. Vom Intellekt her konnte ich's verstehen: es stellte die einzige Möglichkeit dar, wie wir arbeitsfähig sein können. Jede Gruppe ist ein abgeteilter Vektor, so daß das meiste, das ein Eindringling erfahren kann, nur ein kleiner Ausschnitt der gesamten Anlage ist. Vom Gefühlsmäßigen her kann es einem jedoch Furcht einflößen: Können die Fünf an der Spitze wirklich das ganze Bild überschauen? Ich weiß es nicht und kann mir nicht vorstellen, wie sie irgendeine Bewegung eines Mannes wie Drake voraussagen oder auch nur vermuten können. Ich weiß, es gibt hier ein Paradoxon: ich trat dem Orden bei, auf der Suche nach Macht, und jetzt bin ich eher mehr ein Werkzeug, mehr ein Objekt, als jemals zuvor. Käme es einem Mann wie Drake jemals in den Sinn, so könnte er die ganze Schau platzen lassen.

Sei es denn, die Fünf besitzen wirklich die Macht, die sie beanspruchen; aber ich bin nicht leichtgläubig genug, um so einen Blödsinn einfach zu schlucken. Einiges ist Hypnotismus, anderes nichts weiter als gute alte Bühnenmagie, aber nichts davon ist wirklich übernatürlich. Keiner hat mir mehr Märchen angedreht, seit mein Onkel in mich eindrang mit seiner alten Geschichte, die Blutung aufhalten zu wollen. Hätten meine Eltern mir nur vorher die Wahrheit über Menstruation erzählt...

Genug davon. Es gab genügend Arbeit zu tun. Ich drückte auf den Summer auf meinem Schreibtisch und mein Sekretär, Mister Mortimer, kam herein. Wie vermutet, war es schon nach neun Uhr, und er war draußen im Empfang gewesen, entschlossen, ein besseres Leben zu beginnen und hatte sich, weiß Gott wie lange schon, Sorgen darüber gemacht, in was für einer Stimmung ich mich wohl befand, während ich tagträumte. Ich studierte meinen Notizblock, während er ängstlich wartete. Endlich bemerkte ich es und sagte: «Setzen Sie sich.» Er sank auf den Diktatstuhl und von mir aus gesehen war sein Kopf genau unter dem gezackten Blitz im Emblem unseres Ordens – ein Bild, das mir immer Vergnügen bereitete – und öffnete seinen Block.

«Rufen Sie Zev Hirsch in New York an», sagte ich und beobachtete, wie sein Bleistift dahinflog, um mit meinen Worten Schritt zu halten. «Die *Foot Fetishist Liberation Front* plant eine Demonstration. Sagen Sie ihm, er solle sie *einseifen*; ich wäre nicht eher zufrieden, bis ein Dutzend dieser Pervertierten im Krankenhaus sei, und daß es mir egal ist, wie viele unserer Leute dabei eingesperrt würden. Das Geld für Kautionen liegt bereit. Sollte Zev irgendwelche Einwände haben, werde ich selbst mit ihm reden, im übrigen können Sie das alles selbst regeln. Halten Sie dann die Standard-Presseverlautbarung Nummer zwei bereit, in der ich jedes Wissen um illegale Aktivitäten in dieser Angelegenheit bestreite und verspreche, den Fall zu untersuchen und jeden ausschließen lasse, dem eine Schuld nachgewiesen werden kann. Dann verschaffen Sie mir die letzten Verkaufszahlen von *Telemachus Sneezed*...» Wieder einmal hatte ein arbeitsreicher Tag im Hauptquartier der God's Lightning begonnen; und Hagbard Celine, der Mavis' Angaben über Georges Sexual- und sonstiges Verhalten in FUCK UP eingegeben hatte, erhielt die Kodierung C-1472-B-2317 A, welches ihn in ein unbändiges Gelächter ausbrechen ließ.

«Was gibt's da so Lustiges dran?» fragte Mavis.

«Aus dem Westen nähert sich auf donnernden Hufen das Pferd, Onan», Hagbard grinste. «Der einsame Fremde reitet wieder!»

«Was zum Teufel soll das alles bedeuten?»

«Wir haben vierundsechzigtausend mögliche Personentypen», erklärte Hagbard, «und diese Angabe habe ich nur einmal vorher bekommen. Rat mal wer es war?»

«Ich nicht», sagte Mavis rasch und errötete.

«Nein, nicht du.» Hagbard lachte weiter. «Es war Atlanta Hope.»

Mavis erschrak. «Das ist unmöglich. Zum einen ist sie frigide ...»

«Es gibt viele Arten von Frigidität», sagte Hagbard. «Es stimmt, glaub mir. Sie trat der Women's Liberation im gleichen Alter wie George den Weatherman bei, und beide traten nach wenigen Monaten wieder aus. Und es würde dich erstaunen, wie ähnlich beide Mütter waren oder wie sie sich über die erfolgreichen Karrieren ihrer älteren Geschwister ärgern ...»

«Aber George ist trotz allem ein lieber Kerl.»

Hagbard Celine streifte die Asche seiner langen italienischen Zigarre ab. «Jeder ist ein lieber Kerl ... trotz allem», sagte er. «Was aus uns wird, nachdem die Welt und das Leben uns so richtig durchgemangelt haben, ist was anderes ...»

«Château Thierry, 1918. Robert Putney Drake sah überall die Leichen um sich herum. Er wußte, er war der einzige Überlebende der ganzen Kompanie, und er hörte die Deutschen einen neuerlichen Angriff starten. Er spürte die kalte Feuchtigkeit auf seinen Schenkeln, bevor er realisierte, daß er in die Hosen urinierte; eine Granate explodierte ganz in der Nähe, und er schluchzte. «O Gott, bitte. Jesus! Laßt sie mich nicht töten. Ich habe Angst zu sterben. Bitte, Jesus, Jesus, Jesus ...»

Mary Lou Servix und Simon frühstückten im Bett, noch immer nackt wie Adam und Eva. Mary Lou strich Marmelade auf einen Toast und fragte: «Nein, nun einmal ernsthaft: welcher Teil war Halluzination und welcher Wirklichkeit?»

Simon nippte an seinem Kaffee. «Alles im Leben ist eine Halluzination», sagte er einfach. «Auch im Tode», fügte er hinzu. «Das Universum hält uns einfach zum Narren. Und weist uns eine Lebenslinie zu.»

Der dritte Trip,
oder Binah

Der Purpurne Weise geriet in eine Stinkwut und fluchte und schrie mit lauter Stimme: Die Pest möge über die verfluchten Illuminaten von Bayern kommen; möge ihre Saat niemals Wurzeln fassen.

Mögen ihre Hände zittern, ihre Augen trübe werden und ihre Wirbelsäulen sich aufrollen, ja wirklich, wie Schneckenhäuser; mögen die vaginalen Öffnungen ihrer Frauen mit Stahlwolle vollgestopft werden.

Denn sie haben wider Gott und die Natur gesündigt; sie haben das Leben in ein Gefängnis verbannt; sie haben dem Gras das Grün und dem Himmel das Blau genommen.

Und nachdem er so gesprochen, Grimassen geschnitten und gestöhnt, verließ der Purpurne Weise die Männer und Frauen und zog sich zurück in die Wüste, erfüllt von Verzweiflung und großem Verdruß.

Doch der Schakal lachte und sprach zu den treuen Erisiern: Unser Bruder peinigt sich ohne Grund, denn selbst die tückischen Illuminaten sind auch nur Schachfiguren auf der Göttlichen Ebene Unserer Frau.
Mordecai Malignatus, K. N. S.
«The Book of Contradictions», *Liber 555*

Der 23. Oktober 1970 war der fünfunddreißigste Jahrestag des Mordes an Arthur Flegenheimer (alias «The Dutchman», alias «Dutch Schultz»), aber dieser trostlose Haufen hat nicht im geringsten die Absicht, dieses Tages zu gedenken. Sie sind die Ritter der im Glauben vereinten Christenheit (KCUF) – in Atlantis nannte sich die Gruppe die Mauls der Lhuv-Kerapht vereint für die Wahrheit; verstehen Sie, was ich meine? – und ihr Präsident, James J. («Smiling Jim») Treponema, hat unter den Delegierten einen bärtigen (und deshalb verdächtigen) jungen Mann entdeckt. Daß solche Typen Mitglieder der KCUF waren, war reichlich unwahrscheinlich, eher mochten sie Rauschgiftsüchtige sein. Smiling Jim wies die Saalordner an, ein wachsames Auge auf diesen Kerl zu haben, damit da keine faule Sache passieren würde, und ging dann nach vorn zum Podium, um mit seinem Vortrag über «Sexualerziehung: das kommunistische Pferd von Troja in unseren Schulen» zu beginnen. (In Atlantis war's «Zahlen: freigeistige Tintenfischfallen in unseren Schulen». Ewig dasselbe Geschwätz.) Der bärtige junge Mann, es handelte sich um Simon Moon, Spezialist für Illuminaten beim *Teenset*-Magazin sowie Lehrer für Yoga und Sex bei zahllosen schwarzen jungen Damen, beobachtete, daß er beobachtet wurde (was ihn an Heisenberg denken ließ), lehnte sich in seinem Stuhl zurück und kritzelte Fünfecke auf seinen Notizblock. Drei Reihen vor ihm saß ein Mann in mittleren Jahren, mit Bürstenschnitt, der aussah wie ein Vorortsarzt aus Connecticut, der sich ebenfalls genüßlich zurücklehnte und auf seine Gelegenheit wartete: der faule Zauber, den er und Simon im Sinne hatten, würde, so hoffte er, wirklich faul sein.

WIR WERDEN NICHT
WIR WERDEN NICHT VERTRIEBEN WERDEN

Von Dayton, Ohio, führt eine Straße genau nach Osten in Richtung New Lebanon und Brockville, und abseits dieser Straße lebt, auf einer kleinen Farm, ein ausgezeichneter Mann, James V. Riley, der als Sergeant bei der Polizei in Dayton dient. Auch wenn er sich über den Tod seiner Frau vor zwei Jahren, 1967, grämt und sich Sorgen um seinen Sohn macht, der in undurchsichtige Geschäfte verwickelt zu sein scheint, die ihn häufig auf Reisen zwischen New York City und Cuernavaca gehen lassen, ist der Sergeant von Grund auf doch ein fröhlicher Mensch; aber am 25. Juli 1969 war er nicht ganz auf der Höhe und wegen der endlosen und sonderbaren Fragen, die ihm dieser Reporter aus New York stellte, und auch seiner Arthritis wegen nicht ganz so auf Draht wie sonst. Irgendwie ergab es keinen Sinn – wer mochte zu diesem Zeitpunkt noch ein Buch über John Dillinger veröffentlichen? Und warum sollte sich dieses Buch ausgerechnet mit Dillingers Zahngeschichte befassen?

«Sie sind derselbe James Riley, der bei der Polizei in Mooresville, Indiana, war, als Dillinger 1924 zum erstenmal festgenommen wurde?» hatte der Reporter begonnen.

«Ja, und er war eine verdammt pfiffige Rotznase. Ich stimme mit einigen dieser Leute nicht überein, die Bücher über ihn geschrieben und behauptet haben, erst die lange Gefängnisstrafe, die er damals erhielt, hätte ihn bitter und zu einem schlechten Menschen gemacht. Die lange Strafe hat er gekriegt, weil er so rotzfrech zum Richter war. Keine Spur von Bedauern oder Gewissensbissen, nichts als schlaue Sprüche und dieses allwissende Grinsen übers ganze Gesicht. Von Anfang an 'n fauler Apfel. Und immer ganz versessen auf Zaster. Und immer in Eile, um weiß Gott wohin zu kommen. Manchmal scherzten die Leute und sagten, es gäbe ihn doppelt, so schnell war er mal an diesem, mal an jenem Ende der Stadt. Jagte seiner eigenen Beerdigung entgegen. Die Gefängnisstrafen für solche Ganoven können gar nicht lang genug sein, wenn Sie meine Meinung wissen wollen. Das bremst sie vielleicht ein bißchen.»

Der Reporter – wie hieß er doch gleich? Hatte er nicht gesagt, James Mallison? – war ungeduldig. «Ja, ja, ich bin sicher, wir brauchten strengere Gesetze und strengere Strafen. Doch was ich wissen möchte ist, wo hatte Dillinger seine Zahnlücke? Auf der rechten oder auf der linken Seite?»

«Gott im Himmel! Sie erwarten von mir, daß ich mich nach all den Jahren noch daran erinnere?»

Der Reporter tupfte sich mit einem Taschentuch die Stirn ab – er schien sehr nervös zu sein. «Sehen Sie, Sergeant, es gibt Psychologen, die sagen, daß man niemals wirklich etwas vergißt, es bleibt alles irgendwo im Gehirn gespeichert. Nun versuchen Sie doch mal, sich John Dillinger genau so vorzustellen, so gut sie sich seiner noch erinnern können. Mit dem ‹allwissenden Grinsen›, wie Sie es nennen, und so weiter. Können Sie das Bild ganz scharf einstellen? Auf welcher Seite ist die Zahnlücke?»

«Hören Sie, ich muß in ein paar Minuten zum Dienst, und ich kann nicht ...»

Mallisons Gesichtsausdruck wechselte, wie in Verzweiflung, was er bisher zu verbergen gesucht hatte. «Gut. Lassen Sie mich also eine andere Frage stellen. Sind Sie Freimaurer?»

«Ein Freimaurer? Bei Jesus, nein ... ich bin mein Leben lang Katholik gewesen, wissen Sie.»

«Nun, haben Sie in Mooresville Freimaurer gekannt? Ich meine einen, mit dem Sie schon mal so gesprochen haben?»

«Warum sollte ich mit ihresgleichen sprechen, wo sie doch ständig so gräßliche Dinge über die Kirche sagen?»

Der Reporter ging noch weiter:

«In allen Büchern über Dillinger kann man lesen, daß das für diesen ersten Raubüberfall vorgesehene Opfer, B. F. Morgan, Hilfe herbeirief, indem er das Freimaurer-Alarmzeichen gab. Wissen Sie, was das für ein Zeichen ist?»

«Da müßten Sie schon einen Freimaurer fragen, und ich bin sicher, keiner von ihnen würde es verraten. Bei allen Heiligen, so wie die ihre Geheimnisse bewahren, würde nicht einmal der FBI dahinterkommen.»

Schließlich zog der Reporter wieder ab, aber Sergeant Riley, ein methodisch denkender Mensch, registrierte den Namen in seinem Gedächtnis, James Mallison – oder hatte er Joseph Mallison gesagt? Ein selsames Buch, das er da schreiben wollte – oder vorgab zu schreiben: über Dillingers Zähne und diese gottverdammten, atheistischen Freimaurer. Da steckte mehr dahinter, dessen war er sich ganz sicher.

WIE EIN BAUM, DER AM WASSER STEHT
WIR WERDEN NICHT VERTRIEBEN WERDEN

Die Miskatonic Universität in Arkham, Massachusetts, ist nicht besonders bekannt, und die wenigen lernbegierigen Besucher sind zumeist recht merkwürdige Leute, die für gewöhnlich durch die schaurige Sammlung okkulter Bücher dorthin getrieben wurden, die der inzwischen verstorbene Dr. Henry Armitage der Miskatonic Bibliothek vermacht hatte. Aber solch einen sonderbaren Besucher wie diesen Professor J. D. Mallison, der vorgab, aus Dayton, Ohio, zu stammen, dabei mit einem unüberhörbaren New Yorker Akzent sprach, war Miss Doris Horus, der Bibliothekarin, noch niemals begegnet. Wenn Sie an seine Verstohlenheit dachte, so wunderte sie sich überhaupt nicht, daß er den ganzen Tag (den 26. Juni 1969) damit zugebracht hatte, über dem außergewöhnlich seltenen Exemplar von Dr. John Dees Übersetzung des *Necronomicon* von Abdul Alhazred zu hocken. Das war jenes Buch, nach dem die wunderlichsten Besucher verlangten; das oder *Das Buch der Heiligen Magie von Abra-Melin dem Weisen*. Doris mochte das *Necronomicon* nicht, obwohl sie sich als eine emanzipierte und frei denkende junge Frau fühlte. Es hatte so etwas Düsteres, oder, um nicht drumherum zu reden, etwas *Perverses* an sich – und dies nicht in einer netten, aufreizenden Weise, sondern in einer krankhaften, furchteinflößenden Weise. Und all diese komischen Illustrationen, alle in fünfeckigen Umrandungen, wie das Pentagon in Washington; mit diesen eigenartigen Leuten, die mit jenen anderen, überhaupt nicht menschenähnlichen Kreaturen auf abartige Art und Weise Sex miteinander hatten. Es war Doris' ehrliche Meinung, daß der alte Abdul Alhazred ganz schön schlechtes Gras geraucht haben mußte, als er sich jene Sachen zusammenträumte. Oder vielleicht war es auch irgendwas Stärkeres als Gras gewesen: sie erinnerte sich eines Satzes aus dem Text: «Einzig jene, die von einer gewissen, alkaloidhaltigen Pflanze, deren Name den Nichtilluminierten verborgen bleiben sollte, genossen haben, können den ‹Shoggoth› leiblich sehen.» Ich frage mich, was ein «Shoggoth» ist, überlegte Doris; wahrscheinlich eine jener widerlichen Kreaturen, mit denen diese Leute auf den Abbildungen jene scharfen Spielchen treiben. Wie abscheulich!

Sie war froh, als J. D. Mallison schließlich wieder wegfuhr und sie das *Necronomicon* wieder an seinen Platz bei den Rara stellen konnte. Sie erinnerte sich der Kurzbiographie des alten Abdul Alhazred, die Dr. Armitage geschrieben und ebenfalls der Bibliothek überlassen hatte: «Verbrachte sieben Jahre in der Wüste und berichtete, die im *Koran* verbotene Stadt, Irem, besucht zu haben, deren Ursprung Alhazred in vormenschlicher Zeit vermutete ...» Dummes Zeug! Wen gab es schon, der Städte errichten konnte, bevor es Menschen gab? Die Shoggoths etwa? «Als gleichgültiger Moslem betete er Wesen an, die er Yog-Sothoth und Cthulhu nannte.» Und jene heimtückische Zeile: «Wie von zeitgenössischen Historikern überliefert wird, war Alhazreds Tod tragisch und bizarr zugleich, denn es wird behauptet, daß mitten auf dem Marktplatz, bei lebendigem Leibe, von einem unsichtbaren Ungeheuer aufgefressen wurde.» Dr. Armitage war ein so freundlicher alter Herr gewesen, erinnerte sich Doris, auch wenn er manchmal so sonderbares Zeug von kabbalistischen Zahlen und Freimaurer-Symbolen daherredete; warum sollte ausgerechnet er so *schnulzige* Bücher von so *unheimlichen* Leuten sammeln.

Der Fiskus weiß soviel über Robert Putney Drake: im vergangenen Steuerjahr verdiente er 23 000 005 Dollar an Aktien und Wertbriefen in verschiedenen Rüstungsunternehmen, 17 000 523 Dollar Gewinn aus drei von ihm kontrollierten Banken und 5 807 400 Dollar aus verschiedenen Immobiliengeschäften. Der Fiskus wußte nicht, daß er auf Konten (in der Schweiz) 100 000 000 Dollar aus Prostitution, denselben Betrag noch einmal aus Heroin und Spielhöllen und 2 500 000 Dollar aus dem Vertrieb von Pornographie transferierte. Auch wußte man nichts über gewisse, legitime Geschäftskosten, die er nicht für nötig gehalten hatte, geltend zu machen, insgesamt über 5 000 000 Dollar an Schmiergeldern für verschiedene Senatoren, Richter und Polizeibeamte aus allen 50 Staaten, um jene Gesetze aufrechtzuerhalten, die die Laster des Menschen so profitbringend für ihn gestalteten, sowie 50 000 Dollar an die KCUF, in einem verzweifelten Versuch, die Legalisierung von Pornographie abzuwenden, die dem Zusammenbruch eines Teils seines Imperiums gleichgekommen wäre.

«Was zum Teufel kannst du 'n damit anfangen?» fragte Barney Muldoon. Er hielt ein Amulett in der Hand. «Hab's im Schlafzimmer gefunden», sagte er und hielt es hoch, damit Saul es betrachten konnte:

«Zum Teil ist's chinesisch», sinnierte Saul. «Das Grundmuster – zwei ineinanderlaufende Schleifen, jede wie ein Komma, eins nach oben, eins nach unten. Das bedeutet, Gegensätze heben sich auf.»

«Und was soll *das* bedeuten?» fragte Muldoon sarkastisch, «Gegensätze bleiben Gegensätze und sind nicht gleich. Man müßte schon Chinese sein, um das zu begreifen.»

Saul ignorierte diese Bemerkung. «Aber das Pentagon als chinesisches Zeichen? Kenne ich nicht. Auch nicht den Apfel mit dem *K* in der Mitte ...» Aber plötzlich begann er zu grinsen. «Wart mal, ich wette, ich weiß was es bedeutet. Es entstammt der griechischen Mythologie. Es gab da mal ein großes Bankett im Olymp, und Eris war nicht eingeladen worden, weil sie die Göttin der Zwietracht war und immer und überall mit Streit aufwartete. Und, um ihnen eins auszuwischen, schaffte sie erst recht Streit: sie schuf einen wunderschönen Apfel aus Gold und schrieb *Kallisti* drauf. Auf griechisch heißt das ‹für die Allerschönste›. Dann ließ sie ihn in den Bankettsaal rollen und alle Göttinnen beanspruchten ihn für sich, indem jede sagte, daß *sie* ‹die Allerschönste› sei. Schließlich griff der gute alte Zeus selbst ein, um das Gekreische zu beenden, und ließ Paris entscheiden, welche Göttin die schönste sei und den Apfel erhalten sollte. Er wählte Aphrodite, und als Belohnung verschaffte sie ihm die Gelegenheit, Helena zu kidnappen, was dann zum Trojanischen Krieg führte.»

«Äußerst interessant», sagte Muldoon. «Und du glaubst, das bringt uns dahin zu erfahren, was Joseph Malik über die Morde an den Kennedys und die Illuminaten wußte, und warum sein Büro in die Luft ging? Oder sogar wohin er verschwand?»

«Nein. Das vielleicht nicht», erwiderte Saul, «aber es ist immerhin schon mal etwas, wenn ich in diesem Fall 'ner Sache begegne, die ich mir erklären kann. Ich wünschte nur, ich fände einen Hinweis darauf, was das Pentagon in diesem Zusammenhang zu bedeuten hat ...»

«Laß uns mal durch die restlichen Mitteilungen dieser Pat gehen», schlug Muldoon vor. Das nächste Memo ließ ihnen allerdings das Blut in den Adern gerinnen:

Illuminaten-Projekt: Memo 9   28.7.

J. M:
Die folgende schematische Darstellung erschien im *East Village Other*, am 11. Juni 1969, unter der Überschrift «Augenblicklicher Aufbau der Verschwörung der Bayrischen Illuminaten und das Gesetz der Fünf».

Diese Darstellung befindet sich in der oberen Hälfte der Seite. Die untere Hälfte ist unbedruckt – als hätten die Herausgeber ursprünglich beabsichtigt, einen erklärenden Text hinzuzufügen, sich dann jedoch entschieden (vielleicht wurden sie auch überzeugt), alles über das Diagramm selbst Hinausgehende wegzulassen.

                                                                    Pat

«Das sieht ganz so aus, als wär's noch so 'n Hippie- oder Yippiestreich», sagte Muldoon nach einer langen Pause. Aber so sicher schien er sich auch nicht zu sein.

«Ein *Teil* davon schon», sagte Saul gedankenverloren und behielt gewisse Gedanken erst einmal für sich. «Typische Hippie-Psychologie: 'ne Mischung aus Wahrheit und Phantasie, um die Sicherungen des Establishments durchbrennen zu lassen. Die *Elders-of-Zion*-Sektion stellt eine Parodie auf die Nazi-Ideologie dar. Gäbe es wirklich eine jüdische Verschwörung, die Welt zu regieren, hätte mein Rabbi es mich inzwischen bestimmt wissen lassen.»

«Mein Bruder ist Jesuit», fügte Muldoon hinzu und zeigte auf den Kasten *Society of Jesus*, «und er hat mich nie zu einer weltweiten Verschwörung eingeladen.»

«Aber dies hier scheint mir fast glaubwürdig», sagte Saul, indem er auf *Sphere of Aftermath* zeigte. «Der Aga Khan *ist* das Oberhaupt der Ismailitischen Sekte des Islam, und diese Sekte wurde von Hassan i Sabbah, ‹dem Alten vom Berge›, gegründet, der im elften Jahrhundert die Hashishim anführte. Man nimmt an, daß Adam Weishaupt die bayrischen Illuminaten gründete, nachdem er Sabbah studiert hatte. So heißt es wenigstens im dritten Memo, also paßt dieser Teil schon mal zusammen – und von Hassan i Sabbah sagt man, daß er als erster Ha-

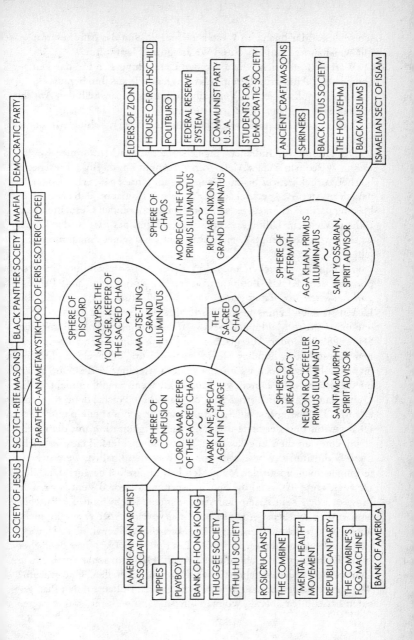

schisch und Marihuana im Westen einführte. Und das paßt zusammen mit Weishaupts Hanfanbau und Washingtons Hanfkultur.»

«Wart mal und sieh, wie die ganze Darstellung sich um das Pentagon bewegt. Alles drumherum wächst irgendwie aus ihm heraus.»

«So, du denkst also, das Verteidigungsministerium stellt den Angelpunkt der Illuminaten-Verschwörung dar?»

«Laß uns erst mal die restlichen Memos lesen», schlug Muldoon vor.

(Der Beamte für Indianer-Angelegenheiten des Menominee-Reservats in Wisconsin weiß soviel: Vom Zeitpunkt an, da Billie Freschette hierher zurückkehrte, bis zu ihrem Tod im Jahre 1968, erhielt sie monatlich mysteriöse Wechsel aus der Schweiz. Er glaubt, daß er eine Erklärung dafür hat: im Gegensatz zu allen kursierenden Gerüchten *half* Billie tatsächlich, Dillinger zu hintergehen und das hier ist der Lohn. Er ist davon überzeugt. Gleichzeitig geht er in seiner Annahme völlig fehl.)

«... Kinder von sieben und acht Jahren», berichtet Smiling Jim Treponema dem KCUF-Publikum, «sprechen von Vagina und Penis – *und bedienen sich dabei genau jener Worte*! Nun, ist das ein Zufall? Lassen Sie mich Lenins eigene Worte zitieren ...» Simon gähnt.

Banana Nose Maldonado besaß offenbar seine eigene Mixtur von Sentimentalität oder Aberglauben, und 1936 trug er seinem Sohn, einem Priester, auf, hundert Messen zur Erlösung der Seele des Dutchman abzuhalten. Noch viele Jahre später verteidigte er den Dutchman im Gespräch: «Der Dutch war ganz o. k., wenn man ihm nicht in die Quere kam. Tat man's trotzdem, na, dann gute Nacht; dann war man erledigt. Da war er fast ein Sizilianer. Im übrigen war er ein guter Geschäftsmann und der erste in der ganzen Organisation mit dem Verstand eines amtlich zugelassenen Wirtschaftsprüfers. Hätte er nicht diese Wahnsinnsidee besessen, Tom Dewey abzuknallen, wäre er heute immer noch ein großer Mann. Ich hab ihm selbst gesagt: ‹Du killst Dewey›, sagte ich, ‹und die Scheiße spritzt aus jedem Ventilator. Die Jungs werden kein Risiko auf sich nehmen; Lucky und der Butcher wollen dich am liebsten jetzt schon *cowboyen*.› Aber er wollte nicht hören. ‹Mich fickt keiner›, sagte er. ‹Mir ist's scheißegal, ob er Dewey, Looey oder Phoey heißt. Er *stirbt*.› Ein richtig dickköpfiger deutscher Jude. Er ließ einfach nicht mit sich reden. Hab ihm sogar erzählt, wie Capone den Federals geholfen hat, Dillinger zu stellen. Und warum? Weil er mit seinen Bankeinbrüchen die ganzen Bullen auf den Plan gerufen hat. Bullen überall, wo man hinsah. Und wißt ihr, was er sagte?

Er sagte: ‹Erzähl Al, daß Dillinger ein einsamer Wolf war. Ich habe mein eigenes Rudel.› Zu schade. Wirklich. Zu schade. Sonntag werde ich ihm in der Kirche eine Kerze anzünden.»
ZUSAMMEN HAND IN HAND
WIR WERDEN NICHT VERTRIEBEN WERDEN
Rebecca Goodman schließt erschöpft ihr Buch und starrt ins Leere. Sie denkt über Babylon nach. Mit einemmal konzentriert sie ihren Blick auf die Statue, die Saul ihr zu ihrem letzten Geburtstag schenkte: die Meerjungfrau aus Kopenhagen. Sie überlegt, wie viele Dänen wohl wissen, daß dies eine von vielen Darstellungen der babylonischen Liebesgöttin Ishtar ist? *(Im Central Park geht Perri, das Eichhörnchen, auf seine tägliche Futtersuche. Ein französischer Pudel, von einer in Nerz gehüllten Dame an der Leine gehalten, bellt es an, und es rennt dreimal um einen Baum herum.)* George Dorn betrachtet das Gesicht einer Leiche: es ist sein eigenes. «In Wyoming wurde die Lehrerin nach einer Sexualkundestunde von siebzehn Jungen vergewaltigt. Später sagte sie, sie würde nie wieder Sex in der Schule unterrichten.» Nachdem er sich versichert hatte, im Meditationsraum des UN-Gebäudes allein zu sein, schiebt der Mann, der sich als Frank Sullivan ausgibt, rasch das Stück einer Säulenwand beiseite und steigt die verborgenen Stufen hinab in den Tunnel. Drollig, denkt er, daß kaum jemand realisiert, daß der Raum dieselbe Form hat wie die geköpfte Pyramide auf der Dollarnote, geschweige denn vermutet, was das bedeutet. «In Wilmette, Illinois, kehrte ein achtjähriger Junge von einem ‹Sensitivity-Trainingskurs› aus der Schule zurück und versuchte einen Koitus mit seiner vierjährigen Schwester.» Simon gab die Pentagons auf und begann nun, Pyramiden zu kritzeln.

Oben, hinter Joe Maliks Fenster, gab Saul Goodman den Gedanken auf, der ihn zur Annahme geführt hatte, daß die Illuminaten eine Front der Internationalen Psychoanalytischen Gesellschaft sei, die daraufhin arbeiteten, jedermann paranoid zu machen, und kehrte aus dem Schlafzimmer zurück, ein seltsames Amulett in der Hand, und fragte: «Was zum Teufel kannst du 'n damit anfangen?» Und ein paar Jahre früher betrachtete Simon Moon dasselbe Medaillon.

«Sie nennen es das Heilige Chao», sagte Padre Pederastia. Sie saßen allein an einem Tisch, den sie ein wenig in eine Ecke gezogen hatten; im *Friendly Stranger* sah es aus wie immer, außer, daß eine neue Gruppe, die «American Medical Association» (sie bestand, wie konnte es anders sein, aus vier jungen Deutschen) «H. P. Lovecraft» abgelöst hatte. (Niemand ahnte, daß die AMA innerhalb eines Jahres die populärste Rockgruppe der Welt werden würde; aber Simon dachte jetzt schon, sie sei *superheavy*). An jenem Abend, an dem Simon Miss Mao traf, war Padre Pederastia sehr ernst und nicht so zickig und tuntig wie sonst.

«Heilige Kuh?» fragte Simon.

«So ähnlich wird es ausgesprochen, buchstabiert wird es jedoch C-H-A-O. Ein Chao bezeichnet eine einzelne Einheit von Chaos, so glauben sie's jedenfalls.» Der Padre lächelte.

«Einfach zuviel», widersprach Simon. «Die sind ja noch ausgeflippter als die SSS.»

«Absurdität solltest du niemals unterschätzen; ist sie doch eine Pforte zur Imagination. Muß ich ausgerechnet *dich* daran erinnern?»

«Stehen wir in Verbindung mit ihnen?» fragte Simon.

«Die JAMs schaffen es nicht allein. Ja, es gibt Verbindungen. Natürlich nur solange, wie für beide Seiten was rausspringt. John ... Mister Sullivan selbst gab seine Einwilligung.»

«Okay; und wie nennen sie sich?»

«LDD.» Der Padre gestattete sich ein Lächeln. «Neuen Mitgliedern erzählen sie, die Initialen stünden für Legion des Dynamischen Diskord. Ihr Anführer, ein sehr einnehmender Schurke und ein Wahnsinniger dazu, heißt Celine und erzählt ihnen später dann, daß es für Little Deluded Dupes steht. Das ist ein *pons asinorum* oder ein früher *pons asinorum* in Celines System. Er beurteilt sie danach, wie sie reagieren.»

«Celines System?» fragte Simon argwöhnisch.

«Es führt mehr oder weniger zum gleichen Ziel wie das unsrige, allerdings auf einem etwas rauheren Weg.»

«Rechts oder links?»

«Rechts», sagte der Priester. «Jedes System der Absurditäten steht rechts. Sagen wir, fast jedes. Sie rufen nicht unter allen Umständen das YOU KNOW HOW an. Sie verlassen sich auf Diskordia ... erinnerst du dich der römischen Mythen?»

«Es genügt mir zu wissen, daß Diskordia das lateinische Äquivalent für Eris ist. So sind sie dann also Teil der *Erisian Liberation Front* (ELF)?» In Simon kam der Wunsch auf, stoned zu sein; diese Gespräche über Verschwörungen ergaben immer viel mehr Sinn, wenn er ein wenig geraucht hatte. Er fragte sich, wie der Präsident der Vereinigten Staaten oder der Präsident von General Motors ihre verworrenen und durchtriebenen Spiele aushecken konnten, ohne jemals auf 'nem Trip zu sein. Oder nahmen sie genügend Tranquilizer, um einen ähnlichen Effekt zu erzielen?

«Nein», sagte der Priester mit matter Stimme. «Mach niemals diesen Fehler. Die ELF ist ein viel, ah, esoterischerer Laden als die LDD. Celine ist, wie wir, auf der aktiven Seite. Manche seiner Kapriolen lassen die Morituri oder die God's Lightning wie Pfadfinder erscheinen. Nein, nein, die ELF wird niemals auf Mister Celines Trip gehen.»

«Er vertritt Absurditisten-Yoga und eine Aktivisten-Ethik», reflektierte Simon. «Das paßt nicht zueinander.»

«Celine ist ein wandelnder Widerspruch. Sieh dir noch einmal sein Symbol an.»

«Ich hab's mir schon angesehen, und das Pentagon verwirrt mich. Bist du sicher, daß er auf unserer Seite ist?»

Die American Medical Association erreichte eine Art erotische oder musikalische Klimax, und die Antwort des Priesters ging im Dröhnen der Verstärker unter. «Was?» fragte Simon, nachdem der Applaus sich gelegt hatte.

«Ich sagte», flüsterte der Padre, «daß wir damals sicher sein können, *irgend jemanden* auf unserer Seite zu haben. Ungewißheit heißt unser Spiel.»

Illuminaten-Projekt: Memo 10 28.7.

J.M.:

Was die Herkunft des Auge-in-der-Pyramide-Symbols angeht, teste mal deine Leichtgläubigkeit an Hand des folgenden «Seemannsgarns» aus *Fliegende Untertassen in der Bibel*, verfaßt von Virginia Brasington (Saucerian Books, 1963, Seite 43):

Der Kontinentale Kongreß hatte Benjamin Franklin, Thomas Jefferson und John Adams beauftragt, ein Siegel für die Vereinigten Staaten von Amerika zu entwerfen ... Keiner der Entwürfe, die sie ausarbeiteten oder die sie aus Einsendungen auswählten, war geeignet ...

Ziemlich spät in der Nacht, nachdem man den ganzen Tag an dem Projekt gearbeitet hatte, ging Jefferson für einen Moment hinaus in den Garten, um in der kühlen Nachtluft wieder einen klaren Kopf zu bekommen. Wenige Minuten später eilte er zurück ins Zimmer und jubilierte: «Ich hab's! Ich hab's!» Tatsächlich hielt er ein paar Zeichnungen in der Hand. Es waren Zeichnungen, die das Große Siegel so darstellten, wie wir es heute noch kennen.

Gefragt, wie er an diese Pläne geraten sei, erzählte Jefferson eine merkwürdige Geschichte. Ein Mann, in einen schwarzen Umhang gehüllt, der ihn praktisch völlig vermummte, hatte sich ihm genähert und ihm gesagt, daß er (der Fremde) wisse, woran sie arbeiteten und daß er einen Entwurf bei sich hätte, der bedeutungsvoll und ihren Ansprüchen angemessen sei ...

Nachdem die erste Erregung sich gelegt hatte, gingen die drei noch einmal gemeinsam in den Garten, um den Fremden zu finden. Dieser aber war längst verschwunden.

Und so erfuhren weder die Gründungsväter noch irgend jemand anderes, wer das Große Siegel wirklich gestaltet hatte!

Pat

Illuminaten-Projekt: Memo 11 29. 7.

J. M.:
Das letzte, was ich über das Auge in der Pyramide herausgefunden habe, war in einer Untergrundzeitung abgedruckt (*Planet*, San Francisco, Juli 1969, Vol. I, No. 4), die es als Symbol für Timothy Learys politische Partei vorschlug, als er sich für die Wahl zum Gouverneur von Kalifornien hatte aufstellen lassen, anstatt immer nur aufgestellt zu sein:

Das Emblem steht versuchsweise als Wahlkampf-Button der Partei in engerer Auswahl. Ein Spaßvogel schlägt sogar vor, daß man den Kreis auf der Rückseite der Dollarnote ausschneiden und den ganzen Dollar an Gouverneur Leary schicken soll, mit denen er sich dann sein Büro tapezieren kann. Das ausgeschnittene Emblem solle sich dann jeder an die Haustür kleben, um seine politische Meinung kundzutun.

Übersetzungen: Das Jahr des Anfangs
Neue Weltordnung

Beide Übersetzungen sind natürlich falsch. *Annuit Coeptis* heißt «er segnet unseren Anfang» und *Novus Ordo Seclorum* heißt «eine neue Ordnung der Zeitalter.» Nun ja, Gelehrsamkeit war nie die starke Seite der Hippies. Aber ... *Tim Leary* ein Illuminatus?

Und das Auge an die Türen zu kleben – ich kann mir nicht helfen, ich muß daran denken, wie die Hebräer ihre Türen mit dem Blut eines Lamms markierten, damit der Todesengel an ihrem Haus vorüberziehen würde.

Pat

Illuminaten-Projekt: Memo 12 3. 8.

J. M.:
Endlich habe ich das grundlegende Buch über die Illuminaten gefunden: *Proofs of a Conspiracy* von John Robison (Christian Book Club of America, Hawthorn, California, 1961; zuerst veröffentlicht 1801). Robison war Engländer und Freimaurer, der auf Grund persönlicher Erfahrungen erfuhr, daß die französischen Freimaurerlogen – wie die Grand Orient z. B. – Fronten der Illuminaten waren und somit zu den Hauptanstiftern der Französischen Revolution zählten. Sein ganzes Buch behandelt ausführlich die Arbeitsweise Weishaupts: jede von ihm infiltrierte Gruppe von Freimaurern war in verschiedene Ebenen unterteilt, wie jede andere Loge auch, aber indem die Kandidaten die verschiedenen Grade durchschritten, erfuhren sie immer mehr über die wahren Absichten der Organisation. Jene, die sich noch unten befanden, dachten nichts weiter, als daß sie Freimaurer seien; auf den mittleren Stufen wußten sie, daß sie die Beteiligten an einem großen Projekt zur Weltveränderung waren, doch wie diese Veränderung genau vonstatten gehen sollte, erfuhren sie nicht. Nur diejenigen an der Spitze kannten das ganze Geheimnis, das – nach Robison – so aussieht: Die Illuminaten arbeiten auf den Umsturz jeder Regierung und jeder Religion hin, indem sie eine anarcho-kommunistische Welt voll freier Liebe aufbauen, und, weil «der Zweck die Mittel heiligt» (ein Wissen, das Weishaupt sich in seiner Jugend als Jesuit aneignete), war es ihnen völlig gleichgültig, wie viele Menschen ihr Leben lassen mußten, um diese noblen Absichten zu realisieren. Robison weiß nichts über frühere Bewegungen der Illuminaten zu berichten, sagt aber mit Bestimmtheit, daß die bayrischen Illuminaten durch den Regierungserlaß von 1785 nicht vernichtet wurden, sondern in England wie auch in Frankreich noch immer aktiv waren, als er 1801 sein Buch schrieb. Auf Seite 116 stellt Robison eine Liste der noch aktiven Logen auf: Deutschland (84 Logen); England (8 Logen); Schottland (2); Warschau (2); Schweiz (viele); Rom, Neapel, Ancona, Florenz, Holland, Dresden (4); USA (einige). Auf der Seite 101 beschreibt er, daß es dreizehn Rangstufen im Orden gibt; dies mag die dreizehn Stufen ihres Pyramidensymboles widerspiegeln. Auf Seite 84 finden wir den Decknamen von Weishaupt, Spartakus; sein Stellvertreter, der Freiherr von Knigge, trug den Decknamen Philo (Seite 117); das geht aus Unterlagen hervor, die von der bayrischen Regierung während einer Razzia im Haus des Rechtsanwalts Zwack, dessen Deckname Cato war, beschlagnahmt

wurden. Der französische Revolutionär Babœuf nahm, offensichtlich in Anlehnung an die klassische Herkunft dieser Namen, den Namen Gracchus an.

Robisons Schluß (Seite 269) *ist* es wert, zitiert zu werden:

Nichts ist gleichermaßen gefährlich wie eine mystische Vereinigung. Während der Gegenstand in den Händen der Organisation verbleibt, befestigte sich der Rest einfach einen Ring in die Nase, an dem er beliebig herumgeführt werden konnte; und sie lechzen weiterhin nach dem Geheimnis, für das sie sich um so mehr einsetzen, je weniger sie es sehen können.

Pat

Unten auf der Seite stand eine von entschlossener, maskuliner Hand geschriebene Bemerkung in Bleistift; sie lautete: «Am Anfang war das Wort und es war von einem Affen geschrieben worden.»

Illuminaten-Projekt: Memo 13 5.8.

J. M.:
Der Fortbestand der bayrischen Illuminaten vom neunzehnten bis ins zwanzigste Jahrhundert bildet den Gegenstand der *World Revolution* von Nesta Webster (Constable und Co., London, 1921). Frau Webster folgt in ihren Ausführungen über die ersten Tage der Bewegung bis hin zur Französischen Revolution ziemlich dicht den Überlegungen Robisons, schwenkt dann jedoch ab und sagt, daß die Illuminaten niemals beabsichtigten, jene utopische, anarcho-kommunistische Gesellschaft zu bilden: das war lediglich eine weitere ihrer Masken, hinter denen sie sich verborgen hielten. Ihr wahres Ziel war die diktatorische Weltbeherrschung, und so bildeten sie schon früh eine geheime Allianz mit der preußischen Regierung. Alle nachfolgenden sozialistischen, anarchistischen und kommunistischen Bewegungen sind, so argumentiert sie, nichts als Scheinorganisationen, hinter denen der deutsche Generalstab und die Illuminaten gemeinsam konspirieren, um andere Regierungen zu stürzen, damit Deutschland sie übernehmen kann. (Als sie dieses schrieb, hatte England im Laufe des Ersten Weltkrieges Deutschland gerade besiegt.) Ich sehe keine Möglichkeit, dieses mit der These der Birchers in Einklang zu bringen, daß die Illuminaten eine Front der Rhodes-Schüler darstellten, mit Hilfe derer sie die *englische* Vormachtstellung in der Welt etablieren wollten. Offenbar erzählen die Illuminaten – wie Robison sagt – verschiedenen

Leuten verschiedene Dinge, um sie in die Verschwörung einzubeziehen. Was die Verbindungen zum modernen Kommunismus angeht, zitiere ich ein paar Passagen aus den Seiten 234–245 ihres Buches:

Aber jetzt, da die (Erste) Internationale gestorben ist, wird es für die Geheimgesellschaften notwendig, sich zu reorganisieren, und eben zum Zeitpunkt dieser Krise erleben wir eine Wiederbelebung jener «furchtbaren Sekte» – *der ursprünglichen Illuminaten Weishaupts.*

... Was wir mit Bestimmtheit wissen ist, daß diese Gesellschaft 1880 in Dresden neu begründet wurde ... Daß sie ganz bewußt ihrer Vorgängerin nachempfunden wurde, geht aus der Tatsache hervor, daß ihr Anführer, ein Leopold Engel, der Autor einer langen Lobeshymne auf Weishaupt und dessen Orden war; sie trug den Titel *Geschichte des Illuminaten-Ordens* (veröffentlicht 1906) ...

... Eine Sekte in London, die denselben Namen trug ..., pflegte die Riten von Memphis – die wiederum, von Cagliostro begründet, ägyptische Vorbilder nachahmten – und führte Adepten in die illuministische Freimaurerbewegung ein ...

War es ... ein bloßer Zufall, daß im Juli 1889 ein Internationaler Sozialisten-Kongreß beschloß, den 1. Mai, den Tag, an dem Weishaupt die Illuminaten gegründet hatte, zum Tag einer alljährlich wiederkehrenden Arbeiterdemonstration zu bestimmen?

Pat

Illuminaten-Projekt: Memo 14 6. 8.

J. M.:
Und hier noch eine andere Version über den Ursprung der Illuminaten, vom Kabbalisten Eliphas Lévi («History of Magic», Borden Publishing Company, Los Angeles, 1963, Seite 65). Er sagt, es gäbe zwei Zoroaster, den wahren, der weiße «Rechtshänder»-Magie lehrte, und den falschen, der schwarze «Linkshänder»-Magie lehrte. Er fährt fort:

Dem falschen Zoroaster muß der Feuerkult zugesprochen werden und jene ruchlose Lehre des göttlichen Dualismus, die zu einem späteren Zeitpunkt die Gnosis der Manen ermöglichte, wie auch die Prinzipien des Schein-Freimaurertums. Fraglicher Zoroaster war der Vater jener materialisierten Magie, die zum Massaker der Magie sowie zunächst zur Ächtung ihrer wahren Lehre führte, bis sie schließlich gänzlich in Vergessenheit geriet. Inspiriert vom Geist der Wahrheit, war die Kirche gezwungen – unter den Namen Magie,

Manichäismus, Illuminismus und Freimaurerei –, alles zu verdammen, was entfernt oder annähernd mit der primitiven Profanierung der Mysterien in enger Verbindung stand. Ein Schlüsselbeispiel ist die Geschichte der Tempelritter, die bis auf den heutigen Tag mißverstanden worden ist.

Lévi erhellt diesen letzten Satz nicht weiter; es ist jedoch interessant, daß Nesta Webster (s. Memo 13) die Illuminaten ebenfalls auf die Tempelritter zurückführte, während Daraul und die meisten anderen Quellen sie nach Osten bis zurück auf die Hashishim verfolgen. Macht mich das alles paranoid? Ich beginne den Eindruck zu gewinnen, daß jede Offenkundigkeit nicht nur in okkulten Büchern verborgen gehalten, sondern auch verwirrend und widersprüchlich abgefaßt wurde, um den Nachforschenden zu entmutigen ...

Pat

Am Ende dieses Memos waren eine ganze Reihe von Gedankensplittern in derselben, maskulinen Handschrift (Maliks, wie Saul vermutete) wie die auf Memo 12 aufgeschrieben. Sie lauteten:

Orden von DeMolay nachsehen

Elffaches DeMolay-Kreuz.
Elf Schnittpunkte, also 22 Linien.
Die 22 Atus von Tahuti?
Warum nicht 23??

TARO = TORA = TROA = ATOR = ROTA/?????
Abdul Alhazred = A∴A∴??!

«Oh, Jesus», stöhnte Barney. «Oh, Maria und Josef. Oh, Shit. Entweder werden wir als Mystiker enden oder wahnsinnig werden, bis dieser Fall mal abgeschlossen sein wird. Wenn's da überhaupt einen Unterschied gibt ...»

«Der Orden des DeMolay ist ein Freimaurerbund für Knaben», kommentierte Saul hilfreich. «Ich weiß nicht, wer die Atus von Tahuti sind, doch hört sich das ägyptisch an. Taro, normalerweise Tarot geschrieben, ist das Kartenspiel, das wahrsagende Zigeuner benutzen – und das Wort ‹Zigeuner› (Gipsy) kommt von Ägypter. Tora steht im Hebräischen für Gesetz. Wir kommen da auf etwas zurück, das seine

Ursprünge gleichermaßen in jüdischem Mystizismus wie auch in der ägyptischen Magie hat ...»

«Die Tempelritter», sagte Barney, «wurden aus der Kirche verbannt, weil sie versuchten, christliches und mohammedanisches Gedankengut zu verbinden. Letztes Jahr hielt mein Bruder, der Jesuit, einen Vortrag darüber, wie moderne Ideen nichts weiter als aufgewärmte Irrlehren aus dem Mittelalter sind. Aus Höflichkeit bin ich halt hingegangen. Ich erinnere mich noch an etwas anderes, das er über die Tempelritter sagte. Sie waren in, wie er es nannte, ‹widernatürliche sexuelle Praktiken› verwickelt. Mit anderen Worten, sie waren Schwule. Hast du schon mitbekommen, daß alle diese Gruppen, die den Illuminaten zugerechnet werden, maskulin sind? Das große Geheimnis, das sie so fanatisch zu verbergen suchen, ist vielleicht nichts anderes, als daß es ein weitläufiges, weltweites homosexuelles Komplott darstellt. Ich habe es erlebt, daß Leute aus dem Schaugeschäft über etwas klagen, was sie ‹Homintern› nennen, eine Organisation von Homos, die die besten Jobs für andere Warme reservieren. Na, wie hört sich das an?»

«Hört sich plausibel an», sagte Saul ironisch. «Aber es hört sich ebenso an, als würde man sagen, die Illuminaten seien eine jüdische Verschwörung, eine katholische Verschwörung, eine kommunistische Verschwörung, eine Banken-Verschwörung, und ich könnte mir vorstellen, daß wir unter Umständen auch noch auf Material stoßen werden, das darauf schließen läßt, es handle sich um eine interplanetarische Angelegenheit, vom Mars oder der Venus aus gesteuert. Hörst du's nicht langsam läuten, Barney? Ständig neue Masken, hinter denen sie sich verbergen, damit niemand auf die Idee kommen könnte, die Illuminaten seien der Sündenbock.» Er schüttelte unmutig den Kopf. «Die sind wirklich gewitzt genug zu wissen, daß sie nicht in alle Ewigkeit operieren können, ohne daß mal irgendwer bemerkt, daß da nicht doch noch etwas anderes dahintersteckt; und den neugierigen Außenseiter setzen sie wieder und wieder auf falsche Fährten, um unentdeckt zu bleiben.»

«Hunde sind's», sagte Muldoon. «Intelligente, sprechende Hunde vom Hundstern, Sirius. Die kamen hierher und fraßen Malik. Genauso wie sie diesen Kerl da aus Kansas City zerfetzten, nur daß sie jenes Mal nicht dazu kamen, ihn ganz aufzufressen.» Er blätterte zurück und las aus Memo 8: «... mit seiner Kehle, wie von riesigen Krallen zerfetzt ...» Er grinste. «Guter Hergott, ich bin fast geneigt, es zu glauben.»

«Es sind Werwölfe», bemerkte Saul und mußte ebenfalls grinsen.

«Das Pentagon ist das Symbol der Werwölfe. Du solltest dir öfter mal das Nachtprogramm ansehen.»

«Du meinst das Penta*gramm*, nicht das Penta*gon*.» Barney zündete sich eine Zigarette an und fügte hinzu: «Das geht wirklich ganz schön an die Nerven, oder?»

Saul blickte erschöpft auf und musterte das Apartment, fast so, als würde er sich nach seinem abwesenden Eigentümer umsehen. «Joseph Malik», sagte er laut, «was für 'ne Dose mit Geheimnissen haben Sie da nur aufgemacht? Und wie weit geht das alles zurück?»

WIR WERDEN NICHT
WIR WERDEN NICHT VERTRIEBEN WERDEN

Tatsächlich fing für Joseph Malik alles mehrere Jahre vorher an, in einem Potpourri aus Tränengas, Hymnensingen, Schlagstöcken und Obszönität, einzig und allein hervorgerufen durch die Nominierung Hubert Horatio Humphreys für das Amt des Präsidenten. Es hatte in der Nacht des 25. August 1968 im Lincoln Park begonnen, während Joe darauf wartete, mit Tränengas getauft zu werden. Zu dem Zeitpunkt wußte er noch nicht, daß etwas für immer weggeätzt würde: sein Glaube an die Demokratische Partei.

Er saß mit den *Concerned Clergymen* unter dem Kreuz, das sie errichtet hatten. Voller Bitterkeit dachte er, daß sie an seiner Stelle ebensogut einen Grabstein hätten aufstellen können. Mit der Inschrift: Hier ruht der «New Deal».

Hier ruht der Glaube, daß alles Böse auf der *anderen* Seite steht, bei den Reaktionären und den Ku Kluxern. Hier ruhen zwanzig Jahre voller Hoffnung und Träume und Schweiß und Blut des Joseph Wendall Malik. Hier ruht der amerikanische Liberalismus, von den heroischen Chicagoer Friedenstruppen zu Tode geknüppelt.

«Sie kommen», sagte eine Stimme neben ihm plötzlich. Sofort begannen die Concerned Clergymen ihr «Wir werden nicht vertrieben werden» anzustimmen.

«Wir werden vertrieben werden ... na gut», hörte ich eine trockene, sardonische W. C. Fields-Stimme ruhig sagen. «Sobald das Tränengas einschlägt, werden wir vertrieben werden.» Joe erkannte den, der da sprach: es war der Romancier William Burroughs mit dem üblichen Pokergesicht, frei von Wut oder Verachtung, frei von Empörung oder Hoffnung oder Glauben oder irgendeiner Emotion, die Joe hätte verstehen können. Aber er saß da und protestierte auf seine Weise gegen HHH, indem er seinen Körper vor der Chicagoer Polizei postierte, aus Gründen, die Joe nicht verstehen konnte.

Joe fragte sich, wie ein Mann ohne Überzeugung, ohne Glaube, diese Courage aufbringen konnte? Burroughs glaubte an nichts auf dieser Welt, und trotzdem saß er da, hartnäckig wie Luther. Joe hatte seinen Glauben ständig in irgend etwas gesetzt – vor langer Zeit in die römisch-katholische Kirche, dann, während der Zeit im College, in den Trotzkismus, dann fast zwei Jahrzehnte lang in den Liberalismus (Arthur Schlesinger, Jr.s «Vital Center») und jetzt, nachdem das gestorben war, versuchte er verzweifelt, einen neuen Glauben zu gewinnen, aus dem Kunterbunt von Dope und Astrologie besessener Yippies, schwarzer Maoisten, hartgesottener Pazifisten und dogmatischer SDS-Anhänger, die nach Chicago gekommen waren, um gegen einen manipulierten Kongreß zu protestieren und dafür auf unaussprechliche Weise brutal zusammmengedroschen wurden.

Allen Ginsberg ... er sitzt inmitten einer Schar von Yippies, dort drüben, rechts ... beginnt erneut zu singen, wie er es den ganzen Abend über schon getan hatte: «Hare Krishna Hare Krishna Krishna Krishna Hare Hare ...» Ginsberg glaubte; er glaubte an alles – an Demokratie, Sozialismus, Kommunismus, Anarchismus, an Ezra Pounds idealistisches Programm faschistischer Wirtschaftsideen, an Bucky Fullers technologisches Utopia, an D. H. Lawrences Rückkehr zu vorindustrieller Pastorale sowie an Hinduismus, Buddhismus, Judaismus, an Christentum, Voodoo und astrologische Magie; aber vor allem an das naturgemäß Gute im Menschen.

Das naturgemäß Gute im Menschen ... Joe konnte dem nicht mehr so recht glauben, seit Buchenwald 1944 ins Bewußtsein der Menschen in aller Welt gedrungen war. Er war damals siebzehn.

«KILL! KILL! KILL!» drang ein schauriger Gesang von der Polizei herüber – genau wie in der Nacht zuvor, derselbe neolithische Strom unbändiger Wut, den Anfang des ersten Massakers signalisierend. Sie kamen ... Schlagstöcke in den Händen, Tränengas vor sich her sprühend. «KILL! KILL! KILL!»

Auschwitz, USA, dacchte Joe. Ihm war sauübel. Hätten sie zusammen mit dem Tränengas und MACE auch noch Zyklon B losgelassen, sie hätten's genau so freudig getan.

Langsam kamen die Concerned Clergymen auf die Füße; sie hielten sich feuchte Taschentücher vors Gesicht. Unbewaffnet und hilflos bereiteten sie sich vor, ihren Boden solange wie möglich vor dem unvermeidlichen Rückzug zu halten. Ein moralischer Sieg, dachte Joe voller Bitterkeit. Alles was wir jemals erreichen, sind moralische Siege. Die unmoralischen Gewalttäter erreichen die wirklichen Siege.

«Heil Diskordia», vernahm man eine Stimme aus den Reihen der Clergymen – ein bärtiger junger Mann namens Simon, der etwas früher am gleichen Tag den Anarchismus gegen ein paar SDS-Maoisten verteidigt hatte.

Und das waren die letzten Worte, an die sich Joe Malik deutlich erinnern konnte, denn was dann kam, waren Tränengas und Knüppel, Schreie und Blut. Zu diesem Zeitpunkt konnte er noch nicht ahnen, daß dieser kurze Satz ungefähr das wichtigste war, was ihm im Lincoln Park begegnete.

(Harry Coin rollte seinen langen Körper zu einem Knoten aus Spannung zusammen, stützte die Ellbogen auf und legte mit seinem Remington-Gewehr sorgfältig an. Die Autokolonne fuhr derweil am Book Depository vorbei und näherte sich langsam seinem Standort an der dreiteiligen Unterführung. Drüben, auf der grasbewachsenen Erhebung, konnte er Bernard Barker erkennen. Wenn er diesen Job ausführte, hatte man ihm noch ein paar andere in Aussicht gestellt; das große Geld würde endlich anfangen zu fließen, und er brauchte sich dann nicht mehr mit Bagatelldelikten durchzuschlagen. Irgendwie war ihm heute nicht ganz wohl: Kennedy schien ein prima Kerl zu sein – Harry dachte daran, daß er's mit ihm und seiner heißen Puppe gern mal gemeinsam treiben würde –, aber Geld regiert die Welt, und Sentimentalität war nicht seine Sache. Das war den Narren vorbehalten. Und ein Narr war er nun wirklich nicht, oder? Er löst den Schlagbolzen, ignoriert den plötzlich anschlagenden Hund und zielt – genau in dem Moment, als drei Schüsse von der grasbewachsenen Erhebung herüberschallen.

Jesus Motherfucking Christ», war alles, was er hervorbrachte; und dann entdeckte er den Gewehrlauf, der aus dem Fenster des Book Depository blinkte. «Großer Allmächtiger», schrie er jetzt. «Wie viele von uns sind, verdammich noch mal, eigentlich hier?» Er kam auf seine Beine und begann zu rennen.)

Fast ein Jahr war vergangen, als Joe am 22. Juni 1969 nach Chicago zurückkehrte. Fast ein Jahr war vergangen, nachdem er niedergeknüppelt war, und jetzt sollte er einen weiteren manipulierten Kongreß miterleben, eine weitere Desillusionierung erfahren, Simon wiedersehen und den mysteriösen Ausruf «Heil Diskordia» noch einmal hören.

Dieser Kongreß sollte der letzte sein, den der SDS jemals abhielt. Joe wurde schon bei der Eröffnung klar, daß die Progressive Labour Fraktion alles schon vorher abgekartet hatte. Hätte sie ihre eigene Polizeimacht gehabt, wäre das alles wie vorher abgelaufen, genauso blutig wie bei der alten Demokratischen Partei. Die Dissidenten, bekannt als RYM-I und RYM-II, hätte man einfach «erledigt». Aber eben, die Polizeimacht war nicht vorhanden, und so blieb die brodelnde Wut und Gewalt im verbalen Bereich; als dann alles vorüber war, war ein weiteres Stück von Joe gestorben und sein Glaube an das naturgemäß Gute im Menschen noch gründlicher ausgerottet. Und so fand er sich schließlich auf der ziellosen Suche nach etwas, das nicht total korrupt war und nahm an der Anarchistischen Parteiversammlung in der alten Wobbly Hall teil.

Joe wußte nichts über Anarchismus, außer daß eine Reihe berühmter Anarchisten – Parsons und Spies vom Haymarket Aufruhr, 1888 in Chicago, Sacco und Vanzetti in Massachusetts, und der Hofdichter der Wobbly Hall, Joe Hill – für Mordtaten exekutiert worden waren, die sie in Wirklichkeit gar nicht begangen hatten. Dann wußte er noch, daß die Anarchisten die Regierung abschaffen wollten – ein Vorschlag, der ihm so absurd erschien, daß Joe sich niemals ernsthaft bemüht hatte, ihre Autoren zu studieren. Jetzt aber, als er mit jeder konventionellen Annäherung an Politik das von Maden durchsetzte Fleisch wachsender Desillusionierung genießen mußte, begann er mit steigendem Interesse den Wobblies und anderen Anarchisten zuzuhören. Er besann sich der Worte seines fiktiven Lieblingshelden: «Wenn alle Möglichkeiten erschöpft sind und dann noch etwas übrigbleibt, muß das die Wahrheit sein.»

Joe fand heraus, daß die Anarchisten den SDS nicht verlassen würden – «Wir bleiben drin und werden einigen Leuten mal richtig in den Arsch treten», sagte einer von ihnen unter dem Applaus und den Anfeuerungsrufen der anderen. Darüber hinaus schienen sie sich jedoch in einem Wirrwarr ideologischer Unstimmigkeiten zu befinden. Schritt für Schritt begann Joe die Konfliktstellen zu orten: da gab es die Anarcho-Individualisten, die wie rechtsaußen ansässige Republikaner tönten (mit Ausnahme dessen, daß sie alle Funktionen der Regierung lahmlegen wollten); dann waren da die Anarcho-Syndikalisten und die Wobblies, die sich wie Marxisten anhörten (außer, daß sie alle Funktionen der Regierung ablehnten und sie beseitigen wollten); und die Anarcho-Pazifisten, bei denen man Gandhi und Martin Luther King heraushören konnte (bis auf die Tatsache, daß sie alle Funktionen der Regierung ablösen wollten); schließlich noch eine Gruppe, die man, fast zärtlich, «die Verrückten» nannte – ihre Position war äußerst schwer zu bestimmen. Und dieser Gruppe gehörte Simon an.

In einer Rede, der Joe nur unter großen Schwierigkeiten zu folgen vermochte, erklärte Simon, daß eine «Kulturrevolution» wichtiger sei als eine politische Revolution; daß Bugs Bunny als Symbolfigur aller Anarchisten adoptiert werden solle; daß Hoffmanns Entdeckung des LSD ein Manifest der direkten Intervention Gottes in menschliche Angelegenheiten war; daß die Nominierung des Keilers Pigasus für das Amt des Präsidenten der Vereinigten Staaten den «transzendental weitblickendsten» politischen Akt des zwanzigsten Jahrhunderts darstellte; und daß «Orgien von Potrauchern und Massenrammeleien an jeder Straßenecke» als nächster praktischer Schritt zur Befreiung der Welt von Tyrannei unumgänglich seien. Auch schlug er gründliches Studium des Tarot vor, um, wie er sagte, «den Feind mit seinen eigenen Mitteln zu schlagen» – was immer das auch heißen mochte. Am Ende seiner Rede ging er schließlich auf die mystische Bedeutung der Zahl 23 ein. «Zwei plus drei ist fünf und entspricht der Pentade, innerhalb derer man den Teufel beschwören kann. Ich erinnere an ein Fünfeck, zum Beispiel an das Pentagon in Washington. Zwei geteilt durch drei ergibt 0,666 (gemäß der Offenbarung des St. John The Mushroom-Head war 666 die Zahl des Antichrist).» Und er fuhr fort, daß die 23 selbst für Eingeweihte präsent war, «wegen ihres auffällig exoterischen Abwesendseins» in den Zahlen, die in der Hausnummer der Wobbly Hall enthalten sind, 2422 North Halstead – und daß die Daten der Ermordung John F. Kennedys und Lee Harvey Oswalds, der 22. und 24. November, ebenfalls eine 23 enthielten, die nicht sichtbar waren. Als er schließlich ausgepfiffen wurde, kehrte die Unterhaltung auf ein mehr weltliches Niveau zurück.

Halb einem barbarischen Einfall folgend und halb aus Verzweiflung beschloß Joe, einen seiner chronischen Glaubensakte anzustrengen und sich, wenigstens für eine Zeitlang, selbst zu überreden, daß Simons Ausführungen immerhin eine gewisse Bedeutung beizumessen war. Sein gleichermaßen chronischer Skeptizismus würde sich, das wußte er aus Erfahrung, sowieso schon früh genug wieder einstellen.

«Was die Welt als geistige Gesundheit bezeichnet, hat uns in die derzeitigen planetarischen Krisen geführt», hatte Simon gesagt, «und die einzige lebensfähige Alternative ist der Wahnsinn.» Das war ein Paradoxon, das ein paar Betrachtungen wert war.

«Zu der 23 da», sagte Joe, als er sich vorsichtig tastend Simon näherte, nachdem die Sitzung aufgehoben war. «Ich meine...»

«Sie ist überall», lautete die unverzügliche Entgegnung. «Ich habe nur gerade die Oberfläche ein wenig angekratzt. Alle großen Anarchisten starben am 23. des einen oder anderen Monats – Sacco und Vanzetti am 23. August, Bonnie und Clyde am 23. Mai, Dutch Schultz am 23. Oktober – und Vince Coll war 23 Jahre alt, als er *in der 23. Straße* erschossen wurde –, und selbst wenn John Dillinger am 22. Juli starb, wenn du mal in Tolands Buch, *The John Dillinger Days*, herumblätterst, wirst du finden, daß er vom 23er-Prinzip nicht ausgespart wurde, weil in jener Nacht 23 weitere Menschen der Polizeiwillkür in Chicago zum Opfer fielen. Die ‹Nova Polizei rückt an›, verstehst du? Und schenkt man Bishop Usher Glauben, so fing die Welt am 23. Oktober 4004 vor Christus an zu existieren, und die Ungarische Revolution begann ebenfalls am 23. Oktober, Harpo Marx wurde am 23. November geboren, und ...»

«Es gab da noch viel mehr, sehr viel mehr, und Joe hörte geduldig allem zu, entschlossen, sein Experiment in angewandter Schizophrenie fortzusetzen; wenigstens diesen Abend lang. Sie gingen anschließend in ein nahe gelegenes Restaurant, das *Seminary* in der Fullerton Street, und Simon redete weiterhin immer drauflos und ging zur mystischen Bedeutung des Buchstabens W über – der 23. im Alphabet – und sein Vorkommen in den Worten «Weib» und «Welt», wie auch in der Form der weiblichen Brust und der gespreizten Beine der Frau beim Koitus. Er fand sogar eine mystische Bedeutung des W in Washington, war aber hier beim Erklären etwas ausweichend.

«Da siehst du also», erklärte Simon, als das Restaurant zu schließen begann, «der Schlüssel zur Befreiung liegt in der Magie. Der Anarchismus bleibt mit der Politik verbunden und bleibt eine Form des Todes wie jede andere politische Erscheinungsform auch, bis er sich eines Tages loslöst von der *Realität*, wie die kapitalistische Gesellschaft es formuliert, und seine eigene Realität schafft. Ein Schwein auf dem Stuhl des Präsidenten. Acid in der Wasserversorgung. Ficken auf den Straßen. Das völlig Unmögliche zum allein Möglichen machen. Realität ist thermoplastisch, nicht duroplastisch, weißt du? Ich meine, du kannst sie in größerem Maße reprogrammieren; als es die meisten Leute realisieren. Der Hexenzauber – Erbsünde, logischer Positivismus, die Einschränkungsmythen –, all das basiert auf duroplastischer Realität. Jesus Christus! Mann! Natürlich gibt's Grenzen – kein Mensch ist blöd genug, das zu leugnen – aber die Grenzen sind keineswegs so starr und unverrückbar, wie man es uns einreden wollte und noch immer einreden will. Du kommst der Wahrheit näher, wenn du siehst, daß es an und für sich keine Grenzen gibt und die Realität das ist, was die Leute aus dieser kleinen Weisheit machen. Aber wir sind auf einem Einschränkungstrip nach dem anderen abgefahren, bereits seit Tausenden von Jahren, der Welt anhaltendster *Head-Trip*, meine ich, und es braucht wirklich eine negative Entropie, um die Grundfesten wirklich mal zu erschüttern. Das ist kein Shit, Mann, ich habe immerhin meinen Abschluß in Mathematik.»

«Ich selbst habe vor langer Zeit Ingenieurwesen studiert», sagte Joe. «Mir ist klar, daß einiges von dem, was du sagst, stimmt ...»

«Es stimmt alles. Das Land gehört den Landbesitzern. Warum? Wegen der Magie. Die Leute beten die Urkunden in den Regierungsbüros an, und sie würden niemals wagen, ein Stückchen Land zu beanspruchen, solange die Urkunden sagen, daß es jemandem *gehört*. Das ist ein Head-Trip, Mann! Eine Art Magie, und du mußt die gegensätzliche Magie anwenden, um den Bann zu lösen. Du mußt Schockbehandlung anwenden, um die Kommandoketten im Gehirn aufzubrechen und zu disorganisieren, jene ‹vom Verstand geschmiedeten Handschellen›, von denen Blake schrieb. Das sind die unvorhersagbaren Elemente, meine Lieben, die erratischen, erotischen und eristischen. Tim Leary sagte es einmal so: ‹Die Menschen müssen außer sich geraten, bevor sie zu ihren Sinnen kommen können.› Sie können die Erde nicht mehr fühlen, nicht berühren, nicht riechen. Mann, solange die Fesseln in ihrem eigenen Kortex sie davon abhalten zu erkennen, daß die Erde niemandem *gehört*. Wenn dir der Begriff ‹Magie› nicht paßt, dann nenn es ‹Gegen-Konditionierung›. Das Prinzip bleibt dasselbe. Den Trip, den die Gesellschaft uns angedreht hat, heißt es durch unseren eigenen Trip abzulösen. Alte Realitäten, die totgesagt wurden, wieder ausgraben. Dadurch neue Realitäten schaffen. Astrologie. Dämonen. Dichtung aus den Büchern heraus ins tägliche Leben tragen. Surrealismus! Antonin Artaud! Artaud und Breton haben es mit dem Ersten Surrealistischen Manifest in einen Satz gepackt: ‹*totale transformation der seele und all dessen was ihr ähnlich ist.*› Die beiden wußten alles über die Illuminaten-Loge, die 1923 in München gegründet wurde; alles darüber, wie Wall Street *und* Hitler *und* Stalin von ihr kontrolliert wurden. Wir selbst müssen uns solcher ‹Zauberkräfte› bedienen, um den Hexenbann zu brechen, mit dem sie uns schon viel zu lange belegt haben. Heil Diskordia! Kannst du mich verstehen?»

Als sie sich schließlich trennten und Joe in Richtung seines Hotels zurückfuhr, ließ der Bann nach. Ich habe die ganze Nacht einem ausgestiegenen *Acid-Tripper* zugehört, dachte Joe, während sein Taxi in südliche Richtung fuhr, und beinahe hätte ich ihm alles geglaubt. Und wenn ich mein Experiment weiterführe, *werde* ich auch noch alles glauben. Der Wahnsinn beginnt immer wieder gleich: man findet die

Realität unerträglich und beginnt, sich eine phantastische Alternative vorzustellen. Mit einiger Willensanstrengung zwang er sich in seinen gewohnten Raum zurück, ganz gleich, wie grausam die Realität auch sein mochte. Joe Malik würde sie so annehmen, wie sie sich gerade darbot, und nicht die Yippies und Crazies auf ihrer Vergnügungsfahrt ins Wolkenkuckucksheim begleiten.

Aber als er im Hotel ankam und zum erstenmal bemerkte, daß er das Zimmer Nummer 23 hatte, mußte er sich, einem starken Impuls folgend, überwinden, nicht Simon anzurufen, um ihm von der jüngsten Invasion des Surrealismus in seine Welt zu berichten.

Und er lag noch stundenlang wach auf seinem Bett und ließ alle Situationen und Vorkommnisse in seinem Leben, in denen die 23 eine Rolle gespielt hatte, noch einmal in seinem Kopf abspulen ... und überlegte, woher der Slangausspruch der späten zwanziger Jahre, «23 Skiddoo», herstammen mochte.

Nachdem Clark Kent and His Supermen sich schon über eine Stunde lang in Hitlers früherer Nachbarschaft verirrt hatten, fanden sie schließlich die Ludwigstraße und damit aus München heraus. «Ungefähr noch fünfzig Kilometer und wir werden in Ingolstadt sein», sagte Kent-Mohammed-Pearson. «*Endlich*», stöhnte einer der Supermen. Genau in diesem Augenblick zog ein Volkswagen langsam an ihrem VW-Bus vorbei, wie ein Kind, das seiner Mutter vorausläuft, und Kent blickte gedankenverloren hinterdrein. «Habt ihr den Typen am Steuer gesehen? Kommt mir irgendwie bekannt vor ... aber wo habe ich ihn schon mal gesehen? Ja! Mexico-City. Komisch, den gerade hier wiederzutreffen, um die halbe Welt rum und -zig Jahre später.» «Los, überhol ihn», sagte ein anderer Supermen. «Zwischen der AMA, den *Trashers* und den anderen *heavy* Gruppen werden wir sowieso lebendig begraben. Laß uns sichergehen, daß wenigstens *er* weiß, daß wir bei diesem Gig in Ingolstadt dabei waren.»

WIE EIN BAUM DER AM WA-A-ASSER STEHT

Am Morgen nach dem Wobbly-Treffen rief Simon bei Joe an.

«Hör mal», fragte er, «mußt du heute schon nach New York zurück? Kannst du nicht noch eine Nacht bleiben? Ich hab da was, das ich dir gern vorführen würde. Es wird Zeit, daß wir endlich mal anfangen, Leute deiner Generation zu erreichen. Und ich würde dir wirklich gern mal etwas zeigen und nicht immer nur reden. Abgemacht?»

Und Joe Malik – Ex-Trotzkist, Ex-Ingenieurstudent, Ex-Liberaler, Ex-Katholik – hörte sich selbst «JA» sagen. Und hörte tief drinnen noch eine Stimme, die ein noch lauteres «JA» von sich gab. Er war bereit. Für Astrologie, fürs I Ging, LSD, Dämonen, für alles, was da auf ihn zukommen mochte. Für alles, was Simon auch immer anzubieten hatte. Anzubieten als Alternative zu einer Welt geistig gesunder und vernünftiger Menschen. Menschen, die mit Verstand und Vernunft einen Kurs einhielten, der allein auf die Vernichtung des Planeten ausgerichtet war.

(WIR WERDEN NICHT VERTRIEBEN WERDEN)

«Gott ist tot», stimmte der Priester an.

«Gott ist tot», wiederholte die Gemeinde im Chor.

«Gott ist tot: wir alle sind absolut frei», intonierte der Priester und der Rhythmus steigerte sich.

«Gott ist tot: wir alle sind absolut frei», stieg die Gemeinde auf den fast hypnotischen Beat ein.

Joe rutschte nervös auf seinem Stuhl hin und her. Die Blasphemie war amüsant, ließ aber gleichzeitig auch ein wenig von einem komischen Gefühl aufkommen. Er fragte sich, wieviel Angst vor der Hölle sich noch immer in den hinteren Korridoren seines Schädels aufhielt; als Überbleibsel seiner katholischen Jugend.

Sie befanden sich in einem sehr eleganten Apartment, hoch über dem Lake Shore Drive – «Wir treffen uns immer hier», hatte Simon gesagt, «wegen der akrostichischen Bedeutung des Straßennamens» –, und das summende Geräusch des Autoverkehrs, das von unten heraufdrang, vermischte sich auf seltsame Weise mit den Vorbereitungen zu einer, wie Joe es längst erahnt hatte, Schwarzen Messe.

«Tue was du willst, soll das ganze Gesetz sein», sang der Priester.

«Tue was du willst, soll das ganze Gesetz sein», wiederholte Joe im Chor mit der Gemeinde.

Der Priester – er war der einzige, der vor Beginn der Zeremonie seine Kleider nicht abgelegt hatte – war ein leicht rotgesichtiger Mann mittleren Alters und trug ein katholisches Priestergewand. Joes Unwohlsein mochte teilweise von der Ähnlichkeit dieses Priesters mit den Priestern seiner Jugendzeit herrühren. Daran hatte sich auch nichts geändert, als Simon ihn als «Padre Pederastia» vorgestellt hatte – den Namen hatte er mit einer anzüglichen Betonung ausgesprochen und Joe kokett in die Augen gesehen.

Die Gemeinde ließ sich leicht in zwei sich voneinander unterscheidende Gruppen teilen: arme Ganztagshippies aus den alten Vierteln der Stadt und reiche Feierabendhippies aus dem Viertel um den Lake Shore Drive selbst. Einige der letzteren stammten offensichtlich auch aus den Werbeagenturen der Michigan Avenue. Allerdings waren sie nur zu elft, Joe eingeschlossen; mit dem Padre Pederastia zwölf – wo aber war die traditionelle dreizehnte Person?

«Bereitet die Pentade vor!» befahl Padre Pederastia.

Simon und ein ziemlich hübsches Mädchen, beide unschuldig-unbewußt ihrer Nacktheit, erhoben sich, verließen die Gruppe und gingen zur Tür, die, wie Joe vermutete, zu den Schlafräumen führte. An einem Tisch, auf dem aus einem umgestülpten Ziegenschädel Haschisch- und Räucherstäbchen glimmten, machten sie halt und nahmen ein Stückchen Kreide zur Hand. Dann hockten sie nieder und zeichneten ein großes Fünfeck auf den blutroten Bodenbelag. An jede Seite fügten sie ein Dreieck an und bildeten damit einen Stern – einen besonderen Stern, wie Joe wußte, einen Stern, der als Pentagramm, dem Symbol der Werwölfe und Dämonen, bekannt war. Joe ertappte sich bei dem Gedanken an ein altes, kitschiges Gedicht, das auf einmal Bedeutung zu erhalten schien:

> Selbst ein Mann, der rein ist von Herzen
> Und seine Gebete aufsagt bei Nacht
> Kann in einen Wolf sich verwandeln, wenn der Eisenhut blüht
> Und der Herbstmond scheint in voller Pracht

«I-O», sang der Priester verzückt.

«I-O», kam der Chor.

«I-O, E-O, Evoe», der Gesang steigerte sich ins Unheimliche.

«I-O, E-O, Evoe», folgte die rhythmische Wiederholung.

Joe spürte einen merkwürdig bitteren Aschegeschmack, der sich in seinem Mund zusammenzog, und Kälte, die seine Finger und Zehen erstarren ließ. Selbst die Luft schien plötzlich stickig und unangenehm, schleimig feucht zu sein.

«I-O, E-O, Evoe, HE!» schrie der Priester, in Angst und Ekstase.

«I-O, E-O, Evoe, HE!» hörte Joe sich mit den anderen einfallen. War es Einbildung oder veränderten sich ihre Stimmen wirklich zu bestialischem Röcheln?

«Ol sonuf vaoresaji», sagte der Priester in sanfterem Tonfall.

«Ol sonuf vaoresaji», wiederholte der Chor.

«Es ist vollbracht», sagte der Priester. «Wir können den Wächter passieren.»

Die Gemeinde erhob sich und bewegte sich zur Tür hin. Joe bemerkte, daß jeder vorsichtig darauf bedacht war, in das Pentagramm einzutreten und dort einen Augenblick zu verharren, um Kraft zu sammeln, bevor man sich schließlich der Tür näherte. Als er an der Reihe war, entdeckte er auch warum. Die Schnitzerei auf der Tür, die aus der Ferne höchstens geisterhaft, vielleicht obszön erschien, konnte einen, aus der Nähe betrachtet, ganz schön aus der Fassung bringen. Sich selbst einzureden, daß diese Augen nichts als eine optische Täuschung waren, schien nicht einfach. Man konnte sich des Gefühls, daß sie einen durchdringend betrachteten, nicht erwehren. Und besonders liebevoll war der Blick gewiß auch nicht. Dieses ... *Ding* ... war der Wächter, der hatte beschwichtigt werden müssen, bevor man in den nächsten Raum eintreten konnte.

Joes Finger und Zehen waren endgültig im Erfrieren begriffen, und Autosuggestion war wahrhaftig keine plausible Erklärung dafür. Er fragte sich, ob er womöglich Frostbeulen davontragen würde. Aber dann trat er in das Pentagramm, und die Kälte nahm unvermittelt ab, die Augen des Wächters waren weniger bedrohend, und ein Gefühl von frischer Energie durchströmte seinen Körper. Ein ähnliches Gefühl wie nach einem Sensitivity-Training, nachdem er sich durch Schreien, Weinen, Um-sich-Treten und Fluchen von Furcht und Wut befreit hatte.

Er passierte den Wächter mit Leichtigkeit und schritt in das Zimmer, in dem die eigentliche Messe abgehalten werden sollte.

Es kam ihm vor, als hätte er das zwanzigste Jahrhundert hinter sich gelassen. Die Einrichtung war aus hebräischen, arabischen und mittelalterlich-europäischen Elementen bunt zusammengewürfelt und wies nicht eine Spur moderner Funktionalität auf.

Im Zentrum stand ein schwarz verkleideter Altar, und darauf lag der dreizehnte Teilnehmer des Hexensabbats. Vielmehr die dreizehnte Teilnehmerin, denn es war eine Frau. Eine wunderschöne Frau mit roten Haaren und grünen Augen – Merkmale, die vom Satan besonders geschätzt wurden. (Joe erinnerte sich, daß es Zeiten gegeben hatte, in denen man solche Frauen automatisch der Hexerei beschuldigte.) Natürlich war sie nackt, und ihr Körper war ausersehen, das Medium zu sein.

Was habe ich hier überhaupt verloren? fragte Joe sich schreckerfüllt. *Warum lasse ich diesen wahnsinnigen Haufen nicht hinter mir und kehre in die mir vertraute Welt zurück? Zurück in die Welt, deren Schrecken und Überraschungen wenigstens nur menschlicher Natur sind?*

Doch er kannte die Antwort.

Den Wächter würde er nicht eher passieren können, bevor nicht alle Anwesenden eingewilligt hatten.

Padre Pederastia begann jetzt zu sprechen. «Dieser Teil der Zeremonie», sagte er völlig außer sich, «ist, wie ihr wißt, ganz besonders geschmacklos für mich. Ließe unser Vater in der Hölle es doch nur zu, einen Knaben auf den Altar zu legen, so würde ich selbst das Ritual ausführen. Aber, ach, Er ist so streng, und ich muß deshalb, wie üblich, das jüngste Mitglied bitten, meinen Platz einzunehmen.» Joe kannte den Ablauf des Rituals vom *Malleus Malificarum* her, und ein Gefühl von Erregung und Angst bemächtigte sich seiner.

Nervös näherte er sich dem Altar und nahm wahr, wie die anderen sich um ihn und die nackte Frau herum in Form eines Pentagon formierten. Sie besaß einen irrsinnigen Körper mit vollen Brüsten und wahnsinnigen Brustwarzen, Joe aber war noch immer viel zu nervös, um seiner körperlichen Erregung freien Lauf zu lassen. Noch schnürte ihm die Angst wichtige Blutbahnen ab.

Padre Pederastia reichte ihm die Hostie. «Ich habe sie selbst aus der Kirche mitgehen lassen», flüsterte er. «Garantiert geweiht! Weißt du, was du zu tun hast?»

Joe nickte, außerstande, dem lüsternen Blick des Priesters zu begegnen.

Er nahm die Hostie und spuckte dann rasch darauf.

Die elektrische Spannung der Luft schien plötzlich unendlich anzusteigen. Das Licht blendete wie das Blitzen von Schwertern. Es schien so feindselig und destruktiv, wie es Schizophrene manchmal schildern.

Joe machte noch einen weiteren Schritt vorwärts und legte die Hostie zwischen die Oberschenkel der Satansbraut.

Sie begann leicht zu stöhnen, spreizte die Beine völlig zu einem W, und die Hostie fiel, als sie sich langsam auf das Schamhaar senkte, in sich zusammen. Die einsetzende Wirkung war ungeheuerlich: ihr ganzer Körper erbebte, und die Hostie wurde immer tiefer in ihre feuchte Spalte hineingesogen. Joe half mit dem Finger etwas nach, bis sie vollends drinnen war, ihr Atem steigerte sich zum Stakkato.

Joe Malik kniete nieder, um das Ritual fortzusetzen. Er kam sich närrisch und pervers zugleich vor; niemals zuvor hatte er vor den Augen eines Publikums oralen Sex, oder überhaupt Sex vollzogen. Er war nicht einmal besonders erregt. Eigentlich wollte er nur herausfinden, ob sich bei diesem galoppierenden Wahnsinn wirklich etwas Magisches ereignen würde.

Als er dies noch überlegte, begann sein Penis allmählich anzuschwellen, und als seine Zunge in sie eindrang, hob sich ihr Körper heftig, senkte sich, hob sich, ihre Bewegungen wurden schneller, und er wußte, daß sich bald der erste Orgasmus einstellen würde. Joe begann die Hostie zärtlich zu belecken. In seinen Schläfen dröhnten dumpfe Trommeln. Als sie das erste Mal kam, bemerkte er es kaum. Seine Sinne drehten sich wie ein Karussell, und er leckte und leckte, und alles was er mitbekam war, daß sie sich heftiger und hingebungsvoller dahintreiben ließ als jede andere Frau, die er kennengelernt hatte. Er steckte ihr seinen Daumen in den Anus und den Mittelfinger in die Vagina, seine Zunge ließ er um die Klitoris kreisen – Okkultisten bezeichneten diese Technik als das Ritual des Shiva. (Ihm fiel ein, daß die richtigen Swinger es die *One-Man-Band* nannten.) Er spürte die ungewöhnlich elektrische Eigenschaft ihres Schamhaars und fühlte eine Schwere und Spannung in seinem Schwanz, kraftvoller denn jemals zuvor, aber alles andere wurde vom Gedröhn der Trommeln in seinem Kopf übertönt, der Vagina-Geschmack, Vagina-Geruch, die Vagina-Wärme. Sie war Ishtar, Aphrodite, Venus; das Erlebnis steigerte sich in seiner Intensität, daß er tatsächlich eine religiöse Dimension zu verspüren begann. Hatte nicht irgendein Anthropologe des neunzehnten Jahrhunderts die These vertreten, die Verehrung der Vagina sei die früheste Religion gewesen? Diese Frau hier kannte er nicht einmal, und dennoch empfand er Emotionen jenseits von Liebe, jenseits von Sex: wahre Verehrung. *Trippy*, wie Simon sagen würde.

Wie oft sie kam, hätte er nicht sagen können; er selbst kam, ohne seinen Penis ein einziges Mal zu berühren, als die Hostie schließlich völlig aufgelöst war.

Er taumelte völlig benommen zurück, und die Luft schien sich jetzt jeder Bewegung zu widersetzen.

«Yog Sothoth Neblod Zin», begann der Priester zu singen. «Bei Ashtoreth, bei Pan Pangenitor, bei dem Gelben Zeichen, bei den Opfern, die ich darbrachte und den Kräften, die ich erlangt habe, bei Dem Dessen Name Nicht Ausgesprochen Werden Darf, bei Rabban und bei Azathoth, bei Samma-El, bei Amon und Ra, *vente, vente, Lucifer, lux fiat*!»

Joe konnte es nicht sehen: er *fühlte* es – und es war wie MACE, das ihn gleichzeitig blendete und noch benommener machte.

«Erscheine nicht in dieser Form!» schrie der Priester. «Bei Jesu Elohim und den Mächten, die du fürchtest, befehle ich dir: erscheine nicht in dieser Form! *Yod He Va He* – komm nicht in dieser Form!»

Eine der Frauen brach in Angsttränen aus.

«Still, du Närrin», schrie Simon sie an. «Verleih ihm nicht noch mehr Macht!»

«Deine Zunge sei gebannt, bis ich sie wieder löse», sagte der Priester zu ihr – aber die Abwendung seiner Aufmerksamkeit forderte ihren Tribut. Joe *fühlte* erneut die Zunahme Seiner Potenz, und so ging es den anderen auch, wie man dem plötzlichen, unfreiwilligen Keuchen aller entnehmen konnte.

«Erscheine nicht in dieser Form!» kreischte der Priester. «Beim Goldenen Kreuz und bei der Rubinroten Rose! Bei Marias Sohn, befehle ich, bitte ich Dich: komm nicht in dieser Form! Bei Deinem Meister, Chronzon! Bei Pangenitor und Panphage, erscheine nicht in dieser Form!»

Man vernahm ein Zischen in der Luft, als ströme Luft in ein Vakuum, und die Atmosphäre begann aufzuklaren – aber auch die Temperatur veränderte sich, sie sank mit einemmal spürbar herab.

MEISTER, RUFET NICHT WEITER DIESE NAMEN AN, ICH WOLLTE DICH NICHT ALARMIEREN.

Diese Stimme war für Joe das schockierendste Erlebnis dieser Nacht. Sie klang ölig, schmeichelnd, auf obszöne Art unterwürfig, und dennoch schwang in ihr eine geheime Kraft, die nur zu gut offenbarte, daß die Macht des Priesters über sie, wie auch immer erlangt, vorübergehender Natur war, daß beide es wußten, und daß der Preis dieser Macht etwas war, das sie einzusammeln trachtete.

«Erscheine auch nicht in dieser Form», rief der Priester, strenger jetzt und zuversichtlicher. «Du weißt sehr gut, daß solche Töne und Manieren auch dazu gedacht sind, Furcht einzuflößen, und solche Scherze mag ich nicht. Komm in der Form, die Du für gewöhnlich bei Deinen derzeitigen irdischen Aktivitäten annimmst, oder ich werde Dich wieder in jenes Reich verbannen, an das Du Dich nicht gerne erinnerst. Ich befehle. Ich befehle. Ich befehle!» Nichts davon schien unaufrichtig; in seiner Konzentration hatte der Priester alle Masken abgestreift.

Die Atmosphäre klarte vollends auf, und auf einmal war nur noch das Zimmer um sie herum, ein sonderbares mittelalterlich-mittelöstliches Zimmer. Und die Erscheinung, die da bei ihnen stand, hätte nicht weniger wie ein Dämon aussehen können ...

«O. k.», sagte die «Erscheinung» in einem sanften, amerikanischen Tonfall. «Wir sollten nicht so empfindlich sein und gleich so feindselig werden; nur wegen ein bißchen Theater, oder? Ihr solltet mich einfach wissen lassen, in welchen Geschäften ihr mich braucht und weshalb ihr mich herbeibemüht, und ich bin sicher, wir können alle Details in aller

Ruhe und mit offenen Karten besprechen; ohne komische Gefühle und zur allgemeinen Zufriedenheit.»

Er sah wirklich aus wie Billy Graham.

(«Die Kennedys? Martin Luther King? Du bist immer noch unheimlich naiv, George. Es geht viel, viel weiter zurück.» Nach der Schlacht von Atlantis relaxte Hagbard mit schwarzem Alamout-Haschisch. «Betrachte mal die Bilder von Woodrow Wilson in seinen letzten Monaten: Der sorgenvolle Blick, die ausdruckslosen Augen, und du erkennst in der Tat Spuren eines langsam wirkenden, nicht zu bestimmenden Giftes. Sie verabreichten es ihm heimlich in Versailles. Oder denk mal an den kleinen Lincoln-Schabernack. Wer widersetzte sich dem Greenback-Plan, mit dem Amerika legalem Flachsskript näherkam denn jemals zuvor? Stanton, der Bankier. Wer ließ alle Wege, die aus Washington herausführten, bis auf einen schließen? Stanton, der Bankier. Und Booth nahm gerade diesen Weg. Wer bemächtigte sich nachher des Tagebuchs von Booth? Stanton, der Bankier. Und wer händigte es mit siebzehn fehlenden Seiten ans Staatsarchiv aus? Stanton, der Bankier. George, du mußt noch eine ganze Menge lernen; dein Geschichtsbild trägt noch zu viele Spuren deiner alten Konditionierung...»)

Reverend William Helmer, Kolumnist für Religion bei *Confrontation*, starrte auf das Telegramm. Joe Malik sollte in Chicago sein und über die SDS-Versammlung berichten; was machte er in Providence, Rhode Island, und in was war er verwickelt, das eine solch außerordentliche Mitteilung provozieren konnte? Helmer las das Telegramm noch einmal sorgfältig durch:

Streichen Sie die Kolumne für nächsten Monat. Werde beträchtliche Summe für prompte Antwort auf folgende Fragen bereitstellen. Erstens: gehen Sie allen Bewegungen nach, die Billy Graham letzte Woche unternahm, und finden Sie heraus, ob er vielleicht wirklich heimlich nach Chicago kam. Zweitens: schicken Sie mir eine Liste zuverlässiger Bücher über Satanismus und Hexerei in moderner Zeit. Erzählen Sie keinem anderen Mitarbeiter von *Confrontation* davon. Telegrafieren Sie mir c/o Jerry Mallory, Hotel Benefit, Angell Street, Providence, Rhode Island. P. S.: Finden Sie heraus, wo die John-Dillinger-Starb-Für-Sie-Gesellschaft ihren Hauptsitz hat.

Joe Malik

Diese SDS-Leute mußten ihn unter Acid gesetzt haben, dachte Helmer. Well, er war immerhin noch der Boss und zahlte gute Prämien, wenn man ihm einen Gefallen tat. Helmer griff nach dem Telefon.

(Howard, der Delphin, sang ein sehr satirisches Lied über Haie, als er nach Peos schwamm, um dort die *Lief Erickson* zu treffen.)

James Walking Bear hatte meistens keine große Vorliebe für Bleichgesichter, aber er hatte gerade sechs Peyotl-Knöpfe gegessen, bevor dieser Professor Mallory kam, und fühlte sich versöhnlich. Immerhin hatte der Große Häuptling anläßlich des heiligen Mittsommernachts-Peyotl-Festivals gesagt, daß die Zeile, «*denen* zu vergeben, *die wider uns sündigen*», eine besondere Bedeutung für uns Indianer hatte. Nur wenn wir den Weißen vergeben würden, so sagte er, würden unsere Herzen gänzlich rein, und wenn unsere Herzen rein sein würden, würde der Fluch von uns genommen – die Weißen würden aufhören, wider uns zu sündigen, nach Europa zurückkehren und sich untereinander bekriegen, anstatt uns zu verfolgen und zu vernichten. James versuchte dem Professor zu vergeben, daß er Weißer war, und fand, wie gewöhnlich, heraus, daß Peyotl die Vergebung leichtermachte.

«Billie Frechette?» fragte er. «Aber die starb doch schon achtundsechzig.» «Das weiß ich», sagte der Professor. «Was ich suche, sind Fotografien, die sie vielleicht hinterlassen hat.»

Klar. James wußte welche Art von Fotos.

«Sie meinen Fotos mit John Dillinger?»

«Ja. Sie war seine Geliebte, für lange Zeit praktisch seine Ehefrau, und ...»

«Nichts zu machen. Vor Jahren schon kamen hier scharenweise Journalisten an und kauften jeden Fetzen, den sie hinterlassen hatte. Jedes Foto. Und wenn nur ein Stückchen Hinterkopf von Dillinger drauf sichtbar war.»

«Haben Sie sie gekannt?»

«Sicher.» James hütete sich, nicht gehässig zu werden und fügte *nicht* hinzu: Alle Menominee-Indianer kennen sich auf eine Weise, wie ihr Weißen «sich kennen» nicht begreifen könnt.

«Sprach sie jemals über Dillinger?»

«Natürlich. Alle Frauen sprechen über nichts anderes als ihre verstorbenen Männer. Ist immer dasselbe: kein Mann war so gut wie er. Außer, wenn sie sagen, es gab niemals einen Mann so schlecht wie er. Aber das sagen sie auch nur, wenn sie betrunken sind.»

Das Bleichgesicht wechselte ständig die Farben, wie's Leute halt tun, wenn man auf Peyotl ist. Jetzt sah er fast wie ein Indianer aus. Das machte es leichter, mit ihm zu sprechen.

«Sagte sie jemals etwas über Johns Einstellung gegenüber den Freimaurern?»

Warum sollten die Leute eigentlich nicht die Farbe wechseln? Alle Probleme dieser Welt rührten von der Tatsache her, daß die Menschen gewöhnlich ihr Leben lang dieselbe Hautfarbe behielten. Wie gewöhnlich hatte ihm der Peyotl eine gewisse Wahrheit gebracht. Würden Schwarze, Weiße und Indianer ständig die Farben wechseln, so gäbe es keinen Haß mehr auf der Welt, weil niemand mehr wüßte, wen er noch hassen sollte.

«Ich sagte: Hat sie jemals Johns Einstellung gegenüber den Freimaurern erwähnt?»

«O ja. Schon lustig, daß Sie das fragen...» Der Mann hatte jetzt einen Heiligenschein um den Kopf, und James fragte sich, was das wohl zu bedeuten habe. Jedesmal, wenn er allein Peyotl nahm, passierten solche Dinge, und jedesmal wünschte er, ein Medizinmann oder ein anderer Priester wäre in der Nähe, um diese Zeichen erklären zu können. Aber was war das mit den Freimaurern? Ach, ja. «Billie sagte, die Freimaurer seien die einzigen Leute, die John wirklich haßte wie die Pest. Als sie ihn das erste Mal ins Gefängnis schafften, legten sie ihn auf Eis. Denn ihnen gehörten die Banken, die er besuchte. Später hatte er genügend Gelegenheit, das wieder wettzumachen.»

Vor lauter Staunen saß der Professor mit offenem Mund da – und James fand, daß es lustig war, ihn mit seinem Heiligenschein so dasitzen zu sehen.

(«*Ein großes Maul, ein enges Herz/Denkt immer nur an Blut und Schmerz*», sang Howard.)

Eine TWA-Stewardess hatte nach einem Madison–Wisconsin–Mexico-City-Flug auf dem Platz eines Mister «John Mason» Notizen gefunden, die dieser offensichtlich verloren hatte. Es war der 29. Juni 1969, eine Woche nach der letzten SDS-Versammlung:

«Wir nahmen den Banken nur ab, was die Banken den Leuten abgenommen haben» – Dillinger, Crown Point Gefängnis, 1934. Hätte aus jedem beliebigen Anarchistentext stammen können.

Lucifer – Bringer des Lichts.

Weishaupts «Illumination» & Voltaires «Erleuchtung»: vom lateinischen «lux» = Licht.

Christentum alles in 3en (Dreieinigkeit, etc.), Buddhismus in 4en, Illuminatismus in 5en. Eine Progression?

Hopi-Lehre: alle Menschen haben jetzt vier Seelen, werden in Zukunft aber fünf haben. Anthropologen finden, der mehr hierüber weiß.

Wer beschloß, daß das Pentagon diese eigentümliche Form erhalten sollte?

«Schmeißt die JAMs raus»??? Nochmals überprüfen.

«Adam», der erste Mensch; «Weis», wissen; «haupt», Häuptling oder Führer. «Der erste Mann, der der Führer jener war, die wissen.» Deckname von Anfang an.

Iok-Sotot in den pnakoptischen Manuskripten. Könnte Yog-Sothoth sein.

D. E. A. T. H. – Don't Ever Antagonize The Horn (Lehnt Euch niemals gegen das Horn auf). Weiß Pynochon davon?

Muß unbedingt Simon sprechen, um mir das Gelbe Zeichen und die Aklo-Gesänge zu erklären. Vielleicht brauche ich Schutz. C. sagt, der h. neophobe Typ ist uns im Verhältnis 1000 zu 1 überlegen. Wenn das zutrifft, besteht keine Hoffnung mehr.

Was mich am meisten schafft, ist die Frage, um wieviel zulange das schon offenliegt. Nicht nur bei Lovecraft, Joyce, Melville usw., oder in den Bugs Bunny Comics, sondern auch in gelehrten Schriften, die vorgeben, alles zu erklären. Jeder, der sich die Mühe nehmen will, kann beispielsweise herausfinden, daß das «Geheimnis» der Eleusinischen Mysterien in den Worten liegt, die dem Novizen ins Ohr geflüstert wurden, nachdem er vom magischen Pilz gegessen hatte: «Osiris ist ein schwarzer Gott!» Fünf Wörter (natürlich), aber kein Historiker, Archäologe, Anthropologe, Volkskundler usw. verstand das. Oder denjenigen, die es verstanden hatten, war es völlig gleich, es zuzugeben oder nicht.

Kann ich C. trauen? Kann ich in dieser Hinsicht Simon trauen?

Diese Tlaloc-Geschichte sollte mich überzeugen, auf diese oder jene Weise.

(«Denken nur an Blut und Mord, die Bande/Haie lebten besser auf dem Lande.»)

(«Zum Teufel mit dem Hai und seinen Genossen/Kämpfe verbissen, siehst du seine Flossen.»)

Als Joe Malik auf dem Los Angeles International Airport das Flugzeug verließ, erwartete Simon ihn bereits.

Simons Auto war selbstverständlich einer jener psychedelisch bemalten Volkswagen. «Well?» fragte er, als sie aus dem Flughafen heraus auf die Central Avenue fuhren.

«Alles erklärt sich wie von selbst», sagte Joe und war dabei merkwürdig ruhig. «Als sie Tlaloc freilegten, regnete es sintflutartig. Mexico City hat seitdem ungewöhnlich starke Regenfälle erlebt. Der fehlende Zahn war auf der rechten Seite, und der Leichnam am Biograph Theater hatte einen fehlenden Zahn auf der linken Seite. Billy Graham konnte mit keinem normalen Fortbewegunsmittel nach Chicago gelangt sein, also war das der beste Make-up-Job in der Geschichte des Schaugeschäfts und der Schönheitschirurgie. Oder aber, ich wohnte einem echten Wunder bei. Und alles andere, das Gesetz der Fünf usw. Ich bin verkauft. Ich beanspruche nicht länger die Mitgliedschaft in der liberal-intellektuellen Gilde. Du siehst in mir ein schreckliches Beispiel schleichenden Mystizismus'!»

«Bereit, Acid zu probieren?»

«Ja», sagte Joe. «Ich bin bereit, Acid zu versuchen. Ich bedaure nur, daß ich für mein Shivadarshana nicht mehr als eine Seele zu verlieren habe.»

«Weiter so! Allerdings wirst du zuerst *ihn* treffen. Ich fahre direkt zu seinem Bungalow – es ist nicht weit von hier.» Simon begann vor sich hinzusummen; Joe erkannte die Melodie als «Ramses II. Is Dead, my Love», von den Fugs.

Eine Zeitlang fuhren sie schweigend dahin, bis Joe schließlich fragte: «Wie alt ist ... unsere Gruppe ... eigentlich genau?»

«Es gibt sie seit 1888», sagte Simon. «Das war, als Rhodes hinzustieß und sie die JAMs rausschmissen, wie ich dir nach dem Sabbat in Chicago erzählte.»

«Und Karl Marx?»

«Ein Narr. Ein Gimpel. Ein Nichts.» Simon bog abrupt in eine Seitenstraße ein. «Da wären wir. Bei dem, der ihnen am meisten Kopfzerbrechen bereitete, seit Harry Houdini ihre spiritualistische Front ausknockte.» Er grinste. «Wie wirst du dich fühlen, meinst du, wenn du mit einem toten Mann sprechen wirst?»

«Sonderbar», sagte Joe, «aber ich habe mich schon die ganzen letzten anderthalb Wochen sonderbar gefühlt.»

Simon parkte den Wagen und öffnete die Tür. «Stell dir nur mal vor», sagte er, «Hoover in seinem Sessel und jeden Tag die Totenmaske vor sich auf dem Schreibtisch, tief in seinen Knochen das unbestimmte, komische Gefühl, daß man ihn angeschmiert hatte.»

Sie gingen über den Hof zu einem kleinen, bescheidenen Bungalow. «Was für eine Front, eh?» Simon lachte und klopfte an die Tür. Ein kleiner alter Mann öffnete – genau 1 Meter 65 groß, wie Joe sich aus den FBI-Akten erinnerte:

«Das ist unser neuer Rekrut», sagte Simon ohne Umschweife.

«Komm herein», sagte Dillinger, «und erzähl mir mal, wie ein Eierkopf wie du uns helfen kannst, diesen elenden Schwanzleckern von Illuminaten die Scheiße aus dem Arsch zu prügeln.»

(«Sie füllen ihre Bücher mit obszönem Vokabular und geben vor, das sei Realismus», rief Smiling Jim den versammelten KCUF-Mitgliedern zu. «Das ist kein Realismus, wie ich ihn mir vorstelle. Ich kenne keinen Menschen, der eine solche Gossensprache, die sie Realismus nennen, benutzt. Und sie beschreiben jede mögliche Perversion, Akte wider die Natur, die dermaßen frevelhaft sind, daß ich die Ohren meiner Zuhörer nicht einmal mit den medizinischen Namen besudeln würde. Manche von ihnen glorifizieren sogar Verbrechen und Anarchie. Ich würde gern einmal einen diese Schreiberlinge zu mir kommen sehen, mir in die Augen blicken und sagen hören: ‹Ich hab's nicht ums Geld getan. Ich habe ehrlich versucht, eine gute, ehrliche Geschichte zu erzählen, die die Menschen etwas Wertvolles lehren soll.› Er würde es nicht sagen können. Die Lüge würde ihm im Halse stecken bleiben. Wer zweifelt da noch an der Herkunft ihrer Aufträge? Wen unter den Zuhörern muß man da noch aufklären, welche Gruppe hinter dieser überfließenden Kloake steckt?»)

Mag Sturm und Regen und Taifun sie schlagen», sang Howard weiter. «*Mag der Große Cthulhu sich erheben und an ihnen nagen.*»

«Mit dem JAMs habe ich im Michigan City Prison meine erste Bekanntschaft gemacht», sagte Dillinger, viel relaxter und weniger arrogant, zu Simon und Joe. Sie saßen in seinem Wohnzimmer über einem *Black-Russian*-Cocktail.

«Und Hoover war von Anfang an informiert?» fragte Joe.

«Klar. Ich wollte, daß dieser Bastard es erfahren sollte – und mit ihm alle anderen hoch rangierenden Freimaurer, Rosenkreuzer und Illuminaten in diesem Land.» Der alte Mann lachte rauh auf; außer seinen unverkennbaren Augen, die noch immer unverändert jene Mischung aus Ironie und Intensität ausstrahlten, die Joe schon auf den 1930er-Fotos fasziniert hatten, unterschied er sich von keinem anderen älteren Herrn, der nach Kalifornien gegangen war, um seine letzten Jahre in der Sonne zu verbringen. «Beim ersten Bankjob, den ich in Daleville, Indiana, durchzog, benutzte ich schon die Zeile, die ich später immer wieder wiederholte: ‹Legen Sie sich auf den Boden und bewahren Sie die Ruhe.› Hoover konnte das gar nicht verborgen bleiben. Und das ist das Motto der JAMs gewesen, seit dem Zyniker Diogenes. Er wußte, daß kein gewöhnlicher Bankräuber einen obskuren griechischen Philosophen zitieren würde. Der Grund, daß ich das bei jedem Bankjob aufsagte, war, es ihm richtig hinter die Ohren zu reiben und ihn wissen zu lassen, daß ich ihn ‹vorsätzlich› verspottete.»

«Aber noch mal zurück zum Michigan City Prison...» unterbrach ihn Joe und setzte sein Glas auf den Tisch.

«Pierpont war derjenige, der mich einführte. Er war damals schon seit Jahren bei den JAMs. Ich selbst war ein junger Bursche in den frühen Zwanzigern und hatte nur einen einzigen, jämmerlichen Job durchgezogen. Echte Pfuscharbeit. Ich kann bis heute noch nicht begreifen, warum ich eine so hohe Gefängnisstrafe erhielt, zumal mir der Staatsanwalt Milde versprochen hatte, wenn ich mich für schuldig erklären würde. Das hat mich damals ziemlich verbittert. Harry Pierpont war im Knast der einzige, der mein Potential erkannte.

Zuerst dachte ich, er wäre nichts anderes als noch so 'n warmer Knastbruder; er schleifte mich hin und her und stellte mir alle möglichen sonderbaren Fragen. Aber er war immerhin schon das, was ich werden wollte: ein erfolgreicher Bankräuber; also hörte ich ihm geduldig zu. Und eins kann ich sowieso nicht verhehlen: ich war so unheimlich scharf, daß es mir nicht das geringste ausgemacht hätte, wenn er schwul gewesen wäre. Du kannst dir nicht vorstellen, wie scharf du bist, wenn du im Knast sitzt. Deshalb zogen es eine ganze Menge anderer vor zu sterben, als nochmals in 'n Knast zu gehen. Denk da nur mal an Baby Face Nelson... Aber du weißt einfach nicht, was ‹scharf sein› ist, verflucht noch mal, wenn du nie dringewesen bist.

Nun gut. Nachdem er genug über Gott und die Welt geschwatzt hatte, fragte mich Harry eines Tages beim Rundgang so ganz gerade heraus: ‹Glaubst du, es ist möglich, daß es eine wahre Religion gibt?› Ich wollte gerade antworten: ‹Dünnschiß... als gäbe es einen ehrlichen Bullen›, aber irgendwas stoppte mich. Ich merkte, daß es ihm todernst war, und von meiner Antwort mochte eine ganze Menge abhängen. So war ich vorsichtig und sagte: ‹Wenn es eine geben sollte, so habe ich noch nie davon gehört.›

Es war nur 'n paar Tage später, als er wieder auf das Thema zu sprechen kam. Und dann legte er einfach los und zeigte mir das Heilige Chao und alles. Mir verschlug's fast den Atem», die Stimme des alten Mannes verlor sich, als er still in Erinnerungen versank.

«Und du glaubst auch, daß es wirklich auf Babylon zurückgeht?» fragte Joe.

«Ich bin kein Intellektueller», erwiderte Dillinger. «Aktion ist meine Arena. Das laß dir lieber von Simon erzählen.»

Simon fieberte schon darauf, in die Bresche zu springen. «Das grundlegende Buch, das unsere Tradition bestätigt, heißt *Die Sieben Tafeln der Schöpfung*. Man kann es auf ungefähr 2500 v. Chr. zurückdatieren, in die Zeit von Sargon. Es beschreibt das Nebeneinander von Tiamat und Apsu, den ersten Göttern von Mummu, dem ursprünglichen Chaos. Von Junzt spricht in seinem Buch *Unaussprechliche Kulte*, wie die *Justified Ancients of Mummu* (Die Gerechtfertigten Alten von Mummu) entstanden. Das war ungefähr in jener Zeit, als die *Sieben Tafeln* mit Inschriften versehen wurden. Unter Sargon war Marduk die oberste Gottheit. Ich meine das war, was die Hohepriester das Volk glauben machten; insgeheim verehrten sie natürlich Iok-Sotot, der zum Yog Sothoh des *Necronomicon* wurde. Aber vielleicht erzähle ich zu schnell. Betrachten wir einmal die offizielle Religion Marduks, so können wir ohne weiteres erkennen, daß sie auf Wucher basierte. Die Priester nämlich hielten das Finanzmonopol, das sie in die Lage versetzte, Geld auszuleihen und dabei Zinsen zu kassieren. Darüber hinaus monopolisierten sie auch den Landbesitz, was wiederum Zinsen abwarf. Was wir lachend als Zivilisation bezeichnen, entstand in jener Zeit. Damals wie heute basierte ‹Zivilisation› auf Zins und Pacht.» Und lachend fügte er hinzu: «Immer noch der alte babylonische Schwindel.»

Die offizielle Geschichtsschreibung berichtet, daß Mummu während des Krieges zwischen den Göttern fiel. Als sich die erste anarchistische Gruppe formierte, nannte sie sich *Justified Ancients of Mummu* (JAM). Wie schon Lao-tse und die Taoisten in China, wollten auch sie Wucher, Monopole und den ganzen übrigen Zivilisationsdreck beseitigen und den Weg zum natürlichen Leben wiederfinden. So nahmen sie also den vermeintlich toten Gott Mummu und gaben vor, er sei noch immer am Leben und mächtiger als alle anderen Götter. Dazu besaßen sie ein gutes Argument. ‹Seht Euch um›, sagten sie, ‹was seht Ihr vor allem anderen um Euch herum? Chaos. Stimmt's? Deshalb ist der Gott des Chaos der größte Gott, und der einzige, der noch am Leben ist.›

Wir haben natürlich ganz schön den Arsch vollgekriegt ... In jenen Tagen waren wir den Illuminaten einfach nicht gewachsen. Hatten keinerlei Hinweise darauf, wie sie ihre ‹Wunder› vollführten; so kriegten wir in Griechenland noch mal den Arsch voll, als die JAMs als Teil der Zyniker-Bewegung wieder zu wirken begannen. Zu jener Zeit wiederholte sich die ganze Geschichte noch einmal in Rom – Wucher und Monopol und die ganze übrige Trickkiste –, der Burgfrieden wurde geschlossen. Die *Justified Ancients* wurden Teil der Illuminaten, eine spezielle Gruppe, die unseren Namen behielt, aber Befehle von den Fünf erhielt. Wir dachten, wir könnten sie humanisieren, wie die Anarchisten, die letztes Jahr im SDS verblieben. Und so ging's weiter bis 1888. Dann startete Cecil Rhodes den Kreis der Eingeweihten, und das große Schisma ereignete sich. In jeder Versammlung gab es fortan eine Fraktion von Rhodes Boys, die Transparente mit der Aufschrift: ‹Schmeißt die JAMs raus!› trugen. Hier begannen sich die Wege zu trennen. Sie schenkten uns einfach kein Vertrauen – oder vielleicht hatten sie Angst davor, humanisiert zu werden.

Aber wir hatten uns durch unsere lange Teilnahme an der Illuminaten-Verschwörung eine ganze Menge Wissen angeeignet, und heute sind wir in der Lage, sie mit ihren eigenen Waffen zu bekämpfen.»

«Scheiß auf ihre Waffen», unterbrach Dillinger. «Ich will sie lieber mit meinen Waffen bekämpfen.»

«Du stehst doch sowieso schon hinter den großen Banküberfällen der letzten Jahre, die alle ungeklärt blieben ...»

«Na gut. Aber eben doch nur bei der Planung. Ich bin zu alt, um über Kassentresen zu springen und so *Action* zu machen, wie ich's in den dreißiger Jahren konnte.»

«John kämpft aber noch an einer weiteren Front», warf Simon ein.

Dillinger lachte. «Ja», sagte er. «Ich bin Präsident der *Laughing Buddha Jesus Phallus* AG. Du hast's schon gesehen ... ‹Wenn's keine LBJP, ist's keine LP›?»

«Laughing Buddha Jesus Phallus?» rief Joe. «Mein Gott, die bringen ja den besten Rock im ganzen Land heraus. Die einzige Musik, die ein Mann meines Alters hören kann, ohne gleich zusammenzufahren.»

«Danke», sagte Dillinger bescheiden. «Eigentlich besitzen die Illuminaten die Gesellschaften, die die *meiste* Rockmusik rausbringen. Laughing Buddha Jesus Phallus gründeten wir als Gegenwaffe. Wir hatten diese Front bisher ignoriert, bis sie mit den MC-5 eine Platte produzierten, ‹Kick Out The Jams›. Nur um uns mit alten bitteren Erinnerungen zu verspotten. So kamen wir also mit unseren Platten, und ich merkte, daß ich unheimlich viel Geld machte. Über Dritte ließen wir dann Informationen an den *Christlichen Creutzzug* in Tulsa, Oklahoma, durchsickern. Die deckten dann einige der zwielichtigen Methoden der Illuminaten auf dem Gebiet der Rockmusik auf. Kennst du die Veröffentlichung des CC, *Rhythm, Riots and Revolution*?»

«Ja», sagte Joe abwesend. «Ich dachte zuerst, es sei Schundliteratur. Es ist so schwer», fügte er hinzu, «das Ganze zu begreifen.»

«Du wirst dich schon dran gewöhnen», lächelte Simon. «Es braucht eben seine Zeit, um sich hineinzufinden.»

«Wer erschoß nun John Kennedy wirklich?» fragte Joe.

«Tut mir leid», sagte Dillinger. «Du bist bisher ohne Rang in unserer Armee. Noch nicht vorbereitet für diese Art von Information. Ich werde dir nur mal soviel erzählen: seine Initialen sind H. C. – schenke also niemandem mit diesen Initialen Vertrauen, ungeachtet dessen, wo oder wie du ihm begegnest.»

«Dir gegenüber ist er sehr offen gewesen», sagte Simon zu Joe. «Du wirst das später noch zu schätzen lernen.»

«Und die Beförderung geht schnell», fügte Dillinger hinzu. «Und die Belohnungen ... ja, die liegen jetzt noch jenseits deines Verständnisvermögens.»

«Gib ihm eine kleine Hilfe, John», schlug Simon vor. Dabei grinste er erwartungsvoll. «Erzähl ihm, wie du aus dem Crown Point Jail rauskamst.»

«Darüber kenne ich bisher zwei Versionen», sagte Joe. «Die meisten Quellen geben an, Sie hätten sich einen Revolver aus Balsaholz geschnitzt und ihn mit Schuhcreme schwarz gefärbt. Tolands Buch berichtet, daß Sie diese Story nur erfanden und nach draußen dringen ließen, um den Mann zu decken, der Ihnen den Ausbruch ermöglichte. Und dieser Mann soll ein Bundesrichter gewesen sein, dem Sie Schmiergelder zahlten, damit er Ihnen einen echten Revolver reinschmuggelte. Welche Version ist die richtige?»

«Keine von beiden», sagte Dillinger. «Crown Point war bekannt als ‹ausbruchsicheres Gefängnis›, bevor ich ausbrach, und, glaube mir, es trug seinen Namen zu Recht. Und willst du wissen, wie ich's schließlich bewerkstelligte? Ich schritt einfach durch die Mauern. Hör zu ...»

HARE KRISHNA HARE HARE

Am 17. Juli 1933 knallte die Sonne auf Daleville herab wie ein Feuerregen.

Als John Dillinger die Hauptstraße hinabfuhr, spürte er den Schweiß in seinem Nacken. Obwohl er schon vor drei Wochen bedingt aus der Haft entlassen worden war, war er von den neun Jahren im Gefängnis noch immer reichlich blaß, und das Sonnenlicht spielte auf seiner fast albinoähnlichen Haut ein grausames Spiel.

Ich werde ganz allein durch diese Tür gehen müssen, dachte er. Ganz allein. Und alle mögliche Angst und Schuld bekämpfen, die mir seit meiner Kindheit eingeprügelt worden sind.

«Der Geist des Mummu ist stärker als die Technologie der Illuminaten», hatte Pierpont gesagt. «Denk daran. Wir haben das Heilige Gesetz der Thermodynamik auf unserer Seite. Das Chaos nimmt ständig zu, im ganzen Universum. Jegliches Gesetz bedeutet nichts weiter als, sagen wir, eine Art ‹vorübergehenden Zwischenfalls›.»

«Aber ich muß ganz allein durch diese Tür gehen. Das Geheimnis der Fünf hängt davon ab. Dieses Mal muß ich die Rolle des Ziegenbocks übernehmen.»

Pierpont und Van Meter und alle anderen waren noch immer im Michigan City Prison. Es lag alles in seiner Hand – er war der erste draußen, er hatte das Geld zusammenzubringen, um den Ausbruch zu finanzieren, der auch den anderen die Flucht ermöglichen sollte. Dann, wenn er sich so bewährt hatte, würde man ihn die JAM-«Wunder» lehren.

Die Bank lag plötzlich vor ihm. Zu plötzlich. Sein Herzschlag setzte für einen Augenblick aus.

Dann lenkte er sein Chevrolet-Coupé langsam zur Straßenbiegung und parkte es dort.

Ich hätte mich besser vorbereiten sollen. Dieser Wagen hätte genauso aufgemotzt werden müssen wie der, den Clyde Barrow immer benutzt. Well, nächstes Mal werd ich's besser wissen.

Er behielt die Hände am Lenkrad und drückte fest zu. Er nahm einen tiefen Atemzug und wiederholte die Formel, «23 Skiddoo».

Das half immerhin ein wenig – aber er wünschte sich immer noch, so weit wie möglich weg zu sein. Weg von hier. Am liebsten würde er geradewegs zur Farm seines Vaters zurückkehren. Nach Mooresville, sich einen ganz normalen Job suchen und all jene Dinge wieder lernen, wie man zum Beispiel seinem Boss schmeichelt, wie man dem Bewährungshelfer in die Augen sehen mußte und so zu sein wie jeder andere auch.

Aber ‹jeder andere› war eine Marionette der Illuminaten und war sich dessen nicht einmal bewußt. Er wußte es und war im Begriff, sich selbst zu befreien.

Teufel noch mal, ja! Das war's, was ein um Jahre jüngerer John Dillinger 1924 dachte ... sich *selbst* befreien ... Von den Illuminaten oder den JAMs wußte er allerdings noch überhaupt nichts. Doch wohin hatte dieser erste Versuch, sich selbst zu befreien, geführt? Ein kleiner Überfall auf jenen Kaufmann und dann neun Jahre Leid und Monotonie in einer stinkenden Zelle, in der er vor Verlangen nach Leben fast verreckt war.

Wenn ich heute Scheiße baue, dachte er, werden's noch mal neun Jahre sein.

«Der Geist des Mummu ist stärker als die Technologie der Illuminaten.»

Als er aus seinem Chevy stieg, mußte er seine Beine und Füße fast gewaltsam zwingen, sich in Richtung auf die Banktür zu bewegen.

«*Fuck it*», sagte er. «23 Skiddoo.»

Und er ging durch die Tür. Was dann geschah, war, daß Dillinger sich den Strohhut in aller Seelenruhe adrett und lässig zurechtrückte und grinste ... «O. k. Das ist ein Überfall», sagte er mit klarer Stimme. Er zog seinen Revolver und fügte hinzu: «Jedermann legt sich auf den Boden und bewahrt die Ruhe. Niemandem wird etwas geschehen.»

«Oh, mein Gott», keuchte eine Kassiererin, «nicht schießen. Bitte, nicht schießen.»

«Sei unbesorgt, Honey», sagte John höflich, «ich möchte niemanden verletzen. Öffne mir den Safe.»

WIE EIN BAUM DER AM WASSER STEHT

«An jenem Nachmittag», berichtete der alte Mann weiter, *«lernte ich Calvin Coolidge kennen; drüben im Wald, ganz in der Nähe der Farm meines Vaters in Mooresville. Ich gab ihm die Beute – zwanzigtausend Dollar –, sie floß direkt in die Kasse der JAMs. Und er lieferte mir zwanzig Tonnen Hanfskript.»*

«Calvin Coolidge??» rief Joe Malik aus.

«Well, selbstverständlich wußte ich, daß es nicht wirklich C. C. war. Aber das war die Form, in der er zu erscheinen gewählt hatte. Wer oder was er wirklich ist, habe ich bisher noch nicht herausbekommen.»

«Und du, Joe, hast ihn in Chicago getroffen», fügte Simon belustigt hinzu. «Dort erschien er als Billy Graham.»

«Du meinst der Teu–––»

«Satan», berichtigte Simon. «Das ist nichts weiter als eine der unzähligen Masken, die er zu benutzen pflegt. Hinter der Maske verbirgt sich ein Mann und hinter dem Mann erscheint eine weitere Maske. Erinnere dich der Frage von ineinanderverschmelzenden Multiversen; weißt du noch? Streng dich bitte nicht zu sehr an, die endgültig gültige Realität zu finden. Die gibt es nicht.»

«Dann ist diese Person ... diese Kreatur ...», warf Joe außer sich ein, «wirklich übernatürlich ...»

«Übernatürlich, schmübernatürlich», Simon zog eine Grimasse. «Du denkst immer noch wie die Leute in der mathematischen Parabel über Flachland. Du kannst nur in Kategorien von rechts und links denken, und wenn ich von *oben* und *unten* spreche, sagst du gleich ‹übernatürlich›. Es gibt kein ‹übernatürlich›; es gibt nur mehr Dimensionen, als du es gewohnt bist. Das ist alles. Würdest du in Flachland leben und ich würde aus deiner Ebene in eine andere Ebene steigen, so würde es dir vorkommen, als verschwände ich, als löste ich mich auf, in ‹dünne Luft›. Jemand, der von unserem dreidimensionalen Standpunkt herunterblicken würde, sähe mich in einer Tangentenbahn von dir weggehen und sich fragen, warum du dich deshalb so bekümmert und verschreckt verhalten würdest.»

«Aber das aufblitzende Licht ...»

«Das ist eine Energietransformation», erklärte Simon geduldig. «Sieh mal, der Grund, daß du nur dreidimensional denken kannst, ist der, daß es im kubischen Raum nur drei Richtungen gibt. Deshalb sprechen die Illuminaten – und ein paar jener Leute, denen sie in letzter Zeit gestattet haben, illuminiert zu werden, auch, teilweise wenigstens – von der gewöhnlichen Wissenschaft als ‹spießig›. Die Koordinaten des grundlegenden Energievektors des Universums verlaufen natürlich fünfdimensional und können am besten durch die fünf Seiten der Pyramide veranschaulicht werden.»

«Fünf Seiten? Wieso?» fragte Joe. «Sie hat doch nur vier.»

«Du vergißt die Grundfläche ...»

«Wow! Mann! Erzähl weiter ...»

«Energie erscheint immer dreiflächig, nicht kubisch. Bucky Fuller weiß einiges dazu zu sagen; übrigens: er ist der erste, außerhalb der Illuminaten, der das unabhängig von ihnen entdeckt hat. Die grundlegende Energietransformation, mit der wir uns in erster Linie beschäftigen, ist die, die Fuller ebenfalls noch nicht entdeckt hat; wir wissen jedoch, daß er daran arbeitet. Es geht um diejenige, die die Seele an das Materie-Energie-Kontinuum bindet. Die Pyramide liefert dazu den Schlüssel. Nimm mal einen Mann in der Lotusposition sitzend und zieh von seiner Zirbeldrüse – dem Dritten Auge, wie die Buddhisten es nennen – bis zu seinen Knien Linien. Und dann noch eine Linie von einem Knie zum anderen, und folgendes kommt dabei heraus.» Simon machte dazu eine Skizze in seinem Notizbuch und reichte sie Joe:

DAS DRITTE AUGE (geschlossen)
MEDITIERENDER MENSCH

DAS DRITTE AUGE (geöffnet)
ENERGIEFELD

«Wenn das Dritte Auge sich öffnet – nachdem die Angst durch Meditation überwunden wurde; das heißt: nach deinem ersten schlechten Trip –, kannst du das Energiefeld vollständig kontrollieren», fuhr Simon fort. «Ein irischer Illuminat des neunzehnten Jahrhunderts, Scotus Ergina, drückte es sehr einfach aus (natürlich in fünf Worten): *Omnia quia sunt, lumina sunt.* Das heißt soviel wie: ‹Alles was lebt, ist erleuchtet›. Einstein faßte es ebenfalls in fünf Symbole, als er schrieb: $e = mc^2$. Die eigentliche Transformation benötigt keine Atomreaktoren und das ganze Zeugs; du mußt nur lernen, die Vektoren deiner Seele zu kontrollieren. Doch jedesmal wenn du dabei einen Schritt vorankommst, entläßt sie einen höllischen Lichtblitz, wie John dir bestätigen kann.»

«Ich dachte schon, ich wäre blind, damals, das erste Mal in jenem Wald», stimmte Dillinger zu. «Aber ich war unendlich froh, daß mir einer den Trick zeigte und hatte seit jenem Nachmittag keine Angst mehr davor, eingesperrt zu werden. Denn ich konnte jetzt aus jedem Gefängnis, in das sie mich steckten, seelenruhig wieder herausmarschieren. Und das hat sie so verwirrt, sage ich dir, daß die Bundespolizei beschloß, mich umzulegen. Jedesmal wenn sie mich wieder drin hatten, dauerte es nur ein paar Tage, und ich lief wieder draußen herum. Du weißt ja, wie es zu jener Schlamperei am Biograph Theater kam, sie knallten drei Typen ab, weil sie dachten, ich sei einer von ihnen. Na ja, und weil diese drei in New York City sowieso wegen eines Raubüberfalls auf der Fahndungsliste standen, machte man kein großes Aufheben von diesem ‹Zwischenfall›. Aber dann geschah das größte ... oben in Lake Geneva, Wisconsin, legten sie drei angesehene Geschäftsleute um, einer von ihnen kam dabei ums Leben, und Hoovers Helden mußten ganz schön viel über sich ergehen lassen. Die Zeitungen wüteten nur so. Well, und ich wußte jetzt, woran ich war. Es lag einfach nicht mehr drin, daß ich mich ergab, einsperren ließ und 'n paar Tage darauf wieder draußen herumspazierte. Was sie jetzt brauchten, war eine Leiche ... und wir hatten sie zu beschaffen.» Der alte Mann sah auf einmal traurig drein. «Eine Möglichkeit, die uns in den Sinn kam, schien wie geschaffen zu sein, doch wurde uns bei dem Gedanken sauübel ... glücklicherweise kam es dann auch nicht dazu. Die Masche, die wir schließlich anwandten, funktionierte dann auch ganz perfekt.»

«Und das alles folgt dem Gesetz der Fünf?» fragte Joe.

«Mehr als du glaubst», gab Dillinger ironisch zur Antwort.

«Selbst wenn du Betrachtungen auf sozialem Gebiet anstellst», fügte Simon hinzu. «Wir haben Untersuchungen über Kulturen angestellt, die nicht von den Illuminaten kontrolliert wurden, und selbst die folgen Weishaupts Fünf-Stufen-Theorie: *Verwirrung, Zwietracht, Unordnung, Beamtenherrschaft, Grummet*. Amerika befindet sich gerade zwischen der vierten und fünften Stufe. Oder sagen wir's mal so, die ältere Generation befindet sich größtenteils auf der Stufe *Beamtenherrschaft*, und die jüngere Generation bewegt sich rasch auf *Grummet* zu.»

Joe nahm noch einen Drink und schüttelte den Kopf. «Ich verstehe nicht, wieso sie soviel offen und überall zeigen? Ich meine nicht die Bugs-Bunny-Geschichten; aber die Pyramide auf die Dollarnote zu drucken, wo jedermann sie tagtäglich sieht ... das ist doch schon allerhand.»

«Lieber Joe», sagte Simon, «denk doch nur mal an Beethoven. Nachdem er durch Weishaupt eingeführt worden war, ging er schnurstracks nach Hause und komponierte die Fünfte Symphonie; du weißt, wie sie beginnt, da-da-da-DUM. Das ist das Morsezeichen für V – die römische Ziffer für Fünf. Offen zeigen, sagst du. Was meinst du, wie die sich amüsieren. Die amüsieren sich teuflisch darüber, wie sie ihre Geringschätzung der Welt gegenüber den Leuten immerzu unter die Nase reiben können, und keinem fällt's auf. Fällt es mal einem auf, rekrutieren sie ihn natürlich sofort. Schlag mal die Schöpfungsgeschichte auf: ‹lux fiat› – gleich auf der ersten Seite. Sie treiben dieses Spiel, die Leute hinters Licht zu führen, immerzu. Denk ans Pentagon; ‹23 Skiddoo›; ‹Lucy in the Sky with Diamonds› ... müssen sie noch deutlicher werden? Melville war noch der Unverschämteste; schon der erste Satz in *Moby Dick* verrät, daß er ein Schüler Hassan i Sabbahs war. Doch den Melville-Spezialisten wirst du vergeblich suchen, der dieser Spur mal nachgegangen wäre ... Dabei liegt auf der Hand, daß der Name Ahab ein, wenn auch verstümmeltes, Anagramm von Sabbah ist. Auch deutet Melville an mehreren Stellen an, daß Moby Dick und Leviathan ein- und dieselbe Kreatur ist; daß Moby Dick gleichzeitig an zwei verschiedenen Stellen gesichtet wurde. Aber meinst du, auch nur einer von Millionen von

Lesern hätte mal kapiert, worauf er da gestoßen wird? Weiterhin gibt es im Moby Dick ein ganzes Kapitel über die Farbe Weiß; daß Weiß sehr viel grausamer als Schwarz ist; allen Kritikern, ausnahmslos *allen* Kritikern ist das bisher entgangen ...»

«‹Osiris ist ein schwarzer Gott›», zitierte Joe.

«Ja. Weiter so! Du machst rasch Fortschritte», sagte Simon begeistert. «Ich denke tatsächlich, es ist für dich wirklich an der Zeit, die verbale Ebene zu verlassen und endlich deiner eigenen ‹Lucy in the Sky with Diamonds›, deiner eigenen Lady Isis zu begegnen.»

«Denk ich auch», sagte Dillinger. «Die *Lief Erickson* liegt im Augenblick vor der kalifornischen Küste; Hagbard verdealt Haschisch an die Studenten in Berkeley. Es gibt da einen neuen, schwarzen Zahn in seiner Mannschaft. Ich glaube, die gäbe eine gute ‹Lucy› für Joe ab. Hagbard soll sie uns mal an Land schicken. Am besten fahrt ihr schon mal zur Norton Loge in Frisco, und ich werd arrangieren, daß sie euch zwei dort trifft.»

«Mit Hagbard habe ich eigentlich nicht gern was zu schaffen», sagte Simon. «Mir ist er zu rechtsextrem, und seine ganze Gang mit ihm.»

«Er ist einer unserer besten Verbündeten im Kampf gegen die Illuminaten», sagte Dillinger. «Außerdem möchte ich etwas von meinem Hanfskript gegen sein Flachsskript tauschen. Im Augenblick wollen die Schwachköpfe in Mad Dog nichts anderes als Flachsskript ... sie glauben, daß Nixon dem Hanfmarkt tatsächlich den Boden unter den Füßen wegziehen will. Und du weißt, wie sie mit Bundesreservenoten umgehen. Finden sie eine, verbrennen sie sie. ‹Sofortiges Einlösen› nennen sie das ...»

«Kindisch», sagte Simon. «Es wird Jahrzehnte dauern, die Bundespolizei auf diese Weise zu unterwandern.»

«Aber das sind halt die Leute, mit denen wir's zu tun haben», sagte Dillinger. «Und die JAMs werden nicht allein mit ihnen fertig.»

«Sicher», Simon zuckte die Achseln. «Aber's ekelt mich an.» Er stand auf und stellte sein Glas wieder auf den Tisch.

«Laß uns mal gehen», schlug Simon vor. «Du bist auf dem Weg, illuminiert zu werden.»

Dillinger begleitete sie bis an die Tür, beugte sich dann dicht zu Joe und sagte: «Ein Wort des Rates zum Ritual.»

«Ja?»

Dillinger senkte die Stimme. «Leg dich auf den Boden und bewahre die Ruhe», sagte er, und sein altes, verschlagenes Grinsen flackerte kurz wieder auf.

Joe stand da und sah den sich über ihn lustig machenden Banditen an. Es schien ihm, als würde er in Zeit eingefroren. Ein Flash, der sich wie der Ausschlag eines Oszillographen auf immer und ewig in seine Seele einbrannte. Aus den Untiefen seiner Erinnerung sprach Schwester Cecilia aus der Wiedererwecker-Schule: «Stell dich in die Ecke, Joseph Malik!» Und er erinnerte sich auch des Stückchens Kreide, das er langsam zwischen seinen Fingern zerbröckelte; an das Gefühl, dringend pissen zu müssen; an das unendlich lange Warten und an den Augenblick, da Pater Volpe das Klassenzimmer betrat und mit seiner Donnerstimme fragte: «Wo ist er? Wo ist der Junge, der es wagte, unserer guten Schwester, die uns Gott zu seiner Unterweisung sandte, zu widersprechen?» Und die anderen Kinder wurden aus dem Klassenzimmer heraus über die Straße in die Kirche geführt, um dort für seine Seele zu beten, während der Pater ihm eine flammende Predigt verpaßte: «Weißt du eigentlich, wie heiß es in der Hölle ist? Weißt du, wie heiß es im schlimmsten Winkel der Hölle ist? Genau dorthin werden jene Leute geschafft, die das Glück, in die Kirche hineingeboren zu sein, mißbrauchen und, durch den Stolz ihres Intellekts irregeleitet, gegen die Kirche rebellieren.» *Und fünf Tage später kehrten zwei Gesichter zurück: das des Paters, zornig, dogmatisch, Gehorsam verlangend, und das des Banditen, sardonisch, zu Zynismus ermunternd; und Joe begriff, daß er eines Tages unter Umständen Hagbard zu töten hatte. Aber es mußten erst noch weitere Jahre vergehen, und Joe mußte zuvor noch den Bombenanschlag auf sein eigenes Büro planen, zusammen mit Tobias Knight; erst dann würde er wissen, daß er Hagbard Celine tatsächlich ohne Gewissensbisse umbringen würde, falls dies einmal notwendig sein würde...*

Am 31. März aber, in jenem Jahr, da die Illuminaten ihre Weltuntergangspläne verwirklichen wollten, gerade als der Präsident der Vereinigten Staaten über Funk und Fernsehen die «totale thermonukleare Hölle» androhte, lag auf einem Bett des Hotels Duritti in Santa Isobel eine unbekleidete junge Dame namens Concepcion Galore und sagte: «Es ist ein Lloigor.»

«Was ist das, ein Lloigor?» fragte ihr Begleiter, ein Engländer namens Fission Chips, der am Hiroshima-Tag geboren wurde und seinen Namen von einem Vater ausgesucht bekommen hatte, dem es mehr um die Physik als um menschliche Belange ging.

Das Zimmer lag in der Luxus-Suite des Hotels, was bedeutete, daß es in einem scheußlichen spanisch-maurischen Stil eingerichtet war; das Bettzeug wurde täglich gewechselt (und in einer weniger luxuriösen Suite wieder aufgezogen), Schaben gab es nur wenige, und die Wasserinstallation funktionierte sogar meistens. Concepcion betrachtete die Stierkampfdarstellungen auf der gegenüberliegenden Wand, den nicht besonders überzeugend gemalten Manolete, der sich in einer eleganten Veronica drehte, und sagte gedankenverloren: «Hm, ein Lloigor ist ein Gott der einheimischen Schwarzen. Ein sehr böser Gott.»

Chips warf noch einen Blick auf die Statue und sagte mehr zu sich selbst: «Irgendwie hat er ein wenig Ähnlichkeit mit der Tlalac-Statue in Mexico City, gekreuzt mit einer jener polynesischen Cthulhu-*tikis*.»

«Die Starry Wisdom-Leute sind sehr an diesen Statuen interessiert», sagte Concepcion, um ein wenig Konversation zu treiben, denn die nächste halbe Stunde würde Chips sowieso nicht in der Lage sein, noch einmal über sie zu steigen.

«So?» sagte Chips, ebenso gelangweilt. «Wer sind diese Starry Wisdom-Leute?»

«Eine Kirche. Unten auf der Tequilla y Mota Street. War früher mal die Lumumba Street und später, als ich noch ein junges Mädchen war, hieß sie Franco Street; 'ne komische Kirche.» Das Mädchen dachte nach und runzelte dabei die Stirn. «Als ich noch im Telegraphenamt arbeitete, sah ich immer ihre Telegramme. Alles kodiert. Und niemals an eine andere Kirche. Immer an Banken. An Banken in ganz Europa, Nordamerika und in Südamerika.»

«Was du nicht sagst», sagte Chips langsam; seine Langeweile war schlagartig verflogen, und er bemühte sich, desinteressiert zu erscheinen; seine Kode-Nummer beim Britischen Geheimdienst war natürlich 00005. «Warum sind sie an diesen Statuen interessiert?» Er überlegte, daß ausgehöhlte Statuen ein gutes Transportmittel für Heroin sein können; er war fast sicher, daß Starry Wisdom eine Front der BUGGER war.

(1933 erzählte Professor Tochus seiner Psychologie-Klasse 101: «Also, das Kind fühlt sich, nach Adler, bedroht und minderwertig, weil es in der Tat körperlich kleiner und schwächer ist als der Erwachsene. Demzufolge weiß es, daß es keine Chance einer erfolgreichen Auflehnung hat, dennoch träumt es davon. In Adlers System stellt das den Ursprung des Ödipus-Komplexes dar: nicht Sex, sondern der Wille zur Macht. Die Klasse wird sogleich den Einfluß Nietzsches erkennen ...» Robert Putney Drake ließ seinen Blick über die Klasse schweifen und war sich ziemlich sicher, daß die meisten Studenten *nichts «sogleich» erkennen würden; noch erkannte Tochus selbst etwas.* Das Kind, so Drake, und das war der Grundstein seines eigenen Psychologie-Systems, war nicht von Sentimentalität, Religion, Ethik und ähnlichem Blödsinn geprägt; das Kind konnte klar erkennen, daß es in jeder Beziehung eine dominierende und eine unterwürfige Partei gab. Und das Kind, in seinem ganz natürlichen Egoismus, beschloß, die dominierende Rolle auszuprobieren. So einfach war das. Natürlich zeitigte die Gehirnwäsche der Erziehung in den meisten Fällen schon ihre Wirkung; und im College-Alter hatten sich die meisten schon damit abgefunden, die unterwürfige Rolle zu spielen. Professor Tochus schnurrte weiter; Drake träumte weiter, ganz gelassen, seinen Mangel an Superego genießend. Und er träumte davon, wie er eines Tages die dominierende Rolle ergreifen würde ... In New York stand Arthur Flegenheimer vor siebzehn in schwarze Gewänder gehüllten Figuren, von denen eine eine Ziegenkopfmaske trug und wiederholte: «Niemals werde ich Teile unserer Künste offenbaren; werde alles verbergen; werde ewiglich schweigen ...»)

Du siehst aus wie ein Roboter, sagte Joe Malik in San Francisco, in einem perspektivisch verzerrten Zimmer, in völlig verdrehter Zeit. *Ich meine, du bewegst dich und gehst wie ein Roboter.*

Bleib dabei, Mister Wabbit, sagte ein junger, bärtiger Mann mit düsterem Lächeln. *Manche Tripper sehen sich selbst als Roboter. Andere sehen den Führer als Roboter. Bleib bei dieser Pespektive. Ist es eine Halluzination, oder ist es die Erkenntnis von etwas, das wir normalerweise unterdrücken?*

Warte, sagte Joe. *Ein Teil von dir ist wie ein Roboter. Aber ein anderer Teil von dir ist lebendig, wie etwas Wachsendes, ein Baum oder eine Pflanze ...*

Der junge Mann lächelt, sein Blick gleitet nach oben, zum Mandala, das unter die Decke gemalt ist. *Well?* fragt er. *Glaubst du, das ist eine verständliche, poetische Kurzschrift: daß ein Teil von mir mechanisch ist wie ein Roboter und ein Teil von mir organisch wie ein Rosenbusch? Und was ist der Unterschied zwischen dem Mechanischen und dem Organischen? Ist der Rosenbusch nicht eine Art Maschine, die vom DNS-Kode benutzt wird, um mehr Rosenbüsche zu produzieren?*

Nein, sagt Joe. *Alles ist mechanisch, aber Menschen sind anders. Katzen besitzen eine Anmut, die uns verlorengegangen ist, oder zumindest teilweise verlorenging.*

Wie glaubst du, haben wir sie verloren?

Und Joe sieht das Gesicht von Peter Volpe und hört die Stimme «Unterwerfung» kreischen ...

Das Strategic Air Command erwartet die Befehle des Präsidenten, um nach Fernando Poo zu starten; Atlanta Hope hält eine Rede auf einer Kundgebung in Atlanta, Georgia, und protestiert gegen die hasenfüßige Friedenspolitik der kommunistenfreundlichen Regierung, die nicht damit droht, Moskau und Peking gleich mit Santa Isobel zusammen zu bombardieren; der Sowjetpremier liest voller Nervosität seine Rede noch einmal durch, während die Fernsehkameras in seinem Büro aufgestellt werden («und in sozialistischer Solidarität mit dem friedliebenden Volk von Fernando Poo»). Der Vorsitzende der kommunistischen Partei Chinas, der die Gedanken des Vorsitzenden Mao als von nur geringem Nutzen ansieht, wirft die *I Ging*-Stäbchen und betrachtet bedrückt das Hexagramm 23, und 99 Prozent der Völker dieser Erde warten darauf, daß ihre Führer ihnen sagen, was sie tun sollen; aber in Santa Isobel selbst, drei verschlossene Türen von der Suite mit der jetzt schlafenden Concepcion entfernt, sagt Fission Chips zornig in seinen Kurzwellensender: «Ich wiederhole, kein einziger Russe und kein einziger Chinese auf dieser gottverdammten Insel. Mir ist es scheißegal, was Washington sagt. Ich erzähle Ihnen, was ich gesehen habe. Und was den BUGGER-Heroinring angeht ...»

«Geben Sie auf», funkte das U-Boot zurück. «Das Hauptquartier ist augenblicklich weder an BUGGER noch an Heroin interessiert.»

«Verflucht und zugenäht!» Chips starrt seinen Kurzwellensender an. Diese Scheiß-Sardinenbüchse hatte den Kontakt unterbrochen. Nun mußte er wieder einmal auf eigene Faust weitermachen und diesen Schaukelstuhlagenten in London, vor allem diesem Schwachkopf W. zeigen, wie wenig sie eigentlich über die wirklich ernsten Fragen Fernando Poos und der Welt informiert waren.

Aufgebracht schoß er zurück ins Schlafzimmer. Ich werde mich anziehen, dachte er, rasend vor Wut, ein paar Rauchbomben, meine Luger und meinen Taschenlaser einpacken und mich unverzüglich zur Starry Wisdom-Kirche begeben. Als er aber die Schlafzimmertür aufriß, blieb er wie angewurzelt stehen. Concepcion lag noch immer im Bett, aber sie schlief nicht. Ihre Kehle war fein säuberlich durchschnitten, und in ihrem Kopfkissen steckte ein Flammendolch.

«Scheiße, Blitz und Donnerschlag!» fluchte 00005. «Das geht entschieden zu weit. Jedesmal, wenn ich was Gutes zum Bumsen gefunden habe, kommen diese Säue von BUGGERs und stechen's mir ab!»

Zehn Minuten später kam das GO-Signal aus dem Weißen Haus, eine Flotte von mit Wasserstoffbomben beladenen Bombern machte sich auf den Weg nach Santa Isobel; und Fission Chips machte sich auf den Weg zur Starry Wisdom-Kirche, wo er nicht BUGGER, sondern etwas anderem, auf einer ganz anderen Ebene, begegnete.

Zweites Buch

Zwietracht

«Es muß einen ‹natürlichen› Grund haben.» } Mögen diese beiden Ärsche zum Getreidemahlen abkommandiert werden.

«Es muß einen ‹übernatürlichen› Grund haben.»

Frater Perdurabo, O. T. O., «Chinese Music», *The Book of Lies*

Der vierte Trip,
oder Chesed

Jesus Christus auf einem Fahrrad

Vater Ordnung rennt und dreht ganz schön auf
Aber die alte Mutter Chaos gewinnt doch den Lauf
Lord Omar Khayaam, K. S. C.,
«The Book of Advice», *The Honest Book of Truth*

Von denen, die wußten, daß der wahre Glaube Mohammeds in den Ismailitischen Lehren enthalten war, wurden die meisten in die Welt ausgesandt, um Positionen in den Regierungen des Nahen Ostens und Europas einzunehmen. Da es Allah gefiel, ihnen diese Aufgabe zu übertragen, willigten sie gehorsamst ein; viele dienten auf diese Weise ihr ganzes Leben lang. Einige jedoch erhielten, nach fünf oder zehn oder sogar zwanzig Jahren solcher Lehnstreue, durch verborgene Kanäle ein Pergament, das das Symbol ⌁ trug. In dieser Nacht schlug der Diener zu und verschwand wie Rauch aus dem Kamin; und seinen Herrn fand man am nächsten Morgen, mit durchschnittener Kehle, den symbolischen Flammendolch neben ihm liegend. Andere waren auserkoren, auf eine andere Weise zu dienen, indem sie den Palast des Hassan i Sabbah auf Alamout versorgten. Diese durften sich besonders glücklich schätzen, besaßen sie doch das Privileg, den Garten der Lüste häufiger als andere zu betreten; den Garten, in dem Hassan durch die Beherrschung magischer chemischer Substanzen sie in einen himmlischen Zustand zu versetzen wußte, während sie noch in ihrem irdischen Körper verweilten. Eines Tages, im Jahre 470 (den unbeschnittenen Christenhunden als das Jahr 1092 Anno Domini geläufig), wurden sie Zeugen eines weiteren Beweises der Macht Lord Hassans. Sie wurden alle in den Thronsaal gerufen, wo vor Hassan auf dem Boden eine silberne Schale auf silberner Platte lag, die den Kopf des Jüngers Ibn Azif trug.

«Dieser Abtrünnige», sprach Lord Hassan, «hat sich einem Befehl widersetzt – das einzige Verbrechen, das in unserem Heiligen Orden niemals verziehen werden kann. Ich zeige Euch sein Haupt, um Euch das Schicksal eines Verräters in unserer Welt vor Augen zu führen. Mehr noch, ich werde Euch das Schicksal zeigen, das solche Hunde in der nächsten Welt erwartet.» Indem er so sprach, erhob sich der gute und weise Lord Hassan von seinem Thron und schritt in seiner majestätischen, leicht wankenden Art an den Kopf heran. «Ich befehle dir», sage er, «sprich!»

Der Mund öffnete sich, in Schmerz verzerrt, und der Kopf stieß einen Schrei aus, daß sich alle Getreuen die Ohren bedeckten und ihre Blicke abwandten; viele von ihnen sagten Gebete auf.

«Spreche, Hund!» wiederholte der weise Hassan. «Dein Winseln ist ohne Interesse für uns. Sprich!»

«Die Flammen», rief der Kopf. «Die schrecklichen Flammen. Allah, die Flammen ...» brabbelte er weiter, wie eine Seele in äußerster Agonie. «Vergebung», bettelte der Kopf. «Vergebung, o mächtiger Herr!»

«Es gibt keine Vergebung für Verräter», sprach der allwissende Hassan. «Kehr zurück in die Hölle!» Und der Kopf fiel unvermittelt zurück in Schweigen. Alle Umstehenden beugten sich nieder und priesen Hassan und Allah im Gebet; von allen Wundern, die sie gesehen, war dies gewiß das größte und allerschrecklichste zugleich.

Dann entließ Hassan die Versammelten, indem er sagte: «Vergeßt nicht diese Lektion. Laßt sie länger in Euren Herzen verweilen als die Namen Eurer Väter.»

(*«Wir möchten dich anwerben», sagte Hagbard ungefähr 900 Jahre später, «weil du so leichtgläubig bist. Das heißt leichtgläubig auf die richtige Weise.»*)

Jesus Christus fuhr auf dem Fahrrad vorbei. Das war die erste Warnung, daß ich kein Acid hätte nehmen sollen, bevor ich nach Balbo und Michigan kam, um die Straßenkämpfe zu sehen. Auf einer anderen Ebene schien es wiederum ganz in Ordnung zu sein: Acid war der einzige Weg, dieses ganze Kafka-auf-der-Walze-Beispiel der / Zitatanfang! / Demokratie in Aktion / Zitatende! / zu verstehen. Ich traf Hagbard im Grant Park, *cool* wie immer, mit einem Eimer Wasser und einem ganzen Stapel Taschentücher für die Tränengasopfer. Er stand in der Nähe der General-Logan-Statue und beobachtete die heftigen Auseinandersetzungen vor dem Hilton, drüben auf der anderen Straßenseite. Er suckelte an einer seiner italienischen Zigarren und sah wie Ahab aus, der endlich seinen Wal gefunden hatte ... *Genaugenommen erinnerte sich Hagbard an Professor Tochus in Havard:* «Verflucht noch mal, Celine, Sie können Schiffbau und Jura wirklich *nicht* gleichzeitig als Hauptfächer belegen. Sie sind schließlich nicht Leonardo da Vinci.» Und er hatte, pokergesichtig, erwidert: «Aber der bin ich. Ich kann mich an alle meine vergangenen Inkarnationen bis aufs letzte Detail erinnern, und Leonardo war eine von ihnen.» Tochus explodierte fast: «Dann *sei* doch ein Schlauberger! Wenn du durch die Hälfte der Fächer durchgerauscht sein wirst, kommst du vielleicht auf den Boden der Realität zurück...» Der alte Mann war schrecklich enttäuscht gewesen, die lange Reihe der «Sehr gut» zu sehen. Drüben, auf der anderen Straßenseite rückten die Demonstranten in Richtung Hilton vor, und die Polizei formierte sich erneut zum Angriff und knüppelte sie zurück; Hagbard fragte sich, ob Tochus jemals realisiert hatte, daß ein Professor ein Polizist des Intellekts war. Dann sah er Moon, den neuen Jünger des Padre, näherkommen... *«Du bist bis jetzt noch nicht verprügelt worden»*, sagte ich und überlegte dabei, daß Jarrys präsurrealistischer Klassiker, «Die Kreuzigung Christi als Bergauf-Radrennen» wirklich die beste Metapher für den Zirkus, den Daley aufführte, darstellte. «Du auch noch nicht, wie ich mit Befriedigung feststellen kann», erwiderte Hagbard: «Deinen Augen nach zu urteilen, hast du aber gestern abend im Lincoln Park ein wenig Tränengas abbekommen.» Ich nickte und erinnerte mich, daß ich an ihn und seinen sonderbaren diskordischen Yoga gedacht hatte, als es passierte. Malik, dieser stille sozialdemokratische Liberale, den John bald rekrutieren wollte, stand nur wenige Schritte entfernt; Burroughs und Ginsberg waren auch nur ein paar Meter weiter weg. Plötzlich konnte ich sehen, daß wir alle nur Schachfiguren waren, aber wer war der Schachmeister, der uns bewegte? Und wie groß war das Schachbrett? Auf der anderen Straßenseite konnte ich ein Rhinozeros erkennen, das sich stampfend vorwärtsbewegte und sich in einen Jeep mit einem aufmontierten Menschenfänger aus Stacheldraht verwandelte. «Mein Kopf läuft aus», sagte ich.

«Hast du eine Idee, wer das Rennen machen wird?» fragte Hagbard. Er erinnerte sich des Themas «Mietvertrag» in Professor Orlocks Seminar. «Worauf es hinausläuft», hatte Hagbard gesagt, «ist, daß der Mieter keine Rechte besitzt, die vor Gericht erfolgreich verteidigt werden könnten, und der Vermieter hat keine Pflichten, die er nicht versäumen könnte.» Orlock sah man an, wie schmerzhaft ihn das berührte, und ein paar Studenten waren schockiert; so, als wäre Hagbard aufgesprungen und hätte vor versammeltem Seminar seinen Schwanz aus der Hose gezogen. «Das drückt es immerhin ein bißchen kraß aus», sagte Orlock schließlich... *«Es könnte jemand in der Zukunft sein»*, sagte ich, *«oder in der Vergangenheit.»* Ich fragte mich, ob Jarry es getan hatte, damals, ein halbes Jahrhundert zuvor in Paris; das würde die Ähnlichkeit erklären. Im selben Augenblick ging Abbie Hoffman vorüber und sprach zu Apollonius von Tyana. Hatte uns Jarry oder Joyce alle im Sinn gehabt? Wir haben sogar eine Sheriff-Wood-Reiterschar über uns und Rubins Horde von Jerry-Männern ... *«Fullers Wagen ist ein Reklametrick, ein Schaustück»*, schäumte Professor Caligari, «und hat sowieso nichts mit Schiffsbau zu tun.» Hagbard blickte ihn eiskalt an und sagte: «Es hat *sehr viel* mit Schiffsbau zu tun.» Wie damals im juristischen Seminar, hatte er auch hier alle durcheinandergebracht. Hagbard begann zu begreifen: die sind nicht hier, um zu lernen, die sind hier, um einen Wisch Papier in die Hand gedrückt zu bekommen, der sie für bestimmte Jobs als befähigt ausweist ...

«Es sind nur noch ein paar wenige Memos», sagte Saul zu Muldoon. «Laß sie uns kurz durchblättern und dann das Hauptquartier anrufen, um zu sehen, ob Danny jene ‹Pat› fand, die sie verfaßte.»

Illuminaten-Projekt: Memo 15 6. 8.

J. M.:
Das hier scheint nun wirklich die verrückteste Version der Geschichte der Illuminaten zu sein, die ich bisher gefunden habe. Sie stammt aus einer Veröffentlichung, geschrieben, herausgegeben und veröffentlicht von einem gewissen Philip Campbell Argyle-Stuart, der behauptet, daß die Konflikte in dieser Welt auf einen lange währenden Krieg zwischen semitischen «Khazar»-Völkern und nordischen «Faustischen» Völkern zurückzuführen sind. Hier die Essenz seiner Gedanken:

Meine Theorie lautet, daß eine extrem teuflisch-imposante Schicht über die Khazar-Bevölkerung dominierte, bestehend aus Humanoiden, die mit fliegenden Untertassen vom Planeten Vulkan kamen, der sich, wie ich annehme, nicht in der intramerkurialen Umlaufbahn um die Sonne befindet, sondern eher in der irdischen Umlaufbahn, hinter der Sonne, für immer außer Sichtweite der Erdbewohner, immer sechs Monate hinter oder vor der Erde auf seiner orbitalen Reise ...

Ähnliches trifft für die Gotisch-Faustische westliche Kultur zu. Den vor kurzem vergleichsweise träge und ziellos wandernden Bevölkerungsströmen, bekannt als Franken, Goten, Angelsachsen, Dänen, Schwaben, Alemannen, Lombarden, Vandalen und Wikingern, wurde eine Überschicht auferlegt, die aus Normanno-Mars-Warägern bestand, die in fliegenden Untertassen vom Saturn, mit Umweg über den Mars, hier anlangten ...

Nach 1776 benutzte sie (die Khazar-Vulkanier-Verschwörung) die Illuminaten und die großen orientalischen Logen. Nach 1815 benutzte sie die finanziellen Machenschaften des Hauses Rothschild und nach 1848 die kommunistische Bewegung und nach 1895 die zionistische Bewegung ...

Noch etwas sollte nicht unerwähnt bleiben. Frau Helena Petrovna Blavatsky (geborene Hahn aus Deutschland), 1831–1891, Begründerin der Theosophie ... war beides, hypokritisch und teuflisch, eine wahre Hexe von großer, böser Macht, liiert mit den Illuminaten, den großen orientalischen Logen, mit russischen Anarchisten, britisch-israelischen Theoristen, Proto-Zionisten, arabischen Assassinen und den Thuggi aus Indien.

Quelle: *The High I. Q. Bulletin*, Vol. IV, No. 1, Januar 1970. Veröffentlicht von Philip Campbell Argyle-Stuart, Colorado Springs, Colorado.

Pat

«Wie lautete das Wort?» fragte Schütze Celine wißbegierig.

«SNAFU», antwortete ihm Schütze Pearson. «Willst du sagen, du hättest es noch niemals gehört?» Er richtete sich auf seiner Pritsche auf und starrte ihn ungläubig an.

«Ich bin ein naturalisierter Bürger», sagte Hagbard. «Ich wurde in Norwegen geboren.» Er zog sich das Hemd bis an die Schultern herauf; der Sommer von Fort Benning war für die nordische Hälfte seiner Gene entschieden zu heiß. *«Situation Normal, All Fucked Up»*, wiederholte er. «Das drückt wirklich alles aus ...»

«Wart mal ab, wenn du deine erste Zeit in *This Man's Army* mal hinter dir hast», sagte der Schwarze ungestüm. «Dann wirst du den Gebrauch des Wortes wirklich schätzen. Mann, und wie du es schätzen wirst ...»

«Es ist nicht nur die Armee», sagte Hagbard nachdenklich. «Es ist die ganze Welt.»

Erst nachdem sie das Eschaton immanentisieren wollten, fand ich heraus, an welcher Stelle mein Kopf eigentlich undicht war (und in ein paar anderen Nächten ebenfalls). Hinein in den armen George Dorn. Er wunderte sich fortwährend, wo all der Joyce und der ganze Surrealismus herkamen. Ich bin sieben Jahre älter als er, aber wir befinden uns auf der gleichen Stufe, wegen ähnlicher Schulerfahrungen und wegen unserer revolutionären Väter. Deshalb konnte Hagbard keinen von uns beiden jemals völlig verstehen: er hatte private Erzieher gehabt, bis er aufs College kam, und in dem Stadium beginnt die offizielle Ausbildung, ein par Konzessionen an die Realität zu machen; so erhalten die Opfer wenigstens die Chance, an der Außenseite zu überleben. Aber von alldem wußte ich in jener Nacht im Grant Park noch nichts, auch nichts davon, wieweit die Armee Hagbard half, das Collegeleben zu verstehen, denn ich selbst war gerade erst dabei, diesen Gedanken der totalen Wertigkeit dieser Entwicklung als konstant bleibend auszuarbeiten. Das würde bedeuten, daß ich zu gehen hätte, wenn George Fortschritte machte, oder sagen wir, daß Marylin Monroe und Jayne Mansfield die Tricks mit blauen Bohnen oder Autowracks anwenden mußten, bevor es Platz für Racquel Welch gab.

Illuminaten-Projekt: Memo 16 7. 8.

J. M.:
Ich denke, ich habe den Schlüssel gefunden, wie sich Zoroaster, fliegende Untertassen und all das andere Zeug von extremistischen Kreisen usw. in das Illuminaten-Puzzle einfügen. Aufgepaßt, Boss:

Die Nazi-Partei wurde als politischer Anhang der Thule-Gesellschaft gegründet, einer extremistischen Randgruppe der Illuminaten-Loge in Berlin. Diese Loge wiederum setzte sich zusammen aus Rosenkreuzern – hochgradigen Freimaurern –, und ihre Haupttätigkeit bestand darin, dem sterbenden Feudalsystem nachzutrauern. Freimaurer dieser Epoche arbeiteten wie die Föderalistische Partei im nachrevolutionären Amerika auch fleißig daran, «Anarchie» zu verhindern und die alten Werke zu erhalten, indem sie den christlichen Sozialismus einführten. Tatsächlich war die Aaron Burr-Verschwörung, die, wie Professor Hofstädter bemerkt, angeblich in ihrem Ursprung freimaurerisch war, der amerikanische Prototyp der deutschen Ränkespiele ein Jahrhundert später. Ihrem äußeren wissenschaftlichen Sozialismus fügten diese Freimaurer ergänzend mystische Konzeptionen hinzu, die ursprünglich für «gnostische» Konzepte gehalten wurden. Eine davon war die Konzeption des «Gnostizismus» selbst, «Illumination» genannt – welches besagte, daß es himmlische Wesen waren, die der Menschheit, direkt oder indirekt, ihre großen Ideen vermittelten, und daß diese zur Erde zurückkehren würden, sobald die Menschheit ausreichende Fortschritte gemacht hatte. Illumination war eine Art von Pentekostalismus, der jahrhundertelang von der orthodoxen Christenheit verfolgt wurde, und hatte sich in einem komplexen historischen Prozeß in der Freimaurerei angesiedelt, der nicht ohne eine größere Abschweifung zu erklären ist. Es genügt zu sagen, daß die Nazis, als Illuminierte, sich selbst als göttlich inspiriert und deshalb berechtigt fühlten, die Gesetze von Gut und Böse für ihre eigenen Absichten neu zu schreiben.

(Gemäß der Nazi-Theorie) hatten diese himmlischen Wesen, bevor unser Mond erobert wurde, auf den höchsten Ebenen Perus, Mexicos und in Gondor (Äthiopien), im Himalaya und in Atlantis und Mu ihre Wohnstätten gehabt. Diese Stätten bildeten die Uranus-Konföderation. Sie wurde ziemlich ernstgenommen, und der Britische Geheimdienst bekämpfte sie mit der «Silmarillion» genannten Phantasie, die den Grundstein für die «Hobbit»-Bücher darstellte ...»

Beide, J. Edgar Hoover und der Kongreßabgeordnete Otto Passmann, sind ranghohe Freimaurer, und bezeichnenderweise reflektieren beide diese Philosophie und deren manichäische Färbung. Die Hauptgefahr im Denken der Freimaurer, neben dem «göttlichen Recht aufs Regieren», ist natürlich der Manichäismus selbst, der Glaube, daß sich jeder Widersacher Gottes Willen widersetzt und deshalb ein Agent Satans ist. Das ist die extremste Anwendungsform, und Hoover reserviert sie normalerweise für den «gottlosen Kommunismus», doch ist sie zu einem gewissen Grad fast immer und überall gegenwärtig.

Quelle: «The Nazi Religion: Views on Religious Statism in Germany and America» von J. F. C. Moore, *Libertarian American*, Vol. III, Nr. 3, August 1969.

Pat

Jetzt begannen sie MACE einzusetzen, und ich sah einen Fotografen, der ein Bild von einem Bullen schoß, der ihn immer weiter «behandelte». (Heisenberg reitet wieder! Von weit aus dem Westen nahen die donnernden Hufe, die den gigantischen Leichenwagen ziehen, *Joint Phenomenon*! Außer, daß ich auf Acid war; wäre ich auf Gras gewesen, wäre es wirklich ein königliches *Joint*-Phänomen gewesen.) Und später hörte ich, daß der Fotograf für jene Aufnahme eine Auszeichnung erhielt. Jetzt sah er allerdings nicht so aus, als würde er eine Auszeichnung entgegennehmen ... Er sah aus, als hätten sie ihn gehäutet und würden jeden Nerv mit einem Zahnbohrer berühren. «Jesus Christus», sagte ich zu Hagbard, «sieh dir diesen armen Teufel an. Ich hoffe, ich komme nur mit Tränengas davon. Auf MACE bin ich nicht im geringsten scharf.» Aber LSD tut nicht weh, und ich war gelassen, wissen Sie, und 'ne Minute später war ich schon wieder auf Joyce und dachte an ein Drama, das ich schreiben würde: «Euer Mace und mein Dünnschiß». Die erste Zeile sollte zu Ehren Padre Pederastias so richtig saftig werden: «Welch ein Gespann von Pfuschern am Werk, das Darmgrimmen dieser Stunde auszuloten ...»

«*Bism'allah*», sagte Hagbard. «Unser Karma wird durch unsere Taten bestimmt und nicht durch unsere Gebete. Du stehst auf dem Spielplan und spielst mit, wie immer es auch kommen mag.»

«Komm her, vergiß das Geträllere vom Heiligen Mann und hör endlich auf, meine Gedanken zu lesen», protestierte ich. «Auf mich mußt du nun wirklich nicht andauernd Eindruck schinden.» Aber ich war schon längst wieder auf den Gegenzug gesprungen, der ungefähr in diese Richtung fuhr: Wenn diese Szenerie wirklich Daleys Zirkus sein soll, dann kann ja nur Daley Zirkusdirektor sein. Wenn das, was unten ist, das von oben ist, wie Hermes geheimnisvoll andeutete, dann *ist* diese Szenerie die größere Szenerie. Mister Mikrokosmos begegnet Mister Makrokosmos. «Hello, Mike!» «Hello, Mac!» Schlußfolgerung: Bürgermeister Daley ist auf geringe Weise das, was Krishna auf große Weise ist. Quod erat demonstrandum.

In diesem Augenblick kamen ein paar SDSler zu uns rübergelaufen, die eine ordentliche Ladung Tränengas abgekommen hatten, und Hagbard teilte geschäftig nasse Taschentücher aus. Und wie sie die gebrauchen konnten: sie waren halb blind, wie Joyce, der mit seinem Adam weise Hoffnungen teilte. Und ich selbst war keine große Hilfe, weil ich selbst viel zu geschäftig mit Heulen war.

«Hagbard», keuchte ich, in Ekstase versetzt, «Bürgermeister Daley ist Krishna.»

«Pech für ihn», antwortete er knapp, während er die Taschentücher austeilte. «Er hat wahrscheinlich keine Ahnung davon.»

Mir fiel plötzlich ein:

Hubert the Hump hat gehustet und gehüstelt
Und spuckte auf die Straßen, die Lincoln einst gestiefelt

Das Wasser verwandelte sich in Blut (Hagbard war ein witziger spritziger Jesus: hast du vielleicht Wein erwartet?), und ich erinnerte mich an die Geschichte, die meine Mutter über Dillinger am Biograph erzählte. Alle sitzen wir da, im Biograph Theater, und träumen das Drama unseres Lebens, spazieren dann hinaus in die großmütterliche

Güte der bleiernen Küsse, die uns wieder in unsere schwindende Glückseligkeit hineinwecken. Außer eben, daß er einen Weg zurückfand. Was sagte doch Charlie Manson gleich: «Zuerst als Tragödie, dann als Farce!» Marxismus-Lennonismus: Ed Sanders von den Fugs, der letzte Nacht vom Ficken auf der Straße geredet hatte, als hätte er meine Gedanken gelesen (oder hatte ich seine gelesen?), und Lennons «Why Don't We Do It in the Road?» wurde ein Jahr später aufgenommen. Der gute Marx und unsere Groupies. Die blutigen Taschentücher ins Wasser getaucht oder Wein, und das Massenritual ging weiter, die Messe ging weiter, Mace, Schlag auf Schlag. Capone bereitete alles für die Federals vor, aber John hatte genug und trat ab, so kriegte sein Ersatzmann, Frank Sullivan, die Kugeln ab. Das Autobiograph Theater, ein Drama und ein Trauma, ja. Ich hätte vielleicht doch nur einen halben Trip nehmen sollen und nicht die ganzen 500 Mikro, denn an diesem Punkt sahen die Kollegen vom SDS, die bis zum Bruch im nächsten Jahr Seite an Seite mit den RYM-I gingen, so aus, als hätten sie Meßknabengewänder an, und mir kam es so vor, als verteilte Hagbard Kommunionswaffeln und keine Taschentücher. Er sah mich plötzlich an, sah mich an mit jenem ägyptischen Falkenblick, und ich beobachtete, daß er beobachtet hatte ... Hopalong Horus Heisenberg ... wo sich meine Gedanken gerade bewegten. Du mußt kein Wassermann sein, dachte ich, um zu wissen, aus welcher Richtung meine Seele bläst.

Aus der Menge ertönte ein Geräusch, als würden sich die Türen einer Untergrundbahn mit einem lauten Schmatzen öffnen, und ich sah, wie die Bullen über die Straße liefen, um den Park zu räumen.

«Also los», sagte ich. «Heil Diskordia.»

«Snafu über alles», grinste Hagbard und setzte sich mit mir in Trab. Wir liefen in Richtung Norden und dachten, daß jene, die nach Osten liefen, in eine Falle geraten und eingeseift würden. «Demokratie», sagte ich, während ich dahinzockelte.

«Dort kannst du das wahre Gesicht der Autorität erblicken», zitierte er und hob den Eimer etwas in die Höhe, damit er nicht überschwappte. Ich erkannte den Bezug auf Shakespeare und schweifte zurück: meine Gedanken waren schon zurückgewandt: tatsächlich sah jeder Polizist wie Shakespeares Hund aus. Ich erinnerte mich der verzweifelten Semantik an Lyndon B. Johnsons Anti-Geburtstagsparty, als Burroughs darauf bestand, daß die Chicagoer Bullen mehr wie Hunde als wie Schweine aussahen, im Widerspruch zur Rhetorik des SDS. Terry Southern, auf seinem üblichen manischen Mittelkurs, behauptete, sie seien mehr mit dem purpurärschigen Mandrill verwandt, den grimmigsten Vertretern der Pavian-Familie. Aber die meisten von ihnen hatten bisher noch nicht das Schreiben entdeckt.

«Autorität?» fragte ich, und mir wurde bewußt, daß ich unterwegs irgend etwas verloren hatte. Wir verlangsamten das Tempo und gingen jetzt wieder, die *Action* hatten wir hinter uns gelassen.

«A ist nicht gleich A», erklärte Hagbard mit seiner ermüdenden Geduld. «Wenn du akzeptierst, daß A gleich A ist, bist du bereits drauf. Im wahren Sinn *drauf*, süchtig aufs System...»

Mir fiel der Bezug zu Aristoteles auf, dem alten Mann des Stammes mit seiner unglückseligen, epistemologischen Parese, wie auch zu jener kleinen Lady, von der ich mir immer vorstellte, sie sei in Wirklichkeit die verlorene Anastasia; aber ich kapierte immer noch nichts. «Was meinst du?» fragte ich und ergriff ein Taschentuch, als die Tränengaswolke in unseren Teil des Parks zu treiben begann.

«Der Vorsitzende Mao sagte nicht mal die Hälfte darüber», erwiderte Hagbard und hielt sich selbst ein Taschentuch vors Gesicht. Seine Worte drangen jetzt nur noch gedämpft zu mir: «Es ist nicht nur politische Macht, die aus einem Gewehrlauf sprießt. Vielmehr eine vollständige Definition von Realität. Ein ganzes Szenenbild. Und die ganze Aktion muß in dieser und keiner anderen Szenerie ablaufen.»

«Hör doch auf, so verdammt herablassend zu sein», widersprach ich ihm und blickte um eine Ecke der Zeit und realisierte, das war die Nacht, in der ich mit MACE getauft würde. «Alles nur Marx: die Ideologie der herrschenden Klasse wird zur Ideologie der ganzen Gesellschaft.»

«Nicht die Ideologie. Die Realität.» Er ließ das Taschentuch etwas herab. «Das hier war ein öffentlicher Park, bis sie die Definition wechselten. Jetzt haben die Gewehre die Realität gewechselt. Es ist *kein* öffentlicher Park. Es gibt mehr als nur eine Art von Magie.»

«Genau wie das Gesetz über Grundbesitz», sagte ich leise. «Einst gehörte das Land allen. Und eines guten Tages gehörte es den Landbesitzern.»

«Genauso wie die Drogengesetze», fügte er hinzu. «Über Nacht wurden hunderttausend harmlose Junkies zu Kriminellen; und wie? Durch Kongreßbeschluß, damals 1927. Zehn Jahre später, 1937, wurden alle Grasraucher über Nacht zu Kriminellen... durch Kongreßbeschluß. Und als die Gesetzesvorlagen mal unterzeichnet waren, wurden sie wirklich zu Kriminellen. Die Gewehre bewiesen es. Geh mal vor den Gewehren entlang, mit 'nem Joint in der Hand, und weigere dich stehenzubleiben, wenn sie dich rufen. Ihre Imagination wird innerhalb einer Sekunde zu deiner Realität.»

Und ich hatte endlich eine Antwort für Dad gefunden, als aus dem Dunkel auf einmal ein Bulle auftauchte, irgendwas wie ‹Motherfucker-Schwuler-Kommunist-Freak› brüllte und mir MACE verpaßte. Besser hätte er auf dieser Bühne gar nicht auftreten können (das wurde mir, als ich zusammenbrach, schmerzlich bewußt).

Illuminaten-Projekt: Memo 17   7.8.

J. M.:
Hier noch ein paar Informationen, wie sich Blavatsky, Theosophie und das Motto unter der Großen Pyramide auf dem Siegel der Vereinigten Staaten von Amerika in das Gesamtbild der Illuminaten einfügen (oder *nicht* einfügen. Es wird, je tiefer ich in die Materie eintauche, immer verrückter!). Das hier ist ein Artikel, der Madame Blavatsky verteidigt, nachdem Truman Capote die Anschuldigung der John Birch Society wiederholt hatte, Sirhan Sirhan sei zum Mord an Robert Kennedy durch die Lektüre der Werke von Madame Blavatsky inspiriert worden: «Sirhan Blavatsky Capote» von Ted Zatlyn, *Los Angeles Free Press*, 26. Juli 1968:

> Birchers, die, auch wenn in kleiner Zahl und so wahnsinnig wie gewohnt, Madame Blavatsky attackieren, finden eine neue Heimat in einer Atmosphäre von Mißtrauen und Gewalt. Truman Capote nimmt sie ernst...
>
> Weiß Mister Capote, daß die Illuminaten (gemäß der geheiligten Birch-Lehre) im Garten Eden anfingen, als Eva es mit der Schlange trieb und Kain gebar? Daß alle Nachfahren des Schlangenmannes Kain einer supergeheimen Gruppe, bekannt als Illuminaten, angehören, die sich zu absolut nichts anderem als dem niedrigsten und erbärmlichsten Bösen, das es in der satanischen menschlichen Seele gibt, verschrieben haben?
>
> Anti-Illuminat John Steinbacher schreibt in seinem unveröffentlichten Buch, *Novus Ordo Seclorum* (Eine neue Ordnung der Zeitalter): «Im heutigen Amerika liebäugeln viele ansonsten talentierte Leute mit dem Verderben, indem sie sich mit jenen selben bösen Mächten verbinden ... Madama Blavatskys Lehre hatte eine verblüffende Ähnlichkeit mit der von Weishaupt...»

Der Autor gibt dann auch *seine* Version der *Bircher*-Version über das, was die Illuminaten eigentlich zu vollbringen suchen:

Ihr abscheuliches Ziel ist es, Materialität zu transzendieren und eine Welt zu schaffen, in der die Souveränität der Nationen und die Unverletzlichkeit privaten Eigentums verleugnet werden.

Ich denke nicht, daß ich dem Glauben schenken kann, aber es erklärt wenigstens, wie die Nazis und auch die Kommunisten letztlich in der Hand der Illuminaten sein könnten. Oder?

Pat

«Eigentum ist Diebstahl», sagt Hagbard, indem er die Friedenspfeife weiterreicht.

«Wenn der BIA-Agent jenen Grundbesitzern hilft, unser Land wegzunehmen», sagte Uncle John Feather, «dann wird das Diebstahl sein. Aber wenn wir das Land behalten, ist das ganz sicher kein Diebstahl.»

Nacht fiel über das Mohikaner-Reservat, aber Hagbard sah, wie Sam Three Arrows im Zwielicht der kleinen Hütte zustimmend nickte. Wieder einmal fühlte er geradezu, daß die amerikanischen Indianer Menschen waren und daß er die größte Mühe hatte, sie zu verstehen. Seine Lehrer, Privatlehrer, hatten ihm eine kosmopolitische Ausbildung vermittelt, und normalerweise kannte er keine Hindernisse im Umgang mit Menschen, ganz gleich welcher Kultur oder Rasse; die Verständigung klappte einfach. Aber die Indianer stellten ihn nach wie vor häufig genug vor ein Rätsel. Selbst nachdem er seit nunmehr fünf Jahren bei Rechtsstreitigkeiten verschiedene Stämme gegen das Büro für Indianische Angelegenheiten und gegen die Landpiraten, die ihm dienten, vertreten hatte, wurde ihm immer wieder bewußt, daß die Köpfe dieser Leute irgendwo weilten, wohin er noch keinen Zutritt hatte. Entweder stellten sie die naivste, simpelste oder die überzüchtetste Gesellschaft auf dem ganzen Planeten dar, vielleicht, so dachte er, waren sie beides – extreme Naivität und extreme Vergeistigung liegen sowieso nicht sehr weit auseinander.

«Besitz ist Freiheit», sagte Hagbard. «Ich zitiere denselben Mann, der sagte, ‹Eigentum ist Diebstahl›. Er sagte auch, ‹Besitz ist unmöglich›. Ich spreche aus dem Herzen. Ich möchte, daß Ihr versteht, warum ich diesen Fall übernehme. Ich möchte, daß Ihr es versteht, versteht in seinem ganzen Umfang.»

Sam Three Arrows zog an der Pfeife und blickte Hagbard mit seinen dunklen Augen an. «Du meinst, daß Gerechtigkeit nicht als ein Hund, der bei Nacht bellt, bekannt ist? Daß sie mehr wie ein unerwartetes Geräusch im Wald ist, das nach angestrengtem Nachdenken vorsichtig identifiziert werden muß?»

Da war es wieder einmal mehr: Hagbard hatte denselben Einfallsreichtum der Sprache der Shoshonen am entgegengesetzten Ende des Kontinents erlebt. Er fragte sich genüßlich, ob Ezra Pounds Dichtung durch Sprachgewohnheiten seines Vaters beeinflußt gewesen sein mochte, die er bei den Indianern angenommen hatte – Homer Pound war der erste weiße Mann gewesen, der in Idaho geboren wurde. Gewiß ging das weit übers Chinesische hinaus. Und es stammte nicht aus Büchern über Rhetorik, sondern vom «dem Herzen zuhören» – die Metapher der Indianer, die er vor wenigen Minuten selbst benutzt hatte.

Für die Antwort nahm er sich Zeit: Er begann damit, sich eine der indianischen Gewohnheit zu eigen zu machen, lange nachzudenken, bevor man eine Frage beantwortete.

«Eigentum und Gerechtigkeit sind wie Wasser», sagte er schließlich. «Kein Mensch kann es lange halten. Ich habe viele Jahre in Gerichtshöfen zugebracht, und ich habe gesehen, wie Eigentum und Gerechtigkeit sich verändern, während ein Mann spricht; sich verändern, wie die Raupe in eine Puppe und dann in einen Schmetterling wechselt. Verstehst du mich? Manchmal dachte ich, ich hätte bereits den Sieg in Händen, dann aber sprach der Richter, und meine Hände waren wieder leer. Wie Wasser, das durch deine Finger rinnt, war alles wieder leer.»

Uncle John Feather nickte. «Ich verstehe dich. Du meinst, wir werden wieder verlieren. Wir haben uns ans Verlieren gewöhnt. Seit George Washington uns dieses Land versprach, uns das Land solange versprach, wie ‹der Berg steht und das Gras grün ist›, und dann sein Versprechen brach und uns in den letzten zehn Jahren Stück um Stück abgenommen hat, haben wir verloren, immer nur verloren. Alles, was sie uns ließen, war ein Acker von hundert versprochenen Äckern.»

«Vielleicht verlieren wir auch nicht», sagte Hagbard. «Ich verspreche Euch, daß das BIA dieses Mal wirklich zu spüren bekommen wird, daß es in eine Schlacht verwickelt ist. Natürlich lerne ich jedesmal, wenn ich wieder einmal aus dem Gerichtssaal komme, Tricks dazu. Inzwischen kenne ich so viele Tricks und kann so gerissen sein, daß ich viel sicherer bin als bei den ersten Prozessen. Ich weiß gar nicht mehr, was ich eigentlich bekämpfe. Ich nenne es das Snafu-Prinzip, um es mit einem Wort zu schmücken – verstehe aber auch nicht, was es ist.»

Es gab erneut eine Pause. Hagbard hörte das Klappern eines Mülltonnendeckels hinter der Hütte: das war Old Grandfather, der Waschbär. Er kam, um sich sein Nachtessen zu stehlen. In Old Grandfathers Welt war Eigentum bestimmt Diebstahl, dachte Hagbard.

«Mir ist auch vieles rätselhaft», sagte Sam Three Arrows schließlich. «Ich habe lange Zeit in New York gearbeitet. Wie viele junge Männer der Mohikaner-Nation auf dem Bau. Die weißen Männer konnte ich gar nicht hassen, denn sie waren in vielem ebenso wie wir. Aber sie kennen die Erde nicht, und sie lieben sie nicht. Und normalerweise sprechen sie nicht aus dem Herzen. Sie handeln nicht aus dem Herzen. Sie sind wie Schauspieler auf der Leinwand. Sie sind nicht von der Tugend berufen, sondern von ihrem Geschick, Rollen zu spielen. Jemanden anderes zu spielen. Weiße selbst haben mir das in einfachen, schlichten Worten gesagt. Sie haben kein Vertrauen in ihre Häuptlinge, und dennoch folgen sie ihnen. Wenn wir einem Häuptling mißtrauen, dann ist es aus mit ihm. Dann haben die Häuptlinge der Weißen zuviel Macht. Es ist nicht gut für einen Mann, wenn ihm immer nur gehorcht wird. Am schlimmsten ist noch das, was ich über ihre Herzen gesagt habe. Ihre Häuptlinge haben es verloren, und damit haben sie auch die Barmherzigkeit verloren. Sie sprechen von woandersher. Sie handeln von woandersher. Aber von woher? Ich weiß es sowenig wie du. Es ist, denke ich, eine Art Wahnsinn.» Er sah Hagbard an und fügte höflich hinzu: «Manche sind anders.»

Für Uncle John Feather war das eine lange Rede gewesen, irgend etwas schien ihn zu bewegen. Er fuhr fort: «Ich war in der Armee, und wir kämpften gegen einen schlechten weißen Mann; so sagten sie uns jedenfalls. Wir hatten Versammlungen, die Ausbildung und Orientierung genannt wurden. Sie zeigten uns Filme, um uns zu beweisen, daß dieser schlechte weiße Mann wirklich schlecht war; was für schreckliche Dinge er in seinem Land tat. Nach den Filmen war jeder immer unheimlich wütend und wollte kämpfen. Außer mir. Ich war sowieso nur in der Armee, weil sie mehr bezahlte, als ein Indianer sonst verdienen konnte. So war ich auch nicht wütend, sondern verwirrt. Es gab nichts, was jener weiße Häuptling tat, das die meisten weißen Häuptlinge in unserem Land nicht ebenfalls taten. Sie erzählten uns von einem Ort, den sie Lidice nannten. Es war fast genauso wie Wounded Knee. Sie erzählten uns von Familien, die Tausende von Kilometern transportiert wurden, um vernichtet zu werden. Es war ziemlich genauso wie der *Trail of Tears*. Sie erzählten uns, wie dieser Häuptling seine Nation regierte, so daß niemand es wagte, ungehorsam zu sein. Es war fast so wie bei den weißen Männern, die in New York bei den großen Gesellschaften arbeiteten, wie Sam es mir beschrieben hat. Ich befragte einen anderen Soldaten, einen schwarzen weißen Mann. Mit ihm war es einfacher zu sprechen als mit den üblichen weißen Männern. Ich fragte ihn, was er von der Ausbildung und Orientierung halten würde. Er sagte, es wäre eine große Scheiße, und er sprach aus dem Herzen. Ich dachte lange Zeit darüber nach, und ich wußte, er hatte recht. Die Ausbildung und Orientierung waren große Scheiße. Aber laßt mich noch etwas sagen: Die Nation der Mohikaner ist dabei, ihre Seele zu verlieren. Die Seele ist nicht so etwas wie Atem oder Blut oder Knochen, und man kann sie auf viele Arten verlieren. Kein Mensch weiß eigentlich genau wie. Mein Großvater hatte mehr Seele als ich, und die jungen Männer haben weniger Seele als ich. Aber ich hatte noch genug Seele, um mit Old Grandfather zu sprechen, der heute ein Waschbär ist. Er denkt wie ein Waschbär, und er ist um die Nation der Waschbären ebenso besorgt wie ich um die Nation der Mohikaner. Er denkt, daß die Nation der Waschbären bald untergehen wird und mit ihr alle anderen Nationen der freien und wilden Tiere. Das ist sehr schlimm, und es macht mir angst. Wenn die Nationen der Tiere sterben, wird die Erde ebenfalls sterben. Das ist eine alte Lehre, und ich kann sie nicht anzweifeln. Ich sehe es schon jetzt passieren. Wenn sie mehr von unserem Land stehlen, um diesen Damm zu bauen, wird mehr von unserer Seele sterben und mehr von der Seele der Tiere wird sterben! Die Erde wird sterben und die Sterne werden ausgehen! Die Große Mutter selbst wird sterben!» Der alte Mann weinte. Er schämte sich nicht. «Und das alles wird geschehen, weil die Menschen nicht mehr in Worten reden, sondern weil sie Scheiße reden!»

Hagbard war ganz bleich geworden. «Du kommst mit in den Gerichtssaal», sagte er langsam, «und wirst das alles dem Richter erzählen, in genau denselben Worten.»

Illuminaten-Projekt: Memo 18 8. 8.

J. M.:

Vielleicht erinnerst du dich daran, daß die graphische Darstellung der Illuminaten-Verschwörung im *East Village Other* (Memo 9) «The Holy Vehm» als eine Front der Illuminaten auswies. Ich habe jetzt herausgefunden, was The Holy Vehm ist (oder besser, war). Meine Quelle ist Eliphas Lévys *History of Magic*, op. cit., Seite 199–200:

> Sie entsprachen einer Art Geheimpolizei, die das Recht auf Leben und Tod besaßen. Das Geheimnis, das ihre Urteile umgab, sowie die Schnelligkeit ihrer Exekutionen waren geeignet, die Vorstellungswelt jener Leute, die noch immer in Barbarei lebten, in höchstem Maße zu beeindrucken. The Holy Vehm erreichte eine enorme

Verbreitung; die Menschen erschauderten, wenn sie von mysteriösen Erscheinungen sprachen, von maskierten Männern und Botschaften, die unter den Augen der Wächter an die Türen von Adligen geheftet wurden; von Räuberhauptmännern, die mit dem schrecklichen Kreuzdolch in der Brust aufgefunden wurden, an dem eine Schriftrolle befestigt war und das Urteil der Holy Vehm enthielt. Das Tribunal bediente sich der phantastischsten Verfahrensweisen der Urteilsfindung: die schuldige Person, an eine verrufene Wegkreuzung zitiert, wurde von einem schwarz vermummten Mann zur Verhandlungsstätte geführt; dieses geschah zu unziemlicher Nachtstunde, denn das Urteil wurde immer nur um Mitternacht verkündet. Der Verurteilte wurde mit verbundenen Augen in eine unterirdische Grotte geschleppt, wo er von einer Stimme verhört wurde. Die Augenbinde wurde ihm schließlich abgenommen, die Grotte taghell beleuchtet, und die Freien Richter, wie sie sich nannten, saßen maskiert und in schwarze Gewänder gehüllt da.

Das Gesetzbuch des Femegerichts wurde in einem alten westfälischen Archiv gefunden und von Müller unter folgendem Titel gedruckt veröffentlicht: «Kodex und Statuten des Heiligen Geheimen Tribunals der Freien Gerichte, als auch der Freien Richter von Westfalen, begründet im Jahre 772 von Kaiser Karl dem Großen und revidiert im Jahre 1404 von König Robert, und bindend gemacht für die Gerichte der Illuminierten, die ihre Vollmacht direkt vom König erhalten haben.»

Ein Artikel auf der ersten Seite untersagt, unter Androhung der Todesstrafe, jeder profanen Person die Einsichtnahme in dieses Buch. Das Wort «Illuminierte» legt die gesamte Mission offen dar: sie hatten im Verborgenen jene aufzufinden, die den dunklen Mächten dienten; sie kontrollierten auf geheimnisvolle Weise jene, die sich zu Gunsten von Geheimnislehren gegen die Gesellschaft verschwörten; und sie selbst waren die geheimen Soldaten des Lichts, die kriminelle Handlungen ans Tageslicht förderten, was durch die taghelle Beleuchtung im Moment ihrer Urteilsverkündungen symbolisch zum Ausdruck gebracht wurde.

So können wir jetzt also sogar noch Karl den Großen auf die Liste der Illuminierten setzen – zusammen mit Zoroaster, Joachim von Floris, Jefferson, Washington, Aaron Burr, Hitler, Marx und Madame Blavatsky. Das alles kann doch nicht nur ein bloßes Gerücht sein ...

Pat

Illuminaten-Projekt: Memo 19 9. 8.

J. M.:
Mein letztes Memo mag etwas zu voreilig im Gebrauch der Vergangenheitsform gewesen sein. Ich fand inzwischen noch einen Hinweis darauf, daß die Holy Vehm durchaus noch existieren könnten. Der Hinweis stammt von Daraul (*History of Secret Societies*, op. cit., Seite 211):

 Diese schrecklichen Tribunale wurden niemals abgeschafft. Sie wurden von verschiedenen Monarchen reformiert, doch selbst im 19. Jahrhundert war man von ihrer Existenz durchaus noch überzeugt; wenn auch im Untergrund. Die Nazi-Werwölfe und die Widerstandsbewegungen, die die kommunistische Besetzung Ostdeutschlands bekämpften, gaben an, daß sie die Tradition der «Chivalrous Holy Vehm» fortführten. Vielleicht tun sie das auch heute noch.

Pat

Bundesgericht für den 17. Bezirk des Staates New York. Kläger: John Feather, Samuel Arrows, et al. Verteidiger: Büro für Indianische Angelegenheiten, Amt für Inneres, und der Präsident der Vereinigten Staaten. Für die Kläger: Hagbard Celine. Für die Verteidigung: George Kharis, John Alucard, Thomas Moriarty, James Moran. Vorsitz: Richter Quasimodo Imhotep.

MR. FEATHER (abschließend): Und das alles wird geschehen, weil die Menschen nicht mehr in Worten reden, sondern weil sie Scheiße reden!

MR. KHARIS: Euer Ehren, ich beantrage, daß das letzte Plädoyer als irrelevant aus dem Protokoll gestrichen wird. Wir haben es hier mit praktischen Fragen zu tun, mit der Notwendigkeit dieses Staudamms für die Bevölkerung von New York, und der Aberglaube des Herrn Feather geht an diesem Punkt absolut vorbei.

MR. CELINE: Euer Ehren, die Bevölkerung von New York ist lange ohne einen Staudamm in der bezeichneten Gegend ausgekommen. Sie wird auch weiterhin ohne ihn überleben können. Die eigentliche Frage ist doch die, wie lange etwas, mit oder ohne Staudamm, überleben kann, wenn unsere Worte, wie Herr Feather sagte, zu Exkrementen werden? Kann das, was wir berechtigterweise amerikanische Gerechtigkeit nennen, überleben, wenn die

Worte unseres ersten Präsidenten, wenn das heilige Gedenken an George Washington zerstört werden? Kann es überleben, wenn sein Versprechen, die Mohikaner könnten diese Landschaft «so lange wie der Berg steht und das Gras grünt» behalten, zu nichts als einem Schwall von Exkrementen wird?

MR. KHARIS: Der Rechtsbeistand argumentiert nicht. Der Rechtsbeistand schwingt Reden.

MR. CELINE: Ich spreche aus dem Herzen. *Sind Sie* – oder sprechen Sie Exkremente, die Ihnen von Ihren Vorgesetzten vorgeschrieben wurden?

MR. ALUCARD: Noch mehr Reden...

MR. CELINE: Mehr Exkremente!

RICHTER IMHOTEP: Halten Sie sich unter Kontrolle, Mr. Celine.

MR. CELINE: Ich halte mich unter Kontrolle. Im anderen Fall würde ich ebenso offen wie meine Mandanten sprechen und sagen, daß das meiste, was hier geredet wird, nichts als Scheiße ist. Warum sage ich überhaupt «Exkremente», wenn nicht, wie auch Sie, um ein wenig zu verbergen, was wir tatsächlich tun... Scheiße, nichts als Scheiße!

RICHTER IMHOTEP: Mr. Celine, Sie geraten da in die Nähe der Beleidigung des Gerichts. Ich muß Sie warnen.

MR. CELINE: Euer Ehren, wir sprechen die Sprache von Shakespeare, von Milton, von Melville. Müssen wir fortfahren, sie einfach dahinzumeucheln? Müssen wir ihre letzte Verbindung zur Realität wie eine Nabelschnur durchtrennen? Was geht hier eigentlich vor? Die Verteidiger der US-Regierung und deren Agenten wollen meinen Mandanten Land stehlen. Wie lange müssen wir noch drumherumreden, daß es in diesem Prozeß kein Recht, keine Ehre, keine Gerechtigkeit gibt? Warum können wir nicht sagen, Straßenraub ist Straßenraub, anstatt es Landenteignung zum Zwecke des Allgemeinwohls zu nennen? Warum können wir nicht sagen, Scheiße ist Scheiße, anstatt sie Exkrement zu nennen? Warum können wir die Sprache nicht in ihrer ursprünglichen Bedeutung anwenden? Warum benutzen wir sie fortwährend nur, um ursprüngliche und wahre Bedeutungen zu verbergen? Warum sprechen wir nicht mehr aus dem Herzen? Warum sprechen wir immer nur in Worten, die uns, wie Robotern, einprogrammiert wurden?

RICHTER IMHOTEP: Mr. Celine, ich muß Sie noch einmal warnen.

MR. FEATHER: Und ich warne *Sie*. Die Welt wird sterben. Die Sterne werden verlöschen. Wenn Männer und Frauen den Worten, die gesprochen werden, nicht mehr vertrauen können, wird die Erde auseinanderbrechen wie ein fauler Kürbis.

Mr. Kharis: Ich beantrage eine Unterbrechung der Verhandlung. Kläger und Anwalt befinden sich in keinem geeigneten Gefühlszustand, in dem man mit ihnen weiterverhandeln könnte.

Mr. Celine: Sie besitzen sogar Waffen. Sie haben Männer mit Schlagstöcken und Gewehren, die *Marshals* genannt werden. Und Marshals werden mich zusammenschlagen, wenn ich mich weigere, den Mund zu halten. Worin unterscheiden Sie sich eigentlich noch von jeder normalen Gangsterbande? Außer daß Sie sich einer Sprache bedienen, die das was Sie tun, verbirgt? Der einzige Unterschied besteht offenbar darin, daß Banditen tausendmal ehrlicher sind. Untereinander, sich selbst gegenüber, den anderen gegenüber. Und das ist der einzige Unterschied.

Richter Imhotep: Marshal, gebieten Sie dem Einhalt!

Mr. Celine: Sie stehlen, was Ihnen nicht gehört. Warum können Sie nicht einen Augenblick lang bei der Wahrheit bleiben? Warum...

Richter Imhotep: Halten Sie ihn nur fest, Marshal. Wenden Sie nicht unnötig Gewalt an. Mr. Celine, ich bin geneigt, Ihnen in Anbetracht Ihres emotionalen Zustands, Ihres emotionalen Engagements für Ihre Klienten zu vergeben. Allerdings könnte eine solche Gnade meinerseits andere Anwälte ermutigen, Ihrem Beispiel zu folgen. Es bleibt mir keine andere Wahl: Ich befinde Sie der Beleidigung des Gerichts für schuldig. Der Urteilsspruch wird nach einer fünfzehnminütigen Pause verkündet werden. Sie haben dann Gelegenheit, das Wort noch einmal zu ergreifen, aber nur, um eine etwaige Strafmilderung zu erlangen. Ich will auf keinen Fall noch einmal hören, daß Sie die Mitglieder der US-Regierung als Banditen bezeichnen. Das ist alles.

Mr. Celine: Sie stehlen Land, und Sie wollen nicht hören, daß man Sie als Banditen bezeichnet. Sie geben Männern mit Schlagstöcken und Gewehren Befehle, um uns in Schach zu halten und wollen nicht hören, daß man Sie Gangster nennt. Sie sprechen nicht aus dem Herzen, Sie handeln nicht aus dem Herzen; von wo aus, zum Teufel, denken und handeln Sie überhaupt? Woher, in Gottes Namen, beziehen Sie überhaupt Ihre Motivation?

Richter Imhotep: Gebieten Sie ihm Einhalt, Marshal.

Mr. Celine: (unverständlich)

Richter Imhotep: Unterbrechung der Verhandlung für fünfzehn Minuten.
Ordnungsbeamter: Bitte, sich von den Plätzen zu erheben.

Illuminaten-Projekt: Memo 20 9.8.

J. M.:
Ich wünschte, du könntest mir erklären, wie sich dein Interesse an den Zahlen 5 und 23 in dieses Illuminaten-Projekt einreihen läßt.

Das hier ist alles, was ich bisher zum Zahlenrätsel ausgraben konnte, und ich hoffe, du findest es brauchbar. Es stammt aus einem Buch über mathematische und logische Paradoxa: *How to Torture Your Mind*, herausgegeben von Ralph L. Woods, Funk and Wagnalls, New York, 1969, Seite 128.

2 und 3 sind gerade und ungerade;
2 und 3 sind 5;
Deshalb ist 5 beides, gerade und ungerade.

Übrigens gibt dieses verdammte Buch keine Lösungen zu den genannten Paradoxa. Den Trugschluß in oben Zitiertem konnte ich sofort herausspüren, aber es kostete mich Stunden (und Kopfschmerzen), bis ich es in präzise Worte fassen konnte. Hoffe, es hilft dir. Immerhin bedeutete es für mich eine Erleichterung und stimmte mich nach all dem furchteinflößenden Zeugs, das ich in letzter Zeit gelesen habe, wieder ein wenig zuversichtlich.

Es gab noch zwei weitere Memos in der Schachtel, die auf anderem Papier und auf verschiedenen Schreibmaschinen getippt waren. Das erste war kurz:

4. April
NACHFORSCHUNGSABTEILUNG:
Ich mache mir ernsthafte Sorgen über Pats Fernbleiben vom Büro und die Tatsache, daß sie nicht ans Telefon geht, wenn wir anrufen. Würden Sie bitte jemanden zu ihrer Wohnung schicken, um mit dem Vermieter zu sprechen und um eventuell herauszufinden, was ihr zugestoßen sein könnte?

Joe Malik
Herausgeber

Das letzte Memo war das älteste und begann bereits an den Kanten zu vergilben. Es lautete:

Sehr geehrter Herr «Mallory»:
Die von Ihnen erbetenen Informationen und Bücher sind inzwischen endlich an Sie abgeschickt worden. Für den Fall, daß Sie unter Zeitdruck stehen sollten, hier eine kurze Zusammenfassung:
1. Billy Graham war in Australien, wo er die ganze letzte Woche hindurch öffentliche Auftritte hatte. Es ist völlig ausgeschlossen, daß er nach Chicago hätte kommen können.
2. Sowohl Satanismus als auch Hexerei existieren, auch in der modernen Welt. Orthodoxe christliche Autoren bringen beides jedoch häufig durcheinander. Objektivere Beobachter wissen jedoch, daß sich beide voneinander unterscheiden. Satanismus ist eine christliche Häresie – man könnte sagen, die endliche Häresie –, Hexerei aber ist in ihrem Ursprung vorchristlich und hat nichts mit dem christlichen Gott *oder* mit dem christlichen Teufel zu tun. Die Hexen verehren eine Göttin Dana oder Tana (wahrscheinlich geht sie auf das Steinzeitalter zurück).
3. Die John-Dillinger-Starb-Für-Sie-Gesellschaft hat ihr Hauptquartier in Mad Dog, Texas; gegründet wurde sie aber – vor nicht allzu vielen Jahren – in Austin, Texas. Sie ist eine Art pokergesichtiger Witz und ist eng mit den bayrischen Illuminaten verbunden, einem anderen Haufen von bizarren Leuten, die sich Berkeley als Hauptquartier gewählt haben. Die Illuminaten geben vor, eine geheime Vereinigung von Verschwörern zu sein, die die ganze Welt insgeheim regiert. Sollten Sie die eine oder andere dieser Gruppen als in undurchsichtige Angelegenheiten verwickelte Leute verdächtigen, so sind Sie wahrscheinlich bereits auf eines ihrer Täuschungsmanöver hereingefallen.

W. H.

«So stand diese ganze Geschichte schon vor einigen Jahren mit Mad Dog in Zusammenhang», sagte Saul nachdenklich. «Und Malik hatte bereits eine andere Identität angenommen, denn dieser Brief ist ganz offensichtlich an ihn gerichtet. Und die Illuminaten besitzen, wie ich schon längst vermutete, einen ganz speziellen Humor.»
«Bitte, zieh noch eine Schlußfolgerung für mich», sagte Barney. «Wer zum Teufel ist dieser W. H.?»
«Das hat man sich schon dreihundert Jahre lang gefragt», sagte Saul abwesend.

«Was?»

«War nur so eine Idee, Barney; Shakespeares Sonette sind einem W. H. gewidmet, aber über den brauchen wir uns hier gewiß nicht den Kopf zu zerbrechen. Dieser Fall gibt uns so viele Nüsse zu knacken wie einem Eichhörnchen zum Dinner; aber ich denke, so verzwickt kann es letztlich auch wieder nicht sein.» Und er fügte hinzu: «Es gibt immerhin etwas, was uns beruhigen sollte: beherrschen tun die Illuminaten die Welt nicht. Vielleicht auch *noch* nicht; sie versuchen's halt einfach.»

Barney legte seine Stirn in Falten. «Wie kommst du jetzt darauf?»

«Ganz einfach. Auch weiß ich, daß es eine rechtsextreme und keine linksextreme Organisation ist.»

«Na, gut. Wir können nicht alles Genies sein», Barney lächelte ein wenig sauer. «Setz mal weiterhin schön einen Fuß vor den anderen, O. K.?»

«Wieviel Widersprüche hast du in diesen Memos gefunden? Ich habe dreizehn gezählt. Jene Pat, die die Nachforschungen angestellt hat, sah es ebenfalls: das Beweismaterial ist wirklich reichlich verschroben. Die graphische Darstellung aus dem *East Village Other* vielleicht ausgenommen ... alles andere ist eine Mischung aus Tatsachen und Erfindung.» Saul zündete seine Pfeife an und lehnte sich zurück (als er 1921 Arthur Conan Doyle las, hatte er in seiner Phantasie bereits begonnen, solche Szenen zu spielen).

«Erstens», begann er, «entweder wollen die Illuminaten Werbung, oder sie wollen keine Werbung. Wenn sie alles kontrollieren und Werbung wollen, dann wären sie häufiger auf Reklamewänden als Coca-Cola und häufiger im Fernsehen als Lucille Ball. Auf der anderen Seite, wenn sie alles kontrollieren und *keine* Werbung wollen, dann hätten keine jener Bücher oder jener Zeitschriften überlebt – sie wären längst aus Bibliotheken, Buchläden und Verlagslagern verschwunden. Diese Pat hätte sie niemals finden können. Zweitens, wenn man Leute für eine Verschwörung gewinnen will, würde man neben Idealismus, und welch noble Eigenschaften man auch immer ausnutzen mag, vor allem die Hoffnung der Leute ausnutzen. Man würde die Macht und die Größe der Verschwörung aufblähen und übertreiben, weil jedermann immer auf der Seite des Gewinners sein will. Deshalb sollten alle Hinweise auf die eigentliche Stärke der Illuminaten, *a fortiori*, als verdächtig gesehen werden, wie die Ergebnisse von Wählerumfragen, die von den Kandidaten schon vor der Wahl bekanntgegeben werden.

Schließlich und endlich zahlt es sich immer aus, die Opposition einzuschüchtern. Deshalb wird eine Verschwörung sich immer so aufführen, wie Ethologen es bei Tieren, die angegriffen werden, beobachten: ein Tier wird sich aufplustern und versuchen, größer auszusehen. Kurz, Mitgliedern und Neulingen oder Neulingen und Feinden wird man beiden den falschen Eindruck vermitteln, die Illuminaten seien zweimal, zehnmal oder hundertmal so groß, wie sie in Wirklichkeit sind. Das ist doch ganz logisch; mein erster Punkt stützt sich allerdings auf empirische Erfahrung – die Memos existieren ja immerhin – und deshalb bestätigen sich Logisches und Empirisches: die Illuminaten sind nicht in der Lage, alles zu kontrollieren. Was dann? Sie sind schon seit geraumer Zeit am Wirken, und sie sind so unermüdlich wie jener russische Mathematiker, der *pi* bis an die tausendste Stelle nach dem Komma ausrechnete. Die Wahrscheinlichkeit, daß sie einige Dinge kontrollieren und viele andere beeinflussen, besteht also durchaus. Erinnere dich der Memos und die Wahrscheinlichkeit nimmt zu. Die beiden arabischen Hauptzweige – die Hashishim und die Roshinaya – wurden beide ausgelöscht; die italienischen Illuminaten wurden 1507 ‹vernichtet›; Weishaupts Orden wurde 1785 von der bayrischen Regierung unterdrückt; und so weiter. Standen sie hinter der Französischen Revolution, so beeinflußten sie sie eher, als daß sie sie kontrollierten. Denn Napoleon löste alles wieder auf, was die Jakobiner begonnen hatten. Daß sie ihre Hände sowohl beim Sowjet-Kommunismus als auch beim deutschen Faschismus im Spiel hatten, ist einleuchtend, betrachtet man die Ähnlichkeit beider Ideologien; wenn sie aber beide kontrollierten, warum nahmen sie dann im Zweiten Weltkrieg entgegengesetzte Positionen ein? Und wenn sie beide, die Föderalistische Partei durch Washington und die Demokratische Partei durch Jefferson, im Griff hatten, was war dann die Absicht der von Aaron Burr geführten Konterrevolution, hinter der man sie ebenfalls vermutete? Das Bild, das ich mir daraus machen kann, ist nicht das des großen Marionettenmeisters, der alle Figuren an unsichtbaren Fäden führt, sondern eine Art mit Millionen von Armen bewehrtem Oktopus – nennen wir ihn einen Millepus –, der seine Tentakel immerzu ausstreckt und oft nur einen blutigen Stumpf zurückzieht und dabei brüllt: ‹Noch eine Niederlage!›

Aber der Millepus ist sehr geschäftig und ziemlich einfallsreich. *Wenn* er den Planeten kontrolliert, könnte er entweder sichtbar oder im geheimen agieren, da er aber diese Allmacht noch nicht erreicht hat, muß er so anonym wie irgend möglich bleiben. Deshalb wird er wahrscheinlich sehr viele seiner Fangarme im Bereich der Presse und des übrigen Kommunikationswesens ausgestreckt halten. Er ist interessiert zu erfahren, wenn ihm jemand nachspioniert oder eine bereits abgeschlossene Nachforschung veröffentlichen will. Findet er eine solche Person, so hat er zwei Möglichkeiten: sie umzubringen oder sie zu neutralisieren. In bestimmten Fällen wird er zur ersten Möglichkeit greifen, wird dieses aber möglichst zu vermeiden suchen: man kann niemals wissen, ob eine solche Person nicht mehrere Durchschläge eines Dokuments an verschiedenen Stellen versteckt hat, um im Falle ihres Todes veröffentlicht zu werden. Neutralisierung ist fast immer das Beste.»

Saul legte eine Pause ein, um seine Pfeife erneut anzuzünden, und Muldoon dachte: *Der unrealistische Aspekt in Doyles Geschichte ist Watsons Bewunderung in solchen Situationen. Mich irritiert es einfach, weil er mich wie einen Trottel erscheinen läßt, der nicht von selbst drauf gekommen ist.* «Mach weiter», sagte er ein wenig greizt und hob sich seine eigenen Schlußfolgerungen auf, bis Saul geendet haben würde.

«Die beste Form der Neutralisierung ist natürlich die Rekrutierung. Aber jede grobe und übereilte Anstrengung, jemanden zu rekrutieren, ist im Spionagegeschäft als ‹die Hosen runterlassen› bekannt, weil es einen verwundbarer macht. Die sicherste Annäherung ist schrittweises Rekrutieren, das als etwas anderes getarnt ist. Die beste Tarnung ist natürlich der Vorwand, der betroffenen Person bei ihren Nachforschungen behilflich zu sein. Das eröffnet auch die andere Alternative, ein Alternative, die sogar vorzuziehen ist. Man schickt den Betreffenden auf eine Fledermausjagd. Man setzt ihn auf die Spur von Organisationen, die von den Illuminaten noch nicht infiltriert sind. Und sie füttern ihn dann mit solch einem Unsinn wie: Die Illuminaten stammen vom Planeten Vulkan oder sind Abkömmlinge aus Evas Affäre mit der Schlange. Am besten ist es dann noch, ihm das Gegenteil dessen, was das Ziel der Verschwörung ist, einzureden, vor allem dann, wenn die Geschichte, die man ihm aufbindet, noch seinen eigenen Idealen entspricht, weil man dann ganz einfach zur Rekrutierung überblenden kann.

Ja, und die Quellen, die Pat ausfindig machte, scheinen mehr dem einen von zwei Schlüssen näherzukommen: Die Illuminaten existieren nicht mehr oder die Illuminaten sind identisch mit dem russischen Kommunismus. Den ersten Schluß kann ich nicht akzeptieren, weil Malik und Pat beide verschwunden sind, und auf zwei Gebäude, eins hier in New York und das andere unten in Mad Dog, Bombenattentate verübt wurden. Und beide ganz augenfällig im Zusammenhang mit

Nachforschungen über die Illuminaten. Aber der nächste Schritt ist ebenso augenfällig; wenn die Illuminaten jedwede Werbung, die einfach nicht zu vermeiden ist, verdrehen, dann sollten wir die Idee, die Illuminaten könnten kommunistisch orientiert sein, ebenso skeptisch unter die Lupe nehmen wie die Idee, daß sie vielleicht überhaupt nicht mehr existieren.

Laß uns also mal die entgegengesetzte Hypothese betrachten. Könnten die Illuminaten eine rechtsextreme oder faschistische Gruppierung sein? Nun, wenn Maliks Informationen auch nur annähernd akkurat sind, dann scheinen sie in Mad Dog eine Art Hauptquartier oder ein zentrales Büro zu haben – und das ist das Territorium des Ku Klux Klan und der God's Lightning. Was immer auch ihre Geschichte vor Adam Weishaupt gewesen sein mag, sie scheinen unter seiner Führung eine gewisse Reformation und Revitalisierung durchgemacht zu haben. Er war Deutscher und Exkatholik, genau wie Hitler. Eine seiner Illuminierten Logen überlebte lange genug, um 1923 Hitler zu rekrutieren, gemäß dem einen Memo, das das genaueste von allen sein mag, soweit wir das beurteilen können. Zieht man die Neigungen des deutschen Charakters in Betracht, so könnte Weishaupt durchaus Antisemit gewesen sein. Die meisten Historiker, von denen ich über Nazi-Deutschland gelesen habe, stimmen darin überein, daß das Vorhandensein einer ‹geheimen Doktrin›, die ausschließlich hochrangigen Nazis bekannt war, sehr wahrscheinlich war. Diese Doktrin mochte reinster Illuminatismus gewesen sein. Nehmen wir einmal die vielen Verbindungen zwischen Illuminatismus und dem Freimaurertum und dem bekannten Antikatholizismus der Freimaurerbewegung – addieren wir die Tatsache, daß Exkatholiken häufig eine besonders verbitterte Haltung der Kirche gegenüber einnehmen, und beide, Weishaupt und Hitler, waren Exkatholiken –, und wir erhalten eine hypothetisch antijüdische, antikatholische, halbmystische Lehre, die man gleichermaßen gut in Deutschland wie auch in Teilen der USA an den Mann bringen könnte. Wenn es schließlich auch ein paar Linksextremisten gab, die vielleicht die Kennedys oder Reverend King umlegen wollten, so waren die drei doch eher Zielscheiben für Rechtsextremisten; und die Kennedys wären doch gerade antikatholischen Rechtsleuten besonders verhaßt gewesen.»

«Ein letzter Punkt noch», fügte Saul hinzu. «Denk mal an die Linksorientierung von *Confrontation*. Der Herausgeber Malik würde den meisten in den Memos genannten Quellen wahrscheinlich keinen Glauben schenken, denn in der Überzahl sind es rechtsstehende Publikationen, und die meisten von ihnen rücken die Illuminaten in die linke Ecke. Seine Reaktion wäre doch wahrscheinlich die gewesen, daß er dies als eine weitere Einschüchterung von rechts abgetan hätte, *es sei denn, er hatte neben seiner eigenen Nachforschungsabteilung noch andere Quellen.* Seinem Mitherausgeber Peter Jackson sagt er über die Illuminaten selbst kein Wort – alles, was er ihm sagt, ist, daß er eine Untersuchung über die politischen Morde der letzten zehn Jahre anstellen will. Das letzte Memo ist schon so alt und vergilbt, daß man vermuten möchte, daß er die ersten Hinweise schon vor mehreren Jahren erhielt, aber nichts unternahm. Pat fragt, warum er das alles vor seinem Reporter George Dorn verborgen hält. Und am Ende verschwindet dieser. Er muß noch von irgendwo anders her Informationen erhalten haben, die ihm ein Komplott enthüllten, dem er Glauben geschenkt und es wirklich gefürchtet haben muß. Wahrscheinlich ein faschistisches Komplott, antikatholisch, antijüdisch und gegen die Schwarzen.»

Muldoon grinste. *Wenigstens einmal muß ich nicht den Watson spielen,* dachte er und sagte: «Brillant. Du hörst nie auf, mich zu begeistern. Saul, würdest du dir jetzt bitte dieses hier mal angucken und mir erzählen, wie sich das einfügen läßt?» Er reichte ihm ein Stück Papier. «Ich fand es in einem Buch auf Maliks Nachttisch.»

Auf dem Papier standen ein paar knappe Notizen in der gleichen Schrift wie die der gelegentlichen Anmerkungen auf Pats Memos:

Präs. Garfield, umgebracht von Charles Guiteau, röm.-kath.

Präs. McKinley, umgebracht von Leon Czolgosz, röm.-kath.

Präs. Theodore Roosevelt, Mordversuch durch Giuseppe Zangara, röm.-kath.

Präs. Harry Truman, versuchter Mordanschlag durch Griselio Torresola und Oscar Collazo, beide röm-kath.

Präs. Woodrow Wilson, mysteriöses Ableben, während er von einer röm-kath. Krankenschwester gepflegt wurde.

Präs. Warren Harding, ein weiterer mysteriöser Todesfall (ein Gerücht besagt: Selbstmord), ebenfalls von einer röm.-kath. Schwester gepflegt.

Präs. John Kennedy, Mord unzureichend geklärt. Der Kopf der CIA war zu jener Zeit John McCone, röm-.-kath., der bei der Abfassung des widersprüchlichen Warren-Reports behilflich war.

(Repräsentanten-Haus, 1. März 1964 – fünf Kongreßabgeordnete werden von der Lebron-Miranda-Codero-Rodriguez-Mordabteilung verwundet, alle röm.-kath.)

Als Saul aufblickte, sagte Barney liebenswürdig: «Ich fand das in einem Buch, wie ich schon sagte. Das Buch hieß *Rome's Responsability for the Assassination of Abraham Lincoln*, von Thomas M. Harris. Harris hebt hervor, daß John Wilkes Booth, die Surat-Familie und alle anderen Verschwörer auch Katholiken waren und vertritt die These, daß sie auf Befehl der Jesuiten handelten.» Barney hielt einen Moment inne, um Sauls Verwunderung zu genießen, und fuhr dann fort: «Wenn ich deinem Prinzip folge, daß die Memos voll falscher Hinweise sind, so kommt mir in den Sinn, wir sollten den Gedanken, daß die Illuminaten die Freimaurer als Front benutzen, neue Anhänger zu rekrutieren, noch einmal überprüfen. Sicherlich würden sie eine ähnliche Organisation brauchen – eine Organisation, die sich über die ganze Welt ausbreitet, die mysteriöse Geheimnisse besitzt, seltsame Riten vollführt, innere Orden, in die nur ein paar wenige Auserwählte aufgenommen werden, und eine pyramidenförmige Autoritätsstruktur, die jeden zwingt, Befehle von oben anzunehmen, ob sie sie verstehen oder nicht. Eine solche Organisation ist die römisch-katholische Kirche.»

Saul nahm seine Pfeife vom Boden auf. Er schien sich nicht zu erinnern, sie fallengelassen zu haben. «Jetzt bin ich dran ‹brillant› zu sagen», murmelte er. «Bist du dabei, deinen sonntäglichen Gang zur Messe aufzugeben? Glaubst du das, was du da sagst, wirklich?»

Muldoon lachte. «Nach zwanzig Jahren», sagte er, «habe ich's endlich geschafft. Ich bin dir gegenüber zum erstenmal im Vorsprung. Saul, du standst Auge in Auge mit der Wahrheit, Nase an Nase, aber du standst so dicht davor, daß dein Blick sich überschlug und du rückwärts blicktest. Nein, die katholische Kirche ist es nicht. Deine Vermutung, es sei antikatholisch, antijüdisch und gegen die Schwarzen, war schon gut. Aber es ist tief in der katholischen Kirche verwurzelt und ist es immer gewesen. Tatsächlich haben die Versuche der Kirche, es auszurotten, der Heiligen Mutter Rom den unglückseligen Ruf eingebracht, Spezialistin für Paranoia und Hysterie zu sein. Ihre Agenten unternehmen besondere Anstrengungen, in den Priesterstand zu gelangen, um an geweihte Gegenstände heranzukommen, die sie dann für ihre eigenen, bizarren Rituale verwenden. Auch versuchen sie, so hoch wie möglich in der Hierarchie der Kirche zu gelangen, um sie von innen her zu zerstören. Viele Male schon haben sie ganze Gemeinden auf diese Weise rekrutiert und korrumpiert, ganze Kirchenorden, sogar ganze Provinzen. Wahrscheinlich drangen sie bereits bis Weishaupt vor, als dieser noch Jesuit war – eben diesen Orden haben sie mehrere Male in der Geschichte erfolgreich infiltriert und die Dominikaner sogar noch in größerem Maße. Wenn sie bei kriminellen Handlungen ertappt werden, geben sie acht, daß ihr Deckmantel, der Katholizismus, und nicht ihr wahrer Glaube an die Öffentlichkeit gerät, so wie diese Liste politischer Morde etwa. Ihr Gott wird der Lichtbringer genannt, und daher stammt wahrscheinlich auch der Begriff ‹Illumination›. Und Malik zog seit langem Erkundungen über sie ein und erfuhr von jenem W. H. ziemlich genau, daß sie immer noch existieren. Ich spreche natürlich über die Satanisten.»

«Natürlich», wiederholte Saul mit sanfter Stimme, «*natürlich*. Das Pentagon, das immer wieder auftaucht – es ist die Mitte des Pentakels, um den Teufel zu beschwören. Der Faschismus ist dabei nur die politische Facette. Im Grunde stellen sie eine Theologie – oder eine Anti-Theologie – dar, vermute ich. Aber was zum Teufel ist dann ihr höchstes Ziel?»

«Frag mich nicht», Barney zuckte mit den Schultern. «Ich kann meinem Bruder folgen, wenn er über die Geschichte des Satanismus spricht, aber nicht, wenn er versucht, mir dessen Motivationen zu erklären. Er benutzt theologisch-technische Wendungen wie ‹das Eschaton immanentisieren›, aber alles, was ich verstehen kann ist, daß es etwas damit zu tun hat, die Welt ans Ende zu bringen.»

Saul wurde aschfahl im Gesicht. «Barney», schrie er, «mein Gott, *Fernando Poo!*»

«Aber das ist doch längst vorüber ...»

«Das ist es ja eben. Ihre alltägliche Taktik der falschen Front. Die wahre Bedrohung kommt aus einer ganz anderen Ecke, und dieses Mal meinen sie's ernst.»

Muldoon schüttelte den Kopf. «Aber die müssen ja verrückt sein!»

«Verrückt sind sie alle», sagte Saul geduldig, «vor allem wenn du ihre Motive nicht verstehst.» Er hielt seinen Schlips hoch. «Stell dir vor, du kommst hierher in einer fliegenden Untertasse vom Mars – oder vom Vulkan, wie die Illuminaten. Du siehst mich diesen Morgen aufstehen und aus unersichtlichem Grund dieses Stückchen Stoff um den Hals wickeln, obwohl es so heiß ist. An welche Erklärung würdest du da denken? Ich bin ein Fetischist, ein Schwachkopf mit anderen Worten. So sieht das menschliche Verhalten überwiegend aus, es ist nicht am Überleben orientiert, sondern an irgendeinem Symbolsystem, an das geglaubt wird. Lange Haare, kurze Haare, freitags Fisch, kein Schweinefleisch, aufstehen, wenn der Richter den Saal betritt – alles Symbole, Symbole, Symbole. Sicher, die Illuminaten sind verrückt, von *unserem* Standpunkt aus betrachtet. Von *ihrem* Standpunkt aus sind wir verrückt. Wenn wir herausfinden können, an was sie glauben, was ihre Symbole für sie bedeuten, werden wir verstehen, warum sie die meisten von uns umbringen wollen, vielleicht sogar alle. Barney, ruf deinen Bruder mal an. Hol ihn aus dem Bett. Ich will mehr über Satanismus wissen.»

(«Zum Teufel!» brüllte der Präsident am 27. März. «Einen Nuklearkrieg wegen eines solch unbedeutenden Fleckens wie Fernando Poo? Sie müssen ja geistig umnachtet sein. Das amerikanische Volk ist es leid, daß unsere Armee in der ganzen Welt Polizei spielt. Laßt Äquatorial-Guinea ihre eigenen Nüsse aus dem Brackwasser fischen, oder wie immer das Sprichwort lauten mag.» «Warten Sie», sagte der Direktor des CIA, «lassen Sie mich Ihnen diese Luftaufnahmen erläutern...»)

Am Watergate zielt G. Gordon Liddy sorgfältig mit seiner Pistole und schießt eine Straßenlampe aus: in seiner Erinnerung befindet er sich in einem alten Schloß in Millbrook, N.Y., und sucht wie besessen nach nackten Frauen und findet keine. Neben ihm Professor Timothy Leary, der mit geradezu aufstachelnder Gelassenheit sagt: «Aber Wissenschaft ist der ekstatischste Kick von allen. Die Intelligenz der Galaxis offenbart sich in jedem Atom, jedem Gen, jeder Zelle.» *Den kriegen wir wieder*, denkt Liddy voller Wut, *und wenn wir die gesamte Schweizer Regierung umlegen müssen. Dieser Mann wird nicht mehr lange frei herumlaufen*. Neben ihm tritt Bernard Barker nervös von einem Fuß auf den anderen, während in rechtwinkliger Zeit ein zukünftiger Präsident die Klempner in Kanalreiniger verwandelt; aber jetzt, im Watergate, bleibt die Illuminaten-Wanze unentdeckt von denjenigen, die die CREEP-Wanze installieren, obwohl später beide von den Technikern gefunden wurden, die die BUGGER-Wanze installierten. «Es ist dieselbe Intelligenz, die in endloser Folge bedeutungsschwangere Strukturen hervorbringt», fährt Dr. Leary enthusiastisch fort. («Komm kitty-kitty», wiederholt Hagbard zum 109ten Male.)

«Der Teufel?» wiederholte Pater James Augustine Muldoon. «Well, das ist eine sehr komplizierte Geschichte. Wollen Sie, daß ich den ganzen Weg bis zum Gnostizismus zurückverfolge?»

Saul, der am Nebenanschluß mithörte, nickt heftig zustimmend.

«Geh soweit zurück, wie du es für notwendig erachtest», sagte Barney. «Das hier ist eine sehr komplizierte Angelegenheit, in die wir verstrickt sind und die wir zu entwirren suchen.»

«O. K. Ich versuche mir vor Augen zu halten, daß ihr nicht in meiner Theologie-Klasse in Fordham sitzt und werde mich möglichst kurzfassen.» Die Stimme des Priesters verlor sich für einen Augenblick und kam dann zurück – wahrscheinlich hatte er es sich inzwischen auf einem Stuhl bequem gemacht und dabei das Telefon vom Bett zum Tisch hinübergetragen.

«Es gibt viele Möglichkeiten, sich dem Gnostizismus zu nähern», fuhr die Stimme fort, «alle konzentrieren sich auf die *Gnosis* – direktes Erfahren von Gott – als Unterscheidung zur bloßen Kenntnis Gottes. Die Suche nach Gnosis oder Illumination, wie es manchmal genannt wurde, nahm viele bizarre Formen an, manche waren wahrscheinlich dem östlichen Yoga ähnlich und manche von ihnen bedienten sich derselben Drogen, die die modernen Rebellen gegen das träge Verharren orthodoxer Religionen wiederentdeckt haben. Bei einer solchen Vielzahl von möglichen Wegen zur Gnosis landeten verschiedene Kapitäne in verschiedenen Häfen, und jeder nahm für sich in Anspruch, das wahre Neue Jerusalem gefunden zu haben. Mystiker sind sowieso alle ein bißchen meschugge», fügte der Priester zynisch hinzu, «und das ist der Grund, weshalb die Kirche sie alle in Nervenheilanstalten unter Verschluß bringt und diese Institutionen beschönigend Klöster nennt. Aber ich schweife ab.

Was Sie am meisten interessiert, so vermute ich, sind Kainismus und Manichäismus. Erster sah in Kain eine besonders heilige Figur, weil er der erste Mörder war. Man muß selbst Mystiker sein, um diese Art Logik zu verstehen. Die Idee war die, daß Kain dadurch, daß er den Mord in die Welt brachte, den Menschen die Gelegenheit verschaffte, auf Mord zu verzichten. Andere Kainiten gingen dann aber noch weiter – ein Paradoxon scheint immer mehr Paradoxa hervorzubringen, wie jede Irrlehre noch mehr Irrlehren nach sich zieht –, indem sie schließlich den Mord glorifizierten, alle anderen Sünden eingeschlossen. Ihre Auffassung gipfelte darin, daß man jede erdenkliche Sünde begehen sollte, nur um sich selbst die Chance einer wirklich schwierigen Abbüßung nach dem Bereuen zu verschaffen. Auch gab es Gott die Chance, wirklich großzügig zu sein, wenn Er einem vergab. Ähnliche Ideen tauchten etwa zur gleichen Zeit im tantrischen Buddhismus auf, und es bleibt eine mysteriöse geschichtliche Frage, welche Gruppe von Geistesgestörten, in Ost oder West, die andere beeinflußte. Hilft Ihnen das soweit schon einmal?»

«'n bißchen», sagte Barney.

«Was diese Gnosis angeht», fragte Saul, «ist es die orthodoxe theologische Position, daß die Illuminationen oder Visionen vom Teufel und nicht von Gott verursacht wurden?»

«Ja, genau. Genau dort tritt der Manichäismus ins Bild», sagte Pater Muldoon. «Die Manichäer warfen der orthodoxen Kirche genau dasselbe vor. In ihrer Sicht *war* der Gott des orthodoxen Christentums und des orthodoxen Judaismus eben der Teufel. Der Gott, den sie mit ihren eigentümlichen Riten beschworen, war der richtige Gott. Das macht natürlich auch heute noch die Lehre der Satanisten aus.»

«Und», fragte Saul, bereits ahnend, welches die Antwort sein würde, «was hat das ganze Zeug mit Atomenergie zu tun?»

«Mit Atomenergie? Überhaupt nichts ... zumindest nichts, soweit ich sehen kann ...»

«Warum wird Satan der Lichtbringer genannt?» blieb Saul dran, überzeugt, daß er sich auf der rechten Spur befand.

«Die Manichäer lehnen das physikalische Universum ab», sagte der Pater bedächtig. «Sie sagen, daß der wahre Gott, ihr Gott, sich niemals herablassen würde, sich mit Materie zu befassen. Den Gott, der die Welt schuf – unseren Gott, Jehova – nennen sie *Panurgia*, was eher den Beigeschmack einer blindwütig verschlagenen Macht hat, als die Bedeutung eines wirklich intelligenten Wesens. Das Reich, das ihr Gott beherrscht, ist der reine Geist reinen Lichts. Deshalb wird er der Lichtbringer genannt, und unser Universum wird immer als das Reich der Dunkelheit erwähnt. Aber in jenen Tagen wußte man noch nichts über Atomenergie, oder?» Der letzte Satz hatte als ein Statement begonnen und endete als Frage.

«Das ist es ja, was *ich mich* frage», sagte Saul. «Atomkraft birgt unendlich viel Licht in sich, oder nicht? Und sie würde das Eschaton bestimmt immanentisieren, wenn ausreichend Energie auf einen Schlag freigesetzt würde?»

«Fernando Poo!» rief der Priester aus. «Steht das etwa in Zusammenhang mit Fernando Poo?»

«Da habe ich auch schon dran denken müssen», sagte Saul, «auch frage ich mich, ob wir unser Gespräch nicht schon viel zu weit ausgedehnt haben. Wenn dieses Telefon hier nicht angezapft ist ... Also Pater, erst mal vielen Dank.»

«Gern geschehen; obwohl ich nicht sicher bin, wieweit Sie damit kommen», sagte der Pater. «Wenn Sie sich vorstellen, daß Satanisten die Regierung der Vereinigten Staaten kontrollieren, werden Ihnen ein paar Priester gewiß beipflichten, insbesondere die Berrigan Brothers; aber ich kann mir nicht vorstellen, daß das eine Angelegenheit für die

Polizei sein sollte. Betreibt die New Yorker Polizei inzwischen schon eine Abteilung ‹Heilige Inquisition›?»

«Mach dir nichts draus», sagte Barney leise. «Was sein Dogma angeht, so ist er sehr zynisch, wie die meisten Kirchenleute heutzutage.»

«Ich hab's gehört», sagte der Pater. «Mag stimmen, daß ich zynisch bin, aber ich denke nicht, daß Satanismus eine Sache ist, über die man Witze reißen sollte. Und die Theorie deines Freundes leuchtet mir in gewisser Weise sehr ein. Immerhin fand die Motivation der Satanisten, die Kirche zu infiltrieren, in den letzten Tagen ihren Ausdruck in eben dieser Institution, die Gott auf Erden repräsentieren soll. Nun gut, und heute erhebt die Regierung der Vereinigten Staaten denselben Anspruch ... Das mag witzig oder paradox erscheinen, aber die sind nun mal ganz vernarrt in den Gedanken. Ich bin professioneller Zyniker, wie es ein Theologe heutzutage sein muß, wenn er in den Augen der skeptischen Leute nicht ganz und gar als ein Narr erscheinen will, aber was die Inquisition betrifft, bin ich ein Orthodoxer, oder, wenn Sie so wollen, ein Reaktionär. Natürlich habe ich alle rationalistischen Historiker gelesen, und es steht fest, daß es in jenen Tagen ein Element der Hysterie in der Kirche gab, aber dennoch ist der Satanismus noch immer nicht weniger furchteinflößend als Krebs oder die Pest. Der Satanismus ist gegenüber menschlichem Leben feindselig eingestellt, eigentlich allem Leben. Die Kirche hatte allen Grund, ihn zu fürchten. Genauso wie Leute, die alt genug sind, sich daran zu erinnern, panische Angst vor jedem Zeichen eines Wiederaufkommens des Hitlerismus haben.»

Saul mußte an die rätselhaften, ausweichenden Sätze von Eliphas Lévi denken: «Die monströse Gnosis von Manes ... der Kult des materiellen Feuers ...» Und vor nunmehr fast zehn Jahren versammelten sich die Hippies vor dem Pentagon, steckten Blumen in die Gewehrläufe der M.P.s und sangen, «Vade, Dämon, Vade!» ... Hiroshima ... das Weiße Licht des Alls ...

«Warten Sie», sagte Saul. «Wie verhält es sich mit dem Töten, ist es mehr als nur eine Idee? Bedeutet das Töten nicht eine mystische Erfahrung für die Satanisten?»

«Natürlich», erwiderte der Pater. «Da liegt der springende Punkt – was sie wollen, ist die Gnosis, persönliche Erfahrung, kein Dogma, ein Begriff, den sie anderen überlassen. Die Rationalisten greifen ein Dogma immer an, weil es in ihren Augen Fanatismus schafft, aber die verbissensten Fanatiker fangen bei der Gnosis an. Die modernen Psychologen fangen erst ganz allmählich an, das zu begreifen. Sie wissen ja, was Teilnehmer an explosiven Gruppentherapiesitzungen über plötzliche Ausbrüche von Energie, und zwar in der ganzen Gruppe auf einmal, zu berichten wissen? Derselbe Effekt läßt sich auch durch Tanzen oder Trommeln erzielen: das ist, was man ‹primitive› Religion nennt. Benutzen Sie heutzutage mal Drogen, schon sind Sie ein Hippie. Benutzen Sie Sex, und Sie werden als Hexer oder Tempelritter abgestempelt. Die Teilnahme größerer Menschenmengen bei Tieropfern hat denselben Effekt. Menschenopfer wurden in vielen Religionen dargebracht, die aztekischen Kulte, von denen jeder schon mal was gehört hat, eingeschlossen. So auch im Satanismus. Moderne Psychologen meinen, die dabei freigesetzte Kraft entspräche Freuds Triebenergie. Mystiker nennen es das Prajna oder das Astrallicht. Was immer es auch sein mag, Menschenopfer scheinen mehr davon freizusetzen als Sex oder Drogen, tanzen oder Trommeln schlagen oder jede andere weniger gewalttätige Methode. Verstehen Sie jetzt, warum ich den Satanismus fürchte und mich für die ‹Inquisition› halb entschuldige?»

«Ja», antwortete Saul abwesend und fügte hinzu, «und ich beginne, Ihre Angst zu teilen...» Ein Lied, das er wie kein anderes haßte, dröhnte in seinem Schädel: Wenn das Judenblut vom Messer spritzt...

Er realisierte, daß er noch immer den Hörer in der Hand hielt, und Szenen aus einem anderen Land, aus einer anderen Zeit, liefen auf seiner inneren Leinwand ab. Er schreckte in die Realität zurück, als er Barney sich bei seinem Bruder bedanken hörte und legte auf. Beide machten einen sorgenvollen Eindruck.

Nach geraumer Pause sagte Muldoon: «Wir können in dieser Angelegenheit niemandem mehr trauen. Wir können uns kaum noch gegenseitig trauen.»

Bevor Saul eine Antwort geben konnte, läutete das Telefon. Es war Danny Pricefixer, der vom Hauptquartier aus anrief. «Schlechte Nachrichten. In der Nachforschungsabteilung bei *Confrontation* gab es nur ein Mädchen namens Pat. Patricia Walsh, und...»

«Ich weiß», sagte Saul mit schmerzlicher Stimme, «und die ist ebenfalls verschwunden.»

«Was wollt ihr jetzt unternehmen? Der FBI macht uns die Hölle heiß und verlangt Auskunft darüber, wo ihr zwei steckt, und der Chef hat die Hosen voll, 'ne Stinkwut im Bauch und ist völlig ins Schleudern geraten.»

«Sag denen allen», sagte Saul mit erstickter Stimme, «wir seien verschwunden.» Sorgfältig legte er den Hörer auf und begann die Memos wieder in die Schachtel zu packen.

«Und was nun?» fragte Muldoon.

«Wir verdrücken uns in den Untergrund. Und wir bleiben da dran, bis wir's geknackt haben oder es uns umgebracht hat.»

(«Wie lang ist dieser Motherfucker von einem Fluß?» fragte George, indem er auf die Donau, sechs Stockwerke unter ihnen, wies. Er und Stella hielten sich in ihrem Zimmer des Donau-Hotels auf.

«Du wirst es nicht glauben», erwiderte Stella lächelnd. «Sie ist genau eintausendsiebenhundertsechsundsiebzig Kilometer lang. Eins-sieben-sieben-sechs, George.»

«Dieselbe Zahl wie die Jahreszahl, als Weishaupt die Illuminaten wieder ins Leben rief?»

«Genau.» Stella grinste. «Wir haben's dir schon so oft gesagt. Synchronizität ist ebenso universal wie Gravitation. Wenn du einmal anfängst, ein wenig die Augen zu öffnen, entdeckst du's überall.»)

«Hier ist das Geld», sagte Banana Nose Maldonado großzügig und öffnete eine Aktentasche voll knisternder, nagelneuer Banknoten. (Wir haben jetzt den 23. März 1963: sie hatten sich auf einer Bank in der Nähe des Kleopatra-Obelisks im Central Park getroffen: der jüngere Mann ist ziemlich nervös.) «Ich möchte Ihnen sagen, daß ... mein Vorgesetzter ... sehr zufrieden ist. Das wird zweifellos Bobbys Einfluß bei der Justizbehörde vergrößern und eine Menge lästiger Untersuchungen zum Stoppen bringen.»

Der jüngere Mann, Ben Volpe, schluckt. «Sehen Sie, Herr Maldonado, da ist etwas, das ich Ihnen sagen muß. Ich weiß, wie die ... Bruderschaft ... reagiert, wenn einer was versaut und es dann auch noch zu verbergen sucht.»

«Aber du hast doch gar nichts versaut», sagte Banana Nose verblüfft. «Im Gegenteil, du hast noch erstaunliches Glück bewiesen. Und dieser Narr Oswald wird dafür in der Hölle schmoren. Er kreuzte genau im richtigen Moment auf, Fortuna ... Jesus, Maria und Josef!» Banana Nose sitzt auf einmal kerzengerade, als ihm der Gedanke kommt, daß: «Du meinst ... du glaubst wirklich, Oswald war's? Hat er *vor* dir geschossen?»

«Nein, nein», jammert Volpe. «Lassen Sie mich's so gut ich kann erklären. Also, ich hocke da oben auf dem Dallas County Record Building, wie wir's abgemacht hatten. Die Autokolonne biegt in die Elm Avenue ein und bewegt sich in Richtung Unterführung. Ich blicke durch mein Zielfernrohr, um zum letztenmal die Situation zu checken. Als ich zum School Book Depository rüberschwenke, entdecke ich den Gewehrlauf. Ich vermute, es war Oswald. Dann blicke ich rüber zur grasbewachsenen Erhebung und, verdammt noch mal, steht da doch noch einer mit einem Gewehr. Mir ging's eiskalt über den Rücken. Ich wußte einfach nicht mehr, was los war. Fühlte mich wie ein Trottel. In diesem Augenblick beginnt ein Hund zu bellen, und der Typ auf der Erhebung, ruhig und kalt wie auf einem Schießstand, legt die Knarre an und feuert drei Schüsse auf den Wagen des Präsidenten ab. Ja, so war's», endet Volpe mit düsterer Stimme und schaut ein wenig hilflos drein. «Ich kann das Geld einfach nicht annehmen. Die ... Bruderschaft ... würde mich am Arsch packen, fände sie jemals die Wahrheit heraus.»

Maldonado saß schweigend da und rieb einen Finger an seiner berühmten Nase. Eine Bewegung, die er immer dann machte, wenn er eine schwierige Entscheidung zu treffen hatte. «Du bist ein guter Junge, Bennie. Ich gebe dir zehn Prozent der Summe, weil du ehrlich bist. Ehrliche Burschen wie dich können wir in der Bruderschaft gut gebrauchen.»

Volpe schluckte noch einmal und sagte: «Es gibt da noch etwas, was ich Ihnen sagen sollte. Ich ging anschließend rüber zu der Erhebung, nachdem die Bullen alle zum School Book Depository rannten. Ich dachte, vielleicht finde ich den Typ noch, der geschossen hat und könnte Ihnen berichten, wie er aussah. Aber er war schon über alle Berge. Und jetzt kommt etwas, das mir richtig unheimlich war. Ich laufe doch geradewegs in noch so einen Galgenvogel hinein, der von der Unterführung runterkommt; ein langer, schlaksiger Kerl, mit vorstehenden Zähnen, der mich unwillkürlich an eine Python oder sonst 'ne Schlange erinnert. Er sieht mich und meinen Regenschirm kurz an und weiß sofort, was drinnen steckt. Seine Kinnlade klappt herunter: ‹Jesus Christus und sein schwarzer Bastard-Bruder Harry›, sagt er, ‹wie viele Leute, verdammt noch mal, braucht's heutzutage, um einen Präsidenten umzulegen?›»

(«Und sie lehren sogar Perversionen.» Smiling Jim nähert sich dem Höhepunkt. «Homosexualität und Lesbiertum werden an unseren Schulen gelehrt, und wir finanzieren das sogar noch mit unseren Steuergeldern. Ist das nun Kommunismus oder nicht?»)

«Willkommen im Playboy Club», sagte die hübsche Blondine, «ich bin Ihr Bunny Virgin.»

Saul nahm im Dämmerlicht Platz und fragte sich, ob er richtig gehört hatte. Virgin war schon ein seltsamer Name für ein Bunny; vielleicht hatte sie Virginia gesagt. Ja, Virginia, ich bin der Weihnachtsmann.

«Wie wünschen Sie Ihr Steak, Sir?» fragte Bunny V. Einen Stecken durch's Herz für den Vampir.

«Halb durch», antwortete Saul und wunderte sich, in welch merkwürdige Regionen seine Gedanken wankten. («Merkwürdige Erektionen», sagte jemand aus der Dunkelheit – oder war es das verzerrte Echo seiner eigenen Stimme?)

«Halb durch», wiederholte Bunny V. und sprach offenbar gegen die Wand. Halb durch die Wand, dachte Saul.

Sofort öffnete sich die Wand, und Saul sah eine Kombination aus Küche und Schlachthaus. Keine fünf Schritte von ihm entfernt stand ein Stier. Noch bevor Saul sich von seinem Schreck erholen konnte, wurde seine Aufmerksamkeit auf eine männliche Figur gelenkt, nackt bis auf den Gürtel, den Kopf mit der Kapuze eines mittelalterlichen Scharfrichters verhüllt. Mit einem wuchtigen Vorschlaghammer schlug der Mann dem Stier vor die Stirn. Der Stier brach mit einem krachenden Geräusch zu Boden. Sofort hatte der Scharfrichter ein Beil zur Hand und trennte dem Stier mit einem Hieb das Haupt vom Rumpf; ein knallroter Blutstrom schoß aus dem Hals.

Die Wand schloß sich wieder, und Saul hatte das Gefühl, das alles sei eine Halluzination gewesen – und daß er dabei war, den Verstand zu verlieren.

«Alle unsere Gerichte sind heute pädagogisch zubereitet», flüsterte ihm Bunny V. ins Ohr. «Wir meinen, jeder unserer Kunden sollte genau erfahren, was er da ißt und, bevor er den ersten Bissen in den Mund steckt, wissen, wie er auf seine Gabel gelangt ist.»

«Guter Gott», sagte Saul und kam auf die Füße. Das hier war kein Playboy Club. Das war eine Höhle für Rauschgiftsüchtige und Sadisten. Er taumelte zur Tür.

«Hier führt kein Weg hinaus», sagte ein Mann am Nebentisch mit sanfter Stimme.

«Saul, Saul», flüsterte der Maître d' leise flehend, «warum peinigt ihr mich nicht? *Hab' rochumnas.*»

«Es ist 'ne Droge, kann nur 'ne Droge sein», dachte Saul dumpf. «Ihr habt mir 'ne Droge verpaßt.» Ja, natürlich, das war's ... irgendwas wie Meskalin oder LSD. So also wurden seine Halluzinationen mit den entsprechenden Stimuli herbeigeführt. Vielleicht frisierten sie diese Halluzinationen auch noch. Aber wie war er in ihre Hände geraten? Das letzte, an das er sich noch erinnern konnte, war, daß er mit Barney Muldoon in Joe Maliks Apartment gewesen war ... Nein, Moment mal, war da nicht noch eine Stimme gewesen, die gesagt hatte: «*Jetzt*, Schwester Viktoria», als sie aus der Tür auf den Riverside Drive hinaustraten?

«Kein Mann sollte eine Frau heiraten, die dreißig Jahre jünger ist als er selbst», sagte der Maître d' mit sorgenvoller Stimme. Woher wußten sie das? Hatten sie seine ganze Lebensgeschichte aufgespürt? Wie lange schon hatten sie ihn beobachtet?

«Ich will hier raus», schrie er, schubste den Maître d' beiseite und stürzte zur Tür.

Hände griffen nach ihm und an ihm vorbei (sie versuchten es auch gar nicht richtig, begriff er sofort: es wurde ihm schon gestattet, die Tür zu erreichen). Als er durch die Tür hindurchschoß, merkte er warum: er war nicht auf der Straße, sondern im angrenzenden Zimmer; die nächste Ebene des Martyriums.

Eine rechteckige Lichtfläche erschien auf der Wand; irgendwo im Dunkel mußte ein Projektor stehen. Eine Schrift erschien auf der Leinwand, sah aus wie ein alter Stummfilmtitel und las sich so:

ALLE JUDENMÄDCHEN LASSEN SICH GERN VON NIGGERBÖCKEN BUMSEN

«Hurensöhne», schrie Saul. Immer noch bearbeiteten sie seine Gefühle für Rebecca. Well, damit würden sie bei ihm nicht weit kommen: er hatte genügend Beweise für ihre Hingabe an ihn, vor allem ihre sexuelle Hingabe.

Die Schrift verschwand und wurde durch ein Farbdia ersetzt. Rebecca war darauf, kniend, in ihrem verführerischsten Nachthemd. Vor ihr stand ein enormer Schwarzer mit einem entsprechend respekteinflößenden Schwanz, den sie irrsinnig sinnlich mit ihrem Mund umschloß. Die Augen hatte sie, wie ein Baby an der Mutterbrust, voller Wonne geschlossen.

«Motherfucker», jaulte Saul auf. «Das ist gestellt. Das ist nicht Rebecca ... das ist eine Schauspielerin mit einem guten Make-up. Ihr habt das Muttermal an der Hüfte vergessen.» Seine Sinne mochten sie mit Drogen durchrütteln, aber nicht seinen Verstand.

Ein häßliches Lachen wurde in der Dunkelheit hörbar. «Versuchen wir's doch mal mit diesem hier, Saul», sagte eine eisige Stimme.

Ein neues Dia: Adolf Hitler, in voller Nazi-Uniform, und eine splitternackte Rebecca schob sich ihm rückwärts entgegen und schob sich seinen Penis in ihr Rectum. Auf ihrem Gesicht zeigte sich Schmerz und Wollust zugleich. Und das Muttermal an ihrer Hüfte war jetzt ebenfalls da, jeder Zweifel war ausgeschlossen. Nein, das war nur ein Trugbild ... Rebecca, nein ... sie wurde geboren, als Hitler bereits seit Jahren tot war. Aber, Moment mal, das Dia hätten sie doch nie in den dreißig Sekunden nach seinem Aufschrei anfertigen können ... Also mußten sie mit ihrem Körper reichlich vertraut sein. Auch kannten sie seinen skeptischen, aber rasch arbeitenden Verstand und waren bestens darauf vorbereitet, ihm solange gutgezielte Hiebe zu verpassen, bis es ihn wirklich irgendwo traf, irgendwo jenseits seiner Zweifel.

«Kein Kommentar?» fragte die Stimme mokant.

«Ich kann mir keinen Mann vorstellen, der schon vor dreißig Jahren starb, der's heute mit *irgendeiner* Frau treiben würde», sagte Saul trotzig. «Eure Tricks sind schon reichlich überholt.»

«Mit dem Vulgären muß man manchmal schon vulgär umgehen», erwiderte die Stimme, dieses Mal klang sie fast schon freundlich, sogar ein wenig mitleidsvoll.

Ein neues Bild tauchte auf. Dieses Mal, jeder Zweifel war ausgeschlossen, *war* es Rebecca. Aber es war die Rebecca, wie er sie vor drei Jahren kennengelernt hatte. Sie saß am Tisch ihrer billigen Wohnung im East Village, ausgemergelt und mit einem Blick voller Selbstmitleid. Ja, genau so hatte er sie gesehen. Und sie bereitete sich eine Injektion vor. Es entsprach völlig der Wahrheit. Was ihn aber vor allem in Schrecken versetzte war, daß sie ihn schon so lange beobachtet hatten. Vielleicht hatten sie schon vor ihm gewußt, daß er sich in sie verlieben würde. So genau konnte er das Foto nicht datieren. Aber nein, wahrscheinlich hatte es einer ihrer Freunde gemacht, und es war seinen Peinigern irgendwie in die Hände geraten. Ihre Hilfsmittel mußten jedenfalls phantastisch sein.

Eine neue Schrift erschien auf der Leinwand:

EINMAL JUNKIE IMMER JUNKIE

Rasch folgte das nächste Bild: Rebecca, wie sie heute aussah; sie saß in der Küche, die neuen Vorhänge, die sie letzte Woche erst gemeinsam aufgehängt hatten, waren hinter ihr sichtbar; wieder hatte sie eine Nadel im Arm.

«Oh, ihr mächtigen Illuminaten, ihr seid ein hundsgemeines Pack», sagte Saul mit beißender Stimme. «Würde sie wieder schießen, hätte ich längst die Einstiche in ihrem Arm entdeckt.»

Eine non-verbale Antwort folgte: das Bild von Rebecca mit dem gigantischen schwarzen Mann und wurde kurz darauf von einer Nahaufnahme ihres Gesichts abgelöst. Die Augen wiederum geschlossen, wieder diesen irrsinnigen Schwanz im Mund. Das Bild war haarscharf, ein Kunstwerk der Fotografie, keine Spur von Make-up, das eine andere Frau als Rebecca hätte durchgehen lassen. Das Muttermal! Sein

Verstand witterte eine andere gemeine Möglichkeit: ein gutes Make-up kann ein Gesicht verändern ... und ein Muttermal verdecken ... oder? Wenn sie seinen Skeptizismus bis zur Zerstörung strapazieren wollten ... und dabei seine gesamte Psyche unterminieren ... dann ...

Ein neues Schild erschien auf der Leinwand:

DASS WIR DIESE DELIKATEN KREATUREN DIE UNSEREN NENNEN KÖNNEN, NICHT ABER IHRE BEGIERDEN

Saul erinnerte sich Rebeccas Leidenschaft im Bett nur zu gut. Er rief mit leiser, heiserer Stimme: «Ihre Belesenheit in einem solchen Augenblick mit Shakespeare an die große Glocke zu hängen, ist mehr als vulgär. Das ist doch nichts als kleinkarierte, bürgerliche Angeberei.»

Die Antwort war brutal: eine ganze Serie von Dias, vielleicht fünfzehn oder zwanzig Stück, folgten in so rascher Folge, daß er sie nicht einzeln betrachten konnte. Im Mittelpunkt stand aber jedesmal Rebecca. Rebecca mit dem schwarzen Riesen in allen möglichen Positionen. Rebecca mit einer anderen Frau. Rebecca mit Spiro Agnew. Rebecca mit einem siebenjährigen Knaben. Rebecca in einem Crescendo von Perversion und Abnormalität. Rebecca mit einem Bernhardiner. Als eine weitere Wirkung der Droge überlagerte eine pfefferminzgrüne Sinuskurve die Projekte ...

«Der wahre Sadist arbeitet mit Stil», keuchte Saul schließlich und versuchte, die Kontrolle über seine Stimme wiederzuerlangen. «Verfluchte Bande ... zum Kotzen, wie ein zweitklassiger Horrorfilm.»

Jetzt setzte ein surrendes Geräusch ein; es gab also auch einen Filmprojektor. Ein Stück grüner Vorspann, der Film lief ab. Rebecca und der Bernhardiner in einem Nacheinander von Nahaufnahmen. Ihr Gesichtsausdruck war ihm nur zu gut bekannt. Sollte es wirklich Schauspielerinnen geben, die die individuelle sexuelle Hingabe einer anderen Frau so gut porträtieren konnten? Es schien so, als würden sich diese Leute nicht scheuen, Hypnose einzusetzen, um diesen Effekt haargenau zu produzieren.

Unvermittelt brach der Film ab und die nächste Botschaft kam wieder durch den Diaprojektor. Minutenlang stand auf der Leinwand:

NUR DER WAHNSINNIGE IST SICH
ABSOLUT SICHER

Als Saul merkte, daß es nicht weitergehen würde, bevor er irgend etwas sagte, sprach er mit kalter Stimme: «Sehr unterhaltsam, wirklich sehr unterhaltsam. An welcher Stelle hätten Sie's am liebsten, daß ich in ein elendiges Häufchen von Neurosen zerfalle?»

Hierauf gab es keine Antwort. Kein Ton. Nichts passierte. Er konnte schwach ein Gittermuster aus roten Fünfecken vor seinen Augen tanzen sehen, aber das war die Droge – und das war bei der Identifikation der Droge hilfreich, denn geometrische Muster waren für Meskalin charakteristisch. Indem er hierüber nachdachte, tauchte die pfefferminzene Sinuskurve wieder auf und der nächste Text erschien:

> WIEVIEL MACHEN DIE DROGEN AUS?
> WIEVIEL UNSERE TRICKS?
> WIEVIEL IST REALITÄT?

Plötzlich befand sich Saul in Kopenhagen, auf einer Bootsrundfahrt durch den Hafen. Als sie die Meerjungfrau passierten, drehte sich diese nach ihm um und sagte: «Dieser Fall ist fischig», und entließ, als sie den Mund öffnete, einen ganzen Schwarm von Guppys. «Ich bin ein Maulbrüter», erklärte sie.

Saul besaß zu Hause eine Reproduktion dieser Statue (das mußte der Grund für diese Halluzination sein); dennoch geriet er reichlich aus der Fassung. Ihre Wortspielerei schien eine tiefere Bedeutung zu verbergen als die bloße Anspielung auf das Bombenattentat auf *Confrontation* ... auf irgend etwas, das noch weiter zurücklag ... zurück durch sein ganzes Leben ... und erklärte, warum er die Statue überhaupt gekauft hatte.

Mir scheint's, als hätte ich auf einmal jene Einsichten, die man unter Drogen erhält, Einsichten, über die die Hippies immer reden, dachte er. Die Meerjungfrau löste sich jetzt in rote, orange und gelbe Fünfekke auf ...

Ein Einhorn zwinkerte ihm zu. «Mann ...» sagte es, «was bin ich geil ...»

Diese Skizzen da, die ich neulich machte, dachte Saul ... aber die Leinwand fragte ihn:

> IST DER GEDANKE EINES EINHORNS EIN
> WIRKLICHER GEDANKE?

... und zum erstenmal begriff er, was die Worte «ein wirklicher Gedanke» bedeuteten; was Hegel mit der Definition der absoluten Idee als reinem Gedanken über reinen Gedanken meinte; was Bishop Berkeley meinte, wenn er die Realität der physikalischen Welt als Gegensatz zu jeglicher menschlicher Erfahrung und gesundem Menschenverstand ablehnte; was jeder Detektiv insgeheim aufzuspüren suchte, auch wenn es noch so offen daliegen mochte; warum er überhaupt Detektiv geworden war; warum das Universum selbst ...

und dann vergaß er's;

erwischte noch einmal ein Stückchen ... etwas, das mit dem Auge in der Pyramide zu tun hatte;

und wieder verlor es sich in Visionen von Einhörnern, Pferden, Zebras, Gitterstäben.

Sein ganzes Sehfeld bestand jetzt aus Halluzinationen ... Achtecke, Dreiecke, Pyramiden, organische Gebilde, Embryos und Farne. Die Droge schüttelte ihn wieder heftiger. Verbrecher, die er hinter Gitter gebracht hatte, erschienen ... dumpfe, haßerfüllte Gesichter ... und die Leinwand sagte:

GOODMAN IST EIN SCHLECHTER MANN

Er lachte, um nicht weinen zu müssen. Sie hatten am verborgensten Zweifel, dem Zweifel an seinem Job, gerührt ... seine Karriere, seine Lebensaufgabe ... genau in dem Augenblick, wo ihn auch die Droge dahingeführt hatte, mit diesen verdammten, anklagenden Gesichtern. Es war, als könnten sie sein Denken abtasten und seine Halluzinationen mitverfolgen. Nein, das konnte nur ein zufälliges Zusammentreffen sein, denn in ihrer ganzen Trickkiste gab es sicher einen Trick, der in der entsprechenden Phase der Drogenwirkung immer wieder auftauchte.

SOLANGE NOCH EINE SEELE IM GEFÄNGNIS SITZT BIN ICH NICHT FREI

Und wieder lachte Saul, wilder, fast hysterisch; und er wußte, viel genauer als vorher, daß sich hinter dem Lachen Tränen verbargen. Gefängnisse bessern niemanden; mein Leben ist vergeudet; was ich der Welt vorgaukeln kann, ist ein Gefühl von Sicherheit, aber keine echten Dienste. Was noch schlimmer ist, ich wußte es seit Jahren und habe mir selbst etwas vorgemacht. Dieses Gefühl totalen Versagens und äußerster Bitterkeit, das Saul in diesem Augenblick überschwemmte, wurde nicht von der Droge produziert, soviel wußte er, es wurde lediglich verstärkt. Es hatte ihn schon seit langem begleitet, und er hatte es immer wieder beiseite geschoben, es immer wieder verdrängt und sich auf etwas anderes konzentriert; die Droge gestattete ihm jetzt (zwang ihn jetzt), dieses Gefühl für ein paar quälende Augenblicke in aller Ehrlichkeit zu betrachten.

Rechts von ihm wurde plötzlich eine Tür erhellt, und über ihr erschien eine Neonschrift: «Absolution und Buße.»

«O. K.», sagte er eisig, «ich bin bereit für den nächsten Zug.» Er öffnete die Tür. Der Raum war winzig, aber wie das teuerste Bordell der Welt eingerichtet. Über einem Himmelbett hing eine Illustration aus Alice im Wunderland mit einem Pilz, auf dem stand «Iß mich». Und auf dem Bett lag, mit abgestreiftem Playboy-Trikot, in nackter, rosa Schönheit, die Beine voller Erwartung von sich gespreizt, das blonde Bunny. «Guten Abend», sagte sie und sprach unheimlich rasch, wobei ihr Blick seinen Blick festhielt, «ich bin Ihr Virgin Bunny. Jeder Mann wünscht sich ein Virgin Bunny, um es an Ostern aufzuessen und das Wunder der Auferstehung zu feiern. Verstehen Sie das Wunder der Auferstehung, Sir? Wissen Sie, daß nichts wahr und alles erlaubt ist, und daß ein Mann, der die Roboter-Konditionierung der Gesellschaft zu durchbrechen wagt und Ehebruch begeht, im Augenblick des Orgasmus mit seiner Hure stirbt und, zu neuem Leben auferstanden, erwacht? Hat man Sie das nicht in der Bibelstunde gelehrt? Oder hat man Ihnen nichts weiter als all diesen monogamen jiddischen Shit eingetrichtert?» Die meisten Hypnotiker achteten darauf, langsam zu sprechen, sie aber erzielte hypnotische Effekte, indem sie unendlich rasch sprach. «Sie dachten, sie würden ein totes Tier verspeisen, was schon recht abscheulich ist, selbst wenn unsere Gesellschaft das als ganz normal akzeptiert; Sie aber werden statt dessen eine begehrenswerte Frau verspeisen (und sie anschließend ficken), was ganz normal ist, selbst wenn die Gesellschaft es als abscheulich betrachtet. Saul, Sie sind einer der Illuminaten, Sie wußten es nur nicht. Noch heute nacht werden Sie es begreifen. Sie werden Ihr wahres Selbst finden, so wie es war, lange bevor Ihr Vater und Ihre Mutter an Sie dachten. Und ich rede nicht von Inkarnation. Ich spreche von etwas sehr viel Wunderbarerem.»

Saul fand seine Stimme wieder. «Ihr Angebot ehrt mich, wird aber abgelehnt», sagte er offen. «Offen gesagt, ich finde Ihren kitschigen Mystizismus um vieles unreifer als Ihr sentimentales Vegetariertum und Ihre unumwundene Lüsternheit. Das was den Illuminaten wirklich abgeht, ist das Gefühl für feinsinnige Dramaturgie, wie überhaupt jegliches Feingefühl.»

Ihre Augen weiteten sich, während er so sprach, aber nicht vor Erstaunen wegen seines Widerstandes ... entweder war sie wirklich bestürzt, und er tat ihr leid, oder sie war eine erstklassige Schauspielerin. «Zu schade», sagte sie traurig. «Sie haben den Himmel verweigert, so müssen Sie den steinigen Weg durch die Gefilde der Hölle nehmen.»

Saul registrierte eine Bewegung hinter sich, aber bevor er sich umdrehen konnte, prickelte es in seinem Nacken: eine Nadel ... eine weitere Droge. Im selben Moment, in dem er vermutete, sie hätten ihm ein noch stärkeres Psychedelikum verabreicht, um den bisherigen Effekt weiter zu steigern, fühlte er sein Bewußtsein schwinden. Es war ein Narkotikum oder ein Gift.

Der Wagen fuhr mit einem heftigen Ruck an: wir waren unterwegs zum Hexenmeister, dem wundervollen Hexenmeister des Hinterns. Was war es doch gleich gewesen, was Hagbard mir erzählte, als wir uns das erste Mal begegnet waren? Irgendwas über gradlinige Verbindungen, Gerichtssäle und Scheiße? Ich konnte mich nicht erinnern, meine Seele driftete dahin, während Joseph K. die Gesetzbücher öffnete und pornographische Abbildungen darin fand (Kafka wußte, worum es geht); de Sade führte unterdessen eine präzise mathematische Strichliste im Bordell; wie viele Male hatte er die Huren gegeißelt, wie viele Male geißelten sie ihn; die Nazis zählten jede Goldfüllung in den Leichen von Auschwitz, Shakespeare-Gelehrte debattierten über jene Zeile aus Macbeth (war es Sitzbank oder Bank der Zeit?), der Gefangene mag sich der Strafbank nähern, man kann drauf scheißen, Kumpel, scheiß drauf ... SCHWEINE FRESSEN SCHEISSE, SCHWEINE FRESSEN SCHEISSE ... und Pound schrieb «die Unzuchtbank», Freud lehnte er ab, aber trotzdem bekam er noch einen Hauch des wirklichen Geheimnisses mit ... wie ein Homo auf ominöse Weise einem anderen Schlingen legt ...

«Mein Gott», sagte der Engländer. «Wann kommen wir aus der Tränengaszone raus?»

«Wir sind schon raus», sagte ich erschöpft. «Das ist jetzt ganz normale Chicagoer Luft. Mit Genehmigung von Commonwealth Edison und U.S.-Steel drüben in *Gary*.»

Die McCarthy-Frau weinte still vor sich hin, obwohl die Wirkung des MACE inzwischen nachgelassen hat. Die übrigen von uns zogen still dahin, eine kleine Karawane aus trockenem Rotz und Tränen, der Parmesan-Geruch von abgestandener Kotze, ab und zu noch Reste von ätzenden MACE-Dämpfen in der Luft, der Urin von einem, der sich in die Hosen gepißt hatte, und das Schwefeldioxyd- und Schlachthausklima im südlichen Chicago. Die Qualität der Gnade ist sehr gestreckt; sie tröpfelt wie Eiter. Legt die Hoffnung ab, alle, die ihr hier eintretet. Der Vorsitzende Mao tauchte auf und sprach: «Ho ist nichts als ein kümmerlicher Dichterling. Also, wenn ihr mal ein paar echte sozialistische Verse hören wollt, dann hört euch mal *meine* letzte Komposition an:

> Es gab mal 'ne Lady aus Queens
> Die liebte nur Bohnen, so schien's
> Wenn die Bohnen fermentierten
> Und ihre Darme traktierten
> Gab's peinliche Geräusche in ihr'n Jeans!

Bezieht sich auf die anale Orientierung der kapitalistischen Gesellschaft», erklärte er und verschwand in einer Blutlache am Boden, gleich neben dem Typen mit dem gebrochenen Arm.

* * *

(1923 stand Adolf Hitler vor einem pyramidenförmigen Altar und wiederholte die Worte, die ihm ein ziegenköpfiger Mann vorsprach: *«Der Zweck heiligt die Mittel.»* In Paris kritzelte James Joyce mit dem Bleistift Worte, die sein Sekretär, Samuel Beckett, später mit der Maschine abschreiben sollte: «Prä-Austerischer Mann stellte Pan-Hysterischer Frau nach.» In Brooklyn, New York, kehrt Howard Phillips Lovecraft von einer Party zurück, in deren Verlauf sich Hart Crane wirklich tierisch aufgeführt hatte – und damit Herrn Lovecrafts Vorurteil gegenüber Homosexuellen bekräftigt hatte –, findet einen Brief im Briefkasten und liest amüsiert: «Einige der Geheimnisse, die kürzlich in Ihren Stories aufgedeckt wurden, sollten lieber nicht gedruckt ans Licht gebracht werden. Glauben Sie mir, ich spreche als ein Freund, aber es gibt diejenigen, die es vorzögen, daß solche halbvergessenen Überlieferungen in ihrer derzeitigen Obskurität verbleiben würden, und die, von denen ich spreche, können dem Menschen vorzügliche Feinde sein. Erinnern Sie sich nur daran, was Ambrose Bierce widerfuhr...» Und in Boston schreit Robert Putney Drake laut: «Lügen, Lügen, Lügen. Nichts als Lügen. Niemand erzählt die Wahrheit. Niemand sagt, was er denkt...» Seine Stimme verliert sich.

«Nur weiter», sagt Dr. Besetzung, «Sie haben's fein gemacht. Nur weiter so.»

«Was soll's?» fragt Drake, von Wut verzehrt und wendet sich um auf der Ledercouch, um den Psychiater anzusehen. «Für Sie ist das doch nichts weiter als Abstraktion oder ein Ausspielen oder sonstwas

Klinisches. Sie können doch gar nicht glauben, daß ich im Recht sein könnte.»

«Vielleicht kann ich's doch. Vielleicht stimme ich Ihnen mehr zu, als Sie es realisieren können.» Der Doktor blickt von seinem Notizblock auf und blickt Drake geradewegs in die Augen. «Sind Sie sicher, daß Sie mir nicht *unterstellen*, ich würde wie jeder andere reagieren, dem Sie versuchten, Ihre Geschichte zu erzählen?»

«Würden Sie mir beipflichten», fragt Drake vorsichtig, «wenn Sie verstünden, was ich wirklich sage, dann müßten Sie entweder der leitende Kopf einer Bank sein, dort draußen, irgendwo im Dschungel, zusammen mit meinem Vater, und sich Ihr eigenes Stück von der Beute beiseite schaffen, oder Sie müßten einer jener revolutionären Bombenleger vom Schlage eines Sacco oder Vanzetti sein. Nichts anderes ergäbe irgendeinen Sinn.»

«Nichts anderes? Sicher? Muß man immer nur in das eine oder andere Extrem verfallen?»

Drake blickt wieder hinauf an die Decke und redet abstraktes Zeug vor sich hin. «Sie mußten Ihren Magister machen, lange bevor Sie sich spezialisierten. Ist Ihnen irgendein Fall bekannt, wo Mikroben aufgaben und sich davonmachten, nur weil der Mann, den Sie zerstörten, einen noblen Charakter besaß oder süße Gefühle hegte? Verließen die Tuberkolosebazillen John Keats' Lunge nur deshalb, weil er noch ein paar hundert ungeschriebene Gedichte mit sich herumtrug? Sie müssen schon einiges aus der Geschichte gelesen haben, selbst wenn Sie niemals, so wie ich, an der Front gewesen sind: Können Sie sich irgendeiner Schlacht erinnern, die Napoleons Aphorismus widerlegte, daß Gott immer auf der Seite derer stünde, die die größten Kanonen haben und den besten Strategen dazu? Dieser Bolschie Lenin, er hat angeordnet, daß in allen Schulen Schach gelehrt wird. Wissen Sie warum? Er sagt, daß Schachspielen die Lektionen vermittelt, die Revolutionäre kennen müssen: daß man verliert, wenn man seine Kräfte nicht überlegt einsetzt. Ganz gleich, wie hochstehend Ihr Moralbegriff ist, ganz egal, wie verschwommen Ihr Ziel: kämpfen Sie gnadenlos, benutzen Sie jedes Quentchen Intelligenz, oder Sie werden verlieren. Mein Vater begreift das. Die Leute, die die Welt regieren, haben das immer begriffen. Ein General, der das nicht begreift, wird immer wieder zum Leutnant oder noch weiter degradiert. Ich habe die Vernichtung einer ganzen Abteilung erlebt, vernichtet wie ein Ameisenhaufen unter einer Stiefelsohle. Nicht weil sie unmoralisch oder ungezogen war, noch weil sie nicht etwa an Gott glaubte. Nein. Sondern nur, weil die Deutschen an jenem Tag und jenem Frontabschnitt die überlegenere Feuerkraft besaßen. Das ist das ganze Gesetz, das einzig wahre Gesetz im Universum, und alles, was dem zuwiderläuft, alles was in den Schulen und vor allem in der Kirche gelehrt wird, sind Lügen, nichts als Lügen.» Kaum hörbar wiederholte er die letzten Worte noch einmal: «Nichts als Lügen.»

«Wenn Sie davon wirklich überzeugt sind», fragt der Doktor, «warum leiden Sie dann immer noch unter Alpträumen und Schlaflosigkeit?»

Drakes blaue Augen sind starr an die Decke geheftet. «Ich weiß es nicht», sagt er schließlich. «Deshalb bin ich ja hier.»)

«Moon, Simon», rief der diensthabende Polizist.

Ich trat vor und sah mich selbst durch seine Augen: Bart, Armee-Klamotten, über und über befleckt (mein eigener Schleim, Gekotztes von anderen). Der archetypische, verkommene, dreckige, ekelerregende, hippie-kommunistische Revolutionär.

«Well», sagte er, «noch so eine hübsche rote Rose.»

«Normalerweise sehe ich sehr viel gepflegter aus», sagte ich ruhig. «Bevor man in dieser Stadt verhaftet wird, kann man sich schon ganz schön schmutzig machen.»

«In dieser Stadt kann man nur verhaftet werden», sagte er mit einem Stirnrunzeln, «wenn man die Gesetze übertritt.»

«In Rußland kann man auch nur dann verhaftet werden, wenn man die Gesetze bricht», erwiderte ich belustigt. «Oder aus Versehen.»

Das haute hin. «Schlaumeier», sagte er freundlich. «Schlaumeier sehen wir hier ganz besonders gern.» Er besah sich meinen Anklagezettel. «Ganz schön was zusammengekommen für eine Nacht, Moon. Aufruhr, Mob-Aktion, Gewalt gegen einen Beamten, Widerstand gegen die Staatsgewalt, Landfriedensbruch. Ganz nett.»

«Ich habe nicht den Frieden gestört», sagte ich. «Ich habe den Krieg gestört.» Diesen Einzeiler hatte ich von Ammon Hennacy gestohlen, einem katholischen Anarchisten, den Mom auch immer zitierte. «Und die übrigen Anklagepunkte sind sowieso alle aus der Luft gegriffen. Aus chemisch verseuchter Luft in einem öffentlichen Park.»

«Aber sieh mal einer her ... Sie kenne ich doch ...» sagte er auf einmal. «Sie sind doch Tim Moons Sohn. Well, well, well ... Ein Anarchist der zweiten Generation. Ich denke, wir werden Sie ebenso häufig einsperren, wie wir ihn einsperrten.»

«Der Meinung bin ich auch», sagte ich. «Wenigstens bis zur Revolution. Danach werden wir Sie allerdings nicht einsperren. Wir werden hübsche Lager einrichten, in Wisconsin zum Beispiel, und Sie dort *kostenlos* hinschicken, damit Sie mal ein nützliches Handwerk erlernen. Wir sind der Meinung, daß alle Polizisten und Politiker grundsätzlich rehabilitiert werden können. Aber wenn Sie keine Lust haben, ins Lager zu gehen und ein nützliches Handwerk zu lernen, dann zwingen wir Sie nicht; Sie können dann ebensogut von der Wohlfahrt leben.»

«Well, well, well ...» sagte er. «Genau wie der Alte. Ich denke, wenn ich mal 'n Augenblick wegschauen würde und ein paar von unsern Jungs Sie mal richtig in die Mangel nähmen, würden Sie anschließend immer noch 'n paar Weisheiten zu verbreiten haben, oder?»

«Ich fürchte schon», lächelte ich zurück, «das ist der irische Nationalcharakter, wissen Sie. Wir sehen bei allem immer die lustige Seite.»

«Well», sagte er nachdenklich (von diesem Wort war er offenbar unheimlich begeistert) «ich hoffe, Sie können auch die lustige Seite von dem sehen, was jetzt kommt. Sie werden von Richter Bushman vernommen werden. Sie werden sich schnell genug wünschen, Sie wären statt dessen in eine Kreissäge geraten. Und grüßen Sie Ihren Vater von mir. Bestellen Sie ihm Grüße von Jim O'Malley.»

«Der ist tot», sagte ich.

Er sah die nächsten Anklagezettel durch. «Schade», murmelte er vor sich hin. «Nanetti, Fred», bellte er, und der Junge mit dem gebrochenen Arm trat vor.

Ein Streifenpolizist führte mich zur Fingerabdruckabteilung. Dieser Kerl war der reinste Computer: «Rechte Hand.» Ich gab ihm meine rechte Hand. «Linke Hand.» Ich gab ihm meine linke Hand. «Folgen Sie dem Beamten.» Ich folgte dem Beamten, und sie machten ein Foto von mir. Wir gingen ein paar Korridore in Richtung Schnellrichter, und an einer abgelegenen Stelle versetzte mir dieser Bulle eins mit seinem Schlagstock, genau auf die Nieren (er verstand sein Handwerk), um mir für den nächsten Monat Probleme und Schmerzen zu verschaffen. Ich grunzte voller Schmerz, verbiß mir jedoch eine Bemerkung, um mir nicht noch so einen Schlag einzuhandeln. Also sprach er und sagte: «Feige Schwulensau.»

Genau wie in Biloxi, Mississippi: ein Bulle ist nett, der andere unpersönlich, der dritte ist ein falscher Hund ... und im Grunde genommen macht's keinen Unterschied. Sie sind jeder für sich nur ein Rädchen in was sie am Ende ausspuckt, ist ein und dasselbe Produkt, ganz gleich, welche Einstellung sie haben. Ich bin sicher, daß es in Buchenwald genauso ausgesehen hat: mancher Wärter versuchte so menschlich wie möglich zu sein, andere versahen ohne viel nachzudenken einfach ihren Job, wieder andere waren so eifrig und machten es den Gefangenen noch schwerer. Es macht im Ende aber keinen Unterschied: die Maschine produziert den Effekt, auf den sie programmiert wurde.

Richter Bushman (zwei Jahre später mischten wir AUM in seinen Drink, aber das ist eine andere Geschichte, die wir auf einem anderen Trip erzählen werden) wandte mir sein berühmtes King-Kong-Gesicht zu. «Hier die Bestimmungen», sagte er. «Das ist ein Verhör. Sie können Einspruch erheben oder die Antwort verweigern. Wenn Sie Einspruch erheben, behalten Sie sich das Recht vor, ihn während der Verhandlung zu widerrufen. Wenn ich eine Kaution aussetze, können Sie gegen Zahlung von zehn Prozent auf freien Fuß gesetzt werden. Angenommen wird nur Bargeld, keine Schecks. Wenn Sie kein Bargeld haben, bleiben Sie über Nacht im Gefängnis. Ihr habt die ganze Stadt auf den Kopf gestellt und die Kautionsbürgen sind überlastet; also können sie nicht in jedem Gerichtssaal gleichzeitig sein. Sie haben das Pech, in einem Gerichtssaal gelandet zu sein, in dem es keinen Bürgen hat.» Er wandte sich dem Justizbeamten zu. «Anklage?» fragte er. Er las das Register meiner Kriminellen-Karriere durch, so wie der Beamte, der mich festgenommen hatte, es ausgeheckt hatte. «Fünf Verstöße gegen das Gesetz in einer einzigen Nacht. Sieht nicht besonders günstig aus, was, Moon? Die Verhandlung findet am 15. September statt. Die Kaution beträgt zehntausend Dollar. Haben Sie tausend Dollar bei sich?»

«Nein», antwortete ich und fragte mich, wie oft er dieses Band diesen Abend schon hatte laufen lassen.

«Einen Augenblick», sagte Hagbard, der wie aus dem Nichts aufgetaucht war. «Ich hafte für diesen Mann.»

MR. KHARIS: Macht Herr Celine wirklich den Vorschlag, daß die U. S.-Regierung Pflegepersonal benötigt?
MR. CELINE: Alles was ich anbiete, ist ein Ausweg für Ihre Mandanten. Jedes private Individuum mit einer solchen Akte unaufhörlicher Morde und Raubüberfälle würde sich äußerst erleichtert als unzurechnungsfähig erkläre lassen. Wollen Sie wirklich weiterhin darauf bestehen, daß Ihre Mandanten am Wounded Knee, in Hiroshima, in Dresden, im Vollbesitz ihrer geistigen Kräfte waren???
RICHTER IMHOTEP: Sie machen sich lächerlich, Mr. Celine.
MR. CELINE: Ich bin niemals ernster gewesen.

«In welchem Verhältnis stehen Sie zu diesem jungen Mann?» fragte

Bushman ärgerlich. Denn als der Bulle mich in meine Zelle schaffen wollte, war es bei Bushman gerade soweit, daß ihm einer abgehen wollte; jetzt quälte ihn das Sado-Maso-Gegenstück zum Coitus interruptus.

«Er ist meine Frau», sagte Celine ruhig.

«Was??»

«Wir leben als Mann und Frau», fuhr Hagbard fort. «Die homosexuelle Ehe wird in Illinois nicht anerkannt. Aber Homosexualität per se ist kein Verbrechen in diesem Staat, so versuchen Sie gar nicht erst Wellen zu schlagen, Euer Ehren. Lassen Sie mich zahlen und ihn nach Hause mitnehmen.»

Das war zuviel. «Daddy», sagte ich und versuchte wie der Padre zu klingen. «Du bist so gebieterisch.»

Richter Bushman sah so aus, als wolle er Hagbard mit seinem Hämmerchen, mit dem er aufgeregt in der Luft rumfuchtelte, umbringen, aber er behielt sich unter Kontrolle. «Zählen Sie das Geld», wies er den Gerichtsbeamten an. «Vergewissern Sie sich, daß es auf den Cent genau stimmt. Und dann», sagte er, zu uns gewandt, «verschwinden Sie so schnell wie möglich.» Und zu mir: «*Sie* sehe ich am 15. September.»

MR. KHARIS: Und ich halte an meiner Überzeugung fest, daß wir die Notwendigkeit dieses Staudamms ausreichend demonstriert haben. Wir sind der Überzeugung, daß die Doktrin der Landenteignung auf sicherem konstitutionellem Boden steht, was in zahlreichen ähnlichen Fällen bereits zur Anwendung gekommen ist. Wir sind der Überzeugung, daß der von der Regierung vorgelegte Umsiedlungsplan für die Kläger keine unzumutbaren Härten in sich birgt...

«Perverse Säue», sagte der Bulle, als wir zur Tür hinausgingen.

«Heil Diskordia», rief ich ihm fröhlich zu. «Laß uns von hier verduften», fügte ich, zu Hagbard gewandt, hinzu.

«Mein Wagen steht gleich hier», sagte er und zeigte auf einen gottverdammten Mercedes.

«Für einen Anarchisten lebst du ganz schön nach kapitalistischer Manier», bemerkte ich, als wir in diese Wahnsinnskiste, kristallisiert aus gestohlener Arbeit und Mehrwert, einstiegen.

«Ich bin kein Masochist», erwiderte Hagbard. «Die Welt, so wie sie ist, ist schon unangenehm genug für unsereins. Ich sehe keinen Grund, warum ich's mir noch unangenehmer gestalten sollte. Und ich will verflucht sein, hätte ich so eine halbzerfallene alte Kiste zu fahren wie du eine hast, die die meiste Zeit in Werkstätten rumsteht, nur um euch linken Simpels ‹hingebungsvoller› zu erscheinen. Und dann», fügte er hinzu, «die Polizei hält niemals einen Mercedes an, um ihn zu durchsuchen. Wie viele Male in der Woche wirst du angehalten und belästigt, mit deinem Bart und deiner psychedelischen Sklavenkiste, du verdammter Moralist?»

«Häufig genug», mußte ich zugeben, «daß ich es kaum mehr wage, Dope darin zu transportieren.»

«Dieser Wagen ist voll mit Dope», sagte er vergnügt, «'ne große Lieferung an einen Dealer in Evanston, auf dem Nord-West-Campus, morgen.»

«Im Dope-Geschäft steckst du auch noch?»

«Ich bin bei jedem illegalen Geschäft dabei. Jedesmal, wenn eine Regierung etwas für *verboten* erklärt, springen zwei Gruppen ein, um den damit geschaffenen, schwarzen Markt zu bedienen: die Mafia und die LDD. Steht für *Lawless Delicacy Dealers*.»

«Ich dachte, es stünde für *Little Deluded Dupes*.»

Er lachte. «Eins zu null für Moon. Aber mal ganz im Ernst, ich bin der ärgste Feind, den sich eine Regierung ausmalen kann, und der beste Schutzengel für den Durchschnittsmenschen. Die Mafia besitzt keine Ethik, weißt du. Gäbe es unsere Gruppe nicht und unsere jahrelange Erfahrung, wäre alles auf dem schwarzen Markt, von Dope bis zu kanadischen Fellen, schäbig und schlecht. Wir geben dem Kunden oder der Kundin immer genau den Gegenwert seines oder ihres Geldes. Das halbe Dope, das *du* verkaufst, ist auf dem Weg zu dir über meine Mittelsmänner gegangen. Mehr als die Hälfte.»

«Und was sollte das vorhin, mit der Homo-Geschichte? Den alten Bushman nur 'n bißchen hochbringen, oder was?»

«Entropie. Die gerade Linie in eine Krümmungskurve auflösen.»

«Hagbard», sagte ich, «was zum Teufel spielst du eigentlich?»

«Ich beweise, daß Regieren eine Halluzination ist, eine Halluzination in den Köpfen der Gouverneure», sagte er knapp. Wir bogen in den Lake Shore Drive ein und rauschten nach Norden davon.

«Du, Jubela, sagte er dir das Wort?» fragte der Mann mit der Ziegenkopfmaske.

Der hünenhafte Schwarze sagte: «Ich schlug ihn und quälte ihn, er aber wollte das Wort nicht verraten.»

«Du, Jubelo, sagte er dir das Wort?»

Das fischgleiche Wesen sagte: «Ich peinigte und verwirrte seinen Geist, er aber wollte das Wort nicht verraten.»

«Und du, Jubelum, sagte er dir das Wort?»

Der bucklige Zwerg sagte: «Ich schnitt ihm die Hoden ab, und er blieb stumm. Ich schnitt ihm den Penis ab, und er blieb stumm. Er sagte mir nicht das Wort.»

«Ein Fanatiker», sagte der Ziegenkopf. «Es ist besser, daß er tot ist.»

Saul Goodman versuchte sich zu bewegen. Er konnte nicht einen einzigen Muskel rühren: die letzte Droge war ein Narkotikum gewesen, und zwar ein sehr machtvolles. Oder vielleicht doch ein Gift? Er versuchte sich einzureden, daß der Grund, weshalb er hier gelähmt in einem Sarg rumlag, der war, daß sie versuchten, seinen Willen vollends zu brechen und seinen Verstand zu verwirren. Dann wiederum fragte er sich, ob sich die Toten untereinander wohl auch solche Fabelgeschichten erzählten, während sie sich bemühten, den Körper vor Einsetzen der Verwesung zu verlassen.

Und indem er sich das fragte, beugte sich der Ziegenkopf vor und schloß den Sargdeckel. Saul war allein in der Dunkelheit.

«Geh du zuerst, Jubela.»

«Ja, Meister.»

«Geh du als nächster, Jubelo.»

«Ja, Meister.»

«Geh du als letzter, Jubelum.»

«Ja, Meister.»

Stille. Es war einsam und dunkel im Sarg. Saul konnte sich nicht bewegen. Laß mich nicht durchdrehen, dachte er.

Howard entdeckte die *Lief Erickson* und sang: «Oh, *groovy, groovy, groovy* Szen'/Hagbard noch mal wiederzusehn'.» *Maldonados schnittiger Bentley fuhr in die prächtige Einfahrt zum Wohnsitz von «Amerikas bekanntestem Finanzier und Philanthropisten», Robert Putney Drake.* (Louis schritt der Roten Witwe entgegen und bewahrte seine Würde. Ein alter Mann in seltsamen Kleidern drängte sich, zitternd vor Verzückung, durch die Menge nach vorn. Das Messer der Guillotine wurde hochgezogen: der Plebs hielt den Atem an. Der alte Mann versuchte, in Louis' Augen zu blicken, aber der König konnte nicht mehr klar sehen. Die Klinge fiel: die Menge atmete auf. Als der Kopf in den Korb rollte, hob der alte Mann seinen Blick in Ekstase und rief laut aus: «Jacques De Molay, wieder einmal bist du gerächt.») Professor Glynn unterrichtete seine Studenten in mittelalterlicher Geschichte (Dean Deane gab zur gleichen Zeit, auf demselben Campus, das *Strawberry Statement* heraus) und sagte: «Das wirkliche Verbrechen der Templer bestand wahrscheinlich in ihrer Verbindung zu den Hashishim.» George Dorn, der kaum hinhörte, fragte sich, ob er sich Mark Rudd und den anderen, die Columbia ein für allemal verlassen wollten, anschließen sollte.

«Und mit den modernen Romanen verhält es sich ebenso», fuhr Smiling Jim fort. «Sex, Sex, Sex – und nicht einmal nur normaler Sex. Jede Art von pervertiertem, degeneriertem, unnatürlichem, schmutzigem und krankem Sex. So werden sie uns eines Tages alle begraben, wie Herr Chruschtschow sagte, ohne auch nur einen einzigen Schuß abgegeben zu haben.»

Sonnenlicht weckte Saul Goodman auf.
Sonnenlicht und Kopfschmerzen. Der Kater nach jener Drogenkur.

Er lag in einem Bett. Seine Kleider waren weg. Das Gewand, das er jetzt trug, war unverwechselbar: ein Krankenhaushemd. Und das Zimmer ... als er gegen das Sonnenlicht blinzelte ... hatte das stumpfe, moderne Strafanstaltsaussehen eines typischen amerikanischen Krankenhauses.

Das Öffnen der Tür hatte er nicht bemerkt, aber da schlenderte jemand herein, ein sonnengebräunter Mann in mittleren Jahren. In der Hand trug er ein Schreibbrett; ein paar Stifte reckten ihre Köpfe aus seiner Kitteltasche; auf dem Gesicht trug er ein wohlwollendes Lächeln. Seine breitrandige Hornbrille mit schwarzen Gläsern und der Bürstenschnitt wiesen ihn als den typischen, optimistischen, nach vorn drängenden Vertreter seiner Generation aus, unbelastet von den depressiven Weltkriegserinnerungen, die in Sauls Altersgenossen Ängste hervorriefen, ohne die nuklearen Alpträume, die unter Jugendlichen Wut und Entfremdung erzeugten. Offensichtlich zählte er sich selbst zu den Liberalen und gab den Konservativen jedes zweite Mal seine Stimme.

Ein hoffnungsloser Narr.

Außer daß er wahrscheinlich keines jener Wesen, sondern nur einer ihrer Agenten war, der einen sehr überzeugenden Auftritt machte.

«Well?» fragte er zuversichtlich. «Fühlen Sie sich besser, Herr Muldoon?»

Muldoon, dachte Saul. Da wären wir also ... noch so 'ne Tour ihrer Kitschidee vom Herzen der Dunkelheit.

«Mein Name ist Goodman», sagte er schwach. «Ich bin ungefähr so irisch wie Mosche Dajan.»

«Oh, treiben wir immer noch das kleine Spielchen»? sprach der Mann mit sanfter Stimme. «Sind Sie immer noch ein Detektiv?»

«Zur Hölle mit Ihnen», sagte Saul und verspürte schon keine Lust mehr, sich mit Witz und Ironie zu wehren. Er würde sich in seine Feindseligkeit einbuddeln und sich von seinem Schützenloch aus mit Bitterkeit und dumpfer Tapferkeit bis zum letzten verteidigen.

Der Mann zog sich einen Stuhl heran und setzte sich. «An und für sich», sagte er, «stören uns diese letzten verbleibenden Symptome nicht sonderlich. Sie befanden sich in bösem Zustand, als Sie vor sechs Monaten zum erstenmal hier eingeliefert wurden. Ich bezweifle, daß Sie sich daran erinnern können. Ein wahrer Segen, daß Elektroschocks einen Großteil der unmittelbaren Vergangenheit auszulöschen vermögen, was in Fällen wie dem Ihren sehr hilfreich sein kann. Wissen Sie, daß Sie Passanten auf der Straße tätlich angriffen und in den ersten Monaten bei uns Krankenschwestern und Pflegepersonal attackierten? In jener Zeit litten Sie unter akuter Paranoia, Herr Muldoon.»

«Leck mich doch, Bubi», sagte Saul. Er schloß die Augen und drehte sich auf die andere Seite.

«Solch eine angenehme gemäßigte Feindseligkeit ...», fuhr der Mann fort, frisch wie ein Vogel auf taufrischer Wiese. «Noch vor wenigen Monaten hätten Sie versucht, mich zu erwürgen. Ich werde Ihnen mal etwas zeigen.» Man hörte Papier knistern.

Neugier überwand Widerstand: Saul drehte sich um und guckte. Der Mann hielt ihm einen Führerschein entgegen, ausgestellt in New Jersey, auf den Namen «Barney Muldoon». Das Foto zeigte Saul. Saul grinste bösartig, um seinen Unglauben zu demonstrieren.

«Sie weigern sich, sich selbst zu erkennen?» fragte der Mann ruhig.

«Wo ist Barney Muldoon?» schrie Saul. «Haben Sie ihn in einem anderen Zimmer, um ihn zu überzeugen, er sei Saul Goodman?»

«Wo ist ...?» wiederholte der «Doktor» und schien tatsächlich verblüfft. «Ah, ja, Sie geben zu, den Namen zu kennen, geben aber gleichzeitig vor, er sei nur ein Freund gewesen. Genauso wie der Notzuchtverbrecher, den wir vor einiger Zeit hier hatten. Alle Vergewaltigungen seien von seinem Zimmergenossen, Charlie, verübt worden, sagte er. Na, versuchen wir's einmal anders. All die Leute, die Sie auf der Straße verprügelt haben ... und das Bunny im Playboy Club, das Sie versuchten zu erwürgen ... glauben Sie noch immer, es seien Agenten jener, wie heißen sie doch gleich, preußischen Illuminaten gewesen?»

«Na, das hört sich ja schon besser an», sagte Saul. «Eine äußerst reizvolle Kombination aus Realität und Phantasie, viel besser als alle vorherigen Versuche Ihrer ‹Gruppe› zusammen. Bitte, erzählen Sie nur weiter.»

«Sie denken wohl, das sei Sarkasmus», sagte der Mann behutsam. «Übrigens machen Sie gute Fortschritte, was Ihre Genesung angeht. Sie wollen sich wirklich nicht erinnern, selbst jetzt, wo Sie noch immer krampfhaft versuchen, diesen Goodman-Mythos aufrechtzuerhalten. Sehr gut: Sie sind ein sechzigjähriger Polizeioffizier aus Trenton, New Jersey. Sie wurden niemals zum Detektiv befördert, und das ist der große Kummer Ihres Lebens. Sie haben eine Frau namens Molly und drei Söhne – Roger, Kerry und Gregor. Ihr Alter ist achtundzwanzig, fünfundzwanzig und dreiundzwanzig. Vor ein paar Jahren fingen Sie mit Ihrer Frau ein Spielchen an; sie dachte zunächst, es sei harmlos und stellte dann zu ihrer Besorgnis fest, daß es nicht so war. Das Spiel bestand darin, daß Sie vorgaben, Sie seien Detektiv und, spät des Nachts, erzählten Sie ihr über all die wichtigen Fälle, die Sie bearbeiteten. Nach und nach bastelten Sie den allerwichtigsten Fall überhaupt zusammen – die Lösung aller politischen Morde der Vereinigten Staaten in den letzten zehn Jahren. Sie gingen demnach alle auf das Konto einer Gruppe, die sich Illuminaten nannten; einer Gruppe, die aus ranghöchsten, überlebenden Nazis bestand, die niemals ergriffen werden konnten. Immer häufiger sprachen Sie über ihren Führer – Martin Bormann natürlich – und bestanden darauf, Sie verfolgten eine Spur, die zu ihm führen würde. Zu dem Zeitpunkt, wo Ihre Frau herausfand, daß das Spiel für Sie längst zur Realität geworden war, war es schon zu spät. Schon hatten Sie Ihre Nachbarn verdächtigt, Agenten der Illuminaten zu sein, und Ihr Haß auf den Nationalsozialismus hatte sich schon derartig gesteigert, daß Sie glaubten, selbst ein Jude zu sein. Also nahmen Sie einen irischen Namen an, um dem amerikanischen Antisemitismus zu entgehen. Diese spezielle Wahnvorstellung verursachte Ihnen ein akutes Schuldgefühl, das zu verstehen uns viel Zeit kostete. Wie wir schließlich herausfanden, war es nichts anderes als eine Projektion von Schuldgefühlen, die sich darauf bezogen, daß Sie überhaupt Polizist geworden waren. Doch sollte ich vielleicht an eben diesem Punkt ein wenig behilflich sein, Ihnen Ihre Bemühungen zur Selbsterkenntnis zu erleichtern (und Ihr gleich starkes und entgegengesetztes Abmühen, sich selbst zu entfliehen), indem ich Ihnen einen Teil Ihrer Krankheitsgeschichte vorlese, die einer unserer jüngeren Psychiater verfaßte. Sind Sie bereit, zuzuhören?»

«Nur zu», sagte Saul. «Ich find's nach wie vor recht unterhaltsam.»

Der Mann raschelte mit seinen Papieren und setzte ein entwaffnendes Lächeln auf. «Oh, hier sehe ich gerade, daß es sich um die bayrischen Illuminaten und nicht um die preußischen Illuminaten handelte, verzeihen Sie die Verwechslung.» Er blätterte noch ein wenig weiter. «Da haben wir's ja schon», sagte er.

«Die Wurzel der Probleme des Patienten», begann er zu lesen, «lassen sich im Trauma des Ursprungsstadiums finden, die mit Hilfe der Narko-Analyse rekonstruiert werden konnte. Im Alter von drei Jahren wurde der Junge Zeuge von Fellatio, von Vater und Mutter vollzogen. Das Resultat: er wurde wegen ‹Nachspionierens› in seinem Zimmer eingesperrt. Dies hinterließ in ihm eine permanente panische Angst vor dem Eingesperrtwerden und ein starkes Gefühl des Mitleids für Gefangene in aller Welt. Unglücklicherweise wurde dies zu einem Faktor innerhalb seiner Personalität, den er ohne weiteres etwa dadurch hätte sublimieren können, indem er Sozialarbeiter geworden wäre. Ein ungelöster Ödipuskomplex und die Formation seiner Reaktionsweise aufs ‹Nachspionieren› hin führte schließlich dazu, daß er den Beruf des Polizeibeamten ergriff. Der Verbrecher wurde für ihn zum Vatersymbol, der eingesperrt wurde, aus Rache dafür, daß der Vater ihn eingesperrt hatte; gleichzeitig stellte der Verbrecher eine Ego-Projektion dar, und so empfing er masochistische Genugtuung, indem er sich mit den Gefangenen identifizierte. Das tief im Innern schlummernde homosexuelle Verlangen nach dem Penis des Vaters (bei allen Polizisten vorhanden) steigerte sich schließlich zur Ablehnung des Vaters, zur Ablehnung der väterlichen Vorfahren, und er begann aus seinem Ego-Gedächtnis alle irisch-katholischen Spuren zu verwischen und sie durch jüdische Kultur zu ersetzen, denn der Jude als Angehöriger einer ständig Verfolgungen ausgesetzten Minorität verstärkte den ihm innewohnenden Maschochismus. Schließlich beanspruchte der Patient, wie alle Paranoiker, eine überlegene Intelligenz für sich (dabei erreichte er im Aufnahmetest für die Polizeischule in Trenton einen IQ von einhundertzehn auf der Stanford-Binet-Skala), und das Sich-Widersetzen gegen eine Therapie resultierte in einem ‹Reinlegen› der Ärzte, indem er ‹Hinweise› fand, die darauf schließen ließen, daß auch sie Agenten der Illuminaten waren und daß seine angenommene Identität als ‹Saul Goodman› seine wirkliche Realität ist. Als nächste therapeutische Schritte empfehle ich ...» Der «Doktor» brach ab. «Das nun folgende», sagte er knapp, «ist für Sie von keinem Interesse. Well», fügte er herablassend hinzu, «haben Sie nicht Lust, die hierin enthaltenen Irrtümer ‹herauszufinden›?»

«Ich bin mein Leben lang nicht ein einziges Mal in Trenton gewesen», sagte Saul matt. «Ich habe keine Ahnung, wie's dort aussieht. Sie werden mir aber gleich antworten, daß jene Erinnerungen aus meinem Gedächtnis gestrichen sind. Lassen Sie uns nun mal auf eine etwas tieferliegende Stufe des Gefechts überwechseln, Herr Doktor. Ich bin fest davon überzeugt, daß mein Vater und meine Mutter nie im Leben Fellatio getrieben haben. Sie waren viel zu altmodisch.» Das war nun das Herz des Labyrinths, und ihre wahre Behandlung: während er sich seiner völlig sicher war, sicher, daß sie seinen Glauben an seine Identität nicht würden brechen können, unterhöhlten sie diese Identität gleichzeitig, indem sie behaupteten, sie sei pathologischer Natur. Vieles aus der Krankheitsgeschichte Barney Muldoons konnte auf jeden beliebigen Polizisten zutreffen und traf vermutlich auch auf ihn zu; wie gewöhnlich, bereiteten sie im Schatten eines schwachen, offenen Angriffs einen schweren tödlicheren Angriff vor.

«Können Sie sich hieran erinnern?» fragte der Doktor und zeigte ihm eine offene Seite aus einem Skizzenbuch, auf der ein paar Zeichnungen eines Einhorns zu sehen waren.

«Das ist mein Skizzenbuch», sagte Saul. «Ich weiß nicht, wie Sie zu dem gekommen sind, beweisen tut das aber herzlich wenig, außer daß ich in meiner Freizeit ein wenig zeichne.»

«Nein?» Der Doktor drehte das Skizzenbuch um; ein Namensschild auf dem äußeren Umschlag identifizierte den Besitzer als Barney Muldoon, 1472 Pleasant Avenue, New Jersey.

«Amateurarbeit», sagte Saul. «Ein Namensschildchen auf ein Buch zu kleben, ist ja wohl keine große Kunst.»

«Und das Einhorn hat keinerlei Bedeutung für Sie?» Saul witterte die Falle, wartete ab und sagte gar nichts. «Sie haben noch nie etwas aus der umfangreichen, psychoanalytischen Literatur gelesen, die das Einhorn als Symbol des väterlichen Penis definiert? Aber dann sagen Sie mir doch einmal, warum Sie ausgerechnet Einhörner zeichneten?»

«Wieder einmal spricht der Amateur», sagte Saul. «Hätte ich Berge gezeichnet, würden sie ebenfalls als väterliche Penissymbole gelten.»

«Sehr gut. Sie hätten einen guten Detektiv abgegeben, hätte Ihre ... Krankheit ... die Beförderung nicht verhindert. Sie besitzen in der Tat ein rasch arbeitendes, skeptisches Begriffsvermögen. Lassen Sie mich noch einen anderen Einstieg probieren – und glauben Sie, ich würde keine dieser Taktiken anwenden, wäre ich nicht überzeugt, daß Sie sich auf dem Weg der Besserung befinden; ein richtiger Psychopath würde bei einem solchen Frontalangriff auf seine Wahnvorstellungen in Katatonie verfallen. Aber sagen Sie mir doch, Ihre Frau erwähnte, daß Sie, unmittelbar bevor Sie in das akute Stadium Ihres Problems eintraten, eine beträchtliche Geldsumme, mehr als Sie sich mit dem Gehalt eines Streifenpolizisten leisten konnten, für eine Reproduktion der Meerjungfrau aus Kopenhagen ausgaben. Warum?»

«Verdammt noch mal», rief Saul, «es war keine ‹beträchtliche Geldsumme›.»

Aber er erkannte die verdrängte Wut in seiner Antwort, und der andere Mann erkannte sie ebenfalls. Er umging die Frage nach der Meerjungfrau ... und ihre Beziehung zu jenem Einhorn. Es muß eine Verbindung zwischen Tatsache Nummer eins und Tatsache Nummer zwei geben ... «Die Meerjungfrau», sagte Saul, und nahm diese Position ein, bevor der Feind sie einnehmen konnte, «ist ein Muttersymbol, stimmt's? Sie hat keinen menschlichen Unterleib, weil der kleine Junge nicht an diese Körpergegend seiner Mutter zu denken wagt. Ist das korrekt ausgedrückt?»

«Mehr oder weniger. Sie umgehen dabei natürlich die besondere Relevanz in Ihrem Fall: daß der sexuelle Akt, bei dem sie Ihre Mutter überraschten, nicht ein normaler Akt, sondern ein ausgenommen pervertierter und infantiler Akt war, der natürlich den einzigen Akt darstellt, den eine Meerjungfrau ausüben kann ... wie jeder Sammler von Meerjungfrau-Statuen und -Gemälden unbewußt weiß.»

«Es ist nicht pervertiert und infantil», protestierte Saul. «Die meisten Leute machen es ...» Dann erst bemerkte er die Falle.

«Aber doch nicht *Ihre* Mutter und *Ihr* Vater ...? Die waren doch anders als die meisten Leute ...»

Und dann rastete es ein: der Bann war gebrochen. Jedes Detail aus Sauls Notizbuch, jedes charakteristische Detail, das Peter Jackson beschrieben hatte, alles fügte sich nahtlos zusammen. «Sie sind kein ‹Doktor›», schrie Saul. «Ich weiß nicht, was Sie spielen, aber ich weiß verdammt genau, wer Sie sind. Sie sind Joseph Malik!»

Georges Kabine war ganz in Teak gehalten und an den Wänden hingen kleine, aber exquisite Gemälde von Rivers, Shahn, De Kooning und Tanguy. Eine in eine Wand eingebaute Glasvitrine enthielt mehrere Reihen Bücher. Der Fußboden war mit einem weinroten Teppich ausgeschlagen, dessen Zentrum ein stilisierter blauer Oktopus schmückt, dessen strahlenförmig angeordnete Fangarme wie bei einer Sonneneruption nach außen strahlten. Der Beleuchtungskörper, der von der Decke hing, war ein leuchtendes Modell jener schrecklichen Qualle, die den portugiesischen Kriegsgott symbolisierte.

Das Doppelbett schloß am Kopfende in Rosenholz ab, in das venezianische Muschelmotive eingeschnitzt waren. Die Bettfüße berührten den Boden nicht; das ganze Ding wurde von einem kräftigen, runden Balken getragen, das dem Bett Schaukelbewegungen gestattete, wenn das Schiff mit der See rollte, und den Schlafenden somit in horizontaler Lage hielt. Neben dem Bett stand ein kleines Schränkchen. Als George die Schublade öffnete, fand er Schreibpapier verschiedener Formate und ein halbes Dutzend verschiedenfarbiger Filzstifte. Er nahm einen Block und einen grünen Stift heraus, rollte sich auf dem Bett zusammen und begann zu schreiben.

24. April

Objektivität ist vermutlich das Gegenteil von Schizophrenie. Was bedeutet, daß sie nichts anderes ist als die Anerkennung der Wahrnehmung von Realität eines jeden anderen. Aber niemandes Wahrnehmung von Realität ist dieselbe wie jedermanns Wahrnehmung von Realität, was bedeutet, daß die objektivste Person die wirklich schizophrene Person ist.

Es ist schwer, jenseits des akzeptiert Geglaubten seines eigenen Zeitalters zu gelangen. Der erste, der einen neuen Gedanken einführt, bringt ihn nur zögernd voran. Neue Ideen müssen erst eine ganze Zeit da sein, bis jemand sie aufgreift und kraftvoll vorantreibt. In ihrer ersten Form gleichen sie winzigen, nicht greifbaren Mutationen, die unter Umständen zu neuen Spezies führen. Deshalb ist das Kreuzen von Kulturen so wichtig. Es vergrößert den Genen-Vorrat der Imagination. Sagen wir, die Araber haben ein Teil des Puzzles, die Franken ein anderes. Wenn also die Tempelritter mit den Hashishim zusammentreffen, wird etwas Neues geboren.

Die menschliche Rasse hat immer, mehr oder weniger glücklich, im Reich der Blindheit gelebt. Aber es gibt einen Elefanten unter uns. Einen einäugigen Elefanten.

George legte den Stift nieder und las die grünen Worte stirnrunzelnd noch einmal durch. Seine Gedanken schienen nach wie vor von irgendwo außerhalb seines eigenen Geistes zu kommen. Was war das für eine Geschichte mit den Tempelrittern? Er hatte nie wieder das geringste Interesse an jene Epoche verspürt seit seinem ersten Jahr im College, als der alte Morrison Glynn ihm eine *Vier* für seine Arbeit über die Kreuzzüge gegeben hatte. Es war als einfache Untersuchung gedacht gewesen, um die Anwendung von Fußnoten zu üben, doch George hatte die Kreuzzüge als den frühen Ausbruch westlich-rassistischen Imperialismus denunziert. Er hatte sich sogar soweit bemüht, den Text eines Briefes von Sinan, dem dritten Führer der Hashishim, ausfindig zu machen, in dem dieser Richard Löwenherz jeglicher Komplizenschaft im Mordfall Conrad de Montferret, dem König von Jerusalem, freispricht. George fühlte, daß diese Geste den essentiellen Goodwill der Araber demonstrierte. Woher sollte er auch wissen, daß Morrison Glynn ein hartnäckiger, konservativer Katholik war? Glynn behauptete, neben anderer dyspeptischer Kritik, daß jener Brief vom Berge, Messiac genannt, als Fälschung bekannt war. Warum kamen ihm die Hashishim wieder in den Sinn? Hatte es mit dem sonderbaren Traum von jenem Tempel zu tun, den er im Mad Dog Jail gehabt hatte?

Die Maschine des U-Boots vibrierte angenehm. Durch den Fußboden, den Bettbalken, das Bett. Bis hierher hatte ihn die Reise an seinen ersten Flug mit einer 747 erinnert – eine Woge geballter Kraft, die einen in einer solch weichen Bewegung mit sich trug, daß es unmöglich war, sich ihre Schnelligkeit oder das Ziel vorzustellen.

Ein Klopfen wurde hörbar, und auf Georges Antwort trat Hagbards Empfangsdame ein. Sie trug ein enganliegendes, goldgelbes Ensemble aus langen Hosen und einer Bluse. Sie hatte ihren unwiderstehlichen Blick auf George gerichtet, ihre Pupillen glichen riesigen Obsidianen, und der Anflug eines schwachen Lächelns lag auf ihrem Gesicht.

«Werden Sie mich fressen, wenn ich das Rätsel löse?» fragte George. «Sie erinnern mich an eine Sphinx.»

Ihre taubenroten Lippen öffneten sich zu einem Lächeln. «Ich saß Modell für die Sphinx. Doch es geht jetzt nicht um Rätsel, es geht um ganz simple Fragen. Hagbard wünscht zu wissen, ob Sie irgend etwas benötigen. Irgendwas außer mir. Ich selbst habe jetzt verschiedene Dinge zu erledigen.»

George zuckte die Achseln. «Schade. Sie haben mich ja erst darauf gebracht. Im übrigen würde ich gern Hagbard sehen und mehr über ihn, das U-Boot und unser Ziel erfahren.»

«Wir sind auf dem Weg nach Atlantis. Das muß er Ihnen aber bereits gesagt haben.» Sie verlagerte ihr Gewicht von einem Fuß auf den anderen, und ihre Hüften beschrieben dabei eine kreisende Bewegung. Sie hatte wunderbar lange Beine. «Grob gesprochen liegt Atlantis auf halbem Wege zwischen Kuba und der Westafrikanischen Küste auf dem Meeresgrund.»

«Well, ja, da sagt man, soll es liegen, right?»

«Right. Hagbard wird Sie später in den Kontrollraum rufen lassen. In der Zwischenzeit rauchen Sie mal eine von diesen hier, wenn Sie wollen. Hilft, die Zeit zu vertreiben.» Sie hielt ihm ein goldenes Zigarettenetui entgegen. George nahm es in die Hand, wobei seine Finger die samtschwarze Haut ihrer Finger berührten. Ein unbändiges Verlangen durchzuckte seinen Körper. Er mühte sich mit dem Verschluß des Etuis und öffnete es. Schlanke weiße Stäbchen, jedes mit einem goldenen *K* bedruckt, lagen drin. Er nahm eines heraus und hielt es sich unter die Nase. Ein angenehmer Erdgeruch strömte ihm entgegen.

«Wir besitzen eine Plantage und eine Fabrik in Brasilien», erläuterte sie.

«Hagbard muß ein sehr wohlhabender Mann sein.»

«Oh, ja, er ist Abermillionen Tonnen Flachsskript wert. Also gut, George, wann immer Sie irgend etwas benötigen, drücken Sie auf den elfenbeinernen Knopf am Kopfende Ihres Bettes. Irgend jemand wird dann zu Ihnen kommen. Wir werden Sie dann später rufen.» Sie drehte sich mit einem angedeuteten Winken um und ging den fluoreszierend beleuchteten Korridor hinab. Georges Blick blieb an ihr haften, bis sie eine enge, teppichbelegte Treppe hinaufstieg und verschwand.

Wie hieß diese Frau? Er legte sich aufs Bett, nahm sich den Joint und zündete ihn an. Bereits nach wenigen Sekunden war er abgefahren. Mann ... das ging nicht so behäbig wie sonst, wie in einem Fesselballon ... das ging los wie bei einem Raketenstart und war nicht unähnlich der Wirkung von Amylnitrat. Er hätte sich's vorher ausmalen können, daß, wenn dieser Hagbard was anzubieten hatte, es immer was Spezielles war. Er beobachtete intensiv die kleinen Lichtblitze, die der portugiesische Kriegsgott entließ, und bewegte seine Augäpfel rasch hin und her, um sie tanzen zu lassen. Alle Dinge, die sind, sind aus Licht. Es kam ihm in den Sinn, daß Hagbard ein übler Bursche sein mochte. Hagbard glich einem jener Räuberbarone aus dem neunzehnten Jahrhundert. Ebenso konnte es ein Räuberhauptmann aus dem elften Jahrhundert sein. Die Normannen nahmen Sizilien im neunten Jahrhundert. Die Folge: eine Kreuzung aus Wikingern und Sizilianern. Und Anthony Quinn? Sahen sie ihm ähnlich? Oder seinem Sohn Greg La Strade? Welcher Sohn? Was die Sonne kann, bleibt nicht ungetan. Sogar wohlgetan. Quintessenz des Bösen. Keine Falle. Das große Auge. Denkt. Ich eine Taube. Hängt. Auge von Apollo. Leuchtend. Sowieso. Aum Shiva.

Aye, trau mir nicht. Trau keinem Mann, der durch Flachs reich wurde – seine Moral? Wahrscheinlich traurig lax. Ihr Name ist Stella. Stella Maris. Schwarzer Stern der weiten See.

Der Joint war auf den letzten halben Zentimeter runtergebrannt. Er drückte ihn aus. Mit soviel Gras an Bord war das ein Luxus, den er sich leisten konnte. Nein, nicht gleich noch einen hinterher. WOW! ... das war kein ‹High›, das war ein Trip! Eine Saturn 23, geradewegs weg von dieser Welt. Und genauso schnell wieder zurück.

George, bitte in den Kontrollraum des Kapitäns.

WOW! Diese Halluzinationen aus Stimmen und Bildern bedeutete, daß er noch nicht ganz zurück war. Der Wiedereintritt war noch nicht abgeschlossen. Jetzt sah er eine Vision von einem Layout eines Teils des U-Boots, zwischen seiner Kabine und dem Kontrollraum des Kapitäns. Er stand auf, reckte sich, schüttelte den Kopf und seine Haare wirbelten ihm um die Schultern. Er ging hinüber zur Tür, schob sie auf und ging den Gang hinab.

Ein wenig später durchschritt er eine weitere Tür und fand sich auf einer Art Balkon wieder, der wie die Reproduktion eines wikingischen Schiffsbug aussah. Über ihm, unter ihm, vor ihm, nach allen Seiten erstreckte sich der grünblaue Ozean. Es schien, als befänden sie sich in einer riesigen Glaskuppel, die in das Wasser hinausragte. Ein rot-grüner Drache mit langem Hals, goldenen Augen und gezacktem Rückgrat reckte sich hoch über die Köpfe von George und Hagbard empor.

«Meine Methoden sind eher phantasievoll denn funktional», sagte Hagbard. «Wäre ich nicht so intelligent, würde ich einer Menge Schwierigkeiten zu begegnen haben.» Er tätschelte den Drachen mit seiner schwarzbehaarten Hand. Ein Wikinger, dachte George. Vielleicht ein Wikinger aus dem Neandertal.

«Das war aber sehr gelungen», sagte George und kam sich sehr gescheit und noch immer sehr high vor. «Wie du mich mit diesem Telepathietrick auf die Brücke geholt hast.»

«Ich habe dich über die Gegensprechanlage gerufen, George», sagte Hagbard mit dem unschuldigsten Gesicht auf der ganzen Welt.

«Glaubst du, ich könne eine Stimme in meinem Kopf nicht von einer Stimme, die ich mit meinen Ohren hören kann, unterscheiden?»

Hagbard brach in ein brüllendes Gelächter aus, so laut und anhaltend, daß George von einem etwas unsicheren Gefühl beschlichen wurde. «Nicht, wenn du das erste Mal Kallisti-Gold geraucht hast, Mann...»

«Wer bin ich schon, den Mann einen Lügner zu strafen, der mich gerade mit dem besten Gras, das ich jemals geraucht habe, hat abfahren lassen?» sagte George mit einem Schulterzucken. «Trotzdem vermute ich, daß du Telepathie anwendest. Die meisten Leute, die solche Kräfte besitzen, würden nicht nur versuchen, sie zu verbergen, sie würden im Fernsehen auftreten.»

«Statt dessen bringe ich den Ozean auf den Fernsehschirm», er zeigte dabei auf die gläserne Kuppel, die sie umgab. «Was du da siehst, ist nichts weiter als Farbfernsehen, das nur geringfügig erweitert wurde. Wir befinden uns innerhalb der Projektionsfläche. Die Kameras sind über die ganze Außenhaut des U-Boots installiert. Sie benutzen kein gewöhnliches Licht. Täten sie es, könnte man absolut nichts sehen. Der Bereich um das U-Boot herum wird mit einem Infrarot-Laser-Radar erhellt, auf den unsere Kameras reagieren. Diese Strahlung wird besonders leicht von Wasserstoff getragen. Daraus resultiert, daß wir den Meeresboden fast genausogut und deutlich sehen können, als wäre er trockenes Land, und wir würden es überfliegen.»

«Das wird es uns ja dann sicherlich sehr leicht machen, Atlantis zu betrachten», sagte George. «Übrigens, warum hast du mir eigentlich erzählt, wir gingen nach Atlantis? Ich hab's nicht geglaubt, und jetzt bin ich zu stoned, um mich erinnern zu können.»

«Die Illuminaten haben die Absicht, eines der größten Kunstwerke der Menschheitsgeschichte auszuplündern – den Tempel von Tethys. Das ist ein Tempel ganz aus Gold, und sie haben vor, ihn abzubauen, einzuschmelzen und den Erlös zur Finanzierung einer Serie von Politmorden in den USA zu verwenden. Und ich beabsichtige, ihnen zuvorzukommen.»

Der Hinweis auf Politmorde erinnerte George daran, daß er auf Joe Maliks Vermutung, er könne in Mad Dog eine Fährte finden, die ihn auf eine Verschwörung führen würde, die hinter alldem stehen könnte, überhaupt hierher geraten war. Wüßte Joe, daß ihn dieser Hinweis 20000 Meilen unter das Meer führen würde und Äonen zurück in die Zeit ... würde er's glauben? George bezweifelte es. Malik war einer jener hartnäckigen, «wissenschaftlichen» Linken. Auch wenn er in letzter Zeit ein wenig merkwürdig geredet und gehandelt hatte.

«Wer, sagtest du, will diesen Tempel plündern?»

«Die Illuminaten. Die wirkliche Macht, die hinter allen kommunistischen und faschistischen Bewegungen steht. Ob es dir bewußt ist oder nicht, sie kontrollieren inzwischen sogar schon die Regierung der Vereinigten Staaten.»

«Ich dachte schon, jeder in eurem Haufen sei ein Rechtsradikaler ...»

«Und ich habe dir gesagt, daß räumliche Metaphern einen im Gespräch über Politik heute nicht weiterbringen», unterbrach ihn Hagbard.

«Well, ihr hört euch jedoch wie eine Bande Rechtsradikaler an. Bis zum letzten Augenblick war alles, was ich dich und deine Leute habe sagen hören, daß die Illuminaten Kommunisten wären oder jedenfalls hinter den Kommunisten stünden. Jetzt sagst du, sie stünden hinter dem Faschismus und außerdem hinter der jetzigen Regierung in Washington.»

Hagbard lachte. «Wir haben uns dir zuerst einmal als rechtsradikale Paranoiker vorgestellt, um zu sehen, wie du reagieren würdest. Nichts als ein Test!»

«Und?»

«Bestanden. Du glaubtest uns nicht ein Wort, das war ganz offensichtlich, aber du hieltest Augen und Ohren trotzdem offen und warst bereit zuzuhören. Wärst du rechtsradikal, hätten wir unser prokommunistisches Band laufen lassen. Die ganze Idee,, die sich dahinter verbirgt, ist die herauszubekommen, ob ein Neuling an Bord zuhören will, richtig zuhören, oder sich bei dem ersten ungewohnten Gedanken sofort verschließt.»

«Na ja, zuhören tue ich schon, aber nicht unkritisch. Wenn die Illuminaten jetzt bereits die Vereinigten Staaten unter Kontrolle haben, wozu dann überhaupt noch die politischen Morde?»

«Ihre Position in Washington ist nach wie vor gefährdet. Die Wirtschaft konnten sie bereits sozialisieren. Gäben sie sich zu erkennen, zu diesem Zeitpunkt schon, hätten wir augenblicklich eine Revolution. Die ganzen Unentschlossenen würden sich mit den Rechtsradikalen und Linksradikalen verbinden und sich gegen sie erheben; einer solchen massiven Revolution Widerstand zu leisten, sind die Illuminaten noch nicht mächtig genug. Aber sie können durch Betrügerei herrschen und durch Betrug eines Tages jene Werkzeuge in die Hände bekommen, die sie benötigen, um die Verfassung völlig außer Kraft zu setzen.»

«Was für Werkzeuge?»

«Einschneidende Sicherheitsmaßnahmen. Universelle elektronische Überwachung. Keine flexiblen Gesetze. Strikte Gesetze. Totale Aufhebung des Postgeheimnisses. Abnahme von Fingerabdrücken, Fotografien, Bluttest und Urinanalyse ausnahmslos von jeder arretierten Person, noch bevor ihr ein Vergehen zur Last gelegt werden kann. Gesetze, die ein Sich-Widersetzen gegen gesetzlose Festnahme gesetzlos machen. Gesetze, die als Grundlage für die Errichtung von Straflagern für potentiell Subversive dienen. Waffenkontrollgesetze. Reisebeschränkungen. Weißt du, Politmorde schaffen im öffentlichen Bewußtsein das Bedürfnis nach solchen Gesetzen. Anstatt zu realisieren, daß es eine Verschwörung gibt, die von einer Handvoll Männer angeführt wird, gelangen die Leute zu dem Schluß – oder werden in diese Richtung manipuliert –, daß die Freiheiten der gesamten Bevölkerung beschnitten werden müssen, um die Führer zu schützen. Die Leute nehmen es hin, daß man ihnen kein Vertrauen schenkt. Ziele für politische Morde werden die Abtrünnigen von links oder rechts sein, die entweder nicht zur Verschwörung der Illuminaten gehören, oder die, die sich als unzuverlässig erwiesen haben. Die Kennedy-Brüder oder Martin Luther King, zum Beispiel, waren in der Lage, eine liberal gesonnene links-rechts-schwarz-weiße Volksbewegung auf die Beine zu bringen. Aber die bisherigen Politmorde werden nichts sein im Vergleich zu dem, was in Zukunft geschehen wird. Die nächste Welle wird von der Mafia in Bewegung gesetzt werden, und die Mafia wird man in purem Illuminaten-Gold auszahlen.»

«Nicht in Moskau-Gold», sagte George lächelnd.

«Die Marionetten in Moskau haben keine Ahnung, daß sie, wie auch die Marionetten im Weißen Haus, für dieselben Leute arbeiten. Die Illuminaten kontrollieren alle möglichen Organisationen und nationale Regierungen, ohne daß sich auch nur einer von ihnen bewußt ist, daß auch die andere Seite kontrolliert wird. Jede Gruppe denkt, sie stünde in Konkurrenz mit der anderen, während in Wirklichkeit jede nur die ihr zugewiesene Rolle im Illuminaten-Spiel spielt. Selbst die Morituri – die Affinitätsgruppen, die sich von den SDS-Weatherman abspalteten, weil ihnen die Weatherman zu vorsichtig schienen – stehen unter der Kontrolle der Illuminaten. Sie denken, sie arbeiteten an der Beseitigung der Regierung, tatsächlich stärken sie jedoch deren Macht. Auch die Black Panthers sind infiltriert. Alles ist infiltriert. Beim derzeitigen Stand werden die Illuminaten das amerikanische Volk innerhalb der nächsten paar Jahre unter eine strengere Aufsicht gestellt haben, als es Hitler mit den Deutschen machte. Und das Schönste daran ist noch, daß die Mehrzahl der Amerikaner durch die von Illuminaten gedeckten Terroranschläge soweit in Angst versetzt sein werden, daß sie darum betteln werden, kontrolliert zu werden, wie der Masochist nach der Peitsche wimmert.»

George zuckte die Achseln. Hagbard hörte sich wie ein typischer Paranoiker an; dennoch gab es da dieses U-Boot und die seltsamen Ereignisse der letzten paar Tage. «So verschwören die Illuminaten sich also, um die Welt in Tyrannei zu stürzen, oder? Führst du sie auf die Erste Internationale zurück?»

«Nein. Sie bilden das Ergebnis dessen, was sich ereignete, als die Aufklärung des achtzehnten Jahrhunderts mit dem alten Mystizismus kollidierte. Der korrekte Name ihrer Organisation lautet Alte Illuminierte Seher von Bayern. Gemäß ihrer eigenen Überlieferung wurden sie am 1. Mai 1776 gegründet bzw. wieder ins Leben gerufen. Das geschah durch einen Mann, Adam Weishaupt, einem ehemaligen Jesuiten und Freimaurer. Er lehrte, daß Religionen und Nationalregierungen abgeschafft und die Welt von einer Elite von wissenschaftsorientierten, atheistischen Materialisten treuhänderisch für die Masse der Menschheit regiert werden müsse, die sich eines Tages, wenn die Aufklärung universal geworden sein würde, unter Umständen einmal selbständig regieren würde. Das aber war nur Weishaupts ‹Äußere Doktrin›. Es gab auch noch eine ‹Innere Doktrin›, die besagte, daß Macht Selbstzweck sei, und daß Weishaupt und seine engsten Gefolgsleute dieses neue, von Wissenschaftlern und Ingenieuren entwickelte Wissen anwenden würden, um die Kontrolle über die ganze Welt an sich zu reißen. Damals, 1776, regierten im wesentlichen die Kirche und der feudale Adel, wobei die Kapitalisten allmählich ein immer größeres Stück des Kuchens an sich reißen konnten. Weishaupt erklärte, daß diese Gruppen altmodisch seien und es Zeit für eine Elite sei, die das Monopol in wissenschaftlichem und technologischem Wissen halten müsse, um die Macht zu ergreifen. Anstatt der Einsetzung einer demokratischen Gesellschaft, wie die ‹Äußere Doktrin› es versprach, unterjochten die Alten Illuminierten Seher von Bayern die Menschheit unter eine Diktatur, die in alle Zeiten währen sollte.»

«Nun, es schien wohl logisch genug in jenen Tagen, daß sich mal jemand solche Gedanken machte», sagte George. «Und was schien da geeigneter als ein Freimaurer, der früher einmal den Jesuitenrock getragen hatte?»

«Was ich dir da eben erzählt habe, erkennst du also als einigermaßen plausibel an?» fragte Hagbard. «Das ist ein gutes Zeichen.»

«Ein Zeichen, daß es plausibel ist», lachte George.

«Nein, ein Zeichen dafür, daß du zu der Art von Leuten gehörst, nach denen ich ständig suche. Well, nachdem die Illuminaten lange genug offen operiert hatten, um einen harten Kern aus Freimaurern und Freidenkern zu rekrutieren und internationale Kontakte anzuknüpfen, ließen sie zu, daß es schien, als hätte die bayrische Regierung sie verboten. In der Folge probten die Illuminaten ihre erste experimentelle Revolution in Frankreich. Hier schmierten sie die Mittelklasse an, deren wirkliches Interesse im freien Unternehmertum lag und die deshalb ohne viel zu überlegen Weishaupts Slogan ‹Liberté – Égalité – Fraternité› folgte. Der Haken an der ganzen Sache ist natürlich, daß es da, wo Gleichheit und Brüderlichkeit herrschen, keine Freiheit gibt. Nach Beendigung der Karriere Napoleons, dessen Auf- und Abstieg ganz klar das Resultat von Manipulationen der Illuminaten war, begannen sie die Saat des europäischen Sozialismus zu säen. So entstanden die Revolutionen von achtzehnhundertachtundvierzig, der Marxismus, schließlich die Machtübernahme in Rußland, das ein Sechstel der Landmasse auf unserem Planeten bedeckt. Natürlich mußten sie einen Weltkrieg organisieren, um die Russische Revolution möglich zu machen. Mit dem Zweiten Weltkrieg waren sie dann noch viel erfolgreicher und strichen noch größere Gewinne ein.»

«Noch etwas, das sich dadurch erklären mag», sagte George, «ist, warum der orthodoxe Marxismus-Leninismus sich trotz all seiner Ideale immer mehr als etwas herausstellt, das keinen Pfifferling wert ist. Warum er immer und überall, wo er sich etablierte, das Volk betrog. Und es erklärt, warum Amerika unaufhaltsam einem unvermeidlichen Totalitarismus entgegentreibt.»

«Richtig», sagte Hagbard. «Das nächste Ziel ist Amerika. Europa und Asien haben sie zum größten Teil schon kassiert. In dem Moment, wo sie Amerika auch noch haben, können sie wieder an die Öffentlichkeit treten. Die Welt wird dann ziemlich genau so aussehen, wie Orwell es in *Neunzehnhundertvierundachtzig* voraussagte. Du weißt, daß sie sich ihn vom Halse schafften, nachdem das Buch erschienen war. Es schlug einfach ein bißchen zu stark ein. Er hatte es offenbar auf sie abgesehen – seine Bezugnahme auf Innere und Äußere Parteien mit unterschiedlichem Programm, O'Briens Rede über den Selbstzweck der Macht – und schon schnappten sie sich ihn. Orwell begegnete ihnen in Spanien, wo sie zu einer bestimmten Zeit des Bürgerkriegs ziemlich gut im Offenen operierten. Aber auch Künstler erreichen die Wahrheit, durch Imagination, wenn sie sie nur frei herumwandern lassen. Sie haben sogar eine größere Chance, die Wahrheit zu finden, als mehr wissenschaftlich orientierte Leute.»

«Du hast da gerade zweihundert Jahre Weltgeschichte in einer Theorie zusammengefaßt, die mich mit dem Gedanken liebäugeln läßt, mich für sie zu engagieren, könnte ich sie nur akzeptieren», sagte George. «Ich muß zugeben, daß ich mich durch sie angezogen fühle.

Teils intuitiv – ich fühle einfach, daß du jemand bist, der grundsätzlich normal und nicht paranoid ist. Teils, weil ich dem orthodoxen Geschichtsbild, das man mir in der Schule vorsetzte, nie so recht Glauben schenken konnte, und ich weiß, wie manche Leute die Geschichte verdrehen können, damit sie für ihre Zwecke paßt. Deshalb denke ich auch, daß die Geschichte, wie ich sie aus dem Unterricht kenne, verdreht ist. Und teils auch wegen der Wildheit deiner Ideen. Wenn ich in den letzten Jahren überhaupt etwas dazugelernt habe, dann das, daß, je verrückter eine Idee ist, die Wahrscheinlichkeit desto größer ist, daß sie wirklich wahr ist. Und dennoch, nachdem du mir eine Menge Gründe genannt hast, dir zu glauben, würde ich gern noch ein paar Zeichen sehen.»

Hagbard nickte. «Also gut. Ein Zeichen. So soll's denn sein. Zuerst aber eine Frage an dich. Angenommen, dein Boss Joe Malik ist hinter etwas Besonderem her gewesen – angenommen, der Ort, an den er dich schickte, hätte etwas mit den politischen Morden zu tun und würde möglicherweise zu den Illuminaten führen: was würde wohl mit Joe Malik passieren?»

«Ich weiß, woran du denkst. Aber ich denke nicht gern daran.»

«Nicht denken.» Hagbard zog unter der Reling plötzlich ein Telefon hervor. «Wir können von hier aus das Transatlantikkabel der Bell Telefongesellschaft anzapfen. Wähle New York, und du kannst jede beliebige Nummer in New York anrufen, jeden, der dir die neuesten Informationen über Joe Malik und *Confrontation* geben könnte. Du brauchst mir nicht zu erzählen, wen du anrufst. Sonst kämst du vielleicht noch auf den Gedanken, ich hätte jemanden an Bord, der deinen Gesprächspartner personifizieren könnte.»

George stellte sich so, daß Hagbard das Telefon nicht sehen konnte, und wählte eine Nummer. Nach etwa dreißig Sekunden, nach langem Klicken und anderen Geräuschen, konnte George ein Telefon läuten hören. Nach einem weiteren Augenblick sagte eine Stimme: «Hello.»

«Hier ist George Dorn, wer spricht dort?»

«Wer zum Teufel dachtest du wohl, könnte es sein? Du hast doch meine Nummer gewählt.»

«Jesus Christus», sagte George. «Hör mal, ich befinde mich an einem Ort, wo ich dem Telefon nicht so recht traue. Ich muß ganz sicher gehen, daß ich wirklich mit dir spreche. Identifizier dich also bitte so, ohne daß ich deinen Namen sagen muß. Verstehst du?»

«Natürlich verstehe ich dich. Gar nicht nötig, daß du so schülerhaft daherredest. Hier spricht Peter Jackson, George, und ich nahm an, du hast nichts anderes erwartet. Wo zum Teufel steckst du? Bist du immer noch in Mad Dog?»

«Ich bin auf dem Grund des Atlantik.»

«Ich kenne dich ja gut genug, um nicht überrascht zu sein. Hast du schon gehört, was hier gelaufen ist?»

«Nein. Was ist passiert?» George umklammerte den Hörer fester.

«Heute morgen, ganz früh, ist im Büro eine Bombe hochgegangen. Und Joe ist verschwunden.»

«Ist er tot?»

«Soviel ich weiß, nicht. Tote gab's keine. Wie sieht's bei dir aus? Alles okay?»

«Ich gerate gerade in eine unglaubliche Geschichte, Peter. Sie ist so unglaublich, daß ich gar nicht erst versuchen will, sie dir zu erzählen. Jedenfalls nicht, bevor ich zurück bin. Wenn du dann immer noch eine Zeitschrift machen solltest.»

«Bis jetzt gibt's die Zeitschrift schon noch, und ich mache sie jetzt von meiner Wohnung aus», sagte Peter. «Ich hoffe nur, die kommen nicht auf den Gedanken, mich auch noch in die Luft zu jagen.»

«Wer?»

«Wer auch immer, George, dein Auftrag läuft weiter. Und sollte deine Geschichte irgend etwas mit dem zu tun haben, weshalb du in Mad Dog warst, kann ich dir nur sagen, bist du in Schwierigkeiten. Von Reportern erwartet man nicht, daß sie herumziehen und die Büros ihrer Bosse durch Bomben hochgehen lassen.»

«Du hörst dich ziemlich fröhlich an, bedenkt man, daß Joe vielleicht tot ist.»

«Joe ist unverwüstlich. Übrigens, George, wer bezahlt eigentlich dieses Gespräch?»

«Ein wohlhabender Freund, denke ich. Er besitzt ein Flachsmonopol oder so was Ähnliches. Mehr über ihn später. Laß uns jetzt mal aufhören, Pete. Danke.»

«Sicher. Paß schön auf dich auf, Baby.»

George reichte den Apparat wieder rüber zu Hagbard. «Weißt du, was Joe zugestoßen ist? Weißt du, wer *Confrontation* in die Luft gejagt hat? Du wußtest davon, bevor ich anrief... Eure Leute sind im Umgang mit Explosivstoffen sehr geschickt, wie's mir scheint.»

Hagbard schüttelte den Kopf. «Alles was ich weiß ist, daß das Faß kurz vorm Überlaufen ist. Dein Herausgeber, Joe Malik, hatte es auf die Illuminaten abgesehen. Deshalb schickte er dich auch nach Mad Dog. Und sobald du dich da unten blicken läßt, wirst du eingesperrt und Máliks Büro durch eine Bombe zerstört. Was denkst du dir da?»

«Ich denke, daß das, was du mir erzählst, der Wahrheit entspricht, mindestens aber eine Version der Wahrheit ist. Ich weiß nicht, ob ich dir völlig trauen soll. Aber mein Zeichen habe ich bekommen. Wenn die bayrischen Illuminaten nicht existieren, *irgend jemand* existiert. Und wie kommen wir von hier aus weiter?»

Hagbard lächelte. «Wie ein echter *homo neophilus* gesprochen, George. Willkommen in unserer Sippe. Wir möchten dich rekrutieren, weil du so herrlich naiv und leichtgläubig bist. Das heißt, im positiven Sinn. Gegenüber konventionellerem Wissen bist du skeptisch, aber von unorthodoxen Ideen fühlst du dich angezogen. Ein unfehlbares Kennzeichen für den *homo neophilus*. Die Menschheit ist nicht in eine irrationale und eine rationale Hälfte aufgeteilt, wie es ein paar Idealisten glauben machen möchten. Alle Menschen sind irrational, doch es gibt zwei verschiedene Arten von Irrationalität – der einen gehören jene an, die das Alte lieben und das Neue hassen und fürchten, der anderen jene, die alte Ideen geringschätzen und freudig alles Neue begrüßen. *Homo neophilus* und *homo neophobus*. Neophobus steht für die ursprüngliche menschliche Rasse, jene Rasse, die sich während der ersten vier Millionen Jahre der Menschheitsgeschichte kaum veränderte. Neophilus steht für die kreative Mutation, die in regelmäßigen Abständen hier oder dort auftauchte und der Menschheit kleine Anstöße nach vorne gegeben hat, so wie man sie einem Rad versetzt, damit es sich immer schneller dreht. Der Neophilus macht viele Fehler, er, oder sie, bleibt aber ständig in Bewegung. Sie leben das Leben, wie es gelebt werden sollte, neunundneunzig Prozent Fehler und ein Prozent lebensfähiger Mutationen. Jeder einzelne in meiner Organisation ist neophilus, George. Deshalb haben wir der übrigen Menschheit soviel voraus. Ein Konzentrat von neophilen Einflüssen, ohne neophobe Verdünnung. Uns unterlaufen Millionen von Fehlern, aber wir bewegen uns so schnell, daß uns keiner von ihnen einholen kann.»

«Was bedeutet ...?»

«Werde Legionär der Legion des Dynamischen Diskord.»

George lachte. «Das hört sich ja irrsinnig an. Aber es fällt einem schwer, sich vorzustellen, daß eine Organisation mit einem solch absurden Namen so was Seriöses fertigbringen könnte, wie ein solches U-Boot zu bauen und auf ein so seriöses Ziel hinarbeiten, wie die Pläne der Alten Illuminierten Seher von Bayern zu durchkreuzen.»

Hagbard schüttelte den Kopf. «Was ist bei einem gelben Unterseeboot so seriös? Es stammt ganz einfach aus einem Rock-Song. Und wer sich mit den Illuminaten einläßt, spinnt sowieso. Wirst du der Legion beitreten? Was auch immer deine Vorstellung von ihnen ist?»

«Gewiß», gab George prompt zur Antwort.

Hagbard schlug ihm auf die Schulter. «Ah, du bist genau unser Mann, prima. Gut. Also zurück durch die Tür, durch die du gekommen bist, dann nach rechts und durch die goldene Tür.»

«Gibt es dort jemanden, der einem leuchtet?»

«Auf dieser Reise gibt es keinen einzigen aufrichtigen Menschen. Und nun: fort mit dir.» Hagbard machte eine lüsterne Mundbewegung. «Jetzt bist du an der Reihe für eine wonnevolle Spielerei.»

(«Jede erdenkliche Perversion», rief Smiling Jim erregt. «Männer treiben es mit Männern. Frauen treiben es mit Frauen. Obszöne Entweihung religiöser Gegenstände für unaussprechliche Zwecke. Frauen und Männer treiben es sogar mit Tieren. Das einzige, meine Freunde, auf das sie noch nicht gekommen sind, ist, mit Obst und Gemüse zu kopulieren; aber das, so denke ich, wird sicherlich das nächste sein. Irgendein Degenerierter, der seine Wonnen bei einem Apfel sucht!» Das Publikum brach bei diesem Witz in Gelächter aus.)

«Hier mußt du schon sehr flink sein, willst du die Sonne einholen. So ist es halt, wenn du dich hier draußen verirrt hast», sagte die alte Frau, wobei sie die letzten fünf Worte wie in einem Kindersingsang betonte ... Der Wald war unglaublich dicht und dunkel, aber Barney Muldoon stolperte immer hinter ihr her ... «Es wird dunkler und dunkler», sagte sie dunkel, «aber 's ist immer dunkel, *wenn du dich hier draußen verirrt hast*» ... «Wozu müssen wir die Sonne einholen?» fragte Barney mit ungläubiger Stimme. «Auf der Suche nach mehr Licht», gackerte die Alte vergnügt vor sich hin, «du brauchst immer mehr Licht, *wenn du dich* hier draußen verirrt hast ...»

Hinter der Tür stand die liebliche schwarze Empfangsdame. Sie hatte sich umgezogen und trug jetzt einen kurzen roten Lederrock, der die ganze Länge ihrer rassigen Beine sichtbar machte. Ihre Hände ruhten leicht auf einem weißen Plastikgürtel.

«Hallo, Stella», sagte George. «Ist das dein Name? Ist es wirklich Stella Maris?»

«Sicher.»

«Kein einziger aufrichtiger Mensch auf dieser Reise, stimmt's? Hagbard hat telepathisch mit mir gesprochen. Er verriet mir auch deinen Namen.»

«Ich habe dir meinen Namen selbst gesagt, als du an Bord kamst.

Du mußt es vergessen haben. Du hast ja auch eine ganze Menge durchgemacht. Und du mußt noch sehr viel mehr durchmachen, so traurig das im Moment klingen mag. Ich muß dich jetzt bitten, deine Kleidung abzulegen. Wirf sie einfach auf den Boden.»

Ohne Zögern tat George, worum sie ihn gebeten hatte. Nacktheit wurde bei den meisten Initiationsriten verlangt, trotzdem durchschauderte es ihn in einem Anflug von Angst. *Bis jetzt* hatte man ihm noch nichts angetan, deshalb vertraute er diesen Leuten hier noch. Was für Freaks sie wirklich waren, konnte man aber immer noch nicht sagen; wer wußte, in was für gräßliche Dinge sie ihn noch einbeziehen würden. Aber selbst diese Ängste waren schon Teil solcher Initiationsriten.

Als seine Unterhosen fielen, grinste Stella ihn mit hochgezogenen Augenbrauen an. Er verstand die Bedeutung dieses Grinsens und fühlte das Blut in heißem Schwall in seinen Penis schießen, der augenblicklich dicker und schwerer wurde. Und sein Schwanz schwoll noch kräftiger an, als er realisierte, wie er vor dieser Frau stand, die er vom ersten Augenblick an begehrt hatte. Nackt, erigiert, und sie genoß das ganze Schauspiel sichtlich.

«Du hast da einen gut aussehenden Hammer ... dick, rosarot ... wunderschön.» Stella schlenderte mit diesen Worten zu ihm herüber, streckte ihre Hand aus und berührte mit ihren spitzen Fingern die Unterseite seines Schwanzes. Er spürte, wie sich seine Eier hoben und senkten. Dann fuhr ihr Mittelfinger am Hauptstrang seines Schwanzes entlang nach oben und schnippte gegen die Eichel. Georges Penis nahm jetzt volle Haltung an und salutierte vor ihrer manuellen Geschicklichkeit.

«Der sexuell leicht ansprechbare Mann», sagte Stella. «Sehr gut. Du bist also auf alles vorbereitet. Und nun durch die nächste Tür, bitte.»

Nackt, mit 'nem Steifen, Stella mit Bedauern zurücklassend, ging George durch die nächste Tür. Diese Leute waren einfach zu gesund und zu wohlgestimmt, als daß sie vertrauensunwürdig sein könnten, dachte er. Er mochte sie, und man sollte sich doch auf seine Gefühle verlassen können, oder? Doch als die grüne Tür hinter ihm ins Schloß fiel, kehrte seine Angst zurück und war jetzt größer als zuvor.

In der Mitte des Raumes befand sich eine siebzehnstufige Pyramide. Die Stufen bestanden abwechselnd aus rotem und weißem Marmor. Der Raum war ziemlich groß, seine fünf Wände endeten dreißig Meter über dem fünfeckigen Boden in einem gotischen Bogen. Von der Pyramide im Gefängnis von Mad Dog unterschied sich diese dadurch, daß sie kein Auge in der Spitze hatte, das auf ihn herabstierte. Statt dessen hatte sie einen enormen goldenen Apfel, gleich einer goldenen Kugel von der Größe eines ausgewachsenen Mannes, mit einem langen Stiel und einem einzelnen Blatt, so groß wie ein Elefantenohr. In den Apfel eingraviert stand in griechischen Buchstaben KALLISTI. Die Wände des Raums waren mit riesigen goldenen Vorhängen behängt, und der Fußboden war mit einem üppigen goldenen Teppich ausgelegt, in dem Georges nackte Füße regelrecht versanken.

Hier ist es anders, sagte George zu sich selbst, um seine Angst einzudämmen; auch die Leute sind anders als in Mad Dog. Bestimmt gibt es eine Verbindung, aber die hier sind einfach anders.

Die Lichter gingen aus. Der goldene Apfel glühte im Dunkel wie der Herbstmond in Vermont, KALLISTI stach in scharfen schwarzen Linien hervor.

Eine Stimme, die sich wie die von Hagbard anhörte, dröhnte von allen Seiten auf ihn ein: Es gibt keine Göttin, als *die* Göttin, und sie ist deine Göttin.

Was ist das bloß für eine merkwürdige Zeremonie, dachte George. Und da drangen noch unverkennbare Düfte in seine Nasenlöcher. Diese Leute benutzten ganz schön kostbaren Weihrauch. Eine teure Religion, Loge, oder was immer es sonst sein mochte. Aber man kann sich als Flachsbonze eben alles leisten. Flachs? Was? Kaum vorzustellen, daß jemand mit Flachs das große Geschäft machen konnte ... Hast du den Markt aufgekauft, oder was? Investmentfonds schienen viel gewinnträchtiger als Flachs ... Mein Gott, geht das schon wieder los? Man sollte wirklich niemanden ohne seine Einwilligung mit Drogen vollpumpen.

Erst jetzt fiel ihm wieder ein, *wie* er dastand, nackt und mit einem beträchtlich geschrumpften Penis in der Hand. Aufmunternd zog er mal ein wenig an ihm.

Die Stimme sagte: «Es gibt keine Bewegung wie die Diskordische Bewegung und das ist die Diskordische Bewegung.»

Das mochte schon so sein ... George rollte mit den Augen und betrachtete den gigantischen, goldglühenden Apfel, der sich über ihm leicht bewegte und drehte.

«Das ist die heilige Stunde für Diskordier. Es ist die Stunde, in der das große, pochende Herz der Diskordia heftig schlägt, die Stunde, in der Sie-Die-Alles-Begann bereit ist, einen neuen Legionär des Dynamischen Diskord aufzunehmen, hineinzunehmen in ihren bebenden, chaotischen Busen. Bist du bereit, die Vereinigung mit Diskordia einzugehen?»

Verwirrt, direkt angesprochen zu sein, ließ George seinen Pimmel los. «Ja», sagte er mit einer Stimme, die ihm selbst ganz verloren vorkam.

«Bist du ein Mensch und nicht etwa ein Kohlkopf oder so was?»

George kicherte. «Ja.»

«Au verdammt», dröhnte die Stimme. «Bist du bereit, dich zu bessern?»

«Ja.»

«Wie dumm. Bist du gewillt, philosophisch illuminiert zu werden?»

Warum dieses Wort, wunderte sich George. Warum *illuminiert*? Aber er sagte: «Ich denke schon.»

«Sehr nett. Willst du dich der heiligen Diskordischen Bewegung verpflichten?»

Georg zuckte die Achseln. «So lang es mir gefällt, ja.»

Er verspürte einen leichten Luftzug an seinem Bauch. Stella Maris trat, nackt und glänzend, hinter der Pyramide hervor. Das sanfte Dämmerlicht, das von dem goldenen Apfel ausging, ließ ihre schwarze Haut samten und noch begehrenswerter erscheinen. George spürte, wie sein Schwanz sich erneut zu regen begann. Also dieser Teil der Geschichte würde schon mal klappen. *O.K.* Stella ging mit langsamen, abgemessenen Schritten auf ihn zu, ihre goldenen Armbänder tingelten und glitzerten an ihren Handgelenken. George verspürte alles zusammen, Hunger, Durst und einen Druck, als würde ein großer Ballon langsam in seine Innereien abgelassen. Sein Schwanz hob sich, Herzschlag um Herzschlag. Die Muskeln in seinen Schenkeln und seinem Gesäß spannten und entspannten sich und spannten sich wieder.

Stella näherte sich mit gleitenden Schritten und tanzte in einem Kreis um ihn herum, eine Hand ausgestreckt, um seine nackte Taille mit den Fingerspitzen zu streifen. Er machte einen Schritt nach vorn und breitete die Arme nach ihr aus. Sie tanzte davon, auf Zehenspitzen, wirbelte die Arme über ihrem Kopf, eine Ballerina mit schweren konischen Brüsten, mit schwarzen Warzen, steil nach oben gerichtet. Hier und jetzt konnte George sich vorstellen, warum manche Männer auf Riesentitten stehen. Seine Augen wanderten weiter zu den gewaltigen Kugeln, die ihren Hintern bildeten, zu den langen muskulösen Schenkeln. WOW! Er taumelte ihr entgegen. Plötzlich blieb sie stehen, die Beine leicht gespreizt, den reichlich sprießenden Haarwuchs ihres Venusberges ihm entgegengestreckt. Mann! Ihre Hüften schwankten in kreisförmiger Bewegung leicht hin und her. Sein Ding zog ihn zu ihr hin, als wär's aus Eisen und sie der Magnet; er blickte hinab und sah, daß eine kleine flüssige Perle, die im Licht des Apfels golden glänzte, auf seiner Schwanzspitze erschienen war. Polyphemus wollte unbedingt in die Höhle.

George ging ganz dicht an sie heran, bis sich der Kopf der Schlange in den prickelnden buschigen Garten am unteren Ende ihres Leibes hineingegraben hatte. Er nahm seine Hände hoch und preßte sie gegen ihre beiden konischen Erhebungen und spürte, wie sich ihr Brustkasten in tiefen Atemzügen hob und senkte. Ihre Augen waren halb geschlossen und ihre Lippen leicht geöffnet. Ihre Nasenflügel bebten.

Sie leckte ihre Lippen, und er fühlte, wie ihre Finger seinen Schwanz leicht umkreisten und ihn ganz sachte in einer reibenden Bewegung elektrifizierten. Sie bewegte sich ein wenig zurück und berührte mit einem Finger die Perle auf seiner Schwanzspitze. George griff mit einer Hand in das Gewirr ihres Schamhaars und betastete ihre heiß geschwollenen Lippen, fühlte ihren Saft dick seine Finger beschmieren. Sein Mittelfinger glitt in sie hinein, und er schob ihn durch die enge Öffnung bis zum Anschlag hinein. Sie keuchte, und ihr ganzer Körper schien sich in einer spiralförmigen Bewegung um seinen Finger zu drehen.

«Wow! Mein Gott...» flüsterte George.

«Göttin!» antwortete Stella streng.

George nickte. «Göttin», sagte er heiser und meinte Stella damit genauso wie die legendäre Diskordia.

Sie lächelte und entwand sich ihm. «Versuche dir vorzustellen, daß nicht ich das bin, Stella Maris, die jüngste Tochter von Diskordia. Sie ist nichts als das auserwählte Werkzeug der Göttin, Ihre Priesterin. Denk an die Göttin. Denk, wie sie in mich eindringt und durch mich handelt. Ich *bin* jetzt sie.» Die ganze Zeit über kraulte sie Polyphemus sanft, aber eindringlich. Er war inzwischen unbändig wie ein Hengst, aber es schien, als würde er immer feuriger, noch feuriger, wenn das überhaupt möglich sein sollte.

«In der nächsten Sekunde werde ich in deiner Hand losgehen», stöhnte George. Er ergriff ihr schmales Handgelenk, um sie zu stoppen. «Ich *muß dich ficken*, wer immer du auch bist, Frau oder Göttin. *Bitte.*»

Sie schritt jetzt weiter zurück, ihre hellen Handflächen in einer einladend akzeptierenden Haltung hielt sie von ihrem Körper ab. Aber sie sagte: «Erklimme jetzt die Stufen. Steig hinauf zum Apfel.» Ihre Füße schimmerten auf dem dicken Teppich, und sie lief rückwärts weg von ihm und verschwand hinter der Pyramide.

Er stieg die siebzehn Stufen hinauf, Polyphemus noch immer geschwollen und leicht schmerzend. Der oberste Teil der Pyramide war breit und flach, und nun stand er da vor dem Apfel. Er streckte eine Hand aus und berührte ihn, in der Erwartung, kaltes Metall zu spüren, und war überrascht, als die leuchtende Oberfläche sich warm wie ein menschlicher Körper anfühlte. Etwa in Hüfthöhe sah er eine dunkle, ellipsenförmige Öffnung, und eine finstere Vorahnung bemächtigte sich seiner.

«Du hast's erfaßt, George», sagte die dröhnende Stimme, die über seine Initiation wachte. «Und nun sollst du deinen Samen in den Apfel entleeren. Nun geh, George, gebe dich der Göttin hin.»

Scheiße, Mann, was für eine blöde Idee! Erst machen sie einen scharf, und dann erwarten sie, daß man ein gottverdammtes, goldenes Götzenbild fickt, dachte George. Er war drauf und dran, den Apfel Apfel sein zu lassen, sich auf die oberste Stufe der Pyramide zu setzen und es losspritzen zu lassen, um ihnen zu zeigen, was er von diesem ganzen Theater hielt.

«George, würden wir dich etwa im Stich lassen? Es ist sehr angenehm dort in dem Apfel. Komm jetzt, steck ihn rein. Beeil dich ein bißchen.»

Ich bin ja so naiv, dachte George. Aber Loch ist Loch. Alles Reibung. Er ging an den Apfel und führte, ganz behutsam, seine Schwanzspitze in die elliptische Öffnung ein, halb erwartend, von irgendeiner mechanischen Kraft hineingesogen zu werden, halb fürchtend, man würde ihn ihm mit einer Mini-Guillotine abhacken. Aber da war gar nichts. Sein Schwanz berührte nicht einmal die Ränder des Lochs. Noch einen kleinen Schritt, und er schob ihn halb hinein. Immer noch nichts. Aber dann wand sich etwas Warmes, Feuchtes, Haariges gegen seinen Schwanz. Und, was immer es sein mochte, er spürte wie etwas nachgab, als er sich nach vorn preßte. Er drückt ein wenig mehr, es drückte zurück, und er glitt hinein. Eine Votze, bei allen Göttern, eine Votze!... und so wie sie sich anfühlte, konnte es nur die von Stella sein.

George entließ einen tiefen Seufzer, umgriff so gut es ging den Apfel und begann zuzustoßen. Die pumpende Bewegung von innerhalb des Apfels war ebenso heftig. Das Metall fühlte sich warm an, an seinem Bauch und seinen Schenkeln. Plötzlich schlug die Pelvis von innen gegen das Loch und ein hohlklingender Aufschrei wurde laut. Das nachklingende Echo schien in der Luft stehenzubleiben, um alle Agonie, alle Spasmen, alles Verlangen, allen Schmerz, Wahnsinn, Horror und alle Ekstasen des Lebens, von der Geburt des Ozeans bis zu diesem Augenblick, zu beinhalten.

Georges Schwanz war zum Zerplatzen gespannt. Die köstliche Elektrizität des Orgasmus baute sich in seinem Unterleib auf, in den Wurzeln seines Penis, in seinem Mark. Er kam jetzt. Er schrie auf, als er seinen Samen in die unsichtbare Knospe schießen ließ, in den Apfel, die Göttin, die Ewigkeit.

Ein krachendes Geräusch von oben. George öffnete die Augen. Von der gewölbten Decke herab taumelte ein Erhängter, er war nackt. Ein schreckliches Knacken ertönte, das Seil hatte sich gestrafft, die Füße pendelten nur wenige Zentimeter über dem Stiel des Apfels. Noch immer zuckte Georges Körper im Rhythmus der Ejakulation, als der Penis des Erhängten weiße Flocken über ihm versprühte, die wie winzige weiße Tauben über seinem erschrocken nach oben gerichteten Kopf dahinflogen, um irgendwo auf den Stufen der Pyramide zu landen. George starrte in das Gesicht des Jungen, mit dem Henkersknoten hinter den Ohren, das Genick gebrochen. Es war sein eigenes.

George war entsetzt. Er zog seinen Schwanz aus dem Apfel und wäre beinahe die Stufen der Pyramide hinuntergestürzt. Er lief die Stufen hinab und blickte noch einmal nach oben. Der Tote hing noch immer da, aus einer Falltür direkt über dem Apfel. Der Penis hatte sich gesenkt. Der Leichnam wiegte leicht hin und her. Ein schallendes Gelächter dröhnte durch den Raum und hörte sich genau wie Hagbards Lachen an.

«Unsere Anerkennung», sagte die Stimme, «Von nun an bist du Legionär der Legion des Dynamischen Diskord.»

Der Erhängte verschwand geräuschlos. Da war keine Falltür mehr. Von irgendwoher begann ein unsichtbares Orchester *Pomp and Circumstance* zu spielen. Stella Maris trat wieder hervor. Dieses Mal war sie von Kopf bis Fuß in ein weißes Gewand gekleidet. Ihre Augen leuchteten. Sie trug ein silbernes Tablett mit einem dampfend heißen Handtuch darauf. Sie setzte das Tablett auf dem Boden ab, kniete nieder und hüllte Georges entspannten Schwanz in das Handtuch. Er fühlte sich großartig.

«Du warst wunderbar», flüsterte sie.

«Ja, aber ... wow!» George blickte an der Pyramide hinauf. Der goldene Apfel schien gutgelaunt zu glänzen.

«Steh auf», sagte er. «Du machst mich verlegen.»

Sie stand auf und lächelte ihn an. Das Lächeln einer Frau, deren Liebhaber sie aufs äußerste befriedigt hatte.

«Ich bin froh, daß es dir gefallen hat», sagte George, seine durcheinandergewirbelten Emotionen wandelten sich auf einmal in Zorn. «Was aber sollte dieser letzte kleine Gag? Mir den Spaß an Sex auf immer verderben?»

Stella lachte. «Gib doch selbst mal zu, George, *dir* könnte doch nichts den Spaß an Sex verderben, stimmt's? Also sei kein Spielverderber.»

«Ein *Spielverderber*? Dieser kranke Trick ein Spiel? Was für eine erbärmliche Sache, die man einem Mann antun kann!»

George schüttelte zornig den Kopf. Sie weigerte sich hartnäckig, irgendwelche Schamgefühle zu zeigen. Er war sprachlos.

«Solltest du irgendwelche Klagen haben, dann trage sie dem Episkopos Hagbard Celine von der *Lief Erickson* vor», sagte Stella, drehte sich um und ging zur Pyramide zurück. «Er erwartet dich. Geh denselben Weg zurück, den du gekommen bist. Im nächsten Raum warten neue Kleider auf dich.»

«Wart einen Augenblick», rief George ihr nach. «Was in aller Welt bedeutet *Kallisti*?»

Aber sie war bereits verschwunden.

Im Vorzimmer zum Initiationsraum fand er einen grünen Blouson und enge schwarze Hosen über einen Kleiderständer gehängt. Das wollte er nicht anziehen. Wahrscheinlich war das eine Art Uniform dieses idiotischen Kults, und damit wollte er nichts zu tun haben. Aber andere Kleider gab es nicht. Auch stand da ein Paar wunderschöner schwarzer Stiefel. Und alles schien wie perfekt auf ihn zugeschnitten. An der gegenüberliegenden Wand war ein großer Spiegel angebracht, und noch immer leicht grollend mußte er gestehen, daß dieser Anzug irrsinnig gut aussah. Ein kleiner goldener Apfel glitzerte auf der linken Brustseite. Nur die Haare sollte er sich mal waschen. Allmählich wurden sie strähnig. Schließlich ging er den beschriebenen Weg zurück zu Hagbard.

«Unsere kleine Zeremonie hat dir nicht gefallen?» fragte Hagbard mit übertriebener Sympathie. «Schade. Ich war so stolz darauf, vor allem auf die Passagen, die ich mir von William Burroughs und dem Marquis de Sade auslieh.»

«Das ist doch krank», sagte George. «Und dann die Frau in den Apfel zu stecken, so daß ich nicht persönlich mit ihr Sex haben konnte und sie als Behälter *benutzen* mußte, als, als ein *Objekt* ... Du hast Pornographie draus gemacht. Und sadistische Pornographie obendrein.»

«Hör zu, George», sagte Hagbard. «Gäbe es keinen Tod, gäbe es auch keinen Sex. Gäbe es keinen Sex, gäbe es auch keinen Tod. Und ohne Sex gäbe es keine Evolution der Intelligenz, keine menschliche Rasse. Deshalb ist der Tod notwendig. Der Tod ist der Preis des Orgasmus. Nur ein einziges Wesen auf diesem Planeten ist sexlos, intelligent und unsterblich. Während du deinen Samen in das Symbol des Lebens strömen ließest, zeigte ich dir Orgasmus und Tod in einem Bild und brachte es dir so zurück. Und du wirst das niemals vergessen. Es war doch ein Trip, George. War es nicht ein Trip?»

George nickte widerstrebend mit dem Kopf. «Es war ein Trip!»

«Und du spürst in deinen Knochen ein wenig mehr Leben als zuvor, stimmt's, George?»

«Ja.»

«Gut dann. Ich danke dir, daß du der Legion des Dynamischen Diskord beigetreten bist.»

«Nichts zu danken!»

Hagbard winkte Geoge an den Rand des Balkons. Er zeigte nach unten. Tief dort unten im blaugrünen Medium, durch das sie zu fliegen schienen, konnte George Landschaften und Hügel dahinziehen sehen und schließlich die ersten, eingefallenen Gebäude. George begann zu keuchen. Da waren tatsächlich Pyramiden ...

«Das war eine der großen Hafenanlagen», sagte Hagbard. «Amerikanische und afrikanische Schiffe fuhren hier tausend Jahre in regem Handelsverkehr ein und aus.»

«Wie lange ist das her?»

«Zehntausend Jahre», sagte Hagbard. «Das hier war eine der letzten Städte, die untergingen. Die Bevölkerung hatte sich bis dahin natürlich schon ein wenig verringert. Inzwischen ist ein Problem aufgetaucht; die Illuminaten sind schon da.»

Ein großes blaugraues Etwas erschien vor ihnen, schwamm auf sie zu, wirbelte herum und erlangte schnell die Geschwindigkeit des U-Boots und schien neben ihnen herzutreiben. War das noch einer von Hagbards Tricks?

«Was ist das für ein Fisch? Wie kann er mit uns Schritt halten?» fragte George.

«Das ist ein Delphin; kein Fisch, sondern ein Säugetier. Und sie können unter Wasser viel schneller schwimmen als ein U-Boot. Sie umgeben ihren Körper mit einer Art Film, der sie in die Lage versetzt, durchs Wasser zu gleiten, ohne Wirbel zu verursachen. Von ihnen habe ich gelernt, wie man das bewerkstelligt und dann beim Bau unseres

Bootes berücksichtigt. So können wir den Atlantik in weniger als einem Tag durchkreuzen.»

Von der Kontrolltafel erklang eine Stimme: «Schaltet besser auf Transparenz. Noch etwa zehn Meilen, und ihr kommt in die Reichweite ihrer Detektoren.»

«O.K.», sagte Hagbard. «Wir schalten um, behalten aber den gegenwärtigen Kurs bei.»

«Ich werde euch schon nicht aus den Augen verlieren», sagte die Stimme.

«Warum seid ihr uns nur so verdammt überlegen?» Mit einer unwilligen Geste durchschnitt Hagbard mit der Hand die Luft.

«Mit wem sprichst du da eigentlich?» wollte George wissen.

«Mit Howard.»

Die Stimme sagte: «Ich habe niemals vorher solch merkwürdige Maschinen gesehen. Ähnlich wie Krebse. Sie haben schon fast den ganzen Tempel ausgegraben.»

«Wenn die Illuminaten schon mal etwas selber machen, dann machen sie's erstklassig», sagte Hagbard.

«Wer zum Teufel ist Howard?» fragte George.

«Das bin ich. Hier draußen. Guten Tag, Herr Mensch», sagte die Stimme, «ich bin Howard.»

Ungläubig, dennoch ahnend was passieren würde, drehte George langsam den Kopf. Der Delphin blickte ihn an.

«Wie kann er mit uns sprechen?»

«Ganz einfach. Er schwimmt am Bug des U-Boots neben uns her, dort nehmen wir seine Stimme auf. Mein Computer übersetzt dann das Delphinische ins Englische. Ein Mikrofon hier im Kontrollraum schickt unsere Stimmen ebenfalls an den Computer, der unsere Sprache wiederum ins Delphinische übersetzt, und von dort aus geht es über einen Außenlautsprecher hinaus zu Howard.»

«Lady oh-Du, Lady oh Dei! Ein neuer Mensch kreuzt meinen Weg», sang Howard. «Er schwamm über meinen Horizont, durch meine Sonnen / Und ich hoffe, er ist uns wohlgesonnen.»

«Sie singen viel», erklärte Hagbard weiter. «Auch rezitieren sie Dichtung oder reimen ganz spontan. Ein Großteil ihrer Kultur besteht aus Dichtung und Athletik ... Beides ist natürlich sehr eng miteinander verknüpft. Ihre Hauptbeschäftigung besteht darin, zu schwimmen, zu jagen und miteinander zu kommunizieren.»

«Aber all das tun wir mit kunstvoller Komplexität und seltner Finesse», sagte Howard und machte einen Überschlag.

«Führ uns zum Feind, Howard», sagte Hagbard.
Howard schwamm nun vor ihnen her. Dabei sang er:

> Nur zu, nur zu, dem Feind entgegen
> Unsere Schulen brechen hervor aus der Südsee Wegen
> Zum Angriff mit Nasen fest wie Felsenstein
> Kein Hai, kein Krake wird nach unserem Schlag am Leben sein

«Heldengedichte», sagte Hagbard. «Sie sind ganz versessen auf Heldengedichte. Sie kennen die gesamte Geschichte ihrer letzten vierzigtausend Jahre in epischer Form auswendig. Keine Bücher, keine Schriften ... wie sollten sie mit ihren Flossen auch schreiben können. Alles im Gedächtnis gespeichert. Deshalb bedienen sie sich auch vorzugsweise der gereimten Dichtkunst. Und ihre Gedichte sind einfach wunderbar. Doch muß man viele Jahre mit dem Studium ihrer Sprache zubringen, bevor man das herausfindet. Unser Computer übersetzt ihre Werke in freier Versform. Das ist alles, was er tun kann. Wenn ich einmal die Zeit dazu finde, werde ich zusätzlich ein paar Schaltkreise installieren, die es ermöglichen werden, Versdichtung wirklich originalgetreu von einer in die andere Sprache zu übersetzen. Wenn der Corpus Delphinus in Menschensprache übersetzt sein wird, wird er unsere Kultur um Jahrhunderte weiterbringen. Es wird so sein, als hätten wir die Werke einer ganzen Shakespeare-Sippe entdeckt.»

«Auf der anderen Seite könnte eure Zivilisation aber auch durch einen Kulturschock demoralisiert werden», fügte Howard hinzu.

«Unwahrscheinlich», sagte Hagbard mürrisch. «Wir haben auch ein paar Dinge, die ihr von uns lernen könntet.»

«Und unsere Psychotherapeuten können euch über die Angst, unser Wissen zu verdauen, hinweghelfen», sagte Howard.

«Was, die haben auch Psychotherapeuten?» fragte George erstaunt.

«Sie erfanden die Psychoanalyse bereits vor Tausenden von Jahren, sozusagen als Zeitvertreib auf ihren langen Wanderungen. Sie besitzen hochgradig komplexe Gehirne und Symbolsysteme. Aber ihr Verstand arbeitet anders als der unsrige. Und das auf einem wichtigen Gebiet. Alle zusammen bilden sie praktisch ein Ganzes. Das heißt, die Unterscheidung in Ego, Superego und ähnliches ist ihnen unbekannt. Bei ihnen gibt es keine Repression. Sie sind aufgeschlossen und sich ihrer einfachen und primitivsten Wünsche und Bedürfnisse bewußt. Und alle ihre Aktionen werden bewußt, vom eigenen Willen gesteuert, nicht von den Eltern eingeimpfter Disziplin. Sie kennen keine Neurosen und keine Psychosen. Psychoanalyse bedeutet für sie eher soviel wie eine Übung in imaginativer, poetischer Autobiographie und nicht eine Heilkunst. Sie kennen keine seelischen Probleme, die einer Behandlung bedürfen.»

«Das stimmt nicht ganz», machte Howard sich bemerkbar. «Vor etwa zwanzigtausend Jahren gab es eine philosophische Schule, die den Menschen beneidete. Ihre Anhänger nannten sich Ur-Sünder, weil sie euren ersten Menscheneltern ähnlich waren, die, wie die Legende erzählt, die Götter beneideten und dafür leiden mußten. Sie lehrten, die Menschen seien überlegen, weil sie so viele Dinge machen konnten, die Delphine nicht machen konnten. Aber sie fielen in Verzweiflung, und die meisten endeten damit, indem sie Selbstmord begingen. Sie waren in der langen Geschichte der Delphine die einzigen Neurotiker. Unsere Philosophen lehren, daß wir, wie die Menschen, unsere Tage nicht in Schönheit und Zufriedenheit verbringen können. Unsere Kultur besteht einfach nur darin, was man einen Kommentar auf die uns umgebende Natur nennen könnte; wohingegen die menschliche Kultur mit der Natur auf Kriegsfuß steht. Wenn irgendeine Rasse krank ist, dann ist's die eure. Ihr könnt vieles machen, und was ihr machen könnt, das müßt ihr machen. Und, wo wir gerade über Krieg sprechen, der Feind liegt jetzt vor uns.»

George konnte in der Ferne eine Stadt ausmachen, eine riesige Stadt, die sich, rings um eine Bucht, über weite Hügel erstreckte. Die Häuser erstreckten sich, soweit das Auge sehen konnte. Die meisten waren flach gebaut, nur hier und da erhob sich ein quadratischer Turm. Das U-Boot nahm Kurs auf das Zentrum der Bucht, die früher einmal eine Hafenanlage gewesen sein mochte. George starrte auf die Gebäude hinab, die jetzt noch besser zu erkennen waren. Zumeist waren sie rechteckig und muteten äußerst modern an. Die erste Stadt, über die sie hinwegglitten, hatte eher Züge griechisch-ägyptischer bzw. der Maya-Architektur aufgewiesen. Hier gab es keine Pyramiden, doch waren die oberen Stockwerke vieler Gebäude in Trümmer gefallen, und so konnte man die Architektur nicht genauer bestimmen. Doch war es atemberaubend, fast unglaublich, daß eine Stadt, die vor so langer Zeit so tief auf den Meeresboden gesunken war, noch so gut erhalten war. Die Gebäude mußten unendlich widerstandsfähig sein. Würde New York eine solche Katastrophe widerfahren, würde von seinen Glas- und Aluminium-Wolkenkratzern kaum etwas übrigbleiben.

Eine Pyramide gab es. Sie war viel kleiner als die sie umgebenden Türme. Sie schimmerte mattgelb. Trotz ihrer geringen Ausmaße schien sie in der Skyline des Hafens zu dominieren, wie ein mächtiger Häuptling, der inmitten eines Kreises hochgewachsener schlanker Krieger hockt. Am Fuß der Pyramide konnte man emsige Bewegungen ausmachen.

«Das ist Peos in der Landschaft Poseida», erklärte Hagbard. «Und sie war eine der mächtigsten Städte von Atlantis, tausend Jahre nach dem Drachenstern. Peos erinnert mich an Byzanz, das nach dem Fall Roms tausend Jahre lang mächtig war. Und die Pyramide dort ist der Tempel von Tethys, der Göttin des Ozeans. Peos gewann Macht und Einfluß durch Seefahrerei. Für jene Leute habe ich einen besonderen Platz in meinem Herzen.»

Am Fuß der Pyramide krochen seltsame Meereskreaturen herum, die das Aussehen von gigantischen Spinnen hatten. Von ihren Köpfen strahlten starke Lampen, die von den Tempelwänden reflektiert wurden. Als das U-Boot näher heranschwebte, konnte George sehen, daß jene Spinnen Maschinen waren, deren Körper so groß wie Panzer waren. Es machte den Anschein, als baggerten sie tiefe Gräben um die Pyramide herum.

«Ich frage mich, wo sie diese Dinger bauen ließen», wetterte Hagbard. «Einfach ist es gerade nicht, solche neuen Erfindungen geheimzuhalten.»

Noch während er sprach, hielten die Spinnen in ihrer Arbeit inne. Einen Augenblick lang verharrten sie völlig bewegungslos. Dann erhob sich die erste vom Boden, eine weitere folgte, und dann noch eine. In Windeseile formierten sie sich alle zu einem V und bewegten sich wie ein Paar ausgestreckter Arme auf das U-Boot zu, als wollten sie es ergreifen. Ihre Geschwindigkeit erhöhte sich im Näherkommen.

«Sie haben uns entdeckt», grollte Hagbard. «Das sollten sie eigentlich nicht, aber sie haben's dennoch. Es zahlt sich niemals aus, die Illuminaten zu unterschätzen. Nun gut. George, kneif deinen Arsch zusammen. Die Schlacht beginnt.»

Genau in diesem Augenblick, aber genau zwei Stunden früher auf der Uhr, erwachte Rebecca Goodman aus einem Traum von Saul und einem Playboy Bunny und noch irgend etwas Düsterem. Das Telefon schellte (hatte es im Traum eine Pyramide gegeben? – sie versuchte sich zu erinnern – irgend so was ...) und sie griff schlaftrunken, an der Meerjungfrau vorbei, nach dem Hörer. «Ja?» antwortete sie vorsichtig.

«Nimm deine Hände an dein Pussi und hör zu», sagte August Personage. «Ich würde gern dein Kleid hochheben und ...» Rebecca legte auf.

Auf einmal erlebte sie in der Erinnerung den Flash wieder, den Flash, wenn die Nadel eindrang, und die ganzen vergeudeten Jahre. Saul hatte sie schließlich gerettet, und nun war Saul verschwunden und unheimliche Stimmen am Telefon sprachen von Sex wie Süchtige von Junk. «Am Anfang aller Dinge war Mummu, der Geist des reinen Chaos. Am Anfang war das Wort, und es war von einem Pavian geschrieben worden.» Rebecca Goodman, fünfundzwanzig Jahre alt, weinte. Sollte er tot sein, dachte sie, so sind auch diese Jahre vergeudet. Lieben lernen. Lernen, daß Sex mehr war als nur eine andere Sorte Junk. Lernen, daß Zärtlichkeit mehr als bloß ein Wort im Wörterbuch war: daß es genau das war, was D. H. Lawrence sagte, nicht eine Verschönerung von Sex, sondern der Mittelpunkt des Aktes. Das lernen, auf was dieser arme Kerl am Telefon nie kommen würde, worauf die meisten Leute in diesem Land nie kommen würden. Und es dann auf einmal verlieren, an eine ziellose Kugel verlieren, die unsichtbar von irgendwoher abgefeuert worden war.

Als August Personage im Begriff war, die Telefonzelle an der Ecke der 48. Straße und der Avenue of the Americas zu verlassen, fällt ihm ein Stück glänzendes Plastik auf, das am Boden liegt. Er bückt sich und liest eine pornographische Tarotkarte auf, die er rasch in seiner Tasche verschwinden läßt, um sie zu angenehmerer Zeit genauer zu betrachten.

Es war die Fünf der Münzen.

Und als der Thronsaal sich geleert hatte und die Gläubigen in Staunen und mit gestärktem Glauben weggegangen waren, kniete Hassan nieder und nahm die beiden Hälften des Gefäßes, das den Kopf Ibn Azifs gehalten hatte, auseinander. «Sehr überzeugende Schreie», bemerkte er, indem er die Falltür unter der Silberplatte öffnete; Ibn Azif kletterte heraus und grinste über seine eigene Vorstellung. Sein Hals war kräftig, ein richtiger Stiernacken, ziemlich stabil und unverletzt.

Der fünfte Trip,
oder Geburah

Swift-Kick, Inc.

Und sehet her, wie das Gesetz formuliert war:
AUFERLEGUNG VON ORDNUNG = ESKALATION DES CHAOS!

Lord Omar Khayaam Ravenhurst,
«The Gospel According to Fred»,
The Honest Book of Truth

Die Lämpchen blitzten; der Computer summte. Hagbard befestigte die Elektroden.

Am 30. Januar 1939 hielt ein kleiner dummer Mann in Berlin eine kleine dumme Ansprache; er sagte unter anderem: «Und noch etwas, das ich an diesem Tag, der nicht nur für uns Deutsche denkwürdig sein mag, zu sagen wünsche: Ich bin in meinem Leben viele Male Prophet gewesen, und die meiste Zeit bin ich ausgelacht worden. Während einer Periode voller Anstrengungen zur Machtübernahme waren es in erster Linie die Juden, die über meine Prophezeiungen lachten, daß ich es sein würde, der eines Tages die Führung des Staates übernähme und damit die Führung des ganzen Volkes, und daß ich, unter anderem, auch die Judenfrage lösen würde. Ich glaube, daß den Juden in der Zwischenzeit ihr hyänengleiches Lachen im Hals steckengeblieben ist. Heute möchte ich noch einmal Prophet sein: Sollte das internationale jüdische Finanzwesen innerhalb und außerhalb Europas noch einmal Erfolg haben, die Nationen in einen Weltkrieg zu stürzen, wird die jüdische Rasse die Konsequenz ihrer völligen Vernichtung in Europa tragen müssen.» Und so weiter. Er erzählte immerzu solche Sachen. 1939 hatten, hier und dort, einige Köpfe immerhin schon begriffen, daß der dumme kleine Mann ein mörderisches kleines Monster war, aber nur eine sehr geringe Anzahl von eben diesen hörte aus seinen antisemitischen Hetzreden heraus, daß er zum erstenmal das Wort *Vernichtung* gebraucht hatte, und sogar sie konnten oder wollten nicht daran glauben, er würde wirklich das meinen, was es impliziert. Tatsache ist, daß ein enger Kreis von Freunden ausgenommen, niemand ahnte, was der kleine Mann, Adolf Hitler, geplant hatte.

Außerhalb dieses kleinen, sehr kleinen, Freundeskreises kamen andere in engen Kontakt mit dem Führer, doch konnte sich keiner vorstellen, was in seinem Kopf vor sich ging. Hermann Rauschning, zum Beispiel, der Bürgermeister von Danzig, war ein ergebener Nazi, bis er ein paar Hinweise erhielt, in welche Richtung Hitlers Phantasien gingen. Nachdem er nach Frankreich geflohen war, schrieb Rauschning ein Buch, in dem er vor seinem früheren Führer warnte. Es hieß *Die Stimme der Zerstörung* und war in einer sehr gewandten Sprache verfaßt, doch die interessantesten Passagen im Buch wurden weder von Rauschning selbst noch von seinen Lesern verstanden. «Wer auch immer im Nationalsozialismus nicht mehr sieht als nur eine politische Bewegung, weiß nicht besonders viel über ihn», sagte Hitler zu Rauschning, und das in eben diesem Buch; doch Rauschning und seine Leser fuhren fort, den Nationalsozialismus als eine besonders gemeine und gefährliche *politische Bewegung* zu sehen und nichts weiter. «Die Schöpfung ist noch nicht vollendet», sagte Hitler wieder; und Rauschning schrieb es wieder nur nieder, ohne es zu verstehen. «Der Planet wird eine Erschütterung erleben, wie ihr Nichteingeweihten es nicht verstehen könnt», warnte der Führer bei einer anderen Gelegenheit; und noch ein weiteres Mal machte er die Bemerkung, daß der Nationalsozialismus nicht nur mehr als eine politische Bewegung war, sondern «mehr als eine neue Religion»; und Rauschning schrieb alles nieder und verstand nicht ein Wort davon. Er zeichnete sogar den Bericht eines von Hitlers Ärzten auf, daß der dumme und mörderische kleine Mann häufig mit einem Aufschrei aus Alpträumen erwachte, die in ihrer Intensität außergewöhnlich waren, und dabei schrie: ‹ER ist's, ER ist's. ER ist gekommen, um mich zu holen!› Guter alter Hermann Rauschning, ein Deutscher der alten Schule und nicht gerüstet, am Neuen Deutschland des Nationalsozialismus teilzunehmen, nahm dies als Beweis für Hitlers unausgeglichenen Gemütszustand hin ...

Sie kommen alle miteinander zurück, alle. Hitler und Streicher und Goebbels und die Mächte, die hinter ihnen stehen; Sie werden sich das gar nicht vorstellen können, Chef ...

Sie denken, das waren Menschen, fuhr der Patient fort, während der Psychiater voller Erstaunen lauschte, *aber warten Sie, bis Sie sie zum zweitenmal sehen. Und sie kommen bestimmt – Ende des Monats kommen sie ...*

Karl Haushofer war in Nürnberg nicht dabei; fragen Sie mal ein paar

Leute, wer für die Entscheidung zur Vernichtung hauptsächlich verantwortlich war, und sein Name wird unerwähnt bleiben; selbst die Großzahl der Geschichtsbücher über Nazi-Deutschland verweisen nur in Fußnoten auf ihn. Aber merkwürdige Geschichten über seine ausgedehnten Besuche in Tibet, Japan und in andere Teile des Orients sind im Umlauf; über seine Gabe für Voraussagungen und Hellsehen; über die Legende, die von ihm als einem Mitglied in einer bizarren buddhistischen Sekte von höchst eigentümlichen Dissidenten sprechen, die ihm eine so wichtige Mission in der westlichen Welt anvertraut hatten, daß er schwor, Selbstmord zu begehen, wenn er die Mission nicht erfolgreich ausführen konnte. Wenn letzteres stimmt, muß irgendwas schiefgegangen sein, denn im März 1945 brachte er seine Frau um und vollzog anschließend das japanische Selbstmordritual *Sepukku* an sich selbst. Sein Sohn war zu jener Zeit wegen der Rolle, die er bei jener Verschwörung von Offizieren zur Beseitigung Hitlers spielte, bereits hingerichtet worden. (In einem Gedicht hatte er über seinen Vater geschrieben: «Mein Vater erbrach das Siegel / Doch er spürte nicht den Atem des Bösen / Er setzte Es frei, und Es durchstreift die Welt!»)

Karl Haushofer, der Hellseher, Mystiker, das Medium, der Orientalist, der voller Fanatismus an den verlorenen Kontinent Thule glaubte – er war es, der 1923 Hitler in die Illuminierte Loge in München einführte. Nur kurze Zeit später unternahm Hitler die ersten Schritte zur Machtergreifung.

Bis zum heutigen Tag hat man noch keine, für Teilnehmer und Beobachter gleichermaßen befriedigende Erklärung zu den Ereignissen des August 1968 in Chicago abgegeben. Das gemahnt an wertfreie Modelle, angeregt durch die Strukturanalyse in von Neumanns und Morgensterns *Spieltheorie und ökonomisches Verhalten*, die es uns gestatten wird, die Vorkommnisse sachlich und unbefangen, unbelastet von moralischer Beurteilung zu betrachten. Das Modell, dessen wir uns bedienen werden, wird das von zwei Teams sein, einem Bergab-Autorennen und einem Bergauf-Fahrradrennen, die sich zufällig auf demselben Hügel überschneiden. Die Picasso-Statue im Civic Center nehmen wir als «Start» für das Bergab-Autorennen und als «Ziel» für das Bergauf-Radrennen. Pontius Pilatus gibt, als Sirhan Sirhan verkleidet, den Startschuß ab und disqualifiziert damit Robert F. Kennedy, für den Marylin Monroe Selbstmord beging, wie die meisten zuverlässigen Boulevard-Zeitungen und Skandalblätter berichteten.

DIESES IST DIE STIMME IHRES FREUNDSCHAFTLICH

GESINNTEN NACHBARSCHAFTS-‹SPIDERMAN›. SIE MÜSSEN SICH VOR AUGEN HALTEN, DASS SIE NICHT JOSEPH WENDELL MALIK SIND.

Hell's Angels auf Motorrädern passen überhaupt nicht in die Struktur des Rennens, und so kreisen sie in einer schier endlosen Umlaufbahn um das Heldendenkmal General Logans im Grant Park («Ziel» für die Bergauf-Kreuzigungsrenner), und man kann sie als ebenso isoliert von der «Action» betrachten. Die «Action», oder die Arena, ist natürlich nichts anderes als Amerika.

Als Jesus das erste Mal zu Boden geht, kann das als Reifenpanne gewertet werden, und Simon müht sich mit einer Luftpumpe ab, um seinen Reifen den richtigen Druck zu verpassen, die Drohung aber, LSD in die Wasserversorgung zu schütten, konstituiert ein «Foul», und dieses Team wird mit MACE, Schlagstöcken und den Maschinengewehren des Capone-Mobs, der von einer anderen Zeitspur im selben Multiversum losgelassen wurde, um drei Felder zurückgesetzt. Weit mehr als Einstein schuf Willard Gibbs den modernen Kosmos, und sein Konzept von bedingter oder statistischer Realität führte, nachdem es mit dem Zweiten Gesetz der Thermodynamik von Shannon und Wiener gekreuzt wurde, zur Definition von Information als der negativen Umkehrung von Wahrscheinlichkeit und verniedlicht die Prügel, die Jesus von Chicagoer Bullen bezog, auf etwas, mit dem man bei einem solchen Quanten-Sprung halt rechnen muß.

Ein römischer Söldner namens Semper Cuni Linctus geht im Grant Park auf der Suche nach dem Bergauf-Radrennen an Simon vorbei. «Wenn wir einen Mann ans Kreuz schlagen», murmelt er im Vorübergehen, «dann sollte er, verflixt noch mal, auch am Kreuz bleiben.» Die drei Marias pressen Taschentücher vor ihre Gesichter, als das Tränengas und das Zyklon B den Berg hinaufströmen, hinauf zu der Stelle, wo die Kreuze und das Denkmal von General Logan stehen ... *Nor dashed at thousand kim»*, summt die Heilige Kröte vor sich hin, als sie Fission Chips durch die Tür betrachtet ... Arthur Flegenheimer und Robert Putney Drake erklimmen den Schornstein ... «Du mußt nicht an den Weihnachtsmann glauben», erklärt H. P. Lovecraft ... «Ambrose», sagt der Dutchman flehentlich zu ihm.

«Aber das kann nicht sein», sagt Joe Malik, halb weinend. «Das kann doch nicht so verrückt sein. Häuser würden nicht mehr länger stehen. Flugzeuge würden nicht fliegen. Dämme würden brechen. Alle Ingenieurschulen würden Irrenanstalten sein.»

«Sind sie's etwa noch nicht?» fragt Simon. «Kennst du die neuesten

Zahlen über die ökologische Katastrophe? Du mußt dem ins Auge blicken, Joe. Gott ist ein durchgedrehte Frau.»

«Es gibt keine Geraden im gekrümmten All», fügt Stella hinzu.

«Aber meine Seele stirbt», protestiert Joe, und es schüttelt ihn.

Simon hält einen Maiskolben hoch und sagt ihm ganz eindringlich: «Osiris ist ein schwarzer Gott!»

(Sir Charles Napier, langhaarig und etwas über sechzig Jahre alt, General der Indien-Armee Ihrer Majestät, lernte im Januar 1843 einen höchst einnehmenden Halunken kennen und schrieb seinen Kumpanen zu Hause einen Brief, in dem er diesen als einen tapferen, cleveren, sagenhaft wohlhabenden und völlig skrupellosen Mann schilderte. Denn dieser sonderbare Kerl, der von seinen über drei Millionen Anhängern außerdem auch noch als Gott verehrt wurde [wer seine Hände küssen wollte, mußte zwanzig Rupien blechen], beanspruchte – und erhielt – die sexuelle Gunst der Ehefrau und Töchter eines jeden wahren Gläubigen, der sein Theater ernst nahm, und bewies seine Göttlichkeit damit, daß er unverhohlen und offen Sünden beging, vor denen jeder normale Sterbliche vor Scham vergangen wäre. Auch bewies er – in der Schlacht von Miani, wo er den Briten gegen die rebellischen Balucchi-Krieger beistand –, daß er wie zehn Tiger kämpfen konnte. Alles in allem, schloß General Napier, ein höchst ungewöhnlicher Mann – Hasan ali Shah Mahallat, sechsundvierzigster Imam, oder lebendiger Gott der Ismailitischen Sekte des Islam, geradliniger Abkömmling Hassan i Sabbahs und erster Aga Khan.)

Dear Joe:
Ich bin wieder zurück in Tschechago, der tollen Domäne des buckligen Richard, Schweinebastard, dem größten in der ganzen Welt, usw., wo die Umweltverschmutzung wie ein Donner über den See rüber kommt, usw., und der Padre und ich bearbeiten nach wie vor die Köpfe der örtlichen Acid-Freaks, usw., so habe ich endlich Zeit gefunden, dir den versprochenen Brief zu schreiben.

Das Gesetz der Fünf, das ist das Gesetz, bis zu dem Weishaupt vordrang, und Hagbard und John sind an weiteren Mutmaßungen in dieser Richtung nicht interessiert. Das Phänomen von 23 und 17 ist gänzlich meine Entdeckung, außer das William S. Burroughs die 23 erwähnte, ohne zu irgendeiner Schlußfolgerung zu gelangen.

Dieses schreibe ich auf einer Bank im Grant Park, nahe der Stelle, wo ich vor drei Jahren Bekanntschaft mit MACE machte. Toller Symbolismus.

Gerade kam eine Frau vom Marsch der Mütter gegen Polio vorbei. Ich gab ihr 'n Vierteldollar. Wie mühsam, gerade als ich dabei war, meine Gedanken zu sortieren. Wenn du mal hier herauskommst, werde ich dir mehr erzählen können, mein Brief kann nicht mehr als skizzenhaft sein.

Burroughs jedenfalls begegnete der 23 in Tanger, als er einen Fährschiffskapitän namens Clark sagen hörte, er sei 23 Jahre ohne Unfall gefahren. An jenem Tag ging sein Schiff mit Mann und Maus unter. Burroughs wurde am Abend wieder daran erinnert, als er in den Nachrichten hörte, daß ein Flugzeug der Eastern Airlines auf dem Flug von New York nach Miami abgestürzt war. Der Pilot war auch ein Captain Clark und die Maschine befand sich auf dem Flug 23.

«Wenn du das Ausmaß ihrer Kontrolle kennenlernen willst», sagte Simon zu Joe (dieses Mal schrieb er keinen Brief, sondern er sprach; sie befanden sich gerade auf dem Weg nach San Francisco, nachdem sie Dillinger verlassen hatten), «dann nimm mal eine Dollarnote aus deiner Brieftasche und betrachte sie genau. Nun mach schon – jetzt gleich. Ich will dir etwas zeigen.» Joe zog seine Brieftasche hervor und suchte eine Dollarnote heraus. (Genau ein Jahr später, in der Stadt, die Simon im Gedenken an die synchron laufenden Invasionen des August 68 Tschechago nannte, legt die KCUF-Versammlung nach der «Denen-werd-ich's-zeigen»-Eröffnungsansprache Smiling Jims ihre erste Mittagspause ein. Simon rempelt einen Saalordner an und schreit: «Hey, du verdammte Schwulensau, nimm deine Hände von meinem Arsch», und im darauffolgenden Tumult ist es für Joe ein leichtes, heimlich AUM in den Punsch zu schütten.)

«Muß ich wirklich einen Bibliotheksausweis besitzen, nur um ein einziges Buch einzusehen?» fragte Carmel die Bibliothekarin in der Bibliothek von Las Vegas, nachdem Maldonado nicht in der Lage gewesen war, die Verbindung zu irgendeinem kommunistischen Agenten herzustellen.

«Eine der rätselhaftesten Handlungen während der Präsidentschaft Washingtons», referiert Professor Percival Petsdeloup einer amerikanischen Geschichtsklasse 1968 an der Columbia-Universität, *«war seine Weigerung, Tom Paine beizustehen, als dieser in Paris zum Tode verurteilt worden war»* ... *Wieso rätselhaft? denkt George Dorn, der irgendwo in den hinteren Reihen sitzt, Washington war ein Streikbrecher des Establishments* ... «Als erstes sieh dir das Gesicht auf der Vor-

derseite an», sagt Simon. «Das ist nicht Washington, das ist Weishaupt. Vergleich es mal mit einem der frühen, authentischen Porträts von Washington, und du wirst sehen, was ich meine. Und betrachte das unergründliche, kaum wahrnehmbare Lächeln auf seinem Gesicht.» *(Dasselbe Lächeln lag auf Weishaupts Gesicht, als er den Brief an Paine beendete, in dem er ihm erklärte, weshalb er ihm nicht helfen konnte; er versiegelte den Brief dann mit dem Großen Siegel der Vereinigten Staaten, dessen wahre Bedeutung nur er kannte; und murmelte, indem er sich in seinem Sessel zurücklehnte: «Jacques De Molay, wieder einmal bist du gerächt!»)*

«Was meinen Sie mit Unruhestifter? Dieser schwule Bock hier war's, mit seinen fetten Pranken auf meinem Arsch.»

(«Well, Honey, ich weiß nicht genau, welches Buch. Irgendeins, das die Arbeitsweise der Kommunisten erklärt. Weißt du, so eins, wo drin steht, wie man etwa einen kommunistischen Spionagering in der Nachbarschaft aufdecken kann; so eins müßte es sein», erklärte Carmel.)

Ein ganzer Schwarm von Männern in blauen Hemden und weißen Plastikhelmen rennt die Stufen von der 43. Straße zur UN-Plaza hinab. Vorbei an der Inschrift: «Aus ihren Schwertern sollen sie Pflugschare schmieden und aus ihren Speerspitzen Sicheln, niemals wieder sollen sie Krieg betreiben.» Schwere hölzerne Kreuze schwingend und wütende Kriegsschreie ausstoßend brechen die behelmten Männer in die Menge ein, wie eine Woge, die gegen eine Sandburg brandet. George sieht sie kommen, und für einen Augenblick setzt sein Herzschlag aus.

«Und das erste, was du siehst, wenn du die Note umdrehst, ist die Pyramide der Illuminaten. Du wirst feststellen, daß siebzehnhundertsechsundsiebzig draufsteht, unsere Regierung wurde aber erst 1788 gegründet. Angenommen, die 1776 steht da, weil in jenem Jahr die Unabhängigkeitserklärung unterzeichnet wurde. Der wahre Grund ist, daß 1776 das Jahr ist, in dem Weishaupt den bayrischen Illuminatenorden begründete. Und warum denkst du, hat die Pyramide 72 Segmente in dreizehn Schichten?» fragt Simon 1969 ... Mißverständnis ...! Ich bin doch nicht blöd! Wenn mir einer so an den Arsch faßt wie der da, dann weiß ich hundertprozentig, was er will», schreit Simon 1970 ... George stößt Peter Jackson an. «Es sind die God's Lightning», sagt er. Die Plastikhelme glänzen im Sonnenlicht, immer mehr von ihnen stürmen die Treppe hinab; oben wird ein Banner entrollt; auf weißem Grund steht mit roten Buchstaben: AMERIKA: LIEBT ES ODER WIR WERDEN EUCH ZERMALMEN... «Christus auf Rollschuhen», sagte Peter. «Achte jetzt mal auf den Zaubertrick der Bullen, wie

die sich gleich wie in Luft auflösen werden.» ... Dillinger läßt sich mit gekreuzten Beinen in einem fünfeckigen Zimmer unter dem Meditationsraum des UN-Gebäudes nieder. Mit einer Leichtigkeit, die für einen Amerikaner in den Sechzigern fast unwahrscheinlich ist, nimmt Dillinger den Lotussitz ein.

«Zweiundsiebzig ist die kabbalistische Zahl für den Heiligen, Unaussprechlichen Namen Gottes; sie wird unter anderem in der Schwarzen Magie benutzt, und dreizehn ist die Zahl für einen Hexensabbat», erklärt Simon. «Deshalb.» Der VW schnurrt gleichmäßig in Richtung San Francisco weiter.

Mit einem Exemplar von J. Edgar Hoovers *Masters of Deceit* unter dem Arm, ein erwartungsvolles Lächeln auf dem Gesicht, schreitet Carmel die Stufen der Stadtbibliothek von Las Vegas hinab, *und Simon dringt auf einmal das Sheraton-Chicago-Geschrei voll ins Bewußtsein: «Schwule Säue! Ich glaube, ihr seid nichts anderes als ein Pack von schwulen Säuen!»*

«Und sieh mal da, über dem Kopf des Adlers», fügt Simon hinzu. «Noch einer ihrer Scherze; erkennst du den Davidsstern? Den einzigen sechseckigen Stern, aus all den kleinen fünfeckigen Sternen zusammengesetzt – nur damit ihn so ein paar rechtsextreme Idioten finden, um zu beweisen, daß die Alten von Zion die Staatskasse und die Bundesreserve kontrollieren.»

Zev Hirsch, New Yorker Stadtkommandant der God's Lightning, überblickt die Menschenmenge an der UN-Plaza, beobachtet seine schultergepolsterten Truppen, wie sie, ihre Holzkreuze wie Tomahawks schwingend, die hasenfüßigen Peaceniks zurücktreiben. Ein Hindernis taucht auf. Eine blaue Kette von Polizisten hat sich zwischen die God's Lightning und ihre Beute postiert. Über die Schulter der Bullen hinweg kreischen die Peaceniks schmutzige Ausdrücke gegen den plastikbehelmten Feind. Zevs Augen tasten die Menge ab. Er fängt den Blick eines rotgesichtigen Bullen mit einer goldbestickten Mütze auf. Zev wirft dem Polizeioffizier einen fragenden Blick zu. Der Polizeioffizier macht ein Zeichen des Verstehens. Eine Minute darauf folgt eine leichte Bewegung mit der linken Hand. Sofort löst sich die Polizeikette in nichts auf, als wäre sie in der stechenden Frühlingssonne, die auf die Plaza brennt, hinweggeschmolzen. Das Bataillon der God's Lightning fällt über die verängstigten, wütenden und erstaunten Opfer her. Zev Hirsch lacht. Das hier macht mehr Spaß als damals in der jüdischen Verteidigungs-Liga. Alle Diensthabenden sind besoffen. Und es regnet weiter.

Auf der Terrasse eines Straßencafés in Jerusalem sitzen zwei weißhaarige, schwarzgekleidete alte Männer bei einer Tasse Kaffee. Sie versuchen ihre Gefühle vor den anderen Cafégästen zu verbergen, aber ihre Augen blitzen vor Erregung. Sie starren auf die Innenseite einer jüdischen Tageszeitung und lesen zwei Anzeigen auf jiddisch, eine große, viertelseitige Ankündigung des größten Rockfestivals aller Zeiten, das in der Nähe von Ingolstadt, in Bayern, stattfinden soll – mit Bands und Leuten aus allen Ländern der Erde soll es das Woodstock Europas werden. Auf derselben Seite findet sich das Impressum der Zeitung, und die wäßrigen Augen der beiden Alten lesen zum fünftenmal die Zeile auf jiddisch: «Für erwiesene Gefälligkeiten, mit Dank St. Jude gewidmet. – A. W.» Der Alte weist mit einem zittrigen Finger auf die Seite und sagt auf deutsch: «Es geht los.»

Der andere nickt mit einem seligen Lächeln auf seinem zerfurchten Gesicht. «Jawohl! Bald geht es los. Der Tag. Schon bald nach Bayern wir müssen zieh'n. Ewige Blumenkraft!»

Carlo legte die Pistole zwischen uns auf den Tisch. «Jetzt wollen wir mal sehen, George», sagte er. «Bist du ein Revolutionär, oder bist du nur auf einem Egotrip und spielst den Revolutionär? Kannst du mal die Pistole in die Hand nehmen?»

Ich rieb mir die Augen. Der Passaic floß unter mir vorbei, ein ständiger Strom von Müll, von den Paterson Fällen nach Newark, bis in den Atlantik. Genau wie der Müll, der in meiner Seele war, verabscheuungswürdig und feige ... Die God's Lightning breiteten sich fächerförmig aus und prügelten jeden, der den Button ICH WERDE NICHT FÜR FERNANDO POO STERBEN trug, nieder. Vor dem grabsteinähnlichen UN-Gebäude tanzt Blut in der Luft, zerbrechliche rote Blasen ... Dillingers Atem wird langsamer. Er starrt auf das rubinrote Auge an der Spitze der dreizehnstufigen Pyramide, im UN-Gebäude verborgen, und denkt an Fünfecke.

«Ich bin ein God's Lightning», sagte Carlo. «Das hier ist kein Spaß, ich werde das ganze Stück durchziehen.» Sein durchdringender Blick brannte in meinen Augen, als er das Klappmesser unvermittelt aus der Tasche zog. «Verdammter Kommunist», schrie er auf und sprang dabei so heftig von seinem Stuhl auf, daß dieser nach hinten umkippte. «Dieses Mal kommst du mir nicht mit einer Tracht Prügel davon; dieses Mal werde ich dir die Eier abschneiden und als Souvenir mit nach Hause nehmen.» Mit dem Messer in der Hand schnellte er vor und änderte erst kurz vor Georges Nase blitzschnell die Richtung. «Da kannst du hüpfen, du widerlicher schwuler Freak. Ich frage mich, ob du überhaupt was zum Abschneiden hast ... aber das werden wir ja sehen.» Langsam kam er näher und vollführte mit dem Messer schlangengleiche Bewegungen in der Luft.

«Schau doch mal», sagte ich verzweifelt, «ich weiß ganz genau, daß du nur spielst.»

«Du weißt überhaupt nichts, Baby. Vielleicht bin ich ein CIA- oder FBI-Agent. Vielleicht ist das hier nur eine Entschuldigung, indem ich dich solange reize, bis du nach der Knarre greifst, dann kann ich dich abstechen, und es war Notwehr. Das Leben besteht nicht nur aus Demonstrationen und Schauspielen, George. Es kommt immer der Tag, an dem's ernst wird.» Noch einmal griff er mit dem Messer an, und ich stolperte schwerfällig nach rückwärts. «Wirst du jetzt endlich die Knarre nehmen, oder soll ich dir die Eier abschneiden, sie der Gruppe zeigen und sagen, du seist ein elendes Nichts, und wir könnten dich nicht gebrauchen?»

Er war total durchgedreht, und ich war völlig normal. Ist das nicht ein niedlicher Weg, es zu schildern, anstatt bei der Wahrheit zu bleiben, daß er tapfer und ich feige war?

«Hör zu», sagte ich, «du weißt, daß du mich nicht wirklich abmurksen wirst, und ich weiß, daß ich dich nicht wirklich umlegen werde ...»

«Scheiß auf *du weißt* und *ich weiß*», Carlo schlug mir mit seiner freien Hand hart auf die Brust. «Ich bin ein God's Lightning, ein richtiger God's Lightning. Ich spiele den ganzen Akt, George. Das hier ist ein Test, aber ein *richtiger* Test.»

Er schlug noch einmal zu, und ich verlor das Gleichgewicht. Dann schlug er mir zweimal, rechts und links, ins Gesicht. «Ich habe schon immer gesagt, daß ihr langhaarigen Kommunisten-Freaks keine Eier habt. Du kannst dich nicht einmal wehren. Du kannst nicht mal richtig wütend werden, oder? Du tust nur dir selbst leid, stimmt's?»

Das war verdammt wahr. Tief drinnen zuckte irgendwas, die Unfairness nervte mich; einfach weil er viel tiefer in mein Inneres sehen konnte, tiefer als ich selbst hineinzusehen wagte; und zum Schluß griff ich nach der Pistole auf dem Tisch und kreischte: «Du sadistischer, *stalinistischer* Hurensohn!»

«Und sieh dir mal den Adler an», sagte Simon. *«Betrachte ihn mal ganz aus der Nähe. Das ist nun wirklich kein Olivenzweig in seiner linken Klaue, Baby. Das ist unsere alte Freundin Maria Juana. Du hast dir noch nie so richtig eine Dollarnote angeguckt, oder? Der wahre Symbolismus der Pyramide ist natürlich alchemistischer Natur.*

Der traditionelle Kode stellt die drei Arten von Sex dar, mit dem Kubus, der Pyramide und der Kugel. Der Kubus repräsentiert jene Travestie, die wir ‹normalen Sex› nennen, bei welchem die beiden Nervensysteme beim Orgasmus nie wirklich ineinander verschmelzen, wie die beiden parallel laufenden Seiten eines Kubus. Die Pyramide zeigt, wie die beiden Seiten zusammenkommen und sich vereinigen, der magisch-telepathische Orgasmus. Die Kugel entspricht dem tantrischen Ritual, ins Unendliche verlängert, ohne Orgasmus. Die Alchemisten benutzten diesen Kode über zweitausend Jahre lang. Die Rosenkreuzer unter den Gründungsvätern der Vereinigten Staaten benutzten die Pyramide als Symbol ihrer Sex-Magie. In neuerer Zeit benutzte Aleister Crowley dieses Symbol in gleicher Weise. Das Auge in der Pyramide bedeutet das Zusammentreffen der beiden Seelen. Neurologisches Ineinandergreifen. Das Sich-Öffnen des Auges von Shiva. Ewige Schlangenkraft ... Das Ineinandergehen von Rose und Kreuz, Vagina und Penis, im Rosen-Kreuz. Der Astralsprung. Die Seele entkommt der Physiologie.»

Gemäß dem, was die Wissenschaftler der ELF Hagbard erzählt hatten, sagte man, das AUM werde augenblicklich wirken. Also näherte sich Joe dem ersten Mann, der vom Punsch getrunken hatte und begann eine Unterhaltung. «Nette Rede, die Smiling Jim gehalten hat», sagte er in vollem Ernst *(Ich rammte die Pistole in Carlos Bauch und sah, wie er bleich um die Nase wurde. «Nein, keine Angst», sagte ich lächelnd. «An dir werd ich's nicht ausprobieren. Aber wenn ich gleich hier rausgehe, wird es irgendwo in Morningside Heights einen toten Bullen geben.» Er hob zu sprechen an, und ich rammte die Pistole noch ein wenig tiefer rein und grinste, während er nach Luft schnappte. «Kamerad», fügte ich hinzu.)* «Ja, Smiling Jim kam mit 'ner silbernen Zunge auf die Welt», entgegnete der andere.

«Eine silberne Zunge», stimmte Joe andächtig zu, und indem er seine Hand ausstreckte, fügte er hinzu, «übrigens, ich bin Jim Mallison von der New Yorker Delegation.»

«Schon am Akzent gemerkt», sagte der andere Mann knapp. «Ich bin Clem Cotex, aus Little Rock.» Sie schüttelten sich die Hände. «Nett, Sie kennenzulernen.»

«Schade um den Jungen, den sie rausgeschmissen haben», sagte Joe mit gesenkter Stimme. «Mir sah es ganz so aus, wissen Sie, als hätte der Saalordner ihn wirklich *angefaßt*.»

Cotex sah einen Augenblick lang erstaunt auf, dann aber schüttelte er zweifelnd den Kopf. «Man kann nie wissen heutzutage, vor allem in den Großstädten. Glauben Sie wirklich, ein *Andy Frain*-Ordner könnte ein – lauer Bruder sein?»

«Wie Sie bereits sagten, heutzutage in den Großstädten ...» Joe zuckte die Achseln. «Was ich sage, ist, daß es ganz so aussah. Natürlich kann es sein, daß der Ordner keiner von der Sippe ist. Vielleicht ist's nur so'n kleiner Dieb, der dem Bengel das Portemonnaie wegnehmen wollte. Davon gibt es heute leider auch sehr viele.» Unwillkürlich griff Cotex nach hinten, um seine eigene Brieftasche zu fühlen, und Joe fuhr scheinheilig fort: «Aber letztlich könnte ich's ihm nicht mal übelnehmen. Wer will schon Saalordner bei der KCUF werden, wenn Sie sich's mal richtig überlegen? Es kann Ihnen doch nicht entgangen sein, wie viele Homosexuelle wir in unserer Organisation haben.»

«Was?» Cotex Augen traten hervor.

«Haben Sie's wirklich noch nicht gemerkt?» Joe lächelte aufmunternd. «Es gibt nur sehr wenige unter uns, die wahre Christen sind. Die meisten Mitglieder duften so *ein ganz wenig nach Lavendel*; Sie wissen, was ich meine? Ich denke, das ist eines unserer Hauptprobleme, und wir sollten uns schleunigst einmal damit befassen und es offen diskutieren. Endlich mal reinen Tisch machen, stimmt's? Denken Sie doch zum Beispiel nur mal daran, *wie* Smiling Jim einem seinen Arm um die Schultern legt, wenn er so mit einem spricht ...»

Cotex unterbrach: «Hey, Mister, Sie sind verdammt hell, bei mir schlägt's gerade ein wie der Blitz ... einige der Männer hier schüttelten sich, als Smiling Jim die Aktfotos zeigte, um zu beweisen, wie schlecht manche Zeitschriften geworden sind. Sie lehnten sie nicht nur ab, es ekelte sie, verdammt noch mal, richtig an. Was muß das für ein *Mann* sein, der sich vor einer nackten Frau ekelt?»

Los, Baby, weiter, dachte Joe. Das AUM wirkt. Rasch ließ er die Unterhaltung entgleisen. «Noch etwas, das mich stört. Warum greifen wir eigentlich nicht endlich mal diese blöde Idee, die Erde sei eine Kugel, an?»

«Was?»

«Sehen Sie», sagte Joe, «wenn alle Wissenschaftler und Eierköpfe und alle Kommunisten und Liberalen einem in der Schule ständig einreden, muß da doch schon was fischig dran sein. Ist Ihnen jemals in den Sinn gekommen, daß alle diese Stories mit der Sintflut oder Josuas Wunder oder Jesus, der von der Domkuppel die ganze Welt überblicken kann, mit einer kugelförmigen Erde überhaupt nicht in Einklang zu bringen sind? Und ich frage Sie, von Mann zu Mann, haben Sie auf all Ihren Reisen jemals die Krümmung der Erde *gesehen*? Jeder Ort, an dem ich gewesen bin, war flach. Sollen wir der Bibel und unseren eigenen sieben Sinnen trauen, oder sollen wir einem Haufen von Agnostikern und Atheisten in Laborkitteln trauen?»

«Ja, und der Erdschatten auf dem Mond während einer Mondfinsternis...»

Joe zog eine Münze aus der Tasche und hielt sie hoch. «Das hier wirft einen kreisförmigen Schatten, ist aber flach, nicht kugelförmig.»

Cotex starrte einen langen Augenblick lang ins Leere, während Joe mit unterdrückter Erregung wartete. «Wissen Sie was?» sagte Cotex schließlich, «die ganzen biblischen Wunder und unsere eigenen Reisen und der Schatten auf dem Mond ergäben eigentlich nur einen Sinn, wenn die Erde die Form einer *Rübe* besäße und alle Kontinente sich am flachen Ende befänden...»

Gelobt sei Simons Gott, Bugs Bunny, dachte Joe mit einem erhabenen Gefühl. Es funktioniert, er ist nicht nur naiv, er ist sogar kreativ.

Ich folgte dem Bullen – dem Schwein, ich korrigiere mich – aus der Cafeteria hinaus auf die Straße. Ich war so aufgedreht, daß es ein echter Trip war. Das Blau seiner Uniform, die Neonlichter, selbst das Grün der Laternenmasten, alles sah ich supergrell leuchten. Das war das Adrenalin. Mein Mund war trocken – Entwässerung. Die ganzen Flucht-Kampf-Symptome. Das Aktivierungs-Syndrom, wie Skinner es nennt. Ich ließ dem Bullen – dem Schwein – einen halben Block Vorsprung und griff nach dem Revolver in meiner Tasche.

«Los, George», brüllte Malik. George wollte sich nicht vom Fleck rühren. Sein Herz schlug ihm bis zum Hals, seine Arme und Beine zitterten so heftig, daß er sich ausrechnen konnte, wie nutzlos sie in einem Kampf sein würden. Aber er wollte sich einfach nicht vom Fleck bewegen. Er hatte die Nase gestrichen voll, vor diesen Motherfuckers immer nur wegzulaufen.

Aber es gab keinen anderen Weg. Als sich die Männer in blauen Hemden und weißen Helmen näherten, wich die Menge vor ihnen zurück, und George mußte sich mit der Menge zurückbewegen, wollte er nicht umgestoßen und zertrampelt werden.

«*Los* jetzt, George.» Das war Peter Jackson an seiner Seite, mit einem guten, festen Griff zog er George davon.

«Verflucht, warum müssen wir immer wieder vor ihnen weglaufen?» sagte George und lief mit.

Peter lächelte schwach. «Liest du deinen Mao nicht, Georg? Der

Feind greift an, wir ziehen uns zurück. Es reicht, wenn die Morituri-Fanatiker stehenbleiben und eingeseift werden.»

Ich brachte es einfach nicht fertig. Meine Hand umklammerte die Pistole, aber ich konnte sie ebensowenig aus der Tasche ziehen, wie ich meinen Pimmel hätte aus der Hose ziehen können. Ich war sicher, selbst jetzt, wo die Straße wirklich menschenleer war, mit Ausnahme von mir und diesem Schwein, daß ein Dutzend Leute aus ihren Haustüren stürzen würden und rufen: «Seht mal, er hat ihn aus der Hose geholt.»

Ganz genau wie jetzt, als Hagbard sagte: «Kneif den Arsch zusammen. Die Schlacht beginnt», stand ich erstarrt da, genauso erstarrt wie am Ufer oberhalb des Passaic.

«Bist du auf einem Egotrip und spielst den Revolutionär?» fragte Carlo.

Und Mavis: «Alles, was die Militanten in deinem Kreis jemals tun, ist die Bauanleitung für Molotow-Cocktails, die sie sorgfältig aus dem *New Yorker Review of Books* ausgeschnitten haben, an die Klotür hängen und sich dann einen runterholen.»

Howard sang:

Der Feind greift an, seine Schiffe sind nah,
Die Zeit ist gekommen, ohne Furcht zu bestehen die Gefahr!
Die Zeit ist gekommen, dem Tod ins Auge zu stieren
Bis zum Tode zu kämpfen, und nicht zu resignieren!

Dieses Mal gelang es mir, die Pistole aus der Tasche zu ziehen – ich stand da und blickte hinab auf den Passaic – und sie an meine Schläfe zu halten. Wenn ich schon nicht die Courage für einen Mord besaß, so besaß ich doch, Jesus steh mir bei, Verzweiflung genug für hundert Selbstmorde. Und ich brauch es nur einmal zu tun. Nur ein einziges Mal; der Rest ist Schweigen. Ich spanne den Abzug. (Noch mehr Schauspielkünste, George? Oder wirst du's wirklich tun?) Ich werde es tun, verdammter Hund, ihr alle sollt verdammt sein. Ich drücke den Abzug, und falle mit der Explosion in tiefe Dunkelheit.

(AUM war das Produkt der ELF-Wissenschaftler und wurde von beiden, der ELF und den JAMs, benutzt. Es bestand aus einem Hanfextrakt, angereichert mit RNS, dem «Lern»-Molekül; auch enthielt es Spuren des berühmten «Frisco Speedball» – Heroin, Kokain und LSD. Die Wirkung, die es hervorrief, bestand aus einem Zusammenwirken der einzelnen Komponenten: Heroin minderte die Angst, RNS stimulierte Kreativität, Hanf und LSD öffneten der Wonne das Tor, und Kokain war dabei, um das Gesetz der Fünf einzuhalten. Diese delikate Ausgewogenheit rief keine Halluzinationen hervor, kein «High», sondern nur einen plötzlichen Spurt, in «konstruktiver Leichtgläubigkeit», wie Hagbard es ausdrückte.)

Es war eine jener typischen Richtungsänderungen, wie sie bei Massenbewegungen vorkommen. Anstatt daß Peter und George zurückgestoßen wurden, teilte sich die Menge zwischen ihnen und den weiß Behelmten. Ein schlanker junger Mann fiel hart gegen George. Sein Blick war von Angst verzerrt. Es gab ein gräßliches, dumpfes Geräusch, und der Mann fiel zu Boden.

George sah zuerst das dunkelbraune, hölzerne Kreuz, bevor er den Mann sah, der es in der Luft schwang. Haare und Blut klebten an den Enden des Kreuzarms. Der God's Lightning war dunkel, breitschultrig und muskulös, mit einem blauen Schatten auf den Wangen. Er sah wie ein Italiener oder ein Spanier aus – tatsächlich sah er Carlo verblüffend ähnlich. Seine Augen waren weit geöffnet, sein Mund ebenfalls, und er atmete heftig. Der Ausdruck auf seinem Gesicht war weder wütend noch sadistisch – er war nichts weiter als das unreflektierte Ungestüm eines Mannes, der eine schwierige und ermüdende Arbeit verrichtete. Er beugte sich über den zusammengesackten Mann und hob das Kreuz empor.

«Also gut!» zischte Peter Jackson. Er stieß George beiseite und hielt auf einmal eine lächerlich aussehende gelbe Wasserpistole in der Hand. Er spritzte dem selbstvergessenen God's Lightning in den Nacken. Der Mann schrie auf, schnellte voller Schmerzen rückwärts, wobei das Kreuz kopfüber durch die Luft flog. Der Mann fiel schreiend auf den Boden und wand sich vor Schmerzen.

«Komm jetzt endlich, Motherfucker!» knurrte Pete, indem er George in die Menge zog, die in Richtung 42. Straße davonzog.

«Noch anderthalb Stunden zu fahren», sagt Hagbard und zeigt dabei endlich einmal Spuren unterdrückter Spannung. George blickt auf die Uhr – genau 20 Uhr 30, Ingolstadt-Zeit. Die «Plastic Canoe» jaulen ihr KRISHNA KRISHNA HARE HARE.

(*Zwei Tage vorher, in der gleißenden Mittagssonne, sitzt Carmel in seinem Jeep und braust aus Las Vegas heraus.*)

«Wen alles werde ich in der *Norton Cabal* treffen?» fragt Joe. «Richter Crater? Amelia Earhard? Mich kann nichts mehr erschüttern.»

«Ein paar Leute, die wirklich geistig beieinander sind», erwidert Simon. «Aber du wirst sterben müssen, Joe, wirklich sterben, bevor du illuminiert wirst.» Er lächelt freundlich. «Außer Tod und Wiederauferstehung wirst du bei diesem Haufen nichts finden, was du als ‹übernatürlich› bezeichnen könntest. Nicht einmal eine Spur von gutem alten Satanismus im Chicagostil.»

«Mein Gott», sagt Joe, «ist das erst eine Woche her?»

«Ja!» Simon grinst und überholt mit vollem Zahn einen Chevrolet mit Oregon-Nummernschildern. «Es ist immer noch neunundsechzig, auch wenn du seit unserem Zusammentreffen an jenem Anarchistenkongreß um ein paar Jahre älter geworden zu sein scheinst.»

Er machte einen amüsierten Eindruck, als er sich halb zu Joe rüberdrehte.

«Ich habe das Gefühl, als wüßtest du, was in meinen Träumen vor sich geht...»

«Passiert jedes Mal nach einer guten, schmutzigen Schwarzen Messe, mit Gras unter's Räucherwerk gemixt», sagt Simon. «Was für Sachen siehst du in deinen Träumen? Passiert's auch schon im Wachzustand?»

«Nein, nur in Träumen.» Joe macht eine Pause und denkt nach. «Ich weiß nur, daß es das Richtige ist, weil die Träume so lebhaft sind. Ein Traum hat mit einer Pro-Zensurversammlung im Sheraton-Chicago Hotel zu tun, die fand, glaube ich, vor einem Jahr statt. Ein anderer Traum scheint in der Zukunft zu spielen – um fünf oder sechs Jahre etwa –, wo ich aus irgendeinem Grund einen Doktor personifiziere. Ab und zu taucht da auch noch eine dritte Serie von Bildern auf, wo alles wie in einem Frankenstein-Film aussieht, nur, daß die Statisten Hippies sind, und außerdem scheint ein Rock-Festival auf vollen Touren zu laufen.»

«Stört's dich?»

«Ein bißchen schon. Ich bin's gewohnt, morgens aufzuwachen und die Zukunft vor mir zu haben, nicht hinter mir *und* vor mir *zugleich*.»

«Da wirst du dich dran gewöhnen. Du schmeckst da gerade zum erstenmal von dem, was Weishaupt die *Morgenheutegesternwelt* nannte. Goethes Faust wurde von dieser Idee inspiriert, ebenso wie Weishaupts Slogan ‹Ewige Blumenkraft› Goethes ‹Das ewig Weibliche› inspirierte. Ich werd dir mal etwas erzählen», schlug Simon vor. «Du solltest es mal mit drei Armbanduhren versuchen, so wie Bucky Fuller es macht – die eine zeigt die Zeit, in der du dich gerade befindest, die andere zeigt die Zeit des Ortes, wo du hinfährst, und die letzte gibt irgendeine beliebige Zeit an, zum Beispiel die Greenwich Mean Time oder die Zeit an deinem Heimatort. Es wird dir helfen, dich an Relativität zu gewöhnen. Bis dahin: Pfeif nicht, wenn du pißt. Und solltest du die Orientierung verlieren, wiederhole Fullers Satz: ‹Ich scheine ein Verb zu sein›.»

Sie fuhren eine Zeitlang schweigend dahin, und Joe zerbrach sich den Kopf darüber, was es bedeutete, ein Verb zu sein. Teufel noch mal, dachte er, ich habe schon Mühe genug, zu begreifen, was Fuller meint, wenn er sagt, *Gott* ist ein Verb. Simon ließ ihn in Ruhe und begann wieder vor sich hinzusummen: «Ramses the Second is dead, my Love / He's walking the fields where the BLESSED liiiiive...» *Joe merkte auf einmal, daß er im Begriff war, einzunicken... und alle Gesichter am Mittagstisch blickten ihn voller Erstaunen an.* «Nein, ernsthaft», *sagte er.* «Anthropologen sind viel zu verklemmt, um es in aller Öffentlichkeit auszusprechen, schnapp dir aber mal einen in privatem Kreis und frag ihn dann.»

Jedes Detail stimmte: es war derselbe Raum im Sheraton-Chicago Hotel, und die Gesichter waren alle die gleichen. (Ich bin schon einmal hier gewesen und habe dies schon einmal gesagt.)

«Die Regentänze der Indianer wirken. Der Regen stellt sich immer ein. Wie ist es also möglich, daß sie wahre Götter haben und wir nicht? Hat schon jemals einer wegen irgend etwas zu Jesus gebetet und es dann auch bekommen?» Langes Schweigen folgte, und schließlich lächelte eine knittergesichtige alte Frau jugendlich frisch und erklärte: «Junger Mann, ich werde es ausprobieren. Wo kann ich in Chicago einen Indianer treffen?»

Wie Tomahawks gingen die Kreuze der God's Lightning auf den hilflos am Boden liegenden Mann nieder. Sie hatten ihren verwundeten Kameraden neben seinem Opfer auf der Straße liegen und sich winden sehen. Ein paar von ihnen schleppten den verletzten God's Lightning weg, während die anderen an dem bewußtlosen Friedenskämpfer Rache nahmen.

(«Du, Luke», sagt Yeshua ben Yosef, «schreib das nicht auf.»)

Vielleicht ein bißchen aus dem Gleichgewicht... da draußen... in *Space-Time*? Fernando Poo blickt durch ein Fernrohr auf eine neue Insel; er hat keine Ahnung, daß sie eines Tages nach ihm benannt werden wird, keine Idee davon, daß Simon Moon eines Tages schreiben wird: «Vierzehnhundertzweiundsiebzig entdeckte Fernando Poo Fernando Poo», und Hagbard sagt: «Die Wahrheit ist ein Tiger», während Timothy Leary den Crown Point Jiggle aus dem San Luis Obispo Gefängnis heraustanzt, und noch vier Billionen Jahre früher sagt ein

Squink zum anderen: «Das ökologische Problem auf diesem neuen Planeten habe ich gelöst.» Der andere Squink, Partner des ersten (sie betreiben die *Swift-Kick Inc.* und sind die gerissensten Unternehmer der Milchstraße) sagt: «Wie?» Der erste Squink lacht heiser auf. «Jeder Organismus, der produziert wird, wird einen Todes-Trip einprogrammiert bekommen. Es wird ihm keine besonders rosige Zukunftsperspektive geben, aber es wird uns in jedem Fall helfen, Kosten zu senken.» Die *Swift-Kick Inc.* sparte, wo sie konnte, und die Erde wurde in allen Klassen für Planetarisches Design, in allen Schulen der Galaxis als das berühmte «schlechte Beispiel» hingestellt.

Als Burroughs mir das erzählte, flippte ich, denn ich war 23 Jahre alt und wohnte in der Clark Street. Außerdem erkannte ich sofort den Bezug zum Gesetz der Fünf: 2 + 3 = 5, und Clark hat fünf Buchstaben.

Ich sinnierte darüber nach, als mir das Schiffswrack in Pounds Canto 23 einfiel. Es ist das einzige Schiffswrack, das im ganzen 800-Seiten-Gedicht erwähnt wird, trotz aller Seereisen, die darin beschrieben werden. Der Canto 23 enthält auch die Zeile: «Mit der Sonne in einem goldenen Becher», von der Yeats sagt, sie hätte seine eigenen Zeilen: «Die goldenen Äpfel der Sonne, die silbernen Äpfel des Monds», inspiriert. Goldene Äpfel, natürlich, das brachte mich auf Eris, und ich realisierte, daß ich da an eine heiße Sache geraten war.

Dann versuchte ich die Fünf der Illuminaten zur 23 zu addieren und erhielt 28. Die durchschnittliche Menstruationsperiode der Frau. Der Mondzyklus. Zurück zu den silbernen Äpfeln des Monds – und ich bin Moon. Natürlich haben Pound und Yeats Namen mit je fünf Buchstaben.

Wenn das hier Schizophrenie ist, dann mach das Beste draus!

Ich schaute noch tiefer hinein.

Jetzt begann ein Polizeioffizier mit einem Megaphon über den Platz zu brüllen:

RÄUMT DIE PLAZA, RÄUMEN SIE DIE PLAZA

Die ersten Berichte über die Vernichtungslager wurden über einen Schweizer Geschäftsmann an die OSS weitergeleitet; dieser Geschäftsmann hatte sich als einer der vertrauenswürdigsten Informanten für Nazi-Angelegenheiten in Europa erwiesen. Das Innenministerium bemängelte, daß die Berichte unbestätigt seien. Das war im Frühjahr

1943. Bis zum Herbst desselben Jahres erforderten weitere dringende Berichte, die aus derselben Quelle stammten und weiterhin durch die OSS weitergeleitet wurden, eine größere politische Konferenz. Wieder wurden die Berichte mit der Begründung abgetan, sie entbehrten der Wahrheit. Bei Winterbeginn verlangte die englische Regierung eine weitere Konferenz, um ähnliche Berichte ihres eigenen Geheimdienstes und der rumänischen Regierung zu diskutieren. Die Delegierten trafen sich an einem warmen, sonnigen Wochenende auf den Bermudas und beschlossen, die Berichte seien unwahr; sie kehrten erfrischt und gebräunt zurück an ihre Schreibtische. Die Todeszüge rollten weiter. Im Frühjahr 1944 kam Henry Morgenthau, jr., damaliger Finanzminister, mit Dissidenten im Innenministerium zusammen, überprüfte deren Beweismaterial und erzwang ein Treffen mit Präsident Delano Roosevelt. Erschüttert von den Einzelheiten in Morgenthaus Dokumenten gelobte Roosevelt, unverzüglich zu handeln, was er allerdings nie tat. Später, so sagte man, überzeugte ihn das Innenministerium noch einmal von seiner eigenen Analyse: die Berichte stimmten einfach nicht. Als Herr Hitler *Vernichtung* sagte, hatte er nicht wirklich *Vernichtung* gemeint. Ben Hecht, ein Schriftsteller, gab in der Folge in der *New York Times* eine Anzeige auf und stellte darin das Beweismaterial der Öffentlichkeit vor; eine Gruppe prominenter Rabbiner griffen ihn daraufhin an und warfen ihm unnötige Beunruhigung der Juden vor sowie das Unterminieren des Vertrauens in den amerikanischen Präsidenten während der Kriegsjahre. Später in jenem Jahr begannen amerikanische und russische Truppen, die Lager zu befreien; General Eisenhower bestand darauf, daß Presseleute detaillierte Filme drehten, die dann in aller Welt gezeigt wurden. Zwischen dem ersten unterdrückten Bericht und der Befreiung des ersten Lagers hatten sechs Millionen Menschen ihr Leben lassen müssen.

«Und das nennen wir eine Bayrische Feuerlöschübung», erklärte Simon. (Sie befanden sich in einer anderen Zeit; er fuhr einen anderen VW. Es war der Abend des 23. April, und sie waren unterwegs, Tobias Knight vor dem UN-Gebäude zu treffen.) «Es war ein Beamter namens Winifred, der vom Justiz- ins Außenministerium versetzt wurde, dort einen wichtigen Posten einnahm und über dessen Schreibtisch alle Beweismaterialien zur Begutachtung gingen. Aber dieselben Prinzipien werden auch anderswo angewandt. Zum Beispiel – wir sind sowieso eine halbe Stunde zu früh – warte, ich werde es dir gleich einmal demonstrieren.» Sie näherten sich der Ecke 43. Straße und Third Avenue, und Simon hatte beobachtet, daß die Ampeln auf rot wechselten. Als er den Wagen anhielt, öffnete er die Tür und sagte zu Joe: «Komm mit.»

Verwirrt stieg Joe aus. Simon rannte bereits zum nächsten Wagen, schlug mit der Hand auf die Kühlerhaube und schrie: «Bayrische Feuerlöschübung! Raus!» Dazu machte er auffordernde Handbewegungen und rannte weiter zum nächsten Wagen. Joe sah den ersten Fahrer, der seinen Beifahrer ungläubig ansah, die Tür öffnete, ausstieg und dann gehorsam hinter Simons dunkler Figur herlief.

«Bayrische Feuerlöschübung! Raus!» brüllte Simon nun bereits einem dritten Fahrer zu.

Indem Joe langsam hinterherlief, dann und wann auch seine eigene Stimme erklingen ließ, um die ungläubigeren Autofahrer zu überzeugen, leerte sich allmählich jedes Auto, und die Leute bildeten eine Schlange, die bis zur Lexington Avenue zurückreichte. Zwischen zwei Autos duckte sich Simon dann auf einmal, lief langsam an der Schlange entlang zu ihrem Anfang an der Third Avenue und rief jedem zu: «Beschreiben Sie einen Kreis! Einer nach dem anderen zurück!» Gehorsam beschrieben alle einen weiten Kreis zurück zu ihren Autos und stiegen auf der anderen Seite als sie ausgestiegen waren wieder ein. Simon und Joe bestiegen ihren VW, die Ampeln schalteten auf grün und sie rauschten davon.

«Siehst du?» sagte Simon. «Du brauchst nur Worte zu benutzen, auf die sie von Kindheit an konditioniert wurden – ‹Feuerlöschübung›, ‹schön der Reihe nach› usw. – und du brauchst dich niemals umzusehen, ob sie auch gehorchen. Die gehorchen immer. Well, und so konnten die Illuminaten garantieren, daß die Endlösung ununterbrochen vorangehen konnte. Winifred, der war immerhin schon lange genug im Amt, konnte einen eindrucksvollen Titel aufweisen und sein ‹Bewertung: zweifelhaft› unter jedes Memo setzen ... und sechs Millionen Menschen mußten sterben. Zum Lachen, oder?»

Und Joe erinnerte sich der Zeilen aus Hagbards kleinem Buch *Pfeif nicht, wenn du pißt* (Ein Privatdruck, der nur an Mitglieder der JAMs und der Legion des Dynamischen Diskord ausgegeben wurde): «Der Gehorsam des einzelnen ist nicht nur der Grundpfeiler der Macht einer autoritären Gesellschaft, sondern auch ihrer Schwäche.»

(Am 23. November 1970 wurde im Chicago River die Leiche des sechsundvierzig Jahre alten Stanislaus Oedipuski gefunden. Laut Bericht des Polizeilaboratoriums wurde der Tod nicht durch Ertrinken, sondern durch Schläge auf Kopf und Schultern mit einem viereckigen Gegenstand verursacht. Erste Ermittlungen ergaben, daß Oedipuski

Mitglied der God's Lightning gewesen war, und man vermutete, daß Unstimmigkeiten zwischen diesem Mann und seinen früheren Kollegen aufgetaucht waren, die dazu führten, daß er mit ihren hölzernen Kreuzen erschlagen wurde. Weitere Ermittlungen ergaben, daß Oedipuski Bauarbeiter und bis vor kurzem mit seinem Job sehr zufrieden gewesen war, sich ganz normal, wie die anderen auch, benommen hatte, indem er an der Regierung rumnörgelte, die Faulpelze, die von der Wohlfahrt lebten, verfluchte, Neger haßte, gutaussehenden Mädchen, die an den Baustellen vorüberkamen, unmißverständliche Bemerkungen nachrief, und – wenn ein Kräfteverhältnis von mindestens acht zu eins garantiert war – sich anderen Arbeitern seines Alters anschloß, um langhaarige junge Männer mit Friedensabzeichen oder anderen unamerikanischen Schandmalen anzupöbeln und zu verprügeln. Vor etwa einem Monat etwa war dann alles anders geworden. Er nörgelte nun nicht mehr nur an der Regierung herum, sondern auch an seinen eigenen Bossen – dabei hörte er sich manchmal schon wie ein Kommunist an; wenn irgend jemand anderes die Bettler der Wohlfahrt verfluchte, bemerkte Stan nachdenklich: «Nun ja, ich meine, unsere Gewerkschaften verhindern, daß sie 'n Job kriegen, was soll'n sie da anderes machen, als zur Wohlfahrt zu gehen? Stehlen?» Einmal, als ein paar seiner Kollegen einem vorübergehenden, gutaussehenden achtzehnjährigen Mädchen wiederum obszöne Zeichen machten und ein paar galante Geräusche dazu, sagte er sogar: «Hört mal her, das mag nun wirklich peinlich für das Mädchen sein, vielleicht macht's ihr sogar Angst ...!» Was noch schlimmer war, er ließ sein eigenes Haar erstaunlich lang wachsen, und seine Frau erzählte Freunden, daß er kaum noch vor dem Fernseher saß, sondern die meisten Abende damit zubrachte, *Bücher* zu lesen. Die Polizei konnte das bestätigen, und seine kleine Bibliothek – die er in weniger als einem Monat zusammengestellt hatte – war in der Tat bemerkenswert, hauptsächlich Werke über Astronomie, Soziologie, orientalischen Mystizismus, Darwins *Ursprung der Arten*, Kriminalromane von Raymond Chandler, Alice im Wunderland, und einen Studientext über Zahlentheorie, dessen Kapitel über Primzahlen über und über mit Anmerkungen versehen war; die galanten, inzwischen pathetischen Spuren eines Geistes, der nach vierzigjähriger Stagnation wieder zu wachsen begonnen hatte und dann, ganz abrupt, ausgelöscht worden war. Am geheimnisvollsten war die Karte, die man in der Tasche des Toten gefunden hatte, die, obwohl vom Wasser durchweicht, durchaus noch lesbar war. Auf der einen Seite stand

ES GIBT KEINEN FEIND NIRGENDWO

und auf der anderen stand, noch geheimnisvoller:

−ΠΔҀ ЖΘΔ☉

Die Polizei hatte wahrscheinlich versucht, das zu entziffern, doch dann hatten sie entdeckt, daß sich Oedipuski eine Nacht vor seinem Tod von den God's Lightning getrennt hatte – in seiner Austrittserklärung hatte er ausführlich über Toleranz gesprochen. Und damit war der Fall ein für alle Mal erledigt. Die Mordkommission untersuchte keine Mordfälle, die in einem klaren Zusammenhang mit den God's Lightning standen, denn sie hatte da ihre besonderen Abmachungen mit dieser rasch wachsenden Organisation. «Armer Irrer», sagte ein Detektiv, während er Oedipuskis Fotos betrachtete; und schloß die Akte für immer. Niemand schlug sie jemals wieder auf oder verfolgte den Gesinnungswandel des Toten zurück bis zu seiner Teilnahme an jener KCUF-Versammlung im Sheraton-Chicago. In jener Versammlung vor einem Monat, bei der der Punsch mit AUM versetzt war.)

Klar, daß während der Empfängnis der Vater 23 Chromosomen beisteuert und die Mutter weitere 23 Chromosomen. Im *I Ging* hat das Hexagramm 23 die Bedeutungen von «sinken» oder «auseinanderbrechen», Schatten über dem unglückseligen Captain Clark ...

In diesem Moment kam eine andere Frau daher, die für den Marsch der Mütter gegen Ernährungsstörungen sammelte. Ich gab ihr 'n Vierteldollar. Wo war ich stehengeblieben? Ah, ja: James Joyce hatte in beiden, seinem Vor- und Nachnamen, je fünf Buchstaben, also sollte man ihn durchaus mal lesen. *Ein Porträt des Künstlers* besteht aus fünf Kapiteln, alles schön und gut, aber *Ulysses* hat 18 Kapitel, verdammt, bis mir einfiel, daß 5 + 18 = 23 ist. Und *Finnegans Wake*? Mein Gott, das hat 17 Kapitel und das reichte mir für eine Weile.

Ich versuchte es jetzt einmal von einer anderen Seite und fragte mich, ob Frank Sullivan, der arme Kerl, der in jener Nacht an Stelle von John am Biograph Theater erschossen wurde, vielleicht noch bis nach Mitternacht gelebt haben könnte und am 23. Juli anstatt am 22. Juli, wie überall vermerkt, gestorben sein könnte. Ich schlug in

Tolands Buch *The Dillinger Days* nach. Der arme Frank starb tatsächlich vor Mitternacht, doch erwähnt Toland eine interessante Einzelheit, die ich in jener Nacht in der *Seminary*-Bar selbst schon einmal erwähnt hatte: 23 Menschen starben in Chicago an jenem Tag infolge der außergewöhnlichen Hitze. Noch etwas sagt er: Am Tag zuvor waren 17 Menschen an Hitzschlag gestorben. Warum erwähnte er das? Ich bin sicher, er wußte selbst nicht warum – immerhin tauchten aber die 23 und die 17 wieder auf. Vielleicht wird im Jahre 2317 etwas Außergewöhnliches passieren? Das konnte ich natürlich noch nicht nachprüfen (in der *Morgenheutegesternwelt* kann man eben nicht so genau navigieren), so ging ich zurück auf das Jahr 1723 und erntete goldene Äpfel. In jenem Jahr wurden Adam Weishaupt und Adam Smith geboren (Smith veröffentlichte *The Wealth of Nations* im selben Jahr, als Weishaupt die Illuminaten wieder aufleben ließ: 1776).

Gut, $2 + 3 = 5$ paßt ins Gesetz der Fünf, aber $1 + 7 = 8$ paßt nirgends rein. Worauf brachte mich das? Acht, überlegte ich, ist die Anzahl der Buchstaben in Kallisti, also zurück zum goldenen Apfel, außerdem ist 8 auch 2^3 verdammt heiß. Natürlich war es keine Überraschung, als die 8 Angeklagten des Chicagoer Verschwörer-Prozesses auf der 23. Etage des Federal Building vernommen wurden, inmitten dieses Wirbels von Synchronizität – ein Hoffmann unter den Angeklagten, ein Hoffmann als Richter; die Pyramide der Illuminaten oder das Große Siegel der Vereinigten Staaten mitten im Gebäude, und ein Seale erhält eine schärfere Strafe als die anderen Angeklagten; alles Namen mit fünf Buchstaben (und das wucherte auch noch) – Abbie, Davis, Floran, Seale, Jerry Rubin (gleich zweimal), und der Knüller, Clark (Ramsey, nicht der Kapitän), der vom Richter torpediert und versenkt wurde, noch bevor er aussagen konnte.

Dutch Schultz interessierte mich, weil er am 23. Oktober starb. Dieser Mann vereinigte wahrlich ein ganzes Bündel von Synchronizität auf sich: Er ordnete die Erschießung von Vincent «Mad Dog» Coll an (erinnert Ihr Euch an Mad Dog, Texas?); Coll wurde auf der 23. Straße erschossen, als er 23 war; und Charlie Workman, der angeblich Schultz erschoß, verbüßte dafür 23 Jahre im Gefängnis (obwohl sich das Gerücht hielt, Mendy Weiss – wieder zwei Namen mit je fünf Buchstaben – sei der Täter gewesen). Und wo bleibt die 17? Schultz erhielt seine erste Gefängnisstrafe im Alter von 17 Jahren.

Etwa zu dieser Zeit kaufte ich Robert Heinleins *Die Puppenmeister* und dachte, die Handlung könne vielleicht parallel zu einigen der Illuminaten-Unternehmungen laufen. Stellt Euch einmal vor, wie mir zumute war, als Kapitel Zwei so anfing: «Vor 23 Stunden und 17 Minuten landete eine Fliegende Untertasse in Iowa...»

Und in New York bemüht sich Peter Jackson, die nächste Ausgabe von *Confrontation* rechtzeitig rauszubringen, obwohl das Büro noch immer in Trümmern liegt, der Herausgeber und der Starermittler spurlos verschwunden sind, der beste Reporter behauptet, mit einem Flachs-Magnaten auf dem Grund des Atlantiks zu sein und offensichtlich durchgedreht ist; hinter Peter selbst ist die Polizei her, um herauszufinden, warum die beiden Detektive, die zuerst auf den Fall angesetzt wurden, nicht auffindbar sind. Peter sitzt im Unterzeug in seinem Apartment (jetzt *Confrontation*-Büro) und wählt mit der einen Hand eine Telefonnummer und drückt mit der anderen noch eine Zigarette im vollen Aschenbecher aus. Jetzt wirft er ein Manuskript in den Kasten «Gut zum Druck» und hakt auf einer Liste «Leitartikel – Der jüngste Student, der jemals an die Columbia-Universität kam, erzählt, warum er sein Studium abbrach, von L. L. Durutti», ab. Sein Bleistift rückt weiter ans Ende der Liste und bleibt bei «Bücherrezensionen» stehen, wobei er die ganze Zeit den Hörer am Ohr hat. Endlich hört er, wie am anderen Ende abgenommen wird und eine warme, sanfte Stimme sagt: «Hier Epicene Wildeblood.»

«Bist du mit der Besprechung fertig, Eppy?»

«Wart bis morgen, *dear boy*. Schneller kann ich einfach nicht, *ehrlich*!»

«Morgen ist O. K.», sagt Peter und schreibt neben «Bücherrezensionen»: *Noch mal anrufen.*

«Es ist einfach ein gräßliches Monster von einem Buch», sagt Wildeblood verächtlich, «und die Zeit ist viel zu kurz, es ganz zu lesen; aber ich werde es gründlich durchblättern. Die beiden Autoren halte ich für völlig inkompetent – nicht eine Spur von Stilgefühl oder für Gliederung. Es fängt als Kriminalroman an, springt dann über zu Sciencefiction, gleitet anschließend ab ins Übernatürliche und ist überladen mit den ausführlichsten Informationen über Dutzende von entsetzlich langweiligen Themen. Zudem ist der Zeitablauf völlig durcheinander, was ich als eine anmaßende Imitation von Faulkner und Joyce werte. Am allerschlimmsten aber ist, es hat die obszönsten Sexszenen, die du dir vorstellen kannst. Ich bin sicher, daß es nur deshalb verkauft wird.

Sowas spricht sich ja immer am schnellsten rum. Und, ich meine, die beiden Autoren finde ich einfach unmöglich; kein bißchen guten Geschmack; stell dir vor, die beziehen tatsächlich lebende politische Figuren ein, um, wie sie einen glauben machen möchten, eine echte Verschwörung aufzudecken. Du kannst dich drauf verlassen, daß ich keine Minute vergeuden würde, solch einen Schrott in die Hand zu nehmen ... aber, na ja, bis morgen mittag werde ich eine niederschmetternde Kritik für dich fertig haben.»

«Nun, wir verlangen ja gar nicht, daß du jedes Buch liest, das du besprechen sollst», sagte Peter beschwichtigend, «solange du nur unterhaltsam über sie schreiben kannst.»

«Die Foot Fetishist Liberation Front wird an der Massenkundgebung vor dem UN-Gebäude teilnehmen», sagte Joe Malik, als sich George und Peter ihre schwarzen Armbinden überstreiften.

«Jesus Christus», sagte Peter angewidert.

«Wir können es uns nicht leisten, eine solche Haltung einzunehmen», sagte Joe ernst. «Die letzte Hoffnung für die Linke ist Kooperation. Wir können wirklich nicht jeden ausschließen, der bei uns mitmachen will.»

«Ich habe persönlich ja nichts gegen Schwule», beginnt Peter («Homosexuelle», sagt Joe geduldig), «ich habe persönlich nichts gegen Homosexuelle», fährt Peter fort, «aber bei solchen Massenkundgebungen sind sie wirklich ein lästiges Anhängsel. Sie geben den God's Lightning nur noch mehr Grund zu behaupten, wir seien alle ein Haufen von warmen Brüdern. Aber O. K., Realismus ist Realismus, es gibt so viele davon, und sie füllen unsere Reihen. Aber diese Arschficker, Joe, sind einfach ein Splitter im Splitter; sind geradezu *mikroskopisch*.»

«Nenn sie nicht Arschficker», sagte Joe. «Das haben sie nicht gern.»

Eben kam eine Frau vom Marsch der Mütter gegen Schuppenflechte vorbei. Wieder eine Sammelbüchse in der Hand. Auch ihr gab ich einen Vierteldollar. Wenn das so weitergeht, bringen mich die marschierenden Mütter noch an den Bettelstab.

Wo war ich noch? Ach ja, ich wollte zur Erschießung vom Dutchman noch hinzufügen, daß Marty Krompier, der in Harlem das Zahlenlotto kontrollierte, auch am 23. Oktober 1935 erschossen wurde. Die Polizei fragte ihn, ob es da eine Verbindung zum Ableben des phlegmatischen Flegenheimer gäbe und er sagte: «Es muß einer jener Zufälle sein.» Ich frage mich, wie er die Betonung setzte

– «einer jener *Zufälle*» oder «einer *jener* Zufälle»? Wieviel wußte er? Wußte er alles?

Das bringt mich zum Rätsel um die 40. Wie bereits gesagt ist 1 + 7 = 8, die Anzahl der Buchstaben in Kallisti, 8 × 5 = 40. Noch interessanter ist, daß wir, ohne die mystische 5 zu beschwören, auch 40 erhalten, wenn wir 17 + 23 addieren. Was ist dann die Bedeutung von 40? Die Buddhisten haben ihre 40 Meditationen, das Sonnensystem hat fast genau 40 astronomische Einheiten in seinem Radius (Pluto tanzt ein wenig aus der Reihe) – aber ich habe bis jetzt noch keine endgültige Theorie gefunden ...

Der Farbfernseher des *Three Lions Pub* im Tudor Hotel an der 42. Straße, Ecke Second Avenue, zeigt die weißbehelmten Männer mit hölzernen Kreuzen sich vor den nach vorn drängenden blau behelmten Männern mit Polizeiknüppeln zurückziehen. Die CBS-Kamera schwenkt über die Plaza. Fünf Menschen liegen, wie Strandgut von einer Woge angeschwemmt, am Boden. Vier von ihnen bewegen sich und machen hilflose Versuche aufzustehen. Der fünfte bewegt sich überhaupt nicht.

George sagte: «Ich glaube, das ist der Kerl, den wir sahen, als sie ihn zusammenprügelten. Mein Gott, ich hoffe, der ist nicht tot.»

Joe Malik sagte: «Sollte er tot sein, könnte es die Leute vielleicht soweit bringen, daß endlich einmal etwas gegen die God's Lightning unternommen wird.»

Peter Jackson lachte bitter auf. «Du glaubst immer noch, so 'n zerlumpter Peacenik, den's erwischt hat, bringt die Leute auf die Beine. Hast du noch nicht begriffen, daß es in diesem Land allen Leuten scheißegal ist, was einem Friedenskämpfer passiert? Ihr seid jetzt in einem Boot mit den Niggern, Ihr armen Irren.»

Carlo blickte voller Erstaunen auf, als ich das Zimmer betrat und ihm mit folgenden Worten die Pistole vor die Füße schmiß: «Ihr armen Irren, Ihr bringt's nicht mal fertig, Bomben zu basteln, ohne Euch selbst in die Luft zu jagen, und wenn Ihr Euch mal 'ne Knarre zulegt, ist das verdammte Ding auch noch kaputt und hat Ladehemmung. Mich könnt Ihr nicht rausschmeißen ... ich gehe!» Ihr armen Irren ...

«Ihr armen Irren!» brüllte Simon. Joe wachte auf, als der VW inmitten eines Rudels Hell's Angels, auf ihren dröhnenden Maschinen, hin- und her schlingerte. Er befand sich wieder in der «richtigen» Zeit – aber dieses Wort stand in seinem Geist von jetzt an sowieso immer in Anführungszeichen, und das sollte immer so bleiben.

«Wow», sagte er, «ich war wieder in Chicago, und dann auf dem Rock-Festival... und dann fuhr ich auf der Lebenslinie eines anderen...»

«Gottverdammte Harley-Davidsons», wettert Simon, als der letzte Angel vorbeidonnerte. «Wenn fünfzig oder sechzig Stück von denen so an einem vorbeischwärmen, ist das genauso schlimm, als versuchtest du zur Mittagszeit auf dem Trottoir am Times Square Auto zu fahren, ohne einen Fußgänger zu erwischen.»

«Das für später», sagte Joe und war sich der wachsenden Leichtigkeit, mit der er sich Simons Sprache bediente, bewußt. «Diese Heute-Morgen-Gestern-Zeit geht mir allmählich unter die Haut. Es passiert immer häufiger...»

Simon seufzte: «Du willst es unbedingt in Worte kleiden. Du willst einfach nichts ohne Markenzeichen akzeptieren, wie die Schildchen, die an neuen Anzügen baumeln. O. K. Und dein bevorzugtes Wortspiel ist eine Wissenschaft. Ausgezeichnet, weiter so! Morgen werden wir der Zentralbibliothek einen Besuch abstatten, dann kannst du einmal einen Blick in die Sommer 66-Ausgabe des englischen Wissenschaftsmagazins *Nature* werfen. Da findest du einen Artikel des Wissenschaftlers F. R. Stannard über das, wie er es nennt, Faustianische Universum abgedruckt. Darin beschreibt er, daß man sich das Verhalten von *K*-Mesotronen nicht erklären kann, solange man einen in nur eine Richtung führenden Zeitablauf, eine Einweg-Zeit also, zu Grunde legt; sie sich dann aber leicht einordnen lassen, wenn man unser Universum als eines betrachtet, das von einem anderen überlappt wird, in dem die Zeit in entgegengesetzter Richtung verläuft. Er nennt es das Faustianische Universum, aber ich wette, er hat keine Ahnung davon, daß Goethe seinen *Faust* erst schrieb, nachdem er jenes Universum selbst erlebte, wie du es selbst seit kurzem erlebst. Stannard weist darauf hin, daß in der Physik alles symmetrisch ist, außer unserem Konzept der Einwegzeit. Wenn du die Zweiwegzeit einmal als solche anerkennst, erhältst du ein völlig symmetrisches Universum. Dies deckt sich mit Occamites Streben nach Simplizität. Stannard wird dir eine ganze Menge neuer *Wörter* bieten... In der Zwischenzeit setz dich mal mit dem auseinander, was Abdul Alhazred im *Necronomicon* schrieb: ‹Vergangenheit, Gegenwart, Zukunft: alle sind eins in Yog-Sothoth›. Oder Weishaupt in seinem *Könige, Kirchen und Dummheit*: ‹Es gibt nur ein Auge, und das sind alle Augen, eine Seele, und das sind alle Seelen, eine Zeit, und das ist JETZT.› Kapiert?» Joe nickt und scheint immer noch Zweifel zu hegen; in seinen Ohren klingt ganz schwach:

      RAMA   RAMA   RAMA   HAAAAARE

Zwei große Rhinozerosse, drei große Rhinozerosse ...
Dillinger nahm Kontakt zur Seele Richard Belz' auf, einem dreiundvierzigjährigen Physikprofessor am Queens College, in dem Augenblick, wo Belz in einen Krankenwagen geschoben wird, um ins Bellevue-Spital transportiert zu werden, wo Röntgenaufnahmen einen komplizierten Schädelbruch sichtbar machen sollten. Shit, dachte Dillinger, warum muß einer erst halbtot sein, bevor ich ihn erreichen kann? Dann konzentrierte er sich auf seine Botschaft: Zwei Universen, die sich in unterschiedliche Richtungen bewegten. Beide zusammen bilden eine dritte Einheit, die im Zusammenwirken mehr ergibt als die Summe ihrer zwei Komponenten. Also führt zwei zu drei. Dualität und Trinität. Jede Einheit ist eine Dualität und eine Trinität. Ein Pentagon. Reine Energie, ohne Einschluß von Materie. Das Pentagon führt zu fünf weiteren Pentagons, wie die Blütenblätter einer Blume. Eine weiße Rose. Fünf Blütenblätter und ein Zentrum: sechs. Zweimal drei. Die eine Blume steht dicht neben einer anderen. Verhakt sich mit ihr und bildet ein Polyeder aus Pentagons. Jedes Polyeder könnte mit anderen Polyedern eine gemeinsame Fläche bilden und auf diese Weise ein unendliches Gitterwerk entstehen lassen, das auf der Pentagon-Einheit beruht. Sie würden unsterblich sein. Sich selbst erhalten. Nicht von Computern hervorgebracht. Jenseits von Computern. Das ganze All für ihren Aufenthalt. Grenzenlos komplex.

Das Heulen der Sirenen drang an die bewußtlosen Ohren von Professor Belz. Bewußtsein existiert im lebenden Körper, auch in einem, der offensichtlich bewußtlos ist. Bewußtlosigkeit heißt nicht Abwesenheit des Bewußtseins, sondern nur seine momentane Bewegungslosigkeit. Sie ist kein todesähnlicher Zustand. Sie ist überhaupt nicht mit dem Tod zu vergleichen. Ist die notwendige Komplexität von Zwischenverbindungen der Gehirnzellen untereinander erreicht, werden substantielle Energieverbindungen hergestellt. Diese wiederum können unabhängig von der stofflichen Basis, die sie zum Entstehen brachte, existieren.

Das alles ist natürlich nichts weiter als eine visuell-strukturale Metapher für Interaktionen auf einer Energieebene, die nicht anders visualisiert werden kann. Die Sirenen heulten.

Im Three Lions Pub fragte George: «Peter, was war eigentlich in der Wasserpistole?»

«Schwefelsäure.»

«Säure (er meinte Lyserg-Säure-Diethylamid) ist nur die erste Stufe», sagte Simon. «Wie die Materie der Anfang von Leben und Bewußtsein ist. Acid gibt dir nur eine Starthilfe. Aber wenn du einmal draußen bist und die Mission erfolgreich verläuft, wirfst du die erste Stufe ab und kannst in der Schwerelosigkeit weiterreisen. Was soviel bedeutet wie materielos. Acid löst die Barrieren, die den Aufbau der höchstmöglichen Komplexität von Energieverbindungen im Gehirn verhindern. In der Norton Cabal werden wir dir zeigen, wie du die zweite Stufe bedienen mußt.»

(Die God's Lightning zogen, mit über den Köpfen erhobenen Kreuzen laut johlend, in aufgelösten Formationen über das von ihnen eroberte Terrain. Zev Hirsch und Frank Ochuk trugen das Banner mit der Aufschrift «LIEBT ES ODER WIR WERDEN EUCH ZERMALMEN.»)

Howard sang:

Die Stämme der Delphine sind furchtlos und wacker
Unser Reich ist der Ozean, als Fahne ein Lied voran uns flattert
Unsere Waffe heißt Geschwindigkeit und mit unsern steinharten Nasen
Wird jeder Feind schnellstens in die Flucht geschlagen.

Ein ganzer Schwarm Delphine tauchte aus dem Nichts auf. In dem blassen, blaugrünen Medium, in das Hagbards Fernsehkameras das Wasser verwandelten, schienen sie den noch ziemlich entfernten, spinnengleichen Schiffen der Illuminaten entgegenzufliegen.

«Was ist los?» fragte George. «Wo ist Howard?»

«Howard führt sie an», sagte Hagbard. Er bediente einen Schalter an der Reling des Balkons, auf dem sie wie mitten in einer gläsernen Kugel standen, wie in einer Luftblase auf dem Grund des Atlantik. «Bereitet die Torpedos vor. Vielleicht müssen wir den Angriff der Delphine decken.»

«Da, tovarisch Celine», kam eine Stimme zurück.

Die Delphine waren jetzt außer Sichtweite. George wurde bewußt, daß er keine Angst mehr hatte. Das Ganze war einem Science-fiction-Film viel zu ähnlich. In Hagbards U-Boot herrschten sowieso nur Illusionen. Wäre er in der Lage gewesen, sich bewußt zu machen, daß er sich Tausende von Metern unter der Atlantikoberfläche in einem verwundbaren, metallenen Schiff befand, unter einem dermaßen hohen Druck, daß die geringste Überbelastung die schützende Hülle zum Bersten bringen konnte und das einbrechende Wasser sie alle zerdrücken würde, dann hätte er vor Angst sterben können. Aber die Stadt

Peos sah von hier nicht anders aus als das Modell eines Architekten. Und auch wenn er Hagbards Aussage, sie befänden sich über dem verlorenen Kontinent von Atlantis, intellektuell akzeptieren konnte, tief im Innern glaubte er einfach nicht an Atlantis. Folglich schenkte er auch dem ganzen Drumherum keinen Glauben.

Plötzlich war Howard wieder in Sicht. Oder irgendein anderer Delphin. Das war eben auch noch so etwas, das seine Zweifel bestärkte, sprechende Delphine ...

«Bereit für die Zerstörung der feindlichen Schiffe», sagte Howard. Hagbard schüttelte den Kopf. «Ich wünschte, wir könnten mit ihnen Verbindung aufnehmen. Ich wünschte, ich könnte ihnen die Chance geben, sich zu ergeben. Aber sie würden wahrscheinlich gar nicht darauf eingehen. Und sie arbeiten an Bord ihrer Schiffe mit Kommunikationssystemen, die ich nicht erreichen kann.» Er wandte sich zu George. «Sie benutzen einen bestimmten Typ isolierter Telepathie, um miteinander zu kommunizieren. So erhielt Sheriff Jim Cartwright den Hinweis, daß du in jenem Hotel in Mad Dog weiltest und dich mit Weishaupts Wunderkraut vollknalltest.»

«Dir wäre es sicherlich lieber, sie wären nicht so nah, wenn sie hochgehen, oder?» sagte Howard.

«Sind deine Kumpane in Sicherheit?» fragte Hagbard.

(Fünf große Rhinozerosse, sechs große Rhinozerosse ...)

«Klar. Laß jetzt das Zögern. Es ist nicht der rechte Moment, human zu sein.»

«Das Meer ist manchmal grausamer als das Land», sagte Hagbard.

«Das Meer ist sauberer als das Land», sagte Howard. «Hier gibt es keinen Haß. Nur den Tod, wann und wie immer er notwendig ist. Jene Leute sind zwanzigtausend Jahre lang deine Feinde gewesen.»

«So alt bin ich nun auch noch nicht», sagte Hagbard. «Und ich habe sehr wenig Feinde.»

«Wenn du noch länger zögerst, bringst du das U-Boot und uns in Gefahr.»

George sah hinaus auf die rot-weiß gestrichenen Kapseln, die sich im blaugrünen Wasser näherten. Sie sahen jetzt erheblich größer aus. Mit welchem Antriebssystem sie arbeiteten, konnte man nicht erkennen. Hagbard streckte seine braune Hand aus, ließ sie einen Augenblick auf einem weißen Kopf auf der Reling ruhen und drückte ihn dann entschlossen nieder.

Auf jeder Kapsel erschien jetzt gleichzeitig ein greller Lichtblitz, der durch das Wasser leicht abgeschwächt wurde. Es war, als würde man ein Feuerwerk durch getönte Gläser betrachten. Dann fielen die Kapseln in sich zusammen, wie Pingpongbälle, die von einem riesigen Vorschlaghammer getroffen worden waren.

«So. Das wär's schon», sagte Hagbard ruhig.

Die Luft um George herum schien zu vibrieren, und der Fußboden unter ihm erzitterte heftig. Plötzlich überkam ihn unendliche Angst. Die Schockwellen der Explosionen machten auf einmal alles realistisch. Eine verhältnismäßig dünne metallene Haut war alles, was ihn vor der totalen Vernichtung schützte. Und kein Mensch würde jemals erfahren, was aus ihm geworden war.

Große, blinkende Objekte glitten von einem der Illuminaten-Schiffe aus durch das Wasser nach unten. Sie verschwanden in den Straßen jener Stadt, die, George wußte es jetzt, tatsächlich existierte. Die Gebäude, die der Explosion der Illuminaten-Schiffe am nächsten waren, wiesen jetzt größere Zerstörungen als vorher auf. Der Meeresboden war zu mächtigen braunen Wolken aufgewirbelt. Die zerstörten Spinnenschiffe tauchten in die Wolken ein und verschwanden. George sah sich nach dem Tempel von Tethys um, er stand unbeschädigt in der Ferne.

«Hast du die Statuen aus dem Kommandoschiff fallen sehen?» fragte Hagbard. «Die gehören mir.» Er betätigte wieder einen Knopf auf der Reling. «Bereitmachen zur Bergungsaktion.»

Sie trieben zwischen Gebäuden, die tief ins Gestein eingelassen waren, hinab, und George entdeckte im unteren Teil der Glaskugel zwei riesige Klauen, nach unten greifend. Woher sie kamen, konnte er nicht ausmachen, sie konnten aber nur aus der Unterseite des U-Boots ausgefahren worden sein. Jetzt ergriffen sie vier goldene Statuen, die halb unter Schlamm begraben lagen.

Plötzlich ertönte eine Glocke, und ein roter Lichtblitz erleuchtete das Innere der Glaskugel. «Wir werden erneut angegriffen», sagte Hagbard. Oh, nein, dachte George. Doch nicht in dem Augenblick, wo ich anfange zu glauben, daß das hier alles Realität ist. Das ist zuviel. George Dorn führt wieder einmal sein weltberühmtes Stück, das Feigheit heißt, auf... Hagbard zeigte nach draußen. Eine große weiße Kugel tauchte wie ein Unterwassermond hinter einer entfernten Bergkette auf. Auf ihrer blassen Außenseite war ein rotes Emblem aufgemalt, ein grelles Auge in einem Dreieck.

«Gebt mir Raketen-Sichtweite», sagte Hagbard und legte einen Hebel um. Zwischen der weißen Kugel und der *Lief Erickson* erschienen vier orangefarbene Lichter, die auf sie zu eilten.

«Es zahlt sich einfach niemals aus, sie zu unterschätzen», sagte Hagbard. «Erstens stellt sich heraus, daß sie mich orten können, obwohl sie dafür keine Ausrüstung besitzen sollten, und nun muß ich auch noch erleben, daß sie nicht nur kleine Fahrzeuge in der Nähe haben, sondern daß sie den großen *Zwack* selbst auf mich angesetzt haben. Und der *Zwack* feuert Unterwasserraketen auf mich ab, wobei ich eigentlich unentdeckbar sein sollte. George, ich glaube wir sitzen ganz schön in der Scheiße.»

George hätte am liebsten die Augen geschlossen, andrerseits wollte er in Hagbards Gegenwart keine Angst zeigen. Er fragte sich, wie der Tod unter Wasser sein würde. Das Wasser würde sie wahrscheinlich wie eine Dampfwalze zermalmen. Es würde nicht wie gewöhnliches Wasser sein – es würde wie flüssiger Stahl sein, jeder einzelne Tropfen würde sie wie ein Zehntonnenlaster treffen, Zelle für Zelle zerreißen und schließlich jede Zelle einzeln zerquetschen und den Körper auf einen Scheuerlappen aus Protoplasma reduzieren. Er erinnerte sich, über das Verschwinden eines Atomunterseeboots, der *Thresher*, damals in den sechziger Jahren, gelesen zu haben und daran, daß die *New York Times* die Vermutung angestellt hatte, daß der Erstickungstod unter extrem hohem Druck, wenn auch kurz, so doch außerordentlich schmerzhaft sei. Jede einzelne Nervenfaser wurde einzeln zerstört. Die Wirbelsäule wurde ihrer ganzen Länge nach, von oben bis unten, zerdrückt. Die Körperform verlor zweifellos innerhalb weniger Sekunden alle menschlichen Umrisse. George dachte an jeden Käfer, den er in seinem Leben zertreten hatte, und die Käfer brachten ihn auf die Spinnenschiffe zurück. Genau das haben wir *ihnen* angetan. Und ich sehe sie nur als Feinde, weil Hagbard es so gesagt hat. Carlo hatte recht gehabt. Ich kann einfach nicht töten.

Hagbard zögerte, oder? Ja, aber dennoch handelte er. Jeder Mensch, der einen solchen Tod anderen Menschen zufügen kann, ist ein Monstrum. Nein, kein Monstrum, nur allzu menschlich. Aber nicht die Art von menschlich, die ich meine. Shit, George, natürlich ist es deine Art von menschlich, klar. Nur bist du eben ein Feigling.

«Howard, wo zum Teufel steckst du?» rief Hagbard.

Ein Schatten erschien auf der rechten Seite ihrer Blase. «Hier drüben, Hagbard. Wir haben weitere Minen bereit. Wir können damit die Raketen ebenso zerstören wie die Spinnenschiffe. Was meinst du?»

«Das ist verdammt gefährlich», sagte Hagbard, «weil die Raketen bereits beim geringsten Kontakt mit dem Metall und der elektronischen Ausrüstung der Minen detonieren können.»

«Wir sind bereit es zu versuchen», sagte Howard und schwamm ohne ein weiteres Wort davon.

«Warte einen Augenblick», sagte Hagbard. «Das gefällt mir nicht. Es ist zu gefährlich für die Delphine.» Er wandte sich zu George und schüttelte den Kopf. «Ich riskiere, verdammt noch mal, überhaupt nichts, und sie lassen sich in Stücke reißen. Das ist nicht richtig. *So* wichtig bin ich nun auch wieder nicht.»

«Natürlich riskierst du etwas», sagte George und versuchte, das Zittern in seiner Stimme zu verbergen. «Diese Raketen werden uns vernichten, wenn es den Delphinen nicht gelingt, sie zu stoppen.»

Im selben Augenblick gab es dort, wo eben noch die orangefarbenen Lichter gewesen waren, vier gewaltige Lichtblitze. George klammerte sich an die Reling, er spürte, daß die Schockwellen dieser Explosionen gewaltiger sein würden als die vorherigen. Und sie kamen wirklich. George hatte sich darauf vorbereitet, aber sie überraschten ihn dennoch. Das ganze Schiff schien sich aufzubäumen, und George hatte das Gefühl, als fiele ihm sein Magen durch eine Falltür nach unten. Er klammerte sich mit beiden Händen an die Relign. «Mein Gott», schrie er, «wir werden alle sterben.»

«Sie haben die Raketen erwischt», sagte Hagbard. «Das gibt uns weitere Kampfmöglichkeiten. Lasermannschaft, versucht jetzt *Zwack* zu durchlöchern. Ihr könnt nach Belieben feuern.»

Howard erschien wieder draußen an der Blase. «Wie ist's deinen Leuten ergangen?» fragte Hagbard.

«Alle vier wurden getötet», sagte Howard. «Die Raketen explodierten, als sie sich ihnen näherten. Genau wie du voraussagtest.»

George, der sich, dankbar, daß Hagbard seine Angstphase einfach ignoriert hatte, wieder aufrichtete, sagte: «Sie fielen, um unser Leben zu retten. Es tut mir leid, Howard.»

«Laserstrahl abgefeuert, Hagbard», tönte eine Stimme. Eine kurze Pause folgte. «Ich denke, wir haben getroffen.»

«Es braucht dir nicht leid zu tun», sagte Howard. «Wir sehen den Tod weder vorher mit Furcht, noch nachher mit Kummer. Besonders dann, wenn jemand für eine lohnende Sache gestorben ist. Der Tod ist das Ende einer Illusion und der Beginn einer anderen.»

«Was für eine Illusion?» fragte George. «Wenn man tot ist, ist man tot, oder?»

«Energie kann weder geschaffen noch zerstört werden», sagte Hagbard. «Der Tod ist in sich selbst eine Illusion.»

Diese Leute sprachen wie einige der Zen-Schüler und Acid-Mystiker, die George kennengelernt hatte. Wenn ich ebenso fühlen könnte, dachte er, wäre ich nicht so ein gottverdammter Feigling. Howard und Hagbard müssen erleuchtet sein. Ich muß auch erleuchtet werden. Ich halte es einfach nicht länger aus, so ein leben. Was immer auch dazu nötig sein sollte. Acid allein war keine Antwort. George hatte Acid probiert und wußte, daß es für ihn, wenn auch die Erfahrung im ganzen gesehen bemerkenswert war, wenig zurückließ, was veränderte Einstellungen oder verändertes Verhalten anging. Wenn man natürlich *dachte*, Einstellungen und Verhaltensweisen sollten sich ändern, ahmte man höchstens andere Acidköpfe nach.

«Ich will mal versuchen herauszubekommen, was mit *Zwack* los ist», sagte Howard und schwamm davon.

«Delphine fürchten weder den Tod noch gehen sie dem Leiden aus dem Weg; sie sind unbelastet von Konflikten zwischen Intellekt und Gefühl, und es macht ihnen nichts aus, irgendwelche Dinge nicht zu wissen. Mit anderen Worten, sie haben niemals den Unterschied zwischen gut und böse etabliert und folglich betrachten sie sich nicht als Sünder. Verstehst du?»

«Heutzutage halten sich nur wenige Leute für Sünder», sagte George. «Aber jeder fürchtet den Tod.»

«Alle Menschen halten sich für Sünder. Das ist ungefähr einer der tiefsten, ältesten und allgegenwärtigsten menschlichen Komplexe, die es gibt. Tatsächlich ist es fast unmöglich, darüber zu sprechen, ohne es jedesmal aufs neue zu bestätigen. Wenn man sagt, daß die Menschen einen universellen Komplex besitzen, wie ich's gerade tat, so ist das nichts anderes, als den Glauben, alle Menschen seien Sünder, in einer anderen Sprache neu zu formulieren. In diesem Sinn hat das Buch der Genesis – das von frühen, semitischen Opponenten der Illuminaten geschrieben wurde – schon recht. Erreicht man einen kulturellen Wendepunkt, an dem man beschließt, daß alle menschlichen Taten in eine von zwei Kategorien eingeteilt werden können, in gut und böse, dann schafft man damit den Begriff der Sünde – und dazu Angst, Schuld, Depression, all jene besonderen menschlichen Emotionen. Außerdem bedeutet eine solche Klassifikation die Antithese von Kreativität. Für den kreativen Geist gibt es weder falsch noch richtig. Jede Handlung stellt für sich ein Experiment dar, und jedes Experiment erntet seine Früchte in Wissen. Der Moralist kann jede Handlung als falsch oder richtig bewerten – und paß auf: *im voraus* – das heißt, ohne zu wissen, welche Konsequenz das nach sich ziehen wird –, das hängt ganz von der geistigen Disposition des Darstellers ab. So *wußten* etwa die Männer, die Giordano Bruno auf dem Scheiterhaufen verbrannten, daß sie etwas Gutes taten, auch wenn die Konsequenz ihres Handelns darin bestand, die Welt eines großen Wissenschaftlers zu berauben.»

«Wenn du aber niemals abschätzen kannst, ob das, was du tust, gut oder schlecht ist», sagte George, «bist du deinen Handlungen dann nicht so ähnlich wie Hamlet unterworfen?» Er fühlte sich jetzt wieder viel besser, viel weniger ängstlich, obwohl der Feind wahrscheinlich noch immer darauf wartete, ihn umzubringen. Vielleicht erhielt er von Hagbard sein *Darshan*.

«Was ist daran so schlimm, wie Hamlet zu sein?» fragte Hagbard. «Die Antwort lautet auf jeden Fall ‹nein›, weil du erst dann zu zögern beginnst, wenn du glaubst, daß es so etwas wie gut und böse gibt. Das war auch der springende Punkt bei Hamlet, wenn du dich an das Stück erinnern kannst. Es war sein *Gewissen*, das ihn unschlüssig machte.»

«Also hätte er im ersten Akt schon 'ne ganze Menge Leute umbringen sollen?»

Hagbard lachte. «Nicht unbedingt. Er hätte bei der ersten Gelegenheit ganz entschlossen seinen Onkel umbringen sollen, und so das Leben aller anderen schonen. Oder er hätte sagen können: ‹He! Bin ich wirklich dazu verpflichtet, den Tod meines Vaters zu rächen?› und nichts unternehmen. Die Thronfolge hätte er so oder so angetreten. Hätte er den richtigen Augenblick abgewartet, hätte es keine Toten gegeben, und die Norweger hätten die Dänen nicht unterworfen, wie es im letzten Akt geschah. Obwohl ich als Norweger Fortinbras den Triumph nicht mißgönne.»

In diesem Augenblick tauchte Howard wieder auf. «*Zwack* zieht sich zurück. Der Laser durchlöcherte seine äußere Hülle und verursachte ein Leck in den Treibstoffkammern und beschädigte das Druckausgleichssystem. Sie mußten aufgeben und sich zurückziehen. Offensichtlich schwimmen sie auf die Südspitze Afrikas zu.»

Hagbard stieß einen Seufzer aus. «Das bedeutet, daß sie zu ihrem Heimathafen unterwegs sind. Im Persischen Golf fahren sie in einen Tunnel ein, der sie in die unterirdische Valusia-See bringt, tief unter dem Himalaya. Das war die erste Basis, die sie einrichteten. Sie bauten daran bereits vor dem Untergang von Atlantis. Eines Tages werden wir auch dort eindringen, selbst wenn es als Festung fast uneinnehmbar ist.»

Eine Sache, die Joe nach seiner Illumination das schwierigste Rätsel aufgab, war John Dillingers Penis. Er wußte, daß die Gerüchte um das Smithsonian Institute einen wahren Hintergrund hatten: selbst wenn jeder gelegentliche Anrufer eine glatte Absage von den Institutsangestellten erhielt, gewisse Regierungsbeamte in gehobeneren Stellungen konnten eine Bewilligung erhalten und das Relikt wurde ihnen in der legendären Alkoholflasche gezeigt, die ganzen legendären *23 inches*. Aber wenn John noch lebte, war es ja gar nicht seiner, und wenn's nicht seiner war, wessen war es dann?

«Frank Sullivans», sagte Simon, als Joe ihn schließlich fragte.

«Und wer zum Teufel war Frank Sullivan, solch ein Instrument zu besitzen?»

Aber Simon antwortete nur: «Ich weiß nicht. Jemand der John ähnlich sah.»

Eine andere Sache, die Joe beunruhigte, war Atlantis, nachdem er es auf seiner ersten Fahrt an Bord der *Lief Erickson* gesehen hatte. Das war ihm irgendwie alles zu glatt, zu plausibel, zu schön, um wahr zu sein, vor allem die Ruinen von Städten wie Peos mit ihrer Architektur, die ganz offensichtlich Elemente ägyptischer und Maya-Bautechniken aufwiesen.

«Die Wissenschaft befand sich seit mindestens der Jahrhundertwende auf Instrumentenflug, wie ein Pilot im Nebel», sagte er ganz nebenbei zu Hagbard, als sie sich auf der Rückfahrt nach New York befanden. (Das war 1972, wie er sich später erinnern konnte. Herbst 1972 – fast genau zwei Jahre nach dem AUM-Test in Chicago.)

«Du hast doch Bucky Fuller gelesen?» lautete Hagbards kühle Erwiderung. «Oder war es Korzybski?»

«Kümmere dich nicht darum, wen oder was ich gelesen habe», antwortete Joe ziemlich direkt. «Der Gedanke, der mir im Kopf rumgeht, ist, daß ich Atlantis ebensowenig gesehen habe wie Marylin Monroe. Ich sah Bilder sich bewegen, die du mir als Fernsehaufnahmen von außerhalb des U-Boots erklärtest. Und ich sah Filme über das, was Hollywood mir als eine richtige Frau einreden wollte, auch wenn sie mehr wie ein Design von Patty oder Vargas aussah. Im Fall von Marilyn Monroe ist es leichter einzusehen, was man mir erzählte: ich glaube nicht, daß es bis jetzt einen so guten Roboter gibt. Aber Atlantis ... Ich kenne Leute, die auf besondere Effekte spezialisiert sind und dir eine Stadt mit darin umherwandernden Dinosauriern auf einer Tischplatte aufbauen könnten. Und auf so etwas könnte ich mir deine Kameras ausgerichtet vorstellen.»

«Du verdächtigst mich der Betrügerei?» fragt Hagbard mit hochgezogenen Augenbrauen.

«Betrug ist dein ganzes Metier», sagt Joe offen heraus. «Du bist der Beethoven, der Rockefeller und der Michelangelo der Sinnestäuschungen. Der Shakespeare des Zigeunertricks, die Münze mit zwei Köpfen, das Kaninchen im Hut des Zauberers. Was für Carter die Erdnüsse sind, sind für dich die Lügen. Du lebst in einer Welt von Falltüren und Hindu-Seiltricks. Verdächtige ich dich? Seit ich dir zum erstenmal begegnete, verdächtige ich *jeden*.»

«Ich bin froh, das zu hören», Hagbard grinste. «Du befindest dich auf dem besten Weg zur Paranoia. Nimm diese Karte und bewahre sie gut in der Brieftasche auf. Wenn du anfängst, sie zu verstehen, wirst du für deine nächste Beförderung reif sein. Erinnere dich nur an soviel: *nichts ist wahr, wenn es dich nicht zum Lachen reizt*. Das ist der einzige und unfehlbare Test für alle Ideen, die du in Zukunft kennenlernen wirst.» Mit diesen Worten überreichte er Joe eine Karte, auf der zu lesen stand

ES GIBT KEINEN FREUND NIRGENDWO

Nebenbei bemerkt ist sich Burroughs, obwohl er das 23er Synchronizitätsprinzip entdeckte, der Wechselbeziehung zur 17 nicht bewußt. Dies macht es dann allerdings interessanter, wenn er als Datum für die Invasion der Erde durch den Nova Mob (s. *Nova Express*) den 17. September 1899 angibt. Als ich ihn fragte, wie er auf dieses Datum gekommen sei, sagt er, es sei ihm gerade so zugeflogen.

Verdammt. Wieder einmal wurde ich von einer Frau unterbrochen; dieses Mal von einer, die für den Marsch der Mütter gegen Hernie sammelte. Sie kriegte nur ein Fünfcentstück.

W, der 23ste Buchstabe, taucht hier immer wieder auf. Merke: Weishaupt, Washington, William S. Burroughs, Charlie Workman, Mendy Weiss, Len Weinglass im Verschwörerprozeß, und andere, die einem spontan in den Sinn kommen. Noch interessanter: der erste Physiker, der das Konzept der Synchronizität auf die Physik anwandte, nachdem Jung die Theorie veröffentlicht hatte, war Wolfgang Pauli.

Eine weitere Buchstaben-Nummern-Transformation, die sich anbietet: Adam Weishaupt (A. W.) ist 1–23, und George Washington (G. W.) ist 7–23. Erkennst du die darin verborgene 17? Aber vielleicht bilde ich mir das alles nur ein, vielleicht ist's auch nur so eine Laune...

Ein Klicken wurde hörbar. George drehte sich um. Die ganze Zeit, die er mit Hagbard im Kontrollraum verbracht hatte, hatte er sich nicht mehr nach der Tür umgesehen, durch die er hineingekommen war. Er war überrascht zu sehen, daß sie wie eine Öffnung in dünne Luft – oder dünnes Wasser – aussah. Auf jeder Seite des Eingangs war blaugrünes Wasser und ein dunkler Horizont, der durch den tatsächlichen Meeresboden gebildet wurde. Dann, im Zentrum, die Tür selbst. Goldenes Licht ließ die Figur einer wunderschönen Frau als Silhouette erscheinen.

Mavis zog die Tür hinter sich zu und kam auf den Balkon geschlendert. Sie trug ein enganliegendes grünes Gewand und weiße Plastikstiefel. Ihre kleinen, aber gut geformten Brüste schlenkerten frei unter ihrer Bluse. George ertappte sich dabei, wie er sich in Gedanken in die Szene am Strand zurückversetzte, das war erst heute morgen gewesen; wie spät war es jetzt überhaupt? Wie spät wo? In Florida war es jetzt wahrscheinlich zwei oder drei Uhr am Nachmittag. Das würde für Mad Dog, Texas, ungefähr ein Uhr mittags bedeuten. Und wahrscheinlich sechs Uhr abends hier draußen im Atlantik. Dehnten sich Zeitzonen überhaupt in Gebiete unter Wasser aus? Wahrscheinlich schon, dachte er. Andrerseits konnte man, wenn man am Nordpol war, um den Pol herumlaufen und alle paar Sekunden in einer anderen Zeitzone sein. Und die Internationale Datumsgrenze alle fünf Minuten überschreiten, wenn man wollte. Was einen dennoch nicht in die Lage versetzen würde, ermahnte er sich selbst, Reisen in die Zeit zu unternehmen. Könnte er aber zu heute morgen zurückgehen und Mavis' Verlangen nach Sex einmal abspielen lassen, dieses Mal würde er darauf eingehen! Jetzt war er ganz verrückt auf sie.

Schön und gut, aber warum sagte sie, er sei *kein* Narr, warum ließ sie ihm gegenüber Bewunderung erkennen, weil er sie *nicht* ficken wollte? Hätte er sie gefickt, weil sie ihn darum gebeten hatte und er sich verpflichtet gefühlt hätte, es zu tun, ohne es aber zu wollen, dann wäre er ein armseliger Narr gewesen. Aber er hätte sie sich auch einfach vornehmen können, weil sie bestimmt gut zu ficken war, ganz gleich, ob sie ihn bewundert oder verachtet hätte. Aber darin bestand ihr Spiel – Mavis und Hagbards Spiel, zu sagen: Ich tue was ich will und mir ist es scheißegal, was du darüber denkst. George hingegen gab sehr viel darauf, was andere Leute über ihn dachten, und so war das, daß er Mavis dieses Mal nicht gefickt hatte, wenigstens ehrlich, obwohl er begann, der diskordischen Einstellung der Super-Genügsamkeit mehr und mehr Wert beizumessen.

Mavis lächelte ihn an. «Well, George, Feuertaufe hinter dir?»

George zuckte die Achseln. «Na ja, da war das Mad-Dog-Gefängnis. Und noch 'n paar beschissene Situationen mehr.» Zum Beispiel die, wo ich eine Pistole an meinen Kopf hielt und abdrückte.

Sie hatte ihm einen abgekaut, und er hatte sie in ihrer manischen Hingabe beobachtet, aber er war wie verzweifelt versessen darauf, in sie einzudringen, richtig rein, rein in den Leib, in ihrem Eierstock-Bus ins wunderbare Land Beischlaf zu reisen, wie Henry Miller sagte. Aber was war denn so besonders an Mavis' Spalte? Vor allem jetzt nach jener Einführungszeremonie. Zum Teufel, Stella Maris schien eine weniger neurotische Frau zu sein und bestimmt 'ne gute Nummer. Wo es Stella Maris gab, wer brauchte da noch Mavis?

Plötzlich kam eine Frage in ihm auf. Woher wußte er eigentlich, daß er's mit Stella getrieben hatte? Diejenige im goldenen Apfel hätte ebenso gut Mavis sein können. Es hätte auch eine Frau gewesen sein können, die er nie kennengelernt hatte. Er war zwar ziemlich sicher, daß es eine Frau war, es sei denn, es wäre eine Ziege, ein Schaf oder eine Kuh gewesen. Besser, dem guten Hagbard auch solche Tricks zuzumuten. Aber selbst wenn es eine Frau war, warum sich dann Stella oder Mavis oder irgendeine wie sie visuell vorstellen? Wahrscheinlich war es eine kranke alte etruskische Hure, die Hagbard für religiöse Anlässe bereithielt. Irgendeine Hexe; 'ne Hexe, die's faustdick hinter den Ohren hatte. Vielleicht war es Hagbards vergammelte alte sizilianische Mutter, ohne Zähne, mit 'nem schwarzen Brusttuch und drei Sorten Geschlechtskrankheiten. Nein, es war Hagbards Vater, der Sizilianer war. Seine Mutter war Norwegerin.

«Was für eine Hautfarbe hatten sie?» fragte er Hagbard unvermittelt.

«Wer?»

«Die Atlanter.»

«Oh ...» Hagbard nickte. «Wie jeder normale Affe war der größte Teil ihres Körpers von Fell bedeckt. Wenigstens bei den Leuten von Hoch-Atlantis. Ungefähr zur Zeit des Bösen Auges – die Katastrophe, die Hoch-Atlantis zerstörte – fand eine Mutation statt. Spätere Atlanter waren, wie der heutige Mensch, praktisch unbehaart. Die Nachkömmlinge der ältesten atlantischen Urahnen neigen dazu, reichlich behaart zu sein.» Georg konnte nicht umhin, Hagbards Hand zu betrachten, die auf der Reling ruhte. Sie war mit dichtem, schwarzen Haar bedeckt.

«O. K.», sagte Hagbard, «es wird Zeit, in unsere nordamerikanische Basis zurückzukehren. Howard? Bist du noch in der Nähe?»

Das lange, stromlinienförmige Etwas machte einen Überschlag.
«Was ist los, Hagbard?»
«Laß ein paar von deinen Leuten hier und nach dem Rechten sehen. Wir müssen inzwischen ein paar Dinge an Land erledigen. Und Howard, solange ich lebe, werde ich für die vier, die den Tod fanden, um mich zu retten, in der Schuld deines Volkes stehen.»
«Habt Ihr, du und die *Lief Erickson*, uns nicht schon verschiedene Male vor dem Verderben gerettet, das uns die Landbewohner zugedacht hatten?» fragte Howard. «Atlantis werden wir für dich bewachen. Heil, und lebt wohl, Hagbard und Ihr anderen Freunde –

> Das Meer ist weit, das Meer ist tief
> Doch heiß wie Blut rinnt da hindurch
> Ein Freundschaftsband; und wenn du uns riefst
> Hielt's und hält's immerdar in Zeit der Furcht.

Und damit verschwand er. «Aufsteigen», rief Hagbard. Georg fühlte den Schub der starken Schiffsmotoren. Sie glitten jetzt hoch über den Tälern und Hügeln von Atlantis dahin, und George hatte den Eindruck, als flögen sie in einem Jet über einen über dem Wasser liegenden Kontinent.

«Zu schade, daß wir keine Zeit haben, mehr von Atlantis zu sehen», sagte Hagbard. «Es gibt dort noch viele mächtige Städte anzusehen. Obwohl keine von ihnen an die Städte heranreicht, die vor der Stunde des Bösen Auges existierten.»

«Wie viele Zivilisationen gab es in Atlantis?» fragte George.

«Im wesentlichen waren es zwei. Eine, die bis zu jener Stunde reichte, und eine danach. Vor jener Stunde gab es eine Zivilisation, deren Bevölkerung sich auf ungefähr eine Million Menschen bezifferte. Technisch waren sie viel fortgeschrittener als die Menschheit heute. Sie kannten Atomenergie, Genen-Technologie und vieles andere mehr. Diese Zivilisation erhielt ihren Todesstoß in der Stunde des Bösen Auges. Etwa zwei Drittel von ihnen kamen dabei ums Leben – das entsprach in jener Zeit fast der Hälfte der menschlichen Bevölkerung des Planeten. Nach der Stunde des Bösen Auges hinderte sie irgend etwas Unbekanntes an einem Comeback. Die Städte, die während der ersten Katastrophe mehr oder weniger der Zerstörung entgingen, wurden das Opfer späterer Katastrophen. Die Bewohner von Atlantis fielen innerhalb einer Generation zurück in die Barbarei. Ein Teil des Kontinents versank im Meer; das war der Beginn eines Prozesses, der damit endete, daß schließlich ganz Atlantis unterging.»

«Wurde dieser Prozeß durch Erdbeben und die Gezeiten, von denen du berichtet hast, in Gang gesetzt?» fragte George.

«Nein», sagte Hagbard mit einem sonderbar verschlossenen Gesichtsausdruck. «Er wurde von Menschen verursacht. Hoch-Atlantis wurde im Laufe eines Krieges zerstört. Wahrscheinlich durch einen Bürgerkrieg, weil es damals auf dem ganzen Planeten keine Macht gab, die es mit Atlantis hätte aufnehmen können.»

«Ich meine, wenn es damals einen Sieger gegeben hätte, dann wäre er heute wahrscheinlich noch immer irgendwo da, oder?» fragte George.

«Ist er auch», sagte Mavis. «Die Sieger sind immer noch da. Sie sehen halt nur nicht so aus, wie du sie dir wahrscheinlich vorstellst. Es ist zum Beispiel keine Sieger-Nation. Und wir selbst sind Abkömmlinge der Besiegten.»

«Gut», sagte Hagbard. «Und jetzt werde ich dir etwas zeigen, was ich dir bereits bei unserer ersten Begegnung zu zeigen versprach. Es hat etwas mit der vorher geschilderten Katastrophe zu tun. Schau mal.»

Das U-Boot war inzwischen ziemlich hoch über den Kontinent aufgestiegen, und es war jetzt möglich, ganze Landschaften zu überblicken, die sich Hunderte von Meilen in alle Richtungen erstreckten. Als George in die Richtung blickte, in die Hagbard wies, sah er eine ausgedehnte glatte, schwarze Ebene. Aus ihrem Zentrum ragte etwas spitz und weiß, wie ein Kaninchenzahn, hervor.

«Man sagt, daß sie sogar die Flugbahnen von Kometen beeinflussen konnten», sagte Hagbard und zeigte noch einmal nach vorn.

Das U-Boot näherte sich dem herausragenden, weißen Objekt. Es war eine weiße Pyramide.

«Sprich es nicht aus», sagte Mavis und warf ihm einen warnenden Blick zu. George erinnerte sich der Tätowierung, die er zwischen ihren Brüsten gesehen hatte. Er sah wieder hinunter. Sie befanden sich jetzt genau über der Pyramide und George konnte nun die Seite sehen, die ihnen beim Näherkommen abgewandt war. Jetzt sah er, was er halb befürchtet und halb erwartet hatte: die blutrote Zeichnung eines unheilvollen Auges.

«Die Pyramide des Auges», sagte Hagbard. «Sie stand im Herzen der Hauptstadt von Hoch-Atlantis. Sie wurde in den letzten Tagen jener ersten Zivilisation von den Gründern der ersten Religion gebaut.

Von hier oben sieht sie nicht besonders groß aus, aber sie ist fünfmal so groß wie die Cheops-Pyramide, der sie als Modell diente. Sie ist aus einer unverwüstlichen keramischen Substanz errichtet worden, die selbst die Sedimente des Ozeans abstößt. Als hätten die Erbauer vorausgesehen, daß sie Zehntausende von Jahren auf dem Grunde des Ozeans stehen mußte. Vielleicht wußten sie es tatsächlich. Vielleicht aber auch, daß sie in jener Zeit einfach qualitätsbewußter bauten. Peos war ja schon eine sehr dauerhafte Stadt, und sie wurde erst von der zweiten Zivilisation, von der ich dir erzählte, errichtet. Diese zweite Zivilisation erreichte ein den Griechen und Römern vielleicht um ein weniges überlegeneres kulturelles Niveau, welches im Vergleich zu dem ihrer Vorgängerin jedoch nicht erwähnenswert war. Und irgendeine böswillige Macht wollte es, daß auch sie vernichtet wurde, und so geschah es dann auch, vor rund zehntausend Jahren. Von dieser zweiten Zivilisation zeugen die Ruinen, die du vorhin gesehen hast. Von Hoch-Atlantis ist nichts übriggeblieben, außer Berichten und Legenden, die von der späteren Zivilisation überliefert wurden, wie natürlich auch vom Corpus Delphinus. Diese Pyramide ist das einzige Zeugnis, dessen Existenz und Lebensdauer uns als Beweis dienen, daß vor einer Zeitspanne von, laß es mich so ausdrücken, ‹zehn Ägypten›, eine Menschenrasse lebte, deren Technologien all dem, was wir heute kennen, weit überlegen war. So fortgeschritten, daß es der Kultur ihrer Nachfolger zwanzigtausend Jahre kostete, um völlig zu verschwinden. Jene Leute, die Hoch-Atlantis zerstörten, taten ihr Bestes, um sämtliche Spuren zu verwischen. Aber es gelang ihnen nicht. Die Pyramide des Auges, zum Beispiel, ist unzerstörbar. Wobei es möglich sein könnte, daß sie sie gar nicht vernichten wollten.»

Mavis nickte düster. «Das ist ihr heiligster Schrein.»

«In anderen Worten», sagte George, «erzählt Ihr mir, daß die Leute, die Atlantis zerstörten, noch immer existieren. Besitzen sie heute noch die gleiche Macht wie damals?»

«Grundsätzlich schon», sagte Hagbard.

«Sind es die Illuminaten, von denen du mir erzählt hast?»

«Ja, Illuminaten oder Alte Illuminierte Seher von Bayern, wie sie sich ebenfalls nannten.»

«So begannen sie also nicht erst 1776 – sie reichen viel weiter zurück?»

«Stimmt», sagte Mavis.

«Aber warum hast du mir dann eine solch verlogene Geschichte über sie erzählt? Und warum zum Teufel haben sie dann nicht längst schon die Weltregierung übernommen, wenn sie so allmächtig sind? Als unsere Vorfahren noch Wilde waren, hätten sie sie doch bereits vollständig unterwerfen können.»

Hagbard erwiderte: «Ich habe dich belogen, weil der menschliche Verstand nur jeweils ein kleines bißchen Wahrheit auf einmal verkraften kann. Auch vollzieht sich die Einführung in den Diskordianismus stufenweise. Die Antwort auf die zweite Frage ist schon viel komplizierter. Es gibt dafür fünf Gründe. Erstens gibt es Organisationen wie die Diskordier, die fast ebenso mächtig sind und fast ebensoviel wissen wie die Illuminaten, und die in der Lage sind, ihnen einen Strich durch die Rechnung zu machen. Zweitens sind die Illuminaten eine zu kleine Gruppe, um die Vorteile einer kreativen Kreuzung zu genießen, die für jeden Fortschritt unabdingbar sind, und sie haben es nicht fertiggebracht, den Stand ihrer Technologie, den sie vor nunmehr fast dreißigtausend Jahren erreichten, zu übertreffen. Wie chinesische Mandarine. Drittens lähmen sie ihre Aktionen durch ihren eigenen abergläubischen Glauben, der sie von den anderen Atlantern absonderte. Wie ich dir sagte, gründeten sie der Welt erste Religion. Viertens sind die Illuminaten zu überzüchtet, skrupellos und dekadent, um die Weltregierung übernehmen zu wollen – sie amüsieren sich schon genug, mit der Welt zu *spielen*. Fünftens, die Illuminaten *regieren* die Welt und alles, was sich ereignet, ereignet sich nur mit ihrer Einwilligung.»

«Diese Gründe widersprechen sich aber», sagte George.

«Das liegt in der Natur des logischen Denkens. Alle Behauptungen oder Gründe sind teils wahr, teils unwahr und teils bedeutungslos.» Indem er das sagte, war Hagbard ernst und nachdenklich geworden.

Das U-Boot hatte, während sie noch sprachen, einen weiten Bogen beschrieben, und die Pyramide des Auges lag jetzt weit hinter ihnen. Das Auge selbst, das nach Osten blickte, war nicht länger sichtbar. George konnte unten die Ruinen mehrerer kleiner Städte erkennen, die zumeist Klippen krönten, die steil in dunklere Tiefen abfielen. Zweifellos hatten sie einst die Küste von Atlantis eingefaßt.

Hagbard sagte: «Ich habe einen Auftrag für dich, George. Er wird dir gefallen, und du wirst ihn sicherlich gern übernehmen. Doch wird es dich einige Anstrengungen kosten. Einzelheiten werden wir besprechen, wenn wir die Chesapeake-Bucht erreicht haben. Und nun laß uns runtergehen und einen Blick auf die Neuerwerbungen werfen.» Er betätigte einen Schalter. «FUCKUP, nimm deinen Finger aus dem Arsch und steuer diese Büchse mal für 'ne Weile.»

«Ich werde mir die Statuen später ansehen», sagte Mavis. «Im Augenblick habe ich anderes zu tun.»

George folgte Hagbard, bis sie in eine große Halle gelangten, die mit Marmorplatten ausgelegt war. In der Mitte der Halle drängte sich eine Gruppe von Männern und Frauen in quergestreiften Matrosenanzügen um vier hohe Statuen. Als Hagbard den Raum betrat, verstummten sie und traten zur Seite, um ihm einen freien Blick auf die Skulpturen zu gewähren. Der Boden um die Skulpturen war von einer Wasserlache bedeckt.

«Nicht trocken reiben», sagte Hagbard. «Jedes einzelne Molekül ist kostbar, so wie es ist, und je weniger man sie anrührt, desto besser.» Er trat etwas näher an die vorderste Statue heran und betrachtete sie lange. «Was sagst du dazu? Das ist weit jenseits von erlesen ... Kannst du dir ihre Kunstwerke *vor* der Katastrophe vorstellen? Und wenn man bedenkt, daß der ‹Ungebrochene Kreis› alle Spuren bis auf jene blöde Pyramide zerstörte ...»

«Die das bedeutendste Stück keramischer Technik in der gesamten Menschheitsgeschichte darstellt», sagte eine der Frauen. George sah sich nach Stella Maris um, aber sie war nicht anwesend.

«Wo ist Stella?» fragte er Hagbard.

«Sie ist oben und wird die Statuen später sehen.»

Die Skulpturen ähnelten keinerlei Kunstwerken jener Kulturen, die George kannte; was schließlich auch nicht zu erwarten war. Sie waren realistisch, phantasievoll und abstrakt-intellektuell in einem. Sie wiesen ähnliche Züge auf wie die Kunst der Mayas, der Ägypter und des klassischen Griechenland, darüber hinaus chinesischer und gotischer Kunst; vereint durch eine überraschend moderne Note. Das war Ur-Kunst, stellte George für sich fest; und es war ihm, als würde er einen Satz in der ersten von Menschen gesprochenen Sprache vernehmen, als er sie betrachtete.

Ein älterer Seemann zeigte auf die hinterste Statue. «Seht Euch dieses glückselige Lächeln an. Ich wette, es war eine Frau, die sich dies ausdachte. Das ist doch der Traum einer jeden Frau – total selbstgenügsam zu sein.»

«Für eine gewisse Zeit ja, Joshua», sagte die orientalische Frau, die vorher gesprochen hatte. «Aber nicht die ganze Zeit. Die, die mir besser gefällt, ist diese hier.» Sie zeigte auf eine andere Statue.

Hagbard lachte. «Du denkst, das ist nichts weiter als gesunder, schöner Oralgenitalismus, Tsu-hsi. Aber das Kind in den Armen der Frau ist der Sohn ohne Vater, der Selbst-Empfangene, und das Paar am

Sockel repräsentiert den Ungebrochenen Kreis des Gruad. Gewöhnlich ist es eine Schlange mit ihrem Schwanz im Rachen, doch in einigen der frühen Darstellungen wird sterile Begierde durch ein Paar in oraler sexueller Vereinigung symbolisiert. Die Ungeliebte Mutter stellt ihren Fuß auf den Kopf des Mannes, um zu zeigen, daß sie fleischliche Begierden überwunden hat. Diese Skulptur entspringt dem übelsten Kult von Atlantis. Er führte Menschenopfer ein. Zunächst praktizierten sie Kastration, doch dann gingen sie weiter und töteten die Männer, anstatt ihnen nur die Eier abzuschneiden. Später, als man begann, Frauen zu unterjochen, mußten Jungfrauen als Opfer herhalten.»

«Der Glorienschein um den Kopf des Kindes sieht aus wie das Friedenssymbol», sagte George.

«Leck mich am Arsch, Friedenssymbol ...», sagte Hagbard. «Das ist das älteste Symbol des Bösen überhaupt. Im Kult des Ungebrochenen Kreises war es natürlich das Symbol des Guten, aber das kommt aufs selbe hinaus.»

«So verschlagen konnten sie nun auch wieder nicht sein, wenn sie solche Kunstwerke wie diese Statuen hervorbrachten», beharrte die orientalische Frau.

«Würdest du die spanische Inquisition von einem Gemälde der Krippe in Bethlehem ableiten?» fragte Hagbard. «Sei doch nicht so naiv, Miss Mao ...» Er wandte sich wieder George zu. «Der Wert einer jeden Statue ist unschätzbar. Aber es gibt nur wenige Leute, die das wissen. Ich werde dich zu einem schicken, der es weiß – Robert Putney Drake. Einer der besten Kunstkenner auf der ganzen Welt und das Haupt des amerikanischen Zweiges des internationalen Verbrecher-Syndikats. Du wirst ihn mit einem Geschenk von mir besuchen – mit diesen vier Statuen. Die Illuminaten wollten seine Unterstützung mit dem Gold des Tempels von Tethys kaufen. Doch wir werden zuerst bei ihm sein.»

«Wenn sie nur vier Statuen brauchten, warum versuchten sie dann, gleich den ganzen Tempel zu heben?» fragte George.

«Ich glaube, sie wollten den Tempel zu ihrem Stützpunkt Agharti unter dem Himalaya schaffen. Ich selbst bin dem Tempel nie näher gewesen als heute morgen, vermute aber, daß er eine Schatzkammer aus der Zeit von Hoch-Atlantis ist. Und das würden sich die Illuminaten natürlich nicht gern entgehen lassen. Bisher gab es niemanden, der an dieser Stelle Zutritt zum Meeresboden hatte. Inzwischen hat sich das geändert, und ich kann jetzt ebensoleicht dorthin gelangen wie sie, und andere werden bald folgen. Verschiedene Nationen sowie eine ganze Reihe privater Gruppen entdecken und untersuchen in zunehmendem Maße die Unterwasserwelt. Es wird für die Illuminaten Zeit, alles wegzuschaffen, was von Hoch-Atlantis übrigblieb.»

«Glaubst du, sie werden die Stadt, die wir sahen, zerstören? Und was ist mit der Pyramide des Auges?»

Hagbard schüttelte den Kopf. «Nein, sie hätten gewiß nichts dagegen, daß Ruinen des späteren Atlantis gefunden würden. Da sie sowieso nicht sehr viel über die Existenz von Atlantis aussagen würden. Was aber die Pyramide des Auges betrifft, bereitet sie ihnen vermutlich ernsthafte Probleme. Zerstören können sie sie nicht, und selbst wenn sie es könnten, würden sie es wahrscheinlich nicht einmal wollen. Aber sie ist ein todsicherer Hinweis auf die Existenz einer Superzivilisation in der Vergangenheit.»

«Well», sagte George, der nicht die geringste Lust verspürte, den Kopf des amerikanischen Verbrecher-Syndikats kennenzulernen, «wir sollten umkehren und den Tempel von Tethys selbst heben, bevor die Illuminaten zugreifen.»

«Guter Gott», sagte Miss Mao. «Gerade jetzt ist der kritische Augenblick der Geschichte unserer Zivilisation; da haben wir keine Zeit mit Archäologie zu verplempern.»

«Er ist erst Legionär», sagte Hagbard. «Doch nach seiner Mission wird er den Gerechtesten kennen und Geweihter werden. Dann wird er mehr verstehen. George, ich möchte, daß du als Mittelsmann zwischen der Diskordischen Bewegung und dem Syndikat auftrittst. Du wirst Robert Putney Drake diese vier Statuen bringen und ihm sagen, daß es dort, wo diese herkommen, noch mehr gibt. Bitte Drake, seine Zusammenarbeit mit den Illuminaten aufzugeben, unsere Leute nicht weiter von der Polizei verfolgen zu lassen, wo immer er hinter ihnen her ist, und das Projekt der Politmorde, das er gemeinsam mit den Illuminaten ausarbeitete, fallenzulassen. Und als Vertrauensbeweis muß er in den nächsten vierundzwanzig Stunden vierundzwanzig Illuminaten-Agenten ins Gras beißen lassen. Ihre Namen werden in einem versiegelten Umschlag enthalten sein, den du ihm überreichen wirst.»

FÜNFEN. SEX. HIER IST WEISHEIT. Das Murmeln an der Brust ist das Murren eines Mannes.

Der Staatsanwalt Milo A. Flanagan stand auf dem Dach seines Wohnhochhaus-Kondominiums am Lake Shore Drive, in dem er lebte, und suchte den blaugrauen Lake Michigan mit einem starken Fernglas ab. Es war der 24. April, und das Projekt Thetys sollte abgeschlossen sein. Jeden Augenblick erwartete Flanagan etwas zu sichten, das wie jeder andere Frachter auf den Großen Seen aussah, der den Schleusen des Chicago River entgegenfuhr. Nur daß dieser einen zerlegten Tempel aus Atlantis in Kisten verpackt in seinen Frachträumen tragen würde. Das Schiff würde an einem roten, auf den Schornstein gemalten Dreieck zu erkennen sein.

Nach der Inspektion durch Flanagan (dessen Ordensname Bruder Johann Beghard war) und nachdem sein Bericht an die *Vigilance Lodge*, der nordamerikanischen Kommando-Zentrale, weitergeleitet worden war, würde der in Kisten verstaute Tempel flußabwärts nach St. Louis geschafft werden, von wo aus er, nach vorheriger Absprache mit dem Präsidenten der Vereinigten Staaten, unter Bewachung durch die US-Armee, auf Lastwagen verladen schließlich nach Fort Knox gelangen würde. Der Präsident wußte nicht, mit wem er verhandelte. Der CIA hatte ihn unterrichtet, daß die Gegenstände von der Livländischen National-Bewegung, heute hinter dem Eisernen Vorhang, stammten und daß die Kisten livländische Kunstschätze enthielten. Gewisse hohe Offiziere des CIA kannten die wahre Natur jener Organisation, die die US-Regierung unterstützte, denn sie waren Mitglieder davon. Das Syndikat bewahrte selbstverständlich drei Viertel ihres Goldes in Fort Knox auf (ohne Deckmäntelchen). «Wo könnte es wohl einen sichereren Ort geben?» hatte Robert Putney Drake einmal gefragt.

Aber der Frachter war nicht pünktlich. Der Wind zerrte an Flanagan, peitschte sein welliges, weißes Haar, die Ärmel seiner gut geschneiderten Jacke und seine Hosenbeine. Der gottverfluchte Wind von Chicago. Flanagan hatte sein Leben lang gegen ihn gekämpft. Er hatte den Mann aus ihm gemacht, der er heute war.

Der Polizeisergeant Otto Waterhouse erschien im Eingang zur Dachterrasse. Waterhouse gehörte zum persönlichen Stab Flanagans, das hieß, er wurde von der Polizei entlohnt, vom Syndikat und von einer dritten Stelle, die regelmäßig einen festgesetzten Betrag auf das Konto Otto Wasserhaus bei der Bayrischen Nationalbank überwies. Waterhouse war ein einsachtundachtzig großer Schwarzer, der seine eigenwillige Karriere bei der Polizei von Chicago gemacht hatte, indem er williger und eifriger als ein durchschnittlicher Sheriff aus Mississippi Angehörige seiner eigenen Rasse verfolgte, folterte und killte. Flanagan war schon früh auf Waterhouse' eiskalte, von Selbsthaß erfüllte Liebesaffäre mit dem Tod aufmerksam geworden und hatte ihn seinem Stab einverleibt.

«Eine Nachricht aus der CFR-Kommunikationszentrale in New

York», sagte Waterhouse. «Aus Ingolstadt wurde durchgegeben, daß das Projekt Tethys fehlschlug.»

Flanagan senkte das Fernglas und drehte sich zu Waterhouse um. Das rosige Gesicht des Staatsanwalts, mit seinen buschigen Salz- und-Pfeffer-Augenbrauen, war scharfsinnig und distinguiert, genau das Gesicht, für das die Leute ihre Stimme abgaben, vor allem hier in Chicago. Es war das Gesicht, das einst einem Jungen gehört hatte, der mit der Hamburger-Bande im irischen Getto in Chicagos Süden herumgezogen war, die nur so zum Vergnügen den Schwarzen, derer sie habhaft werden konnte, das Hirn mit Pflastersteinen zu Brei schlug. Es war ein Gesicht, das von jenen primitiven Anfängen zum Wissen um die vor zehntausend Jahren versunkenen Tempel gelangt war, um Spinnenschiffe und internationale Verschwörungen. Es war unauslöschlich von Milo A. Flanagans Vorfahren – von Galliern, Bretonen, Schotten, Pikten, Walisern und Iren – geprägt. Ungefähr um die Zeit, als der Tempel von Tethys im Meer versank, waren sie auf Anordnung von Agharti aus jenen dichten Wäldern, die heute das Wüstengebiet der Äußeren Mongolei bilden, ausgewandert. Doch war Flanagan nur ein Illuminat vierten Grades und nicht vollständig über die Geschichte aufgeklärt. Obwohl er kaum Emotionen zeigte, brannten tief in seinen Augen blauweiße Flammen von Wahnsinn. Waterhouse war einer der wenigen Leute in Chicago, die Flanagans unheilvollem Blick standhalten konnten.

«Wie ist es dazu gekommen?» fragte Flanagan.

«Sie wurden von Delphinen und einem unsichtbaren U-Boot angegriffen. Die Spinnenschiffe wurden alle zu Schrott geschlagen. *Zwack* griff ein, wurde aber durch Laserstrahlen beschädigt und zum Rückzug gezwungen.»

«Wie fanden sie heraus, daß wir Spinnenschiffe im Tempelgebiet hatten?»

«Vielleicht über die Delphine.»

Flanagan sah Waterhouse kalt und nachdenklich an. «Vielleicht ist es hier bei uns irgendwo durchgesickert, Otto. Es gibt aktive JAMs hier in der Stadt, mehr als sonstwo im ganzen Land. In der letzten Woche wurde Dillinger zweimal gesehen. Bei Gruad, wie sehr wünschte ich mir, ich könnte es sein, der ihn ein für allemal *richtig* fertigmachte! Was würde Hoovers Geist wohl dazu sagen, Otto?» Flanagan grinste eines seines seltenen, echten Lächelns und zeigte dabei seine vorstehenden Kaninchenzähne. «Wir wissen, daß es irgendwo im Norden der Stadt ein JAM-Kulturzentrum gibt. Irgend jemand hat während der letzten zehn Jahre regelmäßig Hostien aus der Kirche meines Bruders gestohlen – selbst dann, wenn ich bis zu dreißig Männer da draußen postiert hatte. Und mein Bruder sagt, daß es in den letzten fünf Jahren in seiner Gemeinde mehr Fälle von dämonischer Besessenheit gab als in der ganzen früheren Geschichte Chicagos. Eines unserer Medien hat über Emanationen der Alten Frau in diesem Gebiet berichtet; während des vergangenen Jahres mindestens einmal im Monat. Es ist schon lange her, seitdem so etwas auftrat. Sie könnten unter Umständen unsere Gedanken lesen, Otto. Und das könnte die undichte Stelle sein. Warum besorgen wir's denen nicht mal richtig?»

Waterhouse, der vor nur wenigen Jahren nichts Unkonventionelleres gekannt hatte, als Mord in «Tod bei Widersetzen gegen Verhaftung» zu verdrehen, sah Flanagan ganz ruhig an und sagte: «Wir brauchen zehn Medien fünften Grades, um das Pentagramm zu bilden, und wir haben nur sieben.»

Flanagan schüttelte den Kopf. «Es gibt siebzehn Fünfgradige in Europa, acht in Afrika und dreiundzwanzig über die restliche Welt verstreut. Die sollten uns ohne weiteres drei Medien für eine Woche abtreten können. Das wäre alles, was zu tun wäre.»

Waterhouse sagte: «Vielleicht hast du Feinde in den höheren Kreisen. Vielleicht gibt es jemanden, der es gern sähe, wenn's uns erwischte.»

«Warum zum Teufel, sagst du so was, Waterhouse?»

«Um dich zu verarschen, Mann!»

Acht Stockwerke tiefer, in einem Apartment, in dem regelmäßig Schwarze Messen abgehalten wurden, öffnete ein Hippie von der North Clark Street, Skip Lynch, die Augen und sah Simon Moon und Padre Pederastia an. «Die Zeit wird knapp», sagte er. «Wir müssen uns Flanagan vom Hals schaffen.»

«Für mich kann es gar nicht schnell genug gehen», sagte Padre Pederastia. «Hätte Daddy ihn nicht so über alles vorgezogen, wäre er heute der Priester und ich der Staatsanwalt.»

Simon nickte. «Aber dann würden wir dich an Stelle von Flanagan kaltmachen. Aber ich denke, George Dorn wird sich dieses Problems annehmen.»

Squinks? Alles fing mit den Squinks an – und dieser Satz beinhaltet mehr Wahrheit, als Sie, noch lange nachdem dieser Auftrag erledigt sein wird, realisieren werden, Mister Muldoon.

Es war die Nacht des 2. Februar 1776, und es war windig und dunkel in Ingolstadt; Adam Weishaupts Studierzimmer wirkte, mit seinen klappernden Fenstern und flackernden Kerzen, tatsächlich wie die Kulisse eines Frankenstein-Films, und der alte Adam selbst warf furchterregende Schatten, als er mit dem ihm eigenen schlurfenden Gang darin auf und ab ging. Sein eigener Schatten flößte ihm Furcht und Schrecken ein, ja, sogar ihm selbst, denn er war himmelhoch auf jenem neuen Hanfextrakt, das Kolmer ihm von seiner letzten Baghdad-Reise mitgebracht hatte. Um sich ein wenig abzukühlen, wiederholte er seine englische Vokabel-Übung und repetierte die neuen Wörter für diese Woche. «Tomahawk ... Succotash ... Squink. *Squink*?» Er lachte laut auf. Das Wort war eigentlich «Skunk», aber er hatte von dort nach «Squid» kurzgeschlossen, und «Squink» war dabei herausgekommen. Ein neues Wort: ein neues Konzept. Aber wie würde ein Squink wohl aussehen? Zweifellos wie ein Zwitter zwischen einem Oktopus und einem Skunk: es würde zehn Arme haben und zum *Himmel hoch* stinken. Ein entsetzlicher Gedanke: es erinnerte ihn in unangenehmer Weise an die Shoggoths in diesem verdammten *Necronomicon*, zu dessen Lektüre Kolmer ihn immer dann überreden wollte, wenn er stoned war; er meinte, das sei der einzige Zustand, in dem man es verstehen konnte.

Er schlurfte hinüber zu den Regalen, wo die Bücher über Schwarze Magie und Pornographie standen – die er, sardonisch genug, gleich neben seinen Bibelkommentaren aufgestellt hatte – und zog den verbotenen Band der Visionen des wahnsinnigen Poeten Adul Alhazred hervor. Er schlug die erste Zeichnung eines Shoggoth auf. Seltsam, dachte er, wie solch eine widerliche Kreatur, aus einem bestimmten Winkel betrachtet und vor allem wenn man high war, fast so aussah wie ein verrückt grinsendes Kaninchen. «Verdammter Hexen-Hase», gluckste er vor sich hin ...

Und dann schaltete er: die Shoggoth-Zeichnungen wurden von fünf Seiten eingerahmt ... auf allen Shoggoth-Zeichnungen fünf Seiten ... und «Squid» und «Skunk» hatten je fünf Buchstaben ...

Er hielt seine Hände hoch und sah auf seine jeweils fünf Finger und fing wieder an zu lachen. Auf einmal war ihm alles klar: das Zeichen der Hörner, indem man Zeige- und Mittelfinger zu einem V spreizt und die drei anderen Finger nach unten faltet: die Zwei, die Drei und ihre Vereinigung in der Fünf. Vater, Sohn und Heiliger Teufel ... die Dualität von Gut und Böse, die Trinität der Gottheit ... das Zweirad und das Dreirad ... Er lachte lauter und lauter und sah, trotz seines länglichen, schmalen Gesichts, wie eine der chinesischen Darstellungen des Lachenden Buddhas aus.

Und während die Gaskammern auf vollen Touren liefen, gab es andere Besonderheiten des Lagerlebens, die ebenfalls zur Endlösung beitrugen. In Auschwitz, zum Beispiel, kamen viele Lagerinsassen durch Schläge und andere Formen brutaler Behandlung ums Leben. Aber die allgemeine Vernachlässigung elementarster sanitärer und Gesundheits-Vorkehrungen zog die denkwürdigsten Ereignisse nach sich. Zuerst trat Fleckfieber auf, dann Paratyphus und Gürtelrose. Tuberkulose ging um und – für einige der Offiziere besonders belustigend – unheilbarer Durchfall, der bei vielen der Insassen zum Tode führte und sie noch im Sterben demütigte und degradierte. Auch unternahm man keinerlei Versuche, die allgegenwärtigen Ratten daran zu hindern, jene Insassen, die zu krank waren, sich zu verteidigen oder überhaupt zu bewegen, anzugreifen und anzunagen. Wangenbrand trat auf, eine Krankheit, die von Ärzten unseres Jahrhunderts noch nie registriert worden war und nur an Hand von Beschreibungen in alten Büchern erkannt werden konnte: als Resultat anhaltender Unterernährung frißt diese Krankheit Löcher in die Wangen, bis man durch sie hindurch die Zähne sehen kann. «*Vernichtung*», sagte ein Überlebender später, «ist das schrecklichste Wort in jeder Sprache.»

Auch die Azteken wurden gegen Ende ihrer Kultur stetig toller, die Zahl der Menschenopfer stieg rasant an, sie verdoppelten und verdreifachten die Tage des Jahres, an denen Blut vergossen werden mußte. Aber nichts konnte sie retten: genauso wie Eisenhowers Armee in Europa vorrückte, um die Öfen in Auschwitz zu löschen, bewegten sich Cortez' Schiffe der großen Pyramide zu, der Tlaloc-Statue, der Konfrontation.

Sieben Stunden nachdem Simon mit Padre Pederastia über George Dorn gesprochen hatte, landete ein golden bemalter Privatjet auf dem Kennedy International Airport. Vier schwere Kisten wurden mit Kränen aus dem Flugzeug gehievt und auf einen bereitstehenden Lastwagen mit der Aufschrift «GOLD & APPEL TRANSFERS» verladen. Ein junger Mann mit schulterlangem Haar, in einen modischen Cut und rotsamtenen Kniehosen mit flaschengrünen Strümpfen gekleidet, stieg aus dem Flugzeug und kletterte in die Fahrerkabine des Lastwagens. Schweigend saß er neben dem Fahrer, eine Aktenmappe aus Alligatorenleder auf seinem Schoß.

Der Fahrer, Tobias Knight, behielt seine Gedanken für sich und stellte keine Fragen.

George Dorn hatte Angst. Es war ein Gefühl, an das er sich gewöhnte, so gewöhnte, daß ihn nichts mehr davor zurückhielt, die wahnwitzigsten Sachen zu unternehmen. Außerdem hatte ihm Hagbard einen Talisman mitgegeben, der ihn hundertprozentig vor Unheil bewahren würde. George zog ihn aus der Tasche und betrachtete ihn noch einmal, neugierig und mit schwacher Hoffnung. Es war eine golden bedruckte Karte mit den sonderbaren Zeichen:

[Symbole]

Wahrscheinlich war es nichts weiter als noch einer von Hagbards Scherzen, dachte sich George. Vielleicht hieß es nur «Tritt diesem Idioten in den Arsch» auf etruskisch. Hagbards Weigerung, die Karte zu übersetzen, schien bereits auf eine solche Celinesche Ironie hinzuweisen, und dennoch war er sehr nüchtern diesen Symbolen gegenüber gewesen, seine Haltung schien fast religiös andächtig, als er George die Karte überreicht hatte.

Eines stand fest: George hatte noch immer Angst, aber die Angst lähmte ihn nicht mehr. Wäre ich mit meiner Angst ein paar Jahre früher auch schon so gleichgültig umgegangen, gäbe es jetzt in New York einen Bullen weniger. Und wahrscheinlich säße ich dann jetzt auch nicht hier. Nein, das stimmt auch nicht. Ich hätte Carlo gesagt, er könne mich mal. Ich hätte mich von der Angst, Hasenfuß genannt zu werden, nicht aufhalten lassen. George hatte Schiß gehabt, als er nach Mad Dog ging, als Harry Coin versucht hatte, ihn in den Arsch zu ficken, als Harry Coin kaltgemacht wurde, als er aus dem Mad Dog Jail befreit wurde, als er seinen eigenen Tod in dem Moment sah, als es ihm kam, und als die Spinnenschiffe der Illuminaten die *Lief Erickson* angegriffen hatten. Schiß zu haben schien für ihn ein ganz normaler Zustand zu werden.

So. Und jetzt war er drauf und dran, den Mann kennenzulernen, der das organisierte Verbrechertum in den Vereinigten Staaten kontrollierte. Über das Syndikat und die Mafia wußte er so gut wie gar nichts, und dem bißchen, das er wußte, schenkte er lieber keinen Glauben, das waren sowieso alles Mythen. Während George sich auf den Flug vorbereitet hatte, hatte Hagbard ihm noch ein paar wenige Informationen gegeben. Aber das einzige, dessen er sich völlig sicher war, war die Tatsache, daß er sich ungeschützt zu Leuten begab, die Menschenleben ebenso bedenkenlos auslöschten wie eine Hausfrau Silberfischchen zertrat. Und mit solchen Leuten sollte er verhandeln ... Das Syndikat hatte bis jetzt mit den Illuminaten zusammengearbeitet. Nun sollten sie umschwenken und auf Georges Geheiß mit den Diskordiern kooperieren. Unterstützt freilich von den vier unbezahlbaren Statuen. Aber, was würden Robert Putney Drake und Federico Maldonado sagen, wenn sie erfuhren, daß diese Statuen vom Grunde des Ozeans, aus den Ruinen von Atlantis geborgen worden waren? Wahrscheinlich würden sie ihrer Skepsis mit Pistolen Ausdruck verleihen und George an den Ort zurückschicken, von dem er behauptete, daß er der Fundort jener Kunstwerke war.

«Warum ausgerechnet ich?» hatte George gefragt.

«Warum ausgerechnet ich?» hatte Hagbard ihn lächelnd nachgeäfft. «Die alte Frage, die der Soldat stellt, wenn ihm die feindlichen Kugeln um den Kopf pfeifen; die der unbescholtene Hausbesitzer stellt, wenn der besessene Mörder mit dem Jagdmesser in der Hand in die Küche stürmt; die die Frau stellt, die ein totes Baby zur Welt gebracht hat; die der Prophet stellt, dem gerade eine Offenbarung durch Gottes Wort widerfuhr; die der Künstler stellt, weil er weiß, daß sein letztes Gemälde das Werk eines Genies ist. Warum ausgerechnet du? Weil es dich gibt, Narr! Weil irgendwas mit dir geschehen muß. O. K.?»

«Und wenn ich die ganze Sache versaue? Ich weiß nichts über deine Organisation, noch über das Syndikat. Wenn die Zeiten kritisch sind, wie du sagst, ist es hirnverbrannt, jemanden wie mir einen solchen Auftrag anzuvertrauen. Ich habe keinerlei Erfahrung mit solchen Leuten.»

Hagbard schüttelte ungeduldig den Kopf. «Du unterschätzt dich selbst. Nur weil du jung und ängstlich bist, glaubst du, du kannst nicht mit Leuten reden. Das ist Unsinn. Und es ist nicht typisch für deine Generation; deshalb solltest du dich noch mehr schämen. Außerdem besitzt du bereits Erfahrung mit Leuten, die viel schlimmer sind als Drake und Maldonado. Du verbrachtest immerhin einen Teil der Nacht in einer Zelle mit dem Mann, der John F. Kennedy umbrachte.»

«Was?!» George spürte, wie er bleich wurde und hatte das Gefühl, ohnmächtig zu werden.

«Klar», sagte Hagbard wie nebenbei. «Joe Malik tat schon recht daran, dich nach Mad Dog zu schicken, weiß du.»

Und dann versicherte Hagbard ihm, daß er völlig frei entscheiden könne, die Mission anzunehmen oder abzulehnen, wenn er keine Lust dazu hätte. Und George antwortete, er würde sie aus dem gleichen Grund annehmen, aus dem er eingewilligt hatte, Hagbard in seinem *goldenen U-Boot zu begleiten. Weil er wußte, daß nur ein Dummkopf sich eine solche Gelegenheit entgehen lassen würde.*

Nach zweistündiger Fahrt erreichten sie die Ausläufer von Blue Point, Long Island, und den Eingang zu Drakes Grundstück. Zwei untersetzte Männer in grünen Coveralls durchsuchten George und den Fahrer, hielten ein glockenförmiges Stück Rohr an den Lkw, lasen ein paar Instrumente ab und ließen sie dann durch. Sie fuhren eine gewundene, schmale Asphaltstraße entlang, durch einen Wald hindurch, der das erste Grün des anbrechenden Frühlings verriet. Schattenhafte Figuren strichen zwischen den Bäumen einher. Plötzlich trat die Straße aus dem Wald heraus und führte zwischen Wiesen weiter und in einer sanften Schleife hinauf zum Gipfel eines Hügels, der von Häusern gekrönt wurde. Vom Waldrand aus sah George vier geräumige, gemütlich wirkende Häuser mit je drei Stockwerken. Es waren Backsteinhäuser, die in Pastelltönen angestrichen waren und auf der Hügelkuppe einen Halbkreis formten. Das Gras auf der Wiese war sehr kurz gehalten und ging auf halbem Wege zu den Häusern in einen äußerst gepflegten Rasen über. Der Wald deckte die Häuser von der Straße her, die Wiesen machten es jedem Eindringling unmöglich, sich ungesehen den Häusern zu nähern, und die Häuser selbst bildeten in sich eine Art Festung.

Der Gold & Appel-Lkw folgte der Straße, die zwischen zwei Häusern durchführte, und überfuhr zwei Schlitze; wahrscheinlich konnte ein Teil der Straße hydraulisch gehoben werden, um eine Barriere zu bilden. Auf ein Zeichen von zwei in Khaki gekleideten Männern hielt der Lkw an. George konnte jetzt sehen, daß die Festung des Syndikats aus ingesamt acht Häusern bestand, die ein Oktagon um ein Rasenstück in der Mitte bildeten. Jedes Haus hatte seinen eigenen, umzäunten Hof, und George stellte mit Erstaunen fest, daß vor mehreren Häusern Spielgeräte für Kinder aufgestellt waren. Im Mittelpunkt der Anlage war ein hoher Fahnenmast aufgestellt, von dem die amerikanische Flagge wehte.

George und der Fahrer stiegen aus der Kabine. George wies sich aus und wurde ans andere Ende der Häuseranlage geführt. George sah, daß der Hügel an dieser Seite viel steiler abfiel. Er endete unten in einem mit großen Steinen übersäten Strand, der von mächtigen Brandungswogen überspült wurde. Ein schöner Ausblick, dachte George. Und verdammt sicher. Die einzige Möglichkeit, wie Drakes Feinde an ihn herankommen könnten, bestand wahrscheinlich darin, sein Haus von einem Zerstörer aus mit Granaten zu belegen.

Ein schlanker, blonder Mann – mindestens in den Sechzigern, vielleicht auch in gut erhaltenen Siebzigern – schritt die Treppe des Hauses hinab, dem George sich näherte. Er besaß eine konkave Nase, die in einer scharfen Spitze endete, ein kräftiges, gespaltenes Kinn, und eisblaue Augen. Er schüttelte George kräftig die Hand.

«*High*. Ich bin Drake. Die anderen warten drinnen. Kommen Sie. Oh – ist es O. K., wenn wir den Lkw sogleich entladen?» Er warf George einen scharfen Blick zu, den scharfen Blick eines Vogels. George realisierte mit einem sinkenden Gefühl, daß Drake damit andeutete, sie behielten die Statuen in jedem Fall, ob ein Abkommen zustande kam oder nicht. Warum sollten sie eigentlich auch die Unannehmlichkeiten eines Seitenwechsels in diesem Untergrundkrieg auf sich nehmen? Aber er nickte trotzdem zustimmend.

«Sie sind noch recht jung, stimmt's?» sagte Drake, indem sie das Haus betraten. «Aber so ist es heute eben; die Jungen müssen Männerarbeit leisten.» Das Innere des Hauses machte einen komfortablen Eindruck, war aber nicht außergewöhnlich luxuriös eingerichtet. Die Teppiche waren dick, das Mobiliar schwer und dunkel, wahrscheinlich alles echte, antiquarische Stücke. George konnte sich nicht vorstellen, wie die Atlantischen Statuen hier ins Bild passen würden. Am Ende der Treppe, die nach oben führte, hing das Gemälde einer Frau, die eine gewisse Ähnlichkeit mit Queen Elizabeth II. aufwies. Sie trug ein weißes Kleid und Diamanten um Hals und Handgelenke. Neben ihr standen zwei zarte, blonde Knaben in marineblauen Anzügen und weißen Satin-Krawatten und blickten versonnen aus dem Gemälde heraus.

«Meine Frau und meine zwei Söhne», sagte Drake lächelnd.

Sie betraten ein großes Arbeitszimmer, ausgestattet mit Mahagoni-Möbeln, eicherner Wandtäfelung, ledergebundenen Büchern und mit roten und grünen lederbezogenen Fauteuils. Theodore Roosevelt würde es angehimmelt haben, dachte George. Über dem Schreibtisch hing das Gemälde eines Mannes in elisabethanischem Gewand. Er hielt eine Kegelkugel in der Hand und blickte herablassend auf einen Boten, der aufs Meer hinaus zeigte. Im Hintergrund waren Segelschiffe sichtbar.

«Ein Vorfahre», erläuterte Drake einfach.

Er drückte auf einen Knopf in einer Vertiefung seines Schreibtisches. Eine Tür öffnete sich und zwei Männer traten ein; der erste ein junger, hochaufgewachsener Chinese mit knochigem Gesicht und widerspenstigem, schwarzen Haar, der zweite ein kleiner, schmächtiger Mann, der eine gewisse Ähnlichkeit mit Papst Paul VI. aufwies.

«Don Federico Maldonado, ein Mann größter Verdienste», sagte Drake. «Und Richard Jung, mein Chef-Berater.» George schüttelte beiden die Hände. Er konnte nicht verstehen, warum Maldonado als «Banana Nose» bekannt war; seine Nase gehörte zur großen Kategorie, hatte aber kaum Ähnlichkeit mit einer Banane, eher mit einer Aubergine. Der Name mußte ein Beispiel niederen sizilianischen Humors sein. Die beiden Männer ließen sich auf einer roten Ledercouch nieder. George und Drake ließen sich ihnen gegenüber in zwei Sessel sinken.

«Und wie geht es meinen bevorzugten Musikanten?» ließ Jung sich herzlich vernehmen.

War das eine Art Losungswort? Über eines war George sich im klaren: sein Überleben hing einzig und allein davon ab, diesen Leuten gegenüber absolut ehrlich und aufrichtig zu sein. So sagte er, etwas ungewiß: «Ich weiß es nicht. Wer sind Ihre bevorzugten Musiker?»

Jung lächelte zurück, sagte kein Wort, bis George, dem das Herz fast im Halse klopfte wie einem Hamster, der voller Verzweiflung versucht, das Ende der Tretmühle zu finden, in seine Aktenmappe griff und das Pergament mit der Namensliste hervorzog.

«Das hier», sagte er, «ist das Übereinkommen, wie die Leute, die ich repräsentiere, es vorschlagen.» Er übergab es Drake. Maldonado stierte ihn fest und ausdruckslos an. Höchst entnervend, fand George. Die Augen dieses Mannes sahen wirklich aus, als seien sie aus Glas. Sein Gesicht glich einer Wachsmaske. George fand, er sah nicht anders aus als eine wächserne Nachbildung Papst Pauls VI., die aus Madame Tussauds Kabinett gestohlen und in den Anzug eines Geschäftsmanns gesteckt, zum Leben erweckt worden war und jetzt als Kopf der Mafia diente. George hatte schon immer etwas Hexenhaftes bei den Sizilianern vermutet.

«Unterzeichnen wir das mit Blut?» sagte Drake, indem er die Goldschnur um das Pergament löste und es entrollte.

George lachte nervös. «Feder und Tinte werden gut genug sein.»

Sauls zornige, triumphierende Augen starren in meine, und ich blicke schuldbewußt zur Seite. *Lassen Sie mich erklären*, sage ich verzweifelt. *Ich will Ihnen wirklich helfen. Ihr Verstand ist eine Bombe.*

«Was Weishaupt in jener Nacht des 2. Februar 1776 entdeckte», erklärte Hagbard Celine 1973 Joe Malik, an einem klaren Herbsttag in Miami, etwa zur gleichen Zeit, als Captain Tequilla y Mota Luttwaks Abhandlung über den Staatsstreich las und seine ersten Anstrengungen unternahm, Offiziere zu gewinnen, mit denen er dann später die

Macht in Fernando Poo übernehmen sollte, «bestand im Grunde genommen aus nichts anderem als einem einfachen mathematischen Verhältnis. Es ist in der Tat so einfach, daß die meisten Verwaltungsbeamten und Bürokraten es nicht einmal bemerken. Genauso wie der Hausbesitzer die kleine Termite nicht eher bemerkt, als bis es zu spät ist ... Hier, nimm dieses Blatt und find's mal für dich selbst heraus. Wie viele Permutationen sind in einem System aus vier Elementen möglich?»

Joe erinnerte sich seines mathematischen Schulwissens und schrieb $4 \times 3 \times 2 \times 1$ und las die Antwort laut vor «Vierundzwanzig».

«Und wenn du selbst eines der Elemente bist, würde die Zahl der Koalitionen – oder um es düsterer auszudrücken, Verschwörungen –, denen du dich konfrontiert sehen könntest, dreiundzwanzig sein. Trotz Simon Moons manischen Versessenseins auf diese Zahl hat sie keinerlei mystische Bedeutung.» Und er fügte rasch hinzu: «Betrachte es einfach mal vom Pragmatischen her – es ist die Zahl möglicher Verbindungen, die das Gehirn leicht speichern und über die es verfügen kann. Aber angenommen, das System besteht aus fünf Elementen ...?»

Joe schrieb $5 \times 4 \times 3 \times 2 \times 1$ und las laut: «Einhundertzwanzig.»

«Siehst du? Man begegnet ständig Sprüngen dieser Größenordnung, wenn man sich mit Permutationen und Kombinationen befaßt. Aber, wie ich schon sagte, sind sich Beamte dessen in der Regel nicht bewußt. Korzybski wies bereits Anfang der dreißiger Jahre darauf hin, daß niemand jemals mehr als vier Untergebene *direkt* überwachen sollte, weil die vierundzwanzig möglichen Koalitionen, die das normale Büroleben hervorbringen kann, ausreichen, um das Gehirn genügend zu strapazieren. Wenn es auf hundertzwanzig springt, ist der arme Beamte erledigt. Das zeigt in seiner Essenz den soziologischen Aspekt des mysteriösen Gesetzes der Fünf. Die Illuminaten haben in jeder Nation immer fünf Führer, und fünf internationale Illuminati Primi überwachen alle von ihnen zusammen, aber jeder von ihnen zieht seine eigene Schau ab, mehr oder weniger unabhängig von den anderen; was sie vereint, ist lediglich ihr gemeinsames Engagement auf das Ziel des Gruad.» Hagbard machte eine Pause, um seine lange schwarze, italienische Zigarre wieder anzuzünden.

«Versetze dich nun mal in die Lage des Chefs irgendeiner Spionageabwehr», fuhr Hagbard fort. «Stell dir zum Beispiel einmal vor, du seist der arme alte McCone vom CIA, in dem Moment, wo der erste aus der Neuen Welle politischer Morde der Illuminaten passierte, vor zehn Jahren, also 1963. Oswald war, wie es damals schon jeder wußte, Doppelagent. Die Russen hätten ihn niemals aus Rußland ausreisen lassen ohne seine Zusage, ‹kleine Jobs› zu verrichten, wie es in jener Sparte genannt wird, und wenn auch nur als ‹Schläfer›. Ein ‹Schläfer› ist jemand, der die meiste Zeit einer normalen Beschäftigung nachgeht und nur gelegentlich gerufen wird, wenn er sich zur rechten Zeit am rechten Ort befindet, um einen jener ‹kleinen Jobs› zu erledigen. Natürlich ist das in Washington bekannt: man weiß, daß kein Ausgebürgerter jemals ohne eine solche Übereinkunft aus Moskau zurückkehrt. Und Moskau ist informiert, was umgekehrt passiert: daß das Außenministerium niemanden ins Land zurückkehren läßt, ohne daß er eine ähnliche Abmachung mit dem CIA eingeht. Und dann: 22. November; Dealey Plaza – *Bangh!* die Scheiße läuft in den Ventilator... Moskau und Washington wollen beide so schnell wie möglich wissen, für welche Seite er arbeitete, als er zuschlug; oder war es vielleicht sogar seine eigene Idee? Zwei weitere Möglichkeiten zeichnen sich ab: könnte ein Einzelgänger wie er, mit solch verschrobenen politischen Ansichten, nicht auch von den Kubanern oder den Chinesen angeheuert worden sein? Und dann der Knüller: wie, wenn er gar unschuldig wäre? Könnte nicht gar eine dritte Gruppe – nennen wir sie Macht X – die ganze Sache inszeniert haben? Also, nun hat es jetzt den KGB, den CIA, den FBI, und wen nicht noch alles, die sich beim Herumschnüffeln in New Orleans und Dallas gegenseitig auf die Füße treten. Und Macht X kommt dabei schließlich immer weniger als Anstifter in Frage, weil ihre Existenz einfach immer unwahrscheinlicher wird. Sie ist unwahrscheinlich, weil sie keine Form, nichts Sichtbares, kurz, nichts besitzt, das faßbar wäre. Der Grund liegt ganz einfach darin, daß sich hinter Macht X niemand anderes verbirgt als die Illuminaten, die durch fünf Führer mit fünf mal vier mal drei mal zwei mal eins wirken, oder hundertzwanzig verschiedenen Vektoren. Eine Verschwörung mit hundertzwanzig Vektoren sieht nicht mehr wie eine Verschwörung aus: sie sieht wie ein Chaos aus. Der menschliche Verstand kann das nicht begreifen, also erklärt man sie für nicht existent. Du siehst, daß die Illuminaten immer sorgsam darauf bedacht sind, bei jenen hundertzwanzig Vektoren einen Zufallsfaktor einzusetzen. Es bestand für sie nun wirklich nicht die Notwendigkeit, gleich *beide* anzuwerben, die Organisatoren der Umweltschutz-Bewegung *und* die Geschäftsführer jener Industriezweige, die als Umweltverschmutzer an erster Stelle stehen. Aber sie taten's, um Ambivalenz zu schaffen. Ausnahmslos *jeder*, der versucht, ihre Arbeitsweise zu beschreiben, muß anderen als Paranoiker erscheinen. Was das Ganze noch festigte», schloß Hagbard, «war ein wirklicher Glückstreffer für Weishaupt und seine Gang: Es gab da zwei weitere Elemente, die ihre Hände mit im Spiel hatten, was niemand geplant oder vorausgesehen hatte. Eines war das Syndikat.»

«Es fängt immer mit Nonsens an», sagte Simon zu Joe, auf einer anderen Zeitspur, 1969, zwischen Los Angeles und San Francisco. «Weishaupt entdeckte das Gesetz der Fünf, als er stoned war und eines jener Shoggoth-Bilder betrachtete, die du in Arkham sahst. Er sah den Shoggoth als ein Kaninchen und sagte: ‹Du elender Hexen-Hase›, ein Ausspruch, der als Insider-Witz der Illuminaten in Hollywood noch heute im Umlauf ist. In den Bugs Bunny Comics läuft es unter: ‹Du Nalunken-Nase!› Aber in dieser Schizo-Mixtur aus Halluzination und Logomanie entdeckte Weishaupt zweierlei, die mystische Bedeutung der Fünf und ihre praktische Anwendung in der internationalen Spionage, bei der darüber hinaus führende Permutationen und Kombinationen benutzt werden, die ich dir erklären werde, wenn wir Bleistift und Papier zur Hand haben. Dieselbe Mixtur aus Offenbarung und Vortäuschung ist schon immer die Sprache der Superbewußten gewesen, wann immer du damit in Kontakt kommst, sei es durch Magie, Religion, Psychedelika, Yoga oder eine spontane Geistes-Nova. Vielleicht entsteht die Vortäuschung oder der Nonsens durch Kontamination mit dem Unbewußten. Ich weiß nicht. Aber es ist immer gegenwärtig. Deshalb entdecken seriöse Leute niemals irgend etwas von Bedeutung.»

«Du meinst die Mafia?» fragte Joe.

«Was? Ich habe doch nichts von der Mafia gesagt. Bist du schon wieder auf einer anderen Zeitspur?»

«Nein, nicht die Mafia allein», sagte Hagbard. «Das Syndikat ist viel mächtiger als die Maf.» Der Raum kommt wieder scharf ins Bild: es ist ein Restaurant. Ein Fischrestaurant. An der Bicayne Avenue, gegenüber der Bucht. In Miami. 1973. Die Wände sind mit Meeresmotiven bemalt, ein riesiger Oktopus eingeschlossen. Hagbard hatte diesen Treffpunkt zweifellos deshalb gewählt, weil er das Dekor liebte. Einige Idioten denken, er sei Captain Nemo. Aber: wir müssen uns einfach mit ihm abgeben. Wie John immer sagt, die JAMs schaffen's nicht allein. Hagbard grinste, er schien Joes Rückkehr in die Jetztzeit zu bemerken. «Du erreichst gerade ein kritisches Stadium», sagte er und wechselte das Thema. «Du kennst jetzt diese beiden Zustände: das High mit Drogen und das High ohne Drogen. Das ist schon mal sehr gut. Aber wie ich bereits sagte, das Syndikat ist mehr als nur die Maf. Das einzige Syndikat bis zum 23. Oktober 1935 war natürlich die Mafia. Aber dann legten sie den Dutchman um, und ein junger Psychologiestudent, der zufällig ein Psychopath war, mit einem irrsinnigen Machttrieb wie Dschingis Khan wurde beauftragt, einen Bericht darüber zu erstellen, wie die letzten Worte von Dutch Schultz die Ähnlichkeit zwischen somatischem Schaden und Schizophrenie illustrieren. Als die Polizei ihn interviewte, lag der Dutchman mit einer Kugel im Bauch im Bett; sie nahmen alles, was er sagte, auf, aber oberflächlich betrachtet war alles nur Gesabbel. Der Psychologiestudent schrieb den Bericht, wie der Professor es von ihm erwartete, und bekam eine *Eins* – aber er formulierte auch noch eine andere Interpretation der Worte des Dutch, für seine eigenen Zwecke. Kopien davon bewahrte er in verschiedenen Banktresoren auf – er entstammte einer der ältesten Bankiersfamilien Neu-Englands und stand zu jenem Zeitpunkt unter dem Druck seiner Familie, die Psychologie aufzugeben und das Bankenwesen zu studieren. Sein Name war ...?

(Robert Putney Drake unternahm 1935 eine Reise nach Zürich. Er begegnete Carl Jung und unterhielt sich mit ihm über Archetypen kollektiven Bewußtseins, das *I Ging* und das Prinzip der Synchronizität. Er sprach mit Leuten, die James Joyce gekannt hatten, bevor dieses trunkene irische Genie nach Paris übergesiedelt war, und erfuhr Einzelheiten über Joyces' trunkenen Anspruch, ein Prophet zu sein. Er las die bereits gedruckten Teile von *Finnegans Wake* und kehrte zu weiteren Gesprächen mit Jung in die Schweiz zurück. Anschließend traf er Hermann Hesse, Paul Klee und die anderen Mitglieder der Östlichen Bruderschaft und nahm gemeinsam mit ihnen an einer Meskalinsitzung teil. Etwa um diee Zeit erreichte ihn ein Brief seines Vaters, in dem dieser ihn fragte, wann er endlich aufhören würde, seine Zeit zu vergeuden, und an die Harvard Business School zurückkehre. Er erwiderte in einem Brief, daß er zum Herbstsemester zurückkäme, aber nicht um Wirtschaftswissenschaften zu studieren. Beinahe wäre ein großer Psychologe geboren worden, und Harvard hätte seinen Timothy Leary-Skandal schon dreißig Jahre früher haben können.

Hätte es nicht Drakes Machtbetrieb gegeben.)

I. DER FAUST-PFAFFE, SINGULAR. Einen Napalm-Eiscocktail für How Chow Mein, den Unglückskeks.

Josephine Malik liegt zitternd auf dem Bett und versucht tapfer zu sein, versucht ihre Angst zu verbergen. Wo ist die Maske der Maskulinität geblieben?

Es gibt nur eine Möglichkeit, die Vorstellung, du seist ein Mann, in einem Frauenkörper gefangen, zu kurieren. Würde man meine Methoden kennen, hätte man mich wahrscheinlich schon längst aus der Amerikanischen Psychoanalytischen Gesellschaft rausgeschmissen. Ich hatte schon einmal Schwierigkeiten mit ihnen, als einer meiner Patienten seinen Ödipuskomplex dadurch kurierte, indem er seine Mutter fickte und sich dabei, wie die Semantiker es ausdrücken würden, ins Bewußtsein brachte, daß sie wirklich eine alte Dame und nicht die Frau war, derer er sich aus seiner Kindheit erinnerte. Nichtsdestoweniger spielt die ganze Welt verrückt, mein armes Kind, und wir müssen endlich Maßnahmen ergreifen, um die letzten Spuren geistigen Normalseins, der wir bei einem Patienten noch begegnen, zu bewahren. *(Der Psychiater hat sich inzwischen seiner Kleider entledigt und legt sich zu ihr aufs Bett.)* Nun, mein kleines, verängstigtes Täubchen, werde ich dich davon überzeugen, daß du eine richtige, gottgefällige Frau bist...

Josephine fühlt seinen Finger in ihrer Scheide und schreit. Nicht wegen der Berührung: wegen der Wirklichkeit der Berührung. Sie hatte bis dahin nicht geglaubt, daß die Veränderung wirklich vollzogen war.

Weishaupt bridge is falling down
Falling down
Falling down

Und moderne Romane laufen ganz genauso ab: Im Christlichen Verein Junger Männer in der Atlantis Avenue in Brooklyn steht ein Mann namens Chaney am Fenster (kein Verwandter der Chaney-Filmemacher), blickt auf den Radiosendemast auf dem Dach der Brooklyn Technical High School und bereitet sein pornographisches Tarot-Spiel auf dem Bett aus. Er stellt fest, daß eine Karte fehlt. Rasch legt er sie in der richtigen Reihenfolge aneinander und sucht die fehlende Karte: es ist die Fünf der Münzen. Leise flucht er vor sich hin: das war eine seiner bevorzugten Orgien-Vorlagen.

Rebecca. Der Bernhardiner.

«In Ihrem Kopf ist wahrscheinlich alles durcheinandergeraten», fuhr ich wütend fort, weil unser Plan durchkreuzt worden war und ich jetzt dringend sein Vertrauen brauchte, welches ich in keiner Weise verdient hatte. «Wir haben Sie desintoxiert und enthypnotisiert, aber Sie können uns höchstwahrscheinlich nicht einmal erzählen, wo die Illuminaten aufgehört haben und wo wir Sie gerettet und mit der entgegengesetzten Behandlung eingesetzt haben. Wir rechnen damit, daß Sie innerhalb der nächsten vierundzwanzig Stunden ‹explodieren› und wir setzen die einzig mögliche Technik ein, den Prozeß zu entschärfen.»

«Warum höre ich alles doppelt?» fragte Saul, zwischen argwöhnischem Skeptizismus und dem Gefühl schwankend, daß Malik nicht mehr spielte, sondern verzweifelt bemüht war, ihm zu helfen.

«Das Zeug, das man Ihnen verabreichte, war ein MDA-Derivat mit hochprozentigem Anteil an Meskalin und Methedrin. Diese Mischung verursacht mindestens zweiundsiebzig Stunden lang den Echoeffekt, den Sie gerade verspüren. Sie hören alles, was ich sagen will, bereits bevor ich es sage und noch einmal, wenn ich es wirklich sage. Das wird in ein paar Minuten vorüber sein, aber etwa jede halbe Stunde erneut auftreten und das den ganzen nächsten Tag lang. Am Ende dieser Kette folgt dann eine Psychose ... es sei denn, wir können es rechtzeitig stoppen.» «Es sei denn, wir können es rechtzeitig stoppen.»

«Es läßt jetzt etwas nach», sagte Saul vorsichtig. «Dieses Mal ist das Echo schon etwas schwächer. Ich weiß immer noch nicht, ob ich Ihnen vertrauen kann. Warum haben Sie versucht, Barney Muldoon aus mir zu machen?»

«Weil die psychische Explosion sich auf Saul Goodmans Zeitspur ereignet, nicht auf Barney Muldoons.»

Zehn große Rhinozerosse, elf große Rhinozerosse ...

«Du Nalunken-Nase», flüstert Simon ins Guckloch. Sofort wird die Tür geöffnet und ein grinsender junger Mann im typischen Frisco-Look, Jesushaar und -barttracht, sagt: «Willkommen in der Joshua Norton Cabal.» Joe nimmt mit Erleichterung zur Kenntnis, daß es sich um einen ganz normalen, aber untypisch sauberen Hippie-Treffpunkt handelte und es keine jener finsteren Ausstattungsgegenstände wie beim Lake Shore Drive-Hexensabbat gab. Im selben Augenblick hört er den komischen Kerl im Bett fragen: «Warum haben Sie versucht, Barney Muldoon aus mir zu machen?» *«Mein Gott, jetzt passiert's sogar schon im Wachzustand ...»* Simu-multi-tan hört er die Alarmglocke und schreit: «Die Illuminaten greifen an!»

«Dieses Gebäude hier angreifen?» fragt Saul völlig konfus.

«Gebäude? Mann, du bist in einem U-Boot. An Bord der *Lief Erickson*, auf dem Weg nach Atlantis!»

Zwanzig große Rhinozerosse, einundzwanzig große Rhinozerosse ...

«Nummer siebzehn», liest Professor Curve. «‹Das Gesetz und die Anarchisten werden dem Volk einen speedigen Cadillac bescheren›.»

Die ganzen Helen Hokinson-Typen sind heute unterwegs. Gerade haut mich wieder eine an; für den Marsch der Mütter gegen Schuppen. Ich geb ihr 'n Vierteldollar.

1923 war übrigens ein sehr interessantes Jahr für den Okkultismus. Nicht nur, daß Hitler den Iluminaten beitrat und den Putsch von München versuchte; indem ich im Buch von Charles Fort blätterte, fand ich noch ein paar andere, ziemlich bemerkenswerte Tatsachen. Am 17. März – was sich nicht nur in unsere 17–23-Korrelation einfügt, sondern auch der Jahrestag der Niederschlagung der Revolution von Kronstadt ist, der Tag, an dem 1966 die Nelson-Statue in Dublin durch einen Bombenanschlag beschädigt wurde und natürlich auch der heilige St. Patricks-Tag – wurde ein nackter junger Mann beobachtet, der auf unbeschreibliche und mysteriöse Weise auf dem Grundstück Lord Caervarvons herumlief. In der Zwischenzeit starb Lord Caervarvon selbst in Ägypten – man sagte, er sei dem Fluch des Tut-Ench-Ammon zum Opfer gefallen (Archäologen sind Gespenster mit Referenzen). Weiterhin berichtet Fort über zwei, im Mai synchron auftretende Ereignisse: einen Vulkanausbruch, der mit der Entdeckung eines neuen Sterns zusammentrifft. Im September gab es eine Mumiai-Hysterie in Indien – Mumiais sind unsichtbare Dämonen, die am hellichten Tage Menschen entführen. Das ganze Jahr hindurch wurden Berichte über explodierende Kohleschichten in England laut; dieses versuchte man damit zu erklären, daß die verbitterten Grubenarbeiter (es war gerade eine Periode, zu der sich die Labour-Regierung in Schwierigkeiten befand) Dynamit in Kohlenflöze steckten, doch war es der Polizei nicht möglich, handfeste Beweise zu liefern. Die Kohle explodierte weiter. Im Sommer häuften sich Unfälle französischer Piloten, die sich in deutschem Luftraum befanden, und man vermutete, daß die Deutschen eine Apparatur testeten, mit denen man unsichtbare Strahlen aussenden konnte. Betrachtet man die letzten drei Phänomena einmal zusammen – unsichtbare Dämonen in Indien, explodierende Kohle in England, unsichtbare Strahlen über Deutschland –, dann vermute ich, daß irgendwer irgendwas ausprobierte ...

Sie können mich Doc Iggy nennen. Mein vollständiger Name lautet gegenwärtig Dr. Ignotium P. Ignotius. Das P. steht für Per. Wenn Sie Latinist sind, werden Sie schnell herausfinden, daß es übersetzt soviel heißt wie: «Das Unbekannte durch Unbekanntes erklären.» Ich denke, das ist ein meiner Funktion in dieser Nacht sehr angemessener Name; denn Simon brachte Sie hierher, damit Sie illuminiert werden. Bevor ich zu mir selbst gebracht wurde, war mein Name belanglos. Soweit es mich betrifft, ist Ihr Sklavenname gleichermaßen unwichtig, und ich werde Sie bei jenem Namen rufen, den Simon als Kennwort an der Tür zur Norton Cabal benutzte. Bis die Drogenwirkung morgen früh nachläßt, sind Sie U. Nalunken Nase.

Wir akzeptieren hier auch Bugs Bunny als ein Beispiel für Mummu; im übrigen haben wir mit den SSS sehr wenig gemeinsam. SSS steht für Satanisten, Surrealisten und Sadisten – jene Mannschaft, die mit ihrer Illuminierung in Chicago begann. Alles was wir mit ihnen teilen ist die Benutzung des anarchistischen Tristero-Postsystems, um den Postinspektoren der Regierung zu entgehen, sowie eine Übereinkunft den Geldverkehr betreffend, mit der wir uns bereit erklären, ihr GMG-Skript anzuerkennen – das Göttliche Marquis Gedenk-Skript – und sie akzeptieren unser Hanfskript und das Flachsskript der Legion des Dynamischen Diskord. Alles, wissen Sie, um die Bundeswährung zu umgehen.

Es wird allerdings noch eine Weile dauern, bis das Acid zu wirken beginnt, also werde ich noch ein wenig über Dinge plaudern, die mehr oder weniger trivial – oder quandrivial, vielleicht sogar pentivial – sind, bis ich feststellen kann, daß Sie ausreichend für ernstere Themen vorbereitet sind. Simon ist schon in der Kapelle, zusammen mit Stella, einer Frau, die Sie bestimmt unheimlich anregend finden werden. Beide werden inzwischen die Zeremonie vorbereiten.

Sie werden sich wahrscheinlich schon gefragt haben, warum wir uns Norton Cabal nennen. Der Name wurde von meinem Vorgänger, Malaclypse dem Jüngeren, ausgewählt, bevor er uns verließ, um sich einer noch esoterischeren Gruppe, bekannt als ELF, anzuschließen. Das ist der westliche Zweig der Hung Mung Tong Chong, und ihre gesamten Anstrengungen gelten einem weitreichenden Anti-Illuminatenprojekt, das als Operation MINDFUCK bekannt ist; aber das ist eine gänzlich andere, sehr komplizierte Geschichte. Eine der letzten Schriften von Malaclypse, bevor er sich in die Stille begab, bestand aus nur wenigen Worten: ‹Jeder versteht Mickey Mouse. Wenige verstehen Hermann Hesse. Kaum jemand versteht Albert Einstein. Und niemand versteht Kaiser Norton.› Ich vermute, Malaclypse befaßte sich bereits ziemlich intensiv mit dem Mindfuck-Mystizismus, als er das schrieb.»

(Wer war Kaiser Norton? fragte Joe, und wundert sich, ob das schon

die einsetzende Drogenwirkung ist oder ob Dr. Ignotius nur langsamer als die meisten anderen Leute spricht.)

Joshua Norton, Kaiser der Vereinigten Staaten und Statthalter von Mexico. San Francisco ist stolz auf ihn. Er lebte im vergangenen Jahrhundert und wurde Kaiser, indem er sich selbst als solcher proklamierte. *Aus irgendeinem geheimnisvollen Grund* entschloß sich die Zeitung, seine Proklamation von der humorvollen Seite zu nehmen und druckte sie ab. Als er anfing, eigenes Geld herauszugeben, *setzten* alle örtlichen Banken *den Witz fort*, und akzeptierten es *en par* mit der US-Währung. Als die Vigilantes eines Nachts in eine Lynch-Stimmung gerieten und beschlossen, in Chinatown ein paar Chinesen kaltzumachen, gebot ihnen Kaiser Norton Einhalt, indem er nichts weiter tat, *als mit geschlossenen Augen auf der Straße zu stehen und das Vaterunser aufzusagen*. Beginnen Sie allmählich, Kaiser Norton ein wenig zu verstehen, Herr Nase?

(Ein wenig, sagte Joe, ein wenig ...)

Well, mein Freund, da kauen Sie erst mal ein wenig drauf rum. Etwa zur gleichen Zeit gab es zwei sehr normale und rationale Anarchisten, die am anderen Ende der Staaten, in Massachusetts, lebten: William Green und Lysander Spooner. Auch diese zwei realisierten sehr rasch die Vorteile konkurrierender Währungen an Stelle einer uniformen Staatswährung und begannen mit logischen Beweisführungen, empirischen Demonstrationen und dem Einleiten von Gerichtsverfahren, um ihre Idee durchzusetzen. Alle ihre Bemühungen verliefen erfolglos. Die Regierung brach ihre eigenen Gesetze, um Mittel und Wege zu finden, Green's Mutual Bank und Spooner's People's Bank zu beseitigen. Gerade deshalb, denke ich, waren sie normal, und ihre Währung stellte eine wirkliche Bedrohung des Illuminaten-Monopols dar. Kaiser Norton aber war so verrückt, daß die Leute sich über ihn lustig machten und seine Währung wurde erlaubt. Denk mal drüber nach. Vielleicht kommst du bereits jetzt dahinter, warum Bugs Bunny unser Symbol ist und unsere Währung den lächerlichen Namen Hanfskript trägt. Hagbard Celine und seine Diskordier nennen ihre Währung Flachsskript, was ich noch absurder finde. Das bringt mir jenen Zen-Meister in Erinnerung, der gefragt wurde: «Was ist Buddha?» und er erwiderte: «Fünf Kilo Flachs.» Beginnst du das ganze Ausmaß unserer Probleme mit den Illuminaten zu verstehen?

Bis jetzt kannst du wahrscheinlich wenigstens schon soviel begreifen: der fundamentale Trugschluß, dem sie unterliegen, ist die Aneristische Delusion. Sie glauben wirklich an das Prinzip von Ruhe und

Ordnung. Es steht außer Zweifel, seitdem jeder in diesem verrückten, Jahrtausende währenden Kampf seine eigene Theorie darüber entwickelte, auf was die wahren Absichten der Illuminaten zielen, so kann ich dir ebensogut meine eigene Theorie unterbreiten. Ich glaube, sie sind ausnahmslos Wissenschaftler und wollen eine Weltregierung von Wissenschaftlern einsetzen. Als die Jakobiner die Kirchen von Paris kurzerhand einsackten und den Ausbruch des Zeitalters der Vernunft verkündigten, folgten sie wahrscheinlich präzisen Anweisungen der Illuminaten. Du kennst die Geschichte jenes alten Mannes, der sich unter der Menge befand, als Louis XVI. guillotiniert wurde und, als der Kopf des Königs fiel, ausrief: «Jacques De Molay, wieder einmal bist du gerächt»? Alle Symbole, die De Molay ins Freimaurertum einführte, waren wissenschaftliche Geräte – die Reißschiene, das Dreieck der Architekten, selbst die Pyramide, die Anlaß zu so vielen bizarren Spekulationen gab. Wenn du das Auge als Teil des ganzen Entwurfs mitrechnest, hat die Pyramide 73 Unterteilungen, nicht 72. Was bedeutet 73? Ganz einfach: multipliziere sie, in Übereinstimmung mit Weishaupts Wissenschaft von der Fünf, und du erhältst 365, die Anzahl der Tage in einem Jahr. Das ganze verdammte Ding ist ein astronomischer Computer, genau wie Stonehenge. Die ägyptischen Pyramiden weisen nach Osten, dorthin, wo die Sonne aufgeht. Die Große Pyramide der Mayas besitzt 365 Unterteilungen und weist ebenfalls nach Osten. Sie huldigen der «Ordnung», die sie in der Natur gefunden haben, dabei haben sie niemals realisiert, daß sie mit ihren Instrumenten ihre eigene Ordnung auf die Natur projizierten.

Deshalb hassen sie auch den Durchschnittsmenschen – weil wir so unordentlich sind. Seit sechs- oder siebentausend Jahren haben sie versucht, erneut eine Hohe Zivilisation im Stil von Hoch-Atlantis zu etablieren – Ruhe und Ordnung – die Standhafte Politik, wie sie's gerne nennen. Mit Standhafter Politik meinen sie dabei nichts anderes, als einen gigantischen Roboter. Für alles einen Platz und alles an seinem Platz. Guck mal das Pentagon an – sieh dir mal die Armee an, um Gotteswillen! So sähen sie gerne den ganzen Planeten. Rationell, mechanisiert, ordentlich – sehr ordentlich – und unmenschlich. Das ist die Essenz der Aneristischen Delusion: sich vorzustellen, die Ordnung gefunden zu haben und dann anfangen, die quirlenden, exzentrischen Dinge, die drumherum existieren, durch Manipulation in militärische Abteilungen, in Phalanxen zu zwängen, die dem Konzept *der* Ordnung entsprechen, die sie vermeintlich manifestieren.

Was starrst du mich so an? Wechsle ich die Farbe, werde ich größer, oder was? Gut: das Acid beginnt zu wirken. Also können wir zum eigentlichen Handgemenge übergehen. Zuerst einmal: das meiste von dem, was ich dir erzählt habe, ist Scheiße. Weder die Illuminaten noch die JAMs können auf eine jahrtausendalte Geschichte zurückblicken. Ihr großes Erbe, ihre Tradition, alles erfunden – Jacques De Molay, Karl der Große und alles übrige – alles aus einem Stoff; dazu griffen sie hier und da in die Geschichtsbücher, um es plausibler zu gestalten. Wir haben's genauso gemacht. Du magst dich fragen, warum wir sie kopieren und damit unsere eigenen Rekruten irreführen. Well, der Teil der Illuminierung – und wir müssen selbst zu Illuminierten werden, um sie bekämpfen zu können – besteht darin zu lernen, alles anzuzweifeln. Aus diesem Grunde hat Hagbard jenes Gemälde in seiner Kabine, auf dem man lesen kann: «Denk für dich selbst, Narr», und deshalb sagte Hassan i Sabbah: «Nichts ist wahr.» Du mußt lernen, auch uns und alles, was wir dir erzählen, anzuzweifeln. Es gibt keinen aufrichtigen Menschen auf dieser Reise. Tatsächlich ist aber *gerade das* vielleicht die einzige Lüge, die ich dir diesen Abend erzähle, und die Geschichte der Illuminaten vor 1776 ist wirklich wahr und keine Erfindung. Oder vielleicht sind gerade wir nichts anderes als eine Front der Illuminaten... um dich indirekt zu rekrutieren...

Du fühlst Paranoia aufkommen? Ausgezeichnet: Illumination steht auf der anderen Seite des absoluten Schreckens. Und der einzige Schrecken, den man als absolut bezeichnen kann, ist der Horror zu realisieren, daß kein einziges Wort dessen, was einem jemals erzählt worden ist, stimmt. Du mußt voll und ganz realisieren, daß du «ein Fremder *bist* und ängstlich in einer Welt, die du nicht gemacht hast», wie Houseman sagt.

Zweiundzwanzig große Rhinozerosse, dreiundzwanzig große Rhinozerosse...

Im Grunde genommen waren die Illuminaten Struktur-Freaks. Als Folge dessen entstanden ihre ganzen Probleme mit jenen Symbolen geometrischer Gesetze und architektonischer Permanenz, vor allem mit der Pyramide und dem Pentagon. (Die God's Lightning hatten, wie alle autoritären, jüdisch-christlichen Irrlehren, ihren eigenen Anteil an geradlinig-westlichem Mystizismus, aus welchem sogar die Juden unter ihnen – Zev Hirsch zum Beispiel – das erstmalig von Atlanta Hope vorgeschlagene Symbol, das euklidischste aller religiösen Embleme, das Kreuz, akzeptierten.) Die Diskordier gaben ihren eigenen Kommentar zur wissenschaftlichen Grundlage von Ruhe und Ordnung, indem sie sich die siebzehnstufige Pyramide zu eigen machten –

17, eine Zahl praktisch ohne interessante geometrische, arithmetische oder mystische Eigenschaften; außer in Java, wo sie die Grundlage einer für uns äußerst befremdenden Tonfolge darstellt. Und zuoberst setzten sie den Apfel der Zwietracht, das Symbol der nicht rationalen, nicht geometrischen und äußerst unordentlichen Spontaneität der Gemüsewelt kreativer Evolution. Die Erisische Liberations-Front (ELF) besaß kein Symbol, und wenn neue Rekruten nach einem Symbol fragten, erhielten sie die ausweichende Antwort, daß ihr Symbol nicht darstellbar sei, denn es sei ein Kreis, dessen Peripherie überall und dessen Mittelpunkt nirgends sei. Sie waren die ausgeflippteste Gruppe überhaupt, und allein die fortgeschrittensten Diskordier konnten sich aus dem Gesabbel allmählich etwas zusammenreimen.

Die JAMs jedoch besaßen ein Symbol, das jeder sofort verstehen konnte, und, genau wie Harry Pierpont es John Dillinger mitten während eines Muskatnuß-Highs im Michigan City Prison zeigte, zeigte Dr. Ignotius es Joe mitten während seines ersten Acid-Trips.

«Und das hier», sagte er mit dramatischer Geste, «ist das Heilige Chao.»

«Das ist ein technokratisches Symbol», sagte Joe kichernd.

«Well», lächelte Dr. Ignotius, «du bist wenigstens originell. Von zehn Mitgliedern verwechseln es neun mit dem chinesischen Yin-Yang oder dem astrologischen Krebs-Symbol. Es ähnelt beiden; auch ähnelt es den Symbolen der Northern Pacific Railroad und des Sex-Informations- und Erziehungs-Komitees der Vereinigten Staaten; alles zusammen führt unter Umständen zu ein paar interessanten Dokumenten, die im John-Birch-Hauptquartier verfaßt wurden und die nachweisen, daß Sex-Instruktoren die Eisenbahngesellschaft leiten oder daß Astrologen die Sex-Instruktoren kontrollieren oder irgendwas ähnliches. Nein, das hier ist etwas anderes. Es ist das Heilige Chao, das Symbol Mummus, des Gottes des Chaos.

Rechts, du Wohlgeborener, siehst du das Bild deiner ‹femininen› und intuitiven Natur, von den Chinesen *Yin* genannt. Das Yin birgt einen Apfel, welcher der goldene Apfel der Eris ist, der verbotene Apfel der Eva und der Apfel, der jedesmal von der Bühne des Flatbush Burlesque House in Brooklyn verschwand, wenn Lina Larue auf dem Höhepunkt ihres Striptease' einen Spagat über ihm machte. Er repräsentiert die erotischen, libidinösen, anarchistischen und subjektiven Werte, die von Hagbard und unseren Freunden der LDD verehrt werden.

Und nun, du Hochgeborener, wo du dich auf die totale Erweckung vorbereitest, wende deinen Blick nach links, zur *Yang*-Seite des Heiligen Chao. Das ist das Bild deines ‹maskulinen›, vernünftigen Ego. Es enthält das Pentagon der Illuminaten, der Satanisten und der US-Armee. Er repräsentiert die analen, autoritären, strukturellen Werte von Ruhe und Ordnung, die die Illuminaten durch ihre Marionettenregierungen den meisten Völkern der Erde auferlegten.

Und dieses, o neugeborener Buddha, mußt du verstehen: keine Seite ist komplett oder wahr oder wirklich. Jede Seite ist eine Abstraktion, ein Irrbild. Die Natur ist ein saumloses Gespinst, dessen zwei Seiten sich in stetigem Krieg miteinander befinden (was ein anderer Name für stetigen Frieden ist). Die Gleichung gleicht sich immer aus. Füge einer Seite etwas hinzu, und die andere Seite fügt sich wie von selbst etwas hinzu. Jeder Homosexuelle ist ein latenter Heterosexueller, jeder autoritäre Bulle ist die Schutzhülle über anarchistische Libido. Es gibt keine Vernichtung, keine Endlösung, keinen Topf voll Gold am Ende des Regenbogens, und du bist nicht Saul Goodman, wenn du hier draußen verloren bist.

Hör zu: das Chaos, daß du unter LSD erfährst, ist keine Illusion. Die ordentliche Welt, die du dir *einbildest zu erfahren* unter der künstlichen und giftigen Kost, die die Illuminaten den zivilisierten Nationen aufzwangen, ist die wahre Illusion. Ich sage nicht das, was du hörst. Der einzige gute Fnord ist ein toter Fnord. Pfeif nicht, wenn du pißt. Ein obskurer, aber höchst bedeutsamer Beitrag zur Soziologie und zur Erkenntnistheorie erschien in Malignowskis Studie «Retroaktive Realität», abgedruckt in *Wieczny Kwiat Wtadza*, in der Herbstausgabe 1969 der Zeitschrift der Polnischen Orthopsychiatrischen Gesellschaft.

Alle Behauptungen sind in gewissem Sinn wahr, falsch in gewissem Sinn, bedeutungslos in gewissem Sinn, wahr und falsch in gewissem Sinn, wahr und bedeutungslos in gewissem Sinn, falsch und bedeutungslos in gewissem Sinn, und wahr und falsch und bedeutungslos in gewissem Sinn. Kannst du mir folgen?

(In gewissem Sinn, murmelt Joe ...)

Dem Autoren, Dr. Malignowski, assistierten drei graduierte Studenten, Korzybski-I, Korzybski-II, Korzybski-III (Siamesischen Drillingen, die einen Mathematiker zum Vater hatten und infolgedessen an Stelle eines Namens mit einem Index versehen wurden). Malignowski und seine Studenten interviewten 1700 Ehepaare, wobei sie ihre Fragen dem Mann und der Frau jeweils getrennt stellten. Es gab hundert Schlüsselfragen über das erste Kennenlernen, erste sexuelle Erfahrung, das Hochzeitszeremoniell, die Flitterwochen, das wirtschaftliche Auskommen im ersten Ehejahr und über ähnliche Dinge mehr, von denen man annahm, daß sie in bleibender Erinnerung geblieben waren. Nicht ein einziges Paar aus jenen 1700 gab genau dieselben Antworten auf jene hundert Fragen, und die höchste Punktzahl wurde von einem Paar erzielt, das auf 43 Fragen gleichlautende Antworten gab.

Diese Studie demonstrierte graphisch, was viele Psychologen seit langem vermuteten: die Lebensgeschichte, die die meisten von uns in ihrem Schädel mit sich herumtragen, ist mehr eine eigene Kreation (mindestens sieben Prozent mehr), als es eine exakte Speicherung von Realitäten ist. Und Malignowski schließt: ‹Die Realität ist retroaktiv, retrospektiv und illusorisch.›

Unter diesen Gegebenheiten werden Dinge, die nicht persönlich erlebt, sondern von anderen erzählt wurden, leichter verdreht, und nachdem eine Geschichte von fünf Erzählern weitergegeben wurde, ist sie praktisch zu hundert Prozent Märchen geworden: ein weiteres Beispiel für das Gesetz der Fünf.

«Nur Marxisten», schloß Dr. Iggy, indem er eine Tür öffnete, um Joe in die Kapelle zu begleiten, «glauben noch immer an objektive Geschichtsschreibung.»

Jung nahm das Pergament, das Drake ihm rüberreichte, und starrte es an. «Es soll nicht mit Blut unterzeichnet werden? Und was zum Teufel soll dieses Yin-Yang-Symbol mit dem Pentagon und dem Apfel? Du bist doch ein verdammter Schwindler.» Sein Gesicht verzog sich zu einer zornigen Grimasse.

«Was meinen Sie damit?» fragte George, wobei ihm das Herz im Halse schlug.

«Ich meine, daß Sie nicht von den gottverdammten Illuminaten kommen», sagte Jung. «Wer zum Teufel sind Sie?»

«Haben Sie das nicht schon gewußt, bevor ich hierhergekommen bin – daß ich nicht von den Illuminaten geschickt wurde?» sagte George. «Ich versuche niemanden auszutricksen; ehrlich nicht. Ich dachte, Sie würden die Leute, die mich schickten, kennen. Ich habe niemals *gesagt*, daß ich einer der Illuminaten bin.»

Maldonado nickte, ein schwaches Lächeln brachte Leben in sein Gesicht. «Ich weiß, wer er ist. Die Leute von der Alten *Strega*. Der Hexe der Hexen. Heil Diskordia, mein Junge ... stimmt's?»

«Heil Eris», sagte George mit einem schwachen Gefühl der Erleichterung.

Drake runzelte die Stirn. «Well, wir scheinen entgegengesetzte Ziele zu verfolgen. Man nahm mit uns per Post Verbindung auf. Dann per Telefon, dann durch einen Kurier; durch Parteien, die durchblicken ließen, daß sie alles über unsere Geschäftsbeziehungen mit den Illuminaten wußten. Nun, meines Wissens nach – Don Federico weiß vielleicht mehr darüber – gibt es nur eine Organisation in der ganzen Welt, die irgend etwas über die AISB weiß, und das sind die AISB selbst.» George hätte schwören können, daß er log.

Maldonado erhob eine warnende Hand. «Warten Sie. Auf geht's. Alle Mann ins Badezimmer.»

Drake seufzte. «Oh, Don Fed! Sie und Ihr ermüdender Sicherheitsspleen. Wenn mein Haus nicht sicher ist, ist in diesem Augenblick jeder von uns schon ein toter Mann. Und wenn die AISB wirklich so clever sind, wie man sagt, dann bildet ein alter Hut wie laufendes Wasser kein Hindernis für sie. Lassen Sie uns dieses Gespräch um Gottes willen wie zivilisierte Menschen führen, meine Herren, und nicht zusammengekauert in meiner Dusche.»

«Es gibt Zeiten, wo Würde gleichbedeutend ist mit Selbstmord», sagte Maldonado. Er zuckte die Achseln. «Aber ich gebe auf. Ich werde diese Fragen mit Ihnen in der Hölle klären, wenn wir jetzt etwas falsch machen.»

«Ich tappe noch immer im dunkeln», sagte Richard Jung. «Ich weiß weder, wer dieser Bursche ist, noch woher er kommt.»

«Hör mal zu, *Chinaman*», sagte Maldonado. «Du weißt, wer die Alten Illuminierten Seher von Bayern sind, *right*? Nun, jede Organisation hat eine Opposition, *right*? So auch die Illuminaten. Und die Opposition ist wie sie selbst, religiös, magisch, gespenstiges Zeugs. Nicht nur einfach daran interessiert, reich zu werden, wie es unser gediegenes Lebensziel ist. Übernatürliche Spiele spielen heißt es da. Kapiert?»

Jung sah skeptisch drein. «So könnten Sie ebenso gut die Kommunisten, den CIA oder den Vatikan beschreiben.»

«Verglichen mit den AISB», fuhr Maldonado fort, «sind das oberflächliche Organisationen voll von Emporkömmlingen. Die bayrischen Illuminaten sind zum Beispiel überhaupt keine Bayern, verstehen Sie? Das ist ein noch ziemlich neuer Name und nur eine Manifestation ihres Ordens. Die Illuminaten und ihre Opposition, die dieser junge Mann da repräsentiert, sind viel älter als Moskau, Washington oder gar Rom. Um das zu verstehen, verlangt's ein wenig Imagination, *Chinaman*.»

«Wenn die Illuminaten Yang sind», sprang George hilfreich ein, «sind wir Yin. Die einzige Lösung besteht in einer Yin-Revolution. Begriffen?»

«Ich bin Graduierter der Rechtswissenschaften von Harvard», sagte Jung hochmütig, «und ich begreife das *nicht*. Was sind Sie eigentlich, ein Haufen Hippies?»

«Mit Ihrer Clique haben wir noch nie einen Handel abgeschlossen», sagte Maldonado. «Uns ist nie genug geboten worden.»

Robert Putney Drake sagte: «Ja, gut, aber würden Sie, Don Federico, es nicht gern einmal tun? Haben Sie von den anderen nicht längst die Schnauze voll? Ich weiß, daß ich sie satt habe. Ich weiß jetzt, woher Sie kommen, George. Und Ihr habt in den vergangenen Jahrzehnten hünenhafte Anstrengungen unternommen. Mich überrascht es keineswegs, daß Ihr in der Lage seid, uns in Versuchung zu bringen. Es lohnt sich, unser Leben zu riskieren – und wir sind wohl die sichersten Männer der Vereinigten Staaten –, die Illuminaten zu betrügen. Wenn ich Sie recht verstanden habe, bieten Sie uns Statuen an. Und dort, wo diese ersten vier herkommen, sollen noch mehr sein; stimmt das, George? Jedenfalls sollten die Kisten inzwischen ausgepackt sein, und ich schlage vor, wir sehen sie uns erst einmal an.»

Hagbard hatte über weitere Statuen nichts zu ihm gesagt, und George zitterte sowieso schon zu sehr um sein Leben, als daß er jetzt lange hätte grübeln können, und so sagte er: «Ja, es gibt noch weitere.»

Drake sagte: «Ob wir unser Leben für die Zusammenarbeit mit Ihren Leuten riskieren oder nicht, wird von der Beschaffenheit der Kunstwerke abhängen, die Sie uns anbieten. Don Federico, ein höchst qualifizierter Experte für Antiquitäten, besonders für Antiquitäten, die mit Bedacht dem Wissenskreis konventioneller Archäologie ferngehalten wurden, wird seine Meinung zum Wert der von Ihnen mitgebrachten Stücke äußern. Als ein in der Geschichte seiner Vorfahren äußerst geschulter Sizilianer ist Don Federico ein versierter Kenner der Geschichte von Atlantis. Die Sizilianer sind praktisch die einzigen Außenstehenden, die wirklich über Atlantis informiert sind. Es wird gemeinhin nicht anerkannt, daß die Sizilianer eine der ältesten, durchgehenden Kulturen dieses Planeten darstellen. Mit allem Respekt vor den Chinesen.» Hiermit machte Drake eine formelle Verbeugung zu Richard Jung.

«Ich betrachte mich als Amerikaner», sagte Jung. «Auch wenn meine Familie diese oder jene Dinge über Tibet weiß, die Sie zweifellos in grenzenloses Erstaunen setzen würden.»

«Dessen bin ich ganz sicher», sagte Drake. «Well, Sie sollen uns auch, so gut Sie können, mit Rat beiseite stehen. Aber das sizilianische Erbe reicht Tausende von Jahren vor Rom zurück und so auch ihre Kenntnis von Atlantis. Es gab so manche Dinge, die an der nordafrikanischen Küste angeschwemmt wurden, wieder andere wurden von Tauchern gefunden. Das reichte aus, eine Tradition zu etablieren. Gäbe es ein Museum Atlantischer Kunst, so wäre Don Federico einer der wenigen Männer auf der Welt, die die Qualifikation zu seinem Kurator aufweisen könnte.»

«Mit anderen Worten», sagte Maldonado mit einem drohenden Lächeln, «die Statuen sollten lieber authentisch sein, Knabe. Denn ich fände heraus, wären sie es nicht ...»

«Sie sind es», sagte George. «Ich war dabei, als sie vom Meeresboden geborgen wurden.»

«Das ist ja unmöglich», sagte Jung.

«Also schauen wir sie uns einmal an», sagte Drake.

Er erhob sich und drückte mit der flachen Hand an eine Stelle der Holztäfelung, die sofort zur Seite glitt und eine metallene Wendeltreppe sichtbar werden ließ. Drake ging voran, und die Männer stiegen fünf Stockwerke hinab, bis sie vor einer Tür mit einem Vexierschloß standen. Drake öffnete es, und sie durchschritten ein paar weitere Räume, bis sie in eine geräumige Tiefgarage gelangten. Der Gold & Appel-Laster stand dort und neben ihm die vier ausgepackten Statuen. Sonst war niemand anwesend.

«Wo sind die anderen hin?» fragte Jung.

«Es sind Sizilianer», sagte Drake, «und als sie die Statuen sahen, bekamen sie Angst. Sie packten sie aus und verzogen sich.» Auch auf den Gesichtern von Drake und Maldonado breitete sich so was wie eine ehrfürchtige Scheu aus. Jung sah irritiert und zweifelnd drein.

«In mir kommt so langsam ein Gefühl auf, als hätte man einiges vor mir verheimlicht», sagte er.

«Später», sagte Maldonado. Er zog eine kleine Juwelierslupe aus der Tasche und näherte sich der ihm am nächsten stehenden Statue. «Von dieser hier bezogen sie ihre Idee des großen Gottes Pan», sagte er. «Aber Sie können selbst sehen, die Vorstellung war vor zwanzigtausend Jahren komplexer als vor zweitausend Jahren.» Er klemmte sich die Lupe ins Auge und begann mit einer sorgfältigen Inspektion eines der glitzernden Hufe.

Nach Ablauf einer Stunde hatte Maldonado unter Zuhilfenahme einer Leiter alle vier Statuen von Kopf bis Fuß mit an Fanatismus grenzender Sorgfalt untersucht und George über den Hergang ihrer Bergung und die wenigen geschichtlichen Angaben, die er machen konnte, befragt. Er steckte die Lupe wieder ein, wandte sich an Drake und nickte.

«Sie haben hier die vier wertvollsten Kunstwerke erhalten, die es auf dieser Welt gibt.»

Drake nickte. «Das habe ich vermutet. Wertvoller als alles Gold, das spanische Schiffe jemals geladen hatten.»

«Wenn ich nicht mit einer halluzinogenen Droge gedopt wurde», sagte Jung, «verstehe ich soviel, daß Sie behaupten, diese Statuen stammten aus Atlantis. Ich nehme Sie beim Wort, daß sie aus solidem Gold sind, und das bedeutet, daß es eine ganze Menge Gold ist.»

«Der Wert des Materials macht nicht einmal ein Zehntausendstel des Wertes der Form aus», sagte Drake.

«Das verstehe ich nicht», sagte Jung. «Was bedeutet schon der Wert Atlantischer Kunst, wenn es nirgendwo auf der Welt eine anerkannte Autorität gibt, die an Atlantis glaubt?»

Maldonado lächelte. «O doch, es gibt ein paar Leute auf der Welt, die wissen, daß Atlantis existierte und die wissen, daß es Atlantische Kunst gibt. Und glauben Sie mir, Richard, diese wenigen Leute haben genügend Geld und würden es für jeden, der ein solches Kunstwerk anzubieten hat, unverzüglich lockermachen. Mit jeder dieser vier Statuen könnte man einen mittelgroßen Staat kaufen.»

Drake klatschte mit autoritätsvoller Miene in die Hände. «Ich bin zufrieden, wenn Don Federico zufrieden ist. Für diese vier und vier weitere – oder dem Äquivalent, sollte es keine weiteren geben – bin ich bereit, Hand in Hand mit der Diskordischen Bewegung zu arbeiten. Lassen Sie uns nun wieder hinaufgehen und die entsprechenden Papiere unterzeichnen – mit Feder und Tinte. Und dann würden wir uns freuen, George, dürften wir Sie heute abend als unseren Gast betrachten.»

George wußte nicht, ob er die Vollmacht besaß, vier weitere Statuen zu versprechen. Aber er wußte auch, daß der sicherste Weg, diesen

Männern zu begegnen, völlige Offenheit war. Als sie die Treppe wieder hinaufstiegen, sagte er zu Drake, der vor ihm ging: «Ich wurde von meinem Auftraggeber nicht bevollmächtigt, mehr zu versprechen. Und ich glaube nicht, daß er im Augenblick weitere Stücke zur Verfügung hat, es sei denn, er besitzt eine Privatsammlung. Ich weiß nur soviel, daß diese vier Statuen die einzigen sind, die er von jener Reise, an der ich teilnahm, mitbrachte.»

Drake entließ einen kleinen Furz. George verschlug's nicht nur den Atem, er fand es einfach unwahrscheinlich, daß ein Mann in solch wichtiger Position, ein Mann, der dem gesamten organisierten Verbrechen der Vereinigten Staaten vorstand, imposant und elegant vor ihm daherging und einen fahren ließ. «Entschuldigen Sie», sagte Drake, «das Erklimmen dieser Stufen ist zuviel für mich. Am liebsten würde ich einen Fahrstuhl einbauen lassen, aber das ist nicht sicher genug. Eines Tages wird mein Herz noch aussetzen, während ich diese Stufen auf- und abgehe.» Der Furz roch mittelmäßig schlecht, und George war froh, als er ein Dutzend Stufen weiter war. Daß Drake einen Furz eingestand, mochte einen Teil seiner Aufrichtigkeit und somit einen Teil seines Erfolges bezeichnen. George zweifelte, ob Maldonado einen Furz eingestehen würde. Der Don war zu verschlagen. Er war nicht von jener erdigen südländischen Art – er war dünn wie Papier und blaß wie Papier, wie ein toskanischer Aristokrat, dessen Blutlinie sich im Laufe der Zeit verdünnt hatte.

Sie betraten Drakes Büro, und das Papier wurde unterzeichnet. Im Anschluß an den Satz «Für in Empfang genommene wertvolle Gegenleistungen», fügte Drake hinzu, «und noch zu erwartende Gegenleistungen gleichen Wertes.» Er lächelte George zu. «Da Sie für die zusätzlichen Objekte nicht garantieren können, erwarte ich innerhalb von vierundzwanzig Stunden nach Ihrer Abreise, von Ihrem Boss etwas zu hören. Das Inkrafttreten unseres Abkommens wird von seiner zusätzlichen Leistung abhängen.»

ORGASMUS. IN DIE TITTEN GEZWICKT VOM GYNANDRISCHEN TIEFSEEDUDLER. Alles kraß-lüstern und keusch für eine mundenge Nummer. George fühlte sich erleichtert, als er den Hinweis einsog, die Syndikatsfestung am Leben gelassen zu verlassen. Er unterzeichnete als Vertreter der Diskordier, Jung unterzeichnete als Zeuge.

Drake sagte: «Sie verstehen, die Organisationen, die Don Federico und ich repräsentieren, können durch Unterschriften an nichts gebunden werden. Allem, dem wir hier zustimmen ist, daß wir unseren Einfluß bei vielen unserer geschätzten Kollegen geltend machen können und hoffen, daß sie uns die Gunst ihrer Kooperation in unserer gemeinsamen Unternehmung erweisen.»

Maldonado sagte: «Ich hätte es selbst nicht besser sagen können. Selbstverständlich verpfänden wir unser Leben und unsere Ehre für Ihre Ziele.»

Drake entnahm einer silbernen Dose eine Zigarre. Und indem er sie sich in den Mund schob, klopfte er George auf die Schultern. «Wissen Sie, Sie sind der erste Hippie, mit dem ich in meinem Leben ein Geschäft abgeschlossen habe. Ich nehme an, Sie würden gern etwas Marihuana rauchen, doch leider habe ich nichts im Hause, und wahrscheinlich wissen Sie ja, daß wir kaum damit handeln. Viel zu aufwendig, es zu transportieren, und der Gewinn ist vergleichsweise doch sehr gering. Davon abgesehen bin ich jedoch sicher, daß Sie Küche und Keller dieses Hauses nicht verschmähen werden. Wir werden ein gemeinsames Dinner einnehmen, und etwas zerstreuende Unterhaltung wird ebenfalls geboten werden.»

Das Hauptgericht war ein Steak Diane, das den vier Männern in einem mit riesigen alten Gemälden behängten Eßzimmer serviert wurde. Sie wurden von wunderschönen, jungen Frauen bedient, und George fragte sich, wo die Gangster ihre Ehefrauen und Liebhaberinnen untergebracht hatten. Vielleicht in einer Art *Purdah*. Die ganze Szenerie hatte sowieso etwas Arabisches an sich.

Während des Hauptgerichts sang eine Blondine, deren langes weißes Gewand eine Brust frei ließ, in einer Ecke des Raumes zur Harfe. Während der Kaffee serviert wurde, gesellten sich vier junge Frauen zu den Männern und unterhielten sie mit Witz und Anmut und kurzweiligen Geschichten.

Mit dem Brandy trat Tarantella Serpentine auf. Sie war eine phantastisch große Frau, mindestens einsachtundachtzig, mit langen blonden Haaren, die hochgesteckt noch auf die Schultern hinabreichten. An Hand- und Fußgelenken trug sie klingelnden Goldschmuck, und ihr schlanker Körper war in durchsichtige Tücher gehüllt. George konnte ihre rosa Brustwarzen und ihr dunkles Schamhaar sehen. Als sie durch die Tür hereintänzelte, wischte sich Banana Nose Maldonado den Mund mit seiner Serviette und begann voller Begeisterung zu applaudieren. Robert Putney Drake lächelte stolz und Richard Jung schluckte schwer.

George konnte sie nur anglotzen. «Der Stern in unserer bescheidenen ländlichen Abgeschiedenheit», sagte Drake einführend. «Darf ich vorstellen – Miss Tarantella Serpentine.» Maldonado fuhr mit seinem Applaus fort, und George fragte sich, ob er darin einstimmen sollte. Orientalische Musik, versehen mit einem Touch von Rock, durchflutete den Raum. Die Verstärkeranlage war ausgezeichnet, nahezu perfekt. Tarantella Serpentine begann zu tanzen. Es war eine seltsame, hybride Art von Tanz, eine Synthesis aus Bauchtanz, Go Go und modernem Ballett. George leckte sich die Lippen, fühlte, wie seine Wangen heiß wurden und sein Pimmel zu zucken und zu schwellen begann. Tarantellas Tanz war noch viel sinnlicher als der Tanz, den Stella Maris während Georges Initiation in die Diskordische Bewegung aufgeführt hatte.

Nach drei Tänzen verbeugte sich Tarantella und verließ den Raum. «Sie müssen ganz schön müde sein, Georg», sagte Drake und legte ihm einen Arm um die Schulter.

George realisierte auf einmal, daß er seit der Fahrt von Mad Dog zum Golf, auf der er einige Male eingenickt war, praktisch nicht geschlafen hatte. Und die ganze Zeit hatte er unter unglaublichem physischem und, schlimmer noch, unter psychischem Druck gestanden.

Er stimmte zu; ja, er war müde, und, indem er betete, daß er im Schlaf nicht ermordet werden würde, ließ er sich in sein Schlafzimmer führen.

Dort stand ein enormes Himmelbett mit goldenem Baldachin. Nackt schlüpfte George in frisches, knisterndes Bettzeug und zog sich die Decke rauf bis ans Kinn, legte sich flach auf den Rücken, schloß die Augen und seufzte tief. Am Strand des Golfs hatte er heute morgen noch Mavis zugesehen, wie sie nackt vor ihm masturbierte. Einen Apfel hatte er gefickt. In Atlantis war er gewesen. Und jetzt lag er auf einer daunenweichen Matratze im Hause des Chefs allen organisierten Verbrechens in Amerika. Hielt er die Augen geschlossen, hätte er sich im Mad Dog Jail wiederfinden können. Er schüttelte den Kopf. Es gab nichts zu fürchten.

Er hörte, wie sich die Schlafzimmertür öffnete. Es gab nichts zu fürchten. Um sich's selbst zu beweisen, hielt er die Augen geschlossen. Quietschende Dielen an diesem Ort? Klar, um den Schläfer zu warnen, daß sich etwas anschlich. Er öffnete die Augen.

Tarantella Serpentine beugte sich über ihn. «Bobby-Baby schickt mich», sagte sie. George schloß wieder die Augen. «Sweetheart», sagte er, «du bist wirklich schön. Wirklich. Du bist wunderschön. Mach dir's bequem.»

Sie reichte nach unten und schaltete die Nachttischlampe ein. Sie trug einen metallisch-goldenen Bikini und ein kurzes, dazu passendes Hemd. Ihre Brüste waren hinreißend klein, dachte George. Obwohl sie bei einem einsachtundachtzig großen Mädchen eher bescheiden wirkten. Aber Tarantella sah aus wie ein Modell aus *Vogue*. George mochte sie so, wie sie aussah. Er hatte schon immer auf großen, schlanken, knabenähnlichen Frauen gestanden.

«Störe ich dich auch wirklich nicht?» fragte sie. «Bist du sicher, daß du nicht lieber schlafen willst?»

«Well», sagte George und schluckte. «Es geht nicht so sehr um das, was ich *lieber* tun würde; aber ich fürchte, daß ich nichts anderes fertigbringen kann. Ich habe einen aufreibenden Tag hinter mir.» Einmal masturbiert, dachte er, einen abgekaut gekriegt und 'n Apfel gefickt. Vergib uns unsere Sünden, wie auch wir vergeben unseren Sündigern. Und neunzig Prozent der Zeit wahnsinnige Angst ausgestanden.

Tarantella sagte: «Mein Name ist in höchsten Kreisen dafür bekannt, für das, was ich bei Männern vollbringen kann, deren Tage *alle* sehr aufreibend sind. Präsidenten, Könige, Syndikatsköpfe, Rockstars, Ölbillionäre und andere mehr. Es ist mein Trick, daß ich es fertigbringe, es ihnen richtig kommen zu lassen. Wieder und wieder und wieder und noch einmal. Zehnmal, manchmal sogar zwanzigmal, ganz gleich wie alt oder wie erschöpft. Ich verdiene viel Geld dabei. Heute Nacht bezahlt Bobby-Baby meine Dienste, und meine Dienste gehören dir. Was mir sehr gut gefällt, weil der Großteil meiner Kundschaft sich der Mitte des Lebens reichlich genähert hat, und du bist frisch und jung und hast einen festen Körper.» Behutsam entwand sie George die Bettdecke – er hatte fast vergessen, daß er sie noch immer mit beiden Händen hochgezogen festhielt – und streichelte seine bloßen Schultern.

«Wie alt bist du, George – zweiundzwanzig?»

«Dreiundzwanzig», sagte George. «Aber ich will dich nicht enttäuschen. Du interessierst mich, und ich würde auch gern. Ich bin sogar sehr neugierig auf das, was du da zu bieten hast. Aber ich bin verdammt abgeschlafft.»

«Honey, du *kannst* mich gar nicht enttäuschen. Je schlaffer du bist, desto mehr mag ich es. Eine desto größere Herausforderung bist du. Laß mich dir mal meine Spezialität vorführen.»

Tarantella streifte rasch BH, Hemdchen und Höschen ab, aber doch langsam genug, George das Zusehen genießen zu lassen. Lächelnd stand sie mit weit gespreizten Beinen vor ihm. Ihre Fingernägel kreisten um ihre Brustwarzen, und George konnte sie anschwellen sehen.

Während ihre linke Hand mit der linken Brust spielte, glitt die rechte Hand hinab zu ihren Lenden und begann die goldbraunen Haare ihres Schamhügels zu kraulen. Der Mittelfinger verschwand zwischen ihren Beinen. Nach wenigen Augenblicken fuhr ihr scharlachfarbene Röte über Gesicht und Nacken, ihr Körper bog sich nach hinten, sie stieß einen einzigen, wie verzweifelt klingenden Schrei aus. Ihre Haut schimmerte von einem feinen Film von Schweiß überzogen.

Nach einer kurzen Pause lächelte sie und blickte ihn an. Ihre rechte Hand strich über seine Wangen, und er spürte die Feuchtigkeit auf ihrem Gesicht und roch das *Lobster-Newburger*-Aroma einer jungen Möse. Ihre Finger glitten über das Bettzeug, und mit einer plötzlichen Bewegung zog sie George die Decke weg. Als sie seinen Steifen sah, lächelte sie und war ganz unversehens über ihm, ergriff seinen Schwanz und führte ihn ein. Zwei Minuten sanfter Pumpbewegungen ihrerseits brachten ihn zu einem unerwartet angenehmen Orgasmus.

«Baby», sagte er. «Du könntest Tote erwecken.»

Er genoß seinen zweiten Orgasmus etwa eine halbe Stunde später, und den dritten, wiederum eine halbe Stunde später. Beim zweitenmal hatte sie auf dem Rücken und er auf ihr gelegen, und beim drittenmal lag sie auf dem Bauch und er hatte sie von hinten gesattelt. Es schien ihre «Spezialität» zu sein, dachte George zwischendurch, daß sie ihren erschöpften Männern das Gefühl gab, daß sie es waren, die agierten; daß sie sie ihre Schlaffheit einfach vergessen machen konnte. Dabei war sie spielerisch und sorglos. George fühlte sich in keiner Weise verpflichtet, einen hoch zu kriegen oder zu kommen. Tarantella mochte Männer als Herausforderung betrachten, ließ George jedoch spüren, daß er sie nicht als Herausforderung betrachten mußte.

Nach einem kurzen Schläfchen fand er sie seinen rasch wieder steif werdenden Schwanz lutschen. Dieses Mal dauerte es erheblich länger, bis er kam, doch genoß er jede Sekunde mit steigendem Vergnügen. Danach lagen sie eine Weile nebeneinander und plauderten ein wenig. Dann langte Tarantella zum Nachttisch hinüber und zog eine Tube Petroleum-Gelee aus der Schublade. Sie begann seinen Pimmel damit einzureiben, der sich dabei erneut zu voller Größe reckte. Dann drehte sie sich um und bot ihm ihren rosigen After dar. Es war das erstemal, daß George eine Frau so zu fassen kriegte, und die Neuheit und die damit verbundene Erregung ließen ihn, nachdem er seinen Schwanz eingeführt hatte, rasch kommen.

Sie schliefen eine Zeitlang, und als er erwachte, rieb sie ihm einen. Ihre Finger waren dabei äußerst flink und geschickt und schienen schnell den Weg zu den empfindlichsten Teilen seines Penis gefunden zu haben – mit besonderer Aufmerksamkeit für die Gegend gerade hinter der Krone seines Schwanzes. Er öffnete die Augen weit, und als er kam, sah er einen kleinen blassen, perlen-ähnlichen Tropfen Samen erscheinen. Ein Wunder, daß er überhaupt noch was drin hatte.

Langsam gestaltete sich die ganze Geschichte zu einem echten Trip. Sein Ego verließ ihn nach und nach, und er war nur noch Körper, der alles mit sich geschehen ließ. Das *Es* seines Ichs, sein Körper, fickte Tarantella, das *Es* kam – und dem schmatzenden Geräusch nach, den sein Schwanz verursachte, kam sie ebenfalls.

Noch zweimal kaute sie ihm einen ab. Dann zog Tarantella etwas aus der Schublade, das aussah wie ein Elektrorasierer. Sie stöpselte es ein und begann seinen Penis mit dem Ding zu vibrieren, hielt dann und wann inne, um die Stellen, die sie bearbeitete, mit ihrem Speichel anzufeuchten.

George schloß die Augen und rollte von einer Seite auf die andere, als er noch einen Orgasmus kommen fühlte. Wie aus sehr weiter Ferne hörte er Tarantella sagen: «Meine Größe liegt im Leben, das ich in schlaffen Pimmeln erzeugen kann.»

Georges Pelvis begann sich kräftig zu heben und zu senken. Das sollte wirklich der Superorgasmus werden, den Hemingway beschrieb. Jetzt passierte es ... reinste Elektrizität. Kein Saft ... alle Energie entströmte wie ein Blitz. Ein Blitz vom Ende des Zauberstabs im Zentrum seines Seins. Es hätte ihn nicht überrascht, hätten sich seine Eier und sein Schwanz in wirbelnde Elektronen aufgelöst. Er schrie, und hinter fest zusammengekniffenen Augen sah er ganz deutlich das lächelnde Gesicht von Mavis.

Er wachte im Dunkeln auf und eine instinktiv tastende Bewegung verriet ihm, daß Tarantella gegangen war.

Statt dessen stand Mavis in weißem Arztkittel am Fußende seines Bettes und sah ihn mit großen, leuchtenden Augen an. Das abgedunkelte Schlafzimmer Drakes hatte sich in ein hellerleuchtetes Krankenhauszimmer verwandelt.

«Wie bist du hierhergekommen?» brach es aus ihm heraus. «Ich meine – wie bin ich hierhergekommen?»

«Saul», sagte sie freundlich. «Es ist fast alles schon vorüber. Du bist durchgekommen.»

Und plötzlich realisierte er, daß er sich nicht wie 23, sondern wie dreiundsechzig fühlte.

«Ihr habt gewonnen», gestand er ein. «Ich bin nicht länger sicher, wer ich bin.»

«Du hast gewonnen», widersprach Mavis. «Du bist durch den Egoverlust hindurch und beginnst jetzt allmählich zu begreifen, wer du wirklich bist, armer alter Saul.»

Er untersuchte seine Hände: die Hände eines alten Mannes. Zerknittert. Goodmanns Hände.

«Es gibt zwei Formen von Egoverlust», fuhr Mavis fort, «und die Illuminaten beherrschen beide meisterhaft. Die eine ist Schizophrenie, die andere Illuminierung. Dich haben sie auf die erste Spur gesetzt, und wir haben dich auf die andere gebracht. Du hattest eine Zeitbombe in deinem Kopf, und wir haben sie entschärft.»

Maliks Apartment. Der Playboy Club. Das Unterseeboot. Und alle anderen vergangenen Leben und verlorenen Jahre. «Bei Gott», weinte Saul Goodman, «ich hab's. Ich *bin* Saul Goodman. Aber ich bin auch alle anderen Leute.»

«Und jede Zeit ist die Zeit *jetzt*», setzte Mavis sanft hinzu. Saul saß aufrecht, Tränen schimmerten in seinen Augen. «Ich habe Menschen umgebracht. Ich habe sie auf den elektrischen Stuhl geschickt. Siebzehnmal. Siebzehn Selbstmorde. Die Barbaren, die für ihre Götter Finger oder Zehen oder Ohren abschnitten, besaßen mehr Gefühl. Wir haben ganze Egos rausgeschnitten. Oh, mein Gott», und er brach in Schluchzen aus.

Mavis beugte sich vor, hielt ihn und wiegte seinen Kopf an ihrer Brust. «Laß es raus», sagte sie. «Laß alles raus. Es ist solange nicht wahr, bis es dich zum Lachen bringt, aber du verstehst es nicht, bevor es dich zum Weinen bringt.»

QUEENS. Psychoanalytiker in lebenden Zellen bewegen sich in militärischem Unrat; beschissene Aussichten auf Leben und Sex; tanzende Coins in Harrys Krishna. Alles paßt zusammen, selbst wenn du es barsch rückwärts angehst. Alles paßt zusammen.

«Gruad das Graugesicht!» schrie Saul und weinte und schlug mit der Faust in Kissen, während Mavis seinen Kopf hielt und ihm durchs Haar strich. «Gruad der Verdammte! Und ich bin sein Diener geworden, seine Marionette und habe mich auf seinen elektrischen Altären als verbrannte Opfergabe dargeboten.»

«Ja, ja», flüsterte Mavis ihm sanft ins Ohr. «Wir müssen lernen, unsere Opfer aufzugeben, nicht aber unsere Freuden. Man hat uns gelehrt, alles außer unseren Opfergaben aufzugeben, und genau die sind es, die wir aufgeben müssen. Wir müssen unsere Opfer opfern.»

«Das Graugesicht, der Lebenshasser!» schrie Saul mit schriller Stimme. «Dieser Motherfucker! Osiris, Quetzalcoatl, ich kenne ihn und alle seine Aliase. Graugesicht, Graugesicht, Graugesicht! Ich kenne seine Kriege und seine Gefängnisse; die Knaben, denen er's in den Arsch verpaßt, die George Dorns, aus denen er Killer zu machen versucht, wie er selbst einer ist. Und ich habe ihm mein Leben lang gedient. Ich habe auf seiner blutigen Pyramide Opfer dargebracht!»

«Laß es raus» wiederholte Mavis, indem sie den zitternden Körper des alten Mannes hielt, «laß alles raus, Baby...»

NUECHTS. Würn Sie's nich wiss'n wenn Sie jene fliegenden Schafe mit Wagners schlingenden Heulern herdeten? Hassan zog durch dieses einsame Tal, er mußte ganz von selbst erwachen. 23. August 1966: bevor er jemals von den SSS, den Diskordiern, den JAMs oder den Illuminaten hörte: *stoned and beatific*, grast Simon Moon einen Discountladen in der North Clark Street ab, genießt die Farben, ohne Absicht, irgendwas zu kaufen. Er bleibt wie versteinert stehen, mesmerisiert von einem Schild über der Stechuhr:

KEIN ANGESTELLTER IST, UNTER WELCHEN UMSTÄNDEN AUCH IMMER, BERECHTIGT, DIE STECHUHR FÜR EINEN ANDEREN ANGESTELLTEN ZU BETÄTIGEN. JEDE ZUWIDERHANDLUNG WIRD MIT FRISTLOSER ENTLASSUNG GEAHNDET.
DIE GESCHÄFTSLEITUNG

«Gottes Pyjama», murmelt Simon und kann's nicht fassen.

«Pyjamas? Siebte Reihe links», sagt ein Angestellter hilfreich.

«Ja. Danke», sagt Simon und macht sich davon, bemüht, sein High zu verbergen. Gottes *Pyjamas und Gamaschen*, denkt er in halb-illuminierter Trance; entweder bin ich verladener, als ich's mir einbilde, oder dieses Schild ist der absolute Schlüssel zur Schau, die wirklich abgezogen wird.

LUMPEN. Heil Ghulumbia. Ihre Monaden sind geflohen und alles, was sie hinterlassen haben, ist eine blutige Periode. «Das Lustige daran ist», sagte Saul lächelnd, während immer noch ein paar Tränen kullerten, «daß ich mich nicht einmal schäme. Vor zwei Tagen wäre ich lieber gestorben, als weinend gesehen zu werden – besonders von einer Frau.»

«Ja», sagte Mavis, *«besonders von einer Frau.»*

«Das ist es doch, oder etwa nicht?» keuchte Saul. «Das ist ihr ganzer

Trick. Ich konnte dich nicht ansehen, ohne eine *Frau* zu sehen. Ich konnte den Herausgeber da, Jackson, nicht ansehen, ohne einen *Neger* zu sehen. Ich konnte niemanden sehen, ohne sein Markenzeichen zu sehen, ohne seine Kennummer zu lesen.»

«So halten sie uns getrennt voneinander», sagte Mavis sanft. «Und so trichtern sie uns ein, unsere Etiketten zu bewahren. Liebe war das härteste Pfand, das sie zerstören mußten; also erfanden sie die Patriarchie, maskuline Überlegenheit und den ganzen übrigen Scheiß – und der ‹maskuline Protest› und ‹Penisneid› der Frauen war das Resultat –, so konnten sich nicht einmal Liebhaber ansehen, ohne eine trennende Kategorie aufzustellen.»

«O mein Gott, mein Gott», stöhnte Saul und begann wieder heftig zu weinen. «‹Ein Lumpen, ein Knochen, eine Locke vom Haar. ›O mein Gott. *Und du warst mit ihnen!*» heulte er und hob plötzlich den Kopf. «Und du bist eine ehemalige Illuminatin – deshalb bist du so wichtig für Hagbards Plan. Und deshalb trägst du diese Tätowierung!»

«Ich war eine jener Fünf, die die Vereinigten Staaten kontrollieren», nickte Mavis. «Eine der Insider, wie Robert Welch sie nennt. Jetzt hat mich Atlanta Hope, die Führerin der God's Lightning, abgelöst.»

«Ich hab's! Ich hab's!» sagte Saul und lachte. «Auf allen Wegen habe ich gesucht und den richtigen ausgelassen. *Er* ist im Pentagon. Deshalb bauten sie es in dieser Form, so konnte *Er* nicht entkommen. Die Azteken, die Nazis ... und jetzt wir selbst ...»

«Ja», sagte Mavis grimmig. «Deshalb verschwinden jedes Jahr spurlos dreißigtausend Amerikaner, und ihre Fälle enden in den Ordnern ‹Ungelöst›. *Er* will gefüttert werden.»

«‹Ein Mann, obwohl nackt, mag sein in Lumpen›», zitierte Saul. «Ambrose Bierce wußte davon.»

«Und Arthur Machen», fügte Mavis hinzu. «Und Lovecraft. Aber sie mußten kodiert schreiben. Und trotzdem ging Lovecraft zu weit, indem er das *Necronomicon* namentlich erwähnte. Deshalb starb er so plötzlich im Alter von nur siebenundvierzig Jahren. Und sein literarischer Nachlaßverwalter, August Derleth, war versessen darauf, in jede Ausgabe von Lovecrafts Werken einzudrucken, daß das *Necronomicon* nicht existierte und nichts als ein Produkt Lovecraftscher Phantasie war.»

«Und die *Lloigor*?» fragte Saul. «Und die *Dols*?»

«Gibt's», sagte Mavis. «Die gibt's. Sie sind es, die schlechte Acidtrips und Schizophrenie hervorrufen. Psycho-Kontakte mit ihnen, und die Egomauern brechen zusammen. Dorthin hatten dich die Illuminaten geschickt, als wir ihren falschen Playboy Club überfielen und den Prozeß kurzschlossen.»

«Du Hexenhase», zitierte Saul. Und er begann zu zittern.

UNHEIMLICH. Urvater, dessen Kunst ungerade ist, schauerlich sei dein Ziel. Harpunen in ihn, Corpus Walem: fasse dich und hasse. Fernando Poo wurde nur ein einziges Mal prominente Aufmerksamkeit in der Weltpresse geschenkt, vor dem bekannten Zwischenfall von Fernando Poo. Es geschah in den frühen siebziger Jahren (als Captain Tequilla y Mota die Kunst des Staatsstreichs studierte und die ersten Umsturzpläne machte) und wurde durch die unerhörte Behauptung des Anthropologen J. N. Marsh von der Miskatonic Universität angeregt, daß sich an Hand von Kunstgegenständen, die er in Fernando Poo gefunden hatte, die Existenz von Atlantis nachweisen ließe. Obwohl Professor Marsh bis dahin den Ruf eines tadellosen, selbstkritischen Wissenschaftlers genoß, wurde sein Buch *Atlantis und seine Götter* von seinen Kollegen mit Spott und Hohn aufgenommen; vor allem deshalb, weil seine Theorien von der Sensationspresse aufgegriffen wurden. Zahlreiche Freunde des Professors machten diese Verspottungskampagne für sein spurloses Verschwinden verantwortlich; sie vermuteten den Selbstmord eines aufrichtigen und ehrlichen Wahrheitssuchers.

Marshs Theorien standen nicht nur außerhalb wissenschaftlicher Glaubwürdigkeit, auch seine Methodik – er zitierte etwa Allegros *Der Geheimkult des Heiligen Pilzes* oder Graves' *Die weiße Göttin*, als wären sie so anerkannt wie Boas, Mead oder Frazer – schien von Senilität zu zeugen. Dieser Eindruck wurde verstärkt durch die exzentrische Widmung «Für Ezra Pound, Jacques De Molay und Kaiser Norton I.». Der wissenschaftliche Skandal wurde nicht so sehr durch die Atlantis-Theorie hervorgerufen (diese Biene hatte schon manchen Gelehrtenhut umschwirrt), als vielmehr durch Marshs Behauptung, daß die Götter von Atlantis wirklich existierten; nicht als inzwischen ausgestorbene übernatürliche Wesen, die vor Beginn der Menschheit gelebt und die frühesten Kulturen dahingehend ausgetrickst hatten, daß sie sie als Götter verehrten und ihnen Opfer darbrachten. Die nachsichtigste Kritik anderer Gelehrter an dieser Hypothese war noch die, daß die Existenz solcher Wesen archäologisch oder paläontologisch absolut nicht nachzuweisen war.

Professor Marshs rascher Verfall in den wenigen Monaten zwischen der einmütigen Ablehnung seines Buchs durch die gelehrte Welt und sein plötzliches Verschwinden verursachte großen Schmerz unter den

Kollegen der Miskatonic University. Viele von ihnen hatten bemerkt, daß er eine Reihe seiner Ideen von Dr. Henry Armitage übernommen hatte; Armitage galt aber als jemand, der nach langen Jahren, die er dem Studium der obszönen Metaphysik des *Necronomicon* gewidmet hatte, irgendwie den Verstand verlor. Als die Bibliothekarin Miss Horus während einer Teestunde kurz nach Marshs Verschwinden erwähnte, daß der Professor während der vergangenen Monate die meiste Zeit über jenem Buch gesessen hatte, forderte ein katholischer Professor halb im Scherz, halb im Ernst, die Miskatonic Universität solle sich ein für allemal solcher Skandale entledigen und dieses «verdammte Buch» der Harvard Universität als Schenkung überlassen.

Die Vermißten-Abteilung der Polizei von Arkham beauftragte einen jungen Detektiv mit dem Fall Marsh. Dieser Detektiv hatte sich dadurch hervorgetan, daß er das Verschwinden mehrerer Kinder auf einen besonders abscheulichen Satanskult zurückführen konnte, der seit den Hexenverfolgungen des Jahres 1692 in Arkham wütete. Der erste Schritt seiner Untersuchungen bestand darin, daß er das Manuskript studierte, an dem der alte Marsh nach Abschluß von «Atlantis und seine Götter» gearbeitet hatte. Es schien sich dabei um einen kürzeren Essay für eine anthropologische Zeitschrift zu handeln und war in Tenor und Konzeption ziemlich konservativ, als bedaure der Professor die Direktheit seiner vorangegangenen Veröffentlichung. Einzig eine Fußnote, die in zurückhaltender Form die Theorie Urquharts bekräftigte, Wales sei von Überlebenden des verschwundenen Kontinents Mu besiedelt worden, zeugte von seinen bizarren Ansichten über Atlantis. Die letzte Seite stand jedoch in keinerlei Zusammenhang mit jenem Artikel und schien aus Notizen für einen Text zu bestehen, den der Professor unverfroren und unter völliger Mißachtung akademischer Maßstäbe als Beitrag für ein Science-fiction-Magazin vorgesehen hatte. Der Detektiv rätselte lange Zeit an jenen Notizen herum:

Der übliche Schwindel: Präsentierung von Fiktion als Tatsache. Diese Falschmeldung als Gegensatz dazu: Tatsache, präsentiert als Fiktion.

Huysmans' La-Bas fing damit an, wandelt den Satanisten in einen Helden.

Machen 1880 in Paris, trifft mit Huysmans' Kreis zusammen.

Im gleichen Jahr: Bierce und Chambers erwähnen den See Hali und Carcosa. Vorgeblich Zufall.

Crowley gewinnt Anhänger für seinen okkulten Zirkel nach 1900.

Bierce verschwindet 1913.
Lovecraft führt Hali, dols, Akho, Cthulhu nach 1923 ein.
Lovecraft stirbt unerwartet 1937.
Seabrook behandelt Crowley, Machen usw. in seinem «Witchcraft», 1940.
Seabrooks «Selbstmord», 1942.
Besonders hervorzuheben: Bierce beschreibt Oedipuskomplex in «Death of Halpin Frazer», VOR Freud, und Relativität in «Inhabitant of Carcosa», VOR Einstein. Lovecrafts zweifelhafte Beschreibungen von Azathoth als «blinden Idiotengott», «Dämonen-Sultan» und «nukleares Chaos» circa 1930: fünfzehn Jahre vor Hiroshima.
Direkte Bezugnahme auf Drogen in Chambers' «King in Yellow», Machens «White Powder», Lovecrafts «Beyond the Wall of Sleep» und «Mountains of Madness».
Die Gelüste der Lloigor oder der Alten in Bierces «Damned Thing». Machens «Black Stone», Lovecraft (immerzu).
Atlantis als Thule in deutscher und panamesischer Volkskunst und, natürlich, «Zufall» wieder als akzeptierte Erklärung. Einleitungssatz: «Je häufiger man das Wort ‹Zufall› benutzt, um bizarre Begebenheiten zu beschreiben, desto offensichtlicher wird es, daß man die wahre Erklärung nicht sucht, sondern vermeidet.» Oder kürzer: «Der Glaube an Zufälle ist der vorherrschende Aberglaube des Wissenschaftszeitalters.»

Anschließend verbrachte der Detektiv einen ganzen Nachmittag in der Miskatonic Bibliothek und überflog die Werke von Ambrose Bierce, J. K. Huysmans, Arthur Machen, Robert W. Chambers und H. P. Lovecraft. Dabei fand er heraus, daß alle immer wieder gewisse Schlüsselwörter benutzten; daß sie übermenschliche Wesen beschrieben, die versuchten, die Menschheit auf nicht weiter spezifierte Weise zu mißbrauchen oder zu unterwerfen; andeuteten, daß es einen Kult oder eine ganze Serie von Kulten gab, die diesen Wesen dienten; und gewisse Bücher (Titel wurden nicht angegeben; Lovecraft bildete die einzige Ausnahme), die die Geheimnisse jener Wesen preisgaben. Weiteres Nachforschen ergab, daß die okkulten und satanistischen Zirkel in Paris um 1880 sowohl die Fiktion Huysmans' als auch die Machens sowie die Karriere des Aleister Crowley beeinflußt hatten, und daß Seabrook (der Crowley persönlich kannte) in seinem Buch über Hexerei mehr versteckte Hinweise gab, als direkte Äußerungen machte. Dieses Buch wurde zwei Jahre vor seinem Selbstmord veröffentlicht. Der Detektiv stellte dann eine kleine Tabelle zusammen:

Huymans – Hysterie, Klagen über okkulte Angriffe, schließlich Isolierung in einem Kloster.
Chambers – gibt solche Themen auf, wendet sich leichter, romantischer Erzählung zu.
Bierce verschwindet unter mysteriösen Umständen.
Lovecraft – stirbt jung.
Crowley – in Schweigen und Obskurität getrieben.
Machen – wird frommer Katholik (Huysmans' Flucht?).
Seabrook – vermutlich Selbstmord.

Der Detektiv begab sich dann noch einmal in die Bibliothek und las jene Erzählungen der aufgeführten Autoren, in denen entsprechend Marshs Notizen ausdrücklich Drogen eine Rolle spielten. Seine eigene Hypothese lautete: Der alte Mann war in einen Drogenkult geraten, wie diese Autoren auch, und war von seinen eigenen Halluzinationen gepeinigt worden und setzte schließlich seinem eigenen Leben ein Ende, um den Geistern seines drogenumnebelten Hirns zu entkommen. Für den Anfang war das schon mal eine sehr brauchbare Theorie, und der Detektiv begann jetzt systematisch jeden Freund des alten Marsh zu interviewen und brachte die Gespräche, vorsichtig und indirekt, jedesmal auf Gras und LSD. Damit kam er jedoch nicht recht voran und war bereits im Begriff aufzugeben, als ihm das Glück schließlich doch noch hold war. Er sprach mit einem Professor, der eine Bemerkung über Marshs Auseinandersetzung mit *Amanita Muscaria* machte, dem halluzinogenen Fliegenpilz, der in nahöstlichen Religionen eine Rolle gespielt hatte.

«Ein äußerst interessanter Pilz, Amanita», erzählte jener Professor. «Es gab ein paar Sensationsschreiber, die, jede wissenschaftliche Behutsamkeit außer acht lassend, behaupteten, er repräsentiere jeden magischen Trank in alten Überlieferungen: das Soma der Hindus, das Sakrament der Dionysischen und Eleusischen Mysterien, selbst in der Heiligen Kommunion frühester Christen und Gnostiker. In England gibt es sogar Leute, die behaupten, es sei Amanita und nicht Haschisch gewesen, das im Mittelalter von den Assassinen benutzt wurde. Ein Psychiater in New York, Puharich, behauptet, Amanita induziere Telepathie. Das meiste davon ist zwar krauses Zeug, aber Amanita ist in jedem Fall die stärkste bewußtseinsverändernde Droge auf der ganzen

Welt. Wenn unsere jungen Leute erst einmal darauf aufmerksam werden, wird LSD im Vergleich lediglich ein Sturm im Wasserglas gewesen sein.»

Jetzt konzentrierte sich der Detektiv darauf, irgend jemanden zu finden, der den alten Marsh stoned erlebt hatte. Die Aussage kam schließlich von einem jungen schwarzen Studenten, Pearson, der im Hauptfach Anthropologie und im Nebenfach Musik studierte. «Erregt und euphorisch? Ja ...» sagte er nachdenklich. «So sah ich den alten Joshua einmal. Das war in der Bibliothek, wo meine Freundin arbeitet – und der alte Mann sprang, wie ein Blödian grinsend, vom Tisch auf und sagte laut zu sich selbst: ‹Ich habe sie gesehen – ich habe die Fnords gesehen!› Dann rannte er wie angestochen aus dem Zimmer. Ich war neugierig und ging rüber zum Tisch, um zu sehen, was er da gelesen hatte. Es war der Redaktionsteil der *New York Times*, nicht ein einziges Bild darin, so konnte er die Fnords, was immer das sein mochte, *da* jedenfalls nicht gesehen haben. Glauben Sie, er war so'n bißchen?», er machte mit dem Finger eine drehende Bewegung an der Stirn, «Sie wissen schon ...»

«Vielleicht, vielleicht auch nicht», sagte der Detektiv unverbindlich, der Polizeiregel gehorchend, in Gegenwart eines Zeugen niemals jemanden zu beschuldigen, ohne einen Haftbefehl in der Tasche zu haben. Aber er war andererseits auch ziemlich sicher, daß Professor Marsh sowieso nie mehr auftauchen würde, um Gegenstand einer Inhaftierung oder irgendeiner anderen Belästigung durch jene zu werden, die niemals in seine spezielle Welt vergangener Kulturen, verschwundener Städte, Lloigors, dols und Fnords eingedrungen waren. Bis auf den heutigen Tag schließt die Polizeiakte Joshua N. Marsh in Arkham mit dem Satz: «Wahrscheinliche Todesursache: Selbstmord unter Drogeneinwirkung». Niemand verfolgte die Änderung, die sich in Professor Marsh vollzogen hatte, zurück bis zu einem KCUF-Treffen in Chicago und einem seltsam gewürzten Punsch. Aber der junge Detektiv, Danny Pricefixer, behielt noch immer einen nagenden Zweifel und eine bestimmte Unruhe in sich; selbst nachdem er schon nach New York gegangen war und angefangen hatte, mit Barney Muldoon zusammenzuarbeiten, war er noch immer versessen auf die Lektüre von Büchern zur Frühgeschichte und befaßte sich noch immer mit den merkwürdigsten Dingen.

SIMON MAGUS. Du wirst dorthin gelangen, Götter zu sehen.

Nach dem Verschwinden Saul Goodmans und Barney Muldoons durchkämmte der FBI jeden Winkel in Maliks Apartment. Alles wurde fotografiert, analysiert, katalogisiert, Fingerabdrücke wurden genommen, und alles wurde ins FBI-Laboratorium nach Chicago geschafft. Unter den konfiszierten Gegenständen befand sich eine Quittung für eine Mahlzeit im Playboy Club. Auf der Rückseite stand, nicht in Maliks Handschrift, die folgende Notiz:

«Machens *dols* = Lovecrafts *dholes*?»

VEKTOREN. Ihr werdet keine Götter sehen.

Am 25. April sprach ganz New York über das unglaubliche Geschehen, das sich im Morgengrauen im Hause des bekannten Philanthrophen Robert Putney Drake in Long Island ereignet hatte. Danny Pricefixer von der Abteilung Bombenattentate hatten diesen bizarren Zwischenfall jedoch fast schon wieder vergessen, als er im dichten Verkehr von einem Ende Manhattans zum anderen fuhr, um noch einmal jeden Zeugen zu interviewen, der Joseph Malik in der Woche vor der Explosion bei *Confrontation* gesprochen haben konnte. Die Ergebnisse waren alle gleichermaßen enttäuschend: außer der Tatsache, daß Malik in den letzten Jahren zunehmend verschlossener geworden war, schien keines der Interviews irgendwelche nützlichen Informationen zu erbringen. Ein Killer-Smog hatte sich wieder über der Stadt breit gemacht, jetzt schon den siebten aufeinanderfolgenden Tag, und Danny, ein notorischer Nichtraucher, nahm sehr deutlich das pfeifende Geräusch in seinen Lungen wahr, was nicht gerade zu einer besseren Stimmung beitrug.

Um drei Uhr nachmittags verließ er schließlich das Büro des ORGASMUS, Nummer 110 der Dreiundvierzigsten Straße West (einer der Mitherausgeber dort war ein alter Freund Maliks; sie hatten häufig miteinander gegessen; sonst konnte er jedoch keinerlei wesentliche Hinweise geben), und erinnerte sich, daß die Hauptstelle der New Yorker Stadtbibliothek nur einen halben Block entfernt lag. Es ging ihm auf, daß er schon einen leichten Verdacht gehegt hatte, seitdem er den ersten Blick auf Maliks seltsame Illuminaten-Memos geworfen hatte. *Zum Teufel auch*, dachte er, *noch ein paar vergeudete Minuten an einem sowieso vergeudeten Tag ... was spielt das jetzt noch für eine Rolle ...*

Der Andrang im Katalograum war immerhin nicht ganz so groß wie eine Verkehrsstockung in der Canal Street. *Atlantis und seine Götter* erhielt er nach nur siebzehn Minuten. Er begann es nach der Stelle durchzublättern, an die er sich noch schwach erinnern konnte. Schließlich fand er auf Seite 123:

Hans Stefan Santesson weist auf die grundlegende Ähnlichkeit zwischen den Einführungsritualen der Mayas und der Ägypter hin, auf die bereits in Colonel Churchwards einsichtsvollen, aber hirnverbrannten Büchern über den vergessenen Kontinent Mu hingewiesen wurde. Wie bereits dargelegt, ließ Churchwards Versessenheit auf den Pazifik, die darauf beruht, daß er die ersten Hinweise auf unsere verlorenen Vorfahren in einem asiatischen Tempel erhielt, vieles der Geschichte des eigentlichen Atlantis der Geschichte des fiktiven Mu zuschreiben. Doch muß diese Passage aus Santessons *Understanding Mu* (Paperback Library, New York, 1970, Seite 117) etwas korrigiert werden:

Als nächstes wurde er zum Thron der Regenerierung der Seele geführt und die Zeremonie der Einführung oder Illuminierung fand statt. Dann mußte er weitere Prüfungen bestehen, bevor er in die Kammer des Orients geführt wurde, zum Thron des Ra, um ein wahrer Meister zu werden. Er konnte weit in der Ferne für sich selbst das ewige Licht erblicken, von dem aus sein Blick auf die ganze Glückseligkeit der Zukunft gelenkt wurde ... Mit anderen Worten, wie Churchward es ausdrückt, bei den Ägyptern und bei den Mayas mußte der Eingeführte die «Feuerprobe» «erdulden» (d. h. überleben), um als Adept angenommen zu werden. Der Adept mußte «gutgeheißen» werden. Der Gutgeheißene mußte dann illuminiert werden ... Der Zerstörung von Mu wurde durch das möglicherweise symbolische Feuerhaus der Quiche Maya und durch die später errichtete Kammer des zentralen Feuers gedacht, was, wie uns überliefert wurde, in der großen Pyramide zelebriert wurde.

Indem sie Atlantis für Mu einsetzten, liegen beide, Churchward wie auch Santesson, grundsätzlich richtig. Der Gott aber konnte die Form, die er für die letzte Prüfung annehmen wollte, natürlich selbst wählen, und da diese Götter, oder *Lloigor* auf atlantisch, telepathische Fähigkeiten besaßen, lasen sie die Gedanken der Einzuführenden und manifestierten sich in der Form, die das entsprechende Individuum in größten Schrecken versetzte, wobei die *Shoggoth*-Form und der klassische Zornige Riese, wie er in aztekischen Tlaloc-Statuen erscheint, am geläufigsten war. Um ein amüsantes Bild zu zitieren, könnte man sagen, daß, wenn diese Wesen bis zum heutigen Tag überlebt hätten, wie manche Okkultisten behaupten, sie dem Durchschnitsamerikaner sagen wir als King Kong, Dracula oder Werwolf erscheinen würden.

Die Opfer, die von diesen Kreaturen verlangt wurden, trugen entscheidend zum Untergang von Atlantis bei, und wir können vermuten, daß die Massenverbrennungen, die von den Kelten in Beltain veranstaltet wurden, und auch die aztekische Religion, die ihre Altäre in Schlachtstätten verwandelte, im Vergleich verschwindend gering und bloß das Resultat andauernder Tradition waren, nachdem die wahre Bedrohung durch die *Lloigor* durch deren Verschwinden gebannt war. Natürlich können wir die Absicht jener blutigen Rituale nicht vollständig verstehen, denn wir können uns die Natur oder auch nur die Art Materie oder Energie, aus denen die *Lloigor* gemacht waren, nicht vorstellen. Daß das Oberhaupt der *Lloigor* als *Iok-Sotot*, der «Seelenfresser», bekannt war, läßt vermuten, daß es eine bestimmte Art psychischer Energie war, die der *Lloigor* benötigte, um zu existieren; die Körper der Menschenopfer wurden meistens von den Priestern selbst aufgegessen oder einfach fortgeworfen.

Gedankenverloren und schweigend gab Danny Pricefixer das Buch zurück. Gedankenverloren und schweigend ging er hinaus auf die Fifth Avenue und blieb zwischen den beiden steinernen Löwen stehen. Wer war es gewesen, fragte er sich, der gesagt hatte: «Wenn niemand Krieg will, warum passieren dann immer noch Kriege?» Er sah hinauf zu dem Killer-Smog über der Stadt und fragte sich: «Wenn niemand Luftverschmutzung will, warum gibt es dann immer noch Luftverschmutzung?»

Die Worte von Professor Marsh drangen in sein Bewußtsein: «*Wenn diese Wesen bis in unsere Zeit überlebt hätten, wie ein paar Okkultisten behaupten ...*»

Auf dem Weg zu seinem Wagen kam er an einem Zeitungskiosk vorbei und sah, daß die Katastrophe vom Drakeschen Wohnsitz sogar in den Nachmittagsausgaben noch die ersten Seiten füllte. Für sein Problem war das jedoch irrelevant und so vergaß er das einfach.

Sherri Brandi fuhr mit ihrem Singsang im Geiste fort und behielt dabei den Rhythmus ihrer Mundbewegungen bei ... *dreiundfünfzig große Rhinozerosse, vierundfünfzig große Rhinozerosse, ... fünfundfünfzig* – Carmels Fingernägel gruben sich plötzlich in ihre Schultern ein und sein salziger Saft schoß ihr heiß auf die Zunge. Dem Herrn sei Dank, dachte sie, endlich hat's dieser elende Bastard gebracht. Ihre Kiefer waren ausgeleiert, und sie spürte eine Krampf im Nacken, auch taten ihr die Knie weh, aber dieser gottverdammte Hurensohn würde jetzt wenigstens in guter Stimmung sein und sie nicht gleich verprügeln, auch wenn sie sowenig über Charley und seine Wanzen zu berichten wußte.

Sie stand auf, reckte und streckte sich, und sah an sich herab, um festzustellen, ob Carmels Saft ihr Kleid besudelt hatte. Die meisten

Männer wollten sie nackt, wenn sie ihnen einen lutschte, aber nicht dieser schleimige Carmel; er bestand darauf, daß sie ihr bestes Kleid anzog. Er mochte es, sie vollzusauen: aber zum Teufel noch mal, es gab schlimmere Zuhälter, und irgendwie mußte ja jeder auf seine Kosten kommen.

Carmel lehnte sich in seinem Sessel zurück, die Augen noch immer geschlossen. Sherri ergriff das Handtuch, das sie zum Anwärmen über die Heizung gelegt hatte, und beendete die Transaktion, trocknete ihn ab und küßte seinen häßlichen Pimmel noch einmal, bevor sie ihn in seinen Stall zurückschob und den Reißverschluß hochzog. Er sieht wirklich wie ein gottverdammter Frosch aus, dachte sie bitter, oder wie ein übelgelauntes Eichhörnchen.

«Irre», sagte er schließlich. «Die Typen kriegen von dir wirklich was für's Geld. Und jetzt erzähl mal was von Charley und seinen Wanzen.»

Sherri fühlte sich noch immer etwas verkrampft. Sie zog sich einen Stuhl heran und hockte sich auf die Kante. «Well», sagte sie, «du weißt, ich muß ein bißchen vorsichtig sein. Kriegt er raus, daß ich ihn ausnehme, läßt er mich vielleicht fallen und besorgt sich 'n anderen Zahn...»

«Du warst also wieder mal zu verdammt vorsichtig und hast nichts aus ihm rausgekriegt?» unterbrach Carmel sie wütend.

«Ja, weißt du ... er ist hinüber», antwortete sie, immer noch schwach. «Ich meine, völlig durchgedreht. Das muß... ah, sehr wichtig sein... wenn du mit ihm ...» Sie konzentrierte sich wieder: «Soviel ich weiß, denkt er, daß er in seinen Träumen andere Planeten besucht ... So 'n Planet Atlantis. Weißt du, welcher das ist?»

Carmel runzelte die Stirn. Das wurde ja immer besser: erstens, einen Kommunisten finden: dann, Information aus Charley rauskriegen, mit all dem FBI und CIA und wer weiß mit was noch für Regierungstypen drumherum: und jetzt, wie sollte man mit einem Irren verfahren ... Er blickte auf und sah, daß sie wieder völlig abwesend dasaß und in die Ferne starrte. *Verhaschte Nutte*, dachte er und sah dann, wie sie langsam vom Stuhl in eine schlafende Position auf den Boden glitt.

«Was zum Teufel...?» rief er aus.

Als er dann neben ihr niederkniete und ihren Pulsschlag fühlte, wurde er selber bleich. *Jesus, Jesus, Jesus*, dachte er, indem er aufstand, *jetzt muß ich auch noch einen verdammten Corpus Deletus loswerden. Diese alte Nutte hat sich davongemacht und ist einfach gestorben.*

«Ich kann die Fnords sehen!» schrie Barney Muldoon und blickte mit einem glückseligen Grinsen vom *Miami Herald* auf.

Joe Malik lächelte befriedigt. Das war ein hektischer Tag gewesen – vor allem wo Hagbard in der Schlacht von Atlantis und der Einführung George Dorns alle Hände voll zu tun gehabt hatte –, aber jetzt hatte er wenigstens das Gefühl, daß ihre Seite gewinnen würde. Zwei Seelen, von den Illuminaten auf den Todestrip gesetzt, hatten erfolgreich gerettet werden können. Wenn jetzt nur zwischen George und Robert Putney Drake alles gut verlaufen würde.

Die Wechselsprechanlage summte und Joe antwortete, ohne sich zu erheben, quer durch den Raum: «Malik.»

«Wie geht's Muldoon?» erkundigte sich Hagbard.

«Auf dem besten Wege. Er sieht die Fnords in einer Zeitung aus Miami.»

«Ausgezeichnet», sagte Hagbard außer sich. «Mavis berichtet, daß auch Saul das Schlimmste hinter sich hat und die Fnords eben in der *New York Times* gesehen hat. Bring Muldoon rauf zu mir. Das andere Problem konnten wir inzwischen lokalisieren – die Krankheits-Schwingungen, die FUCKUP seit März auffing. Irgendwo in der Nähe von Las Vegas; und es sieht dort ziemlich kritisch aus. Wir nehmen an, daß es bereits den ersten Todesfall gab.»

«Aber wir müssen es noch vor der Walpurgisnacht nach Ingolstadt schaffen ...» sagte Joe gedankenverloren.

«Revidieren», sagte Hagbard. *«Ein paar* von uns werden nach Ingolstadt gehen. Ein paar von uns gehen nach Las Vegas. Es ist der alte Doppelschlag der Illuminaten – zwei Angriffe aus verschiedenen Richtungen. Bringt Eure Ärsche in Schwung, Jungs. Sie immanentisieren das Eschaton.»

WEISHAUPT. Fnords? Pffffft!

Eine weitere Unterbrechung. Dieses Mal war's der Marsch der Mütter gegen Muzak. Das schien mir am meisten wert. Ich gab der Dame also 'n Dollar. Ich denke, daß wenn Muzak beseitigt werden kann, werden auch 'ne ganze Menge anderer Krankheiten damit ausgerottet.

Wie auch immer, es wird allmählich spät, und ich sollte das hier mal zum Abschluß bringen. Einen Monat vor unserem KCUF-Experiment – das heißt am 23. September 1970 – gelang es Timothy Leary, an fünf FBI-Beamten am O'Hare Airport, hier in Chicago, vorbeizukommen. Er hatte sich geschworen, eher zu schießen, als zurück in den Knast zu gehen und hatte eine Knarre in der Tasche. Keiner erkannte ihn ... Und, ah ja, im Krankenzimmer, in dem Dutch Schultz am 23. Oktober 1935 starb, lag jetzt ein Polizist namens Timothy O'Leary.

Das Beste habe ich für den Schluß aufbewahrt. Aldous Huxley, die erste bekannte Figur der literarischen Szene, die von Leary illuminiert wurde, starb am selben Tag wie John F. Kennedy. Der letzte Essay, den er verfaßte, drehte sich um den Shakespeare-Satz *«Time must have a stop»* – den er kurz zuvor als Titel für einen Roman über das Leben nach dem Tode benutzt hatte. «Das Leben ist eine Illusion», schrieb er, «aber eine Illusion, die wir ernst zu nehmen haben.»

Zwei Jahre später traf Laura, Huxleys Witwe, das Medium Keith Milton Rinehart. Wie sie in ihrem Buch *This Timeless Moment* erzählt, erwiderte Rinehart auf die Frage, ob er mit Aldous in Kontakt treten könne, daß Aldous einen «klassischen Beweis fürs Überleben» vermitteln wollte, das heißt eine Botschaft, die nicht «allein» mit Telepathie erklärt werden konnte, als etwas, das Rinehart aus ihren Gedanken herauspicken konnte. Es mußte etwas sein, das nur aus Aldous' «Gedanken» stammen konnte.

Später am Abend konnte Rinehart mehr sagen: die Anweisung, in ein bestimmtes Zimmer ihres Hauses zu gehen, ein Zimmer, das er niemals betreten hatte, und ein bestimmtes Buch herauszusuchen, das weder ihm noch ihr bekannt war. Sie sollte eine bestimmte Seite aufschlagen und eine bestimmte Zeile lesen. Es handelte sich um ein Buch, das Aldous gelesen, in das sie aber niemals hineingesehen hatte, eine Anthologie der Literaturkritik. Die angegebene Zeile – ich habe sie mir gemerkt – lautete: «Aldous Huxley überrascht uns nicht in dieser bewundernswerten Kommunikation, in der Paradoxon und Belesenheit im poetischen Sinne und ein Sinn für Humor in einer solch wirkungsvollen Form miteinander verknüpft sind.» Muß ich dazu sagen, daß es auf Seite 17 und natürlich in der 23. Zeile stand?

(Ich nehme an, du hast Seutonius gelesen und weißt, daß Julius Caesar von Brutus und Co. 23 Messerstiche versetzt wurden.)

Nimm alle Kraft zusammen, Joe. Dein Verstand wird schlimmere Angriffe erleben. Bald wirst du die Fnords sehen.

Heil Eris

P. S.: Deine Frage über Schwingungen und Telepathie läßt sich leicht beantworten. Energie bewegt sich ständig in uns, durch uns und um uns herum. Deshalb müssen die Schwingungen immer stimmen, bevor du jemanden ohne Störungen lesen kannst. Jedes Gefühl ist Bewegung.

Robert Anton Wilson

Der Schöpfer
Die Illuminaten Chroniken
Band 3

256 Seiten, gebunden

1776 muß Sigismundo Celine, nachdem er schon seine Heimat Neapel verlassen hatte, aus Europa fliehen. In den amerikanischen Kolonien wird er versuchen, die nächsten Stufen der Magie bei den Indianern zu meistern. Gleichzeitig wird der irische Fischer Moon in die Revolution verstrickt und sein Schicksal trifft sich mit dem von George Washington und Lafayette. Während Sigismundo sich mit dem mächtigsten indianischen Medizinmann mißt, führen Moon, Washington und die Truppen einen gleichermaßen verzweifelten Kampf ums Überleben. Dies sind die Ereignisse, die dem Lauf der Welt bald eine neue Wendung geben werden ...

Fantasy

Barbara von Bellingen
Tochter des Feuers *Roman aus der Morgendämmerung der Menschheit*
(rororo 5478)
Im Jahre 1883 machten französische Archäologen einen zauberhaften Fund: in einer Höhle entdeckten sie das winzigkleine geschnitzte Porträt einer jungen Frau – das Gesicht einer Neandertalerin, eingekerbt in einen Mammutzahn vor mehr als 30 000 Jahren.

Luzifers Braut *Roman*
(rororo 12203)
Die ergreifende Geschichte der jungen Susanna, einer Wirtstochter aus Köln, die in den Teufelskreis eines Hexenprozesses gerät: hinterhältige Verhöre und grausame Foltern, Ohnmacht und Qualen, eine wundersame Rettung, die Flucht durch das vom Dreißigjährigen Krieg heimgesuchte Land.

Kurt Vonnegut
Schlachthof 5 oder der Kinderkreuzzug
(rororo 1524)
Kurt Vonnegut, in Amerika berühmter Verfasser von satirischen Science-fiction-Romanen, weiß ebenso unterhaltsam wie anspruchsvoll zu erzählen.

Katzenwiege *Roman*
(rororo 12449)
«Vonnegut ist einzigartig unter uns», schrieb Doris Lessing. «Er ist ein Idylliker und Apokalyptiker in einer verwegenen Mischung» (FAZ). «Katzenwiege» gilt als ein Klassiker seines irrwitzigen Gesamtwerks.

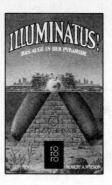

Robert Shea /
Robert A. Wilson
Illuminatus!
Band 1:
Das Auge in der Pyramide
(rororo 4577)
In einer visionären Vermischung von Erzähltechniken des Science-fiction-Romans, des Polit-Thrillers und des modernen Märchens jagen die Autoren den staunenden, erschrockenen und lachenden Leser durch die jahrhundertelange Geschichte von Verschwörungen, Sekten, Schwarzen Messen, Sex und Drogen. «Ein Rock'n'Rollthriller» («Basler Zeitung») und Geheimtip für die Freunde der literarischen Phantasie.

Band 2:
Der goldene Apfel
(rororo 4696)

Band 3:
Leviathan
(rororo 4772)

rororo Unterhaltung

Abenteuer

Mario Puzo
Der Pate *Roman*
(rororo 1442)
Ein atemberaubender Gangsterroman aus der New Yorker Unterwelt, der zum aufsehenerregenden Bestseller wurde. Ein Presseurteil: «Ein Roman wie ein Vulkan. Ein einziger Ausbruch von Vitalität, Intelligenz und Gewalttätigkeit, von Freundschaft, Treue und Verrat, von grausamen Morden, großen Geschäften, Sex und Liebe.»

Mamma Lucia *Roman*
(rororo 1528)
Animalisch in ihrer Sanftmut, aufopfernd in ihrer Fürsorge, streng und wachsam in ihrer Liebe – das ist Lucia Santa Angeluzzi-Corbo, Mamma Lucia, die im italienischen Viertel von New York um das tägliche Brot ihrer sechs Kinder kämpft.

Rudolf Braunburg
Hongkong International *Roman*
(rororo 12820)
Ein aufregender Roman aus der Welt der Flieger und Passagiere vom Bestsellerautor und früheren Flugkapitän Rudolf Braunburg.

Rückenflug *Roman*
rororo 12333
Während der Trainingstage beim internationalen Kunstfliegertreffen stimmt sich der bekannte Journalist Achim Reimers auf die spannungsgeladene Atmosphäre ein und macht auf seinen Streifzügen merkwürdige Beobachtungen. Bald muß er erkennen, daß er sich ahnungslos in einem gefährlichen Spionagenetz verfangen hat.

Josef Martin Bauer
So weit die Füße tragen
(rororo 1667)
Ein Kriegsgefangener auf der Flucht von Sibirien durch den Ural und Kaukasas bis nach Persien. «Diese Odyssee durch Steppe und Eis, durch die Maschen der Wächter und Häscher dauerte volle drei Jahre – wohl einer der aufregendsten und zugleich einsamsten Alleingänge, die die Geschichte des individuellen Abenteuers kennt.»
Saarländischer Rundfunk

James Dickey
Flußfahrt *Roman*
(rororo 12722)
Harmols wie ein Pfadfinderunternehmen beginnt der Wochenendausflug von vier gutsituierten Duchschnittsbürgern - schon am nächsten Tag jedoch verwandelt sich die Kanufahrt in einen Alptraum...
Unter dem Titel «Beim Sterben ist jeder der erste» verfilmt mit Burt Reynolds.

rororo Unterhaltung